LA CONSCIENCE DE ZENO

ITALO SVEVO

La Conscience de Zeno

TRADUCTION, INTRODUCTION ET NOTES
DE MARYSE JEULAND-MEYNAUD

LE LIVRE DE POCHE

Titre original :

LA COSCIENZA DI ZENO

Introduction

Un écrivain singulier

Au début de ce siècle, l'Occident allait être redevable à Ettore Schmitz, industriel en peintures pour coques de navires, d'un des plus grands romans de l'époque. Cet homme effacé, qui mena une vie rangée et voyageuse entre ses usines dispersées en Europe et sa famille résidant à Trieste, était pourtant un écrivain de race. Doué d'un pouvoir d'observation redoutable ainsi que d'une grande intelligence réflexive, il demeurait le porteur impénitent d'une envie refoulée de raconter. Aussi engrangeait-il jour après jour, au long de tentatives créatrices clandestines, dans la fréquentation des hommes, dans les aléas du négoce et des expériences existentielles sans cesse élargies aux dimensions de notre continent auxquelles venaient s'ajouter lectures et efforts d'apprendre pour mieux comprendre, une science de l'écriture et des vues sur le monde dont la conjugaison trouva enfin à se réaliser dans la composition de *La Conscience de Zeno* (1923).

La Conscience est un roman si monumental, non par son format, mais par sa substance et ses artifices narratifs, qu'on l'a fréquemment et comme inévitablement mis en parallèle avec les plus grandes œuvres de ces années-là (Joyce, Kafka, Proust), sans parler des affinités qu'on a voulu lui trouver dans ce que la littérature russe présentait de plus grand. Mais Svevo ne fut personne d'autre que lui-même, rien d'autre que son propre accomplissement au terme d'une trajectoire créatrice qui pour être devenue et restée secrète n'en fut pas moins assidue. D'abord marqué par l'épreuve de deux déceptions humiliantes, ce parcours caché fut ensuite jalonné par des essais plus ou moins réussis (nombre de pièces et de nouvelles composées alors demeurèrent inachevées), signes d'une recherche solitaire poursuivie avec un acharnement nostalgique derrière le paravent officiel du renoncement à toute activité littéraire.

Bien sûr, Svevo était un citoyen de cette Mitteleuropa qui s'ordonnait alors autour du grand pôle d'attraction que fut, jusqu'à la Première Guerre mondiale, la ville de Vienne, capitale d'un empire bigarré, devenu dès la fin du siècle dernier un haut lieu de recherches culturelles florissantes, le creuset effervescent de créations hardies qui s'exprimaient dans le domaine de l'art, du spectacle et des lettres comme dans celui des sciences. Mais qu'en voyait et qu'en recevait l'écrivain ? Svevo n'avait jamais vécu à Vienne, et Trieste où il avait grandi et passé une partie de sa vie se trouvait à la périphérie de l'Empire. Il n'est pas certain que la diversité ethnique de la ville (dont on ne voit à peu près rien dans les trois romans de l'auteur) eût alors atteint le point de fusion souhaitable pour le surgissement de grandes réalisations esthétiques d'ensemble.

Les choix idéologiques de l'écrivain, dans sa jeunesse (on est un peu schopenhauérien et vaguement marxiste car on ne pourrait raisonnablement faire cadrer ces deux philosophies de la vie en affirmant chacune d'elles trop résolument, et d'ailleurs on embrassera sans trop se forcer le credo darwinien qui n'aurait pu faire réellement plaisir ni au penseur du *Monde comme volonté et comme représentation* ni au père fondateur du *Capital*), ses options patriotiques (on admire beaucoup l'Allemagne dont on a absorbé la culture, mais on partage les aspirations irrédentistes de la minorité italienne), firent que la Trieste de ses vertes années ne lui apporta pas une définition identitaire univoque, pas plus d'ailleurs qu'aux jeunes de sa génération et de celle qui suivit. Ce n'est pas par hasard qu'il signera ses œuvres du pseudonyme d'Italo Svevo, d'Italien Souabe, comme pour réaliser une union inédite.

Il naît, certes, dans cette zone mitteleuropéenne de belles promesses qui, sur le versant italien, ont nom Michelstaedter (Gorizia), Stuparich, Slataper, mais, outre qu'elles tournent court précocement, elles ne constituent pas un milieu intellectuel comparable à celui de Vienne. A l'époque, et pendant le demi-siècle qui a précédé la guerre, la grande culture italienne a pour représentants Pascoli, Carducci, D'Annunzio, Verga, Pirandello, Tozzi, Croce et quelques autres disséminés tout au long de la Botte. Pour l'essentiel, Trieste demeure un bazar, un caravansérail portuaire, une ville-dépôt pour négoce import-export, où la Bourse et les compagnies d'assurances alimentent les deux mamelles de l'activité et de la prospérité de la cité dont Slataper, l'un de ses fils les plus illustres, a défini justement « l'âme mercantile ». Si nous voulions pratiquer un déterminisme sur le modèle de Taine, il nous faudrait bien admettre que Svevo dut son agilité mentale et son rationalisme foncier davantage aux chromosomes marchands de son patrimoine génétique qu'à l'environnement culturel offert en ce temps-là par sa ville natale. Faut-il rappeler que c'est dans une cité de commerçants et de banquiers, la Florence des XVe-XVIe siècles, que s'enracina le positivisme de Machiavel ? Les mêmes propos vaudraient pour Erasme de Rotterdam. Vue sous cet angle, Trieste peut alors être considérée comme le lieu prédestiné qui a stimulé la créativité de Svevo, même son inspiration tient à des facteurs variés.

En fait de grands intellectuels, Svevo n'en a fréquenté qu'un dans sa vie, directement, à Trieste, et c'est un homme venu d'ailleurs : l'Irlandais James Joyce. Le seul qui, toujours à Trieste, ait promptement deviné les virtualités exceptionnelles de l'homme à qui il avait pour tâche d'enseigner l'anglais. Et il est si vrai que Svevo n'attendait plus rien de sa ville, après l'échec cuisant de ses deux premiers romans (*Una vita* – 1892 et *Senilità* –

1898) qui avaient sombré dans l'indifférence, que, ayant renoncé officiellement à la création littéraire, il cacha soigneusement à ce milieu d'affaires dans lequel il s'était résigné à entrer son goût secret pour l'écriture. Il écrivait encore et nul ne le savait, nul n'était là pour l'encourager à poursuivre, hormis Joyce. Mais une œuvre qui se cherche obstinément dans l'ombre, loin des acclamations ou des critiques des cénacles assermentés, ne peut ressembler à aucune autre. Portée par l'énergie vivace d'être, en dépit de tout et contre tous, elle s'élabore souterrainement de sa propre sève, elle fait son miel au jour le jour de ce que la vie lui enseigne et elle se protège ainsi de toute contamination et de toute déviation.

Svevo lisait beaucoup, objectera-t-on. C'est vrai. Durant ses années de jeunesse et de disponibilité, il avait dévoré les classiques et les modernes des cultures qui lui étaient accessibles, par intérêt personnel et sans doute aussi dans l'intention de voir comment procédaient pour créer les grands écrivains. Les métiers se volent avec les yeux, dit-on. C'est exact aussi pour l'art de raconter. En réalité, si nous sommes en mesure de citer quelques-uns des noms phares qui ont retenu l'attention du romancier, nous n'avons pas réussi jusqu'ici à inventorier, comme pour d'autres auteurs, le contenu précis de sa bibliothèque idéale. Sur ce point, sa correspondance n'est pas d'un grand secours.

On s'est peut-être un peu exagéré l'apport livresque dans l'œuvre de Svevo. Au moins aussi importants ont été certainement les matériaux scientifiques qui ont concouru à la formation de sa pensée, surtout en ce qui concerne *La Conscience.* Svevo avait le goût du savoir. Les chercheurs nous ont appris que se tenait toutes les semaines chez lui à Trieste une sorte de petit salon scientifique où l'on commentait les dernières découvertes. Il n'est pas défendu d'imaginer que l'écrivain retenait de ces discussions tout ce qui pouvait lui expliquer l'homme, tout ce qui enrichissait et remettait en question sa connaissance du monde et des êtres avec lesquels il était destiné à cohabiter. On relèvera dans le roman de nombreuses traces de ce scientisme, déployé à des fins qui seront examinées plus loin. Elles vont de Malthus à Lamarck et Darwin, de Goethe à Nietzsche, d'Einstein à Delaunay, de Ruhmkorff à Liebig, etc., sans parler de Cobden et de l'école du libre-échange.

La direction professionnelle dans laquelle Svevo engagea son existence lui créa également des obligations pratiques, voire terre à terre. Ne mettait-il pas lui-même la main à la pâte pour faire marcher ses chaudières de peinture quand la main-d'œuvre lui semblait manquer de la compétence nécessaire ? Son activité d'exportateur de produits finis le conduisit à renforcer un pragmatisme inné. Ses longs séjours en Angleterre durant lesquels il avait la responsabilité de l'usine de Charlton, près de Londres, comptèrent dans la formation de sa personnalité définitive. Il dut souvent se dire qu'il était au moins aussi difficile de diriger des hommes que d'aligner des mots sur une feuille docile de papier. On peut l'inférer de sa correspondance.

L'apprentissage de l'anglais lui demanda aussi beaucoup d'efforts, mais il se fit d'une manière qui ne pouvait constituer qu'un enrichissement supplémentaire. A Londres, Svevo apprit pour ainsi dire l'anglais sur le tas : laborieuses conversations avec les autochtones, lecture assidue des quotidiens, fréquentation des salles de spectacle, analyse de la vie politique qui le passionnait et dont il devint un observateur éclairé. Son cerveau déjà agile trouva dans cette gymnastique de chaque jour de quoi s'assouplir encore. Nul doute que son sens notable de l'humour ne se développât au contact de la vie anglaise. Au moment où Svevo commença à écrire *La Conscience*, son savoir de l'homme avait perdu tout caractère livresque. Il était devenu pour l'essentiel d'ordre pratique et pragmatique. Son unicité créatrice tient à cela, car si tout le monde sait lire Flaubert, chacun vit singulièrement et il vient un moment où, pour les fortes personnalités, les suggestions du vécu parlent plus haut que celles de la littérature apprise. Svevo est grand parce qu'il a osé et qu'il a pu être soi. On ne doit le comparer à personne d'autre qu'à lui-même.

Une preuve de son indépendance nous est fournie par l'attitude réticente qu'il a prise d'emblée à l'égard de la psychanalyse, discipline alors en position ascendante, en dépit du préjudice qui pouvait en résulter pour le succès de son œuvre et qui n'a pas manqué effectivement de l'atteindre. Pas plus que leur maître à penser, Freud, les premiers prosélytes psychanalystes ne toléraient l'hétérodoxie. Or l'appréciation que Svevo exprime dans *La Conscience,* par le truchement de son personnage, vis-à-vis de cette psychologie nouvelle des profondeurs dont il avait pris connaissance (sans doute fragmentairement) quelques années avant d'entamer l'écriture de son troisième roman, n'a rien d'orthodoxe. C'est le moins qu'on puisse en dire. L'irrévérence l'emporte largement sur la considération. Il y a chez Svevo ambivalence manifeste à l'égard du freudisme. Son esprit curieux ne pouvait pas ne pas s'ouvrir à une découverte qui se voulait aussi révolutionnaire tandis que dans le même temps son intelligence critique faisait barrage à toute acceptation inconditionnelle. D'autant qu'une expérience désastreuse, subie par l'un de ses proches, était venue jeter la suspicion et le discrédit sur la nouvelle doctrine. Le docteur Sigmund Freud est moqué ouvertement par Zeno qui se soumet d'abord à une cure psychanalytique avec un certain docteur S. (S comme Sigmund, mais aussi comme Sot, Stupide, etc.) et pour finir lui fait la nique en retournant chez un médecin organiciste. Car si la santé est une conviction, toujours selon Zeno, la maladie vraie se vérifie et se jauge au fond d'une éprouvette grâce à des analyses chimiques objectives. Ça, au moins, c'est du sérieux, et non du vent.

S'il est tout à fait exact que la longue remémoration du personnage n'a rien d'une anamnèse thérapeutique et qu'y manquent les composantes d'une cure effective, il n'en est pas moins vrai que Svevo a placé Zeno dans autant de situations psychiques qui constituent les points forts de la doctrine freudienne telle qu'il pouvait alors la connaître : relation à la mère et au père, objets transitionnels, comme la cigarette, ambivalence haine-amour envers la femme aimée, actes manqués, compulsion à la répétition, importance des rêves, présence du transfert et contre-transfert, etc. Or, le roman fut tenu pour nul par les zélateurs officiels de la psychanalyse à Trieste que sa position de ville mitteleuropéenne avait mise à portée rapide du verbe freudien. Zeno, en fait, décriait la nouvelle doctrine en l'attaquant sur les deux points qui aujourd'hui encore font problème pour ses détracteurs : son réductionnisme psychologique (tout est ramené à l'œdipe); ses prétentions curatives.

La même liberté se manifeste à l'égard de Joyce. Malgré la complicité intellectuelle qui rapprochait les deux écrivains, *La Conscience* ne doit pas grand-chose à l'influence de l'auteur irlandais dont Svevo connaissait les premières œuvres. *Ulysse* et *Zeno* appartiennent à deux planètes littéraires distinctes (celtisme foisonnant du premier, rationalité mesurée du second). Les deux romans appliquent des techniques narratives qui les rendent étrangers l'un à l'autre. *La Conscience* est une œuvre très calculée, longuement méditée, totalement homogène et compacte parce que résultant d'une composition méthodique autour d'un seul et même axe narratif. Tout passe par la conscience du protagoniste, tout se tient du commencement à la fin. L'œuvre coûta à son auteur trois années d'efforts intenses, sans parler des bouts d'essai qu'on peut lire dans son théâtre et dans quantité de nouvelles inachevées qui précédèrent la création définitive. Svevo vieillissant avouait qu'il ne pourrait mettre en chantier une deuxième entreprise aussi éprouvante. Les grandes constructions se font à ce prix. Cervantès aussi n'a écrit qu'un seul *Don Quichotte.*

Zeno

Qu'est-ce donc que ce roman? Loin d'être un roman-fleuve, c'est un roman-monde car la conscience de tout individu porte en soi l'univers, l'univers infini du moi pour commencer, et tout ce qui s'y réfléchit. Dans

La Conscience, au centre de la toile narrative se tient le maître du jeu qui rend compte de l'histoire. C'est le locuteur, celui qui dit « je », conférant au récit son caractère centralisateur, car il se tient continûment sur le devant de la scène, si bien qu'on pourrait croire ne voir que lui et considérer la présence des autres comme purement appendiculaire. Ce qui n'est nullement le cas.

Liquidons tout de suite la tentation herméneutique de vouloir découvrir en Zeno le double de l'homme Svevo. Lors même que les indices autobiographiques se font pressants (notamment l'habitude du tabagisme), Zeno est un personnage à part entière, vivant de sa vie propre. Il serait dommage de perdre de vue cette assertion fondamentale de Svevo : quand un auteur se souvient, c'est pour créer aussitôt.

Qui est donc ce Zeno qui rédige ses mémoires à destination du Dr S., en vue de faciliter la tâche de l'analyste ? Homme de souvenir, Zeno est pris dans une continuité mémorielle car il habite des lieux de mémoire qui déclenchent le processus de remontée dans le temps. Il vit depuis toujours dans sa maison familiale, avec autour de lui la ville où il est né, qui recèle des images de son passé. Son vécu personnel se distribue entre les strates d'un feuilleté temporel, comme une construction à plusieurs étages à l'intérieur de laquelle il se meut sans efforts. A l'âge de cinquante-sept ans, il se soumet à la thérapie psychanalytique en vue de guérir d'une névrose imprécisée qui ne l'a pas empêché jusqu'ici de mener une existence privilégiée et tout compte fait heureuse. Il évoque ainsi, pour son analyste, les événements marquants de sa vie antérieure, principalement entre vingt et trente ans (car ce sont les faits les plus romanesques), non sans quelques retours (psychanalyse oblige) à sa première enfance.

Nous ne trouverons pas de lui un portrait systématique, mais des éléments épars d'identification qui, regroupés, nous le peignent à trente ans (le temps fort de la remémoration) comme un personnage un peu chauve, grand et robuste, avec un menton effilé, des yeux rêveurs, racleur de violon à ses heures, tourmenté par l'idée de la mort et de la vieillesse, terriblement enclin à la jalousie, paresseux mais assez riche pour vivre dans l'oisiveté et se permettre des études éclectiques ainsi que l'assouvissement d'un insatiable appétit érotique. Très intelligent et cultivé, au demeurant, sous une naïveté apparente qui le rend d'autant plus dangereux pour ses dupes. En fait le plus beau Tartuffe, bonhomme, doucereux, sournois, qu'il nous ait été donné d'admirer depuis Molière. Un Tartuffe moderne, qui ne se contente plus de donner le change sur sa personne, mais qui s'étudie, s'explique, se justifie, se cherche des alibis à n'en plus finir pour se disculper, se décharger de toute responsabilité car tromper ne lui suffit plus. Ce Tartuffe-là veut être aimé et plaint. Il n'arrête pas de mettre son cœur à nu tout en occultant soigneusement sa jalousie et ses haines inexpiables, de clamer son innocence et sa sincérité, de faire à ses amis des offres de service sans intention réelle de les tenir, car il veut pouvoir vivre à sa guise, faire ce qui lui plaît, à couvert, tout comme l'autre, mais en conservant de surcroît l'estime et l'affection de tous. Zeno sait, comme le R.P. Malacrida, cité par Stendhal dans *Le Rouge et le Noir* (chapitre XXII) que « la parole a été donnée à l'homme pour cacher sa pensée ».

Il ne peut cependant se soustraire au devoir de vérité qu'exige de lui son créateur, car l'acte de parole accouche aussi du désir caché. De sorte que ses confessions, captieuses toujours, constituent un exercice funambulesque oscillant entre mensonge et vérité, déguisement et dévoilement, comme il en est peu d'exemples dans les lettres. Pour son lecteur, il dit le faux avec une imperturbable assurance et une ingénuité feinte afin de laisser deviner précisément derrière l'imposture de son récit le vrai de sa conduite. Mais pour ceux qui l'écoutent, la ruse paie, et contrairement à Tartuffe, notre cher, notre adorable menteur de Trieste ne sera que partiellement percé à jour, et seulement par celles dont il a provoqué ou failli entraîner la perte. Le reste de sa famille et de ses amis lui conservent cette estime et cette affection qui lui garantissent l'existence sans complications à laquelle il aspire. Grâce à ses propos melliflues, servi par une chance insolente, il passe au travers des pièges que sa fourberie a dressés sans y laisser trop de plumes, contrairement aux exigences d'une vision moraliste.

Le modèle machiavélien n'est pas loin. Le cynisme benoît du personnage s'alimente du scepticisme désabusé et de la lucidité avertie d'un auteur parvenu au seuil de la vieillesse et qui sait tout de l'homme. Le sous-titre de *La Conscience* pourrait être « *Le Prince* » *à Trieste.* On s'y assigne un but : comment mener une existence indolore dans un monde douloureux et absurde. On y propose des moyens : imiter le renard, pratiquer la feinte et le compromis pour se rendre maître du jeu, tout en déployant l'agressivité du lion. On y énonce un constat : la duplicité conserve presque toujours l'avantage. Il suffit de sauvegarder les apparences car, sauf exception, les hommes sont si crédules et si niais qu'ils se laisseront toujours berner. Du machiavélisme intégral. Ici, qui engeigne autrui ne s'engeigne pas soi-même. L'art de mentir nourrit la sociabilité. Zeno est, avant la lettre, un conformiste de type moravien, mais qui jusqu'au bout reste chanceux. Ses quelques échecs, pour cuisants qu'ils soient (avec Carla il sera pris pour une fois au filet des mensonges qu'il a ourdis), ne détruisent pas la bonne conscience qu'il a de soi ni n'ébranlent aucunement la légitimation de son égoïsme comme droit imprescriptible et recette de bonheur, cet égoïsme qui n'en finit plus de s'absoudre grâce à de bonnes résolutions opportunes.

Dans les conflits entre le moi intime et le moi social, entre le vécu et le fantasmé, la bonne résolution intervient comme agent éthique de détente : résolution d'acier de ne plus fumer, résolution d'acier de ne plus tromper sa femme, d'être bon et serviable, qui, jamais tenues mais toujours réaffirmées, ennoblissent le personnage à ses propres yeux, le lavent de ses forfaits et abominations, lui assurant cette santé du corps et de l'esprit après laquelle il court (n'oublions pas que Zeno rédige ces Mémoires pour un docteur et que la volonté de guérir est le présupposé de sa cure tandis que le terme « santé » est un des mots clés du texte), à la lisière de ses maladies imaginaires ou simulées qui lui procurent les alibis indispensables à sa quiétude.

De sorte que la remémoration est à la fois un démaquillant et un fard tonique antidépresseur. Zeno au miroir de sa conscience entrevoit des évidences troubles et inquiétantes qu'il s'empresse de grimer ou de refouler, les abandonnant à l'acuité de son lecteur ou aux plus clairvoyantes de ses victimes. L'axiomatisation constante à laquelle il se livre lui permet de passer du particulier (le sien) au général (tous les hommes) et de se distancier ainsi tranquillement de ses iniquités. Sa propre épouse Augusta (un Auguste de sexe féminin) n'y verra que du bleu. Affectée d'un strabisme prononcé qui s'étend jusqu'à ses facultés critiques, elle vit dans la béate certitude d'avoir épousé le meilleur des hommes. La vérité détruirait la douillette vie conjugale de Zeno. Aussi son mentir sert-il à rendre heureux ceux qui ont pour mission de veiller à son équilibre de vie et à sa santé et qui, dans le cas de trop de lucidité, cesseraient de tisser autour de lui le cocon protecteur dans lequel il se fait dorloter. D'où l'optimisme, ou, pour mieux dire, la prépotence infantile de l'homme qui essaie de plier le monde à ses désirs.

Parfois tendre et compatissant, quand l'intérêt de son moi n'est pas en question, sujet aux intermittences du cœur, Zeno est égoïste jusqu'à la cruauté, vindicatif et haineux. Ce cynique patelin, terrorisé à l'idée de la solitude et de la souffrance, aux antipodes du surhomme de dérivation nietzschéenne, pratique systématiquement l'art d'espérer de la réalité qu'elle comble ses désirs. C'est souvent d'un effet comique irrésistible, si bien qu'on n'a pas manqué de voir en Zeno une sorte de clown auquel la vie inflige parfois des démentis pénibles, mais qui de ses méprises et de ses bévues sait créer un spectacle hilarant. Hautement loufoque est le paradoxe que Zeno, placé par son propre père sous tutelle administrative, va s'occuper de la maison de commerce de son beau-frère Guido, alors qu'il est reconnu unanimement inapte à diriger ses affaires. La catastrophe est évidemment au bout du chemin, après une série de péripéties risibles où Zeno est secondé par l'autre hurluberlu de service qui lui donne la réplique, Guido l'écervelé (du moins tel que le récit de Zeno nous le présente). Dans ce temple du négoce qu'est alors Trieste, la tare la plus rédhibitoire ne pouvait être que l'incapacité de diriger correctement une entreprise commerciale. D'où l'insistance du locuteur à noircir la mémoire de son plus mortel ennemi en le faisant passer pour un fantaisiste et un irresponsable.

Clownesque également est la manière dont le personnage critique autrui pour des fautes que lui-même, grand coureur de jupons, ne se prive pas de commettre, clownesque l'obstination qu'il apporte à éduquer son semblable, avec un aveuglement jubilatoire et euphorisant pour sa conscience. Pitreries qui constituent en réalité des moyens supplémentaires pour désarmer, conquérir, se rendre acceptable. Bref, un homme comme il en est tant, et dont l'auteur radiographie lucidement les bassesses et l'abjection, parfois rachetées et comme purifiées par de courts élans du cœur complaisamment étalés. Voyez comme je suis bon! En réalité l'archéologie pratiquée par Svevo éclaire une complexité psychique aussi peu manichéenne que possible. Zeno n'est pas un noir coquin, ou n'est pas entièrement tel, car la place prise dans son cœur par la passion amoureuse vient expliquer et rendre plausible des comportements moralement répréhensibles. Dans ces Mémoires, auxquels une prétendue anamnèse psychanalytique fournit prétexte et démarrage, la femme joue un rôle majeur. Le « cherchez la femme » est ici plus que jamais de mise.

La femme

Le désir mimétique (pour parler comme René Girard) de Zeno ne se focalise pas sur l'obtention de la richesse, puisque le personnage fait déjà partie des nantis, mais sur la possession de la femme. Sa situation face aux trois grands rivaux sexuels que sont, dans le roman, le père, le beau-père (en tant que substitut du père), le mari de la femme aimée et hors d'atteinte (trois compétiteurs exemplaires qu'il réussira à liquider plus ou moins directement et consciemment), lui crée des angoisses et des souffrances qu'il conjure à l'aide des conduites les plus aptes à les rendre indolores. Sa vulnérabilité sentimentale n'en demeure pas moins son talon d'Achille. Si Zeno est un fameux gaillard, le cœur est son point faible. Une flèche l'atteint qui le blesse durablement, d'autant que la femme convoitée reste inaccessible, d'abord parce qu'elle ne lui rend pas son amour, ensuite parce qu'elle devient sa belle-sœur. Ada est la sœur d'Augusta. Passion d'autant plus dévorante et inextinguible qu'elle doit demeurer cachée et à jamais insatisfaite, malgré la violence transgressive du désir de Zeno. Zeno est un être de désir et la femme agit sur lui comme révélateur de ses pulsions les plus troubles. Les femmes, devrait-on dire, bien que la belle Ada s'inscrive au centre de cette constellation.

Zeno trouve des accents magiques pour décrire la beauté féminine. Les portraits d'Ada, de Carla, de Carmen, sans parler de ceux d'Alberta et de Teresina, prennent place parmi les plus réussis d'une littérature célébrante qui en compte tant de superbes. Dans *Senilità,* Svevo avait déjà campé le portrait d'une magnifique créature. Mais on peut considérer son dernier roman, où se lit le récit d'une grande passion amoureuse, comme tout parcouru d'un parfum de jeunes filles en fleur. Les facéties clownesques de Zeno, les dérivatifs et consolations qu'il se cherche (il raffole de l'aventure féminine avec un zeste de fétichisme) ne pallient qu'imparfaitement l'absence de la bien-aimée. Et cet amour, contraint par la force des choses à une existence sinueuse et souterraine, débouche sur une ambivalence ravageuse pour celle qui en est l'objet. Car Zeno, auquel l'inceste ne ferait pas peur, brise Ada en se payant sur la peau du mari. Malheur à qui s'interpose entre ce bon garçon et l'objet de ses convoitises.

Parallèlement, on peut lire dans *La Conscience* un art de la conjugalité, un manuel du savoir-aimer à l'usage des épouses légitimes. Mesdames, si vous voulez trouver le bonheur et garder votre époux, soyez comme Augusta la bigle des ménagères accomplies, des femmes soumises, tendres, admiratives, indulgentes et surtout myopes. C'est la félicité assurée pour le couple, la morale de la fable zénonienne étant que les femmes sont faites pour être choisies et non pour choisir. Zeno n'aime guère que la femme se rebiffe et se refuse à lui, surtout lorsqu'il ne trouve pas le moyen de se venger. L'histoire de sa liaison avec Carla a quelque chose d'exemplaire. La belle enfant à laquelle il entendait faire jouer à vie, et sans l'aimer, le rôle de la seconde, échappe grâce à sa droiture rebelle à la condition humiliante dans laquelle son amant voulait la maintenir par commodité personnelle.

Et les autres

Zeno ne réussirait pas à être pleinement lui-même s'il n'était pris dans la riche combinatoire des personnages qui déterminent son comportement. On va donc découvrir dans *La Conscience*, comme chez Dickens, une quantité de figures plus ou moins fouillées, selon la durée des rencontres, mais toutes rendues avec le relief et l'évidence de la vie. Zeno est un observateur imparable des physionomies et des gestes. Il rend compte à chaque coup de ce qu'il voit avec une adresse souvent maligne qui emporte l'adhésion. Là encore, lorsque quelque personnage devient la cible de sa raillerie mensongère, comme Guido le beau-frère haï qui lui a soufflé Ada, on finit par pressentir la réalité brouillée sous l'information spécieuse que nous communique le récitant. L'identité de Guido devient l'objet d'un jeu d'occultation-révélation qui fait de la conscience de Zeno le miroir de toutes les distorsions et de tous les redressements. Guido, jeune, beau, intelligent, ardent et imaginatif, artiste consommé (il joue du violon comme un dieu), est médiocrement intéressé par le prosaïsme du négoce, encore que sa malchance et la haine de Zeno pèsent sans doute plus lourd dans sa faillite que son impéritie personnelle.

On laissera aux lecteurs le plaisir de découvrir Augusta et les autres membres de la famille Malfenti, ainsi que le père de Zeno, la foule des amis et connaissances, celle des médecins et des courtiers si nombreux dans ces pages. On s'étonne que n'aient pas été tirées de cette multitude, qui inclut le protagoniste lui-même, les têtes d'une lignée littéraire, ou quelque prototype de référence, et qu'on ne dise pas encore, « un Zeno », comme on dit « un Harpagon », ou « un Othello ».

Scientisme et humour

La Conscience de Zeno, regardé dans le prolongement des deux premiers romans de l'auteur (dont les mérites ont été aujourd'hui largement reconnus) vous a un petit air *sui generis* qui tient à la fois à son imprégnation de scientisme et à l'humour, l'un n'allant pas sans l'autre et réciproquement. Svevo est trop fin créateur pour introduire dans la confession de Zeno des considérations scientifiques sans leur faire jouer un rôle prémédité dans l'économie du récit. On a vu le sort fait à la psychanalyse. Le discours du récitant, souvent axiomatique, est ponctué d'une scientificité cocasse, un peu dans la manière de *Bouvard et Pécuchet,* et dont on ne sait jamais à quel point elle entend passer pour sérieuse ou se donner pour farfelue. Zeno se complaît dans des réflexions médicales ou scientifiques si saugrenues qu'elles ne sauraient être le moins du monde référées à la Science, dont elle sont censées être tirées, par une critique sourcilleuse. Même si elle n'est pas loin de la vérité de sa provenance, l'érudition déployée par le récitant se prête aux nécessités du ton fantaisiste adopté.

Elle peut donc difficilement encourir le blâme et supporter le contrôle d'examens pointilleux du fait que le parti pris de plaisanter semble manifeste. N'est-ce pas pour l'homme de lettres qui s'engage sur les brisées des savants la seule manière d'échapper à ses détracteurs et d'éviter l'accusation de pédantisme présomptueux? C'est ce qu'à l'évidence n'avait pas compris le Dr Weiss de Trieste lorsqu'il se livra à l'éreintement de *La Conscience.* Mais c'est ce qu'a fort bien saisi, après Flaubert, le narrateur Italo Calvino dont on connaît les jongleries espiègles sur les acquis scientifiques.

Il ne manque certes pas au livre des considérations assez sérieuses pour engager la responsabilité de l'auteur qui, en quelques cas, se met visiblement à la place de son personnage, mais dans l'ensemble le ton est à la facétie. Il n'est que de voir comment Zeno explique sa boiterie par le blocage des cinquante-quatre muscles de sa jambe malade, la manière dont il commente le rôle avertisseur des nerfs dans la néphrite de son ami Copler ou celle dont il escompte la complicité de Basedow pour amener Ada à de meilleures dispositions envers lui. Science non pas pour rire mais pour faire rire. Dans la majorité des cas, la parole est à la drôlerie et non au didactisme. Zeno ne s'est-il pas fixé comme programme immuable de vie de rire de toute chose? Cette résolution, il la tient de bout en bout. C'est même la seule à laquelle il reste fidèle, car elle lui permet d'émousser l'aiguillon de la douleur et de vivre sans se tourner les sangs.

Il y avait dans ce récit tous les ingrédients propres à en faire une intrigue tragique ou, si l'on préfère, mélodramatique : maladies, morts (on compte quatre disparitions en cours de route), amours malheureuses, séduction de l'innocence sans défense, et pour finir la guerre. Il est vrai qu'en quelques circonstances, et lorsqu'il est personnellement atteint, Zeno réussit à pleurer sur soi de vraies larmes, mais le reste du temps ce sont pleurs de crocodile. Il parvient à garder, même pour le deuil, le ton de l'irrévérence moqueuse, voire de la bouffonnerie, et à nous débiter des énormités sur le ton sérieux du pince-sans-rire. Après le récit de sa tentative de désintoxication dans une clinique de Trieste, celui de son mariage, sa rencontre inopinée avec le dispositif militaire de la guerre a quelque chose d'ubuesque. Fabrice à Waterloo fait à côté de lui figure de grand stratège. Zeno refuse de prendre qui et quoi que ce soit au sérieux, excepté son désir qui est ressenti par lui comme étant son essence virile. Alors les blessures infligées à son moi narcissique provoquent en lui des troubles certains.

Il n'est guère possible d'entrer ici dans le détail de l'humour qui confère au récit de Zeno ses traits distinctifs. Sachons que les métaphores empruntées au champ lexical du négoce y tiennent une place inattendue. Le locuteur s'en sert abondamment pour commenter des situations avec lesquelles elles n'ont que faire, accentuant ainsi leur fonction ludique. On verra entre autres la manière dont il compare la superbe Carmen à un industriel qui courrait par le monde pour faire connaître l'excellence de ses produits, ou encore celle dont il évalue les cotations fluctuantes atteintes par la femme au cours d'une même journée en termes de valeurs boursières. Zeno, étant l'homme des intermittences du cœur, a besoin pour moduler le passage d'un état d'âme à son contraire, de recourir à l'ironie, à de subtils faux-semblants, de pratiquer sans vergogne la casuistique la plus retorse et la plus divertissante, tout en mettant à nu les replis de sa psyché labyrinthique.

Si bien qu'en fin de compte sa drôlerie le fait absoudre. Il se rend pareil à ces coupables qui désarment leurs juges par quelque trait d'esprit. *La Conscience* ruisselle d'esprit et de malice. Zeno, c'est encore le cuisinier Chichibio de Boccace qui, ayant volé son maître, obtient son pardon grâce à une excuse qui ne tient debout qu'en vertu de son astuce pétillante. On ne peut en vouloir longtemps à ceux qui nous égaient. Zeno le bon apôtre finit par mettre les rieurs de son côté.

Style et images

La Conscience a mis longtemps à s'imposer en Italie bien que les appréciations flatteuses ne lui aient pas manqué. Une expression langagière inhabituelle entrait pour beaucoup dans ce rejet. Il faut commencer par dire que la multiplication des apprentissages linguistiques de l'auteur (massivement l'allemand, puis le français, et pour finir l'anglais), son confinement habituel dans le dialecte triestin, n'avaient pas toujours protégé la pureté de son italien. Le roman consacre d'ailleurs de nombreuses réflexions à ce problème capital et à ses retombées sur les choix lexicaux du texte, tout en se maintenant au diapason humoristique des pages.

Acte en soit donné à Svevo, qui a réussi à surmonter ce handicap originel grâce à son génie propre et à l'éloquence incisive de son imagination. Car, après tout, qu'est-ce donc que le style sinon l'imagination visuelle impérieuse de la chose à raconter qui ne convoque que les mots expressément appropriés au dire ? Le style n'est pas affaire, du moins au premier chef, de l'*ars dicendi*. Il est prioritairement l'art du regarder et du bien voir. Ce qui se perçoit bien s'énonce bellement. Svevo est un narrateur qui pense d'abord par images, ces images dont il dit quelque part dans *La Conscience* qu'on peut tourner autour d'elles parce qu'elles se donnent à voir sous toutes leurs faces. Il trouve l'originalité de son style dans une perception personnelle, phénoménologique, du réel et de l'abstrait même, comme concrétude, et non dans un répertoire d'exemples éprouvés, ceux de menus enrichis pour palais exigeants, tout en ignorant les ruptures finalement convenues des avant-gardes de son époque. L'image s'impose à son esprit avec une telle évidence qu'elle le libère des tentations rhétoriques, aussi bien passéistes que futuristes, auxquelles succombaient de si nombreux écrivains de sa génération, en Italie et ailleurs. Ce narrateur qui avait appris tant de choses, et jusqu'à l'art de fabriquer de la bonne peinture pour coques de navires de guerre, aurait pu, s'en fût-il donné la peine, et pour être dans le vent, acquérir l'habile maîtrise d'un quelconque de ces divers maniérismes qu'on a eu trop longtemps tendance à prendre pour le fin du fin de la création littéraire. La solitude de Svevo fut en définitive la chance de son art.

Dès ses premiers romans, et bien avant sa rencontre avec Joyce, Svevo avait découvert le pouvoir épiphanique de la parole, du mot qui crée l'événement dans la mesure où il est vecteur d'images. Il y a chez lui une rudesse abrupte d'expression, un refus radical de toute expansion phrastique, une sécheresse de l'énoncé, parfois une torsion de la syntaxe (que la traduction devra nécessairement filtrer), qui paraissent friser la gaucherie, mais la densité figurative de son écriture est telle qu'elle élève fréquemment le texte à la hauteur de la poésie. Pour être négociant, Svevo n'en est pas moins poète à sa manière, pesant la valeur des mots, n'en délivrant que l'essentiel et le fonctionnel, pimentant son texte des grains d'humour nécessaires pour nous faire entendre les harmoniques du ton fondamental. Il nous dit tout avec du presque rien. Et s'il fallait absolument trouver un parrain à son style, c'est vers le Trecento florentin qu'il faudrait nous tourner.

La langue de *La Conscience*, écrite par un écrivain rodé aux affaires et pour lequel le temps vaut de l'or, est remplie de trouvailles expressives, traversée d'éclairs fulgurants de la poésie de la nature, de l'apparence originale des êtres de toute espèce. L'ascendant exercé à chaque instant par l'image crée la spécificité du discours. C'est par ce biais que l'écrivain aborde au rivage de la grande littérature, quand même l'abstraction se vêt de figurativité. Lorsque Zeno dépose un baiser sur la main de la rétive Ada, celle-ci, médusée, regarde cette main comme pour voir si quelque chose n'y avait pas été inscrit. Plus loin, Guido, fixant l'horizon au-dessus de sa tête, ébauche pour Zeno de grandioses projets d'avenir et celui-ci se tourne dans la même direction pour y découvrir la vision contemplée par son interlocuteur. Lorsque le Dr Coprosich exige de Zeno des explications à propos de son père, ses yeux, redoutables, les cherchent partout.

Les descriptions sont rares et parcimonieuses dans *La Conscience*, volontairement dégraissées de toute surcharge pondérale, mais superbes dans leur essentialité, tels les brefs et intenses tableaux de la nuit, de la mer, du Carso au printemps. Fréquents sont, au contraire, les dialogues (la vocation première de Svevo a été d'écrire pour le théâtre), en vertu desquels les personnages se créent directement de ce qu'ils disent, avec le maximum d'efficacité. L'auteur les raconte le moins possible. Tout tend à l'économie et à la clarté la plus méthodique et la mieux programmée qui soit, grâce aux anticipations répétés avec lesquelles le récitant lance son projet narratif et balise le déroulement à venir de son exposé. Les plans temporels variés qui donnent à l'œuvre sa perspective mobile s'inscrivent dans une coupe très ferme qui ne laisse jamais prise à la confusion des époques envisagées. Le quadruple statut temporel de Zeno (enfance, jeunesse, maturité, vieillesse) est solidement maîtrisé. Des plus lointaines aux plus proches, les réminiscences sont organisées pour sertir nettement les jeux complexes et déroutants d'une conscience enchevêtrée et dilatoire, et pour faciliter l'interprétation des faits évoqués. Chacun des huit chapitres qui composent le roman est tenu comme un livre comptable où tout est inscrit selon une chronologie qui suit uniment le sens de la flèche du temps. Le bouleversement des plans temporels n'existe que dans l'imagination de ceux qui ont voulu découvrir dans *La Conscience* le prototype de l'anti-roman. Nombreux sont les rappels circonstanciels : « A cette époque », « alors », « à quelques jours de là », « le lendemain », etc.

Tout aussi marqués sont les rapports de causalité, au risque d'entraîner quelque lourdeur lorsqu'ils sont soulignés par des syntagmes explicatifs comme : « c'est pourquoi », « c'est ainsi que », « à savoir », « étant donné que », « je dois dire », « il me faut avouer », « maintenant je sais », « comme je l'ai appris par la suite », « je me rappelle » (syntagme fondamental de cette remémoration), etc. Il n'était pas si facile de mettre une conscience à nu, avec pour seul instrument un « je » narrateur privé du secours de tout commentaire extérieur. On s'est rendu compte aujourd'hui que le récit à la troisième personne permet des exploits psychologiques interdits à la première. Le « je » est obligé de tout dire et de tout faire par lui-même. Aussi les précisions syntaxiques s'articulent-elles nombreuses autour des répliques dialoguées de *La Conscience* : « dit-il », « m'exclamai-je », « protesta-t-elle ». Nous devons nous rendre compte que le roman est construit sur une gageure : la recherche de la clarté qui guérit et que doit procurer la relation sincère et véridique de l'analysant quand ni la sincérité ni la véridicité n'acceptent d'aller au rendez-vous ou quand elles y viennent en traînant les pieds. Et comme il faut bien qu'il y ait de la clarté quelque part, elle se trouve d'abord dans le procédé d'exposition des faits, minutieusement établis et corrélés, avec leurs tenants et leurs aboutissants, selon une précision de compte rendu. Elle réside ensuite dans la volonté logicienne qui se manifeste dans les connexions signalées ci-dessus.

Svevo demeure dans la tradition rationaliste qui pense que tout peut être cerné et explicité, quitte à faire ressortir l'inexplicable et l'inavouable des conduites humaines, sur le fond de l'absurdité du monde.

On a parlé plus haut de démonstration machiavélienne. Ce « *Prince* » *à Trieste* se clôt sur une dernière image, sombre et négative, de l'homme. Au lendemain du premier conflit mondial où l'instinct de mort avait donné sa pleine mesure, Svevo, ce freudien décrié par le Dr Weiss, devance très curieusement, par la médiation de son personnage, les conclusions pessimistes que le Dr Sigmund allait exposer une décennie plus tard au cours des pages de *Malaise dans la civilisation.* Svevo avait disparu alors depuis quelques années. S'il avait pu la prévoir, il se serait amusé de l'approbation *post mortem* accordée à sa propre conception de l'homme par le père de la psychanalyse. A la dernière page de son récit, Zeno passe résolument du particulier au général pour se demander s'il n'y aurait pas une essence du mal, comme pathologie rebelle à toute cure, qui pourrait conduire les plus atteints d'entre nous au paroxysme d'une agressivité destructrice, suite à laquelle la planète, et c'est sa dernière image, enfin débarrassée de ses maladies, serait réduite à l'état d'une nébuleuse errant dans les cieux. La farce s'abîme dans l'angoisse tandis que l'ensemble du récit retire sa signification de cette conclusion pessimiste. C'est peut-être grâce à ce finale imprévu du récit que reprend force le moralisme, d'ascendance judéo-chrétienne, de Svevo, tenu jusque-là en échec par le triomphe insolent de l'égotisme zénonien. Nul ne sauvera son épingle du jeu dans ce prévisible cataclysme planétaire si l'homme ne cesse enfin de jouer à cache-cache avec les admonitions de sa conscience, s'il ne renonce à faire l'ange, c'est-à-dire la bête, à l'abri des arguties déployées par notre frère à tous, Zeno de Trieste.

Repères biographiques

1861. – Italo Svevo (Ettore Aron Schmitz) naît à Trieste, ville alors autrichienne, de Francesco Schmitz et d'Allegra Moravia, cinquième d'une famille bourgeoise de huit enfants.

1874. – Après de premières études à Trieste, précocement orientées vers l'acquisition de connaissances commerciales, Svevo et ses frères Adolfo et Elio sont envoyés dans un collège de Segnitz (Bavière) pour y perfectionner leur formation commerciale et surtout pour y apprendre l'allemand, langue alors indispensable à la conduite des affaires. Segnitz est aussi pour Svevo le temps des lectures. Il dévore les classiques allemands : Jean-Paul, Schiller et Goethe, ainsi que d'autres auteurs : Tourgueniev et Shakespeare.

1878. – Après ces années bavaroises, Svevo retourne à Trieste où il s'inscrit à l'Institut supérieur de Commerce « Pasquale Revoltella ». Mais il caresse déjà l'idée de devenir écrivain de langue italienne.

1880. – Il compose ses premières œuvres pour la scène (un public nombreux se pressait alors dans les cinq théâtres de Trieste) : *Ariosto governatore (L'Arioste gouverneur), Il Primo Amore (Le Premier Amour), Le Roi est mort vive le roi!; I Due Poeti (Les Deux Poètes).* La faillite de l'entreprise de verrerie de son père l'oblige à prendre un emploi. Il entre à la Banca Union comme correspondant en allemand et en français, sans cesser de fréquenter assidûment la bibliothèque municipale où il lit les classiques italiens (Boccace, Machiavel, Guichardin) et des auteurs français (Balzac, Flaubert, Renan, Zola, Daudet). Il collabore aussi au journal triestin de langue italienne, *L'Indipendente*, de tendances irrédentistes (la feuille la plus censurée de Trieste), y publiant des articles de critique (Nordau, Verga, Zola, Renan, Wagner, Schopenhauer), sous le pseudonyme d'Ettore Samigli. Au cours de ces mêmes années, Svevo écrit aussi des nouvelles dont aucune ne nous a été conservée.

1886. – Il perd Elio, pour lui le plus cher de ses trois frères. Il fait la connaissance du peintre triestin Umberto Veruda avec lequel il se liera d'une amitié durable.

1890. – Il publie dans *L'Indipendente* sa première grande nouvelle : *L'Assassinio di via Belpoggio (L'Assassinat de la rue Belpoggio).* Outre Schopenhauer, il lit à cette époque Marx et Darwin.

1892. – Mort de son père Francesco Schmitz. Svevo publie son premier roman : *Una vita (Une vie)*, qui sombre dans une indifférence à peu près totale. Il a adopté alors définitivement le pseudonyme d'Italo Svevo (Italien Souabe).

1895. – Svevo perd sa mère et se fiance à sa cousine Livia dont le père, Gioacchino Veneziani, est l'inventeur d'une formule chimique de peinture pour coques de navires. Tenue jalousement secrète, la formule est destinée à faire la fortune de la famille.

1896. – Svevo épouse Livia. En plus de son travail à la banque, il donne des cours du soir en allemand et en français à l'Institut Revoltella.

1897. – Naissance de sa fille Letizia. Svevo publie dans le journal socialiste de Filippo Turati, *Critica sociale*, une fable allégorique : *La Tribu.*

1898. – Publication de son deuxième roman : *Senilità*. Sans plus de succès que le premier. Svevo poursuit ses lectures : Ibsen, Dostoïevski, Tolstoï.

1899. – Ses échecs littéraires l'incitent à entrer dans l'affaire de son beau-père dont il va devenir le représentant à l'étranger.

1901. – Après une tentative infructueuse en France, Svevo propose la peinture Veneziani à l'amirauté anglaise qui l'accepte. Il est autorisé à implanter à Charlton (Londres) une filiale de la maison mère triestine. Il fait en Angleterre des séjours prolongés et commence à apprendre l'anglais. Malgré son renoncement de principe à la création littéraire, Svevo continuera à écrire nouvelles et pièces de théâtre dont *Un marito (Un mari)* continue à être représentée. Il réussit excellemment dans le commerce et y fait fortune.

1906-1907. – Il rencontre à Trieste James Joyce qui enseignait l'anglais à l'Ecole Berlitz et qui accepte de lui donner des leçons. C'est le début d'une amitié littéraire très forte. Joyce lit les deux premiers romans de son élève quadragénaire et se déclare enthousiasmé. Il incite Svevo à lire Swift et Dickens.

1908-1910. – Premières lectures par Svevo des œuvres de Freud.

1914. – Svevo rencontre plus directement la psychanalyse à l'occasion de la maladie de son jeune beau-frère qui suit à Vienne une cure dont les résultats seront jugés catastrophiques par la famille. Première Guerre mondiale. L'industriel, sujet autrichien, doit quitter Londres. Il se rend en Allemagne pour y implanter une nouvelle filiale de la maison Veneziani. Selon lui, la victoire de ce pays est assurée.

1915. – L'Italie entre dans le conflit aux côtés de l'Entente. Joyce quitte Trieste pour Zurich. La famille de Svevo subit le contrecoup des événements. Letizia suit à Florence son fiancé, patriote istrien, qui s'engage dans l'armée italienne. Les beaux-parents Veneziani se réfugient en Suisse tandis que les Autrichiens séquestrent à Trieste le matériel de l'usine de peinture et essaient d'arracher à Svevo le fameux secret de fabrication. Ce dernier, réduit à l'inaction, ébauche un traité : *Per la pace perpetua (Pour une paix perpétuelle).* Il se plonge dans la lecture de Swift et s'adonne à l'étude du violon dont il avait commencé à jouer dans sa jeunesse.

1918. – Avec son neveu Aurelio Finzi, il commence à traduire l'ouvrage de Freud, *Le Rêve et son interprétation (Über den Traum,* 1901, réduction de *Traumdeutung,* 1900).

1919. – Trieste est rendue à l'Italie. Svevo entreprend son troisième roman : *La Coscienza di Zeno (La Conscience de Zeno).* Il retrouve Joyce à Paris. Réduisant quelque peu ses activités commerciales qu'il délègue à son gendre, il collabore au quotidien *La Nazione* (Trieste), avec des considérations sur Trieste, des comptes rendus et divers articles.

1922. – Il termine *La Conscience de Zeno.*

1923. – Il publie son troisième roman que la critique ignore. Les psychanalystes le boudent sous prétexte, comme le dit le Dr Weiss de Trieste, que le livre n'a rien à voir avec leur discipline.

1924. – Sur les conseils de Joyce, Svevo envoie un exemplaire de son roman à Valery Larbaud et à Benjamin Crémieux qui l'apprécient vivement.

1925. – Le poète italien Eugenio Montale (futur prix Nobel) consacre à l'auteur un article très élogieux : *Omaggio a Svevo.*

1926. – Un numéro de la revue française *Le Navire d'Argent* lui est en partie consacré par Crémieux et Larbaud. La critique italienne commence à s'intéresser à son œuvre. Svevo écrit plusieurs nouvelles : *La Madre (La Mère), Una burla riuscita (Une farce réussie), La Novella del Buon Vecchio e della Bella Fanciulla (La Nouvelle du Bon Vieillard et de la Belle Jeune Fille).*

1927. – Svevo publie la deuxième édition italienne de *Senilità*, revue et corrigée. *La Coscienza di Zeno* est traduit en français par Paul-Henri Michel. Svevo est fêté au Pen Club de Paris en compagnie d'Isaac Babel. Il donne une conférence sur Joyce à Milan. Il découvre Kafka et se passionne pour son œuvre.

1928. – Il travaille à un quatrième roman : *Il Vecchione (La Vieillesse de Zeno).* Un accident de voiture interrompt le cours de sa vie à Motta di Livenza (Trévise).

Bibliographie sommaire

VENEZIANI-SVEVO, L., *Vita di mio marito,* Trieste, Zibaldone, 1951, et *idem,* Milano, Dall'Oglio, 1976.

LEONE DE CASTRIS, A., *Italo Svevo,* Pisa, Nistri-Lischi, 1959.

LUTI, G., *Italo Svevo ed altri studi,* Milano, Lerici, 1961.

MAIER, B., *La Personalità e l'Opera di Svevo,* Milano, Mursia, 1961.

MAXIA, S., *Lettura d'Italo Svevo,* Padova, Liviana, 1965.

LUTI, G., *Italo Svevo,* Firenze, La Nuova Italia, 1967.

JONARD, N., *Italo Svevo, et la crise de la bourgeoisie européenne,* Paris, Les Belles Lettres, 1969.

KEZICH, T., *Svevo e Zeno – Vite parallele,* Milano, Scheiwiller, 1970.

BARILLI, R., *La Linea Svevo-Pirandello,* Milano, Mursia, 1972.

SPAGNOLETTI, G., *Svevo,* Milano, Accademia, 1972.

FUSCO, M., *Italo Svevo. Conscience et réalité,* Paris, Gallimard., 1973.

MOLONEY, B., *Italo Svevo. A critical Introduction,* Edinburg, University Press, 1974.

LAVAGETTO, M., *L'Impiegato Schmitz e altri saggi su Svevo*, Torino, Einaudi, 1975.

DE LAURETIS, T., *La Sintassi del desiderio*, Ravenna, Longo, 1976.

SACCONE, E., *Il Poeta travestito. Otto saggi su Svevo*, Pisa, Pacini, 1977.

GIOANOLA, E., *Un killer dolcissimo*, Genova, Il Melangolo, 1979.

GHIDETTI, E., *Italo Svevo*, Roma, Editori Riuniti, 1980.

CAMERINO, G.A., *Italo Svevo*, Torino, UTET, 1981.

CONTINI, G.F., *Il Romanzo inevitabile*, Milano Mondadori, 1983.

JEULAND-MEYNAUD, M., *Zeno e i suoi fratelli*, Bologna, Pàtron, 1985.

GAGLIARDI, A., *La Scrittura e i Fantasmi. Radici de " La Coscienza di Zeno "*, Napoli, Liguori, 1986.

MICELI, G., *Italo Svevo. La scrittura, il lavoro, la letteratura*, Mantova, Piovan, 1988.

La Conscience de Zeno

I

PRÉFACE

JE suis le docteur sur lequel ce roman tient parfois des propos peu flatteurs. Les gens qui entendent quelque chose à la psychanalyse savent de quoi relève l'antipathie dont le patient me poursuit.

Sur la psychanalyse je ne dirai pas un mot car il n'en est que trop question dans ces pages. Je dois m'excuser d'avoir incité mon patient à écrire sa biographie; les spécialistes en psychanalyse vont froncer les sourcils devant pareille nouveauté. L'homme était âgé et j'espérais que grâce à cette remémoration son passé reverdirait et que l'autobiographie préluderait utilement à son analyse. Aujourd'hui encore mon idée me paraît heureuse car elle a produit des résultats inespérés qui eussent été meilleurs si le malade, quand tout allait pour le mieux, n'avait abandonné sa cure, me dépouillant ainsi des fruits de la longue et patiente analyse de ces Mémoires.

Je les publie pour me venger et j'espère qu'il sera bien attrapé. Qu'il sache toutefois que je suis prêt à partager avec lui les honoraires confortables que me rapportera cette publication à condition qu'il reprenne sa cure. Il paraissait si désireux de se connaître! S'il imaginait la surprise que lui causerait le commentaire de toutes les vérités et de tous les mensonges qu'il a accumulés dans ces pages!...

Docteur S.

II

PRÉAMBULE

REVOIR mon enfance ? Plus de dix lustres m'en séparent mais mes yeux de presbyte pourraient peut-être y arriver si à la lumière qu'elle réverbère encore ne faisaient écran, hauts comme des montagnes, des obstacles de toute sorte et certains moments de ma vie.

Le docteur m'a recommandé de ne pas m'obstiner à regarder aussi loin. Même les événements récents sont précieux pour les médecins, surtout les imaginations ou les rêves de la nuit précédente. Il faut cependant mettre un peu d'ordre dans tout cela. Pour prendre les choses par le commencement, à peine avais-je quitté mon docteur, qui ces jours-ci et pour pas mal de temps sera absent de Trieste, qu'en vue de lui faciliter la tâche, j'ai acheté et lu un traité de psychanalyse. Ce n'est pas difficile à comprendre mais rudement ennuyeux.

Après le déjeuner, me voici commodément étendu dans un grand fauteuil à oreilles, crayon et feuille de papier à la main. Mon front s'est déridé parce que mon esprit élimine tout effort. Ma pensée m'apparaît comme séparée de moi. Elle monte, elle descend... mais c'est tout ce qu'elle fait. Pour lui rappeler qu'elle est la pensée et que son devoir serait de se manifester, je m'arme du crayon. Et voici que mon front se plisse car les mots sont composés de trop de lettres et le présent impérieux me ressaisit et masque le passé.

Hier, j'avais essayé de me détendre entièrement. L'expérience a fini dans le plus profond sommeil et je n'ai obtenu d'autre résultat que de me sentir tout à fait reposé et d'éprouver la curieuse sensation d'avoir vu en dormant quelque chose d'important. Mais c'était oublié et à jamais perdu.

Grâce au crayon que je serre dans ma main, aujourd'hui je reste éveillé. Je vois, j'entrevois des images bizarres qui ne peuvent avoir aucun lien avec mon passé : une locomotive qui s'essouffle sur une montée en traînant d'innombrables wagons; qui sait d'où elle peut bien venir, où elle va et pourquoi la voilà devant moi! Dans mon demi-sommeil je me rappelle que le traité affirme que grâce à cette méthode on peut remonter jusqu'à sa petite enfance, au temps des langes. Je vois aussitôt un bébé emmailloté, mais pourquoi faudrait-il que ce soit moi? Il ne me ressemble pas du tout et je crois bien que c'est celui que ma belle-sœur a mis au monde voici quelques semaines et qu'on nous a présenté comme un prodige parce qu'il a de toutes petites mains et de très grands yeux. Pauvre bébé! Tu n'as rien à voir avec le souvenir de mon enfance! Je ne trouve même pas le moyen de t'avertir, alors que tu vis en ce moment la tienne, de l'importance de te la rappeler pour le bien de ton intelligence et de ta santé. Quand sonnera-t-elle pour toi l'heure de savoir qu'il serait bon de conserver le souvenir de ta vie, y compris cette grande portion de ton existence qui te rebutera? En attendant, tu explores inconscient ton petit organisme à la recherche du plaisir et des découvertes délicieuses qui t'achemineront vers la douleur et la maladie en direction desquelles tu seras poussé par ceux-là mêmes qui ne le voudraient pas. Qu'y faire? Il est impossible de protéger ton berceau. Dans ton sein – enfançon! – se réalise une combinaison mystérieuse. Chaque minute qui passe y verse un réactif. Tu as toutes les chances d'être malade car toutes les minutes que tu vis ne peuvent être pures. Et puis – enfançon! – tu es le consanguin de personnes que je connais. Même si les minutes qui passent pour toi en ce moment sont pures, elles ne furent pas telles au cours de tous les siècles qui te préparèrent.

Me voici bien loin des images qui annoncent le sommeil. J'essaierai encore demain.

III

LA CIGARETTE

LE docteur à qui j'en ai parlé m'a dit de commencer mon travail par une analyse chronologique de mon penchant à fumer.

– Ecrivez ! Ecrivez ! Vous constaterez à quel point vous réussirez à vous voir en entier.

Je crois bien que sur la cigarette je peux écrire ici à mon bureau sans aller rêver sur mon fauteuil. Je ne sais par où commencer et j'invoque le secours des cigarettes toutes si pareilles à celle que je tiens entre les doigts.

Aujourd'hui je découvre aussitôt quelque chose dont je ne me souvenais plus. Les premières cigarettes que j'ai fumées ne se trouvent plus dans le commerce. Vers 1870 on en trouvait en Autriche, vendues dans de petites boîtes en carton marquées du sceau de l'aigle à deux têtes[1]. Et voici qu'autour d'une de ces boîtes se rassemblent aussitôt plusieurs figures chacune avec un trait distinctif suffisant pour m'en souffler le nom mais non pour que je m'émeuve de cette rencontre inopinée. Je tente d'obtenir davantage et je me dirige vers mon fauteuil : les personnages s'estompent et leur place est prise par des bouffons qui rient de moi. Découragé, je retourne à mon bureau.

L'un des personnages, à la voix un peu rauque, était Giuseppe, un jeune garçon de mon âge; l'autre, mon frère qui avait un an de moins que moi et a disparu il y a bien longtemps. Il semble que Giuseppe recevait beaucoup d'argent de son père et qu'il nous faisait cadeau desdites cigarettes. Mais je suis certain qu'il en donnait davantage à mon frère qu'à moi. Ce qui me mettait dans la nécessité de m'en procurer d'autres. Il advint ainsi que je volai. L'été mon père abandonnait sur une chaise de la salle à manger son gilet dans le gousset duquel se trouvait toujours quelque menue monnaie : je me procurais les dix sous que coûtait la précieuse petite boîte et je fumais l'une après l'autre les dix cigarettes qu'elle contenait pour ne pas conserver longtemps le produit compromettant de mon larcin.

Tous ces événements enfouis dans ma conscience étaient à portée de ma main. Ils ne resurgissent que maintenant car j'ignorais auparavant l'importance qu'ils pouvaient revêtir. J'ai donc noté l'origine de cette habitude répugnante et (sait-on jamais?) peut-être en suis-je déjà guéri. C'est pourquoi, histoire de voir, j'allume une dernière cigarette et peut-être, de dégoût, la rejetterai-je aussitôt.

Puis je me rappelle qu'un jour mon père m'a surpris à farfouiller dans son gilet. Et moi, avec une effronterie dont je suis bien loin aujourd'hui et qui maintenant encore me dégoûte (qui sait si un tel dégoût n'a pas une grande importance dans ma cure) je lui ai dit que j'avais éprouvé la curiosité de compter les boutons de son vêtement. Mon père s'est mis à rire de mes dispositions aux mathématiques ou à la couture sans s'apercevoir que j'avais les doigts dans le gousset de son gilet. A mon honneur je peux dire qu'il a suffi de ce rire adressé à mon innocence au moment où celle-ci n'existait plus pour m'empêcher à jamais de voler. C'est-à-dire... que j'ai volé encore, mais sans le savoir. Mon père laissait traîner partout dans la maison des virginies à demi fumés, sur le bord des tables et des armoires. Je croyais même savoir que notre vieille servante Catina les jetait. J'allais les fumer en cachette. Bien sûr, au moment de m'en emparer, j'étais pris d'un frisson de répulsion à l'idée du malaise que ces cigares allaient déclencher en moi. Et puis je les fumais jusqu'à ce que des sueurs froides couvrent mon front et que des crampes me tordent l'estomac. Il ne sera pas dit que dans mon enfance j'aie pu manquer d'énergie.

Je sais parfaitement comment mon père m'a guéri aussi de cette habitude. Un jour d'été j'étais rentré à la maison d'une excursion avec ma classe, fatigué et trempé de sueur. Ma mère m'avait aidé à me déshabiller et, après m'avoir enveloppé dans un peignoir, elle m'avait couché sur un canapé où elle-même s'assit pour se livrer à quelque ouvrage de couture. J'allais glisser dans le sommeil mais le soleil brillait encore devant mes yeux et je tardais à perdre conscience. La douceur qui à cet âge accompagne le repos après un grand effort a pour moi l'évidence d'une image en soi, aussi visible que si j'étais là près de ce corps chéri qui n'existe plus.

Je me rappelle la fraîcheur de la grande pièce où nous jouions enfants et qui maintenant, par ces temps avares d'espace, est partagée en deux. Dans cette scène mon frère n'apparaît pas, détail qui m'étonne car je pense qu'il avait dû lui aussi prendre part à l'excursion et aurait dû partager mon repos. Il est possible qu'il ait été couché lui aussi à l'autre bout du grand canapé. Je regarde cette place mais elle me semble vide. Je ne vois que moi, la douceur du repos, ma mère, et puis mon père dont j'entends résonner la voix. Il était entré et ne m'avait pas vu car il appela à haute voix :

– Maria !

Maman avec un geste accompagné d'un léger bruit des lèvres lui fit un signe dans ma direction, car elle me croyait plongé dans le sommeil où je nageais pleinement éveillé. J'étais si heureux que mon père eût à se contraindre pour moi que je ne bougeai pas.

Mon père se lamenta à voix basse :

– Je crois que je deviens fou. Je suis presque sûr d'avoir laissé il y a une demi-heure sur ce placard la moitié d'un cigare et voilà que je ne le retrouve plus. Je vais plus mal que d'habitude. Je perds la notion des choses.

Sur le même ton de voix, mais qui trahissait une hilarité contenue seulement par la crainte de me réveiller, ma mère répondit :

– Et pourtant après le repas personne n'est entré dans cette pièce.

Mon père murmura :

– Je le sais bien et c'est pourquoi je crois que je deviens fou!

Il tourna les talons et sortit.

J'entrouvris les yeux et regardai ma mère. Elle s'était remise à son ouvrage et continuait à sourire. Elle ne croyait certainement pas que mon père allait devenir fou puisqu'elle souriait ainsi de ses appréhensions. Ce sourire est resté tellement gravé en moi que je m'en suis souvenu aussitôt en le retrouvant sur les lèvres de ma femme.

Ce n'est pas le manque d'argent qui aurait pu m'empêcher d'assouvir mon vice, mais les interdictions ne firent que l'exacerber.

Je me souviens d'avoir beaucoup fumé, caché dans tous les coins possibles. Comme de fortes nausées s'ensuivirent, je me rappelle un séjour prolongé dans une cave obscure en compagnie de deux autres garçonnets dont je ne revois rien d'autre dans mon souvenir que des vêtements d'enfants : deux paires de culottes courtes qui tiennent debout parce qu'elles ont contenu un corps que le temps a éliminé. Nous avions beaucoup de cigarettes et nous voulions voir qui réussirait à en griller le plus grand nombre dans le minimum de temps. C'est moi qui gagnai, et je dissimulai héroïquement le malaise que cet étrange exercice m'avait causé. Puis nous sortîmes en plein air, au soleil. J'ai dû fermer les yeux pour ne pas avoir un étourdissement, mais je me suis remis et je me suis vanté de ma victoire. L'un des deux gosses a rétorqué alors :

– Je m'en fiche d'avoir perdu car moi je ne fume pas plus que ce qu'il me faut.

Je me rappelle ces mots pleins de santé mais non le visage rond, probablement tout aussi éclatant de santé, qui devait me faire face à ce moment-là.

Mais alors je ne savais pas si j'aimais ou si je haïssais les cigarettes et leur saveur ainsi que l'état dans lequel la nicotine me plongeait. Quand j'ai compris que je haïssais tout cela, ce fut bien pis. Et je l'ai compris aux alentours de mes vingt ans. J'ai souffert alors d'un violent mal de gorge avec une poussée de fièvre. Le docteur me prescrivit le lit et l'abstention absolue de fumer. Je me rappelle ce mot *absolue*! Il m'a blessé et la fièvre l'a coloré : un vide immense sans rien pour résister à l'énorme pression qui se produit aussitôt autour d'un vide.

Quand le docteur me quitta, mon père (ma mère était morte depuis de nombreuses années), un gros cigare au bec, resta un moment avec moi pour me tenir compagnie. En me laissant, après avoir passé doucement sa main sur mon front brûlant, il me dit :

– Ne fume pas, hein!

J'ai été pris d'une énorme inquiétude. J'ai pensé : « Puisque ça me fait mal je ne fumerai jamais plus, mais auparavant je veux le faire pour la dernière fois. » J'ai allumé une cigarette et je me suis senti délivré de l'inquiétude bien que ma fièvre ait peut-être augmenté et qu'à chaque bouffée j'aie ressenti une brûlure aux amygdales comme si un tison ardent les touchait. J'ai achevé ma cigarette avec le soin qu'on met à accomplir un vœu. Et, souffrant toujours horriblement, j'en ai fumé beaucoup d'autres durant ma maladie. Mon père allait et venait, un cigare collé aux lèvres, en me disant :

– C'est bien! Encore deux ou trois jours sans cigarettes et te voilà sur pied!

Il suffisait de cette phrase pour me faire désirer qu'il s'en allât au plus vite afin de me permettre de courir à ma cigarette. Je faisais semblant de dormir pour l'inciter à s'éloigner plus tôt.

Cette maladie fut cause du second de mes problèmes : les efforts pour me débarrasser du premier. Mes journées finirent par être remplies de cigarettes et de résolutions de ne plus fumer et, pour tout avouer sans délai, il arrive de temps à autre qu'elles en soient toujours aussi pleines. La sarabande des dernières cigarettes qui s'est formée quand j'avais vingt ans continue à tournoyer. Moins radicales sont mes résolutions, et ma faiblesse trouve dans mon esprit de vieil homme une indulgence accrue. Quand on est âgé on sourit de la vie et de tout ce qu'elle contient. Je peux dire que depuis quelque temps je fume beaucoup de cigarettes... qui ne sont pas les dernières.

Sur le frontispice d'un dictionnaire, je trouve une annotation de ma main tracée d'une écriture moulée et ornée de fioritures :

« Aujourd'hui 2 février 1886, je passe de l'étude du droit à celle de la chimie. Dernière cigarette ! »

C'était une dernière cigarette très importante. Je me rappelle tous les espoirs qui l'accompagnèrent. Je m'étais enquiquiné sur le droit canon qui me paraissait bien éloigné de la vie et je courais à la science comme à la vie même bien qu'emprisonnée dans un matras. Cette dernière cigarette voulait justement exprimer mon désir d'activité (même manuelle) ainsi que de sérénité, de sobriété et de fermeté de pensée.

Pour échapper à la chaîne des combinaisons du carbone auxquelles je ne croyais pas, je revins au droit. Hélas ! Ce fut une erreur, marquée également par une dernière cigarette dont je retrouve la date annotée dans un livre. Elle eut aussi son importance et je me résignai à revenir aux subtilités du mien du tien et du sien avec de meilleures résolutions, brisant finalement les chaînes du carbone. J'avais montré mon inaptitude pour la chimie, due aussi à mon manque d'adresse manuelle. Comment aurais-je pu être adroit alors que je continuais à fumer comme un sapeur ?

Maintenant que me voici là en train de m'analyser, un doute me vient : n'ai-je pas autant aimé la cigarette que pour mieux rejeter sur elle la faute de mon incapacité ? Qui sait si en cessant de fumer je serais devenu cet homme idéal et fort que je voulais être ? Ce fut peut-être ce doute qui me lia à mon penchant car c'est une manière commode de vivre que de se croire grand d'une grandeur potentielle. J'avance cette hypothèse pour expliquer ma faiblesse juvénile mais sans ferme conviction. Maintenant que je suis vieux et que personne n'exige rien de moi je vais pareillement de cigarettes en résolutions et de résolutions en cigarettes. Que signifient ces résolutions ? A l'instar de cet hygiéniste devenu vieux évoqué par Goldoni[2], voudrais-je mourir en bonne santé après avoir vécu dans la maladie toute ma vie ?

Une fois, du temps où j'étais étudiant, comme je changeais de logis, je dus faire retapisser à mes frais les murs de ma chambre parce que je les avais couverts de dates. Il est probable que j'ai quitté cette chambre parce qu'elle était devenue le cimetière de mes bonnes résolutions et que je ne croyais plus possible d'en prendre d'autres en ce lieu.

Je pense que la cigarette a un goût plus intense quand c'est la dernière. Les autres aussi ont un goût particulier, mais moins prononcé. La dernière acquiert sa saveur du sentiment d'une victoire sur soi et de l'espoir d'un proche avenir de force et de santé. Les autres ont leur importance parce qu'en les allumant on manifeste sa propre liberté et le futur de force et de santé demeure mais il s'éloigne un peu.

Les dates sur les murs de ma chambre étaient inscrites dans les couleurs les plus variées et même à l'huile. La résolution, reformulée avec la foi la plus naïve, trouvait son expression appropriée dans la force de la couleur qui devait faire pâlir la teinte consacrée à la résolution précédente. Certaines dates étaient choisies par moi pour la concordance de leurs chiffres. Je me rappelle une date du siècle dernier qui me parut devoir sceller à jamais le cercueil dans lequel je voulais enterrer mon vice : « Neuvième jour du neuvième mois de 1899 ». Significative, non ? Le siècle nouveau m'apporta des dates bien plus musicales : « Premier jour du premier mois de 1901 ». Je crois encore que si cette date pouvait se répéter, je saurais commencer une vie nouvelle.

Mais dans le calendrier ce ne sont pas les dates qui manquent et avec un peu d'imagination on peut faire cadrer chacune d'elles avec une bonne résolution. Je me rappelle, parce qu'elle me sembla contenir un impératif suprêmement catégorique, la date suivante : « Troisième jour du sixième mois de 1912, à vingt-quatre heures. » Elle résonne comme si chaque chiffre doublait la mise.

L'année 1913 me procura un moment d'hésitation. Il y manquait le treizième mois pour l'accorder à l'année. Mais qu'on ne croie pas qu'il faille tant de concordances dans une date pour mettre en exergue la dernière cigarette. Beaucoup de ces dates que je retrouve inscrites dans mes livres ou sur mes tableaux préférés prennent relief de leur forme biscornue. Par exemple le troisième jour du deuxième mois de l'année 1905 à six heures! Elle a un rythme bien à elle quand on y réfléchit du fait que chaque chiffre annule le précédent. De nombreux événements, voire tous, depuis la mort de Pie IX à la naissance de mon fils, me parurent dignes d'être célébrés par mes sempiternelles résolutions d'acier. Tout le monde chez moi s'étonne de ma mémoire pour les anniversaires joyeux ou tristes de la famille et on me croit la bonté incarnée.

Pour voiler son apparence saugrenue je tentai de donner un contenu philosophique à la maladie de la dernière cigarette. On proclame avec une attitude grandiloquente : « jamais plus! ». Mais qu'advient-il de cette attitude si l'on tient sa promesse? On ne peut la conserver qu'à condition de renouveler son engagement. Du reste le temps, pour moi, n'est pas cette chose impensable qui ne s'arrête jamais. Pour moi, pour moi seulement, il recommence.

*

La maladie, c'est une conviction et moi je suis né avec cette conviction. De l'affection dont j'ai souffert à vingt ans je ne me rappellerais pas grand-chose si je ne l'avais alors décrite à un médecin. C'est curieux comme on se souvient mieux des propos tenus que des sentiments qui n'ont pas réussi à faire vibrer l'air.

J'étais allé consulté ce médecin car on m'avait dit qu'il guérissait les maladies nerveuses par l'électricité. Je pensais pouvoir tirer de l'électricité la force dont j'avais besoin pour arrêter de fumer.

Le docteur avait un ventre rebondi et il accompagnait de sa respiration asthmatique le cliquettement de la machine électrique dont les applications commencèrent dès la première séance qui me déçut car j'avais attendu du docteur qu'il découvrît en m'examinant le poison qui intoxiquait mon sang. Il me déclara au contraire qu'il me trouvait d'une bonne constitution et comme je m'étais plaint de mal digérer et de mal dormir, il émit la supposition que mon estomac manquait d'acides et que chez moi l'activité péristaltique (il répéta ce mot si souvent que je ne l'oubliai plus) était plutôt ralentie. Il me donna aussi à boire quelque acide qui m'a démoli car depuis ce jour je souffre d'un excès d'acidité.

Quand je compris qu'il n'arriverait pas par lui-même à découvrir la nicotine dans mon sang, je voulus l'aider et j'exprimai l'idée que mon indisposition pouvait être attribuée à cette substance. Il haussa, avec effort, ses lourdes épaules :

– Mouvement péristaltique... acidité... la nicotine n'a rien à voir là-dedans !

Soixante-dix, tel fut le nombre de ces applications d'électricité et elles continueraient encore si je n'avais jugé que c'était suffisant comme ça. Plutôt que d'en attendre des miracles, je courais à ces séances dans l'espoir de convaincre le médecin de m'interdire de fumer. Qui sait ce qui serait arrivé si mes résolutions s'étaient trouvées alors épaulées par une telle interdiction.

Et voici la description de ma maladie telle que je l'ai faite au docteur : « Je ne peux pas étudier et même les rares fois où je me couche de bonne heure, je reste éveillé jusqu'aux premiers carillons des cloches. C'est à cause de cela que j'hésite entre le droit et la chimie car ces deux sciences exigent une activité qui commence à heure fixe alors que je ne sais jamais à quelle heure je serai debout.

– L'électricité guérit n'importe quelle insomnie, trancha mon Esculape, les yeux toujours fixés sur son cadran au lieu de les avoir sur son patient.

J'en arrivai à parler avec lui comme s'il pouvait comprendre la psychanalyse dont très modestement je m'étais fait le précurseur. Je lui racontai mes tribulations avec les femmes. Je n'en avais pas assez d'une et même de beaucoup d'autres. Je les désirais toutes! Dans la rue, j'étais au comble de l'excitation. A peine des femmes venaient-elles à passer qu'elles m'appartenaient. Je les lorgnais avec arrogance par besoin de me sentir brutal. Je les déshabillais mentalement, ne leur laissant que leurs bottines, je les prenais dans mes bras et je ne les quittais que lorsque j'étais assuré de les connaître toutes.

Sincérité et paroles dépensées en pure perte! Le docteur haletait :

– J'espère bien que mes applications d'électricité ne vous guériront pas de cette maladie. Il ne manquerait plus que ça! Je ne toucherais plus à une Rumkorff[3] si je devais en redouter un effet semblable.

Il me raconta une anecdote qu'il trouvait du dernier piquant. Un homme atteint de la même maladie que moi était allé consulter un praticien célèbre en le priant de l'en guérir et le médecin, après parfaite réussite de son traitement, dut quitter le pays sans quoi l'autre lui aurait fait la peau.

– Mon excitation est malsaine, commençai-je à hurler. Elle provient du poison qui enflamme mes veines!

Le docteur murmurait d'un air affligé :

– Personne n'est jamais content de son sort.

Et ce fut pour le convaincre que je fis ce qu'il n'avait pas voulu faire et que j'étudiai ma maladie en rassemblant tous ses symptômes : – Ma distraction! C'est elle aussi qui m'empêche d'étudier. Je me préparais à Graz[4] à passer mon premier examen national et j'avais soigneusement noté tous les textes dont j'avais besoin jusqu'à l'épreuve terminale. Or, quelques jours avant l'examen, je m'aperçus que j'avais étudié des matières dont je n'aurais besoin que quelques années après. C'est pourquoi je dus remettre mon examen. Il est vrai que pour ce qui est de ces matières-là je ne les avais pas beaucoup étudiées à cause d'une jeune fille du voisinage qui ne m'accordait d'ailleurs, l'effrontée, que les mines de sa coquetterie. Quand elle était à sa fenêtre, je ne voyais plus mon texte. Fallait-il être bête pour s'adonner à une activité pareille? – Je me rappelle le minois laiteux de la jeune fille à la fenêtre : ovale, nimbé de frisons roux, vaporeux. Je la contemplais, rêvant de presser sur mon oreiller ce blanc et ce jaune rougeoyant.

Esculape murmura :

– La coquetterie cache toujours quelque chose de bon. Quand vous aurez mon âge les œillades vous laisseront indifférent.

Aujourd'hui, je sais avec certitude qu'il ne connaissait rien de rien en matière de galanterie. Arrivé à cinquante-sept ans je suis sûr que si je n'arrête pas de fumer ou si la psychanalyse ne me guérit pas, mon dernier coup d'œil à mon lit de mort exprimera mon désir pour mon infirmière, si celle-ci n'est pas ma femme et si ma femme permet qu'elle soit belle.

Je fus sincère comme à confesse : la femme, je ne l'aimais pas entière, mais... par morceaux! Chez toutes j'adorais des pieds mignons mais bien chaussés, chez beaucoup un cou allongé même robuste et les seins, à condition qu'ils fussent menus, très menus. Et je continuai à énumérer les parties anatomiques de la femme, mais le docteur m'interrompit :

– Ces morceaux constituent la femme entière.

Je prononçai alors une phrase très importante :

– L'amour sain est celui qui n'étreint qu'une femme unique et entière, y compris son caractère et son intelligence.

Jusqu'alors je n'avais certes pas connu un tel amour et quand je l'ai rencontré il ne m'a pas plus apporté la santé que les autres, mais il est important pour moi de me souvenir que j'ai dépisté la maladie là où l'homme de science ne voyait que santé, et que mon diagnostic s'est avéré juste.

C'est en la personne d'un ami non médecin que j'ai trouvé quelqu'un qui m'a compris le mieux, moi et mon mal. Je n'en retirai pas un grand profit, mais il est entré dans mon existence une note nouvelle qui continue à y résonner.

Mon ami était un homme cossu qui ornait ses loisirs d'études et de travaux littéraires. Il s'exprimait beaucoup mieux qu'il n'écrivait et c'est pourquoi le monde n'a pu savoir à quel point il était fin lettré. Gros et gras, quand je le connus il suivait avec la plus grande énergie une cure d'amaigrissement. En quelques jours, il avait obtenu des résultats appréciables si bien que beaucoup de gens l'abordaient dans la rue dans l'espoir de mieux mesurer leur propre santé devant le malade qu'il était. Je l'enviai de réussir à faire ce qu'il voulait et je ne le quittai pas d'une semelle pendant tout le temps que dura sa cure. Il me permettait de palper son ventre qui diminuait de jour en jour, et moi que l'envie rendait méchant, je lui disais pour miner sa résolution :

– Mais quand votre cure sera terminée, qu'allez-vous faire de toute cette peau?

Avec un flegme qui rendait comique son visage émacié, il me répondit :

– Dans deux jours j'entreprendrai une cure de massages.

Tous les détails de sa cure avaient été prévus et j'étais sûr qu'il en respecterait ponctuellement toutes les échéances.

Sa précision m'inspira une telle confiance que je lui décrivis ma maladie. De cette description aussi je m'en souviens. Je lui expliquai qu'il me paraissait plus facile de sauter trois repas par jour que de ne pas fumer les innombrables cigarettes pour lesquelles il m'aurait fallu prendre à tout bout de champ la même pénible résolution. Quand on transporte dans sa tête une résolution de ce genre, on n'a plus le temps de faire autre chose car seul Jules César pouvait faire plusieurs choses à la fois. Heureusement que personne ne me demandera de travailler tant que vivra Olivi l'administrateur de mes biens, mais comment se fait-il que quelqu'un comme moi ne sache faire autre chose dans la vie que rêver et racler le violon pour lequel il n'a aucun talent?

Le gros homme amaigri me fit attendre sa réponse. C'était quelqu'un de méthodique et il y réfléchit longuement. Puis de l'air doctoral qui lui convenait étant donné sa grande supériorité en la matière, il m'expliqua que mon véritable mal résidait dans la résolution et non pas dans la cigarette. Je devais essayer de me débarrasser de mes habitudes sans prendre d'engagement. A l'entendre deux personnes avaient fini par se former en moi dont l'une commandait et l'autre n'était qu'une esclave qui, à peine la surveillance se relâchait-elle, contrevenait aux ordres du maître par amour de la liberté. Il fallait pour cela lui rendre une liberté absolue et dans le même temps regarder mon vice en face comme s'il était nouveau et que je ne l'eusse jamais vu. Il fallait non pas le combattre mais le tenir comme quantité négligeable et oublier en quelque sorte que je m'y adonnais en lui tournant le dos comme à des gens qu'on juge indignes de soi. Très simple, non ?

L'affaire me parut simple en effet. Il est tout à fait vrai qu'ayant réussi par un grand effort à éliminer de mon esprit toute résolution, je parvins à ne pas fumer de quelques heures, mais quand ma bouche fut purifiée, je ressentis un goût innocent tel qu'en doit éprouver le nouveau-né; l'envie d'une cigarette me prit et quand je la fumai, j'en eus du remords si bien que je renouvelai la résolution que j'avais voulu abolir. C'était un chemin plus long, mais on atteignait le même résultat.

Cette canaille d'Olivi me donna un jour une idée : fortifier ma résolution à l'aide d'un pari.

Je crois qu'Olivi a toujours eu le même aspect que je lui vois à présent. Je l'ai toujours vu comme ça, un peu voûté mais solide. Il m'a toujours paru vieux, aussi vieux que je le vois aujourd'hui à quatre-vingts ans. Il a travaillé et il travaille pour moi, mais je ne l'aime pas car j'estime qu'il s'est interposé entre moi et le travail qu'il exécute.

Nous avons fait un pari ! Le premier qui fumerait paierait, suite à quoi chacun recouvrerait sa liberté. De la sorte l'administrateur qui m'avait été imposé pour m'empêcher de dilapider l'héritage paternel essayait de rogner sur l'héritage maternel que j'administrais tout seul à ma guise !

Le pari se révéla être des plus pernicieux. Je n'étais plus alternativement le maître et l'esclave mais seulement l'esclave, et de cet Olivi que je n'aimais pas ! Je fumai tout de suite. Puis je pensai à le rouler en continuant de fumer en cachette. Mais alors pourquoi avais-je fait ce pari ? Je courus à la recherche d'une date qui se trouvât dans un rapport harmonieux avec celle du pari pour fumer une dernière cigarette, une date que je pourrais en quelque sorte me représenter comme enregistrée aussi par Olivi en personne. Mais ma rébellion continuait et à force de fumer j'étais pris de suffocations. Pour me libérer de ce fardeau j'allai trouver Olivi et je lui avouai tout.

Le vieux empocha l'argent avec un sourire et tira, aussitôt, de sa poche un gros cigare qu'il alluma et se mit à fumer voluptueusement. Je suis toujours demeuré convaincu qu'il n'avait pas tenu sa promesse. Evidemment les autres ne sont pas faits comme moi.

Mon fils venait juste d'avoir trois ans lorsque ma femme eut une bonne idée. Elle me conseilla, pour me désintoxiquer, de me faire interner pendant quelque temps dans une clinique. J'acceptai sur-le-champ, d'abord parce que je voulais que lorsque mon fils parviendrait à l'âge de pouvoir me juger, il me trouvât équilibré et serein, ensuite pour la raison plus pressante qu'Olivi était mal en point et faisait mine de vouloir me quitter, en vertu de quoi je pouvais me trouver d'un moment à l'autre dans la nécessité de prendre sa place alors que je me considérais inapte à une activité importante, bourré de nicotine comme je l'étais.

Nous avions tout d'abord pensé aller en Suisse, le pays classique des cliniques, mais nous apprîmes ensuite qu'à Trieste se trouvait un certain docteur Muli qui avait ouvert une clinique. Je chargeai ma femme d'aller le consulter et il lui offrit de mettre à ma disposition un petit appartement clos où me surveillerait une infirmière avec le concours de quelques aides soignantes. En me racontant sa visite ma femme passait alternativement du sourire à de grands éclats de rire. Son amusement venait de l'idée de me faire interner et moi j'en riais de bon cœur avec elle. C'était la première fois qu'elle s'associait à mes efforts de guérison. Jusqu'alors, elle n'avait jamais pris ma maladie au sérieux et disait que fumer n'était rien d'autre qu'une façon un peu étrange et pas trop ennuyeuse de vivre. Je crois qu'après m'avoir épousé elle avait été agréablement surprise de ne jamais m'entendre regretter ma liberté, occupé comme je l'étais à regretter autre chose.

Nous nous sommes rendus à la clinique le jour où Olivi m'a dit qu'en aucune façon il ne resterait plus d'un mois à s'occuper de mes affaires. A la maison, nous avons mis quelques effets dans une malle et le soir même nous étions chez le docteur Muli.

Il nous accueillit en personne sur le seuil de la porte. A l'époque, le docteur Muli était un beau jeune homme. L'été battait son plein et lui, petit et vif, avec son fin visage halé par le soleil où brillaient de tous leurs feux des yeux noirs pleins de vie, était l'image de l'élégance, dans sa tenue immaculée du col de sa chemise jusqu'à ses chaussures. Il suscita mon étonnement mais de mon côté j'étais aussi évidemment l'objet du sien. Un peu embarrassé, comprenant le motif de son étonnement, je lui dis :

– Je vois : vous ne croyez ni à la nécessité d'une cure ni au sérieux avec lequel je m'y prépare.

Avec le soupçon d'un sourire qui toutefois me blessa, le docteur répondit :

– Pourquoi ? Il est peut-être vrai que la cigarette est plus nocive pour vous que ce que nous autres médecins admettons. La seule chose que je ne comprends pas est pourquoi, au lieu de cesser *ex abrupto* de fumer, vous ne vous êtes pas plutôt résolu à diminuer votre ration de cigarettes. On peut fumer, mais il ne faut pas exagérer.

En vérité, à force de vouloir arrêter tout à fait de fumer, je n'avais jamais pensé à l'éventualité de fumer moins. Donné à ce moment-là, ce conseil ne pouvait qu'affaiblir ma résolution. Je dis d'un ton décidé :

– Puisque c'est convenu, laissez-moi essayer cette cure.

– Essayer ? (et le docteur se mit à rire avec un air de supériorité.) Etant donné que vous vous y êtes préparé, la cure doit réussir. A moins que vous ne vouliez employer la force de vos muscles contre la pauvre Giovanna, vous ne pourrez quitter cette maison. Les formalités de sortie seraient si longues qu'entre-temps vous auriez oublié votre mauvaise habitude.

Nous nous trouvions dans l'appartement qui m'était destiné, auquel nous étions parvenus en redescendant au rez-de-chaussée après être montés au deuxième étage.

– Vous voyez ? Cette porte barricadée empêche toute communication avec l'autre côté du rez-de-chaussée où se trouve la sortie. Même Giovanna n'en a pas les clefs. Elle-même pour sortir d'ici doit monter au deuxième étage et n'a que les clefs de la porte qu'on nous a ouverte sur ce palier. Du reste, au deuxième étage il y a toujours quelqu'un en surveillance. Pas mal, n'est-ce pas, pour une clinique destinée à des enfants et à des femmes en couche ?

Il se mit à rire, peut-être à l'idée de m'avoir enfermé avec des marmots.

Il appela Giovanna et me la présenta. C'était une femme menue d'un âge indéfinissable qui pouvait aller de quarante à soixante ans. Elle avait de petits yeux brillant d'une lueur intense sous des cheveux fortement grisonnants. Le docteur lui dit :

– Voici le patient avec lequel vous devez vous tenir prête à employer la force.

Elle me scruta, devint écarlate et cria d'une voix stridente :

– Je ferai mon devoir, mais je ne peux certainement pas lutter avec vous. Si vous me menacez, j'appellerai l'infirmier qui est un costaud et, s'il tardait à venir, je vous laisserais aller où vous voulez parce que je ne veux certainement pas risquer ma peau !

J'ai su par la suite que le docteur lui avait confié cette charge en lui promettant une coquette gratification, promesse qui avait contribué à l'épouvanter. Sur le moment ses propos m'irritèrent. Je m'étais fourré de mon plein gré dans de jolis draps !

– Qu'est-ce que vous me chantez là ! hurlai-je. Qui en veut à votre peau ? (Je me tournai vers le docteur) Je voudrais qu'on conseille à cette femme de ne pas m'embêter! J'ai amené avec moi quelques livres et je voudrais qu'on me laissât tranquille.

Le docteur intervint et en quelques mots exhorta Giovanna à se calmer. En guise d'excuse, l'autre continuait à me prendre à partie :

– J'ai des enfants, moi, deux, deux petites filles et je ne dois pas mourir.

– Je ne m'abaisserai pas à vous assommer, répondis-je sur un ton qui ne pouvait certainement pas rassurer la pauvre femme.

Le docteur l'éloigna en la chargeant d'aller lui chercher je ne sais quoi à l'étage supérieur et, pour m'amadouer, il me proposa de mettre quelqu'un d'autre à sa place, ajoutant :

– Ce n'est pas une mauvaise personne et quand je lui aurai recommandé de montrer plus de discrétion, vous n'aurez plus motif de vous plaindre d'elle.

Dans mon désir de lui prouver que je n'attachais aucune importance à la personne chargée de ma surveillance, je me déclarai d'accord pour la supporter. Je sentis le besoin de me calmer, je sortis de ma poche l'avant-dernière cigarette et je la fumai avec avidité. J'expliquai au docteur que je n'en avais pris que deux avec moi et que je voulais cesser de fumer à minuit tapant.

Ma femme prit congé de moi en même temps que le docteur. Elle me dit en souriant :

– Puisque tu as voulu cette cure, sois courageux.

Je trouvai narquois ce sourire que j'aimais tant et ce fut à cet instant même que germa dans mon esprit un sentiment nouveau qui devait amener cette tentative entreprise avec tant de sérieux à échouer misérablement dans l'œuf. J'ai été aussitôt pris de malaise, mais je n'ai compris ce qui me faisait souffrir que lorsque je me suis trouvé seul. Une folle, une amère jalousie pour le jeune docteur. Il était beau, lui, libre, lui. On le nommait la Vénus des Médecins[5]. Pourquoi ma femme ne l'aimerait-elle pas? Alors qu'il était derrière elle au moment de leur départ, il avait regardé ses pieds élégamment chaussés. C'était la première fois depuis mon mariage que je ressentais de la jalousie. Quelle tristesse! Elle tenait certainement à ma condition abjecte de prisonnier! J'ai lutté. Le sourire de ma femme était son sourire habituel et non celui de sa raillerie pour m'avoir éliminé de la maison. C'est elle, évidemment, qui m'avait fait interner bien que n'accordant aucune importance à mon penchant pour la cigarette; mais elle l'avait fait sûrement pour me complaire. Et puis, ne me rappelais-je pas qu'il n'était pas si facile que ça de tomber amoureux de ma femme? Si le docteur avait regardé ses pieds, c'était certainement pour voir quelles bottines il devait acheter à sa maîtresse. Mais j'ai fumé immédiatement la dernière cigarette, et il n'était pas encore minuit mais seulement onze heures du soir, une heure impossible pour une dernière cigarette.

J'ai ouvert un livre. Je lisais sans comprendre et j'avais même des visions. La page sur laquelle je fixais mon regard était couverte de la photographie du docteur Muli dans tout l'éclat de sa beauté et de son élégance. Je n'ai pu résister! J'ai appelé Giovanna. Peut-être en parlant avec elle trouverais-je à me calmer.

Elle est arrivée et m'a jeté aussitôt un regard soupçonneux. Elle a hurlé de sa voix perçante : – N'essayez pas de m'inciter à manquer à mon devoir.

Alors, pour l'apaiser, j'ai menti et je lui ai déclaré que je n'y pensais même pas, que je n'avais pas envie de lire et que je préférais tailler une bavette avec elle. Je l'ai fait asseoir en face de moi. Parole, elle me répugnait avec son air de vieille et ses yeux de jeune femme, furtifs comme ceux de toutes les bêtes craintives. Je m'apitoyais sur mon sort d'avoir à supporter pareille compagnie! Il est vrai que même quand je suis libre je ne sais pas choisir la société des gens qui me conviennent le mieux, parce que d'habitude ce sont eux qui me choisissent, comme l'a fait mon épouse.

J'ai prié Giovanna de me distraire et comme elle m'a déclaré qu'elle ne connaissait rien qui pût m'intéresser, je l'ai priée de me parler de sa famille, ajoutant que dans la vie presque tout le monde en avait au moins une.

Alors elle a cédé et a commencé à me raconter qu'elle

avait dû mettre ses deux petites filles à l'Hospice des Pauvres.

Je commençais à écouter son récit avec plaisir, car ces dix-huit mois de grossesse menés tambour battant me faisaient rire. Mais elle avait un caractère trop batailleur et je n'ai pu la suivre quand elle a voulu me démontrer pour commencer qu'avec son salaire de misère elle ne pouvait faire autrement et que le docteur avait eu tort de lui dire quelques jours auparavant que deux couronnes[6] par jour lui suffisaient depuis que l'Hospice assurait l'entretien de toute sa famille. Elle vociférait :

– Et tout le reste? Même nourries et vêtues, on ne leur donne pas tout ce dont elles ont besoin! – Et la voilà partie à m'énumérer une ribambelle d'objets qu'elle devait acheter à ses filles et dont je ne me souviens plus car pour protéger mon tympan de sa voix suraiguë je faisais exprès de penser à autre chose. J'en souffrais cependant et j'ai cru avoir droit à un dédommagement :

– Ne pourrais-je avoir une cigarette, une seule? Je la paierais dix couronnes, mais demain parce que sur moi je n'ai pas un sou.

Ma requête jeta Giovanna dans une épouvante extrême. Elle se mit à hurler; elle voulait appeler tout de suite l'infirmier et elle se leva pour sortir.

Pour la faire taire, j'ai renoncé immédiatement à mon souhait et, au hasard, histoire de dire quelque chose et de me donner une contenance, je lui ai demandé :

– Mais dans cette prison il doit bien y avoir quelque chose à boire?

La réponse de Giovanna ne se fit pas attendre et, à mon grand étonnement, sur le ton posé de la conversation, sans hurlements :

– Et comment! Avant de partir, le docteur m'a confié cette bouteille de cognac. La voici. Elle n'a pas été débouchée. Regardez, elle est intacte.

Je me trouvais dans une situation telle que je ne voyais pour moi d'autre issue que l'ivresse. Voilà à quoi j'étais réduit pour avoir fait confiance à ma femme!

A ce moment-là je considérais que l'habitude de fumer

ne méritait pas les efforts auxquels je m'étais laissé convaincre. Il y avait déjà une demi-heure que je ne fumais plus et je n'y pensais pas du tout, dans le souci que me causaient le docteur Muli et ma femme. J'étais donc tout à fait guéri, mais irrémédiablement ridiculisé.

J'ai débouché la bouteille et me suis versé un petit verre du liquide jaune. Giovanna se tenait là, me regardant la bouche ouverte, mais j'ai hésité à lui en offrir.

– Pourrais-je en avoir une autre quand j'aurais vidé cette bouteille ?

Giovanna me rassura, toujours sur le mode le plus aimable de la conversation : – Autant que vous voudrez ! Pour satisfaire vos moindres désirs, la dame qui dirige la cantine accepterait même de se lever en pleine nuit !

L'avarice n'a jamais été mon point faible et Giovanna eut aussitôt son petit verre rempli à ras bord. Elle n'avait pas fini de me dire merci qu'elle l'avait déjà vidé et que ses yeux brillants se tournèrent aussitôt du côté de la bouteille. C'est donc d'elle-même que m'est venue l'idée de l'enivrer. Mais ce ne fut pas si facile que ça !

Je ne saurais répéter exactement ce qu'elle m'a raconté, après avoir ingurgité plusieurs petits verres, dans son plus pur triestin, mais j'ai eu toutefois l'impression de me trouver devant quelqu'un que j'aurais pris plaisir à écouter, n'en eussé-je été détourné par mes propres soucis.

Pour commencer, elle m'a avoué qu'elle appréciait particulièrement cette façon de travailler. Tous les braves gens devraient avoir le droit de passer chaque jour deux ou trois heures dans un fauteuil aussi confortable, devant une bouteille de liqueur fine, de la qualité qui ne fait pas mal.

J'ai essayé de lui donner la réplique. Je lui ai demandé si du vivant de son mari, elle avait pu organiser son travail exactement comme ici.

Elle s'est mise à rire. Quand son mari vivait, elle avait reçu de lui plus de tornioles que de caresses et en comparaison de ce qu'elle avait dû bosser pour lui, tout lui semblait une vie de château même avant que j'arrive à la clinique pour ma cure.

Puis Giovanna a montré de l'inquiétude et elle m'a demandé si je croyais que les morts voyaient ce que faisaient les vivants. J'ai hoché la tête affirmativement. Mais elle a voulu savoir si, quand les morts arrivaient dans l'au-delà, ils apprenaient tout ce qui s'était passé ici-bas du temps où ils étaient encore en vie.

Sa question fut de nature à me distraire pendant un moment. Elle l'avait posée de sa voix la plus douce car, pour ne pas se faire entendre des morts, elle avait encore baissé le ton.

– Ainsi, lui ai-je dit, vous avez trompé votre mari.

Elle m'a prié de ne pas crier et puis elle m'a avoué l'avoir trompé, mais seulement dans les premiers mois de leur mariage. Ensuite elle s'était habituée aux raclées et elle avait aimé son homme.

Pour alimenter la conversation, je lui ai demandé :

– C'est donc l'aînée de vos fillettes qui doit la vie à l'autre ?

Toujours à voix basse, elle a reconnu qu'elle le croyait en s'appuyant sur une certaine ressemblance. Elle avait beaucoup de chagrin d'avoir trompé son mari. A ce qu'elle disait, mais toujours en riant parce que ce sont des choses dont on rit même quand elles font mal. Mais seulement depuis qu'il était mort, parce qu'auparavant, vu qu'il ignorait tout, l'affaire ne pouvait avoir eu de l'importance.

Poussé par une certaine sympathie fraternelle, j'ai essayé d'adoucir sa peine et je lui ai dit que je croyais que les morts savaient tout mais qu'ils se fichaient pas mal de certaines choses.

– Il n'y a que les vivants pour en souffrir ! me suis-je exclamé en frappant du poing sur la table.

J'en ai eu la main contusionnée et rien ne vaut une douleur physique pour faire naître des idées nouvelles. J'ai entrevu la possibilité, alors que je me rongeais les sangs à la pensée que ma femme profitait de ma réclusion pour me tromper, que le docteur se trouvait peut-être encore dans sa clinique, auquel cas je pourrais recouvrer ma tranquillité. J'ai prié Giovanna d'aller voir, en lui disant que je sentais le besoin de dire quelque chose au docteur et en lui promettant comme récompense une bouteille entière. Elle m'a rétorqué qu'elle n'aimait pas boire autant, mais elle m'a immédiatement donné satisfaction et je l'ai entendue, qui se hissait en titubant sur les marches de bois jusqu'au deuxième étage pour sortir de notre geôle. Puis elle est redescendue, mais elle a glissé en faisant un grand vacarme et en poussant des cris.

– Que le diable t'emporte ! ai-je murmuré ardemment. Si elle s'était cassé la figure ma situation s'en serait trouvée grandement simplifiée.

Elle est revenue au contraire toute souriante car elle se trouvait dans un état où les chocs ne sont pas très douloureux. Elle m'a raconté qu'elle avait parlé avec l'infirmier qui allait se coucher mais restait à sa disposition dans son lit pour le cas où je deviendrais méchant. Levant une main avec l'index dressé, elle a accompagné ces mots d'un geste de menace tempéré par un sourire. Puis, plus laconiquement, elle a ajouté que le docteur n'était pas rentré depuis qu'il était sorti avec ma femme. Exactement depuis ce moment-là ! Même que pendant une heure ou deux l'infirmier avait espéré qu'il allait revenir car un malade avait besoin d'être examiné par lui. Maintenant il n'y comptait plus.

Je l'ai regardée, scrutant le sourire qui plissait son visage pour savoir si c'était un sourire de commande ou bien un sourire tout à fait inhabituel et provoqué par le fait que le docteur se trouvait en compagnie de ma femme au lieu d'être avec moi, son patient. Je fus pris d'une colère bleue. Je dois avouer que, comme toujours, deux personnes se disputaient dans ma tête dont l'une, la plus raisonnable, me disait : « Imbécile ! Pourquoi penses-tu que ta femme te trompe ? Elle n'aurait pas besoin de ton internement pour en avoir l'occasion. » L'autre, et c'était certainement celle qui voulait fumer, me traitait elle aussi d'imbécile, mais pour crier : « Ne te rappelles-tu pas la facilité que laisse l'absence du mari ?

Avec un docteur que tu paies à présent de tes propres deniers ! »

Giovanna, continuant à boire, m'a dit :

– J'ai oublié de refermer la porte du deuxième étage. Mais je n'ai plus envie de refaire ces deux étages. D'ailleurs, là-haut il y a toujours du monde. De quoi auriez-vous l'air si vous essayiez de vous échapper ?

– C'est sûr ! ai-je fait avec ce brin d'hypocrisie qui suffisait maintenant à abuser la pauvre femme.

Puis à mon tour j'ai bu une rasade de cognac et j'ai déclaré qu'à présent, avec tout cet alcool à ma disposition, je me moquais bien d'avoir des cigarettes. Elle m'a cru sur-le-champ et je lui ai raconté alors que ce n'était pas vraiment moi qui voulais me déshabituer de fumer. C'est ma femme qui le voulait. Il faut savoir que lorsque j'en étais à la dixième cigarette je devenais terrible. Alors toute femme à ma portée se trouvait en danger.

Giovanna s'est mise à rire bruyamment en se renversant sur le dossier de sa chaise.

– Et c'est votre femme qui vous empêche de fumer les dix cigarettes en question ?

– Tout à fait ! A moi du moins elle les refusait.

Elle était futée, Giovanna, quand elle était givrée au cognac. Elle a été prise d'un fou rire qui a manqué la faire tomber de sa chaise, mais chaque fois qu'elle reprenait son souffle, à mots entrecoupés, elle dépeignait la scène magnifique que ma maladie lui suggérait :

– Dix cigarettes... une demi-heure... on monte le réveil... et puis...

J'ai rectifié :

– Pour dix cigarettes, il me faut environ une heure. Puis pour atteindre le maximum d'efficacité, j'ai encore besoin d'une heure environ, à dix minutes près.

Giovanna a tout à coup retrouvé son sérieux et s'est levée sans effort de sa chaise. Elle m'a dit qu'elle allait se coucher parce qu'elle avait un peu mal à la tête. Je l'ai invitée à emporter la bouteille avec elle parce que j'en avais assez de boire. Hypocritement, je lui ai dit que le lendemain je voulais qu'on me procure du bon vin.

Mais elle ne pensait pas au vin. Avant de sortir, la

bouteille sous le bras, elle m'a décoché une œillade assassine qui m'a glacé d'épouvante.

Elle avait laissé la porte ouverte et quelques instants après est tombé au beau milieu de la pièce un paquet que j'ai aussitôt ramassé. Il contenait exactement onze cigarettes. Pour être sûre de l'effet, la pauvre Giovanna n'avait pas voulu barguigner. Cigarettes ordinaires, hongroises[7]. Mais la première que j'ai allumée a été un délice. Je me suis senti grandement soulagé. Pour commencer j'ai pensé que j'étais bien content d'avoir joué ce bon tour à la clinique, excellente certes pour y enfermer des enfants, mais pas moi. Puis j'ai découvert que j'avais aussi mystifié ma femme et il me semblait que je lui avais rendu la monnaie de sa pièce. Sinon pourquoi ma jalousie se serait-elle métamorphosée en une curiosité aussi supportable ? Je n'ai pas bougé de ma place, continuant à fumer ces cigarettes écœurantes.

Après une demi-heure environ je me suis rappelé qu'il fallait m'enfuir de ce lieu où Giovanna attendait sa récompense. J'ai ôté mes chaussures et suis sorti dans le corridor. La porte de Giovanna était entrouverte et, à en juger par sa respiration bruyante et régulière, j'ai estimé que ma gardienne s'était endormie. Je suis monté à pas de loup jusqu'au deuxième étage où, derrière la fameuse porte – orgueil du docteur Muli –, j'ai enfilé mes chaussures. Je me suis trouvé sur un palier et j'ai commencé à descendre les marches, posément pour ne pas éveiller les soupçons.

J'étais arrivé au palier du premier étage lorsqu'une jeune femme, portant élégamment sa blouse d'infirmière, m'a suivi pour me demander d'un air affable :

– Vous cherchez quelqu'un ?

Elle était mignonne et je n'aurais pas été fâché de finir à ses côtés mes dix cigarettes. Je lui ai fait un sourire un peu agressif :

– Puis-je voir le docteur Muli ?

Elle a ouvert de grands yeux :

– A cette heure il n'est jamais là.

– Ne pourriez-vous me dire où je pourrais le joindre

maintenant? J'ai chez moi un malade qui aurait besoin de ses soins.

Toujours aussi affable, elle m'a donné une adresse que j'ai répétée plusieurs fois pour lui faire croire que je voulais la retenir. Je n'étais plus du tout pressé de m'en aller mais je l'importunais et elle me tourna le dos. On me jetait littéralement hors de ma prison.

En bas une femme s'est empressée de m'ouvrir la porte. Je n'avais pas un sou sur moi et j'ai murmuré :

– Une autre fois je vous laisserai un pourboire.

On ne peut pas prévoir l'avenir. Avec moi, les choses recommencent. Il n'était pas exclu que je revinsse là.

La nuit était claire et chaude. J'ai ôté mon chapeau pour mieux sentir la brise de la liberté. J'ai regardé les étoiles avec émerveillement comme si je venais de les conquérir. Le lendemain, loin de la clinique, je cesserais de fumer. En attendant, dans un café encore ouvert, je me suis procuré de bonnes cigarettes car il ne m'aurait pas été possible de refermer ma carrière de fumeur sur une des cigarettes de la pauvre Giovanna. Le garçon qui me les a vendues me connaissait et il m'a fait crédit.

Arrivé devant ma villa, j'ai tiré furieusement la sonnette. C'est la bonne qui s'est mise à la fenêtre la première, suivie après un temps assez long de ma femme. Je l'ai attendue en me disant avec tout mon sang-froid : « On dirait que le docteur Muli est là. » Mais, en me reconnaissant, ma femme a fait résonner la rue déserte d'un éclat de rire si franc qu'il aurait suffi à chasser tous mes soupçons.

Une fois entré, j'ai pris le temps de me livrer à quelques vérifications d'inquisiteur. Ma femme, tandis que je lui promettais de lui raconter le lendemain mes aventures qu'elle croyait connaître, m'a demandé :

– Mais pourquoi ne viens-tu pas te coucher?

En guise d'excuse, je lui ai dit :

– Il me semble que tu as profité de mon absence pour changer cette armoire de place.

Il est exact que je crois que les meubles de la maison ne sont jamais à la même place, et il est tout aussi exact que ma femme de temps en temps les déplace, mais à ce moment-là je furetais dans tous les coins pour voir si ne s'y trouvait pas dissimulé le joli petit corps élégant du docteur Muli.

Ma femme m'a appris une bonne nouvelle. En revenant de la clinique, elle était tombée sur le fils Olivi qui lui avait raconté que le vieux allait mieux par suite de la prise d'un remède que son nouveau médecin lui avait prescrit.

En m'endormant, j'ai pensé que j'avais bien fait de quitter la clinique parce que j'avais tout mon temps pour me soigner lentement. Et mon fils qui dormait dans la chambre à côté ne s'apprêtait certainement pas encore à me juger et à m'imiter. Il n'y avait absolument aucune urgence.

IV

LA MORT DE MON PÈRE

LE docteur est parti et moi j'ignore si la biographie de mon père est nécessaire. Si je décrivais mon père avec trop de minutie, il pourrait en résulter que pour obtenir ma guérison il faille commencer par son analyse à lui et j'en viendrais ainsi à renoncer à la mienne. Je vais de l'avant avec courage, car je sais que si mon père avait eu besoin de la même cure, c'eût été pour une maladie autre que la mienne. De toute façon, pour ne pas perdre de temps, je dirai à son sujet tout ce qui peut servir à raviver le souvenir que j'ai de moi-même.

« 15. 4. 1890, 4 h 30. Mon père meurt. U.S. » Pour qui l'ignorerait, ces deux dernières lettres ne signifient pas *United States,* mais ultime cigarette[1]. Telle est l'annotation que je retrouve dans un livre de philosophie positive d'Ostwald[2] sur lequel j'ai passé, plein d'espoir, de longues heures, et que je n'ai jamais compris. Personne ne le croirait, mais, en dépit de sa forme, cette annotation enregistre l'événement le plus important de ma vie.

J'avais perdu ma mère alors que je n'avais pas encore quinze ans. J'ai composé en son honneur des poésies qui ne seront jamais l'équivalent des larmes et, dans ma douleur, j'ai toujours été accompagné du sentiment qu'à partir de ce moment devait commencer pour moi une vie sérieuse de travail. Mon chagrin laissait même pressentir une vie plus intense. Puis un sentiment religieux encore profond atténua et adoucit ce grand malheur. Ma mère continuait à vivre, bien que loin de moi, et elle pouvait même se réjouir des succès auxquels je me préparais. Quoi de plus réconfortant! Je me souviens avec précision de l'état dans lequel j'étais en ce temps-là. En raison de la mort de ma mère et de l'émotion salutaire qu'elle m'avait inspirée, tout en moi devait s'améliorer.

La mort de mon père, en revanche, fut une véritable, une immense catastrophe. Le paradis n'existait plus et moi d'ailleurs, à trente ans, j'étais un homme fini. Un de plus[3]. Je m'aperçus pour la première fois que la partie la plus importante et la plus décisive de mon existence gisait derrière moi, irrémédiablement. Ma douleur n'était pas seulement de nature égoïste comme pourraient le laisser supposer ces paroles. Bien au contraire! Je pleurais à la fois sur lui et sur moi, et sur moi seulement parce que lui était mort. Jusqu'alors, j'étais passé d'une cigarette à l'autre et de facultés en universités avec une confiance indestructible en mes capacités. Mais je crois que cette confiance qui me rendait la vie si douce aurait pu durer peut-être jusqu'à aujourd'hui si mon père n'était pas mort. Avec sa mort, il n'y avait plus de lendemain dans lequel situer mes résolutions.

Souvent, lorsque j'y pense, je m'étonne que ce désespoir au sujet de ma personne et de mon avenir se soit, bizarrement, manifesté à la mort de mon père et non avant. Ce sont dans l'ensemble des événements récents et pour me rappeler mon terrible chagrin ainsi que tous les détails de ce malheur je n'ai certes pas besoin de rêves comme le soutiennent les maîtres de l'analyse. Je me rappelle tout, mais je n'y entends goutte. Jusqu'à sa mort, je n'avais pas vécu pour mon père. Je n'avais fait aucun effort pour me rapprocher de lui et, quand cela m'était possible sans le blesser, je l'avais évité. A l'Université, mes copains le connaissaient sous le surnom que je lui avais donné de *vieux Silva tiroir-caisse*[4]. Il a fallu sa maladie pour m'attacher à lui; sa maladie qui devint tout de suite sa mort, parce que très brève et parce que son médecin le considéra d'emblée comme perdu.

Quand j'étais à Trieste, nous nous voyions en moyenne une petite heure par jour, au maximum. Que ne l'ai-je mieux entouré et moins pleuré! J'aurais été moins malade. Il nous était difficile de vivre côte à côte du fait qu'entre lui et moi, intellectuellement parlant, il n'y avait rien à partager. Quand nous nous regardions, nous avions chacun le même sourire compatissant qu'une vive anxiété paternelle pour mon avenir rendait chez lui plus acide, alors que mon sourire à moi en revanche n'était qu'indulgence, sûr comme je l'étais que ses faiblesses ne tiraient plus à conséquence, tant il est vrai que je les attribuais en partie à son âge. Il fut le premier à mettre en doute mon énergie et – me semble-t-il – trop vite. Et pourtant je soupçonne que, même sans l'appui d'une conviction scientifique, il se défiait aussi de moi parce qu'il m'avait fait[5], particularité apte – et là d'après un crédo scientifique établi – à augmenter ses suspicions à mon endroit.

Il jouissait néanmoins de la réputation d'être un commerçant avisé, mais moi je savais que ses affaires étaient gérées depuis de longues années par Olivi. Cette inaptitude au commerce était notre seul trait commun; car je peux dire que, des deux, moi je représentais la force et lui la faiblesse. Evidemment, ce que j'ai noté dans ce cahier prouve que je nourris et ai toujours nourri en moi – peut-être pour mon plus grand malheur – une irrésistible tendance vers le mieux. Tous mes rêves d'équilibre et de force ne peuvent être définis autrement. Mon père ne connaissait rien de tout cela. Il vivait parfaitement d'accord avec la manière dont il avait été conçu et je ne sache pas qu'il ait jamais fait le moindre effort pour s'améliorer. Il fumait toute la journée et, après la mort de maman, même la nuit quand il ne dormait pas. Il levait aussi pas mal le coude, en *gentleman,* au repas du soir, histoire de trouver le sommeil à sa disposition sitôt la tête posée sur l'oreiller. Mais, à l'entendre, la cigarette et l'alcool étaient de bons remèdes.

En ce qui concerne les femmes, j'appris de parents à moi que ma mère avait eu quelque motif de jalousie. Il semble même que cette femme si douce avait dû intervenir parfois violemment pour faire marcher son époux dans le droit chemin. Il se laissait mener par elle parce qu'il l'aimait et la respectait mais, d'après les autres, elle n'était jamais arrivée à lui faire avouer qu'il la trompait. Aussi mourut-elle dans la conviction qu'elle s'était abusée. Et pourtant ces parents bien intentionnés racontent qu'elle avait presque surpris son mari en flagrant délit chez sa propre couturière. Il fournit comme excuse son excessive distraction et avec une telle constance qu'elle le crut. La seule conséquence fut que ma mère n'alla plus chez cette couturière et que mon père l'imita. Je crois qu'à sa place j'aurais fini par avouer, mais qu'en revanche je n'aurais pu abandonner la couturière parce que là où je m'arrête je plante mes racines.

Mon père savait défendre sa quiétude en vrai *pater familias.* Cette quiétude habitait sa maison et son esprit. Il ne lisait que des livres insipides et édifiants. Pas du tout par conformisme, mais dans la plus sincère conviction : je pense qu'il sentait avec force la vérité de ces prêchi-prêcha moralistes et que sa conscience trouvait la paix dans son adhésion sincère à la vertu. A présent que je me fais vieux et que je me rapproche du type du patriarche, moi aussi je suis d'avis que l'immoralité des discours mérite châtiment plus qu'une action immorale. On arrive au meurtre sous l'emprise de l'amour ou de la haine; l'incitation au meurtre relève du mal.

Nous avions si peu de choses en commun qu'il m'avoua que l'un des êtres qui l'inquiétaient le plus au monde, c'était moi. Mon désir d'être en bonne santé m'avait poussé à étudier le corps humain. Lui, au contraire, avait su exclure de ses pensées toute idée de cette effroyable machine. Pour lui le cœur ne battait pas et il était inutile de se rappeler valves, veines et métabolisme pour s'expliquer comment l'organisme fonctionnait. Le mouvement l'indifférait parce que l'expérience montrait que tout ce qui remue finit par s'arrêter. Même la terre, pour lui, était immobile et solidement rivée à ses gonds. Bien entendu il ne me l'a jamais dit, mais il souffrait quand on lui disait quelque chose qui n'était pas conforme à cette conception. Il m'interrompit avec dégoût le jour où je lui parlai des antipodes. L'idée de ces hommes qui marchaient la tête en bas lui donnait envie de vomir.

Il me reprochait, entre autres défauts, ma distraction et mon penchant à rire des choses les plus sérieuses. Pour ce qui est de la distraction, il différait de moi grâce à un petit calepin dans lequel il notait tout ce dont il voulait se souvenir et qu'il consultait plusieurs fois par jour. Il croyait de la sorte avoir vaincu son infirmité et il n'en parlait plus. Il m'enjoignit de tenir aussi un calepin, mais je n'y notai que quelques dernières cigarettes.

Quant à mon mépris pour les choses sérieuses, je crois que son défaut à lui était de prendre au sérieux trop de choses dans l'existence. En voici un exemple. Lorsque, après avoir abandonné le droit pour la chimie, je revins, avec son autorisation, au premier, il me dit sur un ton bonhomme : « Il est indéniable que tu es fou. »

Je ne me formalisai pas pour autant et je lui fus si reconnaissant de son esprit conciliant que je voulus l'en récompenser en le faisant rire. J'allai trouver le docteur Canestrini[6] et me fis examiner de lui afin d'obtenir une attestation. Ce ne fut pas chose aisée, car pour l'obtenir je dus me soumettre à des examens aussi longs qu'ennuyeux. Quand elle me fut délivrée, je l'apportai triomphalement à mon père, mais il ne voulut pas prendre la chose du bon côté. D'un ton affligé et les larmes aux yeux il s'exclama : « Ah! Tu es complètement maboul! »

Voilà quelle fut la récompense de cette petite plaisanterie inoffensive qui m'avait donné tant de mal. Il ne me la pardonna jamais et ne voulut jamais en rire. Faire rédiger pour s'amuser un certificat sur papier timbré? Il fallait être cinglé!

Bref, en comparaison de lui, je représentais la force et parfois je pense que la disparition de cette faiblesse, qui me grandissait, je l'ai ressentie comme un amoindrissement.

Je me rappelle comment il administra la preuve de cette faiblesse quand cette canaille d'Olivi l'incita à rédiger son testament. Olivi avait à cœur ce testament qui devait faire passer mes affaires sous sa tutelle et il me semble qu'il insista beaucoup auprès du vieux pour l'amener à une opération aussi pénible. Mon père s'y décida finalement, mais la sérénité de son large visage en fut altérée. Il pensait sans cesse à la mort, comme si tester l'avait mis en contact avec elle.

Un soir, il m'a demandé :

– Crois-tu que lorsqu'on est mort tout finit?

Au mystère de la mort, moi j'y pense tous les jours mais je n'étais pas encore en mesure de lui fournir les renseignements qu'il me demandait. Pour qu'il soit content, j'ai inventé la certitude la plus joyeuse sur notre futur.

– Je crois que survit le plaisir, car la douleur n'est plus nécessaire. La décomposition pourrait rappeler le plaisir sexuel. Elle doit être sûrement accompagnée d'un sentiment de bonheur et de repos, étant donné que la recomposition est si pénible. La décomposition devrait être la récompense d'avoir vécu!

J'ai mis à côté de la plaque. Nous avions fini de souper. Sans mot dire, il s'est levé de sa chaise, a vidé un autre verre et m'a dit :

– Ce n'est pas l'heure de philosopher, surtout avec toi!

Et il est sorti. Je l'ai suivi tout penaud et j'ai pensé lui tenir compagnie pour le distraire de ses idées noires. Il m'a dit de m'en aller parce que je lui rappelais la mort et ses agréments.

Il n'arrivait pas à oublier son testament, dans son désir de m'en faire connaître le contenu. Il y pensait chaque fois qu'il me voyait. Un soir, il a explosé :

– Il faut que je te dise que j'ai fait mon testament.

Moi, pour le distraire de son cauchemar j'ai immédiatement surmonté la surprise que m'avait causé la nouvelle, et je lui ai dit :

– Personnellement je n'aurai jamais ce problème car j'espère bien que tous mes héritiers mourront avant moi.

Il a tout de suite très mal pris que je plaisante sur une

chose aussi grave et il a retrouvé toute son envie de me punir. Il n'a donc pas eu de peine à me raconter la bonne farce qu'il m'avait jouée en me mettant sous la tutelle d'Olivi.

Je dois dire la vérité : je me suis comporté comme un bon fils, j'ai renoncé à émettre une quelconque objection afin de l'arracher aux soucis qui le tourmentaient. J'ai déclaré que quelle que soit sa volonté, je m'y plierais.

– Peut-être, ai-je ajouté, saurais-je me conduire de manière à t'inciter à changer tes dernières volontés.

Ma réponse lui a fait plaisir, car il comprenait aussi que je lui attribuais une longue vie, voire une très longue vie. Toutefois, il a exigé de moi le serment que, s'il ne revenait pas sur ce qui était fait, je ne tenterais pas de réduire les pouvoirs d'Olivi. Je le lui ai juré parce qu'il n'a pas voulu se contenter de ma parole d'honneur. J'ai montré tant de mansuétude à ce moment-là que, lorsque je suis bourré des remords de ne pas l'avoir assez aimé avant sa mort, j'évoque toujours cette scène. Pour être sincère, je dois dire que je me suis d'autant plus facilement résigné à ses dispositions qu'à l'époque l'idée d'être obligé à ne rien faire m'était plutôt agréable.

Environ un an avant sa mort, il m'a été donné d'intervenir une fois assez énergiquement en faveur de sa santé. Il m'avait confié qu'il ne se sentait pas bien et je l'ai obligé à aller consulter un médecin chez qui je l'ai accompagné. Ce dernier lui a prescrit un traitement et nous a dit de revenir le voir deux ou trois semaines après. Mais mon père n'a pas voulu, sous prétexte qu'il haïssait les docteurs autant que les croque-morts, et il n'a même pas pris le remède qui lui avait été prescrit parce qu'il le faisait penser aux docteurs et aux croque-morts. Il est resté pendant deux ou trois heures sans fumer et a pris un seul repas sans vin. Il s'est senti beaucoup mieux quand il a pu dire adieu à son traitement, et moi, devant sa joie, je n'y ai plus pensé.

Puis je l'ai parfois trouvé triste. Mais j'aurais été étonné de le voir gai, seul et vieux comme il l'était.

*

Un soir à la fin de mars, je rentrai un peu plus tard que d'habitude à la maison. Rien de mal à cela : j'étais tombé entre les pattes d'un savant qui avait voulu me faire part de ses considérations personnelles sur les origines du christianisme. C'était la première fois que quelqu'un voulait me faire penser à ces origines. Je supportai cependant cette longue dissertation pour faire plaisir à mon ami. Il tombait une petite pluie fine et il faisait froid. Tout était rébarbatif et sombre, y compris les Grecs et les Hébreux dont mon ami m'entretenait, et cependant j'ai enduré cette souffrance pendant deux heures interminables. A mon habitude, j'étais trop faible ! Je parie qu'aujourd'hui encore je suis tellement incapable de résistance que si quelqu'un s'y employait sérieusement, il pourrait m'inciter à m'atteler quelque temps à l'astronomie.

J'ai pénétré dans le jardin qui entoure notre villa à laquelle on accédait par une courte allée carrossable. Maria, notre domestique, m'attendait à la fenêtre et en entendant mes pas, elle a appelé dans le noir :

– Est-ce vous, monsieur Zeno ?

Maria était une de ces servantes comme on n'en fait plus. Elle était en place chez nous depuis une quinzaine d'années. Chaque mois, elle mettait à la Caisse d'Epargne une partie de ses gages pour ses vieux jours, économies qui ne servirent à rien car elle mourut chez nous peu de temps après mon mariage, toujours au travail.

Elle m'a raconté que mon père était rentré depuis deux ou trois heures, mais qu'il avait voulu m'attendre pour souper. Alors qu'elle insistait pour le faire manger dans l'intervalle, il l'avait rembarrée et renvoyée à ses casseroles. Puis il s'était enquis de moi à plusieurs reprises, agité et anxieux. Maria m'a laissé entendre qu'elle pensait que mon père ne se sentait pas bien. Elle lui trouvait la parole embarrassée et la respiration difficile. Je dois dire qu'à force de vivre seule avec lui elle s'était fourré dans la tête l'idée qu'il était malade. La pauvre femme n'avait pas grand-chose à observer dans cette maison solitaire et – après l'expérience qu'elle avait faite avec ma mère – elle s'attendait à ce que tout le monde mourût avant elle.

J'ai couru à la salle à manger, assez intrigué mais encore sans inquiétude. Mon père s'est levé aussitôt du canapé sur lequel il était étendu et m'a accueilli avec une grande joie qui n'est pas arrivée à m'émouvoir, car j'y ai découvert avant tout l'expression d'un reproche. Son accueil a suffi toutefois à me rassurer parce que sa joie m'a paru être un signe de santé. Je n'ai pas découvert trace de ce balbutiement ni de cette respiration gênée dont m'avait parlé Maria. Mais, au lieu de me gronder, il s'est excusé de son entêtement à m'attendre.

– Que veux-tu ? m'a-t-il dit d'un ton conciliant. Nous sommes tous deux seuls au monde et je voulais te voir avant de me coucher.

Que ne me suis-je comporté avec simplicité et n'ai-je serré dans mes bras mon cher papa que son mal avait rendu si doux et si affectueux ! J'ai commencé au contraire à établir froidement mon diagnostic : le vieux Silva s'était-il effectivement radouci ? Serait-il pas malade, par hasard ? Je l'ai regardé d'un air soupçonneux et n'ai rien trouvé de mieux que de lui faire un reproche :

– Mais pourquoi as-tu attendu jusqu'à maintenant pour manger ? Tu pouvais manger, et puis m'attendre !

Il est parti d'un éclat de rire juvénile :

– On mange mieux à deux.

Cette gaieté pouvait être aussi le signe d'un bon appétit : je me suis rassuré et j'ai commencé à manger. Avec ses mules d'intérieur, d'un pas mal assuré, il est venu à table et s'est assis à la place accoutumée. Puis il m'a regardé manger, tandis que lui, après deux petites cuillerées, n'a plus touché à la nourriture et a écarté son assiette qui lui répugnait. Mais le sourire persistait sur son vieux visage. Je me rappelle seulement, comme s'il s'agissait d'un incident arrivé hier, que, comme je le regardai à deux ou trois reprises dans les yeux, il détourna son regard du mien. On dit que c'est signe de fausseté alors que je sais maintenant que c'est signe de maladie. L'animal malade ne permet pas qu'on le regarde par les ouvertures à travers lesquelles on pourrait apercevoir sa maladie, sa faiblesse.

Il attendait toujours que je lui raconte à quoi j'avais passé ces longues heures pendant lesquelles il m'avait attendu. Voyant qu'il y tenait tant, j'ai cessé pendant un instant de manger et je lui ai dit lapidairement que jusqu'à l'heure de mon retour j'avais discuté des origines du christianisme.

Il m'a regardé, incrédule et perplexe :

– Toi aussi, maintenant, tu te mets à penser à la religion ?

Il était manifeste que je lui aurais offert une grande consolation si j'avais accepté d'y penser avec lui. Mais moi, au contraire, qui, du vivant de mon père, me sentais combatif (alors qu'après je ne l'ai plus été) j'ai répondu par un de ces lieux communs qu'on entend tous les jours dans les cafés au voisinage des Facultés :

– Selon moi, la religion n'est qu'un phénomène quelconque qu'il faut étudier.

– Phénomène ? a-t-il fait interloqué.

Il a cherché une réponse prompte et a ouvert la bouche pour me la donner. Puis il a hésité et a regardé le second plat que Maria lui présentait juste à ce moment et auquel il n'a pas touché. Ensuite, pour mieux fermer sa bouche, il y a fourré un mégot de cigare qu'il a allumé et laissé s'éteindre aussitôt. Il s'était de la sorte accordé une pause pour réfléchir tranquillement. Pendant un instant il m'a regardé avec fermeté :

– Voudrais-tu par hasard te moquer de la religion ?

Moi, tel le parfait étudiant désœuvré que j'avais toujours été, je lui ai répondu, la bouche pleine :

– M'en moquer ? Qu'est-ce que tu racontes ? Moi j'étudie !

Il s'est tu et a regardé longuement le mégot de cigare qu'il avait posé sur une assiette. Maintenant je comprends pourquoi il m'avait dit ces paroles. Maintenant, je comprends tout ce qui a traversé son esprit déjà perturbé et je m'étonne de n'en avoir rien compris alors.

Je crois qu'en ce temps-là manquait dans mon cœur l'affection qui fait comprendre tant de choses. Après coup cela m'est devenu si facile! Il évitait d'affronter mon scepticisme; une lutte trop difficile pour lui à ce moment-là; mais il pensait pouvoir l'attaquer doucement, de biais, comme il convient à un malade. Je me rappelle que lorsqu'il s'est mis à parler, sa respiration hachait les mots et entravait leur passage. C'est un gros effort que de se préparer à un combat. Mais je pensais qu'il ne se résoudrait pas à aller se coucher avant de m'avoir dit mon fait et je me préparai à une discussion qui n'a pas eu lieu.

– Moi, a-t-il dit, les yeux toujours fixés sur son mégot maintenant éteint, je sens comme mon expérience et ma science de la vie sont grandes. On ne vit pas inutilement pendant tant d'années. Je sais beaucoup de choses et malheureusement je ne peux pas te les enseigner toutes comme je le voudrais. Oh! Comme je le voudrais! Je vois clair dans les choses, et je vois aussi ce qui est juste et vrai et aussi ce qui ne l'est pas.

Il n'y avait pas là matière à discussion. J'ai marmonné sans conviction et toujours la bouche pleine :

– Oui papa!

Je ne voulais pas le fâcher.

– Dommage que tu sois rentré si tard! Tout à l'heure j'étais moins fatigué et j'aurais pu te dire beaucoup de choses.

J'ai pensé qu'il voulait encore me chercher noise parce que j'étais rentré tard et je lui ai proposé de renvoyer la discussion au lendemain.

– Il ne s'agit pas de discussion, m'a-t-il répondu d'un air absent, mais de tout autre chose. Une chose sur laquelle on ne peut pas discuter et que tu apprendras à ton tour dès que je te la dirai. Mais le plus difficile c'est de la dire!

C'est alors qu'il m'est venu un soupçon :

– Tu ne te sens pas bien?

– Je ne dirais pas que je me sens mal, mais je suis très fatigué et je vais me coucher tout de suite.

Il tira la sonnette en même temps qu'il appelait Maria.

Quand elle entra il lui demanda si tout était prêt dans sa chambre. Il s'y dirigea aussitôt, traînant les pieds dans ses pantoufles. Arrivé à ma hauteur, il se baissa pour me tendre sa joue au baiser du soir.

En le voyant se déplacer avec tant de mal, j'ai éprouvé à nouveau le soupçon qu'il n'allait pas bien et je le lui ai demandé. Nous avons répété tous deux les mêmes mots et il m'a confirmé qu'il était fatigué mais pas malade. Puis il a ajouté :

– Je vais réfléchir aux paroles que je te dirai demain. Tu verras à quel point elles te convaincront.

– Papa, lui ai-je déclaré très ému, je t'écouterai volontiers.

En me voyant si bien disposé à tenir compte de son expérience, il a hésité à me quitter. Il fallait bien profiter d'un moment aussi favorable ! Il a passé sa main sur son front et s'est assis sur la chaise sur laquelle il s'était appuyé pour me donner sa joue à baiser. Il haletait légèrement.

– C'est curieux, m'a-t-il dit. Je ne peux rien te dire, vraiment rien.

Il a regardé autour de lui comme s'il recherchait à l'extérieur ce qu'il n'arrivait pas à saisir en dedans de lui.

– Pourtant je sais tant de choses, et même toutes les choses je les sais. Ce doit être l'effet de ma grande expérience.

Il ne souffrait pas terriblement de ne pouvoir s'exprimer car il a souri à sa propre force et à sa propre grandeur.

Je ne sais pourquoi je n'ai pas appelé sur l'heure le docteur. Je dois au contraire en faire l'aveu douloureux et cuisant : j'ai considéré les paroles de mon père comme dictées par une présomption qu'il me semblait avoir constatée chez lui à plusieurs reprises. L'évidence de sa faiblesse ne pouvait toutefois m'échapper et ce fut ce qui me retint de discuter. J'aimais le voir heureux de son illusion d'être si fort alors qu'il était au contraire la faiblesse même. Et puis j'étais flatté de l'affection qu'il me témoignait en exprimant son désir de me transmettre la science dont il se croyait détenteur, bien que je fusse convaincu de n'avoir rien à apprendre de lui. Et pour le flatter et le tranquilliser, je lui ai raconté qu'il ne devait pas se forcer à trouver tout de suite les mots qui lui manquaient car dans les mêmes circonstances les plus grands savants remisaient les choses trop compliquées dans quelque recoin de leur cerveau afin qu'elles s'y clarifient toutes seules.

Il m'a répondu :

– Ce que je cherche n'est pas du tout compliqué. Il s'agit au contraire de trouver un mot, un seul mot, et je le trouverai ! Mais pas cette nuit parce que je vais dormir d'une seule traite, sans la moindre préoccupation.

Toutefois il n'a pas quitté sa chaise. Pris d'hésitation et s'attardant à scruter mon visage, il m'a dit :

– J'ai seulement peur de ne pouvoir te dire tout ce que je pense, car tu as l'habitude de rire de tout.

Il m'a souri comme pour me prier de ne pas me fâcher de ses paroles, il s'est levé de sa chaise et m'a tendu sa joue pour la deuxième fois. J'ai renoncé à discuter et à le convaincre que dans la vie il y avait beaucoup de choses dont on pouvait et dont on devait rire et j'ai voulu le rassurer en l'embrassant très fort. Mon étreinte fut peut-être trop brutale car il s'est dégagé de mes bras plus oppressé qu'auparavant, mais il a sûrement compris la force de mon affection car il m'a fait un geste amical de la main.

– Au lit, au lit ! a-t-il dit avec joie et il est sorti suivi de Maria.

Une fois seul (voilà encore une chose étrange !) je n'ai pas songé à la santé de mon père, mais plein d'émotion et – je peux le dire – de respect filial, j'ai déploré qu'un esprit comme le sien, qui s'assignait des buts élevés, n'eût pas trouvé la possibilité de se cultiver davantage. Aujourd'hui, tandis que j'écris, alors que je me suis rapproché de l'âge atteint par mon père, je sais avec certitude qu'un homme peut avoir le sentiment de posséder une intelligence très profonde qui ne se manifesterait qu'à travers la force de ce sentiment. Je m'explique : on aspire à pleins poumons et on accepte et on admire toute la nature telle qu'elle est et telle qu'elle nous est offerte, immuablement. Par là on manifeste une intelligence pareille à celle qui a voulu la Création tout entière. Chez mon père il est certain qu'en ses derniers moments de lucidité, le sentiment de tout comprendre lui vint d'une soudaine inspiration religieuse, tant il est vrai qu'il se résolut à m'en parler parce que je lui avais raconté que je m'étais occupé des origines du christianisme. A présent je sais bien que ce sentiment était le premier symptôme d'un œdème cérébral.

Maria revint pour desservir et me dire qu'elle croyait que mon père s'était endormi tout de suite. J'allai donc me coucher à mon tour, complètement rassuré. Dehors le vent soufflait et hurlait. Je l'entendais de mon lit douillet comme une berceuse qui s'est éloignée de moi peu à peu jusqu'à ce que je m'enfonce dans le sommeil.

Je ne sais combien de temps je peux avoir dormi. Maria m'a réveillé. Il paraît qu'elle était venue plusieurs fois dans ma chambre m'appeler et qu'elle était repartie sans attendre. Dans les profondeurs de mon sommeil j'ai éprouvé d'abord un certain trouble, puis j'ai entrevu la vieille qui courait dans ma chambre et finalement j'ai compris. Elle voulait me réveiller, mais après y être parvenue, elle avait quitté la pièce. Le vent continuait à me chanter sa berceuse et moi, je dois avouer que je me suis rendu dans la chambre de mon père en déplorant d'avoir été arraché à mon sommeil. Je me rappelais que Maria voyait toujours mon père en danger. Elle m'entendrait s'il n'était pas malade pour de bon !

La chambre de mon père, pas très grande, était quelque peu encombrée de meubles. A la mort de ma mère, pour trouver l'oubli, il avait changé de chambre, déménageant tous ses meubles dans l'autre pièce. La chambre, faiblement éclairée par un manchon à gaz placé sur la table de nuit très basse, demeurait dans la pénombre. Maria soutenait mon père étendu sur le dos mais avec une partie du buste hors du lit. Le visage de mon père, couvert de sueur, était cramoisi sous la lueur proche. Sa tête reposait sur le sein fidèle de Maria. Il rugissait de douleur et sa bouche était si flasque que la salive dégoulinait sur son menton. Il regardait fixement le mur en face et ne se retourna pas quand j'entrai.

Maria m'a raconté qu'elle l'avait entendu se plaindre et qu'elle était arrivée à temps pour l'empêcher de tomber du lit. Au début – assurait-elle – il avait été plus agité mais à présent il lui semblait relativement tranquille, mais elle ne se risquerait pas à le laisser seul. Elle voulait peut-être s'excuser de m'avoir appelé tandis que moi j'avais déjà compris que j'avais bien fait de me réveiller. Tout en parlant, elle pleurait, mais moi à ce moment-là je n'ai pas pleuré avec elle et je lui ai enjoint au contraire de se tenir tranquille et de ne pas ajouter par ses geignements au spectacle épouvantable de cet instant. Je n'avais pas encore tout compris. La pauvre femme a fait de son mieux pour refréner ses sanglots.

Je me suis approché de mon père et lui ai crié dans le creux de l'oreille :

– Pourquoi gémis-tu, papa? Tu te sens mal?

Je crois qu'il m'a entendu parce que ses gémissements ont diminué et qu'il a détourné son regard du mur qui lui faisait face comme s'il essayait de me voir. Je lui ai crié plusieurs fois dans l'oreille la même question et chaque fois avec le même résultat. Mon comportement viril a disparu d'un seul coup. Mon père, à cette heure-là, était plus près de la mort que de moi parce que mon cri ne lui parvenait plus. J'étais saisi d'une grande terreur et je me suis rappelé avant toute chose les paroles que nous avions échangées la veille au soir. Quelques heures après il s'était mis en route pour aller voir lequel de nous deux avait raison. Comme c'est curieux! Le remords accompagnait ma douleur. J'ai enfoui ma tête dans l'oreiller de mon père et j'ai pleuré à fendre l'âme, secoué de ces sanglots que je venais de reprocher à Maria.

Ce fut à elle alors de me calmer mais elle s'y est prise d'étrange façon. Elle m'exhortait à rester calme tout en me parlant de mon père, qui continuait à gémir avec des yeux trop dilatés, comme ceux d'un homme mort.

– Le pauvre! disait-elle. Mourir comme ça! Avec toute

sa belle chevelure. – Elle la caressait. C'était vrai. La tête de mon père était couronnée d'une chevelure blanche, drue et bouclée; tandis que moi, à trente ans, j'avais déjà le cheveu rare.

Je ne me suis pas rappelé qu'il existait parmi nous des médecins dont on supposait qu'ils apportent parfois le salut. J'avais déjà vu la mort sur ce visage ravagé par la souffrance et je n'espérais plus. Ce fut Maria qui me parla la première du médecin et qui alla réveiller le jardinier pour l'envoyer en ville.

Je suis resté seul à soutenir mon père pendant une dizaine de minutes qui m'ont paru une éternité. Je me rappelle que j'ai cherché à mettre dans mes mains, qui touchaient ce corps torturé, toute la douceur qui avait envahi mon cœur. Mes paroles, il ne pouvait les entendre. Comment faire pour lui faire comprendre que je l'aimais tant?

Quand le jardinier est arrivé, je suis allé dans ma chambre écrire un petit mot et j'ai eu de la peine à rédiger les quelques lignes qui devaient donner au docteur une idée du mal afin qu'il apportât sans perdre de temps les médicaments nécessaires. J'avais sans cesse devant les yeux l'imminence de la mort de mon père et je me demandais : « Que vais-je faire à présent dans la vie? »

Puis suivirent de longues heures d'attente. Je conserve un souvenir assez précis de ces moments-là. La première heure passée, nous n'avons plus eu besoin de soutenir mon père qui gisait sur son lit privé de sentiment. Ses gémissements avaient cessé mais son insensibilité était totale. Il avait une respiration précipitée que, presque inconsciemment, j'imitais. A ce rythme, je ne pouvais continuer longtemps et je m'accordais des pauses espérant entraîner le malade avec moi dans ces répits. Mais il continuait à courir, infatigablement. Nous avons essayé vainement de lui faire absorber une cuillerée de thé. Son inconscience reculait quand il s'agissait de résister à nos tentatives. Il serrait obstinément les dents. Même inconscient, son obstination indomptable ne le quittait pas. Bien avant l'aube, sa respiration a changé de rythme.

Elle s'est regroupée en phases débutant par quelques inspirations lentes qui pouvaient ressembler à celles d'un homme en bonne santé, auxquelles faisaient suite d'autres inspirations précipitées qui s'arrêtaient sur une pause effroyablement longue paraissant nous annoncer sa mort à Maria et à moi. Puis la période repartait, toujours plus ou moins semblable, une période musicale d'une tristesse infinie dans son absence de couleur. Cette respiration qui varia beaucoup sans jamais cesser d'être bruyante devint partie intégrante de cette chambre. Elle y demeura dès lors pendant très, très longtemps.

J'ai passé quelques heures, affaissé sur un canapé, tandis que Maria était assise au chevet du lit. Sur ce canapé, j'ai versé mes larmes les plus cuisantes. Les pleurs voilent nos fautes et nous permettent d'accuser le destin sans objection de sa part. Je pleurais parce que je perdais le père pour lequel j'avais toujours vécu. Qu'importe que je ne lui aie pas beaucoup tenu compagnie! Mes efforts pour m'améliorer n'avaient-ils pas été poursuivis en vue de lui offrir une satisfaction personnelle? Les succès auxquels j'aspirais ardemment devaient non seulement me permettre d'en tirer gloire devant lui qui avait toujours douté de mes capacités, mais faire aussi sa joie. Et voilà que maintenant il ne pouvait plus m'attendre et s'en allait convaincu de mon irrémédiable faiblesse. Je pleurais les larmes les plus amères.

En écrivant, mieux, en gravant sur la page de si douloureux souvenirs, je découvre que l'image qui m'a obsédé lors de ma première tentative de regarder dans mon passé, cette locomotive qui tracte une rame de wagons le long d'une pente escarpée, je l'ai vue pour la première fois en écoutant mon père respirer depuis ce canapé. C'est bien ainsi qu'avancent les locomotives qui traînent des poids énormes : elles rejettent des bouffées régulières qui vont s'accélérant et se terminent sur une pause, une halte elle aussi menaçante car les voyageurs à l'écoute peuvent craindre de voir motrice et voiture dégringoler dans le vide. En vérité, mon premier effort de remémoration m'avait ramené à cette nuit terrible, aux heures décisives de ma vie.

Le docteur Coprosich est arrivé à la villa avant l'aube accompagné d'un infirmier qui portait une boîte de médicaments. Il avait dû venir à pied parce que l'ouragan déchaîné ne lui avait pas permis de trouver une voiture.

Je l'ai reçu en pleurant et il m'a parlé avec beaucoup de douceur, m'encourageant à conserver l'espoir. Et néanmoins, je dois le dire sans attendre, après cette rencontre, j'ai rencontré peu d'hommes dans ma vie qui aient fait naître en moi une antipathie aussi vive que le docteur Coprosich. Il vit toujours, décrépit et entouré de l'estime de tous ses concitoyens. Quand je l'aperçois tout affaibli qui marche d'un pas chancelant dans les rues pour se donner un peu d'exercice et respirer un peu d'air, mon aversion se ranime.

Le docteur devait avoir alors à peine quarante ans. Il avait consacré beaucoup de temps à la médecine légale et bien qu'il fût notoirement un fervent patriote italien[7], les autorités impériales lui confiaient les expertises les plus délicates. C'était un homme sec et nerveux, au visage insignifiant relevé d'une calvitie qui simulait un vaste front. Une autre disgrâce physique lui conférait un air d'importance : quand il ôtait ses lunettes (et ça lui arrivait souvent quand il voulait méditer), ses yeux aveuglés regardaient à côté ou au-dessus de son interlocuteur et ils prenaient l'aspect curieux des yeux sans couleur d'une statue, menaçants ou peut-être ironiques. C'étaient alors des yeux déplaisants. Quand il avait à vous dire ne fût-ce qu'un mot, il chaussait à nouveau ses lunettes et voilà que ses yeux redevenaient ceux d'un quelconque brave bourgeois qui examine avec soin les choses dont il parle. Il s'assit dans l'antichambre pour souffler un court instant. Il me demanda de lui raconter exactement ce qui s'était passé depuis la première alarme jusqu'à son arrivée. Il a ôté ses lunettes et a fixé de ses yeux bizarres le mur dans mon dos.

J'ai essayé d'être exact, tâche difficile étant donné l'état où je me trouvais. Je me rappelais aussi que le docteur Coprosich ne supportait pas que les gens ignorants en médecine emploient des termes médicaux pour se donner l'air d'y connaître quelque chose. Et quand j'en suis venu à parler de ce qui m'avait paru être une « respiration cérébrale », il a remis ses lunettes pour me dire : « Doucement avec les définitions. Nous verrons ensuite de quoi il s'agit. » J'avais parlé aussi du comportement étrange de mon père, de son anxiété de me voir, de sa hâte de se coucher. Je ne lui ai pas rapporté les propos étranges qu'il m'avait tenus : peut-être craignais-je d'être obligé de lui dire un mot sur la façon dont j'avais répondu à mon père à ce moment-là. Je lui ai raconté toutefois qu'il ne parvenait pas à s'exprimer avec précision et qu'il semblait penser intensément à quelque chose qui tournait dans sa tête et qu'il n'arrivait pas à formuler. Le docteur, le nez solidement chaussé de ses lunettes, s'est exclamé d'un air triomphant :

– Je le sais ce qui tournait dans sa tête!

Moi aussi je le savais, mais je ne l'ai pas dit pour ne pas mettre le docteur en colère : c'étaient les œdèmes.

Nous nous sommes rendus au chevet du malade. Avec l'aide de l'infirmier il a retourné dans tous les sens ce pauvre corps inerte pendant un moment qui m'a paru interminable. Il l'a ausculté, l'a palpé. Il a essayé d'obtenir le concours du malade lui-même, mais en vain.

– Voilà qui suffit! a-t-il fini par dire.

Il s'est approché de moi, ses lunettes à la main et regardant le sol, et il m'a dit avec un soupir :

– Soyez courageux! Son état est très grave.

Nous sommes allés dans ma chambre où il en a profité pour se laver la figure.

Il ne portait pas ses lunettes et quand il a relevé sa tête mouillée pour la sécher, on eût dit la petite tête étrange d'une amulette modelée par des mains inexpertes. Il a dit se rappeler qu'il nous avait vus quelques mois auparavant et m'a exprimé son étonnement que nous ne soyons pas retournés le voir. Il avait même cru que nous l'avions quitté pour un autre médecin; il nous avait alors très clairement avertis que mon père avait besoin de se soigner. Quand il adressait des reproches à quelqu'un, sans ses lunettes, il était redoutable. Il avait haussé le ton et exigeait des explications. Ses yeux les cherchaient partout.

Il avait certes raison et je n'avais pas volé ses remontrances. Je dois préciser ici que ce n'est pas pour ce qu'il m'a dit que je hais le docteur Coprosich. Je lui ai fourni comme excuse que mon père avait horreur des médecins et des remèdes : je pleurais tout en parlant et le docteur, avec sa bonté généreuse, a cherché à me calmer en me disant que si nous avions eu recours à lui plus tôt, la science aurait pu tout au plus retarder la catastrophe à laquelle nous assistions, mais non la conjurer.

Toutefois, comme il continuait à m'interroger sur les précédents de la maladie, il a eu à nouveau sujet de me blâmer. Il voulait savoir si dans les derniers mois mon père s'était plaint de ses conditions de santé, de son appétit, de son sommeil. Je n'ai rien pu lui répondre de précis; même pas si mon père avait beaucoup ou peu mangé à cette table autour de laquelle nous prenions place ensemble tous les jours. L'évidence de ma culpabilité m'a atterré, mais le docteur n'a plus insisté dans ses questions. Il a appris de moi que Maria le voyait toujours moribond et que je me moquais toujours de ses craintes.

Il se nettoyait les oreilles en regardant au plafond.

– Dans deux ou trois heures, il reprendra probablement conscience, au moins en partie, a-t-il dit.

– Il y a donc de l'espoir? me suis-je exclamé.

– Pas le moindre! m'a-t-il répondu sèchement. En pareil cas, les sangsues font pourtant toujours ce qu'elles ont à faire. Il recouvrera sûrement un peu de conscience, peut-être pour perdre la raison.

Il a haussé les épaules et reposé la serviette à sa place. Ce haussement d'épaules signifiait à n'en pas douter son mépris pour sa propre intervention et il m'a encouragé à parler. J'étais terrifié à l'idée que mon père pouvait se remettre de sa torpeur pour se voir mourir, mais sans ce haussement d'épaules je n'aurais pas eu le courage de le lui dire.

– Docteur! l'ai-je supplié, ne pensez-vous pas que le faire revenir à lui est une mauvaise action?

J'ai éclaté en pleurs. Cette envie de pleurer, je ne cessais de l'avoir dans mes nerfs ébranlés, mais je m'y suis abandonné sans retenue pour montrer mes larmes et faire que le docteur me pardonne l'avis que j'avais osé exprimer sur ses soins.

Il m'a dit sur un ton empreint d'une grande bonté :

– Allons, calmez-vous. La conscience du malade ne sera jamais assez lucide pour lui faire comprendre son état. Il n'est pas médecin. Il suffira de ne pas lui dire qu'il est mourant et il ne le saura pas. En revanche, on peut s'attendre à pire : il pourrait devenir fou. J'ai apporté à cet effet une camisole de force et l'infirmier restera avec vous.

Au comble de l'épouvante, je l'ai supplié de ne pas lui appliquer les sangsues. Il m'a informé alors le plus tranquillement du monde que l'infirmier les lui avait sûrement déjà posées, comme il lui en avait donné l'ordre avant de quitter la chambre de mon père. Alors je me suis mis en colère. Pouvait-il y avoir une action plus noire que de ramener à la conscience un malade, sans le moindre espoir de le sauver et avec la seule perspective de l'exposer au désespoir ou au risque de supporter – avec cette gêne respiratoire ! – la camisole de force ? Au paroxysme de la violence, mais accompagnant toujours mes paroles de ces larmes qui réclamaient l'indulgence, j'ai déclaré que je considérais comme une cruauté inouïe de ne pas laisser mourir en paix un malade définitivement condamné.

Je hais cet homme, car en cet instant il s'est fâché contre moi. Voilà ce que je ne peux lui pardonner. Il s'est mis dans une telle colère qu'il en a oublié de chausser ses lunettes et pourtant il a découvert exactement l'endroit où se trouvait ma tête pour la fixer de ses yeux terribles. Il m'a dit qu'il pensait que je voulais trancher le fil ténu de l'espoir qui subsistait. Crûment. Ce sont ses paroles textuelles.

Nous allions vers un conflit. Pleurant et hurlant, je lui ai objecté que lui-même, quelques instants auparavant, venait d'exclure tout espoir de guérison pour le malade. Ma maison et ses habitants ne devaient pas servir à des expériences pour lesquelles il y avait ailleurs des lieux appropriés !

Sur un ton très sévère que son calme rendait menaçant, il m'a rétorqué :

– Je vous ai expliqué quel est l'état actuel de la science. Mais qui est en mesure de dire ce qui peut advenir dans une demi-heure ou d'ici demain ? En maintenant votre père en vie, j'ai laissé la porte ouverte à toute éventualité.

Il a alors ajusté ses lunettes et, avec son air de cuistre bureaucrate, il a ajouté des explications à n'en plus finir sur l'importance que pouvait revêtir l'intervention du médecin dans le destin économique d'une famille. Une demi-heure supplémentaire de souffle pouvait décider du sort d'un héritage.

Je pleurais maintenant de compassion sur moi, obligé d'écouter de tels propos en un pareil moment. Je n'en pouvais plus et j'ai cessé de discuter. A quoi bon puisque les sangsues avaient déjà été posées !

Au chevet d'un malade, le médecin est tout-puissant et j'ai donc eu tous les égards pour le docteur Coprosich. C'est en vertu de ces mêmes égards que je n'ai pas osé lui proposer une consultation, timidité que je me suis reprochée pendant de longues années. A présent cette culpabilité est bien morte comme sont morts avec elle les autres sentiments que j'évoque ici avec le même détachement que je mettrais à raconter des événements vécus par un étranger. De ces jours lointains, il ne subsiste dans mon cœur d'autre trace qu'une antipathie encore tenace pour ce médecin. Quelques instants après, nous sommes retournés au chevet de mon père. Nous l'avons trouvé qui dormait, couché sur le côté droit. On lui avait mis un mouchoir sur la tempe pour cacher les blessures produites par les sangsues. Le docteur a voulu sur-le-champ vérifier s'il était plus conscient et il lui a crié quelque chose dans le creux de l'oreille. Le malade n'a montré aucune réaction.

– Tant mieux ! ai-je dit courageusement, mais toujours en pleurs.

– L'effet attendu ne pourra manquer ! m'a répondu le

docteur. Ne voyez-vous pas que sa respiration a déjà changé ?

C'était vrai. Précipitée et difficile, sa respiration ne passait plus par les phases qui m'avaient épouvanté.

L'infirmier a dit quelque chose au médecin qui a acquiescé. Il s'agissait d'enfiler au malade la camisole de force. Ils sortirent cet instrument d'une valise et soulevèrent mon père en l'obligeant à demeurer assis sur le lit. Alors il a soulevé les paupières, ses yeux étaient troubles, pas encore ouverts à la lumière. Je me suis remis à sangloter dans la crainte qu'ils puissent immédiatement tout regarder et tout voir. Mais quand on a reposé la tête du malade sur l'oreiller, ces yeux brouillés se sont refermés comme ceux de certaines poupées.

Le docteur a exulté :

– Quel changement ! a-t-il murmuré.

Oui ! Il y avait du changement ! Pour moi, rien d'autre qu'une grave menace. J'ai mis un baiser fervent sur le front de mon père et en mon for intérieur j'ai formulé ce souhait :

– Oh ! dors ! Dors jusqu'au sommeil éternel !

Et c'est ainsi que j'ai souhaité à mon père de mourir, mais le docteur ne l'a pas deviné car il m'a dit avec bonhomie :

– Vous aussi êtes heureux, maintenant, de le voir reprendre connaissance !

Quand le docteur est parti, l'aube s'était levée. Une aube sombre, hésitante. Le vent qui soufflait encore par rafales m'a paru moins violent, bien qu'il fît voler encore la neige glacée.

J'ai accompagné le docteur jusqu'au jardin. J'exagérais mes attentions, afin qu'il ne devinât point mon ressentiment. Mon visage n'exprimait qu'égards et déférence. Je ne me suis permis une grimace de dégoût qui m'a détendu que lorsque je l'ai vu s'éloigner dans l'allée qui menait à la porte du jardin. Petit et noir dans la neige, il vacillait et s'arrêtait à chaque rafale pour mieux résister. Cette grimace ne m'a pas suffi et j'ai ressenti le besoin d'autres gestes de violence après une telle contention. J'ai marché le long de l'allée pendant quelques minutes, dans le froid, tête nue, foulant rageusement la neige épaisse. Je ne sais toutefois si cette grosse colère puérile visait plus particulièrement le docteur ou moi-même. Moi-même en premier qui avais voulu la mort de mon père et qui avais osé le dire. Mon silence convertissait ce désir que m'avait inspiré la plus pure affection filiale en un véritable crime qui me pesait horriblement.

Le malade dormait toujours. Il a dit pourtant quelques mots que je n'ai pas compris mais sur le ton posé de la conversation, fait étrange car il a interrompu sa respiration toujours aussi précipitée et bien éloignée de toute tranquillité. Allait-il vers la lucidité et le désespoir ?

Maria était maintenant assise auprès du lit en compagnie de l'infirmier. Cet homme m'a inspiré confiance, sauf que je n'ai pas apprécié les scrupules exagérés de sa conscience professionnelle. Il s'est opposé à la proposition de Maria de faire boire au malade une petite cuillerée de bouillon qu'elle croyait être un bon remède. Mais le médecin n'avait pas parlé de ce bouillon et l'infirmier a voulu attendre son retour pour décider d'une action aussi importante. La pauvre Maria n'a pas insisté, moi non plus. J'ai fait cependant une autre grimace de dégoût.

Tous deux ont insisté pour que je me couche, car je devais passer la nuit avec l'infirmier et assister le malade à la garde duquel deux personnes suffisaient; l'un de nous pouvait se reposer sur le canapé. Je me couchai et m'endormis aussitôt, sombrant agréablement dans une perte totale de conscience et – j'en suis sûr – sans l'interruption de la moindre lueur de rêve.

La nuit dernière en revanche, après avoir passé une partie de la journée précédente à rassembler ces souvenirs de mon passé, j'ai fait un rêve saisissant qui m'a ramené à ce temps-là par un bond colossal au-dessus des années. Je me revoyais avec le docteur dans cette même pièce où nous avions discuté de sangsues et de camisoles de force, dans cette pièce qui maintenant a un tout autre aspect, parce que ma femme et moi en avons fait notre chambre à coucher. J'enseignais au docteur la façon de soigner et de guérir mon père tandis que lui (non pas vieux et décrépit comme aujourd'hui, mais solide et vif tel qu'à l'époque) en proie à la colère, les lunettes à la main et les yeux hagards, hurlait que tout ça ne servait à rien. Il disait textuellement : « Les sangsues le rappelleraient à la vie et à la douleur et il ne faut pas les lui poser! » Moi, au contraire, tapant du poing sur un livre de médecine, je hurlais : « Les sangsues! J'exige les sangsues et même la camisole de force! »

Il faut croire que mon rêve était devenu bruyant car ma femme l'a interrompu en me réveillant. Ombres du passé! Je crois que pour vous apercevoir, il faut un auxiliaire optique et que c'est cet instrument qui vous invertit.

Ce sommeil tranquille est mon dernier souvenir de cette journée lointaine.

De longues journées suivirent, dont chacune ressemblait à la précédente. Le temps s'était amélioré; on disait que l'état de mon père s'était amélioré aussi. Il se déplaçait librement dans sa chambre et il avait commencé sa quête errante d'air de son lit au fauteuil. A travers la croisée fermée, son regard s'étendait par moments jusqu'au jardin enneigé qui étincelait sous le soleil. Chaque fois que j'entrais dans cette chambre, j'étais prêt à discuter et à voiler de brume cette conscience que le docteur Coprosich attendait. Mais si mon père témoignait chaque jour qu'il entendait et comprenait mieux, cette conscience se faisait toujours attendre.

Je dois, hélas! avouer qu'au lit de mort de mon père une grande rancœur a trouvé refuge en mon âme et, bizarrement, s'est agrippée à mon chagrin et l'a dénaturé. Cette rancœur visait d'abord le docteur Coprosich et mes efforts pour la lui dissimuler l'avaient accrue. Je m'en voulais aussi de n'avoir pu reprendre la discussion avec le docteur pour lui dire carrément que sa science ne valait pas une guigne et que je souhaitais à mon père de mourir pour lui éviter de souffrir.

J'ai fini par en vouloir aussi au malade. Ceux qui ont essayé de rester pendant des jours et des jours auprès d'un malade agité, sans compétences pour suppléer l'infirmier, et en conséquence spectateurs passifs de tout ce que les autres font, me comprendront. De surcroît j'aurais eu besoin d'un grand repos pour lire dans mon cœur et sans doute afin de tempérer et peut-être de savourer le chagrin que j'éprouvais pour mon père et pour moi. Je devais au contraire me battre tantôt pour lui faire ingurgiter ses médicaments, tantôt pour l'empêcher de sortir de sa chambre. La lutte engendre toujours de la rancœur.

Un soir, Carlo, l'infirmier, m'a appelé pour me faire constater un nouveau progrès chez mon père. J'ai couru, mon cœur battant la chamade à l'idée que le vieillard pût s'apercevoir de son mal et me le reprocher.

Mon père était debout au milieu de sa chambre, n'ayant sur lui que ses sous-vêtements et coiffé de son bonnet de nuit en soie rouge. Bien qu'il fût très oppressé, il disait de temps en temps quelques mots sensés. Lorsque je suis entré, il a dit à Carlo :

– Ouvre !

Il voulait qu'on ouvrît la fenêtre. Carlo a répondu que c'était impossible, car il faisait trop froid. Durant un moment mon père a oublié son ordre. Il est allé s'asseoir dans un fauteuil près de la fenêtre, étendant les jambes pour trouver un soulagement. A ma vue, il a souri et m'a demandé :

– As-tu bien dormi ?

Je ne crois pas que ma réponse lui soit parvenue. Ce n'était pas là la conscience que j'avais redoutée. Quand on meurt, on a bien autre chose à faire que de penser à la mort. Tout son organisme se concentrait sur son besoin d'air. Et au lieu d'écouter ce que je disais, il a ordonné de nouveau à Carlo :

– Ouvre !

Il ne trouvait pas de répit. Il quittait son fauteuil pour se mettre debout. Puis, péniblement, aidé de l'infirmier, il se recouchait dans son lit, s'étendant pour un court instant d'abord sur le flanc gauche et aussitôt après sur le flanc droit où il pouvait tenir pendant deux ou trois minutes. Il invoquait à nouveau l'aide de l'infirmier pour se mettre debout et il finissait par retrouver son fauteuil sur lequel il restait parfois plus longtemps.

Ce jour-là, en passant de son lit au fauteuil, il s'est arrêté devant la glace et, en se regardant, il a murmuré :

– J'ai l'air d'un Mexicain!

Je pense que c'est pour se soustraire à l'horrible monotonie de cette course du lit au fauteuil qu'il a essayé ce jour-là de fumer. Il est parvenu à remplir sa bouche d'une unique bouffée qu'il a aussitôt expulsée en proie à l'oppression.

Carlo m'avait appelé pour me faire assister à un instant de lucidité chez le malade :

– Suis-je donc gravement malade? avait-il demandé avec anxiété.

Une telle lucidité ne s'est plus manifestée. En revanche, elle a été suivie d'un moment de délire. Il s'est levé de son lit et a cru qu'il se réveillait le matin dans un hôtel de Vienne. Il doit avoir rêvé de Vienne sous le désir d'un peu de fraîcheur pour sa bouche desséchée au souvenir de la bonne eau glacée qu'on boit dans cette ville. Il a aussitôt parlé de la bonne eau qui l'attendait à la fontaine proche.

Au reste, c'était un malade inquiet mais facile. Moi je le craignais parce que j'avais toujours peur de voir son caractère s'aigrir le jour où il comprendrait son état et c'est pourquoi sa mansuétude ne parvenait pas à dissiper mon accablement, mais lui acceptait docilement tous les conseils qu'on lui donnait parce qu'il en attendait le soulagement de son oppression. L'infirmier lui offrit d'aller lui chercher un verre de lait et il accepta avec joie. La même hâte qui avait accompagné l'attente du lait le porta à vouloir en être débarrassé aussitôt après qu'il en eut avalé une faible gorgée et, comme on n'obtempérait pas sur-le-champ, il laissa tomber le verre par terre.

Le docteur ne manifestait jamais de déception à la vue de l'état de son malade. Chaque jour, il constatait une amélioration tout en voyant la catastrophe imminente.

Un jour il arriva en voiture, pressé de repartir immédiatement. Il me recommanda d'inciter le malade à rester couché le plus longtemps possible parce que la position horizontale convenait mieux à la circulation du sang. Il répéta sa recommandation à mon père lui-même qui comprit et de son air le plus lucide, le lui promit tout en restant debout au milieu de la chambre et retrouvant aussitôt sa distraction ou, mieux, ce que je définissais comme une méditation sur son essoufflement.

La nuit qui a suivi, j'ai éprouvé pour la dernière fois la terreur de voir renaître cette conscience que je redoutais tant. Il était assis dans son fauteuil près de la fenêtre et regardait à travers la vitre, dans la nuit claire, le ciel criblé d'étoiles. Sa respiration était toujours difficile, mais il ne semblait pas en souffrir, absorbé qu'il était à regarder vers le ciel. Peut-être était-ce à cause de son halètement, mais on eût dit qu'il hochait la tête comme pour dire oui.

J'ai pensé avec terreur : « Le voilà qui se concentre sur les problèmes qu'il a toujours évités. » J'ai cherché à découvrir le point exact du ciel qu'il fixait. Il regardait, le buste tendu, avec le même effort que ceux qui regardent à travers une fente placée trop haut. Il me semble qu'il regardait toujours les Pléiades. Il est probable que de toute sa vie il n'avait regardé si longtemps ni si loin. Tout à coup, il s'est tourné vers moi, le buste toujours bien droit :

– Regarde! Regarde! m'a-t-il dit d'un air sévère de remontrance.

Il s'est aussitôt remis à regarder le ciel puis il s'est de nouveau tourné vers moi :

– Tu as vu? Tu as vu?

Il a voulu retourner aux étoiles, mais il n'a pas pu; il s'est laissé aller, épuisé, sur le dossier de son fauteuil et quand je lui ai demandé ce qu'il avait voulu me montrer, il n'a pas compris et ne s'est pas souvenu d'avoir vu et d'avoir voulu que je voie. Le mot qu'il avait tant cherché pour me le transmettre lui avait échappé pour toujours.

Longue fut la nuit, mais je dois avouer qu'elle ne fut

pas particulièrement éprouvante, ni pour moi ni pour l'infirmier. Nous laissions faire au malade ce qu'il voulait et il circulait dans sa chambre dans son étrange accoutrement, sans avoir le moins du monde conscience qu'il attendait la mort. Une fois, il a voulu sortir dans le corridor où il faisait un froid glacial. Nous l'en avons empêché et il m'a obéi tout de suite. Une autre fois au contraire l'infirmier qui avait entendu la recommandation du médecin a voulu l'empêcher de quitter son lit mais mon père alors s'est rebiffé. Il est sorti de son absence, il s'est levé en pleurant et en pestant et j'ai obtenu qu'on lui laissât la liberté de se déplacer à son gré. Il s'est calmé aussitôt et il a repris sa vie silencieuse et sa quête vaine de soulagement.

Quand le médecin est revenu, il s'est laissé examiner essayant de respirer profondément comme on le lui demandait. Puis il s'est adressé à moi :

– Que dit-il?

Il m'a oublié un moment pour revenir aussitôt à moi :

– Quand pourrai-je sortir?

Le docteur, encouragé par tant de docilité, m'a exhorté à lui dire de rester le plus longtemps possible au lit. Mon père n'écoutait que les voix qu'il connaissait le mieux, la mienne, celles de Maria et de l'infirmier. Je ne croyais pas à l'efficacité de cette recommandation; je la lui ai cependant transmise en mettant même dans ma voix un accent de menace.

– Bon, bon, a promis mon père et au même moment il s'est levé et s'est dirigé vers son fauteuil.

Le médecin l'a regardé et a murmuré d'un air résigné :

– On voit qu'un changement de position lui apporte un peu de soulagement.

Peu après, j'étais au lit, mais je n'ai pu fermer l'œil. Je regardais mon avenir, cherchant à découvrir pour quelle raison et pour qui je pourrais persévérer dans mes efforts de devenir meilleur. J'ai pleuré des larmes abondantes mais plutôt sur moi que sur le malheureux qui tournait sans répit en rond dans sa chambre.

Quand je me suis levé, Maria est allée se coucher et je suis resté auprès de mon père en compagnie de l'infirmier. J'étais abattu et fatigué; mon père plus agité que jamais.

C'est alors qu'a eu lieu cette scène terrible que je n'oublierai jamais et qui a projeté son ombre très très loin, qui a assombri en moi toute ardeur et toute joie de vivre. Pour oublier ma douleur, il m'a fallu attendre que tous mes sentiments soient émoussés par le temps.

L'infirmier m'a dit :

– Quelle chance si nous pouvions le faire rester couché ! Le docteur y attache une telle importance !

Jusqu'alors j'étais resté allongé sur le canapé. Je me suis levé et me suis dirigé vers le lit où, à ce moment-là, le malade, plus haletant que jamais, venait de se recoucher. J'étais résolu : je contraindrais mon père à observer au moins pendant une demi-heure le repos prescrit par le médecin. N'était-ce pas là mon devoir ?

Mon père a cherché aussitôt à se retourner vers le bord du lit pour se soustraire à ma pression et se lever. D'une poigne vigoureuse clouée sur son épaule, je l'en ai empêché tandis que d'une voix forte et impérieuse je lui ordonnais de ne pas bouger. Pendant un instant, terrorisé, il a obéi. Puis il s'est exclamé :

– Je meurs !

Et il s'est redressé. Epouvanté à mon tour par son cri, j'ai relâché la pression de ma main. Il a donc pu s'asseoir sur le bord du lit, juste en face de moi. Je pense qu'à ce moment-là sa colère a grandi de voir qu'il était, ne fût-ce qu'un court instant, gêné dans ses mouvements et il a dû croire que je lui prenais l'air dont il avait tant besoin, et que je le privais de lumière en me tenant debout devant lui qui était assis. Dans un effort suprême, il a réussi à se mettre debout, il a levé la main aussi haut qu'il a pu, comme s'il savait qu'il ne pouvait lui communiquer d'autre force que celle de son poids et il l'a laissée retomber sur ma joue. Puis il s'est affaissé sur son lit et de là sur le carrelage. Mort !

Je ne le savais pas mort, mais j'ai eu le cœur serré de douleur de la punition que, à l'article de la mort, mon père avait voulu m'infliger. Aidé de Carlo, je l'ai relevé et remis sur son lit. Tout en pleurant, tel un enfant qu'on vient de punir, je lui ai crié à l'oreille :

– Ce n'est pas de ma faute! C'est ce maudit docteur qui voulait t'obliger à rester allongé!

C'était un mensonge. Puis, toujours comme un enfant, j'ai ajouté la promesse de ne plus jamais recommencer :

– Je te laisserai remuer comme tu voudras.

L'infirmier m'a dit :

– Il est mort.

On a dû m'éloigner de force de cette chambre. Il était mort et moi je ne pouvais plus lui prouver mon innocence!

Une fois seul, j'ai essayé de me ressaisir. Ma raison me disait : il est exclu que mon père, qui n'avait plus sa tête à lui, ait pu décider de me punir et diriger sa main avec une précision telle qu'elle frappe ma joue.

Comment faire pour avoir la certitude que mon raisonnement était juste? J'ai même pensé m'adresser à Coprosich. Lui, en qualité de médecin, aurait pu me dire quelque chose sur la capacité d'un moribond de prendre une décision et d'agir. Je pouvais aussi être victime d'un geste provoqué chez lui par l'effort de soulager son oppression. Mais je n'ai pas ouvert la bouche devant le docteur Coprosich. Il était impossible que j'aille révéler à cet homme comment mon père m'avait fait ses adieux. A lui, qui m'avait déjà accusé d'avoir manqué d'affection pour mon père!

Un coup plus grave est venu ultérieurement me frapper quand j'ai entendu le soir à la cuisine Carlo l'infirmier raconter à Maria :

– Le père a levé la main le plus haut possible et son dernier geste a été de frapper son fils.

Il le savait et Coprosich l'apprendrait donc.

Quand je suis allé dans la chambre mortuaire, j'ai vu que le corps avait été habillé. L'infirmier avait probablement peigné ses beaux cheveux blancs. La mort avait déjà roidi ce corps qui gisait orgueilleux et menaçant. Ses grandes mains, puissantes, bien modelées, étaient livides mais elles reposaient avec tant de naturel qu'elles paraissaient prêtes à saisir et à châtier. Je n'ai pas voulu, je n'ai pas pu le revoir. Puis à l'enterrement, j'ai réussi à me rappeler mon père faible et bon comme je l'avais toujours connu après mon enfance et je me suis convaincu que cette gifle qui m'avait été administrée de sa main moribonde n'avait pas été voulue par lui. Je me suis assagi tout à fait et le souvenir de mon père ne m'a plus quitté, me devenant chaque jour plus cher. Ce fut comme une rêve délicieux : nous vivions désormais en parfait accord, moi devenu le plus faible et lui le plus fort.

J'ai retrouvé et observé pendant très longtemps la foi de ma petite enfance. J'imaginais que mon père me voyait et que je pouvais lui dire que rien n'avait été de ma faute, que seul le docteur était coupable. Le mensonge n'avait pas d'importance car il comprenait tout désormais et moi aussi. Et pendant longtemps ces entretiens avec mon père ont continué, pleins de douceur, secrets, comme un amour défendu car, devant le monde je continuais à me moquer de toute pratique religieuse alors qu'en réalité – et je veux l'avouer ici – chaque jour j'ai recommandé avec ferveur à quelqu'un l'âme de mon père. C'est la seule religion vraie, celle qu'on n'a pas besoin de professer à haute voix pour en obtenir le réconfort dont quelquefois – rarement – on ne peut se passer.

V

L'HISTOIRE DE MON MARIAGE

DANS l'esprit d'un jeune homme d'extraction bourgeoise, le concept de vie humaine va de pair avec celui de carrière et au cours des vertes années la carrière est celle de Napoléon Ier. Sans pour autant rêver de devenir empereur car on peut ressembler à Napoléon tout en étant beaucoup mais beaucoup plus bas sur l'échelle humaine. La vie la plus intense peut être résumée par la rumeur la plus élémentaire, celle de la vague qui après s'être formée se modifie à chaque instant jusqu'au moment où elle meurt ! C'est pourquoi moi aussi je m'attendais au devenir et à l'anéantissement comme Napoléon et la vague.

Mon existence ne réussissait à émettre qu'une seule note sans aucune modulation, assez élevée et que d'aucuns m'envient, mais affreusement monotone. Au cours des ans mes amis m'ont conservé leur estime et je crois que moi aussi, depuis que j'ai atteint l'âge de raison, j'ai changé peu de chose à l'idée que je me suis faite de ma personne.

Il est donc possible que l'envie de me marier soit née de l'ennui de n'émettre et de n'entendre que cette note unique. Ceux qui ne l'ont pas encore expérimenté croient le mariage plus important qu'il n'est. La compagne que nous nous choisissons renouvellera, en mieux ou en pire, sa propre race chez nos descendants, mais mère nature qui l'exige et qui ne pourrait nous guider directement, car en ces moments-là nous ne nous soucions nullement de notre postérité, nous fait croire que nous viendra aussi un renouvellement personnel de notre épouse, illusion curieuse qu'aucun texte n'autorise. Car nous vivons ensuite côte à côte, inchangés, si ce n'est sous l'effet d'une antipathie inopinée pour un conjoint qui est si différent de nous, ou de l'envie s'il nous est supérieur.

Le plus drôle c'est que mon aventure conjugale débuta grâce à la connaissance de mon futur beau-père et à l'amitié et à l'admiration que je lui ai vouées avant même de savoir qu'il était père de jeunes filles à marier. Il est donc évident qu'aucune décision préméditée n'est à l'origine de ma quête d'un but que j'ignorais. Je cessai de fréquenter une jeune fille dont j'avais cru un moment qu'elle pourrait me convenir et je m'attachai à mon futur beau-père. J'aurais presque envie de croire au destin.

Le désir de nouveauté qui occupait mon esprit trouvait de quoi se satisfaire avec Giovanni Malfenti, un homme si différent de moi et de tous ceux dont j'avais jusqu'alors recherché la compagnie et l'amitié. J'étais assez cultivé, du fait que j'étais passé par deux facultés et que j'avais également vécu longtemps dans l'inaction, oisiveté que je crois très instructive. Mais de son ignorance Giovanni tirait force et assurance et moi, ébahi, je le regardais faire avec envie.

Malfenti avait alors cinquante ans, une santé de fer, un corps énorme par la taille et la grosseur qui devait peser plus d'un quintal. Il remuait dans sa tête un petit nombre d'idées, mais il les développait avec tant de clarté, les décortiquait avec tant d'assiduité, les appliquait en les adaptant quotidiennement à tant de nouvelles affaires qu'elles se mettaient à faire partie de sa personne, devenaient ses membres, son caractère. Ma pénurie en idées de ce genre était grande et je me suis attaché à lui pour m'enrichir.

J'étais entré au Tergesteo[1] sur les conseils d'Olivi qui me disait que ce serait un bon début pour mes activités commerciales que de fréquenter la Bourse et que je pourrais lui ramener de là d'utiles renseignements. Je me suis assis à la table où trônait mon futur beau-père et je n'ai plus bougé de là, croyant avoir découvert cette véritable chaire de commerce que je cherchais depuis si longtemps. Il s'est vite aperçu de mon admiration, y répondant par une amitié qui m'a paru aussitôt paternelle. A-t-il su d'emblée comment les choses finiraient? Lorsque, enthousiasmé par l'exemple de son intense activité, je lui ai dit un soir que je voulais me débarrasser d'Olivi et diriger moi-même mes affaires, il me l'a déconseillé et a paru même s'alarmer de mes intentions. Je pouvais me consacrer au commerce mais je devais rester toujours solidement lié à Olivi qu'il connaissait.

Il était tout à fait disposé à m'instruire et inscrivit même de sa propre main dans mon calepin les trois commandements qu'il jugeait suffisants pour assurer la prospérité de n'importe quelle maison de commerce : 1. Il n'est pas nécessaire de savoir travailler, mais celui qui ne sait pas faire travailler les autres court à sa perte. 2. Il n'existe qu'un seul et immense remords : ne pas avoir su défendre ses propres intérêts. 3. En affaire, la théorie est très utile, mais il ne faut la mettre en pratique que lorsqu'on a déposé son bilan.

Tous ces théorèmes et bien d'autres encore je les sais par cœur, mais en ce qui me concerne ils ne m'ont été d'aucune utilité.

Lorsque j'admire quelqu'un, j'essaie immédiatement de lui ressembler. J'ai donc copié Malfenti. J'ai voulu être et me suis senti très malin. Une fois, j'ai même rêvé que j'étais plus malin que lui. Il me semblait avoir découvert une erreur dans l'organisation de ses affaires : j'ai voulu lui en faire part sans attendre pour gagner son estime. Une fois je m'étais arrêté devant cette table du Tergesteo au moment où, dans le feu d'une discussion, il traitait son interlocuteur d'imbécile. Je l'ai averti qu'il avait tort de proclamer à tous les vents qu'il était le plus doué. Selon moi, dans les affaires, le vrai renard devait feindre la niaiserie.

Il s'est moqué de moi. La réputation de roublardise était très utile. En attendant, tout le monde venait prendre conseil de lui et lui rapportait des renseignements inédits tandis qu'en échange il donnait des conseils précieux qui avaient fait leur preuve depuis le Moyen Age. Il arrivait que les renseignements recueillis lui offrent une occasion propice à la vente de ses marchandises. Enfin, et à cet endroit il se mit à hurler, pensant avoir trouvé l'argument qui devait me convaincre, pour vendre et acheter avec profit tout le monde s'adressait au plus roublard. Du niais les gens ne pouvaient rien attendre d'autre que de l'inciter à leur sacrifier ses propres intérêts, et d'ailleurs ses denrées étaient toujours plus chères que celles du roublard parce qu'il avait été roulé à l'achat.

J'étais pour lui l'homme le plus important autour de cette table. Il m'a confié des secrets commerciaux que je n'ai jamais trahis. Sa confiance était placée on ne peut mieux tant il est vrai qu'il a pu me posséder par deux fois alors que j'étais déjà son gendre. La première fois, sa malice me coûta effectivement de l'argent mais comme c'est Olivi qui s'était fait avoir, je n'en fus pas trop affecté. Olivi m'avait envoyé chez lui pour lui soutirer quelques nouvelles boursières et je les ai obtenues, mais de telle nature qu'il ne me l'a jamais pardonné et quand j'ouvrais la bouche pour lui communiquer un renseignement, il me demandait : « Qui vous l'a refilé? Votre beau-père? » Pour me justifier, j'ai dû justifier Giovanni et j'ai fini par me sentir l'estampeur plutôt que l'estampé. Un sentiment bien agréable.

Mais une autre fois j'ai vraiment tenu le rôle de l'imbécile, et même alors je n'ai pu en garder rancune à mon beau-père. Il suscitait tantôt mon envie, tantôt mon hilarité. Je voyais dans mes infortunes l'exacte application de ses principes qu'il ne m'avait jamais aussi bien démontrés. Il a trouvé moyen d'en rire avec moi, sans jamais avouer qu'il m'avait bien eu et jurant qu'il était forcé de rire devant l'aspect comique de ma déconfiture. Une seule fois il reconnut m'avoir roulé dans la farine. Ce fut à l'occasion du mariage de sa fille Ada (pas avec moi) après qu'il avait bu du champagne qui troubla son gros corps condamné à ne plus boire que de l'eau.

C'est alors qu'il a raconté l'histoire, en hurlant pour maîtriser l'hilarité qui l'empêchait de parler :

– Voilà que tombe le décret[2] ! Un coup dur pour moi. Je me mets à faire le compte de ce qu'il me coûte. Là-dessus arrive mon gendre. Il me déclare qu'il veut se consacrer au commerce. « C'est le moment », lui dis-je. Il se précipite sur le contrat pour le signer de crainte qu'Olivi n'arrive à temps pour l'en empêcher et l'affaire est dans le sac. (Ensuite il s'est mis à chanter mes louanges) Il connaît les classiques par cœur. Il sait qui a dit ceci et qui a dit cela. Pourtant il ne sait pas lire un journal !

C'était exact. Si j'avais lu ce décret publié dans un angle discret des cinq journaux que je lisais chaque jour, je ne serais pas tombé dans le piège. J'aurais même dû comprendre immédiatement ce décret et en déduire les conséquences, prévision qui n'était pas si facile car ce décret réduisait le montant d'une taxe à l'importation, faisant baisser le coût de la marchandise concernée.

Le jour suivant, mon beau-père revint sur ses aveux. L'affaire en question reprenait dans sa bouche l'aspect qu'elle avait eu avant ce repas. Le vin invente, disait-il sans se troubler et il restait avéré que le fameux décret avait été publié deux jours avant la conclusion de notre marché. Il n'a jamais émis l'hypothèse que si j'avais lu ce décret j'aurais pu le comprendre de travers. J'en ai été flatté alors que ce n'était pas par bonté qu'il m'avait épargné mais parce qu'il estimait que tout le monde, à la lecture des journaux, se souvient de ses intérêts. Moi au contraire, quand je lis un journal, je me sens transformé en opinion publique et, apprenant la réduction d'un impôt, je me rappelle Cobden et le libre-échange[3]. C'est une pensée si importante qu'il ne reste plus la place pour le souvenir de mes propres marchandises.

Une fois néanmoins il m'est arrivé de mériter son admiration, et vraiment pour moi, tel que je suis et demeure en personne, précisément pour ce que j'ai de pire. Nous possédions chacun depuis pas mal de temps des actions d'une fabrique de sucre dont nous attendions monts et merveilles. Or ces actions baissaient insensiblement mais régulièrement chaque jour et Giovanni qui ne voulait pas nager à contre-courant s'en défit et me convainquit de vendre les miennes. Tout à fait d'accord je me proposai de passer l'ordre de vente à mon courtier et dans l'intervalle j'en pris note sur le calepin qu'à l'époque j'avais réinstauré. Mais il est bien connu qu'on oublie ses poches durant la journée, et c'est ainsi que plusieurs soirs de suite j'eus la surprise de retrouver ce rappel dans les miennes au moment de me coucher et trop tard pour qu'il me devînt utile. Un soir, je poussai un cri de contrariété et, pour ne pas avoir à fournir trop d'explications à ma femme, je lui dis que je m'étais mordu la langue. Un autre soir, stupéfait de tant d'étourderie, je me mordis les doigts. « Gare à tes pieds, à présent ! », me dit ma femme en riant. Puis il ne se produisit plus de réactions car je m'y étais habitué. Je regardais avec stupeur ce maudit calepin trop mince pour que durant la journée sa présence me fût sensible et je n'y pensais plus jusqu'au soir.

Un jour, une averse soudaine me força à chercher refuge au Tergesteo. J'y rencontrai par hasard mon courtier qui me raconta que durant les huit jours écoulés le prix de ces actions avait presque doublé.

– Et moi je vends ! m'exclamai-je triomphalement.

J'ai couru chez mon beau-père qui savait déjà que ces actions avaient monté, regrettant d'avoir vendu les siennes et un peu moins de m'avoir incité à vendre les miennes.

– Que veux-tu ! m'a-t-il dit en riant. C'est la première fois que tu perds pour avoir suivi mes conseils.

L'autre affaire n'avait pas eu pour origine un de ses conseils mais la proposition qu'il m'avait faite, différence qui, à l'entendre, était capitale.

Je me suis mis à rire de bon cœur.

– Mais je n'ai pas du tout suivi tes conseils !

Ma chance ne me suffisait pas. Il fallait que j'en tire gloire. Je lui ai raconté que je ne vendrais mes actions que le lendemain et, prenant un air d'importance, j'ai voulu lui faire croire qu'on m'avait donné un tuyau que j'avais oublié de lui passer et qui m'avait incité à ne pas tenir compte de ses conseils.

Profondément blessé, il m'a dit d'un ton rogue, sans me regarder :

– Quand on a une tête comme la tienne on ne se mêle pas de transactions. Et quand il vous arrive d'avoir fait une crasse à quelqu'un, on ne s'en vante pas. Tu as encore beaucoup à apprendre, toi.

J'ai regretté de l'avoir fâché. C'était tellement plus drôle quand le tort venait de son côté. Je lui ai raconté franchement comment les choses s'étaient déroulées.

– Tu vois bien que c'est justement avec une tête comme la mienne qu'il faut se consacrer aux affaires.

Se radoucissant aussitôt, il en a ri avec moi.

– Ce n'est pas un bénéfice que tu vas retirer de cette affaire, c'est un dédommagement. Ta cervelle t'a déjà tellement coûté qu'elle peut bien te rembourser une partie de tes pertes !

Je ne sais pourquoi je perds tant de temps à raconter les différents que j'ai eus avec lui et qu'on peut compter sur les cinq doigts de la main. J'ai eu vraiment beaucoup d'affection pour lui, tant il est vrai que je recherchais sa société bien qu'il eût l'habitude de vociférer pour penser plus clairement. Mon tympan tenait bon à ses hurlements. S'il les avait criées moins haut, ses théories immorales auraient été plus pernicieuses et s'il avait eu plus d'éducation, sa force aurait semblé moins considérable. Et bien que je fusse très différent de lui, je crois qu'il a répondu en égale mesure à mon affection. Je le saurais avec plus de certitude s'il n'était mort prématurément. Après mon mariage, il a continué assidûment à me donner des leçons, en les assaisonnant de hurlements et d'invectives que je supportais, convaincu que je les méritais.

J'ai épousé sa fille. C'est mère nature qui, dans son mystère, m'a conduit et l'on va voir avec quelle violence impérative. A présent je scrute le visage de mes enfants et je tâche de découvrir si, en même temps que ce menton effilé, signe de faiblesse, en même temps que ces yeux rêveurs qu'ils tiennent de moi, il n'y aurait pas en eux quelque trait de la force brutale du grand-père que j'avais choisi pour eux.

Et j'ai pleuré sur la tombe de mon beau-père bien que son dernier adieu n'ait pas été très affectueux en ce qui me concerne. Sur son lit de mort il m'a dit qu'il s'étonnait de la chance insolente que j'avais de pouvoir me déplacer librement alors que lui était crucifié sur son lit. Moi, figé de stupeur, je lui ai demandé ce que j'avais bien pu lui faire pour qu'il souhaitât me voir malade. Il m'a répondu textuellement :

– Si en te passant mon mal je pouvais m'en débarrasser, je te le passerais à l'instant, deux fois plutôt qu'une. Je n'ai pas tes lubies humanitaires, moi!

Il ne voulait pas me blesser le moins du monde : il voulait recommencer la transaction grâce à laquelle il avait réussi à me faire endosser une marchandise dévalorisée. Et puis là encore, je percevais comme une caresse car j'étais heureux de voir ma faiblesse expliquée par les lubies humanitaires qu'il m'attribuait.

Sur sa tombe comme sur toutes celles où j'ai versé des larmes, mes pleurs sont allées à cette partie de moi-même qui s'y trouvait ensevelie. Quel amoindrissement que de se voir privé de ce second père, fruste, ignorant, férocement combatif, qui mettait en relief ma faiblesse, ma culture, ma timidité. C'est la vérité : je suis un timide! Je ne l'aurais pas découvert si je n'avais étudié Giovanni. Qui sait les progrès que j'aurais pu faire dans la connaissance de mon moi s'il avait continué à se tenir à mes côtés!

Je ne mis pas longtemps à m'apercevoir qu'à sa table du Tergesteo où il prenait plaisir à se montrer tel qu'il était et même à forcer ses défauts, Giovanni s'imposait une réserve : il ne parlait jamais des siens ou seulement quand il ne pouvait faire autrement, sur un ton plus calme et plus doux que d'habitude. Il vénérait son foyer et il est probable que parmi ceux qui prenaient place autour de ce bureau tous ne lui paraissaient pas dignes d'en connaître quelque chose. C'est là que j'ai appris un seul détail : les prénoms de ses quatre filles commençaient tous par un *a*, particularité des plus pratiques à l'entendre parce que les affaires marquées de cette initiale pouvaient passer de l'une à l'autre sans avoir à subir de transformations. Elles s'appelaient (j'ai immédiatement su ces prénoms par cœur) : Ada, Augusta, Alberta et Anna. On disait aussi, autour de ce bureau, que toutes étaient belles. Cette initiale me frappa plus que de raison. Je me mis à rêver à ces quatre jeunes filles si étroitement liées par leur nom, comme si l'on eût voulu les offrir en un même bouquet. L'initiale disait aussi autre chose. Moi je m'appelle Zeno et j'éprouvais pour cela le sentiment que j'allais prendre femme dans un pays éloigné du mien.

Le hasard a peut-être voulu, avant que je me présente chez les Malfenti, que je me libère d'une femme qui aurait sans doute mérité plus de considération. Un hasard qui donne toutefois à penser. Je m'étais décidé à rompre pour un motif des plus futiles. La pauvre femme, pour m'attacher à elle, n'avait rien trouvé de mieux que de me rendre jaloux. Il a suffi au contraire de ce soupçon pour m'inciter à la quitter définitivement. Elle ne pouvait savoir qu'à cette époque le mariage était devenu mon idée fixe et que je croyais ne pas pouvoir convoler avec elle pour la raison bien simple qu'avec elle m'aurait manqué le sentiment de la nouveauté. Le soupçon qu'elle avait fait naître en moi à dessein démontrait la supériorité du mariage dans lequel de pareils soupçons n'avaient pas leur place. Lorsque ce soupçon, dont je mesurais vite l'inanité, s'évanouit, sa prodigalité prit le relais dans mon esprit. Aujourd'hui, après vingt-quatre années d'une union exemplaire, je ne suis plus de cet avis.

Pour elle ce fut un grand bonheur car, à quelques mois de là, un homme fort riche l'épousa et elle décrocha avant moi ce changement de condition qu'elle attendait. Je venais à peine de me marier que je l'ai retrouvée chez moi, son mari étant un ami de mon beau-père. Nous nous sommes souvent revus mais, pendant des années, aussi longtemps que dura notre jeunesse, la plus grande réserve a marqué nos relations et nous n'avons jamais fait allusion au passé. L'autre jour elle m'a demandé à brûle-pourpoint, tandis qu'une rougeur juvénile envahissait son visage encadré de cheveux gris :

– Pourquoi m'avez-vous quittée ?

J'ai été franc parce que je n'ai pas eu assez de temps pour fabriquer un mensonge :

– Je ne sais plus, mais il y a tant d'autres choses de ma vie que j'ignore.

– C'est bien dommage, m'a-t-elle dit et j'étais prêt à m'incliner devant les louanges que ses paroles m'annonçaient. La vieillesse a fait de vous un homme très amusant.

J'ai dû faire un effort pour me redresser. Il n'y avait pas là de quoi remercier.

Un jour, j'ai appris que la famille Malfenti était revenue en ville après un voyage d'agrément assez long qui avait suivi ses vacances d'été à la campagne. Je n'ai eu aucun effort à faire pour me faire admettre dans cette maison car Giovanni m'a prévenu. Il m'a montré une lettre écrite par un de ses amis intimes qui lui demandait de mes nouvelles : l'ami en question avait été mon camarade d'études et j'avais eu pour lui beaucoup d'affection tant que je l'avais cru destiné à devenir un grand chimiste. Mais à cet instant précis je ne me souciais pas plus de lui que de ma première dent car il s'était transformé en un important négociant en engrais et en tant que tel il n'avait plus rien de commun avec moi. Giovanni m'a invité chez lui simplement parce que j'étais l'ami de son ami et – bien entendu – je n'ai rien trouvé à redire.

Cette première visite, je m'en souviens comme si je l'avais faite hier. C'était par un après-midi sombre et froid de l'automne et je me rappelle même le soulagement que j'ai éprouvé à me débarrasser de mon pardessus dans la tiédeur de cette maison. Maintenant encore je m'étonne de mon aveuglement qui me paraissait alors de la clairvoyance. Je courais après la santé, après la légitimité. D'accord, cette initiale *a* renfermait quatre jeunes filles, mais trois d'entre elles seraient tout de suite éliminées. Quant à la quatrième elle aurait elle aussi à subir un examen rigoureux. Un juge des plus exigeants, voilà ce que je devais être. En attendant, il m'aurait été difficile d'énoncer les qualités que j'attendrais d'elle et les défauts que j'abhorrerais.

Dans le vaste salon élégamment meublé en deux styles différents, style Louis XIV et style vénitien, avec une profusion de dorures qui gaufraient même le cuir des sièges, divisé en deux par son mobilier, comme c'était la mode alors, je n'ai trouvé qu'Augusta qui lisait toute seule dans l'embrasure d'une fenêtre. Elle m'a tendu la main, elle savait mon nom et a réussi à me dire qu'on m'attendait parce que son père leur avait annoncé ma visite. Puis elle a couru prévenir sa mère.

Voilà que des quatre jeunes filles à l'initiale identique, la première était liquidée, pour ce qui me concernait. Comment avait-on pu dire qu'elle était belle ? Le premier trait qu'on relevait chez elle était un strabisme si prononcé que, lorsqu'on repensait à elle après être resté quelque temps sans l'avoir revue, il la personnifiait tout entière. Ses cheveux peu fournis étaient blonds, mais d'un blond sans éclat. Elle n'était pas trop mal tournée bien qu'un peu rondelette pour son âge. Durant le court intervalle où je suis resté seul, j'ai pensé : « Si les trois autres lui ressemblent !... »

Peu après, le peloton des jeunes filles s'est réduit à deux. L'une d'elles qui arrivait avec sa maman n'avait que huit ans. Mignonne cette fillette aux cheveux bouclés, lumineux, longs et épars dans le dos ! Sa douce frimousse arrondie lui donnait l'air d'un angelot rêveur (tant qu'elle n'ouvrit pas la bouche), de cet air rêveur cher à Raphaël.

Ma belle-mère... Nous y voici ! Moi aussi j'éprouve une certaine retenue à parler d'elle trop librement. Depuis de longues années j'éprouve de l'affection pour elle car elle est ma mère, mais ici je raconte une vieille histoire dans laquelle elle ne joua pas un rôle d'amie et j'entends bien n'avoir pour elle, même dans ces pages qu'elle ne verra jamais, aucun mot qui ne soit empreint de respect. Son intervention fut du reste si brève que j'aurais pu aussi bien l'oublier : une pichenette au moment voulu, juste assez pour me faire perdre mon équilibre précaire. Peut-être l'aurais-je perdu également sans son intervention, et puis sait-on si elle a réellement désiré ce qui s'est passé ? Elle était trop bien élevée pour qu'il lui arrivât comme à son mari de trop boire et de me révéler mes propres affaires. Il ne lui est en effet jamais rien advenu de semblable et je raconte une histoire que je ne connais pas très bien en ce sens que je ne sais pas si je dois d'avoir épousé celle de ses filles que je ne voulais pas à sa rouerie ou à ma bêtise.

Ce que je peux dire, c'est qu'à l'époque de cette première visite ma belle-mère était encore une femme superbe. Elle était élégante même dans sa façon de s'habiller sans donner dans un luxe voyant. Tout en elle respirait le calme et l'harmonie.

Mes beaux-parents m'offraient ainsi l'exemple d'une complémentarité entre mari et femme telle que j'en rêvais. Ils avaient été très heureux ensemble, lui toujours à vociférer et elle souriant d'un sourire qui voulait dire en même temps acquiescement et attendrissement. Elle aimait son gros homme et lui de son côté avait dû la conquérir et la garder à force de bonnes affaires. Ce n'est pas l'intérêt mais une admiration sincère qui l'attachait à lui, admiration à laquelle je m'associais et que pour cela je comprenais. Le dynamisme extraordinaire qu'il déployait dans un espace aussi restreint, une cage où se trouvaient seulement une marchandise et deux adversaires (les deux contractants) et dans laquelle prenaient corps et se manifestaient sans arrêt de nouvelles combinaisons et relations, pimentait merveilleusement leur vie. Il lui racontait toutes ses affaires et elle était trop avisée pour jamais lui donner de conseils de crainte de l'aiguiller sur une mauvaise voie. Il ressentait tellement le besoin de cette assistance muette qu'il courait parfois chez lui monologuer, convaincu qu'il allait y prendre conseil de sa femme.

Je ne fus pas surpris d'apprendre qu'il la trompait, qu'elle le savait et qu'elle ne lui en gardait pas rancune. J'étais marié depuis un an lorsqu'un jour Giovanni, affolé, me raconta qu'il avait égaré une lettre qui avait à ses yeux beaucoup d'importance et il voulait la chercher parmi des papiers qu'il m'avait confiés dans l'espoir de l'y retrouver. Et voilà qu'à quelques jours de là il me raconte qu'il l'avait retrouvée dans son portefeuille. « Elle était d'une femme? » lui demandai-je, et il fit oui de la tête, en se vantant de sa bonne étoile. Aussi, pour me défendre un jour de l'accusation d'avoir égaré des papiers, fis-je remarquer à ma femme et à ma belle-mère que je ne pouvais avoir la chance de mon beau-père dont les lettres revenaient toutes seules dans son portefeuille. Ma belle-mère pouffa de si bon cœur que je n'hésitai pas à croire que c'est elle qui avait remis la lettre à sa place. En regard du lien qui les unissait cet incident n'avait évidemment aucune importance. Chacun aime à sa manière et leur façon de s'aimer n'était pas selon moi des plus sottes.

La maîtresse de maison m'a accueilli avec beaucoup d'affabilité. Elle s'est excusée de devoir garder avec elle la petite Anna dont l'humeur du moment faisait qu'on ne pouvait la laisser à personne. La fillette me scrutait de ses yeux sérieux. Quand Augusta est revenue, prenant place sur un petit canapé vis-à-vis de celui sur lequel j'étais assis avec Mme Malfenti, l'enfant est allée se blottir sur les genoux de sa sœur et de là, pendant tout le temps qu'a duré ma visite, elle n'a pas arrêté de m'observer avec une persévérance qui m'a amusé aussi longtemps que j'ai ignoré les pensées que ruminait cette petite tête.

Au début, la conversation a traîné. Comme toutes les personnes pourvues d'éducation, à cette première rencontre la maîtresse de maison était plutôt ennuyeuse. Elle insistait trop pour avoir des nouvelles de l'ami qui était censé m'avoir ouvert la porte de cette maison et dont je ne me rappelais même plus le nom de baptême.

Ada et Alberta ont fait enfin leur apparition. J'ai respiré : toutes deux étaient belles et elles apportaient dans ce salon la lumière qui jusque-là y avait fait défaut. Toutes deux brunes et grandes et élancées, mais très différentes l'une de l'autre. Mon choix ne serait pas difficile. Alberta avait alors tout juste dix-sept ans. Comme sa mère – bien que brune – elle avait une peau d'une transparence rosée qui lui conservait un aspect enfantin. Ada, en revanche, était déjà femme, avec des yeux sérieux dans un visage dont la blancheur laiteuse était rehaussée de tons bleutés et une chevelure abondante dont les boucles étaient coiffées avec une grâce sévère.

Il n'est pas facile de remonter à l'origine silencieuse d'un sentiment devenu par la suite si violent mais je suis sûr, en ce qui me concerne, que je n'ai pas eu comme on dit *le coup de foudre*[4] pour Ada. A la place de ce coup de foudre, j'ai éprouvé toutefois la certitude instantanée que cette femme était celle dont j'avais besoin, celle qui devait me conduire à la santé morale et physique le long de la voie de la sainte monogamie. Lorsque j'y repense, je m'étonne que ce coup de foudre n'ait pas eu lieu et que se soit substituée cette conviction à sa place. Il est notoire que nous autres hommes ne cherchons pas en nos épouses les qualités que nous adorons et méprisons chez nos maîtresses. Il semble donc que je n'aie pas été frappé sur-le-champ par toute la grâce et la beauté d'Ada, et que je me sois au contraire arrêté admirativement sur d'autres qualités de sérieux et aussi d'énergie que je lui ai attribuées, bref ces mêmes qualités en plus tempérées que j'aimais chez son père. Du fait que par la suite j'ai cru (et crois encore) ne pas m'être trompé et que ces qualités, Ada jeune fille les possédait, je peux me considérer comme un bon observateur mais un bon observateur passablement aveugle. En ce premier jour de notre rencontre, j'ai regardé Ada avec un seul désir : celui d'en tomber amoureux puisqu'il fallait en passer par là pour l'épouser. Je m'y suis préparé avec la même énergie que j'apporte à suivre les principes de l'hygiène. Je ne saurais dire à quel moment j'y ai réussi; peut-être déjà dans le temps relativement court de cette première visite.

Giovanni devait avoir beaucoup parlé de moi à ses filles. Elles savaient, entre autres, qu'au cours de mes études j'étais passé de la faculté de droit à celle des sciences pour revenir – hélas ! – à la première. J'ai tenté de m'expliquer : il est certain que lorsqu'on s'enfermait dans une faculté, la majeure partie du connaissable nous demeurait caché par ignorance. Et je disais :

– Si la gravité de l'existence ne s'imposait à présent à moi (sans préciser que je n'éprouvais ce sentiment de gravité que depuis peu, depuis que j'avais décidé de me marier) j'aurais continué à passer d'une faculté à l'autre.

Puis, pour mettre un peu de gaieté, j'ai dit qu'il était curieux que je quitte une faculté juste au moment de présenter mes examens.

– Comme par hasard ! disais-je, avec le sourire de quelqu'un qui veut faire croire qu'il débite des mensonges. En réalité, la vérité était que j'avais changé d'études aux moments les plus variés.

C'est ainsi que je me suis lancé à la conquête d'Ada et que j'ai persisté dans mes efforts pour la faire rire à mes dépens, oubliant que je l'avais choisie entre toutes pour son sérieux. Je suis un peu bizarre, mais j'ai dû quant à elle lui paraître complètement dingue. Ce n'est pas uniquement de ma faute comme on peut le voir dans le fait qu'Augusta et Alberta, que je n'avais pas élues, m'ont jugé autrement. Mais Ada qui à cet instant de sa vie appliquait tout son sérieux à chercher autour d'elle de ses beaux yeux l'homme qu'elle accueillerait dans son nid, était incapable d'aimer quelqu'un qui la faisait rire. Elle riait, riait, elle n'en finissait plus de rire et son hilarité prolongée enfonçait dans le ridicule l'homme qui l'avait déchaînée. Son comportement était une véritable infirmité et il devait finir par lui nuire, mais pour commencer c'est à moi qu'il a nui. Si j'avais su me taire à temps, peut-être les événements auraient-ils pris une autre tournure. J'aurais pu alors lui laisser à son tour le temps de parler afin qu'elle se livrât et que je pusse m'en défendre.

Les quatre jeunes filles étaient assises sur le petit canapé sur lequel elles avaient peine à tenir bien qu'Anna fût installée sur les genoux d'Augusta. Comme elles étaient belles toutes ensemble ! Je le constatai avec la satisfaction intime de voir que je m'acheminais magnifiquement vers l'admiration et l'amour. Vraiment belles! Le blond terne d'Augusta servait à mettre en valeur le brun de la chevelure des trois autres.

J'avais parlé de l'université et Alberta, qui était en première au lycée, a parlé de ses études. Elle s'est plainte de trouver le latin très difficile. J'ai dit que je n'en étais pas surpris car c'est une langue qui ne convient pas aux femmes si bien que je pensais que chez les Romains les femmes parlaient italien. Par contre, ai-je affirmé, le latin avait représenté pour moi ma discipline préférée. Peu après, j'ai commis la bourde de faire une citation en latin qu'Alberta a dû rectifier. Un accident fâcheux! Je n'y ai pas attaché d'importance et j'ai prévenu Alberta que lorsqu'elle aurait à son actif une dizaine de semestres à l'université, elle devrait elle aussi se garder de faire des citations en latin.

Ada, qui venait de passer deux ou trois mois avec son père en Angleterre, a raconté que dans ce pays beaucoup de jeunes filles savaient le latin. Puis continuant de son timbre sérieux, dépourvu de toute musicalité, un peu plus grave qu'on ne l'aurait attendu de sa gracieuse personne, elle a raconté que les femmes en Angleterre menaient une vie très différente de chez nous. Elles formaient des associations à buts humanitaires, religieux, et même économiques. Ada était incitée à parler par ses sœurs qui ne se lassaient pas d'entendre le récit d'impressions si étonnantes pour des jeunes filles de notre ville à l'époque. Pour leur faire plaisir, Ada a raconté ce qu'elle savait sur ces femmes présidentes, secrétaires et propagandistes politiques qui montaient à la tribune pour parler devant des centaines de personnes sans rougir ni se laisser désarçonner quand on les interrompait ou qu'on réfutait leurs arguments. Elle parlait avec simplicité, sans viser à l'effet, sans aucune intention de susciter l'étonnant ni de faire rire.

J'aimais cette simplicité de paroles moi qui, à peine ouvrais-je la bouche, altérais la vérité des choses et des gens car autrement il m'aurait semblé inutile de parler. Sans être orateur, j'avais la maladie de la parole. Pour moi, la parole devait être un événement en soi et ne pouvait donc être assujettie à quelque autre événement que ce fût.

Mais j'éprouvais une aversion particulière pour la perfide Albion, et je l'ai manifestée sans craindre de froisser Ada qui n'avait d'ailleurs exprimé ni haine ni amour pour l'Angleterre. Moi j'y avais passé plusieurs mois, mais je n'y avais rencontré personne de la bonne société du fait que j'avais égaré durant mon voyage les lettres d'introduction que m'avaient remises des amis de mon père négociants comme lui. C'est pourquoi à Londres je n'avais fréquenté que des familles françaises ou italiennes et que j'avais fini par penser que dans cette ville tous les braves gens étaient originaires du continent. Ma connaissance de l'anglais était très limitée. Grâce à l'aide d'amis, je pus toutefois comprendre quelques aspects de la vie de ces insulaires et je fus surtout mis au courant de leur antipathie pour tous les non-Britanniques.

J'ai décrit aux jeunes filles les sentiments rien moins qu'agréables que m'inspirait mon séjour au milieu d'ennemis. J'aurais cependant tenu bon et supporté l'Angleterre pendant les six mois que mon père et Olivi voulaient m'infliger afin que j'étudie le commerce anglais (dont je n'ai vu que du bleu parce que, à ce qu'il paraît, il ne se déroule que dans des endroits tenus secrets) s'il ne m'était arrivé une fâcheuse mésaventure. J'étais allé chez un libraire acheter un dictionnaire. Dans le magasin, sur le comptoir, était étendu de tout son long un magnifique chat angora, un gros matou dont la fourrure moelleuse attirait irrésistiblement les caresses. Eh bien! Rien que parce que je le caressais avec douceur, le matou traîtreusement m'agressa et me griffa vilainement les deux mains. Dès lors je n'ai plus pu supporter l'Angleterre et le jour suivant j'étais à Paris.

Augusta, Alberta et même Mme Malfenti se tenaient les côtes. Ada par contre était stupéfaite et croyait avoir mal compris. Etait-ce au moins le libraire en personne qui m'avait attaqué et griffé? J'ai dû recommencer, ce qui est ennuyeux parce qu'on se répète toujours mal.

Alberta, la docte, a voulu me tendre la perche.

– Les anciens aussi prenaient leurs décisions en fonction des mouvements des animaux.

J'ai repoussé son aide. Le chat anglais ne s'était pas du tout posé en oracle; il s'était comporté en destin.

Ada, écarquillant ses grands yeux, exigea d'autres explications :

– Et le chat a représenté pour vous le peuple anglais tout entier?

Quelle guigne j'avais! Quoique véridique, cette mésaventure m'avait semblé aussi intéressante et instructive que si elle avait été inventée à des fins précises. Pour la comprendre ne suffisait-il pas de se rappeler qu'en Italie où je connais et aime tant de gens, l'action de ce chat n'aurait jamais revêtu une telle importance? Mais je n'ai pas fourni cette explication et j'ai dit au contraire :

– Il est certain qu'aucun chat italien ne serait capable d'une action pareille.

L'hilarité d'Ada a duré longtemps, trop longtemps. Mon succès m'a paru même excessif car j'ai appauvri mon personnage comme j'ai appauvri mon aventure en multipliant mes explications.

– Le libraire lui-même fut surpris de la réaction de son chat qui avec les autres clients se comportait le mieux du monde. J'ai été en butte à cette mésaventure parce que c'était moi ou peut-être parce que j'étais italien. *It was really disgusting*[5] et j'ai dû battre en retraite.

Là-dessus s'est passé quelque chose qui aurait dû me mettre en garde et me sauver. La petite Anna, qui jusqu'alors s'était tenue tranquille sans cesser de m'observer, se mit à exprimer tout haut l'opinion d'Ada. Elle lança :

– C'est vrai qu'il est fou, qu'il est archifou?

Mme Malfenti l'a réprimandée :

– Veux-tu bien te taire? N'as-tu pas honte de te mêler de la conversation des grandes personnes?

La remontrance ne fit qu'empirer la situation. Anna a crié :

– Il est fou! Il parle avec les chats! Il faudrait aller chercher des cordes tout de suite pour l'attacher!

Augusta, écarlate de honte, s'est levée et a emmené la fillette tout en l'admonestant et en s'excusant. Mais même alors la petite vipère a eu le temps de me regarder avec insolence, de me faire une vilaine grimace et de me décocher :

– Tu vas voir, on va t'attacher!

L'attaque avait été si soudaine que je n'ai pu trouver sur-le-champ de réplique pour me défendre. Je me suis toutefois senti soulagé en constatant qu'Ada était contrariée de voir ses impressions exprimées de cette matière. L'impertinence de la fillette nous rapprochait.

J'ai raconté en riant de bon cœur que j'avais chez moi une attestation sur papier timbré qui certifiait de façon circonstanciée que j'étais sain d'esprit. C'est ainsi qu'elles ont appris le bon tour que j'avais joué à mon père. J'ai proposé de montrer cette attestation à la petite Annette.

Quand je me suis levé pour partir, ces dames m'ont retenu. Elles voulaient auparavant me faire oublier les griffures que venait de m'infliger ce deuxième chat. Elles me gardèrent avec elles et m'offrirent une tasse de thé.

Il est certain que, obscurément, j'ai vite senti que pour plaire à Ada, j'aurais dû être un peu différent de ce que j'étais; j'ai pensé qu'il me serait facile de devenir tel qu'elle me voulait. La mort de mon père alimentait toujours la conversation et il m'a semblé que si je révélais le grand chagrin qui continuait à peser sur mon cœur, la sérieuse Ada pourrait le partager avec moi. Mais aussitôt, dans mes efforts de ressembler à la jeune fille, j'ai perdu tout naturel. Voilà pourquoi, comme ce fût immédiatement visible, je me suis éloigné d'elle. J'ai dit que ma douleur d'une telle perte était si accablante que si jamais j'avais des enfants, je ferais en sorte qu'ils m'aiment moins pour leur éviter plus tard de moins souffrir à ma disparition. J'ai été un peu embarrassé lorsqu'on m'a demandé comment je m'y prendrais pour arriver à mes fins. En les maltraitant? En les battant? Alberta a dit en riant :

– Le moyen le plus sûr serait de les tuer.

Je voyais qu'Ada était animée du désir de ne pas me froisser. C'est pourquoi elle hésitait à parler; mais tous ses efforts ne pouvaient la mener plus loin que l'hésitation. Elle a fini par dire que c'était par bonté que je songeais à organiser de la sorte l'existence de mes enfants, mais elle n'estimait pas qu'il fût juste de vivre pour se préparer à la mort. Je me suis entêté et j'ai affirmé que la mort était la véritable ordonnatrice de la vie. Moi à la mort j'y pensais tout le temps et c'est pourquoi je n'éprouvais qu'une seule douleur : la certitude d'avoir à mourir. Tout le reste avait si peu d'importance que je n'y accordais qu'un joyeux sourire ou un rire tout aussi joyeux. Je m'étais laissé aller à dire des choses qui étaient moins vraies, surtout devant elle, moi qui avais déjà vécu une tranche importante de mon existence. Je crois en réalité que si j'ai parlé comme ça c'était poussé par le désir de lui apparaître comme un homme très gai. La gaieté m'a souvent réussi auprès des femmes.

Pensive et prise d'hésitation, elle m'a avoué qu'elle n'aimait guère un état d'esprit semblable. En dépréciant la valeur de la vie, on la rendait plus hasardeuse que ce que mère nature avait voulu. C'était me déclarer tout net que je ne faisais pas pour elle, mais j'avais tout de même réussi à la rendre pensive et hésitante et j'ai vu là une marque de succès.

Alberta a cité un philosophe de l'antiquité qui devait me ressembler par son interprétation de la vie et Augusta a dit que le rire était une chose formidable. Son père aussi en avait à revendre.

– Parce qu'il aime les bonnes affaires, a dit Mme Malfenti en riant.

J'ai mis finalement un terme à cette visite mémorable.

Il n'y a rien de plus difficile en ce monde que de contracter un mariage conforme à son propre désir. On peut le constater dans mon cas personnel où la décision de prendre femme avait nettement précédé le choix d'une fiancée. Pourquoi n'ai-je pas fait le tour de toutes les jeunes filles à marier avant d'arrêter mon choix?

Non ! On eût dit vraiment que je redoutais de rencontrer trop de femmes et je n'ai pas voulu me donner ce tracas. Une fois la jeune fille choisie, j'aurais eu tout loisir de l'examiner à mon aise et de me rendre compte si elle était disposée à faire la moitié du chemin à ma rencontre selon la tradition des romans d'amour à dénouement heureux. Moi au contraire, j'élus la jeune fille à la voix profonde et à la chevelure un peu rebelle mais sévèrement contenue, et je pensai qu'étant si posée, elle ne repousserait pas un homme comme moi, intelligent, pas mal de sa personne, riche et de bonne famille. Evidemment, aux premiers mots que nous avons échangés, j'ai perçu quelques fausses notes, mais les dissonances ouvrent la voie à l'accord parfait. Je dois même avouer que j'ai pensé : « Elle doit rester telle qu'elle est car elle me plaît comme ça et c'est moi qui changerai si tel est son désir. » C'étaient somme toute des visées modestes car il est plus facile de s'amender soi-même que de refaire l'éducation d'autrui.

Il ne fallut pas longtemps pour que la famille Malfenti devînt le centre de mon existence. Toutes mes soirées je les passais avec Giovanni qui, depuis qu'il m'avait introduit chez lui, était devenu à mon égard encore plus affable et plus familier. Ce fut cette affabilité qui me rendit envahissant. Je commençai d'abord par ne rendre visite à ces dames qu'une fois par semaine, puis plusieurs fois et je finis par aller chez elles tous les jours et par y passer la majeure partie de l'après-midi. Je n'eus pas de peine à trouver des prétextes pour devenir un visiteur attitré, et je crois bien ne pas me tromper en affirmant que ces occasions me furent offertes. Certaines fois, j'ai amené mon violon avec moi et j'ai exécuté quelques morceaux avec Augusta, la seule qui sût jouer du piano. Il était fâcheux qu'Ada n'en jouât pas, fâcheux aussi que je jouasse si fâcheusement du violon et tout à fait fâcheux qu'Augusta ne fût pas une grande exécutante. Il fallait que je supprime de chaque morceau quelque passage trop difficile sous le fallacieux prétexte que j'avais délaissé mon instrument depuis trop longtemps. Le pianiste est presque toujours supérieur au violoniste amateur et Augusta avait une technique passable mais moi, qui jouais beaucoup plus mal qu'elle, je n'arrivais pas à me contenter de son jeu et je pensais : « Si je savais jouer comme elle, comme je jouerais mieux ! » Pendant que je jugeais Augusta, c'est moi que les autres jugeaient et, comme je l'ai appris par la suite, pas très favorablement. Augusta pour sa part aurait volontiers poursuivi nos séances, mais je m'aperçus qu'Ada s'y ennuyait et je feignis à plusieurs reprises d'avoir oublié mon violon chez moi. Augusta alors n'en parla plus.

Malheureusement je ne vivais pas en compagnie d'Ada uniquement durant les quelques heures que je passais chez les Malfenti. Elle ne tarda pas à se tenir à mes côtés tout le long du jour. C'était la femme que je m'étais choisie, elle m'appartenait donc déjà et je l'ornai de tous mes rêves pour relever le prix de l'existence. Je la parai, je lui prêtai les nombreuses qualités dont je sentais le besoin parce que j'en étais dépourvu, car elle devait devenir non seulement ma compagne mais aussi une seconde mère qui m'apporterait la plénitude de la virilité, une vie toute de combats et de triomphes.

Je l'ai même embellie physiquement dans mes rêves avant de la laisser à un autre. En réalité j'ai couru ma vie durant derrière une multitude de femmes dont beaucoup acceptèrent même mes hommages. Mes rêves m'ont permis de toutes les approcher. Naturellement je ne les embellis pas en modifiant leurs traits mais je procède comme l'un de mes amis, peintre d'un tempérament exquis, qui tout en peignant le portrait de belles dames, pense intensément à quelque autre magnifique objet, une délicate porcelaine, par exemple. Songerie périlleuse car elle peut conférer aux femmes dont on a rêvé un pouvoir accru et, quand on les contemple dans la lumière réelle, on les voit parées encore des fruits, des fleurs et de la porcelaine dont elles furent revêtues.

Il m'est difficile de raconter la cour que j'ai faite à Ada. D'autant qu'a suivi une longue période durant laquelle je me suis efforcé d'oublier cette aventure stupide qui me faisait littéralement rougir de honte, une honte capable de vous amener à hurler et à vous récrier : « Est-ce bien moi qui ai pu être aussi idiot? » Mais qui était-ce d'autre alors? Protester apporte cependant un peu de soulagement et j'ai récidivé. Passe encore si je m'étais comporté de la sorte une dizaine d'années avant, lorsque j'avais vingt ans. Mais subir le châtiment d'une bêtise si colossale simplement parce que j'avais décidé de me marier me semble un destin par trop injuste. Moi qui avais déjà traversé toutes sortes d'aventures, toujours entreprises avec un esprit conquérant qui frisait l'impudence, voilà que j'étais redevenu ce jouvenceau timide qui essaie de frôler la main de sa bien-aimée même à son insu pour adorer ensuite cette partie de son propre corps qui a eu l'honneur d'un tel contact. Cet amour qui a été l'aventure la plus pure de ma vie, je m'en souviens aujourd'hui que je suis vieux comme de la plus basse turpitude. Dépassé, déplacé ce mélo, comme si un gamin de dix ans avait voulu téter le sein de sa nourrice. Répugnant!

Comment expliquer aussi que j'aie hésité si longtemps à parler net et à dire à la jeune fille : Décide-toi! Veux-tu de moi ou n'en veux-tu pas? Je me rendais à cette maison à partir de mes rêves, je comptais les marches qui me conduisaient à ce premier étage, me disant que si elles étaient en nombre impair je pourrais en conclure qu'elle m'aimait et elles étaient toujours en nombre impair puisque j'en avais compté quarante-trois. J'arrivais devant elle porteur de cette grande certitude et je finissais par lui parler d'autre chose. Ada n'avait pas encore trouvé l'occasion de me signifier son mépris et je me taisais! Moi aussi à la place d'Ada j'aurais accueilli ce damoiseau de trente ans à coups de pied au derrière!

Je dois dire que sous certains rapports je ne ressemblais pas exactement à l'amoureux transi de vingt ans qui se tait en attendant que sa bien-aimée se jette à son cou. Je ne m'attendais à rien de pareil. J'aurais parlé, mais plus tard. Si je ne fonçais pas c'était à cause des doutes que je nourrissais sur moi-même. J'attendais de devenir plus noble, plus fort, plus digne de ma divine enfant. Ce changement pouvait intervenir d'un jour à l'autre. Pourquoi ne pas attendre?

J'ai tout aussi honte de ne pas m'être aperçu à temps que je courais à un tel échec. J'avais affaire à une jeune fille toute simple et c'est à force de rêvasser que j'ai pris sa simplicité pour une coquetterie consommée. Et combien injuste et démesuré mon ressentiment quand Ada réussit à me faire comprendre qu'elle ne voulait pas entendre parler de moi. Mais moi qui avais tissé si étroitement réalité et rêves je n'arrivais pas à me convaincre qu'elle ne m'avait jamais donné de baiser.

C'est vraiment l'indice d'une piètre virilité que de se méprendre sur les femmes. Auparavant je ne m'étais jamais trompé et il me faut admettre que je me suis abusé sur Ada parce que dès le début j'avais faussé mes rapports avec elle. Je m'étais approché d'elle non pour la conquérir mais pour l'épouser, chemin bien commode mais qui ne conduit pas au but bien qu'il en arrive tout près. L'amour auquel on parvient est privé de sa caractéristique primordiale : la capitulation de la femme. Le mâle se prépare de la sorte à jouer son rôle dans une inertie indolente qui peut gagner tous ses sens, y compris ceux de la vue et de l'ouïe.

Moi, quotidiennement, j'ai apporté des fleurs aux trois jeunes filles et toutes les trois je les ai gratifiées de mes extravagances et surtout, avec une incroyable légèreté, quotidiennement, je leur ai servi mon autobiographie.

Il arrive à chacun de se rappeler son passé avec une ferveur accrue quand le présent acquiert plus d'importance. On dit même que les mourants, dans un dernier accès de fièvre, revoient toute leur vie. Mon passé m'empoignait alors avec toute la violence du dernier adieu car j'avais le sentiment de m'en éloigner sans retour. Et je n'en finissais plus de parler de ce passé aux trois sœurs, encouragé que j'étais par l'attention soutenue d'Augusta et d'Alberta qui palliait peut-être l'inattention d'Ada dont je ne suis pas très sûr. Augusta, qui était la douceur même, s'émouvait facilement et Alberta ne perdait pas un mot de mes descriptions de la vie bohème des étudiants, les joues enflammées du désir de vivre prochainement de semblables aventures.

Longtemps après, j'ai su de la bouche d'Augusta qu'aucune des trois sœurs n'avait ajouté foi aux balivernes que je leur débitais. Aux yeux d'Augusta elles n'en eurent que plus de prix car, inventées de toutes pièces, ces aventures lui paraissaient m'appartenir davantage que si le destin me les avait imposées. Alberta prenait plaisir à les écouter sans y croire entièrement car elle y découvrait d'utiles suggestions. La seule à s'indigner de mes mensonges fut la trop sérieuse Ada. Mes efforts faisaient penser à ceux du tireur qui a réussi à mettre en plein dans la cible, celle qui est à côté de la sienne.

Et pourtant mes histoires étaient en grande partie vraies. Je ne saurais préciser en quelle proportion car les ayant racontées à quantité de femmes avant de les resservir aux filles de Malfenti, je les altérai malgré moi pour les rendre plus pittoresques. Elles étaient vraies du moment que je n'aurais pu les raconter autrement. Aujourd'hui je ne me soucie pas de prouver qu'elles étaient vraies. Je ne voudrais pas détromper Augusta qui se plaît à les croire de mon invention. Quant à Ada, je crois qu'à présent elle a changé d'avis et les tient pour véridiques.

Mon insuccès total avec Ada m'est apparu juste au moment où j'estimai pouvoir enfin lui parler clairement. J'en ai pris acte avec surprise et de prime abord avec incrédulité. Elle n'avait pas prononcé un seul mot qui pût me révéler son aversion à mon égard et moi j'avais fermé les yeux pour ne pas voir les signes qui ne me manifestaient pas une grande sympathie. Et puis, de mon côté, je n'avais pas dit les mots nécessaires et je pouvais même m'imaginer qu'Ada ne savait pas que je me trouvais là prêt à l'épouser, qu'elle pensait peut-être que, étudiant fantasque et quelque peu dissolu, je voulais tout autre chose.

Si le malentendu se prolongeait, c'était par suite de mes intentions trop résolument matrimoniales. Il est vrai que j'avais fini par désirer Ada tout entière, une Ada dont je n'avais pas un seul instant cessé de lisser les joues, d'amenuiser les mains et les pieds, d'amincir et d'affiner la taille. Je la désirais comme épouse et comme amante. Mais tout est joué dès la première rencontre avec une femme.

Or il arriva qu'au moins trois fois de suite je fus reçu dans cette maison par les deux autres jeunes filles. La première fois on me fournit comme excuse de l'absence d'Ada une visite obligatoire, la deuxième un malaise et sur la troisième on ne me dit rien aussi longtemps que mon anxiété ne me poussa pas à en demander la raison. Alors, Augusta, à qui j'avais incidemment posé la question, ne sut que répondre. Alberta le fit pour sa sœur qui l'avait regardée comme pour lui demander assistance : Ada s'était rendue chez une tante.

J'en ai eu le souffle coupé. Il était évident qu'Ada m'évitait. La veille j'avais pu supporter son absence et j'avais prolongé ma visite dans l'espoir qu'elle finirait par se montrer. Ce jour-là au contraire, je me suis attardé encore quelques instants, incapable de dire un mot, puis prétextant un mal de tête subit, je me suis levé pour partir. Il est curieux que ce que je ressentis en butant pour la première fois sur la résistance d'Ada fût de la colère et du dépit! J'ai même pensé faire appel à Giovanni pour mettre la jeune fille au pas. Un homme qui veut prendre femme est tout à fait capable de réactions de ce genre, répliques de celles de ses lointains ancêtres.

Cette troisième absence d'Ada devait acquérir encore plus de sens. Le hasard voulut que je découvre qu'elle se trouvait là mais s'était enfermée dans sa chambre.

Pour commencer je dois dire que dans cette maison il y avait quelqu'un d'autre dont je n'avais pas réussi à faire la conquête : la petite Anna. Devant les autres elle ne sortait plus ses griffes car on l'avait sévèrement tancée. Quelquefois même, accompagnant ses sœurs, elle écoutait mes récits. Cependant, quand je prenais congé, elle me rattrapait sur le seuil de la porte, me priait poliment de me baisser jusqu'à elle, se dressait sur pointe de ses petits pieds et aussitôt qu'elle avait réussi à coller ses lèvres mignonnes contre mon oreille elle me disait en baissant la voix de manière à n'être entendue que de moi :

– Mais tu es fou, tout à fait fou !

Le plus beau c'est que devant les autres la petite sainte-nitouche me vouvoyait. Si Mme Malfenti était là, elle courait se blottir dans ses bras et sa maman lui faisait une caresse en disant :

– Ma petite Anna est devenue bien sage, n'est-ce pas ?

Je la laissais dire et la gentille Anna recommençait souvent son manège, me traitant de fou. J'accueillais sa déclaration lâchement avec un sourire qui pouvait paraître de remerciement. J'espérais que la fillette n'oserait pas raconter ses rosseries aux adultes car je craignais qu'Ada ne vînt à connaître l'opinion qu'avait de moi sa petite sœur. Cette enfant finit réellement par me mettre dans l'embarras. Si, quand je parlais avec les autres, mon regard croisait le sien, je devais aussitôt chercher le moyen de regarder ailleurs et il m'était difficile de le faire avec naturel. Je rougissais, c'est certain. Il me semblait que l'opinion de cette innocente créature pouvait me nuire. Je lui apportai des cadeaux sans réussir à l'apprivoiser. Elle avait dû s'apercevoir de son pouvoir et de ma faiblesse et, en présence des autres, elle me scrutait avec insolence. Je crois que nous renfermons tous dans notre conscience comme dans notre corps des endroits sensibles et secrets auxquels nous ne pensons pas volontiers. On ne sait pas très bien en quoi ils consistent mais on sent qu'ils sont là. Je détournais mon regard de ces yeux enfantins qui voulaient me percer à jour.

Mais ce jour-là, alors que seul et découragé je quittais cette maison et qu'elle me rejoignait, me demandant de me baisser pour m'adresser son compliment habituel, je me penchai sur elle avec le visage hagard d'un fou véritable et j'avançai vers elle des mains crispées comme des griffes, si menaçantes qu'elle se dépêcha de fuir en pleurant et hurlant.

C'est ainsi que je suis parvenu ce jour-là à rencontrer Ada car c'est elle qui accourut aux cris de l'enfant. La fillette raconta en sanglotant que je l'avais menacée méchamment parce qu'elle m'avait traité de fou.

– Parce qu'il est fou et que je veux le lui dire. Qu'est-ce que j'ai fait de mal?

Je n'ai pas écouté ce que disait la petite, dans ma stupéfaction de voir qu'Ada se trouvait là. Ses sœurs m'avaient donc menti, ou plutôt Alberta seule sur laquelle Augusta s'était déchargée de la corvée. J'ai dit à Ada :

– Je suis heureux de vous voir. Je croyais que vous étiez depuis trois jours chez votre tante.

Elle ne m'a pas répondu car elle se penchait sur la fillette en pleurs. Devant sa lenteur à me fournir les explications auxquelles j'estimais avoir droit, j'ai senti mon sang bouillir. Les mots ne me venaient pas. J'ai fait un autre pas vers la sortie et, si Ada ne m'avait rien dit, je serais parti et n'aurais plus jamais remis les pieds dans cette maison. En proie à la colère, il me paraissait très facile de renoncer à un rêve qui n'avait que trop duré.

Cependant, rouge de confusion, elle s'est tournée vers moi et m'a dit qu'elle venait de rentrer parce que sa tante n'était pas chez elle.

Ce fut suffisant pour me calmer. Comme elle était bonne, si maternellement penchée sur la fillette qui continuait à hurler! Son corps était si flexible qu'il paraissait avoir diminué pour mieux se mettre à la portée de l'enfant. Je l'ai admirée pendant un moment, la considérant à nouveau mienne.

Je me suis sentis tellement rasséréné que j'ai voulu faire oublier le ressentiment que je venais de laisser paraître et j'ai été tout sucre tout miel pour Ada et même pour Anna. J'ai dit en riant de bon cœur :

– Elle me traite si souvent de fou que j'ai voulu lui montrer le visage et les gestes d'un fou véritable. Vous voudrez bien m'excuser! Toi aussi, pauvre Annette chérie, n'aie pas peur car je suis un fou inoffensif.

Ada, de son côté, s'est montrée vraiment très gentille avec moi. Elle a grondé la fillette qui continuait à sangloter et s'est excusée pour elle. Si j'avais eu la chance qu'Ada se fût sauvée sous l'effet de la colère, j'aurais parlé. J'aurais prononcé une phrase qui se trouve peut-être dans une grammaire de langues étrangères, une phrase toute faite pour faciliter la vie de quiconque ne connaît pas la langue du pays où il séjourne : « Puis-je demander votre main à votre père ? » C'était la première fois que je voulais me marier et je me trouvais de ce fait dans un pays qui m'était totalement inconnu. Jusqu'alors, ma tactique envers les femmes auxquelles je m'intéressais avait été entièrement différente. Je les avais prises d'assaut en leur mettant d'entrée de jeu la main au panier.

Mais je n'ai même pas réussi à dire ces quelques mots. Il leur fallait bien un certain laps de temps pour prendre forme. Il leur fallait l'accompagnement d'une expression suppliante du visage, air difficile à prendre tout de suite après ma bagarre avec Anna et aussi avec Ada, tandis que du fond du couloir je voyais s'avancer déjà Mme Malfenti alertée par les cris de la fillette.

J'ai tendu la main à Ada qui m'a donné aussitôt la sienne cordialement et je lui ai dit :

– Au revoir, à demain. Veuillez m'excuser auprès de madame votre mère.

J'ai hésité à rendre cette main qui reposait confiante dans la mienne. Je sentais que si je partais maintenant, je laisserais passer une occasion unique avec cette jeune fille qui me prodiguait toute son amabilité pour me dédommager des méchancetés de sa petite sœur. J'ai suivi l'inspiration du moment. Je me suis penché sur sa main et l'ai effleuré de mes lèvres. Puis j'ai ouvert la porte et suis sorti prestement non sans avoir vu Ada, qui jusqu'alors m'avait abandonné sa main droite tandis qu'elle soutenait de la gauche Anna qui s'accrochait à sa jupe, regarder avec stupeur cette petite main qui avait subi le contact de mes lèvres, comme pour voir si quelque chose y avait été inscrit. Je ne crois pas que Mme Malfenti ait surpris mon geste.

Je me suis arrêté un instant dans l'escalier, stupéfait moi-même de ce geste que je n'avais absolument pas prémédité. Avais-je encore la possibilité de revenir à cette porte que j'avais refermée sur moi, de sonner et de demander la permission de dire à Ada ces mots qu'elle avait vainement cherchés sur le dos de sa main? J'ai écarté cette idée. J'aurais manqué de dignité en affichant trop d'impatience. Et puis, lui ayant dit que je reviendrais, je lui avais annoncé par avance que je voulais lui parler. Il ne dépendait que d'elle à présent de me fournir l'occasion de me faire entendre. Voilà que j'en avais enfin terminé avec mes sornettes pour les trois sœurs et que j'avais pu en revanche baiser la main d'une seule d'entre elles.

Mais le reste de la soirée fut plutôt maussade. J'étais inquiet, anxieux. Je me disais que mon inquiétude ne provenait que de mon impatience de voir cette aventure réglée. Je me figurais que si Ada me repoussait je pourrais tranquillement me lancer à la poursuite d'autres femmes. L'attachement que j'avais pour elle découlait d'une décision librement consentie pouvant être annulée par une autre décision qui l'effacerait. A cet instant je ne comprenais pas qu'il n'y avait pour moi d'autre femme au monde et que c'était Ada dont j'avais besoin.

La nuit qui suivit me parut tout aussi longue : je ne réussis pas à fermer l'œil ou presque. Depuis la mort de mon père j'avais abandonné mes habitudes de noctambule et maintenant que j'avais pris la décision de me marier, il aurait été étrange que je recommence. Je m'étais donc couché de bonne heure, désireux de trouver ce sommeil qui fait passer le temps si vite.

La veille, j'avais admis sans réticences les explications d'Ada sur ses trois absences du salon au moment où moi je m'y trouvais, confiance motivée par la conviction bien ancrée qu'une femme sérieuse choisie par moi ne saurait mentir. Mais durant la nuit cette certitude faiblit. Je me demandais si je ne l'avais pas moi-même informée qu'Alberta – lorsqu'Augusta avait refusé de me répondre – avait invoqué comme excuse cette visite à la tante. Je ne me souvenais pas très bien des paroles que, la tête en feu, je lui avais adressées, mais je croyais être sûr de lui avoir rapporté cette excuse. Dommage! Si je ne l'avais pas fait, peut-être pour s'excuser eût-elle inventé un prétexte différent et moi, la surprenant la main dans le sac, j'aurais obtenu sur l'heure l'explication que je souhaitais ardemment.

Arrivé à ce degré, j'aurais pu du moins mesurer l'importance qu'Ada avait désormais pour moi car, pour retrouver mon calme, je me disais que si elle ne voulait pas de moi, je renoncerais pour toujours au mariage. Son refus changerait donc ma vie. Et je continuais à rêver, puisant mon réconfort dans la pensée que ce refus serait peut-être une chance pour moi. Je me souvenais de ce philosophe grec qui pronostiquait des regrets tant pour l'homme qui contracterait mariage que pour celui qui resterait célibataire. Bref, je n'avais pas encore perdu la faculté de rire de mes mésaventures; la seule faculté qui me manquât était celle du sommeil.

Je me suis endormi au point du jour. Quand je me suis réveillé, il était si tard que quelques heures seulement me séparaient du moment où je pourrais me rendre chez les Malfenti. Je n'aurais plus besoin de me perdre en conjectures ni de collectionner des indices susceptibles de m'éclairer sur les intentions d'Ada. Mais il est difficile de détourner sa pensé d'un sujet qui nous tient trop à cœur. L'homme serait un animal plus heureux s'il pouvait y parvenir. Pris par les soins donnés à ma personne que ce jour-là j'ai exagérés, je n'ai pu penser à autre chose : avais-je bien fait de déposer un baiser sur la main d'Ada ou mal fait de ne pas en avoir déposé un autre sur ses lèvres?

C'est ce matin-là que m'est venue une idée dont je crois qu'elle m'a été néfaste car elle m'a dépossédé du peu d'initiative virile que mon curieux état d'adolescence m'aurait concédé. Un doute douloureux : et si Ada m'avait épousé seulement parce que ses parents l'y poussaient, sans amour, nourrissant même une véritable aversion à mon égard? Car certainement dans cette famille tout le monde, c'est-à-dire Giovanni, Mme Malfenti, Augusta et Alberta, m'aimait bien; je ne pouvais avoir des doutes que pour Ada. A l'horizon de mes pensées se profilait le sempiternel mélodrame de la jeune fille contrainte par les siens à un mariage odieux. Mais je ne le permettrais pas. Voilà la raison pour laquelle il fallait que je parle avec Ada, avec Ada toute seule. Il ne suffirait pas de lui débiter la phrase toute faite que j'avais préparée. La regardant dans les yeux je lui demanderais : « Et toi, m'aimes-tu ? » Et si elle me disait oui, je la serrerais bien fort dans mes bras pour sentir vibrer sa sincérité.

Il m'a donc paru que j'étais prêt à faire face à toute éventualité. Je dus vite m'apercevoir que j'étais arrivé à cette sorte d'examen sans avoir pensé à revoir les pages du texte sur lequel allait précisément porter l'interrogation.

C'est Mme Malfenti seule qui m'a reçu. Elle m'a fait asseoir dans un coin du grand salon et s'est mise aussitôt à bavarder comme un moulin à paroles sans me laisser le temps de lui demander des nouvelles des trois jeunes filles. Je l'écoutais donc distraitement et je me remémorais mon texte pour ne pas l'oublier au moment opportun. Soudain j'ai été rappelé à la réalité comme par une fanfare de trompettes. La maîtresse de maison élaborait un préambule. Elle m'assurait de son amitié et de celle de son mari et de l'affection de toute la famille, y compris la petite Anna. Nous nous connaissions depuis si longtemps ! Nous nous étions vus tous les jours depuis quatre mois.

– Cinq ! ai-je rectifié pour les avoir comptés durant la nuit, en me souvenant que ma première visite avait eu lieu en automne et que nous étions maintenant au cœur du printemps.

– Cinq ! C'est exact ! a dit Mme Malfenti en réfléchissant comme si elle voulait vérifier mon calcul. (Puis, d'un air de reproche) Moi, j'ai l'impression que vous compromettez Augusta.

– Augusta ? ai-je fait, croyant avoir mal entendu.

– Oui ! m'a-t-elle confirmé. Vous cherchez à lui plaire et vous la compromettez.

Naïvement, j'ai laissé paraître mes sentiments :

– Mais moi, Augusta, je ne la vois jamais.

Elle a fait un geste de surprise et même (du moins m'a-t-il semblé) de douloureuse surprise.

Pendant ce temps je cherchais à me concentrer pour parvenir au plus vite à lui expliquer ce qui paraissait être une méprise dont j'ai toutefois compris rapidement l'importance. Je me revoyais en pensée, visite après visite, durant les cinq mois écoulés, entièrement pris par mon observation d'Ada. J'avais fait de la musique avec Augusta et j'avais, en effet, parlé davantage avec elle qui ne se lassait pas de m'écouter qu'avec Ada, mais seulement afin qu'elle expliquât à sa sœur mes fables revêtues de son approbation. Fallait-il que je parle sans ambages à Mme Malfenti pour lui dire que j'avais jeté mon dévolu sur Ada ? Mais je venais tout juste de décider de ne parler qu'avec Ada pour sonder ses intentions. Si j'avais parlé avec Mme Malfenti, peut-être les choses auraient-elles pris un cours différent, c'est-à-dire que ne pouvant épouser Ada, je n'aurais pas non plus épousé Augusta. Me laissant guider par la résolution que j'avais prise avant de m'entretenir avec Mme Malfenti et d'entendre les choses surprenantes qu'elle avait à me dire, je me suis tu.

Je me suis concentré, la tête remplie de confusion. Je voulais comprendre, je voulais deviner, au plus tôt. On voit bien moins les objets quand on ouvre les yeux trop grands. J'ai entrevu la possibilité d'être mis à la porte de la famille. Eventualité que j'ai cru pouvoir exclure. J'étais innocent, du fait que je ne faisais pas la cour à Augusta qu'on désirait préserver. Mais peut-être m'attribuait-on des vues sur Augusta pour ne pas compromettre Ada. Et pourquoi protéger de la sorte Ada qui n'était plus une enfant ? J'étais sûr de ne l'avoir prise par les cheveux qu'en rêve. En vérité je n'avais effleuré que sa main de mes lèvres. Je ne voulais pas qu'on m'interdît l'accès de cette maison parce que, avant de la quitter, je voulais parler à Ada. Aussi ai-je demandé d'une voix tremblante :

– C'est à vous, madame, de me dire ce que je dois faire pour ne fâcher personne.

Elle a hésité. J'aurais préféré avoir affaire à Giovanni qui pensait en vociférant. Puis sans plus tergiverser mais en se dominant pour rester polie, comme le trahissaient les accents de sa voix, elle m'a dit :

– Vous devriez espacer vos visites pendant quelque temps; venir chez nous non pas chaque jour mais deux ou trois fois par semaine.

Il est certain que si elle m'avait dit avec rudesse de m'en aller et de ne plus jamais me faire voir, moi, toujours fidèle à ma résolution, j'aurais supplié qu'on me tolérât dans cette maison encore un jour ou deux, pour clarifier mes rapports avec Ada. Mais ses paroles, plus douces que celles que je redoutais, me donnèrent le courage d'exprimer mon ressentiment :

– Mais si tel est votre désir, je ne remettrai jamais plus les pieds dans cette maison.

Il se produisit ce que j'avais escompté. Elle se récria, me parla à nouveau de l'estime que tout le monde me portait et me supplia de ne pas lui garder rancune de ses paroles. Et moi je me montrai bon prince, je lui promis tout ce qu'elle voulut, de m'abstenir de me présenter pendant quatre ou cinq jours, de reprendre ensuite mes visites avec une certaine régularité deux ou trois fois par semaine, et surtout de ne pas lui en vouloir.

Après avoir pris cet engagement, j'ai voulu lui faire voir que je saurais le tenir et je me suis levé pour partir. Mme Malfenti a protesté en riant :

– Pour moi je ne cours aucun risque de me voir compromise, et vous pouvez rester.

Et comme je la priais de me laisser partir pour une affaire dont je venais de me souvenir, alors qu'en vérité je brûlais d'être seul pour mieux réfléchir à l'extraordinaire aventure qui m'arrivait, Mme Malfenti me supplia littéralement de rester, me disant que je lui donnerais par là la preuve que je n'étais pas fâché contre elle. Je suis donc resté, soumis à la torture ininterrompue d'écouter le futile verbiage de la maîtresse de maison sur la mode féminine qu'elle ne voulait pas suivre, sur le théâtre et même sur la sécheresse par laquelle ce début de printemps s'annonçait.

Après un moment, je me suis réjoui d'être resté car je me suis aperçu que j'avais besoin d'une explication supplémentaire. Sans me soucier d'être poli, j'ai interrompu mon interlocutrice dont je ne saisissais plus les paroles pour lui demander :

– Tout le monde ici saura-t-il que vous m'avez invité à rester éloigné de cette maison?

J'ai d'abord cru qu'elle ne se souvenait même plus de notre pacte. Puis elle a protesté :

– Eloigné de cette maison? Mais rien que pour quelques jours, comprenons-nous bien. Moi je n'en parlerai à personne, pas même à mon mari. Et je vous saurais gré d'observer aussi la même discrétion.

J'ai souscrit aussi à cet engagement, j'ai promis que, dans le cas où on me demanderait d'expliquer pourquoi j'espaçais mes visites, je fournirais n'importe quel prétexte. Sur le moment, j'ai ajouté foi aux paroles de Mme Malfenti et je me suis figuré qu'Ada serait étonnée et chagrinée de mon absence inopinée. Une image des plus agréables!

Puis je me suis attardé encore un moment, espérant toujours qu'une nouvelle inspiration me tracerait ma conduite, tandis que Mme Malfenti parlait du prix des denrées qui avaient considérablement enchéri ces temps derniers.

Au lieu d'une nouvelle inspiration, ce fut tante Rosina qui survint, une sœur de Giovanni, plus âgée que lui mais moins intelligente. Elle partageait néanmoins avec lui quelques traits de physionomie morale qui suffisaient à la caractériser comme sa sœur. Avant tout la même assurance de ses propres droits et des devoirs d'autrui, passablement comique parce que sans aucune arme pour s'imposer, ainsi que la mauvaise habitude d'avoir vite fait de hausser le ton. Elle croyait posséder tant de droits au foyer de son frère que – comme je l'ai su plus tard – elle considéra longtemps Mme Malfenti comme une intruse. Elle était vieille fille et vivait en compagnie d'une unique domestique dont elle parlait comme de sa meilleure ennemie. Au moment de mourir, elle recommanda à ma femme de surveiller sa maison jusqu'à ce que la bonne qui l'avait assistée s'en fût allée. Chez

Giovanni, tout le monde la supportait par crainte de son agressivité.

Je suis resté encore un peu. Tante Rosina préférait Ada à ses autres nièces. Il m'est venu le désir de faire moi aussi sa conquête et j'ai cherché une phrase aimable à lui adresser. Je me rappelais vaguement que la dernière fois que je l'avais vue (ou mieux entrevue parce qu'en ce temps-là je n'avais pas éprouvé le besoin de la regarder) ses nièces, aussitôt après son départ, avaient observé qu'elle n'avait pas bonne mine. L'une d'elles avait même dit :

– Elle a dû se tourner les sangs en s'emportant contre sa bonne!

J'ai trouvé ce que je cherchais. Regardant affectueusement la vilaine figure ridée de la vieille tante, je lui ai dit :

– Je vous trouve beaucoup mieux, madame.

Plût au ciel que je n'eusse jamais prononcé cette prhase. Elle m'a regardé ébahie et m'a rétorqué :

– Moi, je suis toujours la même. Depuis quand irais-je mieux?

Elle voulait savoir quand je l'avais vue la dernière fois. Je me souvenais exactement de cette date et j'ai dû lui rappeler que nous avions passé ensemble un après-midi entier, installés dans ce même salon avec les trois demoiselles de la maison; mais pas du côté où nous nous trouvions assis à présent, de l'autre. Je m'étais proposé de lui témoigner de l'intérêt mais les explications qu'elle exigeait éternisaient cette tentative. Mon hypocrisie me pesait jusqu'à me causer une souffrance véritable.

Mme Malfenti intervint en souriant :

– Vous ne voulez pas dire au moins que tante Rosina a grossi?

Diantre! C'était là le motif du ressentiment de tante Rosina qui, aussi corpulente que son frère, espérait cependant maigrir.

– Grossi? Jamais de la vie. Je voulais seulement dire que madame a meilleure mine.

J'essayais de conserver un air empreint d'affection

alors que je devais au contraire me retenir pour ne pas être insolent.

Tante Rosina n'était pas encore satisfaite. Elle n'avait jamais eu d'ennuis de santé dans les derniers temps et elle ne comprenait pas pourquoi elle avait pu me sembler malade. Et Mme Malfenti lui donna raison :

– C'est vrai, c'est sa particularité de ne jamais changer de mine, dit-elle, en se tournant vers moi. Ne trouvez-vous pas ?

J'en étais sûr. C'était même évident. Je suis parti aussitôt. J'ai tendu la main à tante Rosina avec une grande cordialité, espérant l'amadouer, mais elle m'a concédé la sienne en regardant ailleurs.

Je n'avais pas franchi le seuil de cette porte que mon état d'âme changea. Quelle délivrance ! Je n'avais plus à sonder les intentions de Mme Malfenti ni à faire le joli cœur avec tante Rosina. Je crois en vérité que si l'intermède de la revêche tante Rosina n'avait pas eu lieu, cette fine mouche de Mme Malfenti aurait pleinement atteint son but et j'aurais quitté la place tout joyeux d'avoir été traité avec tant d'égards. Je dégringolai les marches quatre à quatre. La tante Rosina avait été en quelque sorte l'exégète de Mme Malfenti. Mme Malfenti m'avait proposé de prendre le large pour quelques jours. La chère dame était trop bonne ! Je comblerais tous ses espoirs et elle ne me reverrait jamais plus ! On m'avait torturé, elle, la tante et même Ada ! De quel droit ? Parce que j'avais voulu me marier ? C'était bien fini ! Comme c'était beau d'être libre !

L'espace d'un bon quart d'heure, j'ai couru dans les rues avec ce sentiment. Puis j'ai senti le besoin d'une liberté encore plus grande. Je devais trouver le moyen de marquer de façon définitive ma volonté de ne plus remettre les pieds dans cette maison. J'ai écarté l'idée d'écrire une lettre pour prendre congé. L'abandon de mes visites serait encore plus méprisant si je ne faisais pas connaître mes intentions. J'oublierais purement et simplement de revoir Giovanni et tous les siens.

J'ai découvert le geste discret et courtois, et donc un peu ironique, grâce auquel signifier fermement ma volonté. Je me suis précipité chez un fleuriste et j'ai choisi un magnifique bouquet de fleurs que j'ai adressé à Mme Malfenti, accompagné d'une carte de visite sur laquelle je n'ai inscrit que la date de la journée. Point n'était besoin d'autre chose. C'était une date que je n'oublierais plus et que peut-être ni Ada ni sa mère n'oublieraient pas non plus : 5 mai, anniversaire de la mort de Napoléon.

Je me suis dépêché de faire partir cet envoi. Il était primordial qu'il fût livré le jour même.

Mais ensuite? Tout était réglé, tout, parce qu'il n'y avait plus rien à régler! Ada demeurait séparée de moi ainsi que toute sa famille et je devais vivre sans avoir plus rien à faire, dans l'attente que quelqu'un de chez eux vînt me relancer et m'offrît l'occasion de faire ou de dire autre chose.

J'ai filé vers mon bureau pour réfléchir et m'y cloîtrer. Si j'avais cédé à mon impatience douloureuse, je serais retourné au pas de course dans cette maison au risque d'y arriver plus vite que mon bouquet. Les prétextes ne me manqueraient pas. Je pouvais très bien y avoir oublié mon parapluie!

Je n'ai pas voulu faire une chose pareille. Avec l'envoi de ce bouquet j'avais pris une attitude avantageuse qu'il fallait garder. Je n'avais plus qu'à rester tranquille car c'était maintenant à eux de jouer.

Le recueillement que cette retraite dans mon bureau m'apporta et dont j'attendais quelque soulagement ne fit que m'éclairer sur les raisons de mon désespoir qui s'exacerba jusqu'aux larmes. J'aimais ADA! Je ne savais encore si ce verbe était pertinent et je continuais à m'analyser. Je voulais non seulement qu'elle m'appartînt mais que de surcroît elle fût mon épouse. Elle, oui, avec ce visage de marbre blanc sur des formes adolescentes, elle encore avec son sérieux imperméable à mon esprit que je ne lui enseignerais pas, auquel je renoncerais à jamais, elle qui m'enseignerait une vie d'intelligence et de travail. Je la voulais tout entière et tout devait me venir d'elle. J'ai fini par conclure que le verbe était approprié : j'aimais Ada.

J'ai cru avoir pensé une chose très importante qui pouvait me guérir. Foin des hésitations! Peu me souciait de savoir si elle m'aimait. Il fallait que je tente de l'obtenir et je n'avais plus besoin de lui parler si Giovanni pouvait faire pression sur elle. Je devais sur-le-champ faire la lumière sur tout pour arriver instantanément au bonheur ou bien oublier tout et guérir. Pourquoi devrais-je tant souffrir à attendre? Quand je saurais – et je ne pouvais le savoir que de Giovanni – que j'avais définitivement perdu Ada, je n'aurais plus au moins à lutter contre le temps qui continuerait à s'écouler lentement sans que je sente le besoin de le bousculer. Un fait définitif apporte toujours le calme car il est détaché du temps.

J'ai couru aussitôt à la recherche de Giovanni. Ce fut une poursuite en deux temps. La première en direction de son bureau situé dans la rue que nous continuons à appeler rue des Maisons-Neuves, parce que nos ancêtres l'appelaient ainsi. De vieilles maisons élevées qui projettent leur ombre sur une rue tout près du bord de mer, peu fréquentée à l'heure du coucher de soleil et où j'ai pu avancer rapidement. Tout en marchant je ne pensais qu'à préparer avec le plus de concision possible la phrase que j'avais à lui adresser. Il suffisait de lui dire ma détermination d'épouser sa fille. Je n'avais ni à le séduire ni à le convaincre. Homme d'affaires, il saurait quelle réponse me donner dès qu'il aurait compris ma requête. Toutefois, le problème de savoir si dans une circonstance semblable je devais m'exprimer en italien ou en dialecte me tracassait[6].

Mais Giovanni avait déjà quitté son bureau pour se rendre au Tergesteo. J'y allai. Sans plus me hâter car je savais qu'à la Bourse je devrais attendre plus longtemps pour lui parler seul à seul. Arrivé rue Cavana, je fus obligé de ralentir mon allure à cause de la foule qui obstruait cette rue étroite[7]. Ce fut justement pendant que je jouais des coudes pour fendre la cohue que m'est venue enfin, comme dans un éclair, l'illumination que je cherchais depuis des heures : les Malfenti voulaient que j'épouse Augusta et ils ne voulaient pas que j'épouse Ada pour la bonne et simple raison qu'Augusta était éprise de moi et Ada pas du tout. Pas du tout, parce qu'autrement ils ne seraient pas intervenus pour nous séparer. Ils m'avaient dit que je compromettais Augusta mais c'est elle qui se compromettait en m'aimant. À cet instant, j'ai tout compris, avec une clarté aveuglante, comme si un membre de la famille me l'avait dit. Et j'ai deviné aussi qu'Ada était d'accord pour qu'on me tînt éloigné de cette maison. Elle ne m'aimait pas et ne m'aimerait pas, du moins tant que sa sœur m'aimerait. Au milieu de la foule de la rue Cavana, j'avais donc raisonné avec plus de justesse que tout seul dans mon bureau.

Aujourd'hui, lorsque je revois en souvenir ces cinq journées mémorables qui m'ont conduit au mariage, je suis très étonné de voir que ma peine ne fut pas adoucie par la pensée que la pauvre Augusta m'aimait. Maintenant, en me voyant chassé de la maison Malfenti, j'aimais Ada avec rage. Pourquoi aucune satisfaction ne me vint-elle de la claire certitude que Mme Malfenti m'avait éloigné inutilement puisque je demeurais dans cette maison, tout près d'Ada, c'est-à-dire dans le cœur d'Augusta? Je ressentais au contraire comme un camouflet supplémentaire que Mme Malfenti m'eût invité à ne pas compromettre Augusta, en un mot à l'épouser. Pour le laideron qui m'aimait, je n'éprouvais que mépris, ce mépris que je n'admettais pas que sa sœur, la belle que j'aimais, éprouvât pour moi.

Je pressai le pas mais je changeai de direction et me rendis chez moi. Je n'avais plus besoin de parler à Giovanni car je savais comment me comporter; dans une conviction si désespérante qu'elle m'apporterait peut-être la paix en me détachant enfin de ce temps trop lent. Il était de surcroît dangereux d'en parler avec ce grossier personnage de Giovanni. Mme Malfenti m'avait présenté les choses de manière telle que je ne les avais comprises que dans la rue Cavana. Son mari était bien capable de se conduire différemment. Peut-être me dirait-il sans autre forme de procès : « Pourquoi veux-tu épouser Ada. Allons! Ne vaudrait-il pas mieux que tu épouses Augusta? » Car il avait une maxime, dont je me souvenais, et qui dans mon cas pouvait l'inspirer : « Tu dois toujours expliquer clairement l'affaire à ton adversaire car c'est seulement alors que tu seras capable de la comprendre mieux que lui ! » Et ensuite ? Il s'ensuivrait une franche rupture. C'est seulement alors que le temps pourrait avancer à sa guise car je n'aurais plus aucun motif de m'en mêler : je serais arrivé au point final !

Je me suis rappelé un autre axiome de Giovanni et m'y suis cramponné car il me laissait beaucoup d'espoir. J'ai pu m'y agripper cinq jours durant, pendant ces cinq jours qui ont converti ma passion en maladie. Giovanni avait coutume de dire qu'il ne fallait pas se hâter d'arriver à la liquidation d'une affaire quand cette liquidation n'apporte aucun avantage : toute affaire trouve tôt ou tard d'elle-même sa propre liquidation, comme le démontre le fait que l'histoire du monde dure depuis très longtemps et que bien peu d'affaires sont restées en suspens. Tant qu'on n'a pas procédé à sa liquidation, toute affaire peut évoluer de façon avantageuse.

Je ne me suis pas rappelé que d'autres maximes de Giovanni disaient le contraire et je me suis cramponné à la première. J'ai pris la résolution d'acier de ne pas bouger tant que je ne saurais pas si un élément nouveau avait fait évoluer l'affaire en ma faveur. Et j'en ai subi un tel préjudice que c'est peut-être la raison pour laquelle aucune résolution que j'aie pu prendre par la suite n'a duré aussi longtemps.

Je n'avais pas plus tôt pris cette résolution que je reçus un petit mot de Mme Malfenti. Je reconnus son écriture sur l'enveloppe, et avant de l'ouvrir, je me berçai à l'idée que ma résolution d'acier avait suffi pour qu'elle se repentît de m'avoir malmené et qu'elle courût après moi. Quand je constatai qu'il ne contenait que les lettres p. r.[8] qui voulaient dire ses remerciements pour les fleurs que je lui avais envoyées, je me jetai sur mon lit et mordis mon oreiller à pleines dents comme pour m'y clouer et m'empêcher d'enfreindre ma résolution. Quelle tranquillité ironique émanait de ces initiales ! Bien supérieure à celle de la date que j'avais inscrite sur ma carte de visite et qui signifiait déjà une résolution et peut-être un reproche. *Remember*[9] avait dit Charles Ier avant qu'on le décapitât et il devait avoir réfléchi à la date de cette journée fatidique! Moi aussi j'avais exhorté mon adversaire à se souvenir et à craindre.

Ce furent cinq jours et cinq nuits terribles et j'en guettai les aubes et les crépuscules qui signifiaient pour moi fin et commencement et me rapprochaient de l'heure de ma liberté, la liberté de me battre à nouveau pour mon amour.

Je me préparais à soutenir ce combat. Je savais à présent comment celle que j'aimais me voulait. Il m'est facile de me rappeler les résolutions que je pris alors, d'abord parce que j'en ai pris d'identiques à une époque plus récente, ensuite parce que je les notai sur une feuille de papier que je conserve encore. Je me proposais de devenir plus sérieux. A l'époque cette décision signifiait que je ne débiterais plus de ces fadaises qui faisaient rire la société et m'ôtaient tout crédit, tout en me faisant aimer de cette guenon d'Augusta et mépriser par mon Ada chérie. Je prenais en outre la résolution de me trouver tous les matins à huit heures dans le bureau de ma maison de commerce, non pas pour y discuter de mes droits avec Olivi mais afin de travailler avec lui et de pouvoir assumer au moment voulu la direction de mes affaires. Ces projets se réaliseraient à une époque plus tranquille que celle que je vivais, exactement comme plus tard je devais cesser de fumer, c'est-à-dire quand j'aurais recouvré ma liberté, car il ne fallait pas rendre pire cet horrible interlude. Ada méritait un mari parfait. C'est pourquoi suivaient plusieurs autres résolutions, comme celles de me consacrer à des lectures sérieuses, de passer chaque jour un bon quart d'heure à tirer l'escrime et de monter à cheval deux fois par semaine. Les vingt-quatre heures de la journée ne seraient pas de trop.

Durant ces jours de ségrégation, j'eus pour compagne de chaque instant la jalousie la plus amère. C'était une résolution héroïque que de vouloir me corriger de tous mes défauts pour me préparer à conquérir Ada au bout de deux ou trois semaines. Mais dans l'intervalle? Dans l'intervalle, pendant que je me soumettais à la plus rigoureuse des constrictions, les autres mâles de la ville se tiendraient-ils tranquilles et ne chercheraient-ils pas tous à me prendre la femme de ma vie? Parmi eux se trouvait certainement quelqu'un qui n'avait pas besoin de faire tant d'efforts pour plaire. Je savais, ou je croyais savoir que lorsqu'Ada trouverait l'âme sœur elle dirait oui sans attendre de tomber amoureuse. Au cours de ces journées éprouvantes, quand je tombais sur un mâle élégant, plein d'une vigueur tranquille, je le haïssais car il me semblait qu'il était fait pour Ada. De ces jours anciens, ce que je me rappelle le mieux est cette jalousie tombée comme un brouillard sur ma vie.

A présent qu'on connaît la fin de l'histoire, il n'y a pas à se moquer de cette crainte de me voir ravir Ada qui me tortura alors. Quand je repense à ces jours d'agonie, je ressens une grande admiration pour mon âme prophétique.

Plusieurs fois, à la nuit tombée, je suis passé sous les fenêtres de cette maison. Là-haut, apparemment, on continuait à se divertir comme quand j'étais de la partie. Vers minuit, les lumières du salon s'éteignaient. Je m'enfuyais de peur d'être aperçu de quelque visiteur qui prenait congé à ce moment-là.

Mais chaque heure de ces journées a été marquée d'une angoisse où l'impatience entrait pour beaucoup. Pourquoi personne ne venait-il s'enquérir de moi? Pourquoi Giovanni ne bougeait-il pas? N'aurait-il pas dû s'étonner de ne pas me rencontrer chez lui ou au Tergesteo? Etait-il donc de mèche lui aussi avec celle qui m'avait écarté? J'interrompais souvent mes promenades, de nuit comme de jour, pour courir chez moi m'assurer que personne n'était venu prendre de mes nouvelles. Dans le doute, je ne pouvais me résoudre à me coucher et je réveillais la pauvre Maria pour la questionner. Je restais chez moi des heures entières à attendre à l'endroit où l'on pouvait me joindre le plus facilement. Mais personne ne se montrait et il est certain que si je ne m'étais le premier résolu à bouger, je serais encore vieux garçon.

Un soir, je suis allé jouer à mon club. Depuis de nombreuses années je n'y mettais plus les pieds pour tenir une promesse que j'avais faite à mon père. Il me semblait que cette promesse ne tenait plus car mon père n'avait pu prévoir les douloureuses circonstances où je me trouverais et mon besoin pressant de distractions. Tout d'abord, j'ai gagné avec une veine qui m'a affligé car j'y ai vu la compensation de mes déboires amoureux. Puis j'ai perdu et j'ai été tout aussi affligé car je me suis cru vaincu par le jeu comme je l'avais été par l'amour. Les cartes m'ont bientôt rebuté : elles n'étaient dignes ni de moi ni même d'Ada. Tant cet amour m'avait purifié !

Il me reste aussi de ces jours passés la notion que mes rêves d'amour s'étaient anéantis au contact de la dure réalité. Mes rêveries avaient pris un tout autre chemin. Je rêvais de triomphe et non plus d'amour. Mon sommeil fut embelli une fois par la visite d'Ada. Elle était habillée en mariée et m'accompagnait à l'autel mais quand on nous laissa seuls nous ne fîmes pas l'amour, pas même en rêve. J'étais son époux et j'avais acquis le droit de lui demander : « Comment as-tu pu permettre qu'on me traite de la sorte? » Tout autre droit m'indifférait.

Je retrouve dans un tiroir des ébauches de lettres pour Ada, Giovanni, Mme Malfenti. Elles remontent à ce temps-là. A Mme Malfenti, j'écrivais une simple lettre par laquelle je prenais congé d'elle avant d'entreprendre un long voyage. Je ne me rappelle pas avoir jamais eu une telle intention. Je ne pouvais quitter la ville avant d'être sûr que personne ne viendrait prendre de mes nouvelles. Quel malheur si quelqu'un était venu et ne m'ait pas trouvé! Aucune de ces lettres n'a été expédiée. Je crois même les avoir écrites pour coucher mes pensées sur du papier.

Depuis de nombreuses années, je me considérais comme un malade, mais d'une maladie qui faisait souffrir les autres plutôt que moi. Ce fut alors que je découvris la maladie « souffrante », une quantité de sensations physiques désagréables qui me rendirent très malheureux.

Voici comment elle débuta. Vers une heure du matin environ, ne réussissant pas à m'endormir, je me suis levé et je suis sorti dans la nuit tiède. Je suis arrivé jusqu'à un café de banlieue où je n'étais jamais entré et ne pouvais donc rencontrer personne qui me connût, situation que j'appréciais pleinement car je voulais poursuivre une discussion que j'avais entamée avec Mme Malfenti alors que j'étais encore couché et dans laquelle je désirais que nul ne s'interposât. Mme Malfenti m'avait fait de nouveaux reproches. Elle me disait que par manigance j'avais essayé de faire du pied à ses filles[10]. Or si j'avais joué à ce petit jeu, ce n'était qu'avec Ada. J'avais les sueurs froides à la pensée que chez les Malfenti on en était peut-être venu à concevoir de pareils griefs contre moi. Les absents ont toujours tort, et on pouvait avoir profité de mon éloignement pour concourir à ma perte. A la pleine lumière du café, je me défendais mieux. Quelquefois, certes, j'aurais voulu faire du pied à Ada et j'avais cru même une fois y réussir, avec son consentement. Mais il s'avéra que j'avais pressé le pied de bois de la table qui lui ne pouvait avoir parlé.

Je faisais semblant de m'intéresser au jeu de billard. Un homme appuyé sur une béquille s'est approché et il s'est assis juste à côté de moi. Il a commandé un citron pressé et comme le garçon attendait que je parle, j'ai commandé aussi un citron pressé bien que je ne puisse en souffrir le goût. A ce moment-là la béquille posée contre la banquette sur laquelle nous étions assis a glissé par terre et je me suis baissé pour la ramasser d'un mouvement presque instinctif.

– Mais c'est Zeno! s'est exclamé le pauvre boiteux qui m'a reconnu au moment où il voulait me dire merci.

– Tullio! ai-je fait tout surpris en lui tendant la main.

Nous avions été camarades d'école et nous ne nous étions pas revus depuis des années. Tout ce que je savais c'est qu'après le brevet élémentaire il était entré dans une banque où il s'était fait une bonne situation.

J'étais encore tellement dans la lune que je lui ai demandé inopinément comment il se faisait que sa jambe droite ait raccourci au point de nécessiter une béquille.

Prenant ma question du bon côté il m'a raconté que six mois auparavant il avait eu une crise de rhumatismes qui avait fini par lui endommager une jambe.

Je me suis empressé de lui suggérer plusieurs traitements. C'est la seule façon de feindre sans trop d'efforts qu'on est de cœur avec les gens. Il les avait tous suivis. Alors je lui ai suggéré autre chose :

– Et comment se fait-il qu'à cette heure tu ne sois pas encore couché ? Il me semble que t'exposer à l'air de la nuit ne peut te faire aucun bien.

Il a plaisanté avec bonhomie : il estimait que l'air de la nuit n'était pas bon pour moi non plus et que ceux qui ne souffraient pas de rhumatismes avaient d'ici leur mort tout le temps voulu pour en attraper. Le droit d'aller se coucher au chant du coq était reconnu même par la constitution autrichienne. Du reste, contrairement à l'opinion répandue, la chaleur et le froid n'avaient rien à voir avec les rhumatismes. Il avait étudié sa maladie et même il ne faisait rien d'autre dans l'existence que d'en rechercher les causes et les remèdes. Il avait demandé à sa banque un congé de longue durée davantage pour approfondir cette étude que pour suivre un traitement. Puis il m'a raconté qu'il suivait un traitement bizarre. Il consommait chaque jour une quantité énorme de citrons. Ce jour-là il en avait avalé une trentaine mais il espérait qu'avec de l'entraînement il pourrait en tolérer encore davantage. Il m'a confié que selon lui les citrons étaient bons aussi pour d'autres maladies. Depuis qu'il en prenait il se sentait moins gêné par l'abus des cigarettes auquel lui aussi était condamné.

J'ai frissonné à l'idée de tout cet acide puis aussitôt m'est venue une vision un peu plus joyeuse de l'existence : je n'aimais pas les citrons, mais s'ils m'avaient offert la liberté de remplir mes devoirs ou de vivre à ma guise sans m'incommoder et en me libérant de toute autre contrainte, j'en aurais moi aussi avalé tout autant.

La liberté totale consiste à faire ce que l'on veut à condition de faire aussi des choses qu'on aime moins. Le véritable esclavage consiste à être condamné à l'abstention : Tantale et non pas Hercule.

Puis Tullio a fait semblant à son tour de s'intéresser à mes problèmes. J'étais bien résolu à lui taire mes malheurs en amour mais j'avais besoin de m'épancher. J'ai mis tant d'exagération à lui parler de mes ennuis de santé (c'est bien ainsi que je les nommais alors que je suis sûr qu'ils étaient bénins) que je finis par en avoir les larmes aux yeux tandis que Tullio se sentait de mieux en mieux en me jugeant plus malade que lui.

Il m'a demandé si je travaillais. Tout le monde en ville disait que je ne faisais rien et je craignais qu'il n'y trouvât motif d'envie alors qu'à ce moment-là j'éprouvais un besoin absolu d'être plaint. J'ai menti. Je lui ai raconté que je travaillais dans mon affaire, pas beaucoup mais chaque jour au moins six heures et que la succession très embrouillée des intérêts de mon père et de ma mère me prenait encore six heures de plus.

– Douze heures! fut le commentaire de Tullio (et avec un sourire de satisfaction, il m'octroya ce que je souhaitais, son apitoiement) Tu n'es guère à envier, tu sais!

Sa conclusion était exacte et elle m'a tellement ému que j'ai dû prendre sur moi pour ne pas laisser deviner mes larmes, je me suis senti plus malheureux que jamais et, dans cet état douillet de commisération de moi, il est normal que les atteintes de la maladie m'aient trouvé sans défense.

Tullio avait recommencé à me parler de son infirmité qui était aussi sa principale distraction. Il avait étudié l'anatomie de la jambe et du pied. Il m'a raconté en riant que lorsqu'on marche à une allure rapide, la durée de l'enjambée ne dépasse pas une demi-seconde et que pendant cette demi-seconde entrent en action rien moins que cinquante-quatre muscles. J'en suis resté abasourdi et ma pensée a couru aussitôt à mes jambes pour y découvrir cette machine monstrueuse. Je crois l'y avoir trouvée. Naturellement je n'ai pu y voir les cinquante-quatre mécaniques mais seulement une énorme complexité qui s'est détraquée du moment que j'ai fixé mon attention sur elle.

Je suis sorti de ce café tout claudiquant et pendant quelques jours j'ai continué à boiter. La marche était devenue pour moi un effort pénible et même légèrement douloureux. On eût dit que ce nœud embrouillé d'engrenages manquait de lubrifiant et qu'au moindre mouvement chacune des pièces frottait contre sa voisine. Quelques jours plus tard, je fus affecté d'un mal plus grave dont je parlerai plus loin et qui affaiblit le premier. Mais aujourd'hui encore où je le décris, si quelqu'un me regarde marcher, les cinquante-quatre mouvements se bloquent et me voici près de tomber.

Cette atteinte, c'est à Ada également que je la dois. De nombreux animaux deviennent la proie des chasseurs ou d'autres animaux quand ils sont en rut. C'est à ce moment-là que je suis devenu la proie de la maladie et je suis certain que si j'avais appris l'existence de cette machine monstrueuse en tout autre circonstance, je n'en aurais subi aucun préjudice.

Quelques griffonnages sur une feuille de papier que j'ai conservée me rappellent une autre aventure étrange de cette époque. Outre la mention de la dernière cigarette suivie d'une phrase sur mon assurance de pouvoir guérir de la maladie des cinquante-quatre muscles, je retrouve l'ébauche d'une poésie... sur une mouche. Si je ne connaissais la vérité, je croirais que ces vers sont de la plume d'une jeune fille bien élevée qui tutoie les insectes qu'elle chante mais comme c'est moi qui les ai composés, je suis forcé d'admettre que, si j'en suis arrivé là, il peut arriver à tous d'en commettre.

Voici comment ces vers sont nés. J'étais rentré chez moi tard dans la nuit et au lieu d'aller me coucher j'étais allé dans mon bureau où j'avais allumé le bec de gaz. Avec la lumière une mouche a commencé à m'agacer. J'ai réussi à lui donner un coup, assez léger toutefois pour ne pas me salir. Je l'ai oubliée puis je l'ai revue au milieu de la table qui lentement se reprenait. Elle était immobile, debout, et elle semblait plus grande qu'avant parce que l'une de ses petites pattes était ankylosée et ne pouvait fléchir. De ses deux pattes postérieures elle lissait continûment ses ailes. Elle a essayé de bouger mais elle est tombée sur le dos. Elle s'est redressée et a repris avec obstination son travail assidu.

C'est alors que j'ai écrit ces vers dans ma stupéfaction d'avoir découvert que cet organisme minuscule ravagé par tant de souffrance était guidé dans son effort gigantesque par deux erreurs : d'abord en lissant avec tant d'entêtement ses deux ailes intactes, l'insecte révélait qu'il ne savait pas de quel organe lui venait sa douleur; l'assiduité de ses efforts montrait ensuite que son cerveau microscopique était habité par la certitude fondamentale que la santé est le droit de tous et qu'elle doit sûrement nous revenir quand elle nous a quittés. C'étaient des erreurs excusables chez un insecte qui ne vit que l'espace d'une unique saison et n'a pas le temps d'acquérir de l'expérience.

Mais vint le dimanche, échéance du cinquième jour depuis ma dernière visite chez les Malfenti. Moi qui ne travaille guère, j'ai toujours gardé le plus grand respect pour ce jour férié qui fractionne l'existence en courtes périodes et la rend plus supportable. Ce jour de fête mettait fin à une semaine de tourments et je pouvais à bon droit m'en réjouir. Je n'ai rien changé à mon plan, mais ce jour-là je ne le mettrais pas à exécution. J'allais revoir Ada. Je ne voulais pas compromettre ce plan par quelque parole que ce fût, mais je devais revoir la jeune fille car il était bien possible que l'affaire eût déjà changé en ma faveur et il eût été bien dommage de continuer à souffrir sans nécessité.

C'est pourquoi à midi, avec la hâte que mes pauvres jambes me permettaient, j'ai couru en ville, dans la rue où je savais que Mme Malfenti et ses filles passeraient en sortant de la messe. C'était une festivité éclatante de soleil et, tout en marchant, je pensais que m'attendait en ville la nouveauté escomptée, l'amour d'Ada. Il n'en fut pas ainsi mais pendant un moment j'en ai éprouvé l'illusion. La chance m'a favorisé d'une façon incroyable. Je me suis trouvé nez à nez avec Ada, Ada toute seule. J'en ai eu les jambes et le souffle coupés. Que faire ? Mes résolutions auraient voulu que je m'écarte et la laisse passer avec un salut distant. Mais dans ma tête il est né un peu de confusion parce que d'autres résolutions avaient précédé dont l'une me revenait et selon laquelle il me fallait lui parler clairement pour apprendre mon destin de sa bouche. Je ne me suis pas écarté et, quand elle m'a dit bonjour comme si nous venions de nous quitter cinq minutes auparavant, j'ai réglé mon pas sur le sien.

Elle m'avait dit :

– Bonjour monsieur Cosini ! Je suis un peu pressée.

Et moi :

– Me permettez-vous de vous faire un bout de conduite ?

Elle a accepté en souriant. Mais était-il nécessaire que je parle ? Elle a ajouté qu'elle se rendait directement à la maison; aussi ai-je compris que je n'avais pour m'exprimer que cinq minutes à ma disposition sur lesquelles je perdais encore du temps à calculer si elles me suffisaient pour les choses importantes que j'avais à dire. Mieux valait ne pas les dire que d'avoir à les abréger. J'étais troublé aussi par le fait que dans notre ville il était compromettant pour une demoiselle de se laisser accompagner dans la rue par un jeune homme. Elle m'y autorisait. Ne pouvais-je déjà m'en satisfaire ? Cependant je la regardais, essayant de ressaisir tout entier mon amour que la colère et les soupçons avaient embrumé. Retrouverais-je au moins mes rêves ? Elle m'apparaissait à la fois petite et grande dans les proportions harmonieuses de ses lignes. Les rêves revenaient en foule alors même que j'étais auprès d'elle, bien réelle. Mon désir était fait de la sorte et je l'ai retrouvé avec une joie intense. De mon cœur disparaissait toute trace de colère et de rancœur.

Mais j'ai entendu derrière nous un appel hésitant :

– Avec votre permission, mademoiselle !

Je me suis retourné, indigné. Qui donc osait interrompre les explications que je n'avais pas encore commencées ? Un freluquet imberbe, brun et pâle, la regardait avec des yeux anxieux. A mon tour j'ai regardé Ada dans le fol espoir qu'elle allait invoquer mon aide. Un signe d'elle m'aurait suffi et je me serais jeté sur cet individu pour lui demander raison de son audace. Eût-il insisté alors ? Tant mieux ! Mes maux auraient guéri sur l'heure s'il m'avait été donné de me laisser aller à quelque geste brutal.

Mais Ada n'a pas fait ce signe. Avec un sourire spontané qui modifiait légèrement le contour de ses joues et de sa bouche ainsi que la lumière de ses yeux, elle lui a tendu la main :

– Ah ! Monsieur Guido !

Ce prénom m'a fait mal. Ada, juste avant, m'avait appelé par mon nom de famille.

J'ai mieux regardé ce monsieur Guido. Il était vêtu avec une élégance recherchée et tenait dans sa main droite gantée une canne à très longue poignée d'ivoire que je n'aurais jamais portée même si on m'avait offert à cet effet une bonne somme par kilomètre. Je ne me suis pas reproché d'avoir pu découvrir en un personnage semblable une menace pour Ada. Il y a des types louches qui s'habillent élégamment et tiennent aussi des cannes de ce genre.

Le sourire d'Ada m'a rappelé à la banalité des rapports mondains. Elle a fait les présentations. Et moi aussi j'ai souri ! Le sourire d'Ada rappelait un peu le friselis qui court sur une eau limpide effleurée par une brise légère. Le mien aussi rappelait un mouvement de ce genre mais produit par un caillou qu'on aurait jeté dans l'eau.

Il s'appelait Guido Speier. Mon sourire devint plus spontané car s'offrait à moi l'occasion de lui faire sans attendre une remarque désagréable :

– Vous êtes allemand ?

Il m'a dit poliment qu'il admettait que son nom pouvait le laisser croire. Mais les papiers de famille prouvaient qu'ils étaient italiens depuis des siècles. Il parlait le toscan avec beaucoup de naturel tandis qu'Ada et moi étions condamnés à parler dans notre grossier dialecte[11].

Je le regardais pour mieux comprendre ce qu'il disait. C'était un garçon superbe; ses lèvres naturellement entrouvertes laissaient apercevoir deux rangées de dents blanches et parfaites. Il avait l'œil vif et expressif et, quand il avait soulevé son chapeau, j'avais pu constater que ses cheveux, bruns et un peu bouclés, recouvraient tout l'espace que mère nature leur avait affecté alors que mon front avait envahi une grande partie de ma tête.

Je l'aurais haï même indépendamment d'Ada, mais comme cette haine me faisait terriblement souffrir, j'ai cherché à l'atténuer. J'ai pensé : « Il est trop jeune pour Ada » Et j'ai pensé ensuite que la familiarité et l'amabilité qu'elle lui témoignait étaient dues à un ordre de son père. Peut-être s'agissait-il d'un homme important pour les affaires de la famille Malfenti et il me semblait qu'en pareille circonstance toute la famille était tenue de collaborer. Je lui ai demandé :

– Vous allez vous fixer à Trieste ?

Il m'a répondu qu'il s'y trouvait depuis un mois pour y fonder une maison de commerce. J'ai respiré ! J'aurais pu le deviner.

J'avançais en claudiquant, mais d'un air dégagé puisque personne ne s'en apercevait. Je regardais Ada et j'essayais d'oublier tout le reste y compris le quidam qui nous escortait. Au fond, moi je suis un homme du présent et je ne pense au futur que lorsqu'il projette sur le présent des ombres manifestes. Ada marchait entre nous deux, le visage empreint d'une expression vague de bonheur qui tenait presque du sourire. Ce bonheur me semblait nouveau. A qui ce sourire était-il destiné ? N'était-ce pas à moi qu'elle n'avait pas revu depuis si longtemps ?

J'ai tendu l'oreille à leurs propos. Ils parlaient de spiritisme et j'ai appris inopinément que Guido avait introduit chez les Malfenti les tables tournantes.

Je brûlais du désir de m'assurer que le doux sourire qui errait sur les lèvres d'Ada m'était destiné et j'ai bondi sur le sujet dont ils parlaient en inventant de toutes pièces une histoire de fantômes. Aucun poète n'aurait su improviser sur des bouts rimés mieux que je ne le fis alors. Ne sachant même pas comment mon histoire allait finir, je suis entré dans le vif du sujet en déclarant que moi aussi je croyais aux esprits à cause d'une aventure qui m'était arrivée la veille dans cette même rue... mais non!... dans la rue parallèle à celle-là et que nous pouvions apercevoir. Puis j'ai dit qu'Ada aussi avait connu le professeur Bertini qui était décédé quelque temps auparavant à Florence où il s'était retiré après sa mise à la retraite. Nous avions appris la nouvelle de sa mort par un bref entrefilet sur une feuille locale mais je l'avais oublié tant et si bien que lorsque je pensais au professeur Bertini je me le représentais en promenade aux Cascine[12] jouissant d'un repos bien mérité. Or, la veille, en un lieu que j'ai précisé de la rue parallèle à celle que nous longions, j'avais été accosté par un monsieur qui me connaissait et qu'il me semblait connaître avec certitude. Il avait la curieuse démarche d'une bonniche qui se tortille pour se frayer un chemin...

– Il ne pouvait sûrement s'agir que de Bertini! a dit Ada en riant.

Ce rire m'appartenait et il m'a incité à continuer :

– J'étais certain de le connaître mais je n'arrivais pas à me rappeler son nom. Nous avons parlé politique. C'était Bertini parce que lui seul pouvait débiter tant d'âneries, avec sa voix de chèvre...

– Même sa voix! a fait encore Ada en riant, en me regardant impatiente de connaître la fin de l'histoire.

– Oui! Ce ne pouvait être que Bertini, ai-je dit imitant l'épouvante avec ce talent de grand comédien que j'ai laissé perdre. Il m'a serré la main pour prendre congé et s'en est allé en se dandinant. J'ai fait quelques pas derrière lui pour essayer de le remettre. Je n'ai découvert que j'avais parlé avec Bertini que lorsque il fut hors de ma vue. Avec Bertini, mort depuis un an!

Elle s'arrêta peu après devant la porte de sa maison. En lui serrant la main, elle a dit à Guido qu'elle l'attendait ce soir-là. Puis quand est venu mon tour, elle m'a dit que si je ne craignais pas de m'ennuyer je pouvais venir aussi chez eux faire tourner le guéridon.

Je n'ai ni répondu ni remercié. Je devais analyser cette invitation avant de l'accepter. Il me semblait qu'on l'avait faite sur un ton de politesse forcée. Que penser?

Peut-être ce jour de fête s'achèverait-il pour moi sur cette rencontre. Mais j'ai voulu me montrer courtois afin de garder toutes les voies ouvertes, y compris celle de me rendre à cette invitation. Je lui ai demandé des nouvelles de Giovanni avec lequel j'avais à m'entretenir. Elle m'a dit que je le trouverais à son bureau où il s'était rendu pour une affaire urgente.

Guido et moi nous sommes arrêtés quelques instants pour suivre des yeux la silhouette élégante qui disparaissait dans la pénombre de l'entrée de la maison. Je ne sais ce que Guido pouvait penser à ce moment-là. Quant à moi, je me sentais très malheureux; pourquoi ne m'avait-elle pas invité le premier avant d'inviter Guido ?

Nous avons fait le trajet du retour ensemble, presque jusqu'à l'endroit où nous étions tombés sur Ada. Guido, courtois et plein d'aisance (c'était précisément l'aisance que j'enviais le plus aux autres) m'a parlé encore de cette histoire que j'avais improvisée et qu'il prenait très au sérieux, alors que dans ma fable il n'y avait de vrai que le détail suivant : à Trieste, même après la disparition de Bertini, vivait quelqu'un qui disait des énormités, marchait de telle sorte qu'il semblait avancer sur la pointe des pieds et avait aussi une voix étrange. Je venais juste d'en découvrir l'existence et il m'avait rappelé Bertini. Je n'étais pas mécontent que Guido se creusât la tête pour étudier ces calembredaines. Il était bien clair que je ne devais pas le haïr car pour les Malfenti il n'était rien d'autre qu'un négociant important; mais son élégance recherchée et sa canne attiraient mon antipathie. Il m'était même tellement antipathique que je ne voyais plus le moment de le semer. Je l'ai entendu qui concluait :

– Il est possible que la personne avec laquelle vous avez parlé ait été bien plus jeune que Bertini, qu'elle ait marché d'un pas militaire et parlé d'une voix virile, et que sa ressemblance avec lui se soit bornée à énoncer des âneries. Tout cela a pu suffire à fixer votre pensée sur Bertini. Mais pour admettre cette interprétation, il faudrait croire également que vous êtes quelqu'un de très distrait.

Je n'ai pas réussi à seconder ses efforts.

– Moi, distrait? Quelle idée! Je suis un homme d'affaires. Qu'adviendrait-il de moi si j'étais distrait?

Puis j'ai pensé que je perdais mon temps. Je voulais voir Giovanni. Maintenant que j'avais vu la fille, je pouvais aussi voir le père qui était beaucoup moins important. Si je voulais le trouver encore à son bureau, il fallait que je me presse.

Guido continuait à échafauder des suppositions sur la part qui dans un miracle est imputable à l'inattention des gens qui y assistent. J'ai voulu prendre congé et apparaître au moins aussi désinvolte que lui. Cela fit que je l'ai interrompu et planté là avec une précipitation voisine d'un comportement brutal :

– Pour moi les miracles existent sans exister. Il ne faut pas les compliquer par trop d'affabulations. Qu'on y croie ou qu'on n'y croie pas, dans les deux cas les choses sont très simples.

Je ne voulais pas lui montrer de l'antipathie tant il est vrai que par ces mots j'estimais lui faire une concession, étant donné que je suis un positiviste convaincu et que je ne crois pas aux miracles. Mais c'était une concession du bout des lèvres.

Je m'éloignai en boitillant de plus belle, espérant que Guido n'éprouverait pas le besoin de me suivre du regard.

Il était indispensable que je parle à Giovanni. De toute façon, il m'instruirait sur la façon de me comporter ce soir-là. J'avais été invité par Ada et le comportement de Giovanni me permettait de comprendre si je devais me rendre à cette invitation ou si je ne devais pas plutôt me rappeler qu'elle contrevenait au désir exprimé par Mme Malfenti. C'est de la clarté qu'il fallait dans mes relations avec ces gens-là, et si ce dimanche ne me l'apportait pas, j'y consacrerais le lundi. Je continuais à enfreindre mes résolutions et je ne m'en apercevais pas. Il me semblait au contraire suivre une décision prise après cinq jours de méditation. C'est ainsi que je désignais mon activité durant cette période.

Giovanni m'accueillit cordialement par un salut bruyant qui me fit du bien et il m'invita à prendre place dans un fauteuil adossé au mur face à son poste de travail.

– Cinq minutes et je suis à vous ! (Et enchaînant) Mais vous boîtez ?

J'ai rougi ! J'étais toutefois en veine d'improvisation. Je lui ai dit que j'avais glissé en sortant d'un café, et j'ai nommé avec précision le café où m'était arrivé cet accident. Craignant qu'il n'attribuât ma glissade à l'obscurcissement de mon esprit par l'alcool, j'ai ajouté en riant le détail que lors de ma chute je me trouvais en compagnie d'un homme atteint de rhumatismes et boiteux.

Un employé et deux hommes de peine entouraient la table de Giovanni. Il devait s'être produit quelque erreur lors d'une livraison de marchandises et Giovanni intervenait avec sa rudesse accoutumée dans la marche de son entrepôt dont il s'occupait rarement afin de garder l'esprit libre pour faire – ainsi qu'il se plaisait à le dire – ce que personne d'autre n'aurait pu faire à sa place. Il beuglait plus fort que d'habitude comme s'il avait voulu graver les dispositions à prendre dans les ouïes de ses subalternes. Je crois qu'il s'agissait de définir les règles selon lesquelles devaient se dérouler les rapports entre bureau et entrepôt.

– Ce papier, hurlait Giovanni en saisissant de la main gauche un feuillet qu'il avait arraché d'un registre avec la main droite, tu le signeras et l'employé qui le recevra te remettra un papier identique signé de sa main !

Il fixait ses interlocuteurs tantôt à travers ses lunettes, tantôt par-dessus et il acheva dans un autre hurlement :

– Vous avez compris ?

Il allait répéter ses explications mais moi je pensais que je perdais trop de temps. J'éprouvais le curieux sentiment qu'en me pressant je pourrais mieux me battre pour Ada alors que je finis, à ma grande surprise, par m'apercevoir que personne ne m'attendait et que moi je n'attendais personne et que je n'avais rien à faire là. Je me dirigeai vers Giovanni en lui tendant la main :

– J'irai chez vous ce soir.

Il a été aussitôt à moi tandis que les autres s'écartaient.

– Comment se fait-il que nous ne vous ayons pas vu depuis si longtemps? m'a-t-il demandé en toute simplicité.

Un sentiment de stupeur m'a saisi qui m'a rempli d'embarras. C'était justement la question qu'Ada ne m'avait pas posée et à laquelle j'aurais eu droit. Si ces hommes ne s'étaient pas trouvés là j'aurais parlé à cœur ouvert avec Giovanni qui m'avait posé cette question et m'avait prouvé son innocence dans cette conjuration dont je savais à présent qu'elle était ourdie à mes dépens. Lui seul était innocent et méritait ma confiance.

Peut-être à cet instant n'avais-je pas l'esprit assez lucide. La preuve en est que je n'ai pas eu la patience d'attendre que l'employé et les porteurs se soient éloignés. Et puis je voulais réfléchir pour savoir si Ada avait omis de me poser cette question à cause de l'arrivée inopinée de Guido.

Mais Giovanni aussi m'a empêché de parler en se montrant si pressé de retourner à ses occupations.

– Alors à ce soir. Vous entendrez un violoniste comme vous n'en avez jamais entendu. Il se présente comme violoniste amateur simplement parce que, avec tout l'argent qu'il a, il ne se soucie pas d'en faire sa profession. (Il haussa dédaigneusement les épaules.) Moi, qui aime tellement le commerce, à sa place je ne vendrais que des notes. Je ne sais si vous le connaissez. C'est un certain Guido Speier.

– C'est vrai? C'est vrai? ai-je dit avec les marques du plus vif plaisir, hochant la tête et ouvrant la bouche, bref, remuant tout ce qui pouvait obéir à ma volonté.

Ce beau ténébreux savait aussi jouer du violon? Vrai? Si bien que ça? J'espérais que Giovanni plaisantait et que par ses louanges exagérées il voulait me faire entendre que Guido n'était rien d'autre qu'un racleur de cordes. Mais il continuait à hocher la tête admirativement.

Je lui ai serré la main.

– Au revoir!

Je me suis dirigé en boitillant vers la porte. Un doute m'a arrêté. Peut-être aurais-je mieux fait de ne pas avoir accepté cette invitation, auquel cas je devais prévenir Giovanni. Je me tournai pour revenir lui parler quand je m'aperçus qu'il me fixait avec la plus grande attention, avançant le buste pour me voir de plus près. C'était plus que je n'en pouvais supporter et je suis parti!

Un violoniste! S'il était vrai qu'il jouait aussi bien, moi j'étais tout simplement perdu. Si du moins je n'avais pas joué de cet instrument ou si je ne m'étais pas laissé tenter d'en jouer chez les Malfenti! J'avais apporté mon violon dans cette maison non pas afin de conquérir par mes sons le cœur de ses habitants mais comme prétexte pour faire durer mes visites. Quel imbécile j'avais été! Il y avait tant d'autres prétextes moins compromettants!

Nul ne pourra dire que je me berçais d'illusions sur mon compte. Je sais que j'ai une profonde sensibilité musicale et ce n'est pas par affectation que je recherche la musique la plus complexe; toutefois c'est cette même sensibilité qui m'avertit et m'a averti depuis des années que je n'arriverai jamais à jouer de manière à procurer du plaisir à ceux qui m'écoutent. Si je continue pourtant à jouer c'est pour une raison comparable à celle qui m'incite à me soigner. Je pourrais jouer très bien si je n'étais pas malade, et c'est après la santé que je cours aussi lorsque j'étudie l'équilibre sur ces quatre cordes. Il y a dans mon organisme une légère paralysie. Sur le violon elle se révèle tout entière et pour cela plus aisément guérissable. A partir du moment où le dernier des idiots a compris ce que sont les triolets, les quartolets et les sextolets, il sait passer des uns aux autres avec l'exactitude rythmique voulue de même que son œil sait passer d'une couleur à l'autre. Chez moi, au contraire, quand j'ai exécuté l'une de ces figures, elle colle à mon poignet et je n'arrive plus à m'en débarrasser si bien qu'elle se faufile dans la figure suivante et la déforme. Pour placer les notes au bon endroit, je dois battre la mesure du pied et de la tête, mais alors adieu souplesse, adieu sérénité, adieu musique. La musique qui provient d'un organisme équilibré est elle-même ce tempo qu'elle crée et qu'elle referme. Quand j'en ferai de cette qualité je serai guéri.

Pour la première fois j'ai pensé à lever le siège, à quitter Trieste et à partir à la recherche de distractions. Il n'y avait rien à espérer. Ada était perdue pour moi. J'en étais sûr ! Ne savais-je donc pas qu'elle n'épouserait quelqu'un qu'après l'avoir examiné sur toutes les coutures comme s'il s'agissait de lui conférer un titre académique ? C'était à mes yeux une prétention ridicule car en vérité chez les humains un violon n'aurait pas dû entrer en ligne de compte dans le choix d'un mari, mais je n'étais pas tiré d'affaire pour autant. Je sentais l'importance de ces sons. Elle était décisive, comme chez les oiseaux chanteurs.

Je me suis claquemuré dans mon bureau alors que ce jour de fête durait encore pour les autres ! J'ai sorti mon violon de son étui, hésitant entre le désir de le mettre en pièces et celui d'en jouer. Puis je l'ai accordé comme pour un dernier adieu et finalement je me suis mis à étudier mon sempiternel Kreutzer[13]. Dans cette même pièce j'avais fait parcourir à mon archet tant et tant de kilomètres que mon désarroi me conduisit à en parcourir machinalement de nouveaux.

Tous ceux qui se consacrent à ces satanées quatre cordes savent que, tant qu'on reste seul, le moindre petit effort semble correspondre à un progrès. S'il n'en était pas ainsi, qui donc accepterait de se soumettre à ces perpétuels travaux forcés, comme s'il avait tué père et mère ? Après un moment, il me sembla que je n'avais pas perdu ma bataille contre Guido. Qui sait s'il ne me serait pas donné de m'interposer entre Ada et lui grâce au triomphe de mon violon ?

Il ne faut voir en cela aucune présomption mais seulement cet optimisme habituel dont je n'ai jamais pu me débarrasser. L'annonce de tout malheur commence d'abord par m'atterrer mais j'ai vite fait de l'oublier dans l'assurance inébranlable que j'acquiers de pouvoir l'éviter. Dans ce cas précis, je n'avais qu'à juger avec plus d'indulgence mes talents de violoniste. Dans les arts en général il est bien connu qu'un jugement correct est fondé sur la comparaison qui manquait ici. Et puis notre propre violon résonne si près de notre oreille qu'il n'a qu'un court chemin à faire pour atteindre le cœur. Lorsque, fatigué, j'ai cessé de jouer, j'ai dit :

– Bravo, Zeno, tu as bien gagné ton pain.

Sans plus hésiter, je me suis rendu chez les Malfenti. J'avais accepté l'invitation et il était trop tard pour m'y dérober. L'accueil aimable de la femme de chambre qui a accompagné son sourire de la question de savoir si c'était mon état de santé qui m'avait empêché de venir pendant si longtemps m'a paru de bonne augure. Je lui ai glissé un pourboire. Par sa bouche, c'était toute la famille dont elle était la représentante qui me posait la question.

Elle m'a conduit au salon qui était plongé dans l'obscurité la plus profonde. Arrivant de l'antichambre brillamment éclairée, pendant un moment je ne distinguai rien et n'osai faire un pas. Puis je discernai plusieurs personnes assises autour d'un guéridon, à l'autre bout de la pièce, assez loin de moi.

J'ai été accueilli par Ada dont la voix dans le noir m'a semblé sensuelle. Souriante, une caresse :

– Entrez, venez par ici et ne dérangez pas les esprits !

Si elle avait continué sur ce ton, ce n'est pas moi qui les aurais dérangés.

D'un autre point de la périphérie du guéridon me parvint une autre voix, celle d'Alberta ou peut-être bien d'Augusta :

– Si vous voulez prendre part à l'évocation, il y a encore une petite place disponible par ici.

J'étais bien décidé à ne pas me laisser pousser à l'écart et je me suis avancé résolument vers l'endroit d'où Ada m'avait salué. Mon genou a cogné contre l'arête de ce guéridon vénitien qui n'était fait que d'arêtes. J'en ai ressenti une très vive douleur mais je ne me suis pas laissé détourner pour autant et je suis allé choir sur un siège avancé par je ne sais qui, entre deux jeunes filles dont l'une, celle qui était assise à ma droite, m'a semblé être Ada et l'autre Augusta. Aussitôt, pour éviter tout contact avec cette dernière, je me suis rapproché de l'autre. Il m'est toutefois venu le doute que je me trompais et pour reconnaître sa voix j'ai demandé à ma voisine de droite :

– Avez-vous déjà pu communiquer avec les esprits?

Guido, qui m'a paru être assis devant moi, m'a interrompu. Il a crié d'un ton impérieux :

– Silence!

Puis, plus aimablement :

– Concentrez-vous et pensez intensément au défunt que vous voulez évoquer.

Moi je n'ai aucune prévention contre les tentatives de toute espèce pour espionner l'au-delà. J'étais même fâché de ne pas avoir introduit moi-même ce guéridon chez Giovanni puisqu'il y remportait un tel succès. Mais je n'avais nulle envie de me plier aux ordres de Guido, et c'est pourquoi je ne me suis pas du tout concentré. Et puis je m'étais fait tellement de reproches pour avoir permis que les événements prissent cette tournure sans que j'aie dit un mot explicite à Ada que, puisque j'avais la jeune fille à mes côtés, j'allais en profiter pour tout éclaircir. Je ne fus retenu que par la douceur de la sentir si proche de moi après avoir craint de l'avoir perdue pour toujours. Je devinais la tiédeur moelleuse de l'étoffe qui frôlait mon costume et je pensais que, serrés comme nous l'étions l'un contre l'autre, je touchais du mien son pied mignon que je savais chaussé d'une bottine vernie. C'était même trop de bonheur après un aussi long martyre.

La voix de Guido résonna à nouveau :

– Je vous en prie, concentrez-vous. Suppliez maintenant l'esprit que vous avez évoqué de se manifester en faisant bouger le guéridon.

J'étais content qu'il continuât à s'occuper du guéridon. Il était à présent évident qu'Ada se résignait à supporter presque tout mon poids ! Si elle ne m'avait pas aimé, elle n'y aurait plus tenu. L'heure de la clarté avait sonné. J'ai soulevé ma main droite du guéridon et tout doucement j'ai passé mon bras autour de sa taille :

– Je vous aime, Ada ! ai-je dit à voix basse, rapprochant mon visage du sien pour mieux me faire entendre.

La jeune fille n'a pas répondu tout de suite. Puis, dans un souffle de voix, mais voix d'Augusta, elle m'a dit :

– Pourquoi êtes-vous resté si longtemps sans venir ?

La surprise et le dépit ont failli me faire dégringoler de mon siège. J'ai compris immédiatement qu'il me fallait éliminer cette raseuse de mon destin, tout en lui manifestant les égards qu'un galant homme tel que moi se doit d'avoir pour la dame qui l'aime, fût-ce la plus laide qui eût jamais vu le jour. Comme elle m'aimait ! Du fond de ma douleur, j'ai senti son amour. Ce ne pouvait être que l'amour qui lui avait suggéré de ne pas me dire qu'elle n'était pas Ada, mais de me poser la question que j'avais vainement attendue d'Ada et qu'elle en revanche s'était sans aucun doute préparée à me poser dès qu'elle me reverrait.

J'ai suivi mon intuition et je n'ai pas répondu à sa question mais, après une courte hésitation, je lui ai dit :

– Je suis tout de même très heureux de m'être confié à vous, Augusta, que je crois si bonne !

Je me suis aussitôt remis en équilibre sur mon tabouret. Je ne pouvais arriver à la clarté avec Ada, mais en attendant je l'avais entièrement avec Augusta. De ce côté-là il ne saurait y avoir d'autres malentendus.

Guido nous a lancé un nouvel avertissement :

– Si vous ne voulez pas vous taire je ne vois pas l'intérêt de passer tout notre temps dans cette obscurité !

Il ne le savait pas, mais moi j'avais encore besoin d'un peu d'obscurité pour m'isoler et me permettre de me ressaisir. J'avais découvert mon erreur et le seul équilibre que j'eusse récupéré était de me tenir assis sur mon tabouret.

Je parlerais à Ada, mais en pleine lumière. J'ai eu le soupçon que ce n'était pas elle qui se tenait à ma gauche mais Alberta. Comment m'en assurer? Dans le doute, j'ai failli choir à gauche et, pour recouvrer l'équilibre, je me suis retenu au guéridon. Tout le monde s'est mis à hurler : « Il bouge, il bouge! » Mon geste involontaire pouvait m'apporter la clarté. De quel côté venait la voix d'Ada? Mais Guido, couvrant de la sienne la voix de tous les présents, a imposé ce silence que moi, bien volontiers, j'aurais imposé à lui-même. Puis d'une voix changée, suppliante (l'imbécile!) il s'est adressé à l'esprit qu'il croyait parmi nous.

– Je t'en prie, dis-nous ton nom en indiquant les lettres sur la base de notre alphabet!

Il prévoyait tout : il avait peur que l'esprit ne se souvînt de l'alphabet grec.

J'ai continué mon manège, scrutant toujours l'obscurité à la recherche d'Ada. Après une légère hésitation j'ai soulevé le guéridon sept fois de suite, si bien que la lettre G n'a pas fait un pli. L'idée m'a paru bonne et bien que la lettre U qui suivait me coutât d'innombrables mouvements, j'ai dicté sans désemparer le nom de Guido. Je ne doute pas qu'en dictant son nom je n'aie été poussé par le désir de le reléguer au royaume des ombres.

Quand le nom de Guido a été complet, Ada s'est enfin décidée à parler :

– Peut-être l'un de vos ancêtres? a-t-elle suggéré.

Elle était assise juste à côté de lui. J'aurais voulu faire bouger le guéridon de manière à le pousser entre eux et à les séparer.

– C'est possible! a fait Guido. Il croyait avoir des ancêtres, mais il ne me faisait pas peur. Sa voix était altérée par une émotion réelle qui m'a causé une joie comparable à celle de l'escrimeur quand il s'aperçoit que son adversaire est moins redoutable qu'il ne le pensait. Ce n'était pas du tout de sang-froid qu'il se livrait à ces expériences. Il était le roi des imbéciles! Toutes les faiblesses trouvaient facilement à m'apitoyer, pas la sienne.

Puis il s'est adressé à l'esprit :

– Si tu t'appelles Speier, frappe un seul coup. Sinon soulève le guéridon deux fois.

Puisqu'il lui fallait des ancêtres, j'allais lui en donner. J'ai fait bouger le guéridon une seule fois.

– Mon grand-père ! a murmuré Guido.

Puis la conversation avec l'esprit a pris un tour plus rapide. On a demandé à l'esprit s'il voulait nous apprendre les nouvelles. Il a répondu que oui. Sur les affaires ou sur d'autres choses ? Sur les affaires ! J'ai préféré cette réponse car pour la donner il me suffisait de faire bouger le guéridon une seule fois. Guido a demandé ensuite s'il s'agissait de bonnes ou de mauvaises nouvelles. Ces dernières devaient être indiquées par deux coups et moi, cette fois sans aucune hésitation, j'ai voulu soulever la table deux fois. Mais j'ai trouvé une résistance à mon deuxième mouvement; il devait se trouver quelqu'un parmi nous qui aurait souhaité que les nouvelles fussent bonnes. Ada, peut-être ? Pour produire ce deuxième mouvement, je n'ai pas hésité à me jeter sur le guéridon et j'ai gagné sans peine. Les nouvelles étaient mauvaises !

Cet affrontement a été cause que le deuxième mouvement a semblé excessif et qu'il a bousculé littéralement tous les participants.

– Bizarre ! a murmuré Guido. (Puis, prenant une décision, il a hurlé) Ça suffit ! Ça suffit ! Quelqu'un parmi nous se paie notre tête !

C'était un ordre auquel ont obtempéré immédiatement beaucoup d'entre nous et le salon a été aussitôt inondé de lumières jaillissant de plusieurs côtés. Guido m'a paru tout pâle ! Ada se leurrait sur le compte de cet individu, et moi j'allais lui ouvrir les yeux.

Dans le salon, en plus des trois jeunes filles, se trouvaient Mme Malfenti et une autre dame dont la vue produisit en moi embarras et malaise parce que je crus reconnaître la tante Rosina. Pour des raisons différentes, les deux dames reçurent de moi un salut guindé.

Le plus beau, c'est que j'étais resté assis au guéridon tout seul à côté d'Augusta. Je la compromettais à nouveau mais je ne pouvais me résoudre à me joindre à tous ceux qui faisaient cercle autour de Guido. Ce dernier apportait une certaine véhémence à expliquer qu'il avait compris que le guéridon n'était pas mû par un esprit mais par un mauvais plaisant en chair et en os. Ce n'était pas Ada mais lui-même qui avait cherché à freiner le guéridon devenu trop babillard. Il disait :

– J'ai retenu le guéridon de toutes mes forces pour l'empêcher de frapper le deuxième coup. Il a fallu vraiment que quelqu'un s'y jette dessus pour vaincre ma résistance.

Beau spiritisme que le sien : un effort puissant ne pouvait provenir d'un esprit!

J'ai regardé la pauvre Augusta pour voir l'air qu'elle pouvait bien avoir après avoir reçu une déclaration d'amour destinée à sa sœur. Elle était toute rouge mais me regardait avec un sourire de bonté. Alors seulement elle s'est décidée à me confirmer qu'elle avait entendu ma déclaration :

– Je n'en parlerai à personne! m'a-t-elle dit à voix basse.

J'ai beaucoup apprécié ses paroles.

– Merci, ai-je murmuré en lui serrant la main, une main plutôt grande mais parfaitement modelée.

J'étais disposé à devenir un grand ami d'Augusta alors qu'auparavant cette amitié n'aurait pas été possible car je ne peux pas être l'ami des personnes laides. J'éprouvais une certaine sympathie pour sa taille que j'avais enlacée et que j'avais trouvée plus fine que je ne l'eusse cru. Son visage non plus n'était pas mal. Il ne semblait défectueux qu'à cause de cet œil qui s'écartait du droit chemin. J'avais certainement exagéré cette disgrâce en jugeant qu'elle s'étendait jusqu'aux cuisses.

On avait apporté un jus de citron de Guido. Je me suis approché du groupe qui l'entourait encore et je suis tombé sur Mme Malfenti qui s'éloignait. En riant de bon cœur, je lui ai demandé :

– A-t-il besoin d'un cordial?

Elle a esquissé une légère moue de mépris :

– Pour ressembler à une femmelette? m'a-t-elle rétorqué.

Je me suis flatté d'avoir remporté une victoire décisive. Ada ne pouvait penser autrement que sa mère. Ce triomphe a entraîné aussitôt une conséquence qui ne pouvait manquer chez un homme comme moi. Toute ma rancœur a fondu et je n'ai pas voulu que Guido souffrît plus longtemps. Il est certain que le monde serait moins dur si tout le monde était comme moi.

Je me suis assis à côté de lui et, sans regarder les autres, je lui ai dit :

– Je vous prie de m'excuser, monsieur Guido. Je me suis permis une plaisanterie de mauvais goût. C'est moi qui ai fait déclarer au guéridon qu'il était mû par un esprit portant votre propre prénom. Je ne l'aurais pas fait si j'avais su que votre grand-père avait le même.

Le visage de Guido s'est éclairé, trahissant l'importance qu'avait pour lui ma révélation. Il n'a cependant pas voulu l'admettre et m'a dit :

– Ces dames sont trop bonnes! Je n'ai pas du tout besoin de réconfort. L'incident n'avait aucune importance. Je vous remercie de votre sincérité, mais j'avais déjà deviné que quelqu'un avait coiffé la perruque de mon grand-père.

Tout content, il s'est mis à rire, ajoutant :

– Vous alors, vous êtes rudement costaud! J'aurais dû deviner que ce guéridon ne pouvait être soulevé, excepté moi, que par le seul homme de notre groupe.

Je m'étais montré plus fort que lui, en effet, mais j'ai dû bientôt me sentir plus faible. Ada, qui me regardait d'un œil peu amical, est passée à l'attaque, ses belles joues enflammées de colère :

– Je déplore pour vous que vous ayez pu vous croire autorisé à une semblable plaisanterie.

J'en ai eu le souffle coupé et j'ai balbutié :

– Je voulais rire! Je croyais que personne d'entre nous ne prendrait au sérieux cette histoire de guéridon.

Il était un peu tard pour m'en prendre à Guido et même si j'avais eu l'ouïe plus fine, j'aurais perçu que jamais plus, en me mesurant à lui, je ne remporterais de victoire. Le courroux qu'Ada me témoignait était parfaitement clair. Comment n'ai-je pas compris qu'elle était déjà toute à lui? Mais moi je m'obstinais à penser qu'il ne la méritait pas, car il ne correspondait pas à l'homme qu'elle cherchait de son regard sérieux. Mme Malfenti elle-même ne l'avait-elle pas compris?

Tout le monde a pris ma défense, aggravant ma situation. Mme Malfenti a dit en riant :

– Ce n'était qu'une attrape tout à fait réussie.

Tante Rosina, son gros corps encore secoué de rire, s'extasiait :

– Magnifique!

J'ai regretté que Guido se montrât si amical. Evidemment, la seule chose qui comptait pour lui c'était d'être sûr que les nouvelles annoncées par le guéridon n'avaient pas été apportées par un esprit. Il m'a dit :

– Je parie qu'au début vous n'avez pas remué la table exprès. La première fois, vous avez dû faire bouger la table sans le vouloir, et ce n'est qu'après que vous avez dû décider de nous faire cette farce. De sorte que la séance conserverait une certaine importance, c'est-à-dire jusqu'au moment où vous avez essayé de saboter l'inspiration de votre esprit.

Ada s'est retournée et m'a regardé avec curiosité. Elle était sur le point de manifester sa dévotion excessive à Guido, en m'accordant son pardon parce que Guido m'avait octroyé le sien. Je l'en ai empêchée :

– Ma foi non! ai-je dit résolument. J'en avais assez d'attendre ces esprits qui ne voulaient pas venir et je les ai remplacés pour m'amuser.

Ada m'a tourné le dos, courbant les épaules de telle sorte que j'ai eu la sensation d'avoir essuyé une claque. Il ne fut pas jusqu'aux frisons de sa nuque qui ne semblèrent me marquer leur mépris.

Comme toujours, au lieu de regarder et d'écouter, j'étais entièrement pris par mes propres pensées. J'étais accablé de voir qu'Ada se compromettait horriblement. J'en éprouvais une douleur aussi intense que si j'apprenais la trahison de la femme qui m'appartenait. En dépit de ses manifestations d'attachement à Guido, elle pouvait encore être à moi, mais je savais que je ne lui pardonnerais jamais son comportement. Ma pensée va-t-elle trop lentement pour suivre les événements qui surviennent sans attendre que se soient effacées de mon cerveau les impressions déposées là par les événements antérieurs? Il me fallait cependant continuer sur la voie que ma résolution m'avait tracée. Véritable aveugle entêtement. J'ai voulu même fortifier ma résolution en l'officialisant une deuxième fois. Je suis allé vers Augusta qui me regardait avec anxiété, tandis qu'un sourire sincère d'encouragement passait sur son visage, et je lui ai dit d'un ton sérieux et chagrin :

– C'est peut-être la dernière fois que je viens vous voir car, ce soir-même, je vais faire ma déclaration à Ada.

– N'en faites rien, m'a-t-elle supplié. Ne vous rendez-vous pas compte de ce qui se passe? Je serais désolée que vous dussiez en souffrir.

Elle continuait à s'interposer entre Ada et moi. Je lui ai dit exprès pour la mortifier :

– Je vais parler à Ada parce que je dois le faire. Je me moque éperdument de ce qu'elle me répondra.

J'ai boité à nouveau en direction de Guido. Arrivé à sa hauteur, j'ai allumé une cigarette, tout en me regardant dans une glace. Dans cette glace, j'ai constaté que j'étais pâle comme un mort, raison de plus pour que je pâlisse davantage. J'ai lutté pour me ressaisir et paraître désinvolte. Dans ce double effort, ma main s'est emparée du verre de Guido. L'ayant pris, je n'ai pu faire autrement que de le vider.

Guido s'est mis à rire :

– Vous allez donc connaître toutes mes pensées, car moi aussi je viens de boire à ce verre.

Je n'ai jamais apprécié la saveur du citron. Celui-là a dû me paraître franchement vénéneux, d'abord parce qu'en buvant à son verre j'ai cru subir le contact odieux de Guido, ensuite parce qu'au même moment j'ai été frappé par l'expression excédée de colère qui a passé sur le visage d'Ada. Elle a appelé aussitôt la femme de chambre pour lui demander un autre citron pressé et elle a réitéré son ordre, bien que Guido ait déclaré qu'il n'avait plus soif.

Alors j'ai été pris de compassion. Elle se compromettait de plus en plus.

– Pardonnez-moi, Ada, lui ai-je dit à voix basse, la regardant comme si j'attendais d'elle quelque explication. Je ne voulais pas vous fâcher.

Puis, en proie à la crainte que mes yeux ne se mouillent de larmes, j'ai crié :

– Je me suis vaporisé les yeux de citron.

J'ai recouvert mes paupières de mon mouchoir pour n'avoir plus besoin de refouler mes larmes, et il m'a suffi de veiller à ne pas sangloter.

Je n'oublierai jamais cette obscurité à l'abri du mouchoir. J'y ai dissimulé mes larmes ainsi qu'un moment de folie. Je pensais que je lui dirais tout, qu'elle me comprendrait et m'aimerait et que je ne le lui pardonnerais jamais.

J'ai éloigné le mouchoir de mon visage, montrant à tous des yeux larmoyants et j'ai fait un effort pour rire et faire rire :

– Je parie que M. Malfenti envoie chez lui de l'acide citrique pour les jus de citron.

Sur ces entrefaites, Giovanni est arrivé. Il m'a dit bonjour avec sa grande cordialité habituelle dont j'ai tiré un réconfort de courte durée, car il a déclaré qu'il était rentré plus tôt que de coutume pour entendre Guido jouer. Il s'est interrompu pour connaître la raison des larmes qui mouillaient mes yeux. On lui a fait part de mes soupçons sur la qualité de ses jus de citron et il s'est mis à rire.

Ma lâcheté a voulu que je m'associe chaleureusement aux prières que Giovanni adressait à Guido pour le décider à jouer. La mémoire me revenait : n'étais-je pas venu ce soir-là pour entendre le violon de Guido ? Le plus curieux, c'est que je me rappelle avoir voulu amadouer Ada par mon empressement auprès de Guido. Je l'ai regardée dans l'espoir de m'unir enfin à elle la première fois de cette soirée. Comme c'est étrange ! N'avais-je pas à lui parler et à ne pas lui pardonner ?

Mais je n'ai pu voir que son dos et les frisettes dédaigneuses de sa nuque. Elle avait couru sortir le violon de son étui.

Guido a demandé qu'on lui laissât encore un quart d'heure de répit. Par la suite, au cours des longues années que j'ai passées avec lui, j'ai acquis l'expérience qu'il hésitait toujours avant d'exécuter quoi que ce soit, même les choses les plus anodines dont on le priait. Il ne faisait que ce qui lui plaisait et, avant d'accéder à une prière, il procédait à une exploration dans les cavités de son esprit afin de découvrir ce qu'on désirait en ce lieu souterrain.

Puis au cours de cette soirée mémorable vint pour moi le quart d'heure de grâce. Mon bavardage fantaisiste amusait tout le monde, Ada comprise. Il était dû certainement à mon excitation ou à des efforts suprêmes pour conjurer ce violon menaçant qui s'approchait, s'approchait... Et ce court espace de temps que les autres passèrent de façon si divertissante grâce à mes plaisanteries, moi je le revois employé à un combat exténuant.

Giovanni avait raconté que dans le tram qui le ramenait chez lui il avait assisté à une scène pénible. Une femme avait voulu descendre avant l'arrêt du véhicule, si lourdement qu'elle était tombée et s'était blessée. Giovanni décrivait avec un brin d'exagération son anxiété à la vue de cette femme qui s'apprêtait à sauter et de façon telle qu'elle ne pouvait que tomber et se faire écraser. Il était très douloureux de prévoir et de n'avoir plus le temps d'intervenir.

J'ai eu une trouvaille. J'ai raconté que j'avais découvert un remède contre les vertiges dont j'avais souffert par le passé. Quand je voyais un gymnaste exécuter ses exercices sur une barre trop haute ou si je regardais descendre d'un tram en pleine vitesse une personne trop âgée ou handicapée, je me libérais de toute anxiété en leur souhaitant un accident. Je parvenais même à formuler les paroles par lesquelles je leur souhaitais de faire la culbute et de se casser la figure. Ce souhait m'apportait une tranquillité considérable, au point que je pouvais assister sans réagir à l'éventualité de l'accident. Si mes vœux ne se réalisaient pas, je pouvais me déclarer encore plus satisfait.

Guido fut enchanté de mon idée qui lui semblait une découverte psychologique. Il l'analysait comme il le faisait de la moindre ineptie et il grillait d'impatience d'essayer le remède. Ada mêla son rire au sien et eut même pour moi un coup d'œil d'admiration. Et moi, pauvre dindon, j'en éprouvai une grande satisfaction. Mais je découvris qu'il était faux que je ne pourrais plus lui pardonner : c'était là aussi un autre grand avantage.

Nous avons beaucoup ri tous ensemble, en bons amis qui s'aiment bien. A un certain moment je me suis trouvé dans un coin du salon en tête-à-tête avec la tante Rosina. Elle parlait encore du guéridon. Bien en chair, elle était calée sur sa chaise et me parlait sans me regarder. Je trouvai le moyen de faire comprendre aux autres que je me rasais et tous me regardaient, sans se faire remarquer de la tante, dissimulant leur hilarité.

Pour les faire rire davantage, il me vint l'idée de lui dire sans transition :

– Mais vous, madame, vous allez beaucoup mieux, je vous trouve rajeunie.

Il y aurait eu de quoi rire si elle s'était fâchée. Mais au lieu de se fâcher, tante Rosina se montra très reconnaissante et me raconta qu'elle s'était, en effet, bien remise d'une récente maladie. A sa réponse, je demeurai tellement ébahi que mon visage dut prendre un aspect très comique, de sorte que l'hilarité escomptée ne manqua pas. J'obtins peu après la clé de l'énigme. J'appris qu'il ne s'agissait pas de tante Rosina mais de tante Maria, une sœur de Mme Malfenti. J'avais ainsi éliminé du salon une des sources de mon malaise mais non l'essentielle.

A un certain moment, Guido a demandé son violon. Ce soir-là il se passerait d'accompagnement au piano, en exécutant la *Chaconne*[14]. Ada lui a tendu son instrument avec un sourire de gratitude. Il ne l'a pas regardée, mais il a regardé son violon comme s'il voulait demeurer seul avec lui et avec son inspiration. Puis, allant au milieu du salon et tournant le dos au plus grand nombre de notre petit groupe, il a exécuté deux ou trois arpèges. Il s'est interrompu pour dire avec un sourire :

– J'en ai de l'aplomb ! Quand je pense que je n'ai pas touché à mon violon depuis la dernière fois que j'ai joué ici !

Charlatan ! Il tournait aussi le dos à Ada. Je l'ai regardée anxieusement pour voir si elle en souffrait. Elle appuyait son coude sur un guéridon, le menton dans la main pour écouter religieusement.

Puis, contre moi, s'est ligué le grand Bach en personne. Jamais, ni avant ni après, je n'ai pu parvenir à sentir de cette manière la beauté de cette musique née sur ces quatre cordes comme un ange de Michel-Ange dans un bloc de marbre. Seul mon état d'âme était nouveau pour moi et ce fut lui qui m'incita à regarder extatiquement le plafond, comme si je ne l'avais jamais vu. Et pourtant je luttais pour écarter loin de moi cette musique. Pas un moment je n'ai arrêté de penser : « Fais attention ! Le violon est une sirène et on peut grâce à lui faire pleurer même sans avoir le cœur d'un héros ! » J'ai été assailli par cette musique qui m'a pris. Il me semblait qu'elle racontait ma maladie et mes souffrances avec indulgence en les adoucissant d'un baume de sourires et de caresses. Mais c'était Guido qui parlait ! Et moi je cherchais à me soustraire à la musique en me disant : « Pour savoir faire ça, il suffit de disposer d'un organisme rythmique, d'une main sûre et d'aptitude à imiter ; toutes dispositions que je ne possède pas, privation qui n'est pas une infériorité mais un malheur. »

Je protestais, mais Bach avançait sans hésiter comme le destin. Il chantait avec passion les notes élevées et descendait retrouver une basse obstinée qui surprenait bien que l'oreille et le cœur l'eussent devancée : juste au moment voulu ! Une fraction de seconde trop tard, et le chant se serait évanoui sans pouvoir être rejoint par le son des notes graves ; un court instant trop tôt et la basse se serait superposée au chant, en l'étouffant. Avec Guido, rien de cela n'arrivait : son bras ne tremblait pas même en affrontant Bach, signe d'une véritable infériorité.

Aujourd'hui, alors que je rédige ces notes, j'en ai toutes les preuves. Je ne me réjouis pas d'avoir vu juste alors. Alors mon cœur était rempli d'une haine que cette musique, que j'acceptais comme mon âme même, ne put tempérer. Puis le train-train quotidien a démarré et l'a effacée sans la moindre résistance de ma part. C'est vrai ! Gare aux génies s'ils s'en apercevaient !

Guido a cessé de jouer, artistement. Personne n'a applaudi, hormis Giovanni, et pendant quelques instants le silence a régné. Puis, malheureusement, j'ai éprouvé le besoin de parler. Comment ai-je osé le faire devant des personnes qui avaient entendu mon violon ? On aurait dit que parlait mon violon qui aspirait vainement à la musique pour critiquer l'autre violon sur lequel – à quoi bon le nier ? – la musique était devenue vie, lumière et air.

– C'est très bien ! ai-je dit et cet éloge résonnait davantage comme une concession que comme un applaudissement. Pourtant je ne comprends pas pourquoi vous avez détaché des notes que Bach a voulues liées.

Moi, je connaissais la *Chaconne* note par note. Il y avait eu une époque où j'avais cru que, pour faire des progrès, je devais me lancer dans des entreprises de cette envergure et pendant de longs mois j'avais passé mon temps à ânonner, mesure après mesure, quelques pièces de Bach.

J'ai senti que dans le salon je ne recueillais que blâme et dérision. J'ai continué néanmoins à parler, luttant contre cette hostilité.

– Bach, ai-je ajouté, pratique une telle économie de moyens qu'il ne supporte pas un archet aussi sophistiqué.

J'avais probablement raison, mais il était tout aussi vrai que j'aurais été totalement incapable de sophistiquer mon archet de cette façon.

Guido a été aussi excessif que je l'avais été. Il a déclaré :

– Peut-être Bach ignorait-il la possibilité de s'exprimer de cette manière. C'est moi qui lui en fais don!

Il se targuait d'être plus fort que Bach et dans le salon personne n'a protesté, alors qu'on s'était gaussé de moi parce que je m'étais targué d'être plus fort que lui.

C'est alors qu'a eu lieu un événement d'importance minime mais qui a été décisif pour moi. D'une pièce assez éloignée du salon ont retenti les hurlements de la petite Anna. Comme on le sut par la suite, elle était tombée et avait la bouche en sang. Alors pendant quelques minutes je me suis trouvé seul à seul avec Ada car tout le monde s'était précipité hors du salon. Guido, avant de suivre les autres, avait déposé son précieux violon entre les mains d'Ada.

– Voulez-vous me confier ce violon? ai-je demandé à Ada en la voyant hésiter à suivre les autres.

Parole d'honneur, je ne m'étais pas encore aperçu que l'occasion tant désirée se présentait enfin.

Elle a hésité puis une étrange méfiance l'a emporté. Elle a pressé davantage encore l'instrument contre son sein :

– Non, a-t-elle répondu, il n'est pas nécessaire que j'accompagne les autres. Je ne pense pas qu'Anna se soit fait très mal. Elle pousse des cris pour un rien.

Elle s'est assise avec son violon et j'ai cru que dans cette position elle m'invitait à parler. Du reste, comment aurais-je pu quitter cette maison sans avoir parlé? Qu'aurais-je fait ensuite au cours de cette nuit interminable? Je me voyais me retournant dans tous les sens sur mon lit ou courant par les rues ou les tripots pour essayer de me distraire! Non! Je ne devais pas abandonner cette maison avant d'avoir obtenu la clarté et le calme.

J'ai voulu être simple et concis. Je n'avais pas le choix car le souffle me manquait. Je lui ai dit :

– Ada, je vous aime. Pourquoi ne me permettriez-vous pas d'en parler à votre père?

Elle m'a jeté un regard de stupéfaction mêlée d'épouvante. J'ai craint qu'elle ne se mît à hurler comme la gamine, dans l'autre pièce. Je savais que son œil limpide et son visage aux lignes si pures ne connaissaient rien de l'amour, mais je ne l'avais jamais vue aussi loin de l'amour qu'à ce moment-là. Elle a commencé à parler et a dit quelque chose qui devait constituer une entrée en matière. Mais moi j'exigeais la clarté : un oui ou un non! Peut-être étais-je déjà blessé par ce qui me paraissait être une hésitation. Pour faire vite et l'inciter à se décider, je lui ai dénié le droit de prendre son temps :

– Mais comment avez-vous pu ne pas vous en apercevoir? Vous au moins ne pouviez croire que je faisais la cour à Augusta?

J'ai voulu mettre de l'emphase dans mes paroles, mais dans ma précipitation, je l'ai mise à contretemps de sorte que ce malheureux nom d'Augusta a été proféré sur un ton et avec un geste dédaigneux.

C'est ainsi que j'ai tendu la perche à Ada. Elle n'a relevé que l'offense contre Augusta :

– Parce que vous vous croyez supérieur à Augusta? Je ne crois pas du tout qu'Augusta accepterait de devenir votre femme!

Puis, se rappelant aussitôt qu'elle me devait une réponse :

– En ce qui me concerne... je m'étonne qu'une idée pareille vous soit passée par la tête.

L'acrimonie du propos visait à venger Augusta. Dans mon trouble extrême, j'ai pensé que le sens de ses mots n'avaient pas eu d'autre but; si elle m'avait souffleté je crois que j'aurais hésité à en approfondir le motif. C'est pourquoi j'ai insisté encore :

– Réfléchissez, Ada. Je ne suis pas un méchant homme. Je suis riche... Je suis un peu original, mais il me sera facile de m'amender.

Ada s'est radoucie, mais elle a remis à nouveau Augusta sur le tapis.

– Réfléchissez de votre côté, Zeno. Augusta a toutes les qualités et elle vous conviendrait parfaitement. Je ne peux pas parler à sa place, mais je crois...

Une grande douceur m'est venue d'entendre Ada m'appeler pour la première fois par mon prénom. N'y avait-il pas là une invite à parler encore plus clairement?

Peut-être était-elle perdue pour moi, ou du moins n'aurait-elle pas accepté immédiatement de m'épouser mais en attendant il fallait éviter qu'elle se compromît davantage avec Guido sur le compte duquel je devais lui ouvrir les yeux. Je me suis montré circonspect et je lui ai dit d'abord que j'estimais et respectais Augusta mais qu'il n'était absolument pas question que je l'épouse. Je lui ai dit à deux reprises pour me faire comprendre clairement : « Je ne veux pas l'épouser. » Je pouvais croire de la sorte que j'avais apaisé Ada qui avait cru jusque-là que j'avais voulu offenser Augusta.

– Une sage, une aimable, une attachante jeune fille qu'Augusta; mais elle n'est pas faite pour moi.

Puis je me suis dépêché de presser les événements, car il y avait du bruit dans le vestibule et je pouvais être réduit au silence d'un moment à l'autre.

– Ada! Cet homme n'est pas fait pour vous. C'est un imbécile! Ne vous êtes-vous pas rendu compte de son anxiété aux prédictions du guéridon? Avez-vous vu sa canne? Il joue bien du violon, mais il y a aussi des singes qui savent en jouer. Chacun des mots qu'il dit révèle sa bêtise...

Après m'avoir écouté un instant avec l'air de quelqu'un qui n'en croit pas ses oreilles, elle m'a interrompu. Tenant toujours le violon et l'archet, elle s'est levée d'un bond et m'a soufflé au visage des mots blessants. J'ai fait de mon mieux pour les oublier et j'y ai réussi. Je me rappelle seulement qu'elle a commencé par me demander en levant la voix comment j'avais pu parler ainsi de Guido et d'elle-même. J'ai écarquillé les yeux d'étonnement car je croyais n'avoir parlé que de lui seul. J'ai oublié les mots qu'elle m'a lancés dans son emportement mais non son beau visage, sain et noble, rouge d'indignation et dont les lignes devenaient de plus en plus précises, comme sculptées dans le marbre par son courroux. Ce visage, je ne l'ai jamais oublié et quand je pense à mes amours et à ma jeunesse, je revois la belle figure saine et noble d'Ada au moment où elle m'élimina définitivement de son destin.

Tout le monde est revenu en même temps, entourant

Mme Malfenti qui portait dans ses bras Anna encore en pleurs. Personne ne s'est occupé de moi ou d'Ada et, sans dire au revoir à personne, je suis sorti du salon; dans le vestibule, j'ai pris mon chapeau. Comme c'était curieux! Personne pour me retenir! Alors je me suis retenu tout seul, en me rappelant que je ne devais pas manquer aux règles de la bonne éducation et qu'avant de m'en aller je devais saluer poliment tout le monde. Il est vrai que je suis convaincu d'avoir été empêché de quitter cette maison par la certitude qu'allait commencer pour moi une nuit encore pire que les cinq nuits qui l'avaient précédée. Après avoir enfin obtenu la clarté, je ressentais à présent un autre besoin : celui de la paix, la paix avec tous. Si j'avais pu chasser toute âcreté de mes relations avec Ada et tous les autres, il me serait plus facile de trouver le sommeil. Pourquoi devait-il subsister tant d'amertume? Puisque je ne pouvais même pas m'en prendre à Guido qui, sans aucun mérite, soit, mais aussi sans faute de sa part, avait reçu la préférence d'Ada!

Elle était la seule à s'être aperçu de mon petit tour dans le vestibule et, quand elle m'a vu de retour, elle m'a regardé avec anxiété. Redoutait-elle un esclandre? J'ai voulu aussitôt la rassurer. Je suis passé près d'elle en murmurant :

– Pardonnez-moi de vous avoir offensée!

Elle a pris ma main et, rassurée, l'a serrée. J'en ai éprouvé un grand réconfort. J'ai fermé un moment les yeux pour m'isoler avec mon âme et mesurer la paix qui était descendue en elle.

Mon destin a voulu que, tandis que tout le monde s'occupait encore de la fillette, je me retrouve assis à côté d'Alberta. Je ne l'avais pas vue et ne me suis aperçu de sa présence que lorsqu'elle s'est adressée à moi, me disant :

– Elle n'a rien. C'est la présence de papa qui complique tout, parce que quand il la voit pleurer, il lui offre un beau cadeau.

J'ai cessé de m'analyser parce que je me suis vu tout entier! Pour obtenir la paix je devais faire en sorte que ce salon ne me fût jamais plus interdit. J'ai regardé

Alberta ! Elle ressemblait à Ada. Elle était un peu plus jeune qu'elle et son corps portait encore les signes évidents de l'enfance. Elle avait parfois des éclats de voix et quand elle riait, souvent un peu trop fort, sa frimousse grimaçait et se colorait de rougeur. Comme c'est curieux ! A ce moment précis, je me suis souvenu d'une recommandation de mon père : « Choisis une femme jeune et tu pourras plus facilement l'éduquer à ton gré. » Ce souvenir a été décisif. J'ai regardé à nouveau Alberta. Par la pensée, je m'ingéniais à la dévêtir et j'aimais les tendres rondeurs du corps que j'imaginais.

– Ecoutez, Alberta ! J'ai une idée : avez-vous jamais pensé que vous êtes en âge de prendre un époux ?

– Je ne songe pas à me marier ! m'a-t-elle dit en souriant et en me regardant avec douceur, sans trouble ni rougeur. Je pense au contraire continuer mes études. Maman le souhaite aussi.

– Vous pourriez continuer vos études tout en étant mariée.

Il m'est venu une idée qui m'a paru très spirituelle et je l'ai exprimée aussitôt :

– Moi aussi je pense les commencer quand je serai marié.

Elle a ri de bon cœur, mais j'ai compris que je perdais mon temps car ce n'était pas avec des platitudes de ce genre qu'on pouvait conquérir une femme et la paix. Il fallait être sérieux. Avec elle ce n'était pas difficile car je me voyais accueilli tout autrement que par Ada.

J'ai été tout ce qu'il y a de plus sérieux. Pour commencer, ma future épouse devait tout savoir. D'une voix émue je lui ai dit :

– Vous savez, je viens d'adresser à Ada la demande que je viens de vous faire, la même exactement. Elle m'a repoussé avec indignation. Vous pouvez imaginer dans quel état je me trouve.

Ces mots, débités sur un ton de tristesse, ne disaient rien d'autre qu'une ultime déclaration d'amour pour Ada. Je devenais trop sérieux et, souriant, j'ai ajouté :

– Mais je crois que si vous acceptiez de m'épouser, je

serais très heureux et pour vous j'oublierais le monde entier.

Elle a pris un air très grave pour me dire :

– Ne vous fâchez pas, Zeno, car j'en serais désolée. Je nourris pour vous une grande estime. Je sais que vous êtes un brave type et puis, sans le savoir vous-même, vous savez une foule de choses, tandis que mes professeurs savent exactement tout ce qu'ils savent. Je ne veux pas me marier. Peut-être m'en repentirai-je, mais pour le moment je n'ai qu'un but : devenir écrivain. Vous voyez la confiance que je vous témoigne. Je ne l'ai dit à personne et j'espère que vous ne me trahirez pas. De mon côté, je vous promets que je ne répèterai jamais à qui que ce soit votre proposition.

– Pourquoi? Vous pouvez la raconter à tout le monde! l'ai-je interrompue avec dépit.

Je sentais à nouveau peser sur moi la menace d'être expulsé de ce salon et j'ai décidé précipitamment de parer le coup. Il n'y avait qu'un moyen pour rabattre la vanité d'Alberta d'avoir pu me repousser, et sitôt trouvé je l'ai adopté. Je lui ai dit :

– Je vais faire maintenant la même proposition à Augusta et je raconterai à tout le monde que je l'ai épousée parce que ses sœurs m'ont refusé!

Un accès d'hilarité m'avait pris à l'idée de mon comportement bizarre. Ce n'était pas dans les discours que j'employais cet esprit dont je me vantais, mais dans mes actes.

J'ai regardé autour de moi pour découvrir Augusta. Elle était sortie dans le vestibule tenant un plateau sur lequel se trouvait seulement un verre presque vide avec un calmant pour Anna. Je l'ai rattrapée en courant en l'appelant par son prénom et elle s'est adossée au mur pour m'attendre : je lui ai fait face et j'ai aussitôt attaqué :

– Ecoutez, Augusta, voulez-vous que nous nous marions tous les deux?

Ma proposition était incontestablement brutale. Moi je devais l'épouser et vice versa, et je ne lui demandais pas ce qu'elle pensait, pas plus que je ne pensais pouvoir être requis de fournir quelque explication. Ne faisais-je pas après tout ce que tout le monde voulait ?

Elle a levé sur moi des yeux dilatés par la surprise. De sorte que son œil bigle s'écartait de l'autre encore plus que d'habitude. D'abord, la blancheur veloutée de son visage a pâli encore davantage et s'est congestionnée aussitôt après. Elle a saisi de sa main droite le verre qui dansait sur le plateau. Avec un filet de voix elle m'a dit :

– C'est mal de plaisanter.

J'ai craint qu'elle ne se mît à pleurer et il m'est venu l'idée curieuse de la consoler en lui parlant de ma tristesse.

– Je ne plaisante pas, lui ai-je dit d'un air sérieux et triste. J'ai demandé d'abord sa main à Ada qui me l'a refusée avec colère, puis j'ai demandé à Alberta de m'épouser et elle, avec gentillesse, s'y est également refusée. Je ne garde rancune ni à l'une ni à l'autre. Mais je me sens vraiment très, très malheureux.

A la vue de mon chagrin, elle s'est ressaisie et s'est mise à me regarder avec compassion, tout en se concentrant pour réfléchir. Son regard ressemblait à une caresse qui ne me causait aucun plaisir.

– Je dois donc savoir et me rappeler que vous ne m'aimez pas ? m'a-t-elle demandé.

Que signifiait cette phrase sibylline ? Préludait-elle à son consentement ? Elle voulait se souvenir ! Se souvenir durant toute une existence à passer avec moi ? J'éprouvais la sensation d'être comme quelqu'un qui, pour se suicider, s'est mis dans une situation périlleuse et se voit ensuite contraint de se démener pour sauver sa peau. Ne valait-il pas mieux qu'Augusta me refusât et qu'il me fût donné de retourner sain et sauf à ce petit bureau dans lequel même ce jour-là je n'avais pas ressenti trop d'inconfort ? Je lui ai dit :

– Oui ! Je n'aime qu'Ada et je vous épouserais maintenant...

J'allais lui dire que je ne pouvais me résigner à devenir un étranger pour Ada et que pour cette raison je me contentais de devenir son beau-frère. C'eût été passer la mesure, et Augusta aurait de nouveau pu croire que je voulais me moquer d'elle. Aussi n'ai-je dit que ces mots :

– Je ne peux pas me résigner à rester seul.

Elle continuait à s'adosser au mur dont le soutien lui était peut-être nécessaire; elle paraissait cependant plus calme et ne tenait plus le plateau que d'une seule main. Etais-je hors de danger et devais-je quitter ce salon, ou pouvais-je y demeurer et devais-je me marier ? J'ai ajouté quelques mots uniquement parce que je m'impatientais à attendre les siens qui ne se décidaient pas à sortir :

– Je suis un brave type et je crois qu'il est facile de vivre avec moi sans avoir besoin du grand amour.

C'était la phrase que, au cours des interminables journées qui avaient précédé, j'avais préparée pour Ada afin de l'inciter à me dire oui sans éprouver pour moi le grand amour.

Augusta haletait légèrement et continuait à se taire. Son silence pouvait aussi signifier un refus, le refus le plus prévenant qu'on pût imaginer : je songeais presque à décamper à la recherche de mon chapeau, juste à temps pour me coiffer une tête rescapée du péril.

Mais Augusta, résolument, dans une attitude de dignité que je n'oublierai jamais, s'est redressée, abandonnant l'appui du mur. Dans ce vestibule assez étroit elle s'est rapprochée encore de moi qui me tenais devant elle. Elle m'a dit :

– Vous, Zeno, vous avez besoin d'une femme qui accepte de vivre pour vous et qui vous assiste. Je veux être cette femme.

Elle m'a tendu une main potelée que presque instinctivement j'ai baisée. Evidemment, je n'avais plus la possibilité de faire autrement. Je dois toutefois avouer qu'à ce moment-là j'ai été envahi d'un sentiment de satisfaction qui m'a dilaté le cœur. Je n'avais plus rien à résoudre parce que tout avait été résolu. C'était là la clarté véritable.

Et voilà comment je me suis fiancé. Nous fûmes aussitôt les héros de la fête. Mon succès ressemblait un peu au triomphe remporté par Guido au violon, si nombreux furent les applaudissements. Giovanni m'embrassa et me tutoya sur-le-champ. Il me dit avec les marques d'une affection débordante :

– Je me sentais ton père depuis longtemps, depuis que j'avais commencé à te donner des leçons de commerce.

Ma future belle-maman me tendit elle aussi sa joue que j'effleurai. Il m'aurait bien fallu en passer par là même si j'avais épousé Ada.

– Tu vois que j'avais tout deviné, me dit-elle avec une désinvolture incroyable, en toute impunité parce que je ne pouvais ni ne voulais protester.

Puis elle embrassa Augusta et la force de son affection fut révélée par le sanglot qui lui échappa, interrompant ses effusions joyeuses. Je ne pouvais souffrir Mme Malfenti, mais je dois dire que ce sanglot colora, au moins l'espace de cette soirée, d'une lumière sympathique ce moment important de mes fiançailles.

Alberta, radieuse, me serra la main :

– Je veux être pour vous une sœur véritable.

Et Ada :

– Bravo, Zeno! (Puis, à voix basse) Retenez bien ceci : jamais homme convaincu d'avoir fait une chose avec précipitation n'a agi plus sagement que vous.

Guido me causa une grande surprise :

– Depuis ce matin, j'avais compris que vous vouliez une des demoiselles Malfenti, mais je n'arrivais pas à deviner laquelle.

Il ne devait pas y avoir beaucoup d'intimité entre eux puisque Ada ne lui avait pas dit que je la courtisais! N'avais-je pas agi précipitamment?

Cependant, Ada ajouta peu après :

– Je voudrais que vous m'aimiez comme un frère. Que le reste soit oublié; je ne dirai jamais rien à Guido.

Je pouvais d'ailleurs être satisfait d'avoir été l'artisan d'un tel bonheur de la famille. Si je ne pouvais m'en réjouir beaucoup c'était uniquement parce que j'étais très fatigué. J'avais même sommeil. Ce qui prouvait que j'avais agi avec une grande sagesse. J'allais passer une nuit tranquille.

Au dîner, Augusta et moi avons assisté sans parler aux manifestations de joie dont nous étions le centre. Elle a éprouvé le besoin de s'excuser d'être incapable de prendre part à la conversation générale.

– Je ne peux pas parler. Pensez qu'il y a seulement une demi-heure, je ne savais pas ce qui allait m'arriver.

Elle disait toujours scrupuleusement la vérité. A mi-chemin entre le rire et les larmes, elle m'a regardé. J'ai voulu moi aussi la caresser du regard et je ne sais si j'y ai réussi.

Ce même soir à cette table, j'ai été frappé d'une autre lésion. C'est précisément Guido qui m'a infligé cette blessure.

Il semble que juste avant que je vienne participer à la séance de spiritisme, Guido avait raconté que dans la matinée j'avais déclaré que je n'étais pas un homme distrait. On lui avait alors administré tant de preuves pour lui démontrer que j'avais menti que, pour se venger (ou peut-être pour faire voir qu'il savait dessiner) il a fait deux caricatures de moi. Dans la première j'étais représenté m'appuyant, le nez en l'air, sur un parapluie fiché en terre. Dans la seconde, le parapluie s'était cassé et son manche s'était enfoncé dans mon dos. Les deux caricatures atteignaient leur objectif et faisaient rire grâce à l'expédient sommaire selon lequel l'individu censé me représenter – aucunement ressemblant en vérité mais caractérisé par une calvitie envahissante – était le même dans la première que dans la deuxième esquisse. De la sorte on pouvait mesurer sa distraction au fait que son apparence n'avait pas changé même lorsque son parapluie l'avait transpercé.

Tout le monde a ri, et même un peu trop. Cette tentative si bien réussie de me ridiculiser m'a fait souffrir atrocement. Ce fut juste à ce moment que, pour la première fois, m'a pris ma douleur lancinante. Ce soir-là, j'ai eu mal à l'avant-bras et à la hanche. Une impression cuisante de brûlure, un fourmillement dans les nerfs comme s'ils menaçaient de se racornir. J'ai porté aussitôt la main droite à ma hanche et de la gauche j'ai saisi mon avant-bras, siège du mal. Augusta m'a demandé :

– Qu'as-tu ?

J'ai répondu que je ressentais une douleur à l'endroit meurtri par ma glissade devant le café dont on avait parlé encore ce soir-là.

J'ai fait aussitôt une tentative énergique pour me débarrasser de cette douleur. Il me semblait pouvoir en guérir si je réussissais à me venger de l'injure subie. J'ai demandé un morceau de papier et un crayon et j'ai essayé de dessiner un individu écrasé par un guéridon qui s'était renversé sur lui. J'ai placé ensuite à ses côtés la canne qu'il avait laissé échapper dans la catastrophe. Personne n'a reconnu la canne si bien que mon attaque n'a pas obtenu le succès que j'en escomptais. Alors, pour que fût reconnu cet individu et qu'on sût pourquoi il se trouvait dans cette position, j'ai écrit au-dessous : « Guido Speier aux prises avec le guéridon. » On ne découvrait d'ailleurs de ce malappris coincé sous la petite table qu'une paire de jambes, qui auraient pu ressembler à celles de Guido si je ne les avais estropiées à dessein, et si mon esprit de vengeance ne s'était mêlé d'endommager ce croquis déjà si infantile.

Mes élancements douloureux m'ont fait lâcher cette ébauche. Mon pauvre organisme n'a certainement jamais été autant la proie du désir de blesser, et si j'avais eu un sabre à la main à la place de ce crayon que je ne savais pas tenir peut-être la cure eût-elle réussi.

Guido a ri sans arrière-pensée de mon dessin. Puis il a observé gentiment :

– Je n'ai pas l'impression que le guéridon m'a fait grand mal.

Il ne lui avait pas fait mal, en effet, et c'était bien là l'injustice que je déplorais.

Ada s'est emparée des deux croquis de Guido et a dit qu'elle voulait les conserver. Je l'ai regardée d'un air de reproche et elle a dû détourner son regard du mien.

J'avais le droit de la désapprouver car elle faisait croître ma souffrance.

J'ai trouvé un défenseur en Augusta. Elle a voulu que je mette sur mon dessin la date de nos fiançailles, car elle aussi voulait garder ce griffonnage. Un flux de sang chaud a inondé mes veines à ce témoignage d'affection dont pour la première fois j'ai reconnu l'importance pour moi. Mais la douleur ne m'a pas lâché pour autant et j'ai été bien obligé de penser que si j'avais reçu d'Ada cette marque d'affection, elle aurait fait couler dans mes veines un tel flux de sang que tous les détritus accumulés dans mes nerfs en auraient été balayés.

Cette douleur ne m'a plus quitté. Maintenant que je suis vieux, j'en souffre moins car, lorsqu'elle me prend, je la supporte avec indulgence : « Ah! Te voilà, preuve évidente que j'ai été jeune! » Mais au temps de ma jeunesse, ce fut une autre paire de manches. Je ne dis pas que cette douleur ait été insupportable bien qu'elle m'ait parfois empêché de me déplacer librement et qu'elle m'ait tenu éveillé des nuits entières. Mais elle a occupé une large part de ma vie. Je voulais en guérir! Pourquoi fallait-il que je porte sur mon corps, l'existence durant, les stigmates de ma défaite jusqu'à devenir littéralement le monument ambulant de la victoire de Guido? Il fallait effacer de mon corps cette douleur.

C'est de là que sont parties mes cures. Mais le ressentiment rageur qui était cause de mon mal a été bientôt oublié et il m'a même été difficile ces jours-ci de le redécouvrir. Il ne pouvait en être autrement : j'avais une grande confiance dans les médecins qui me soignaient et j'ai cru sincèrement à ce qu'ils disaient lorsqu'ils attribuaient cette douleur tantôt à mon métabolisme, tantôt à ma circulation défectueuse, puis à la tuberculose ou autres affections microbiennes, dont certaines honteuses. Je dois même avouer que chacun de ces traitements m'a apporté un soulagement temporaire si bien que chaque fois tout diagnostic semblait régulièrement confirmé. Puis, tôt ou tard, il s'avérait moins exact mais jamais entièrement faux, car chez moi aucune fonction n'est idéalement parfaite.

Il n'y a eu erreur véritable qu'une seule fois : une sorte de vétérinaire aux mains duquel je m'étais livré s'entêta longtemps à vouloir titiller mon nerf sciatique par des vésicatoires mais ma douleur a fini par lui faire la nique car, sans crier gare, elle a sauté au cours d'une séance de la hanche à la nuque, et donc très loin de toute connexion avec le nerf sciatique. Le carabin s'est fâché et m'a mis à la porte et moi je suis parti – je m'en souviens parfaitement – sans me formaliser, étonné au contraire que ma douleur dans sa nouvelle affectation n'eût subi aucun changement. Elle était aussi féroce et hors d'atteinte que lorsqu'elle me torturait la hanche. Il est étrange que chaque partie de notre corps puisse nous faire souffrir de semblable manière.

Tous les autres diagnostics cohabitent avec la plus grande exactitude dans mon corps et se disputent la première place. Certains jours, je vis pour la diathèse urique[15] et d'autres fois la diathèse rend l'âme, ou pour mieux dire guérit, devant l'inflammation des veines. J'ai des tiroirs entiers bourrés de médicaments et ce sont les seuls que je range moi-même. J'aime mes remèdes et je sais que lorsque j'abandonne l'un d'eux, tôt ou tard je lui reviendrai. Du reste, je ne crois pas avoir perdu mon temps. Qui sait depuis combien de temps et de quelle maladie je serais déjà mort si ma douleur ne les eût toutes réveillées pour m'inciter à les traiter avant qu'elles ne me harponnent ?

Je sais néanmoins, sans pouvoir en expliquer la nature intime, quand ma douleur a pris naissance pour la première fois : ce fut précisément à l'occasion de ce croquis qui était bien supérieur au mien. Une goutte d'eau qui a fait déborder le vase. Je suis sûr de n'avoir jamais ressenti cette douleur auparavant. J'ai voulu en expliquer l'origine à un médecin, mais il ne m'a pas suivi. Qui sait ? Peut-être la psychanalyse fera-t-elle la lumière sur les bouleversements subis par mon organisme en ces journées mémorables, particulièrement durant les quelques heures qui ont suivi mes fiançailles ?

En fait, ces heures-là durèrent aussi un bon bout de temps.

Lorsque la réunion de famille a pris fin, tard dans la soirée, Augusta m'a dit joyeusement :

– A demain!

J'ai été très heureux de cette invitation car elle m'a prouvé que j'avais atteint mon but, que rien n'était fini et que tout allait reprendre le lendemain. Elle m'a regardé dans les yeux et a vu que mon regard acquiesçait vivement pour lui laisser ce réconfort. J'ai descendu ces marches, que je n'ai plus comptées, en me demandant :

– Sait-on si je l'aime?

Ce doute m'a accompagné tout au long de ma vie et aujourd'hui je suis fondé à penser que de tels soupçons accompagnent tout amour véritable.

Mais lorsque j'ai eu quitté cette maison, je n'ai même pas obtenu la permission d'aller me coucher et de cueillir les fruits de l'activité que j'avais déployée au cours de cette soirée dans un long sommeil réparateur. Il faisait chaud. Guido a éprouvé l'envie de manger une glace et m'a invité à l'accompagner dans un café. Il s'est accroché amicalement à mon bras et moi, tout aussi amicalement, j'ai soutenu le sien. Il était pour moi quelqu'un de très important et je ne pouvais rien lui refuser. La grande lassitude qui aurait dû me pousser au lit me rendait plus malléable que d'habitude.

Nous nous sommes arrêtés au bistrot où le pauvre Tullio m'avait passé sa maladie et nous nous sommes assis à une table à l'écart. En chemin, ma douleur dont je ne savais encore à quel point elle devait devenir ma compagne fidèle m'avait fait beaucoup souffrir et, pendant un instant, lorsqu'il me fut permis de m'asseoir j'ai cru qu'elle s'atténuait.

La compagnie de Guido a été littéralement terrible. Il voulait tout savoir de l'histoire de mes amours avec Augusta. Soupçonnait-il que je lui mentais? Je lui ai dit impudemment que je m'étais épris d'Augusta dès ma première visite chez les Malfenti. Ma douleur me déliait la langue, comme si j'avais voulu crier plus fort qu'elle.

Mais je parlais trop et, si Guido avait été plus attentif, il se serait aperçu que je n'étais pas aussi amoureux d'Augusta que je voulais le paraître. J'ai parlé de ce que j'avais noté de plus intéressant sur la personne d'Augusta : son œil bigle qui voulait faire croire à tort que tout le reste de son corps n'était pas à sa place. Puis j'ai voulu expliquer pourquoi je ne m'étais pas déclaré plus tôt. Peut-être Guido s'étonnait-il de m'avoir vu débarquer dans cette maison au dernier moment pour me fiancer avec Augusta. J'ai hurlé :

– Les demoiselles Malfenti ont été jusqu'ici habituées au luxe et je ne pouvais savoir si mes moyens me permettraient de faire face à cette prodigalité.

J'ai déploré d'avoir mêlé Ada à ces considérations mais ce qui était dit était dit, tant il était difficile d'isoler Augusta d'Ada! J'ai continué, baissant la voix pour mieux me dominer :

– Ainsi, j'ai dû me livrer à des calculs. J'ai découvert que ma fortune n'était pas suffisante. Je me suis mis alors à étudier mes affaires pour voir à les développer...

J'ai ajouté que pour faire ces calculs il m'avait fallu beaucoup de temps et c'est pourquoi pendant cinq jours je m'étais abstenu de rendre visite aux Malfenti. Ma langue laissée à elle-même était arrivée enfin à un peu plus de franchise. Je n'étais pas loin des larmes et, en palpant ma hanche, j'ai murmuré :

– Cinq jours, c'est bien long!

Guido a dit qu'il se félicitait de découvrir en moi quelqu'un de si prévoyant.

J'ai observé sèchement :

– L'homme prévoyant n'est pas plus séduisant que l'écervelé!

Guido s'est mis à rire :

– Il est curieux que l'homme raisonnable éprouve le besoin de prendre la défense de l'étourdi!

Puis, sans autre forme de procès, il m'a raconté aussi sec qu'il était sur le point de demander la main d'Ada. M'avait-il entraîné dans un café pour me faire cet aveu ou bien, las de m'avoir écouté si longtemps, voulait-il prendre sa revanche ?

Je suis presque sûr d'avoir réussi à manifester le comble de l'étonnement et du plaisir. Mais aussitôt après j'ai trouvé le moyen de lui allonger un coup de dent :

– Je comprends maintenant pourquoi Ada a tant goûté un Bach dénaturé à ce point. Il était très bien joué, mais *les Huit interdisent de polluer* certains endroits[16].

L'estocade était rude et Guido a rougi de douleur. Il a apporté beaucoup de modération à me répondre car il manquait à présent de l'appui enthousiaste de son petit cénacle.

– Mon Dieu ! a-t-il commencé pour gagner du temps. Parfois en jouant on cède à une fantaisie. Dans ce salon, peu de personnes connaissaient Bach et je l'ai un peu modernisé à leur intention.

Il a paru satisfait d'avoir trouvé cette réponse et ma satisfaction a égalé la sienne car j'ai vu dans ses paroles une excuse et un geste de soumission. Ce fut suffisant pour m'adoucir et d'ailleurs je n'aurais voulu pour rien au monde me quereller avec le futur mari d'Ada. J'ai proclamé que j'avais rarement entendu un amateur jouer aussi bien.

Cet éloge ne lui a pas suffi. Il m'a fait observer qu'on pouvait le considérer comme un amateur simplement parce qu'il refusait de se présenter comme un professionnel.

Etait-ce tout ce qu'il voulait ? Je lui ai donné raison. Il était évident qu'on ne pouvait le considérer comme un amateur.

Ainsi nous sommes redevenus bons amis.

Puis, de but en blanc, il s'est mis à dénigrer les femmes. J'en ai été sidéré ! Maintenant que je le connais mieux, je sais qu'il se lance dans des discours à n'en plus finir sur n'importe quel sujet quand il se croit assuré de faire plaisir à quelqu'un. Moi je venais juste d'évoquer les goûts de luxe des demoiselles Malfenti et lui a remis la question sur le tapis pour en arriver à tous les défauts féminins. Ma lassitude m'empêchait de l'interrompre et je me bornais à faire sans arrêt des signes d'assentiment qui me fatiguaient déjà beaucoup. Autrement, bien sûr, j'aurais protesté. Je savais qu'il avait raison de déblatérer contre les femmes que représentaient pour moi Ada, Augusta et ma future belle-mère; mais il n'avait quant à lui aucun motif de s'en prendre à un sexe que seule Ada qui l'aimait incarnait.

Il était très cultivé et, en dépit de ma fatigue, je l'ai écouté avec admiration. Ce n'est que longtemps plus tard que je découvris qu'il avait fait siennes les théories géniales du jeune suicidaire Weininger[17]. A ce moment-là, je supportais la charge d'un deuxième Bach. J'ai même eu le soupçon qu'il voulait me guérir. Dans le cas contraire aurait-il cherché à me convaincre que la femme ne peut être ni géniale ni bonne? Mais j'ai conservé ces théories et je les ai perfectionnées grâce à la lecture de Weininger. Si elles ne vous guérissent jamais, il est utile de les avoir sur soi quand on court après les femmes.

Sa glace terminée, Guido a senti le besoin d'une bouffée d'air frais et m'a convaincu de l'accompagner dans une promenade à la périphérie de la ville.

Je me rappelle : depuis des jours et des jours on languissait en ville après quelques gouttes de pluie dont on attendait un peu de soulagement des chaleurs précoces. Je ne m'étais même pas aperçu de cette chaleur. Ce soir-là, le ciel commençait à se couvrir de légers nuages blancs, de ceux dont les gens du peuple augurent une pluie abondante, mais une grande lune montait au firmament d'un bleu limpide et profond là où il était encore dégagé, une de ces lunes aux joues rebondies que ces mêmes gens croient capables de manger les nuages. Il était en effet évident que tout ce qu'elle touchait, elle le dissolvait et le purifiait.

J'ai voulu interrompre les bavardages de Guido qui m'obligeaient à acquiescer sans arrêt, une torture, et je lui ai décrit le baiser de la lune découvert par le poète Zamboni[18] : comme il était doux, ce baiser, au cœur de la nuit à côté de l'injustice que Guido commettait en ce moment même à mes côtés. En parlant et en m'arrachant à la torpeur où m'avaient plongé ces acquiescements continus, il m'a semblé que ma douleur diminuait. C'était la récompense de ma rébellion et j'ai persévéré.

Guido a dû, l'espace d'un court instant, accepter de laisser les femmes tranquilles et de regarder vers le ciel. Mais le répit a été de courte durée. Ayant reconnu, sur mes indications, la pâle image de la femme dans la lune, il est revenu à son dada par une boutade dont il a ri bruyamment, mais tout seul, dans la rue déserte :

-- Elle en voit des choses, cette femme ! Dommage qu'étant femme elle ne puisse s'en souvenir.

Dans sa théorie (ou dans celle de Weininger) entrait l'idée que la femme ne saurait avoir du génie parce qu'elle n'a pas de mémoire.

Nous sommes arrivés au bas de la rue Belvedere. Guido a pensé qu'une petite montée nous ferait du bien. Une fois de plus j'ai cédé. En haut, avec un de ces mouvements plus appropriés aux gamins qu'aux adultes, Guido s'est allongé sur un muret de soutènement qui séparait notre rue de la rue en contrebas. En s'exposant à une chute d'une dizaine de mètres, il croyait faire montre de courage. J'ai d'abord ressenti un frisson bien normal en le voyant s'exposer à un tel danger puis je me suis rappelé le système que j'avais moi-même mis au point ce soir-là, dans un élan d'improvisation, afin de me libérer de l'angoisse et je me suis mis à souhaiter avec ferveur qu'il tombât.

Dans cette position, il continuait à décrier les femmes. Il disait maintenant qu'elles ont besoin de jouets, comme les enfants, mais de jouets très coûteux. Je me suis rappelé qu'Ada disait qu'elle raffolait des bijoux. Etait-ce donc bien d'elle qu'il parlait ? J'ai eu alors une idée effroyable ! Pourquoi ne faisais-je pas faire à Guido cette culbute de dix mètres ? N'était-il pas juste de supprimer celui qui me ravissait Ada sans l'aimer ? A ce moment-là il me semblait que quand je l'aurais tué, je pourrais courir vers Ada pour recevoir aussitôt de ses mains ma récompense. Dans cette nuit étrange emplie de lumière, j'avais cru un instant qu'elle était là, écoutant comment Guido la vilipendait.

Je dois avouer qu'alors je me suis préparé pour de bon à tuer Guido! J'étais debout près de lui qui était allongé sur le parapet, et j'ai examiné froidement comment l'empoigner pour être sûr de mon affaire. Sa tête reposait sur ses bras croisés et il m'aurait suffi de le pousser brusquement avec force pour lui faire perdre irrémédiablement l'équilibre.

Il m'est venu une autre idée et je l'ai trouvée si importante que je l'ai comparée à l'immense lune qui montait dans le ciel en le clarifiant : j'avais accepté de me fiancer avec Augusta pour être certain de bien dormir cette nuit-là. Comment aurais-je pu dormir si j'avais tué Guido? Cette idée m'a sauvé et lui avec. J'ai voulu aussitôt quitter cette position grâce à laquelle je dominais Guido et qui me tentait. J'ai fléchi les genoux en me repliant sur moi-même, parvenant presque à toucher le sol de ma tête :

– Aïe! Aïe! ai-je hurlé.

Epouvanté, Guido s'est remis d'un bond sur ses pieds pour me demander ce que j'avais. J'ai continué à geindre, plus doucement, sans répondre. Je savais pourquoi je me lamentais : parce que j'avais voulu tuer et peut-être, aussi, parce que je n'avais pas su m'y prendre. Ma souffrance et mes gémissements me disculpaient de tout. Il me semblait crier que je n'avais pas voulu tuer et il me semblait également crier que ce n'était pas de ma faute si je n'avais pu le faire. La faute était de ma maladie et de mes souffrances. En revanche, je me rappelle parfaitement qu'à ce moment précis ma douleur disparut complètement et que mes gémissements ne furent plus qu'une pure comédie à laquelle je cherchais vainement à donner un contenu en évoquant ma douleur et en la reconstruisant pour la sentir et en souffrir. Effort inutile parce qu'elle n'est revenue que lorsque bon lui a semblé.

Comme à son habitude, Guido procédait par hypothèses. Il m'a demandé entre autres choses s'il ne s'agissait pas toujours de la douleur consécutive à la chute que j'avais faite au café. L'idée m'a paru juste et j'ai acquiescé.

Il m'a pris par le bras et m'a aidé affectueusement à me relever. Puis, avec les plus grands ménagements, continuant à me soutenir, il m'a fait descendre le court raidillon de la rue. Quand nous sommes arrivés en bas, j'ai déclaré que je me sentais un peu mieux et que je pensais pouvoir marcher plus vite en m'appuyant sur lui. J'allais enfin retrouver mon lit! Et puis c'était la première grande satisfaction que cette journée m'eût accordée! Il travaillait pour moi, puisqu'il me portait presque. C'est moi qui lui imposais enfin ma volonté.

Nous avons trouvé une pharmacie encore ouverte, et il a eu l'idée de me faire prendre un calmant avant d'aller me coucher. Il a échafaudé toute une théorie sur la douleur et sur le sentiment exacerbé qu'on en a : une douleur était multipliée par l'exaspération qu'elle-même produisait. C'est de cette fiole qu'est partie ma collection de médicaments et il est juste que Guido l'ait choisie.

Pour appuyer sa théorie sur une base plus solide, il a supposé que je souffrais de cette douleur depuis plusieurs jours. J'ai regretté de ne pouvoir me ranger à son avis. Je lui ai déclaré que ce soir-là, chez les Malfenti, je n'avais ressenti aucune douleur. Au moment même où il m'était donné de réaliser enfin mon rêve, je n'avais pu évidemment souffrir de mon mal.

Afin d'être sincère, j'ai voulu véritablement me conformer à mes propres assertions sur moi-même et, à plusieurs reprises, je me suis répété en mon for intérieur : « J'aime Augusta, je n'aime pas Ada. J'aime Augusta et ce soir j'ai fini par réaliser mon rêve. »

Nous avons avancé ainsi dans la nuit lunaire. Je suppose que Guido était fatigué de me soutenir, parce que finalement il s'est tu. Il m'a proposé cependant de m'accompagner jusqu'à mon lit. J'ai refusé et lorsqu'il m'a été permis de refermer sur moi la porte de ma maison, j'ai poussé un soupir de soulagement. Mais tout laisse croire que Guido a dû exhaler le même soupir.

J'ai gravi quatre à quatre les marches de ma villa et dix minutes après j'étais couché. Je me suis endormi rapidement et dans le court moment qui précède le sommeil, je ne me suis souvenu ni d'Ada, ni d'Augusta. Je me suis rappelé seulement Guido, si attentionné et bon et patient. Je n'avais certes pas oublié que j'avais voulu le tuer, mais ça n'avait aucune importance car les choses ignorées de tous et qui n'ont pas laissé de traces n'existent pas.

Le jour suivant, je me suis rendu non sans hésitations chez ma fiancée. Je n'étais pas certain que l'engagement que j'avais pris la veille avait la validité que je croyais devoir lui attribuer. J'ai découvert qu'il l'avait aux yeux de tous. Même Augusta considérait qu'elle était fiancée, et avec beaucoup plus de certitude que je n'en avais moi-même.

Ce furent des fiançailles laborieuses. J'ai le sentiment de les avoir annulées plusieurs fois et reconstituées ensuite au prix de grands efforts et je suis surpris que personne ne s'en soit aperçu. Je n'ai jamais été certain de me diriger pour de bon vers le mariage, mais il me semble néanmoins m'être comporté en fiancé assez épris. J'embrassais en effet et pressais sur mon cœur la sœur d'Ada chaque fois que l'occasion m'en était offerte. Augusta subissait mes assauts comme elle pensait qu'une fiancée doit le faire et si je me suis conduit à peu près correctement, ce fut parce que Mme Malfenti ne nous laissa seuls que pendant de très courts instants. Ma fiancée était bien moins laide que je ne l'avais cru et au cours de mes enlacements je découvris sa plus grande beauté : ses rougeurs ! Là où je plantais un baiser naissait une flamme en mon honneur et je l'embrassais davantage avec la curiosité de l'expérimentateur qu'avec la ferveur de l'amant.

Mais le désir ne manquait pas et il allégea quelque peu cette période pénible. Gare aux lendemains si Augusta et sa mère ne m'avaient empêché de brûler cette flamme en une seule fois comme j'en éprouvais pour ma part l'envie. Comment continuer à vivre ensuite ? Mon désir put de la sorte continuer à alimenter dans l'escalier de cette maison une anxiété comparable à celle que j'éprouvais lorsque je montais à la conquête d'Ada. Les marches impaires me promettaient que ce jour-là je pourrais faire voir à Augusta ce qu'étaient les fiançailles qu'elle avait voulues. Je me voyais engagé dans une action violente qui me redonnerait le sentiment de ma liberté. Après tout je ne voulais rien d'autre, et il est bien étrange que lorsque Augusta comprit ce que je voulais, elle l'ait interprété comme signe de la fièvre d'amour.

Dans mon souvenir, cette période se divise en deux phases. Au cours de la première, Mme Malfenti nous faisait souvent surveiller par Alberta, ou elle poussait avec nous dans le salon la petite Anna accompagnée de sa jeune institutrice. Ada ne fut alors jamais associée en aucune façon à nos rencontres et je me disais en mon for intérieur que je devais m'en féliciter alors qu'en réalité je me rappelle obscurément avoir pensé une fois que j'aurais éprouvé une grande satisfaction à embrasser Augusta en présence d'Ada. Qui sait avec quelle impétuosité je l'aurais fait?

La deuxième phase débuta avec les fiançailles officielles de Guido et d'Ada, quand Mme Malfenti, en femme avisée qu'elle était, réunit les deux couples dans le même salon afin qu'ils se surveillent l'un l'autre.

A propos de la première phase, je sais qu'Augusta se déclarait parfaitement satisfaite de moi. Quand je ne lui livrais pas assaut, je devenais d'une loquacité extraordinaire. La loquacité était pour moi un besoin. Je trouvais les occasions de lui donner libre cours en m'ancrant dans la tête que, devant épouser Augusta, il me fallait entreprendre son éducation. Je l'éduquais à la douceur, à l'affection et surtout à la fidélité. Je me souviens exactement de la forme que j'imprimais à mes homélies dont certaines me sont rappelées par ma femme qui ne les a jamais oubliées. Elle m'écoutait avec une docilité attentive. Une fois, emporté par ma fougue pédagogique, j'ai proclamé que si elle découvrait que je la trompais, elle aurait le droit de me rendre la monnaie de ma pièce. Elle, indignée, a protesté que même avec mon autorisation, elle ne pourrait me tromper et que si je la trompais il ne lui resterait que la liberté de pleurer.

Je crois que de tels sermons délivrés dans un tout autre but que de parler pour ne rien dire ont eu une influence bénéfique sur mon mariage. Leur valeur est démontrée par l'effet qu'ils ont eu sur l'esprit d'Augusta. Sa fidélité n'a jamais été mise à l'épreuve car elle n'a jamais rien su de mes fredaines, mais son affection et sa mansuétude sont demeurées inaltérables au cours des nombreuses années que nous avons passées ensemble, exactement comme je l'avais incitée à me le promettre.

Lorsque vint le tour de Guido, la deuxième phase de mes fiançailles débuta par une résolution que je formulai ainsi : « Me voici bien guéri de mon amour pour Ada ! » Jusqu'alors j'avais cru que les émois d'Augusta avaient suffi à me guérir, mais on voit bien qu'on n'est jamais assez guéri ! Le souvenir de ces rougeurs me fit penser que maintenant il y en aurait de semblables entre Guido et Ada. Ces dernières devaient, beaucoup mieux que celles d'Augusta, contribuer à éteindre en moi tout désir.

Mon désir de violer Augusta appartient à la première phase. Au cours de la seconde, mon excitation tomba. Mme Malfenti avait vu très juste en organisant ainsi à moindres frais notre surveillance.

Je me rappelle qu'une fois, pour plaisanter, je me mis à embrasser Augusta. Guido à son tour, au lieu de plaisanter avec moi, se mit à embrasser Ada. Ce geste ne me parut pas très délicat de sa part, car il n'embrassait pas chastement comme je l'avais fait par égard pour eux, mais il baisait Ada sur la bouche en buvant longuement à ses lèvres. Je suis certain qu'à l'époque, je m'étais déjà habitué à considérer Ada comme une sœur, mais je n'étais pas préparé à la voir se soumettre à ces caresses. Je doute même qu'un frère aurait eu plaisir à voir sa sœur pelotée de la sorte.

C'est pourquoi, en présence de Guido, je n'ai plus jamais embrassé Augusta. Guido, par contre, essaya encore de prendre Ada dans ses bras en ma présence, mais c'est elle qui s'y refusa et il ne réitéra pas sa tentative.

Je me souviens comme dans un épais brouillard des innombrables soirées que nous avons passées ensemble. La scène, répétée à l'infini, reste gravée ainsi dans ma mémoire : nous étions tous quatre assis autour d'un délicat guéridon vénitien sur lequel brûlait une grande lampe à pétrole voilée d'un abat-jour d'étoffe verte qui diffusait son ombre tout autour excepté sur les broderies auxquelles travaillaient les jeunes filles, Ada sur un mouchoir de soie tendu seulement par ses doigts, Augusta dans le cercle rond d'un petit métier. Je vois Guido pérorer et il doit être advenu souvent que j'aie été le seul à lui donner la réplique. Je me souviens encore de la masse noire des cheveux légèrement frisottants d'Ada, rehaussée de l'effet étrange qu'y faisait naître la lumière jaune et verte.

Nous avons discuté de cette lumière et aussi de la couleur véritable de ces cheveux. Guido, qui savait également peindre, nous a expliqué comment il fallait analyser une couleur. Cet enseignement-là non plus je ne l'ai jamais oublié et aujourd'hui encore, lorsque je veux mieux comprendre la couleur d'un paysage, je cligne des yeux jusqu'à ce que s'effacent les lignes superflues et ne subsistent que les taches de lumière qui à leur tour s'assombrissent en une dominante unique qui est la couleur véritable. Cependant, quand je me livre à une analyse de ce genre, réapparaît sur ma rétine, aussitôt après les images réelles, comme en vertu d'une réaction physique personnelle, la lumière jaune et verte et les cheveux bruns sur lesquels pour la première fois j'ai éduqué mon œil.

Je ne peux oublier la soirée qu'une manifestation de jalousie d'Augusta tira de sa monotonie non plus que le manque de tact qui suivit de ma part. Pour nous faire une niche, Guido et Ada étaient allés s'asseoir de l'autre côté du salon Louis XV. C'est ainsi que j'attrapai un torticolis dans les efforts que je faisais pour leur parler. Augusta me dit :

– Laisse-les tranquilles ! Là-bas, on s'aime pour de bon.

Et moi, m'abandonnant à l'inertie de mon esprit, je lui dis à voix basse que je n'en croyais rien parce que Guido n'aimait pas les femmes. Il me semblait de la sorte avoir trouvé une excuse pour avoir voulu m'immiscer dans l'entretien des deux amants. C'était au contraire une indiscrétion scélérate que de rapporter à Augusta les divagations sur les femmes auxquelles Guido se laissait aller en ma compagnie, mais jamais en présence de quelqu'un de la famille de nos fiancées. Le souvenir de ce propos a empoisonné ma vie au cours des jours qui ont suivi alors que, je peux bien le dire, le souvenir d'avoir voulu tuer Guido ne m'avait pas dérangé une seule heure de temps. Mais tuer quelqu'un, fût-ce même traîtreusement, est une action plus virile que de nuire à un ami en rapportant ses confidences.

En ce temps-là déjà, Augusta avait tort d'être jalouse d'Ada. Ce n'est pas pour regarder Ada que je me tordais le cou de cette manière. Guido, grâce à sa prolixité, m'aidait à passer ce temps qui n'en finissait plus. Je l'aimais déjà et je passais une partie de mes journées en sa compagnie. Je m'étais également attaché à lui en raison de la gratitude que je lui portais pour l'estime en laquelle il me tenait et dont il faisait part aux autres. Même Ada m'écoutait à présent avec attention quand je parlais.

J'attendais chaque soir avec une certaine impatience le son du *gong* qui nous appelait à table. De ces dîners je garde surtout le souvenir d'une indigestion permanente. Je mangeais trop par besoin de conserver mon énergie. A table, je débordais de mots d'affection pour Augusta, au moment précis où je pouvais le faire la bouche pleine, et où ses parents pouvaient seulement éprouver l'impression fâcheuse que ma voracité bestiale mettait un frein à la force de ma passion. Ils me firent part de leur étonnement à voir qu'au retour de notre voyage de noces je n'aie pas ramené le même appétit. Ma voracité disparut quand on n'exigea plus de moi que je fisse montre d'un amour que je ne ressentais pas. Il n'est pas permis de témoigner de la froideur à sa fiancée en présence des parents au moment où l'on se prépare à convoler avec elle ! Augusta se souvient tout particulièrement des mots tendres que je lui murmurais à cette table. Entre deux bouchées, je dois en avoir inventé de magnifiques et quel n'est pas mon étonnement quand on me les rappelle parce que je ne les croirais pas sortis de ma bouche.

Mon beau-père lui-même, Giovanni le matois, s'y laissa prendre et, tant qu'il fût de ce monde, quand il voulait citer l'exemple d'une grande passion amoureuse, il rappelait celle que j'avais éprouvée pour sa fille, c'est-à-dire pour Augusta. Il en souriait béatement, en bon père qu'il était, mais son mépris pour moi croissait d'autant car, à l'entendre, l'homme qui confiait son destin aux mains d'une femme et qui surtout ne s'apercevait pas qu'il existait sous le soleil d'autres femmes à côté de son épouse n'était pas un homme véritable. On peut voir par là que je n'ai pas toujours été apprécié selon mes mérites.

Ma belle-mère, en revanche, ne crut jamais en mon amour, même quand Augusta elle-même s'y fut installée en toute quiétude.

Elle me toisa longtemps d'un air soupçonneux, inquiète pour le bonheur de sa fille préférée. C'est pour cette raison que je la crois bien capable de m'avoir entortillé au cours des journées qui me conduisirent aux fiançailles. Il était impossible d'abuser aussi cette femme qui doit avoir connu le fond de mon cœur mieux que je ne le connaissais moi-même.

Arriva enfin le jour de mon mariage. C'est ce jour-là que je fus saisi d'une dernière hésitation. J'aurais dû me trouver chez ma fiancée à huit heures du matin, alors qu'en fait à sept heures trois quarts je me prélassais encore au lit à fumer avec rage et à regarder les vitres sur lesquelles brillait, moqueur, le premier soleil que nous eussions vu de tout l'hiver. Je méditais de laisser tomber Augusta ! L'absurdité de ce mariage me devenait évidente maintenant que je ne me souciais plus de me cramponner à Ada. La terre ne cesserait pas de tourner si je ne me présentais pas au rendez-vous! Et puis Augusta avait été une fiancée aimable, mais pouvait-on savoir comment elle se comporterait au lendemain des noces? Et si elle me traitait tout de suite d'animal pour m'être laissé embobiner de cette manière?

Heureusement que Guido est arrivé et moi, au lieu de résister, je me suis excusé de mon retard, affirmant que je croyais qu'on avait fixé une heure plus tardive pour la cérémonie. Au lieu de m'attraper, Guido s'est mis à me parler de lui et à me raconter les nombreuses fois où par distraction il avait fait faux bond à ses rendez-vous. Même en matière de distraction il voulait me battre, et j'ai dû cesser de l'écouter pour parvenir à sortir de chez moi. C'est ainsi que je me suis rué vers le mariage au pas de course.

Je suis arrivé cependant avec beaucoup de retard. Personne ne s'en est pris à moi et tout le monde, sauf ma fiancée, s'est contenté des explications que Guido a fournies à ma place. Augusta était d'une telle pâleur qu'elle en avait les lèvres livides. Si je ne pouvais dire que je l'aimais, il est tout aussi certain que je n'aurais pas voulu lui faire de mal. J'ai essayé de réparer ma faute et j'ai commis la sottise d'attribuer au moins trois motifs à mon retard. J'en faisais trop et je disais avec tant de clarté les raisons que j'avais méditées, allongé sur mon lit à regarder le soleil d'hiver, que notre départ pour l'église fut retardé afin de donner à Augusta le temps de se remettre.

Devant l'autel, j'ai prononcé un oui distrait parce que, dans mon extrême compassion pour Augusta, je ruminais sur mon retard une quatrième explication qui me paraissait la meilleure de toutes.

Et voilà qu'au sortir de l'église, je m'aperçus qu'Augusta avait retrouvé ses belles couleurs. J'en éprouvai un certain dépit car mon oui n'aurait pas dû suffire à la rassurer sur mon amour. Et je me préparais à la rudoyer dans le cas où s'étant suffisamment ressaisie elle me traiterait d'animal pour m'être laissé embobiner de cette manière. Or, chez ses parents, elle profita d'un moment où nous étions seuls pour me dire en pleurant :

– Je n'oublierai jamais que, quoique ne m'aimant pas, vous m'avez épousée.

Je n'ai pas protesté car la chose était par trop évidente. Mais, rempli de compassion, je l'ai serrée dans mes bras.

Et puis il n'a jamais plus été question de cela entre Augusta et moi, car le mariage est une affaire bien plus simple que les fiançailles. Une fois unis, on ne disserte plus sur l'amour et quand on éprouve le besoin de l'exprimer, l'animalité a tôt fait de ramener le silence. Or c'est précisément cette animalité qui, trop humanisée, se complique et se dénature et fait que, lorsqu'on se penche sur une chevelure féminine, on s'efforce d'y faire naître une couleur qui n'y est pas. On ferme les yeux et la femme devient une autre femme pour redevenir elle-même quand on en a fini avec elle. Car c'est à elle que va toute notre gratitude, plus encore si l'effort a été couronné de succès. Voilà pourquoi, si je devais naître une deuxième fois (mère nature est capable de tout!), j'accepterais d'épouser Augusta, jamais de me promettre à elle.

A la gare, Ada tendit sa joue à mon baiser fraternel. Je l'ai vue seulement alors, étourdi que j'étais par toute cette foule qui était venue nous accompagner et j'ai pensé aussitôt : « C'est toi en personne qui m'a mis dans ce pétrin! » J'ai approché mes lèvres de sa joue veloutée, veillant à ne pas même l'effleurer. C'est la première satisfaction de ce jour mémorable, parce que le temps d'un éclair j'ai senti tout l'avantage que me donnait mon mariage : je m'étais vengé en refusant de profiter de la seule occasion qui m'était offerte d'embrasser Ada! Puis, tandis que le train filait, assis à côté d'Augusta, je me suis demandé si j'avais bien fait. J'ai eu peur que mon amitié avec Guido n'en fût compromise. Toutefois je souffrais encore plus à l'idée qu'Ada ne s'était peut-être pas aperçue que je n'avais pas mis de baiser sur la joue qu'elle m'avait offerte.

Elle s'en était aperçue, mais je ne l'ai su qu'au

moment où, à son tour, des mois après, elle est partie avec Guido de cette même gare. Elle a embrassé tout le monde. A moi elle n'a offert que sa main, en un geste cordial. Main que j'ai serrée avec froideur. Sa vengeance avait fait long feu car les circonstances avaient changé du tout au tout. Depuis le retour de mon voyage de noces, nous avions entretenu des rapports fraternels et on ne pouvait expliquer pourquoi elle m'avait exclu de ses baisers.

VI

L'ÉPOUSE ET L'AMANTE

IL y a eu dans ma vie plusieurs périodes où j'ai cru que j'étais en route pour la santé et le bonheur. Mais cette conviction n'a jamais été aussi forte que durant mon voyage de noces et les quelques semaines qui suivirent notre retour chez nous. Tout a commencé par une découverte qui m'a rempli de stupeur : j'aimais Augusta autant qu'elle m'aimait. Méfiant de prime abord, je vivais chaque journée dans la félicité tout en m'attendant à ce que la journée suivante fût tout autre. Mais les jours se suivaient et se ressemblaient, lumineux, inondés de la tendresse d'Augusta et – voici la surprise – de la mienne. Chaque matin je retrouvais en elle la même affection émue et chez moi la même gratitude qui, si elle n'était pas de l'amour, y ressemblait beaucoup. Qui aurait pu le prévoir lorsque j'avais claudiqué d'Ada à Alberta pour arriver jusqu'à Augusta ? Je découvrais que je n'avais pas été un gros balourd aveugle mené par les autres mais un homme des plus avisés. Devant ma stupéfaction, Augusta me disait :

– Mais pourquoi cette surprise ? Ne savais-tu pas que le mariage est fait ainsi ? Même moi qui suis tellement plus ignorante que toi, je le savais !

Je ne sais plus si c'est avant ou après l'arrivée de l'affection, toujours est-il que prit forme dans ma tête le grand espoir de ressembler à Augusta qui était la santé personnifiée. Durant nos fiançailles, je n'avais même pas entrevu cette santé, trop plongé que j'étais d'abord dans l'étude de moi-même puis dans celle d'Ada et de Guido. Dans ce mémorable salon, la lampe à pétrole n'avait jamais réussi à éclairer les cheveux peu fournis d'Augusta.

Finies les rougeurs! Quand elles disparurent avec la même simplicité que celle des couleurs de l'aurore s'évanouissant à la franche lumière du soleil, Augusta parcourut d'un pied ferme la route où l'avaient précédée ses sœurs sur cette terre, femmes qui dans la légitimité et dans la stabilité peuvent tout découvrir ou qui autrement y renoncent. Bien qu'elle me parût précaire, car fondée sur ma personne, j'aimais, j'adorais cette certitude. Devant elle je devais me comporter avec une modestie pareille à celle que j'observais devant le spiritisme. De même qu'il y avait peut-être là un fond de vérité, de même la foi en la vie n'était pas non plus injustifiée.

J'avais cependant de quoi être éberlué; de tout ce qu'elle disait, de tout ce qu'elle faisait on pouvait conclure qu'au fond elle croyait la vie éternelle. Non pas qu'elle la définît telle : elle s'étonna même que moi à qui les erreurs répugnaient bien avant que je misse à aimer les siennes, j'eusse senti le besoin de lui en rappeler la brièveté. Naturellement! Elle savait bien que tout le monde devait mourir, mais il n'empêchait que maintenant que nous étions mariés, nous resterions ensemble, ensemble, ensemble. Elle ignorait donc que lorsqu'on s'unissait dans la vie, c'était pour une période tellement courte, courte, courte, qu'on ne comprenait pas comment on en était venu à se tutoyer sans s'être connu durant une éternité et qu'on était prêt à ne plus se revoir pendant une autre éternité. J'ai compris enfin ce qu'était une santé parfaite chez l'homme quand j'ai deviné que le présent était pour elle une vérité tangible où l'on pouvait vivre à deux bien au chaud. J'ai cherché à y être admis et j'ai tenté d'y demeurer, bien résolu à ne me moquer ni de moi ni d'elle, parce que ces efforts ne pouvaient être rien d'autre que ma maladie elle-même et que je devais au moins me garder de la passer à l'être qui avait placé sa confiance en moi. Cette volonté de la protéger explique aussi pourquoi pendant quelque temps j'ai pu me conduire comme un homme bien portant.

Elle connaissait toutes les choses qui mènent au désespoir mais entre ses mains ces choses changeaient de nature. Même si la terre tournait, ce n'était pas une raison pour avoir le mal de mer! Bien au contraire! La terre tournait, mais tout le reste demeurait à la même place. Et ce reste qui ne bougeait pas avait une importance énorme : l'anneau nuptial, les bijoux, les robes, la verte, la noire, la robe pour sortir qui retournait dans son placard quand on rentrait à la maison, et la robe du soir qu'en aucun cas on n'aurait pu porter pendant la journée ni tant que je ne consentais pas moi-même à endosser mon frac. Et les heures des repas étaient observées rigoureusement de même que celles du sommeil. Elles existaient, ces heures-là, et elles se trouvaient toujours à la même place.

Le dimanche, elle se rendait à la messe et moi je l'y accompagnais quelquefois pour voir comment elle supportait l'image de la douleur et de la mort. Pour elle, cette image n'existait pas, et dans cette visite dominicale elle puisait de la sérénité pour toute la semaine. Elle se rendait aussi à la messe à l'occasion de certaines fêtes qu'elle connaissait par cœur. Rien de plus, tandis que moi, si j'avais été croyant, je me serais garanti la béatitude en demeurant à l'église toute la journée.

En ce bas monde, il y avait aussi une foule d'autorités rassurantes, notamment les autorités autrichiennes et italiennes qui veillaient à la sécurité des rues et des foyers, et j'ai toujours fait de mon mieux pour m'associer au respect qu'elle en avait. Puis venaient les médecins qui avaient fait régulièrement des études pour nous sauver quand – à Dieu ne plaise – quelque maladie nous frappait. Moi, tous les jours, je recourais à cette dernière autorité; elle, en revanche, jamais. Et c'est pourquoi je savais quel serait mon atroce destin quand la maladie de la mort me rattraperait, tandis qu'elle croyait que même alors, avec de solides appuis là-haut et ici-bas, elle ne manquerait pas d'être préservée.

J'essaie d'analyser sa santé, mais je n'y arrive pas, car je m'aperçois que, en l'analysant, je la convertis en maladie. Et tout en consignant mes observations, je commence à me demander si cette santé n'aurait pas eu besoin de soins ou de prescriptions pour guérir. Mais durant nos longues années de vie commune, il ne m'est jamais venu de tels soupçons.

Dans son petit monde à elle, quelle importance n'avais-je pas! Je devais exprimer mes désirs à propos de tout, sur le choix des aliments et des vêtements, des amis et des lectures. J'étais tenu à une grande activité qui ne m'excédait pas. Je collaborais à la construction d'une famille patriarcale et je devenais moi-même ce patriarche que j'avais haï et qui m'apparaissait maintenant comme le porte-drapeau de la santé. Il n'y a rien de commun entre le fait d'être soi-même un patriarche et le devoir de révérer quelqu'un d'autre qui s'arroge une telle dignité. J'exigeais pour moi la santé au risque de refiler ma maladie aux non-patriarches et, au cours de notre lune de miel tout particulièrement, il m'est arrivé de prendre volontiers l'attitude d'une statue équestre.

Mais déjà, au cours de notre voyage, l'imitation que je m'étais assignée n'a pas toujours été aisée. Augusta voulait tout voir, comme si elle voyageait pour s'instruire. Il ne suffisait pas que nous nous soyons rendus au palais Pitti[1]. Il fallait que nous parcourions ces salles innombrables pour nous arrêter au moins quelques instants devant chaque œuvre d'art. J'ai refusé d'aller plus loin que la première salle et je n'ai rien vu d'autre, ma seule peine étant de trouver des prétextes à ma paresse. J'ai passé une demi-journée devant les portraits des fondateurs de la dynastie des Médicis et j'ai découvert qu'ils ressemblaient à Carnegie et à Vanderbilt[2]. Fantastique! Et pourtant ils étaient de la même race que moi! Augusta ne partageait pas mon étonnement. Si elle savait très bien qui étaient les *Yankees*, elle ne savait pas encore aussi bien qui j'étais.

Sur ce point sa santé ne l'emporta pas et elle dut renoncer aux musées. Je lui racontai qu'une fois, au Louvre, je fus pris d'un tel énervement au milieu de toutes ces œuvres d'art que je faillis démolir la Vénus[3]. Augusta me dit d'un ton résigné :

– Heureusement qu'on ne rencontre des musées qu'en voyage de noces et qu'après c'est terminé!

La monotonie des musées est, en effet, absente de notre existence. Des jours passent qui pourraient bien entrer dans un cadre, mais ils débordent de bruits assourdissants et, sans parler des lignes et des couleurs, d'une lumière vraie, de celles qui brûlent et vous arrachent à l'ennui.

La santé pousse à se démener et à se créer une foule d'embêtements. Les musées refermés, commencèrent les emplettes. Augusta, sans y avoir jamais habité, connaissait notre villa mieux que moi et savait que dans telle pièce manquait une glace, dans telle autre un tapis, et que dans une troisième il y avait place pour une statuette. Elle acheta les meubles d'un salon entier et, de chacune des villes où nous résidâmes, partit au moins un colis. Moi je pensais qu'il serait plus indiqué et moins fastidieux de faire toutes ces acquisitions à Trieste, parce qu'il nous fallait nous occuper de l'expédition, de l'assurance et des formalités douanières.

– On dirait que tu ne sais pas que toute marchandise doit voyager? N'es-tu pas toi-même négociant?

Et elle éclata de rire.

Elle avait presque raison. Je rétorquai :

– On fait voyager les marchandises pour les vendre et gagner de l'argent! Si ce but vient à manquer, on les laisse tranquilles et on reste tranquille.

Mais l'esprit d'entreprise était un des traits que j'aimais le plus en elle. Dans son ingénuité, il était délicieux. Ingénuité, parfaitement, car il faut ignorer l'histoire du monde pour croire qu'on a fait une bonne affaire par l'acquisition d'un seul objet; c'est à la vente qu'on juge de l'à-propos de l'achat.

Je croyais me trouver en pleine convalescence. Mes lésions avaient perdu de leur venin. Depuis lors, j'ai observé immuablement un comportement de gaieté. C'est comme si, au cours de ces journées inoubliables, j'avais souscrit un engagement envers Augusta et ce fut le seul pacte que je n'ai violé qu'en de brefs moments lorsque l'existence a ri plus fort que moi. Nos rapports furent et sont restés des rapports souriants parce que j'ai toujours souri d'elle, que je croyais ignorante, et elle de moi à qui elle attribuait un grand savoir et beaucoup d'erreurs que – du moins s'en flattait-elle – elle parviendrait à redresser. J'ai conservé cette apparence de gaieté, même lorsque ma maladie m'a repris tout entier. Toujours gai, comme si j'avais ressenti ma douleur comme un titillement.

Au cours de notre périple en Italie, en dépit de ma santé nouvelle, les souffrances ne me furent pas épargnées. Nous étions partis sans lettres de présentation et il m'a semblé à maintes reprises que les étrangers que nous côtoyions m'étaient hostiles. C'était une peur ridicule, mais je ne pouvais la surmonter. Je pouvais être agressé, insulté et même calomnié; et dans ce cas, qui me protégerait? Cette peur provoqua en moi une véritable panique dont, par bonheur, personne, pas même Augusta, ne s'aperçut. J'achetais habituellement tous les journaux qui m'étaient proposés le long de mon trajet. M'étant arrêté un jour devant l'étalage d'un marchand de journaux, je fus pris de la crainte que l'homme pût facilement me faire arrêter comme un voleur, par haine, du fait que je ne lui avais acheté qu'un seul journal, alors que j'en avais sous le bras une pile, achetés ailleurs et pas encore ouverts. Je me dépêchai de filer, suivi d'Augusta à qui je ne révélai pas le motif de ma précipitation.

Je me liai d'amitié avec un cocher et avec un guide en compagnie desquels j'avais au moins l'assurance de ne pouvoir être accusé de larcins ridicules.

Il y avait entre le voiturier et moi quelques points manifestes de contact. Il aimait beaucoup les vins des Castelli[4] et il me raconta que ses pieds enflaient à tout bout de champ. Il se faisait alors hospitaliser et, quand il était guéri, on le laissait repartir non sans lui recommander avec insistance de renoncer au vin. Il prenait alors une résolution d'acier, comme il disait, car pour la matérialiser il l'accompagnait d'un nœud qui tordait la chaînc de métal de sa montre. Mais quand je fis sa connaissance, sa chaîne pendait sur son gilet, exempte de nœud. Je l'invitai à venir vivre avec moi à Trieste. Je lui décrivis la saveur de notre vin, si différente de celle de son vin à lui, pour lui garantir le succès de cette cure énergique. Il ne voulut rien savoir et repoussa mon offre avec un visage sur lequel se lisait déjà de la nostalgie.

Je me liai avec mon cicerone parce qu'il me semblait supérieur à ses collègues. Il n'est pas difficile de s'y connaître en histoire mieux que moi mais même Augusta, grâce à sa minutie et à son *Baedeker*[5] put contrôler l'exactitude de beaucoup de ses explications. Et comme il était jeune, il nous faisait parcourir au pas de course les allées jonchées de statues.

Quand je perdis ces deux amis, j'abandonnai Rome. Le voiturier, qui avait gagné avec moi pas mal d'argent, me fit voir comment parfois le vin s'en prenait aussi à sa tête et il nous jeta contre une construction romaine aussi solide que vénérable. Quant au cicerone il lui prit un jour fantaisie d'affirmer que les anciens Romains connaissaient parfaitement l'énergie électrique et qu'ils en faisaient grand usage. Il nous déclama même des vers latins qui devaient l'attester.

Mais c'est alors que je fus atteint d'une autre petite maladie dont je ne devais jamais plus guérir. Une bagatelle : la peur de vieillir et surtout la peur de mourir. Je la crois née d'une forme spéciale de jalousie. La vieillesse ne me faisait pas peur parce qu'elle me rapprochait de la mort. Tant que je vivrais, Augusta ne me tromperait certainement pas, mais, me figurais-je, je ne serais pas plus tôt mort et enterré qu'après avoir veillé à astiquer ma tombe et à faire dire à mon intention le nombre de messes[6] voulu, elle regarderait aussitôt autour d'elle pour voir à me donner un successeur qu'elle entourerait de ce même cocon sain et bien ordonné où je vivais comme un bienheureux. Sa belle santé ne pouvait pas trépasser du fait que moi j'étais passé de vie à trépas. J'étais tellement sûr de sa santé qu'il me semblait que seul un train entier lancé à toute vitesse eût pu la réduire en miettes.

Je me rappelle qu'un soir à Venise, nous passions en gondole dans un de ces canaux dont le silence profond est interrompu à tout moment par la lumière et le bruit d'une rue qui soudainement y débouche. Augusta, comme à l'accoutumée, observait les choses et les enregistrait soigneusement : un jardin dont la fraîcheur verte surgissait d'un soubassement sale que le flux et le reflux découvrait; un clocher qui se mirait dans l'eau trouble; une venelle longue et obscure traversée dans le fond d'un flot de clarté et de passants. Moi, au contraire, dans l'obscurité, je ne sentais que l'angoisse profonde d'être. Je lui ai parlé du temps qui fuyait et du voyage de noces qu'elle allait recommencer bientôt avec un autre. J'en étais tellement sûr qu'il me semblait lui raconter un événement qui avait déjà eu lieu. Aussi jugeai-je déplacé qu'elle se mît à pleurer pour réfuter cette histoire véridique. Peut-être m'avait-elle mal compris et croyait-elle que je lui avais attribué l'intention de me tuer. Ce n'était pas ça du tout! Pour mieux m'expliquer, je lui ai décrit comment je pourrais éventuellement mourir : mes jambes, dans lesquelles le sang circulait probablement au ralenti, se gangrèneraient et la gangrène, à force de s'étendre, toucherait un organe quelconque mais essentiel pour garder les yeux ouverts. Alors je les fermerais, et adieu patriarche! Il faudrait en faire un nouveau tirage. Elle a continué à sangloter et pour moi, dans l'énorme tristesse de ce canal, ces pleurs ont revêtu une importance considérable. Coulaient-ils de désespoir en prenant la mesure exacte de son atroce santé? Dans ce cas, c'est toute l'humanité qui aurait dû sangloter dans ces larmes. Par la suite, j'ai appris au contraire qu'elle ne savait même pas ce qu'on entendait par santé. La santé ne se regarde pas le nombril et elle ne se contemple pas non plus dans un miroir. Il n'y a que nous, les malades, qui sachions quelque chose de nous-mêmes.

Ce fut alors qu'elle m'a raconté qu'elle m'avait aimé avant même de me connaître. Elle m'avait aimé dès qu'elle avait entendu mon nom et le portrait que son père faisait de moi : Zeno Cosini, un naïf, qui ouvrait de grands yeux en entendant parler de quelque stratagème du commerce et s'efforçait de le noter dans un petit répertoire de consignes qu'ensuite il égarait. Et si je ne m'étais pas aperçu de son trouble lors de notre première rencontre, il fallait en conclure que moi aussi j'étais troublé.

Je me suis rappelé qu'à la vue d'Augusta, j'avais été distrait par sa laideur du fait que je m'attendais à trouver dans cette maison quatre beautés, autant qu'il y avait de jeunes filles à l'initiale *a*. J'apprenais à présent qu'elle m'aimait depuis très longtemps; mais qu'est-ce que ça prouvait ? Je ne lui ai pas donné la satisfaction de revenir sur mes paroles. Quand je mourrai, elle en prendrait un autre. Refoulant ses larmes, elle s'est serrée davantage contre moi et, passant aussitôt des larmes au rire, m'a demandé :

– Comment te trouverais-je un successeur? Ne vois-tu pas comme je suis laide?

Il était en effet probable qu'un délai de putréfaction tranquille me fût accordé.

Mais la peur de vieillir ne m'a plus lâché, de crainte toujours d'avoir à laisser ma femme à un autre. Cette peur ne s'est pas atténuée quand je l'ai trompée et elle n'a pas augmenté non plus à la pensée de perdre ma maîtresse de pareille façon. C'était un tout autre sentiment qui n'avait rien à faire avec le premier. Quand la peur de mourir me hantait, je me tournais vers Augusta pour qu'elle me réconfortât comme les bambins qui tendent leur menotte blessée à leur maman pour qu'elle y dépose un baiser. Elle trouvait toujours des mots nouveaux pour me redonner courage. Durant notre voyage de noces, elle me promettait que j'aurais encore trente années de jeunesse et aujourd'hui tout autant. Moi, en revanche, je savais déjà que les semaines de bonheur de ce voyage m'avaient sensiblement rapproché des affres de l'agonie. Augusta pouvait dire ce qu'elle voulait; le compte était vite fait : chaque semaine je m'en rapprochais d'une semaine.

Quand je me suis aperçu que ce même chagrin s'emparait trop souvent de moi, j'ai évité de l'affliger en lui répétant toujours les mêmes choses et, pour l'avertir de mon besoin de réconfort, il me suffisait de murmurer : « Pauvre Cosini ! » Elle savait ainsi exactement ce qui m'angoissait et accourait vite me recouvrir de sa grande affection. J'ai réussi de la sorte à me faire consoler même quand il s'est agi de tout autres douleurs. Un jour, malade de chagrin de l'avoir trompée, j'ai murmuré par inadvertance : « Pauvre Cosini ! » J'en ai retiré un grand soulagement, car même en cette circonstance son réconfort m'a été précieux.

A notre retour du voyage de noces, j'ai eu la surprise de n'avoir jamais habité une maison aussi confortable et bien chauffée. Augusta y introduisit toutes les commodités dont elle avait joui chez ses parents et bien d'autres encore qu'elle-même inventa. La salle de bains qui, depuis des temps immémoriaux, s'était toujours trouvée au fond d'un corridor à une lieue de ma chambre à coucher, vint s'accoler à la nôtre et fut pourvue de robinets plus nombreux. Ensuite, le cagibi attenant à la salle à manger fut transformé en petit salon pour le café. Rembourré de tapis et meublé de grands fauteuils de cuir, il nous accueillait chaque jour près d'une heure quand nous avions fini de déjeuner. Même mon cabinet de travail, en dépit de mes protestations, eut à subir des changements. Je craignais que ces modifications ne me le rendissent odieux et j'eus vite fait, au contraire, de m'apercevoir que maintenant seulement il était possible d'y vivre. Elle en conçut l'éclairage de sorte que je pouvais lire assis à mon bureau, étendu dans un fauteuil ou couché sur le canapé. Jusqu'à mon violon qui bénéficia d'un pupitre pourvu de sa propre lampe qui éclairait la partition sans blesser les yeux. Même là et bien malgré moi, furent disposés à mon intention les accessoires nécessaires à mes tranquilles fumeries.

Aussi maçonnait-on beaucoup chez nous et y avait-il pas mal de remue-ménage qui dérangeait notre tranquillité. Pour ma femme qui bâtissait en vue de l'éternité, ces brefs chambardements ne pouvaient avoir d'importance, mais pour moi c'était tout autre chose. Je me suis insurgé énergiquement quand lui est venu le désir d'installer dans notre jardin une petite buanderie qui n'impliquait rien moins que la construction d'un pavillon. Augusta soutenait que dans une maison la buanderie est une garantie pour la santé des *bébés*[7]. Mais pour l'heure, il n'y avait pas de *bébés* et je ne voyais pas la nécessité de me gêner pour eux avant leur arrivée. Elle, en revanche, apportait dans ma vieille maison un instinct qui venait des grands espaces et, en amour, elle ressemblait à la jeune hirondelle qui pense sans tarder à bâtir son nid.

Mais moi aussi je nageais dans l'amour et j'apportais à la maison fleurs et pierres précieuses. Ma vie a été entièrement changée par le mariage. Après avoir esquissé une vague résistance pour disposer de mes loisirs à mon gré, je me suis plié à l'emploi du temps le plus précis. A cet égard, elle a fait mon éducation de splendide façon. Une fois, je m'étais innocemment dispensé d'aller déjeuner à la maison et, après avoir grignoté quelque chose dans un *bar*, j'étais resté dehors jusqu'au soir. Quand je suis rentré, à la nuit tombée, j'ai constaté qu'Augusta n'avait pas déjeuné et qu'elle mourait de faim. Elle ne m'a fait aucun reproche mais a refusé de reconnaître qu'elle avait eu tort. Avec douceur, mais fermement, elle m'a déclaré que, sauf préavis de ma part, elle m'attendrait pour le déjeuner jusqu'à l'heure du dîner. Pas question de plaisanter ! Une autre fois, je m'étais laissé inciter par un ami à rester dehors jusqu'à deux heures du matin. J'ai trouvé Augusta qui m'attendait et qui, ayant négligé de regarnir le poêle, claquait des dents toute gelée. La légère indisposition qui en résulta pour elle fit que je n'ai jamais plus oublié cette leçon.

Un jour j'ai voulu lui faire un autre beau présent : travailler ! Elle le désirait et je pensais moi-même que le travail serait utile à ma santé. Evidemment on est moins malade quand on a peu de temps pour l'être. Je me suis rendu au travail et si je n'ai pas persisté, je n'y suis pour rien. Je ne demandai pas de participer à la conduite des affaires importantes, je demandai au contraire de pouvoir en attendant tenir le grand livre. Devant ce gros registre où les écritures étaient alignées avec la régularité des rues et des immeubles, je me suis senti plein de respect et j'ai commencé à écrire d'une main tremblante.

Le fils d'Olivi, un garçon d'une sobre élégance, portant lunettes et savant de toutes les sciences du commerce, a entrepris mon éducation et ce n'est aucunement de lui que j'ai à me plaindre. Il m'a un peu assommé avec sa science économique et sa théorie de l'offre et de la demande qui, en ce qui me concerne, me semblait plus évidente qu'il ne voulût l'admettre. Mais on observait chez lui une certaine déférence vis-à-vis du patron, et je lui en savais d'autant plus gré qu'il était fort improbable qu'il l'eût apprise de son père. Le respect de la propriété devait faire partie de la science économique. Il ne m'a jamais reproché les erreurs d'écritures que je commettais souvent; il était seulement enclin à les imputer à mon ignorance et il me fournissait des explications qui étaient en vérité superflues.

Le malheur a été qu'à force de regarder les affaires l'envie me soit venue d'en faire. J'ai fini par me représenter le grand livre, avec la plus grande netteté, comme ma propre poche et quand j'enregistrais une somme au « débit » des clients, au lieu d'un porte-plume je croyais tenir à la main le râteau du *croupier*[8] qui ramasse les mises couvrant le tapis vert.

Le jeune Olivi me donnait connaissance du courrier qui arrivait et je le lisais attentivement dans l'espoir – je dois l'avouer – au début de le comprendre mieux que les autres. Une offre des plus banales a passionné un jour mon attention. Avant même de la lire, j'avais senti vibrer en moi quelque chose que j'ai reconnu aussitôt comme l'obscur pressentiment que cette fois je me trouvais effectivement à une table de jeu. Il est difficile de décrire un tel pressentiment. Il consiste en une certaine dilatation des poumons qui fait qu'on aspire l'air avec volupté, si enfumé soit-il. Mais on ne s'arrête pas là. On sait tout de suite que lorsqu'on aura doublé la mise on se sentira encore mieux. Il est néanmoins nécessaire d'avoir de l'entraînement pour comprendre ce pressentiment. Il faut avoir quitté la table de jeu les poches vides et la rage au cœur de l'avoir laissé passer; alors vous le tenez. Et le jour où vous n'en avez pas tenu compte, il n'y a plus rien à faire car les cartes se vengent. Pourtant il est bien plus excusable de ne pas le reconnaître devant le tapis vert qu'en présence d'un tranquille registre comptable où je l'ai perçu en effet clairement, tandis qu'il criait au-dedans de moi : « Achète immédiatement ces fruits secs! »

J'en ai parlé plus calmement à Olivi, sans lui révéler naturellement la source de mon inspiration. Olivi m'a répondu qu'il ne traitait ces affaires-là que pour le compte de tiers, quand il pouvait réaliser un petit profit. Ainsi, il éliminait de mes affaires la chance de l'inspiration et il la réservait pour des tiers.

La nuit a renforcé ma conviction : j'étais habité par un pressentiment. Je respirais tellement bien que je ne pouvais dormir. Augusta a senti mon inquiétude et j'ai dû lui en dire le motif. Elle a partagé aussitôt mon inspiration et a réussi à murmurer dans son sommeil :

– N'es-tu pas le patron, en fin de compte?

Il est vrai que le matin, avant que je sorte, elle s'est montrée soucieuse!

– Tu n'as pas intérêt à froisser Olivi. Veux-tu que j'en parle à papa?

J'ai refusé sachant que Giovanni ne faisait pas grand cas de l'inspiration.

Je suis arrivé au bureau bien décidé à me battre pour mon idée et aussi à me venger de l'insomnie qui m'avait tourmenté. La bataille a duré jusqu'à midi quand expirait le délai utile pour l'acceptation de l'offre. Olivi a été inébranlable et il m'a cloué le bec par son observation coutumière :

– Vous avez peut-être l'intention de réduire les pouvoirs que m'a délégués votre défunt père?

Vexé, je suis revenu sur-le-champ à mon grand livre, bien décidé à ne plus me mêler de transactions. Mais la saveur du raisin de Corinthe demeurait attachée à mon palais et je me renseignais tous les jours au Tergesteo sur son prix. Rien d'autre ne comptait. Il monta doucement comme s'il avait besoin de prendre son élan. Puis en une seule fois il fit un bond formidable vers le haut. La récolte avait été plus que mauvaise et on venait tout juste de l'apprendre. Etrange chose que l'inspiration! Elle avait prévu non pas l'insuffisance de la récolte mais seulement l'augmentation du prix.

Les cartes se vengèrent. Mais moi je ne pouvais plus me contenter de mon grand livre et je perdis toute considération pour mes enseignants, d'autant que maintenant Olivi ne paraissait plus aussi sûr d'avoir bien fait. J'ai bien ri et j'ai raillé; ce fut ma principale activité.

Une deuxième offre s'est présentée, deux fois plus élevée que la précédente. Pour m'amadouer, Olivi m'a demandé conseil et moi, triomphalement, je lui ai répondu que je ne mangerais pas de raisin sec à ce prix. Olivi, froissé, a murmuré :

– Moi je m'en tiens à la méthode que j'ai suivie toute ma vie.

Et il est parti à la recherche d'un acheteur. Il en a trouvé un pour une quantité minime et, toujours animé des meilleures intentions, il est revenu me trouver et m'a demandé en hésitant :

– Je la couvre, cette petite vente?

Toujours aussi peu aimable, je lui ai répondu :

– Moi, je l'aurai couverte avant de la réaliser.

Le résultat fut qu'Olivi perdit l'énergie de sa propre conviction et laissa la transaction à découvert. Le raisin continua à monter et nous perdîmes tout ce qui pouvait être perdu sur cette petite quantité.

Mais Olivi s'en est pris à moi et a déclaré que j'avais joué uniquement pour mon plaisir. Le rusé compère oubliait que je lui avais conseillé de miser sur le rouge et que lui, pour me posséder, avait misé sur le noir. Notre différend était sans remède. Olivi en a appelé à mon beau-père en lui disant que ces tiraillements entre nous deux nuiraient à notre affaire et que si ma famille le désirait, lui et son fils se retireraient pour me laisser le champ libre. Mon beau-père a pris aussitôt le parti d'Olivi. Il m'a dit :

– L'incident du raisin est parfaitement instructif. Vous ne vous entendez pas l'un avec l'autre. Alors qui doit se retirer? Lequel de vous sans l'autre n'aurait réalisé qu'une bonne affaire ou lequel fait marcher la maison tout seul depuis cinquante ans?

Augusta, incitée par son père à me convaincre de ne plus m'ingérer dans mes propres affaires, s'est mise aussi de la partie.

– Visiblement, ta bonté et ton ingénuité te rendent inapte aux affaires. Reste à la maison avec moi.

Moi, de dépit, je me suis retiré sous ma tente, c'est-à-dire dans mon bureau. Pendant quelques jours j'ai feuilleté quelques livres et j'ai joué du violon, puis j'ai senti le besoin d'une activité plus sérieuse et il s'en est fallu de peu que je ne retourne à la chimie et à la jurisprudence. Pour finir, et je ne sais vraiment pourquoi, je me suis adonné à l'étude des religions. J'ai cru recommencer celle que j'avais entamée à la mort de mon père. Il ne me suffisait pas d'accompagner Augusta à la messe; je devais m'y rendre par d'autres voies, par exemple en lisant Renan ou Strauss[9], le premier avec délectation tandis que je souffrais le second comme un pensum. J'en parle ici uniquement pour souligner la force du désir qui m'attachait à Augusta. Et pourtant elle n'a pas deviné ce désir quand elle a vu entre mes mains une édition critique des Evangiles. Elle préférait l'indifférence à la science et n'a donc pas été en mesure d'apprécier le plus grand témoignage d'affection que je lui aie donné. Lorsque, interrompant sa toilette ou ses occupations domestiques, elle se montrait à la porte de mon bureau pour me dire un petit bonjour, me voyant penché sur ces textes, elle esquissait une moue :

– Tu lis toujours ce truc-là?

L'acquisition ou l'exercice de la religion dont Augusta avait besoin ne prenait pas de temps. Une génuflexion et retour instantané à la vie! Rien de plus. Chez moi, la religion revêtait un aspect bien différent. Si j'avais eu la foi véritable, je n'aurais eu qu'elle en ce monde.

Puis dans ce petit bureau si magnifiquement conçu se glissa quelquefois l'ennui ou plutôt une inquiétude car c'est précisément à ces moments-là que je pensais sentir en moi la force de travailler tout en attendant que la vie m'assignât quelque tâche. Dans cette attente, je sortais fréquemment et passais de longues heures à la Bourse ou dans quelque café.

Je vivais dans une activité simulée. Une activité des plus ennuyeuses. La visite d'un camarade d'université, revenu de son petit village de Styrie[10] pour soigner une grave maladie, fut ma Némésis, bien qu'elle n'en eût pas l'apparence. Il vint me voir après un séjour au lit d'un mois à Trieste qui n'avait servi qu'à convertir sa maladie, une néphrite, de forme aiguë en forme chronique et probablement inguérissable. Mais il croyait qu'il allait mieux et s'apprêtait joyeusement à partir, au cours du printemps, pour quelque région au climat plus clément que le nôtre dont il attendait son retour à la pleine santé. Ce séjour trop prolongé dans sa rude ville natale lui fut peut-être fatal.

Je considère la visite de cet homme si gravement atteint, mais gai et souriant, comme m'ayant été totalement néfaste; mais peut-être ai-je tort : elle ne marque qu'une date dans ma vie, par laquelle il fallait bien passer.

Mon ami, Enrico Copler, s'étonna que je n'eusse rien su de lui ni de sa maladie dont Giovanni devait être informé. Mais Giovanni, depuis que lui aussi était malade, n'avait de temps pour personne et ne m'avait rien dit bien qu'il vînt à la villa les jours de beau temps pour faire sa sieste en plein air.

Entre les deux malades, l'après-midi s'est écoulé joyeusement. Nous avons parlé de leur maladie, sujet des plus distrayants pour un malade, et pas trop affligeant pour les personnes bien portantes qui assistent à l'entretien. Il n'y a eu qu'une petite controverse, car Giovanni avait besoin du grand air qui était défendu à l'autre. La divergence s'est dissipée avec l'arrivée d'un vent léger qui a incité Giovanni à rester avec nous, bien au chaud dans notre petit salon.

Copler nous a raconté sa maladie qui ne le faisait pas souffrir mais le laissait sans forces. C'est seulement maintenant qu'il allait mieux qu'il savait à quel point il avait été malade. Il a parlé des médicaments qu'il avait dû ingurgiter et mon intérêt alors s'est accru. Son médecin lui avait conseillé un système efficace pour lui procurer un bon sommeil sans pour autant l'intoxiquer avec de véritables somnifères. Voilà le traitement dont j'avais le plus besoin!

Mon pauvre ami, apprenant mon besoin de médicaments, eut un instant l'espoir que j'étais atteint du même mal que lui et me conseilla de me faire visiter, ausculter et analyser.

Augusta partit d'un éclat de rire et dit que je n'étais rien d'autre qu'un malade imaginaire. Alors, sur le visage émacié de Copler une ombre passa qui ressemblait à un ressentiment. Aussitôt, virilement, il secoua l'état d'infériorité auquel il semblait être condamné, s'en prenant à moi avec la plus grande énergie :

– Malade imaginaire? Eh bien, moi, je préfère être un vrai malade. D'abord parce qu'un malade imaginaire est une monstruosité ridicule et ensuite parce qu'il n'existe pas de médicaments pour lui alors que la pharmacopée, comme on le voit dans mon cas, offre toujours quelque chose d'efficace pour les vrais malades que nous sommes!

Ses paroles semblaient sortir de la bouche d'un homme bien portant et moi – je veux être sincère – j'en fus affecté.

Mon beau-père abonda vigoureusement dans son sens mais ses paroles n'ont pas réussi à discréditer le malade imaginaire car elles trahissaient trop ouvertement sa jalousie de l'homme en bonne santé. Il a dit que s'il était aussi bien portant que moi, au lieu d'embêter ses proches avec ses jérémiades, il courrait à ses chères et bonnes affaires, surtout maintenant qu'il avait réussi à perdre du ventre. Il ne se rendait même pas compte qu'on ne jugeait pas son amaigrissement comme un symptôme favorable.

A l'attaque de Copler, j'avais pris réellement l'aspect d'un malade et d'un malade malmené. Augusta comprit qu'elle devait voler à mon secours. Caressant la main que j'avais abandonnée sur la table, elle dit que ma maladie ne dérangeait personne et qu'elle-même n'était pas très convaincue que je crusse être malade, parce qu'autrement elle n'éprouverait pas autant de bonheur à vivre. De sorte que Copler retourna à l'état d'infériorité auquel il était condamné. Il était entièrement seul au monde et s'il pouvait rivaliser avec moi en matière de santé, il ne pouvait m'opposer aucune affection comparable à celle qu'Augusta m'offrait. Ressentant vivement le besoin d'une infirmière, il s'est résigné plus tard à m'avouer combien il m'avait envié pour cette assistance.

La discussion s'est poursuivie les jours suivants sur un ton plus calme tandis que Giovanni dormait au jardin. Et Copler, après mûres réflexions, soutenait à présent que le malade imaginaire est un malade réel, mais de façon plus intime et plus radicale que le premier. Ses nerfs en effet en étaient réduits à simuler une maladie qui n'existait pas alors que leur fonction normale devait consister à donner l'alarme par la douleur et à inciter à parer au mal.

– C'est vrai ! disais-je. Comme pour les dents, où la douleur ne se manifeste que lorsque le nerf est à vif, et que pour guérir la dent, il faut le tuer.

L'accord a fini par se faire sur l'affirmation qu'un malade en valait bien un autre. C'est justement dans sa néphrite qu'avait fait et faisait encore défaut la sonnette d'alarme de ses nerfs, tandis que les miens en revanche étaient peut-être d'une telle sensibilité qu'ils me prévenaient de la maladie dont je mourrais quelques lustres plus tard. C'étaient donc des nerfs parfaits et ils présentaient l'unique inconvénient de ne pas me laisser beaucoup de jours heureux dans l'existence. Copler a été très heureux de me faire entrer de la sorte dans le rang des malades.

Je ne sais pourquoi, le pauvre homme avait la manie de parler des femmes, et quand nous étions seuls lui et moi nous ne parlions que de ça. Il prétendait que chez le vrai malade, du moins pour les affections que nous connaissions, le sexe s'affaiblissait, ce qui était une défense de l'organisme alors que chez le malade imaginaire qui ne souffrait que de la perturbation de nerfs trop diligents (c'était là notre diagnostic) il déployait une activité pathologique. J'ai corroboré sa théorie grâce à mon expérience propre et nous nous sommes apitoyés mutuellement sur nous-mêmes. J'ignore pourquoi je me suis refusé à lui dire que j'étais bien loin de tout dérèglement et cela depuis bien longtemps. J'aurais pu au moins lui avouer que je me considérais comme convalescent sinon entièrement remis, pour ne pas trop le blesser et parce que se déclarer bien portant quand on sait toutes les complications de notre organisme est un aveu risqué.

– Tu désires toutes les belles femmes que tu vois ? a voulu savoir encore Copler.

– Pas toutes ! ai-je murmuré pour ne pas lui dire que je n'étais pas aussi malade.

Par exemple, je ne désirais pas Ada que je rencontrais tous les soirs. Elle était vraiment pour moi la femme interdite. Ses jupes froufroutantes ne me suggéraient rien et s'il m'avait été donné de les soulever de mes propres mains, le résultat eût été identique. Heureusement que je ne l'avais pas épousée. Cette indifférence était, ou me semblait, le signe d'une santé authentique. Peut-être mon désir d'elle avait-il été si violent qu'il s'était consumé tout seul. Néanmoins mon indifférence s'étendait aussi à Alberta qui était pourtant bien mignonne dans sa robe proprette et sérieuse d'écolière. La possession d'Augusta avait-elle suffi à calmer mon désir de toute la famille Malfenti ? Pareil résultat aurait été vraiment édifiant !

Peut-être n'ai-je pas mentionné ma conduite vertueuse parce que je n'arrêtais pas de tromper Augusta par la pensée; et même alors que je m'entretenais avec Copler, je songeais avec un frémissement de désir à toutes les femmes que je négligeais pour elle. J'ai songé aux femmes que je rencontrais dans la rue et dont les organes sexuels secondaires devenaient d'autant plus importants qu'ils allaient s'amoindrissant chez l'épouse légitime comme si la possession les eût atrophiés. Le désir de l'aventure était toujours aussi vivace en moi, cette aventure qui commence par l'admiration d'une bottine, d'un gant, d'une jupe, de tout ce qui recouvre et altère les formes. Mais ce désir n'était pas encore un péché. C'est pourquoi Copler faisait mal de m'analyser. Expliquer à quelqu'un comment il est constitué revient à l'encourager à agir selon son désir. Mais Copler a fait encore pis, sa seule excuse étant qu'il ne pouvait prévoir où il allait me conduire tant par ses paroles que par ses actes.

C'est pourquoi les propos de Copler tiennent une telle place dans mes souvenirs et que, lorsque je me les remémore, ils évoquent toutes les sensations qui les ont accompagnés, avec les choses et les gens. J'avais suivi au jardin mon ami qui devait rentrer chez lui avant le coucher du soleil. De ma villa, située sur une hauteur, on embrassait la vue du port et de la mer qu'interceptent à présent des immeubles neufs. Nous nous sommes arrêtés et avons contemplé longuement la mer, crêpelée par une brise légère, qui reflétait en myriades de lumières rouges la lueur paisible du couchant. La péninsule istrienne reposait l'œil avec sa verte douceur qui pénétrait la mer de sa courbe immense comme une pénombre solide. Les môles et les jetées étaient petits et insignifiants dans leur rigidité linéaire. L'eau des bassins était-elle obscure parce qu'immobile ou simplement parce que trouble? Dans ce vaste panorama, rares étaient les eaux tranquilles par rapport à toute la rougeur mobile de la mer à laquelle, les yeux éblouis, nous n'avons pas tardé à tourner le dos. Par contraste, sur l'étroite terrasse qui s'étendait devant la maison, la nuit descendait déjà.

Devant la loggia, allongé dans un grand fauteuil, la tête coiffée d'une casquette et protégée aussi par le col remonté de sa pelisse, les jambes enveloppées dans une couverture, dormait mon beau-père. Nous nous sommes arrêtés pour le regarder. Il avait la bouche grande ouverte, la mâchoire inférieure pendante comme une chose morte et la respiration bruyante et précipitée. A chaque instant sa tête retombait sur sa poitrine et lui, sans se réveiller, la redressait. Il faisait alors un mouvement des paupières comme s'il eût voulu ouvrir les yeux pour retrouver plus facilement l'équilibre et son souffle changeait de rythme. Véritable interruption du sommeil.

C'était la première fois que la gravité de la maladie de mon beau-père m'apparaissait avec une telle évidence et j'en fus profondément désolé.

Copler me dit à voix basse :

– Il faudrait le soigner. Il souffre probablement aussi d'une néphrite. Cette torpeur n'est pas du sommeil; moi je connais cet état. Pauvre diable!

Il a terminé en me conseillant d'appeler son propre médecin.

Giovanni nous a entendus et il a ouvert les yeux. Il a semblé aussitôt moins malade et a dit en plaisantant à Copler :

– Vous prenez le risque de rester en plein air? Ça ne va pas vous faire mal?

Il croyait avoir dormi comme un roi et il ne pensait pas avoir manqué d'air face à la vaste mer qui lui en envoyait une telle profusion! Mais sa voix était faible et ses paroles entrecoupées par l'oppression. Il a dû chercher refuge à l'intérieur de la maison. Je revois ses mouvements tandis qu'il traversait la terrasse, sa couverture sous le bras, essoufflé mais souriant pour nous lancer le bonsoir.

– Tu comprends maintenant comment réagit le malade véritable? dit Copler qui n'arrivait pas à se débarrasser de cette idée fixe. Il est moribond et ne sait pas qu'il est malade.

J'ai trouvé moi aussi que le vrai malade ne souffrait pas beaucoup. Mon beau-père et Copler reposent depuis de longues années à Sant'Anna[11] mais une fois que je passais près de leur tombe, j'ai pensé que du fait qu'ils étaient couchés là depuis si longtemps sous leur dalle, la thèse que l'un d'entre eux avait défendue n'était pas infirmée.

Avant de quitter son domicile ancestral, Copler avait liquidé ses affaires et se trouvait donc comme moi à ne rien faire. Néanmoins, à peine remis sur pied, il n'a pu rester oisif et, comme il n'avait plus d'affaires à traiter, il a commencé à s'occuper de celles d'autrui qui lui semblaient beaucoup plus intéressantes. J'ai ri de lui à l'époque mais je devais plus tard apprendre, moi aussi, à savourer le goût des problèmes des autres. Il s'est consacré à des œuvres de bienfaisance et comme il avait décidé de vivre uniquement sur les revenus de son capital, il ne pouvait s'offrir le luxe d'assumer à lui seul la charge de ses libéralités. Il organisait à cette fin des collectes et mettait à contribution ses amis et connaissances. Il notait tout, en homme d'affaire expérimenté, et je pensais que ce registre était son viatique mais que moi, à sa place, condamné à une fin prématurée et dépourvu de famille comme il l'était, je l'aurais étoffé en entamant mon capital. Il était un bien portant imaginaire et ne touchait qu'aux intérêts qu'il pouvait dépenser, ne sachant se résigner à concevoir la brièveté de son futur.

Un jour, il a fondu sur moi pour me demander une centaine de couronnes en vue de procurer un modeste piano à une jeune fille sans le sou que quelques amis et moi assistions, par son entremise, grâce à une modique mensualité. Il fallait faire vite pour profiter d'une bonne occasion. Je n'ai pas réussi à me dérober, mais, quelque peu contrarié, j'ai observé que ce jour-là j'aurais fait une bonne affaire si je n'avais pas mis le nez dehors. Je suis sujet de temps à autre à des accès d'avarice.

Copler a pris l'argent et m'a quitté en abrégeant ses remerciements, mais quelques jours plus tard j'ai pu voir l'effet important, hélas ! qu'avaient eu mes paroles. Il est venu me dire que le piano avait été livré et que Mlle Carla Gerco et sa mère me priaient de me rendre chez elles pour y recevoir leurs remerciements. Copler avait peur de perdre son client et il voulait me retenir en me faisant goûter la gratitude de ses protégées. J'ai d'abord voulu me soustraire à cette corvée en l'assurant que j'étais convaincu que ses dons allaient toujours aux plus méritants, mais il a tellement insisté que j'ai dû me rendre.

– Est-elle jolie ? lui ai-je demandé en riant.

Très jolie, a-t-il répondu, mais ce n'est pas du gâteau pour nos dents.

En voilà une curieuse façon de faire comme si nous avions des dents en commun, au risque de me passer ses caries ! Il m'a décrit l'honnêteté de cette famille nécessiteuse qui avait perdu quelques années auparavant le soutien du père et qui plongée dans la misère la plus noire avait vécu dans la plus rigoureuse honnêteté.

C'était une journée maussade, avec des rafales de vent glacé. J'enviais Copler qui avait mis sa pelisse. Je devais retenir de la main mon chapeau sans quoi il se serait envolé. Mais j'étais de bonne humeur parce que j'allais recueillir la reconnaissance due à ma philanthropie. Nous avons longé à pied la Corsia Stadion[12], traversé le Jardin public. C'était un quartier où je ne passais jamais. Nous avons pénétré dans un de ces immeubles dits de rapport que nos aïeuls avaient commencé à construire quarante ans auparavant en des endroits éloignés de la ville qui aussitôt les envahit; il était d'aspect moderne mais avec plus d'allure que n'en ont les immeubles construits de nos jours dans le même but. L'escalier occupait un espace réduit et n'en était que plus raide.

Nous nous sommes arrêtés au premier étage où je suis arrivé bien avant mon compagnon qui était beaucoup plus lent. J'ai été étonné de voir que sur les trois portes qui donnaient sur ce palier, deux se distinguaient par une carte de visite de Carla Gerco fixée au bois par des punaises, tandis que la troisième portait aussi une carte de visite mais avec un nom différent. Copler m'a expliqué que les Gerco occupaient à droite une cuisine et une chambre à coucher tandis qu'à gauche une seule pièce constituait le salon où étudiait Mlle Carla. Elles avaient pu sous-louer la partie centrale de l'appartement de sorte que le loyer ne leur coûtait presque rien mais elles supportaient l'inconvénient de traverser le palier pour se rendre d'une pièce à une autre.

Nous avons frappé à la porte de gauche; la mère et la fille, prévenues de notre visite, nous attendaient dans le petit salon. Copler a fait les présentations. La mère, une personne très timide, vêtue d'une pauvre robe noire, la tête couronnée d'une blancheur de neige, m'a tenu un petit discours qu'elle devait avoir préparé : elles étaient très honorées de ma visite et me remerciaient du présent généreux que je leur avais fait. Puis elle n'a plus ouvert la bouche.

Copler assistait à la scène comme un professeur qui, lors d'un examen officiel, écoute la leçon qu'il s'est donné beaucoup de mal à inculquer. Il a repris Mme Gerco en lui disant que non seulement j'avais octroyé l'argent du piano mais que je contribuais aussi au secours mensuel qu'il collectait pour elles. Lui au moins aimait la précision.

Mlle Carla s'est levée de la chaise où elle était assise près du piano, m'a tendu la main et m'a dit ce simple mot :

– Merci!

Voilà qui était plus court. Ma charge de philanthrope commençait à me peser. Moi aussi je m'occupais donc des problèmes d'autrui comme n'importe quel malade véritable! Que devait voir en moi cette jolie jeune fille? Une personne digne de la plus grande considération mais pas un homme! Elle était vraiment mignonne! Je crois qu'elle voulait paraître plus jeune qu'elle n'était en réalité, avec sa jupe trop courte pour la mode d'alors à moins qu'elle ne portât à la maison une jupe du temps où elle n'avait pas fini de grandir. Sa tête, cependant, était celle d'une femme et, avec sa coiffure assez recherchée, celle d'une femme qui veut plaire. Ses lourdes tresses brunes étaient enroulées de façon à recouvrir les oreilles et même une partie du cou. J'étais si pénétré du sentiment de ma dignité et je craignais tellement l'œil inquisiteur de Copler que, de prime abord, je n'ai pas détaillé la jeune fille; mais à présent je la sais tout entière. Quand elle parlait, sa voix avait quelque chose de musical et, avec une affectation devenue désormais une seconde nature, elle prenait plaisir à prolonger les syllabes comme pour caresser le son qu'elle réussissait à y glisser. Aussi, si l'on ajoute certaines voyelles excessivement ouvertes même pour Trieste, son langage avait-il quelque chose d'étranger. J'ai appris par la suite que certains professeurs, pour enseigner l'émission vocale, altèrent la valeur des voyelles. C'était une tout autre prononciation que celle d'Ada. Chacun de ses accents me parlait d'amour.

Durant notre visite, Mlle Carla n'a pas cessé de sourire, imaginant peut-être ainsi porter sur son visage le stéréotype de la gratitude. C'était un sourire un peu forcé; l'expression authentique de la gratitude. Mais lorsque, au cours des heures qui suivirent, je me suis mis à rêver à Carla, j'ai imaginé que ce visage était le lieu d'un combat entre la joie et la douleur. Ayant pu vérifier que tout cela n'existait que dans mon imagination, j'ai appris une fois de plus que la beauté féminine simule des sentiments avec lesquels elle n'a rien à voir. De même que la toile sur laquelle on a peint une bataille n'a aucun sentiment héroïque.

Copler paraissait satisfait de la présentation, comme si les deux femmes étaient son œuvre. Il me les décrivait : elles étaient toujours contentes de leur sort et elles travaillaient. Il prononçait des phrases qui semblaient sortir d'un manuel scolaire et, acquiesçant machinalement, je paraissais vouloir confirmer que j'avais fait moi aussi des études et que je savais en conséquence comment devaient être faites de pauvres femmes vertueuses sans le sou.

Puis il a demandé à Carla de nous chanter quelque chose. Elle s'y est refusée, disant qu'elle était enrhumée. Elle proposait de le faire un autre jour. Ma sympathie me disait qu'elle redoutait notre appréciation mais, désireux de prolonger la séance, j'ai uni mes prières à celles de Copler. J'ai ajouté que je ne savais pas si nous nous reverrions, car j'étais très occupé. Copler, qui savait pertinemment que dans la vie je n'avais rien à faire, confirma mes dires le plus sérieusement du monde. Ainsi ai-je pu comprendre qu'il ne souhaitait pas que je revoie Carla.

Cette dernière a encore essayé de se dérober, mais Copler a insisté par un mot qui ressemblait à un ordre et elle a obéi : comme il était facile de la faire plier!

Elle a chanté « Mon drapeau ». De mon canapé

moelleux je suivais son exécution. J'éprouvais le désir ardent de pouvoir l'admirer. Comme il eût été beau de la voir drapée de dispositions géniales ! J'ai eu au contraire la surprise d'entendre que, lorsqu'elle chantait, sa voix perdait toute musicalité. L'effort l'altérait. Carla ne savait même pas jouer et son accompagnement indigent rendait encore plus pauvre cette pauvre musique. Je me suis rappelé que je me trouvais en présence d'une élève et j'ai analysé le volume de sa voix pour voir s'il était suffisant. Il surabondait ! Dans cette pièce exiguë il me déchirait le tympan. J'ai pensé, pour pouvoir continuer à l'encourager, que seule la méthode était défectueuse.

Quand elle a eu fini, je me suis associé aux louanges pléthoriques et verbeuses de Copler. Il disait :

– Imagine un peu l'effet que ferait cette voix avec l'accompagnement d'un bon orchestre.

Sur ce point, j'étais d'accord. Pour couvrir cette voix il fallait un puissant orchestre au grand complet. J'ai dit avec franchise que je me réservais de réentendre Mlle Carla d'ici quelques mois et que je me prononcerais alors sur la valeur de la méthode. J'ai ajouté avec moins de franchise que cette voix méritait certainement une méthode de premier ordre. Puis pour atténuer ce qu'il pouvait y avoir eu de fâcheux dans mes observations précédentes, j'ai philosophé sur la nécessité pour une voix exceptionnelle de trouver un enseignement exceptionnel. Ce superlatif a fait passer le reste. Mais, une fois seul, je me suis étonné d'avoir senti le besoin d'être franc avec Carla. En serais-je par hasard tombé amoureux ? Impossible puisque je ne l'avais pas encore bien vue !

Dans la cage d'escalier à l'odeur douteuse, Copler m'a dit encore :

– Sa voix est trop puissante. C'est une voix pour le théâtre.

Il ne savait pas qu'à cette heure moi j'en savais un peu plus que lui sur la question : cette voix appartenait à un espace exigu où quelqu'un pouvait goûter une impression de naïveté esthétique et rêver d'y apporter l'art véritable, c'est-à-dire la vie et la douleur.

En me quittant, Copler m'a dit qu'il me préviendrait quand le professeur de Carla donnerait un concert public. Il s'agissait d'un professeur de musique peu connu encore en ville, mais destiné sûrement à devenir plus tard une grande célébrité. Copler en était convaincu bien que le maître fût passablement âgé. On eût dit, maintenant que Copler l'avait découvert, que la renommée n'allait pas tarder à le visiter. Deux chimères de condamnés à mort : celle du maestro et celle de Copler.

Le plus curieux, c'est que j'ai senti le besoin de raconter cette visite à Augusta. On pourrait croire que ce fut par prudence, étant donné que Copler était au courant et que je n'avais pas envie de le prier de n'en rien dire. Pourtant, j'en ai parlé trop volontiers. Ce fut un épanchement en règle. Jusqu'alors je n'avais rien d'autre à me reprocher que de m'être tu avec Augusta. Voilà qu'à présent j'étais entièrement innocent.

Elle m'a demandé de lui parler un peu de la jeune fille, de lui dire si elle était belle. Il m'a été difficile de répondre : j'ai dit que la pauvre enfant m'avait paru très anémique. Puis il m'est venu une bonne idée :

– Et si tu t'occupais un peu d'elle ?

Augusta avait tant à faire dans sa nouvelle demeure et dans sa propre famille où on lui demandait d'aider à assister son père malade qu'elle n'y a plus pensé. Il n'empêche que mon idée avait été joliment heureuse.

Copler apprit cependant d'Augusta que je lui avais raconté notre visite et cette confession fit qu'il oublia les dispositions qu'il avait attribuées au malade imaginaire. Il me dit en présence d'Augusta que nous ferions sous peu une autre visite à Carla. Lui aussi m'accordait une confiance totale.

Dans mon désœuvrement, je fus pris sans tarder du désir de revoir Carla. Je n'osais pas courir chez elle de peur que Copler ne l'apprît. Les prétextes pourtant ne manquaient pas. Je pouvais aller la voir pour lui apporter une obole plus importante à l'insu de Copler, mais il me fallait d'abord être sûr qu'elle accepterait, dans son propre intérêt, de se taire. Et si ce malade réel était déjà l'amant de la jeune fille ? Moi, sur les malades réels je ne savais rien de rien et il pouvait très bien se faire qu'ils eussent pour habitude de se faire payer leurs propres maîtresses par les autres. Dans ce cas, une seule visite à Carla suffirait à me compromettre. Je ne pouvais risquer la paix de ma petite famille; ou mieux, je ne l'ai pas risquée tant que mon désir de Carla n'a pas grandi.

Mais il ne fit que grandir. Je connaissais déjà la belle enfant bien mieux que lorsque je lui avais serré la main pour prendre congé d'elle. Je me rappelais particulièrement la tresse noire qui couvrait un cou de neige et qu'il faudrait repousser du nez pour parvenir à poser des baisers sur la peau qu'elle cachait. Pour stimuler mon désir il me suffisait de me rappeler que sur un certain palier, dans l'enceinte de ma propre petite cité, était exposée une jeune fille dont on pouvait prendre possession grâce à une courte promenade ! Le combat contre le péché devenait en l'occurrence extrêmement difficile car il fallait le recommencer à chaque heure de la journée et tous les jours, en fait tant que la belle enfant demeurerait exposée sur ce palier. Les voyelles allongées de Carla m'appelaient et c'est peut-être leur son qui m'avait mis dans la tête que lorsque cèderait ma propre résistance, tout autre résistance disparaîtrait. Toutefois, il ne m'échappait pas que je pouvais me tromper et que Copler voyait la situation avec plus de lucidité; ce doute contribuait aussi à miner ma résistance étant donné que la pauvre Augusta ne pourrait échapper à ma trahison qu'en vertu de Carla elle-même qui en tant que femme avait la résistance pour mission.

Pourquoi mon désir aurait-il dû susciter mon remords alors qu'il semblait être venu à point nommé pour me sortir du marasme qui en ce temps-là me menaçait ? Il ne gâtait aucunement mes rapports avec Augusta, bien au contraire. Je lui disais à présent non seulement les mots de l'affection que j'avais toujours éprouvée pour elle, mais encore ceux qui dans mon cœur prenaient forme pour l'autre. Il n'y a jamais eu en moi une telle profusion de tendresse et Augusta en paraissait enchantée. J'étais toujours ponctuel dans ce que j'appelais l'emploi du temps familial. Ma conscience est si chatouilleuse que, par mes manières, je me préparais déjà à atténuer mes remords à venir.

Qu'il y ait eu résistance de ma part est attesté par le fait que je suis arrivé à Carla non pas d'un seul élan mais par étapes. Pour commencer, plusieurs jours durant, j'ai poussé seulement une pointe jusqu'au Jardin public et dans l'intention sincère de profiter de ce vert si pur qui jaillit au sein de la grisaille des rues et des maisons qui l'entourent. Puis, n'ayant pas eu la chance de tomber fortuitement sur la jeune fille comme je l'espérais, j'ai traversé le Jardin pour arriver juste sous sa fenêtre. J'ai fait ce trajet avec une émotion si intense qu'elle me rappelait l'émoi délicieux de l'adolescent qui aborde pour la première fois au rivage de l'amour. Il y avait si longtemps que j'avais perdu non pas l'amour mais les chemins qui y conduisent.

Je venais de sortir du Jardin public quand je me suis trouvé nez à nez avec ma belle-mère. J'ai été d'abord pris de curiosité : le matin, de si bonne heure, dans ce quartier si éloigné du nôtre? Peut-être trahissait-elle aussi son mari malade. J'ai su par la suite que je l'avais mal jugée car elle était allée voir son médecin pour en obtenir quelque réconfort après une mauvaise nuit passée au chevet de Giovanni. Le docteur l'avait rassurée mais elle était si agitée qu'elle m'a quitté aussitôt oubliant même de me manifester son étonnement de m'avoir rencontré en un lieu que seuls les vieillards, les enfants et leurs nourrices fréquentent.

Mais il m'a suffi de l'avoir vue pour me sentir saisi au collet par ma famille. Je me suis dirigé vers ma maison d'un pas résolu dont je rythmais la cadence en murmurant : « Jamais plus! Jamais plus! » A ce moment-là, le chagrin de la mère d'Augusta m'avait ramené au sentiment de mes devoirs. Ce fut une leçon salutaire qui suffit alors pour toute la journée.

Augusta n'était pas à la maison car elle avait couru chez son père auprès duquel elle avait passé toute la matinée. Au repas elle me dit qu'étant donné l'état de Giovanni, on avait discuté de l'éventualité de différer le mariage d'Ada qui avait été fixé à la semaine suivante. Giovanni allait déjà mieux. D'après elle, la veille au dîner il n'avait pu résister à la tentation de trop manger et l'indigestion avait fait croire à une aggravation de son mal.

Je lui ai raconté que j'avais appris ces nouvelles de sa mère que j'avais rencontrée le matin au Jardin public. Augusta non plus ne s'est pas étonnée de ma promenade, mais j'ai senti le besoin de lui fournir des explications. Je lui ai raconté que depuis quelque temps je préférais le Jardin public comme but des mes promenades. Je m'asseyais sur un banc et je lisais mon journal. Puis j'ai ajouté :

– Cette andouille d'Olivi ! Il m'a joué un sacré tour en me condamnant à me tourner les pouces !

Augusta, qui sur ce point se sentait un peu coupable, a pris un air affligé et contrit. Alors je me suis senti très bien. Il est vrai que j'étais tout à fait pur car j'ai passé l'après-midi entier dans mon bureau au point de croire que j'étais définitivement guéri de tout désir pervers. Je lisais maintenant l'Apocalypse.

Et bien qu'il fût désormais établi que j'avais l'autorisation de me rendre tous les matins au Jardin public, ma résistance à la tentation s'était tellement renforcée que lorsque je suis sorti le lendemain, je me suis dirigé exactement du côté opposé. J'allais chercher une partition pour essayer une nouvelle méthode de violon qu'on m'avait conseillée. Avant de sortir, j'ai appris que mon beau-père avait passé une nuit excellente et qu'il viendrait chez nous en voiture après le déjeuner. J'en étais heureux, autant pour mon beau-père que pour Guido qui pourrait enfin se marier. Tout allait pour le mieux : j'étais sauf et mon beau-père également.

Mais ce fut justement la musique qui me reconduisit à Carla ! Parmi les méthodes que le vendeur me présentait, il s'en trouvait une par erreur qui ne concernait pas le violon mais le chant. J'en lus soigneusement le titre : « Traité complet de l'Art du Chant (Ecole de Garcia) d'E. Garcia (fils) avec un Rapport sur le Mémoire concernant la voix humaine présenté à l'Académie des Sciences de Paris[13] ».

J'ai laissé le vendeur s'occuper d'autres clients et je me suis mis à lire cette brochure. Je dois dire que je la lisais avec une excitation peut-être bien proche de celle dans laquelle un adolescent dissolu aborde des ouvrages pornographiques. Eurêka! La voie pour parvenir jusqu'à Carla s'ouvrait devant moi; la jeune fille avait besoin de cet ouvrage et il eût été criminel de ma part de ne pas le lui faire connaître. Je l'ai acheté et je suis retourné chez moi.

L'ouvrage de Garcia se composait de deux parties : une partie théorique et une partie pratique. J'en ai poursuivi la lecture en vue de bien le comprendre pour être en mesure de donner des conseils à Carla quand j'irais chez elle avec Copler. En attendant, je gagnerais du temps tout en continuant à dormir d'un sommeil tranquille sans cesser de me récréer à la pensée de l'aventure qui m'attendait.

Mais c'est Augusta en personne qui a précipité les événements. Elle a interrompu ma lecture en venant me dire bonjour, elle s'est penchée sur moi et a effleuré ma joue de ses lèvres. Elle m'a demandé ce que je faisais et en apprenant qu'il s'agissait d'une nouvelle méthode, elle a pensé que c'était pour le violon et ne s'est pas donné la peine de regarder mieux. Après son départ, je me suis exagéré le danger que j'avais couru et j'ai pensé que, pour ma sécurité, il était préférable de ne pas garder ce livre dans mon bureau. Il fallait le porter tout de suite à son destin et c'est ainsi que je me suis vu contraint de foncer droit sur mon aventure. J'avais trouvé quelque chose de mieux qu'un prétexte pour pouvoir faire ce que voulait mon désir.

Je n'ai plus eu aucune hésitation. Arrivé au fameux palier, j'ai tourné immédiatement vers la porte de gauche. Toutefois, je me suis arrêté un instant pour écouter la musique de la ballade « Mon drapeau » qui retentissait glorieusement dans la cage d'escalier. On eût dit que durant tout cet intervalle, Carla avait continué à chanter la même chanson. J'ai souri, rempli d'affection et de désir de cette obstination enfantine. J'ai ouvert ensuite la porte avec précaution, sans frapper, et suis entré dans la pièce sur la pointe des pieds. Je voulais la voir tout de suite, sans attendre. Dans cette pièce exiguë, sa voix était vraiment insupportable. Elle chantait avec plus d'enthousiasme et d'entrain que lors de ma première visite. Elle se laissait aller carrément sur le dossier de sa chaise pour pouvoir donner tout le souffle de ses poumons. Je n'ai vu que sa petite tête enserrée dans les nattes épaisses et je me suis retiré saisi d'une émotion profonde pour avoir tant osé. Cependant, elle était arrivée à la dernière note qui s'éternisait et je pouvais revenir sur le palier et refermer la porte derrière moi sans qu'elle s'en aperçût. Même cette dernière note avait oscillé, trop basse ou trop haute, avant de trouver sa place exacte. Carla avait donc de l'oreille et il était temps que Garcia intervînt pour lui enseigner à découvrir au plus tôt cet emplacement.

J'ai frappé quand je me suis senti plus calme. Elle est venue immédiatement ouvrir la porte et je n'oublierai jamais sa fine silhouette adossée au chambranle tandis que, ne m'ayant pas reconnu dans l'obscurité, elle me fixait de ses grands yeux bruns.

Entre-temps je m'étais ressaisi si bien que je balançais à nouveau entre mes hésitations. Je m'étais engagé sur la voie de l'adultère, mais je pensais que si les jours précédents j'avais su me contenter de me limiter au Jardin public, il m'était encore plus facile à présent de ne pas franchir cette porte, de remettre le livre compromettant et de repartir le cœur content. Ce fut un court instant rempli de bonnes résolutions. Je me suis même souvenu du conseil étrange qu'on m'avait donné pour chasser mon habitude de fumer et qui aurait pu servir en cette occasion : parfois pour se sentir satisfait, il suffisait de craquer une allumette et de jeter ensuite allumette et cigarette.

Il m'eût été facile de faire la même chose parce que, lorsque Carla a fini par me reconnaître, elle a rougi et esquissé un geste de fuite, de honte – comme je l'ai appris ensuite – d'être surprise dans sa pauvre tenue défraîchie d'intérieur.

Une fois reconnu, j'ai éprouvé le besoin de m'excuser :

– Je vous ai apporté ce livre qui pourra, je pense, vous intéresser. Si vous le souhaitez, je peux vous le laisser et repartir tout de suite.

Le son de mes paroles – du moins m'a-t-il paru – était assez brusque, contrairement à leur sens, car en définitive je la laissais libre de décider si je devais repartir ou rester et tromper Augusta.

Elle a pris sur-le-champ une résolution, car elle a saisi ma main pour me retenir plus sûrement et m'a fait entrer. Un voile d'émotion a passé devant mes yeux, né, à ce que je crois, moins du doux contact de cette main que de la familiarité du geste qui m'a semblé décider de mon destin et de celui d'Augusta. C'est pourquoi je pense être entré un peu à mon corps défendant et lorsque j'évoque l'histoire de ma première trahison, j'ai le sentiment de l'avoir perpétrée parce que j'y fus traîné.

Le visage rougissant de Carla était réellement beau. J'ai été délicieusement surpris de m'apercevoir que, sans attendre formellement ma visite, elle avait cependant espéré ma venue. Elle m'a dit, ravie :

– Ainsi, vous avez senti le besoin de me revoir ? De revoir la pauvre jeune fille qui vous doit tant ?

Il est certain que si j'avais voulu j'aurais pu la prendre aussitôt dans mes bras, mais je n'y pensais même pas. J'y pensaisAfsi peu que je n'ai même pas répondu à ses paroles qui me semblaient compromettantes et j'ai recommencé à parler de Garcia et de l'utilité que ce livre présentait pour elle. J'en ai parlé avec une fougue qui m'a amené à prononcer quelques mots inconsidérés. Garcia lui enseignerait la manière de rendre ses notes solides comme un métal et douces comme l'air. Il lui expliquerait qu'une note ne peut tracer qu'une ligne droite, voire une surface plane mais une surface parfaitement polie. Mon zèle n'a faibli que lorsqu'elle m'a interrompu pour exprimer une inquiétude douloureuse :

– Alors, vous n'aimez pas ma façon de chanter?

Sa question m'a beaucoup étonné. Je m'étais livré à une critique rude mais je n'en avais pas conscience et je me suis récrié en toute bonne foi. J'ai si bien protesté qu'il m'a semblé, alors que je continuais à discourir de chant, être revenu à l'amour qui m'avait entraîné si impérieusement vers cette maison. Et mes mots ont été si empreints de tendresse qu'ils ont laissé tout de même transparaître une part de sincérité :

– Comment pouvez-vous croire une chose pareille? Serais-je ici s'il en était ainsi? Je suis resté un grand moment sur le palier à me délecter de votre chant, chant délicieux et remarquable dans sa naïveté. Je considère simplement qu'il y manque quelque chose pour qu'il soit parfait et je suis venu vous l'apporter.

Quelle puissance exerçait encore sur mon esprit la pensée d'Augusta, puisque je m'obstinais à refuser d'admettre que seul mon désir m'avait entraîné ici!

Carla a écouté ces paroles flatteuses qu'elle n'était pas encore en mesure d'analyser. Elle n'était pas très cultivée mais j'ai compris, à ma grande surprise, qu'elle ne manquait pas de bon sens. Elle m'a raconté qu'elle-même se posait beaucoup de questions sur son talent et sur sa voix : elle sentait qu'elle ne faisait pas de progrès. Souvent, après avoir travaillé pendant quelques heures, elle s'accordait le plaisir et la récompense de chanter « Mon drapeau », espérant découvrir dans sa voix quelque qualité nouvelle. Or elle était toujours au même point : pas plus mal et peut-être toujours assez bien comme le lui garantissaient ceux qui l'entendaient et moi avec (et à ces mots ses beaux yeux m'ont coulé un tendre éclair d'interrogation qui montrait à quel point elle avait besoin d'être rassurée sur le sens de mes paroles qui lui semblait un peu ambigu), mais de progrès véritables elle n'en voyait pas. Son professeur lui disait qu'en art il n'y a pas de progrès lents, mais de grands bonds qui conduisaient au but, et qu'un jour elle se réveillerait artiste consommée.

– Cependant c'est un long effort, a-t-elle ajouté, le regard perdu dans le vague tandis qu'elle revoyait peut-être ses longues heures pénibles et fastidieuses de travail.

L'honnêteté passe d'abord par la sincérité et il aurait été très honnête de ma part de conseiller à la pauvre enfant d'abandonner l'étude du chant et de devenir ma maîtresse. Mais je ne m'étais pas encore assez éloigné du Jardin public, et puis, de toute façon, je n'étais pas sûr de mon jugement sur l'art du chant. Depuis quelques instants, une seule personne suscitait mon inquiétude : ce raseur de Copler qui passait tous ses dimanches à la villa avec ma femme et moi. Le moment était venu de trouver un prétexte pour prier la jeune fille de taire ma visite à Copler. Mais je m'en suis abstenu, ne sachant comment présenter ma requête et ce fut heureux, car dans les jours qui suivirent mon pauvre ami tomba malade et mourut aussitôt après.

Je lui ai dit en attendant qu'elle trouverait dans Garcia tout ce qu'elle cherchait et pendant un court instant, un seul instant, elle a attendu anxieusement des merveilles de ce livre. Mais bientôt, à la vue de tous ces mots, elle a douté de l'efficacité de la magie. Je lisais les théories de Garcia en italien, puis toujours en italien je les lui expliquais et, quand ce n'était pas suffisant, je les lui traduisais en triestin, mais elle ne sentait rien remuer dans sa gorge alors que l'efficacité du livre lui serait apparue si seulement elle s'était manifestée à cet endroit-là. Le malheur c'est que moi aussi je suis parvenu rapidement à la conviction qu'entre mes mains ce livre ne valait pas grand-chose. Relisant chaque phrase au moins trois fois sans pouvoir en tirer quoi que ce fût, je me suis vengé de mon incapacité par une critique sévère. Ainsi donc Garcia perdait son temps et le mien pour démontrer que puisque la voix humaine peut produire des sons variés, on a tort de la considérer comme un seul instrument. Dans ce cas, le violon également devait être considéré comme un conglomérat d'instruments. J'ai eu peut-être tort de faire part à Carla de mon opinion, mais devant une femme qu'on veut conquérir il est difficile de renoncer à tirer profit de l'occasion pour démontrer sa propre supériorité. Elle m'a admiré, en effet, et d'un geste a éloigné d'elle le livre qui devait être notre médiateur Galehaut mais qui ne nous a pas accompagnés jusqu'à la faute[14].

Pour moi, je ne me suis pas résigné tout de suite à y renoncer et j'en ai renvoyé la lecture à ma prochaine visite. Quand Copler est mort, l'utilité de Garcia a pris fin. Tout lien entre cette maison et la mienne étant rompu, le processus de mon dévoiement ne pouvait être freiné que par ma conscience.

Mais, en attendant, notre intimité avait progressé, une intimité plus grande qu'on n'eût pu l'attendre de cette demi-heure de conversation. Je crois que tomber d'accord sur un jugement critique est un facteur considérable d'intimité. La pauvre Carla profita de cette intimité pour me faire part de ses inquiétudes. Grâce à l'intervention de Copler, on vivait modestement dans cette maison mais sans trop de privations. Le plus lourd souci des deux pauvres femmes était la pensée de l'avenir. Car si Copler leur apportait à dates régulières son obole, il ne les autorisait pas à trop compter sur lui; il ne voulait pas se créer des tracas, préférant les laisser à ses protégées. Et puis cet argent il ne le donnait pas pour rien. Il régnait en maître dans cette maison et voulait qu'on l'informât des dépenses les plus infimes. Gare si elles se permettaient un achat avant qu'il n'eût préalablement donné son accord! Quelque temps auparavant, la mère de Carla avait été malade et la jeune fille, pour vaquer aux travaux domestiques, avait négligé pendant quelques jours l'étude du chant. Copler, que le professeur de Carla avait mis au courant, fit un malheur et s'en alla en déclarant que dans ce cas il était inutile d'importuner de braves gens pour les inciter à les secourir. Elles vécurent plusieurs jours dans la terreur d'être abandonnées à leur destin. Puis quand il revint, il renouvela marché et conditions et fixa le nombre d'heures exact que Carla devait passer chaque jour à son piano et celles qu'elle pouvait consacrer à la maison. Il les menaça même de leur faire des visites surprises à toute heure de la journée.

– Certes, a fini par conclure la jeune fille, il ne le fait que pour notre bien, mais il se fâche tellement pour des choses sans importance qu'un jour, dans un excès de colère, il finira par nous jeter à la rue. Mais maintenant que vous aussi vous occupez de nous, nous n'avons plus rien à craindre, n'est-ce pas ?

Et elle a pressé à nouveau ma main. Comme je ne répondais pas tout de suite, elle a eu peur que je ne me sente solidaire de Copler, et elle a ajouté :

– M. Copler aussi dit que vous êtes la bonté même.

Cette phrase voulait être un compliment à mon intention, mais aussi à celle de Copler.

Le personnage de ce dernier que Carla me dépeignait avec une antipathie aussi marquée était nouveau pour moi et suscitait justement ma sympathie. J'aurais voulu lui ressembler alors que le désir qui m'avait poussé dans cette maison me rendait si dissemblable de lui ! Il est vrai qu'il apportait aux deux femmes l'argent d'autrui, mais il leur donnait son entière assistance, une part de sa propre vie. Ces emportements, qu'il leur réservait, étaient vraiment paternels. Il m'est venu cependant un soupçon : et si tant de dévouement était induit par le désir ? Sans hésiter j'ai demandé à Carla :

– Copler vous a-t-il jamais demandé un baiser ?

– Jamais ! m'a répondu Carla vivement. Quand il est content de moi, il m'accorde son approbation d'un ton sec, me donne une rapide poignée de main et s'en va. D'autres fois, quand il s'est mis en colère, il refuse même de me serrer la main et ne s'aperçoit pas que je pleure de frayeur. En de pareils moments un baiser serait pour moi une délivrance.

Comme je me mettais à rire, Carla a précisé :

– J'accepterais avec gratitude d'être embrassée par un homme aussi vieux auquel je dois tant !

Voilà l'avantage d'être un vrai malade ; on paraît plus vieux qu'on ne l'est.

J'ai essayé sans conviction de ressembler à Copler. Avec un sourire pour ne pas trop effaroucher la pauvre enfant, je lui ai dit que moi aussi, lorsque je m'occupais de quelqu'un, je finissais par devenir très autoritaire. En règle générale, moi aussi je trouvais que lorsqu'on s'adonnait à un art, on devait travailler sérieusement. Puis je suis si bien entré dans mon rôle que j'ai cessé de sourire. Copler avait raison d'être sévère avec une jeunesse qui ne pouvait comprendre la valeur du temps; il fallait aussi qu'elle se rappelât toutes les personnes qui faisaient des sacrifices pour l'aider. J'étais tout ce qu'il y a de plus sérieux et de sévère.

Arriva ainsi l'heure où je devais aller déjeuner, et ce jour-là je n'aurais pas voulu faire attendre Augusta. J'ai tendu la main à Carla et me suis aperçu alors qu'elle était toute pâle. J'ai cherché à la tranquilliser :

– Soyez assurée que je ferai toujours de mon mieux pour prendre votre défense auprès de Copler et de tous les autres.

Elle m'a remercié, mais elle paraissait encore consternée. J'ai appris par la suite qu'en me voyant arriver, elle avait presque aussitôt deviné la vérité. Elle avait pensé que j'étais amoureux d'elle et s'était crue sauvée. Et puis – justement quand je m'apprêtais à prendre congé – elle a cru que moi aussi je n'étais épris que de l'art du chant et que si elle ne chantait pas bien et ne faisait pas de progrès, je l'abandonnerais.

Elle était visiblement plongée dans la consternation. Elle m'a fait de la peine et comme il ne me restait plus une minute je l'ai rassurée par le seul moyen qu'elle-même m'avait désigné comme le plus efficace. J'étais déjà sur le seuil de la porte quand je l'ai attirée à moi, du nez j'ai repoussé avec soin la natte épaisse qui cachait son cou sur lequel j'ai posé mes lèvres et que j'ai même effleuré de mes dents. On pouvait penser que je badinais et elle aussi a fini par en rire, mais seulement quand je l'ai relâchée. Jusqu'alors, elle était restée inerte et stupéfaite entre mes bras.

Elle m'a suivi sur le palier et, quand j'ai commencé à descendre, elle m'a demandé en riant :

– Quand reviendrez-vous ?

– Demain ou peut-être plus tard ! ai-je répondu, repris

par mes hésitations. (Puis, sur un ton plus résolu) Je viendrai sûrement demain ! (Mais désireux de ne pas trop m'engager, j'ai ajouté) Nous continuerons à lire Garcia.

Dans ce bref intervalle de temps elle n'a pas changé une fois d'expression : elle a acquiescé à ma première promesse hésitante, elle a acquiescé avec gratitude à la seconde et elle a acquiescé à ma troisième proposition avec le même sourire. Les femmes savent toujours ce qu'elles veulent. Je n'ai perçu aucune hésitation ni chez Ada qui m'a repoussé, ni chez Augusta qui m'a accepté, ni même chez Carla qui m'a laissé faire.

Une fois en bas, je me suis retrouvé aussitôt plus près d'Augusta que de Carla. J'ai aspiré à pleins poumons l'air frais de la rue, rempli du sentiment de ma liberté. Il ne s'était agi d'autre chose que d'un badinage qui ne pouvait avoir perdu son caractère du seul fait qu'il s'était terminé sur un cou et sous une tresse. Enfin, Carla n'avait accepté ce baiser qu'en tant que gage d'affection et surtout d'assistance.

Ce jour-là, à table, j'ai commencé cependant à être vraiment malheureux. Entre Augusta et moi s'interposait mon aventure comme une grande ombre noire dont il me paraissait impossible qu'elle ne la vît pas. Je me sentais mesquin, coupable et malade, et je ressentais ma douleur costale comme une douleur du sympathique répercutée depuis la blessure ouverte de ma conscience. Tandis que je faisais distraitement semblant de manger, je cherchais un soulagement dans une résolution d'acier : « Je ne la reverrai plus, pensais-je, et si, par courtoisie, je suis obligé de la revoir, ce sera pour la dernière fois. » Après tout, on ne me demandait pas grand-chose : un seul effort, celui de ne plus revoir Carla.

Augusta m'a demandé en riant :

– Tu es allé chez Olivi ? Je te vois bien soucieux.

Je me suis mis à rire moi aussi. C'était un grand soulagement que de pouvoir parler. Les mots n'étaient pas de ceux qui apportent une paix totale parce que pour les dire il aurait fallu avouer et ensuite promettre, mais, étant donné la situation, c'était déjà un beau soulagement que de dire d'autres mots. Je n'ai pas arrêté de parler, sur un ton de bonté enjouée. Puis j'ai trouvé encore mieux : j'ai parlé de la petite buanderie qu'elle désirait tant et que jusqu'à ce jour je lui avais refusée, et je lui ai donné aussitôt la permission de la construire. Elle a été si touchée de cette permission qu'elle n'avait pas sollicitée qu'elle s'est levée pour venir me donner un baiser. Voilà un baiser qui évidemment effaçait celui du palier, et immédiatement je me suis senti mieux.

Ce fut ainsi que nous avons eu notre buanderie et aujourd'hui encore quand je passe devant cette minuscule construction, je me souviens qu'Augusta l'a voulue et que Carla l'a autorisée.

Suivit un après-midi enchanteur, empli de notre affection. Quand j'étais seul, ma conscience était plus dérangeante. Les paroles et la tendresse d'Augusta suffisaient à la calmer. Nous sortîmes ensemble. Puis je l'accompagnai chez sa mère et je passai aussi tout le reste de la soirée avec elle.

Avant de m'endormir, comme cela m'arrive fréquemment, j'ai regardé longtemps ma femme qui dormait déjà blottie dans sa respiration légère. Même dans le sommeil, elle dégageait une impression de netteté, sous les couvertures remontées jusqu'au menton et avec des cheveux peu fournis tressés en une courte natte qu'elle nouait sur sa nuque. J'ai pensé : « Je ne veux pas lui causer du chagrin, jamais! » Je me suis endormi tranquillement. Le lendemain, je mettrais les choses au point quant à mes rapports avec Carla et je trouverais le moyen de rassurer la pauvre enfant sur son avenir sans me considérer pour autant tenu de lui donner d'autres baisers.

J'ai fait un rêve étrange : non seulement j'embrassais le cou de Carla, mais je le mangeais. C'était néanmoins un cou fait en sorte que les blessures que je lui infligeais avec une volupté rageuse ne saignaient pas et, dans sa forme légèrement galbée, il demeurait toujours recouvert de sa peau blanche et intacte. Carla, pâmée entre mes bras, ne semblait pas souffrir de mes morsures. Quelqu'un en souffrait en revanche, Augusta qui soudainement se trouvait là. Pour la tranquilliser je lui disais : « Je ne le mangerai pas tout; je t'en garderai aussi un morceau. »

Ce rêve n'a pris l'aspect d'un cauchemar que vers le milieu de la nuit, lorsque je me suis réveillé et que mon esprit tiré des brumes du sommeil a pu s'en souvenir, car tant qu'il avait duré, même l'arrivée d'Augusta n'avait pu dissiper le contentement qu'il m'apportait.

Je ne fus pas plus tôt réveillé que j'ai eu pleinement conscience de la force de mon désir et du danger qu'il représentait pour Augusta et pour moi. Peut-être, dans le sein de la femme qui dormait à mes côtés germait-il une autre vie dont je devais répondre. Qui sait ce qu'exigerait Carla, une fois devenue ma maîtresse? Elle me paraissait avide des plaisirs qui jusqu'alors lui avaient été refusés. Comment pourrais-je satisfaire aux besoins des deux familles? Augusta demandait une buanderie utilitaire, l'autre voudrait un autre cadeau, mais tout aussi dispendieux. Je revoyais Carla tandis que, après mon baiser, elle me disait au revoir du haut de son palier en riant. Savait-elle déjà que je serai sa proie? J'étais épouvanté et alors, seul dans le noir, je n'ai pu retenir un gémissement.

Ma femme, aussitôt réveillée, m'a demandé ce que j'avais et je lui ai répondu par quelques mots, les premiers qui me soient venus à l'esprit quand j'ai réussi à me remettre de la frayeur d'être interrogé dans un moment où je croyais avoir hurlé un aveu :

– Je pense à la vieillesse qui s'approche!

Elle a éclaté de rire et s'est efforcée de me consoler sans toutefois interrompre le sommeil auquel elle s'accrochait. Elle a fait voler vers moi la phrase rituelle qu'elle me disait quand elle me voyait épouvanté de la fuite du temps :

– N'y pense pas, nous sommes encore jeunes... il fait si bon dormir!

L'exhortation fut suivie d'effet : je n'y ai plus pensé et me suis rendormi. La parole, la nuit, est comme un rayon de lumière. Elle éclaire tout un pan de réalité devant lequel pâlissent les constructions de l'imagination. Pourquoi devais-je redouter à tel point la pauvre Carla dont je n'étais pas encore l'amant ? Il était évident que j'avais fait mon possible pour m'épouvanter de ma situation. Enfin, le « bébé »[15] que je voyais dans le sein d'Augusta n'avait jusqu'ici donné d'autre signe de vie que la buanderie.

Je me suis levé, toujours accompagné des meilleures résolutions. J'ai couru dans mon bureau et j'ai mis dans une enveloppe le peu d'argent que je voulais offrir à Carla au moment où je lui signifierais mon désistement. Néanmoins je me déclarerais prêt à lui faire parvenir encore un peu d'argent par la poste chaque fois qu'elle me le demanderait en m'écrivant à une adresse que je lui communiquerais. Juste au moment où je me préparais à sortir, Augusta m'a invité avec un doux sourire à l'accompagner chez son père. Le père de Guido venait d'arriver de Buenos Aires pour le mariage et il fallait aller faire sa connaissance. Elle se souciait certainement moins du père de Guido que de moi. Elle voulait prolonger la tendre douceur de la veille. Mais les choses avaient changé; je déplorais de devoir laisser le temps s'interposer entre ma bonne résolution et son exécution. Tandis que nous marchions dans la rue côte à côte et, apparemment, sûrs de notre affection, une autre se considérait déjà aimée de moi. Ce n'était pas bien. J'ai ressenti cette promenade comme une véritable contrainte.

Nous avons constaté que Giovanni allait décidément mieux. Sauf qu'il n'arrivait pas à chausser ses bottes par suite d'un peu d'enflure aux pieds, à quoi il n'attribuait aucune importance, pas plus que moi d'ailleurs. Il était au salon avec le père de Guido auquel il m'a présenté. Augusta nous a quittés aussitôt pour aller rejoindre sa mère et sa sœur.

M. Francesco Speier me parut beaucoup moins instruit que son fils. Petit et trapu, il pouvait avoir la soixantaine, peu d'idées et peu de vivacité, peut-être parce qu'à la suite d'une maladie son ouïe avait perdu beaucoup d'acuité. Il truffait son italien de quelques mots d'espagnol :

– Cada fois que je viens à Trieste...[16]

Les deux vieux s'entretenaient d'affaires, et Giovanni écoutait attentivement parce que ces affaires-là étaient très importantes pour le sort d'Ada. J'écoutais distraitement. J'en ai retenu que le vieux Speier avait décidé de liquider ses affaires en Argentine et de confier à Guido tous ses *duros* afin qu'il les investît dans la création d'une maison de commerce à Trieste; puis il retournerait à Buenos Aires pour vivre avec sa femme et sa fille dans une petite propriété qu'il conservait. Je n'ai pas compris pourquoi il racontait tous ces détails devant moi à Giovanni, et je ne le sais toujours pas.

Il m'a semblé que les deux hommes, cessant à un certain moment de parler, me regardaient comme s'ils attendaient de moi un conseil, et moi, par politesse, j'ai observé :

– Elle ne doit pas être si petite que ça, votre propriété, puisqu'elle vous assure de quoi vivre!

Giovanni a hurlé aussitôt :

– Mais qu'est-ce que tu racontes?

Sa voix tonitruante rappelait des temps meilleurs, mais il est sûr que s'il n'avait pas vociféré aussi fort monsieur Speier n'aurait pas relevé ma remarque. Alors qu'il m'a dit, devenant tout pâle :

– J'espère bien que Guido ne manquera pas de me payer les intérêts de mon capital.

Giovanni, continuant à hurler, a cherché à le rassurer :

– Les intérêts? Bien plus que ça! Le double même si vous en aviez besoin! N'est-il pas le fils de son père?

Pourtant M. Speier ne paraissait pas tout à fait rasséréné et c'est de moi qu'il attendait un mot de réconfort. J'ai vite dit ce mot et fait bonne mesure car le vieux entendait à présent moins bien qu'auparavant.

Puis l'entretien des deux hommes d'affaires a continué, mais moi je me suis bien gardé d'intervenir à nouveau. Giovanni me regardait de temps à autre pardessus ses lunettes pour me surveiller et son souffle court semblait me menacer. Il a parlé longtemps et, à un moment donné, il m'a demandé :

– N'est-ce pas ton avis ?

Je me suis empressé d'acquiescer.

Mon assentiment a dû semblé d'autant plus empressé que la rage qui me possédait ne cessait de croître et rendait chacun de mes gestes plus expressif. Que faisais-je là alors que s'enfuyait le temps utile à la réalisation de mes bonnes résolutions ? On me contraignait à différer une opération indispensable à ma tranquillité et à celle d'Augusta ! Je préparais un prétexte pour m'en aller quand le salon fut envahi par les femmes suivies de Guido. Ce dernier, aussitôt après l'arrivée de son père, avait fait présent à sa fiancée d'une bague magnifique. Personne ne m'a regardé ou ne m'a dit bonjour, pas même la petite Anna. Ada portait déjà à son doigt le diamant étincelant et, sans ôter son bras des épaules de son fiancé, elle le montrait à son père. Les femmes regardaient elles aussi, en s'extasiant.

Les bagues non plus ne m'intéressaient pas ! Moi qui ne portais même pas mon alliance, car elle gênait ma circulation ! Sans saluer personne, j'ai enfilé la porte du salon, couru à celle de l'entrée et je m'apprêtais à sortir. Mais Augusta s'est aperçue de ma fuite et l'a prévenue à temps. J'ai été stupéfait à la vue de son visage bouleversé. Elle avait les lèvres livides, comme le jour de notre mariage, juste avant notre départ pour l'église. Je lui ai dit que j'avais une affaire urgente à régler. Puis, me rappelant opportunément que quelques jours auparavant il m'avait pris la fantaisie d'acheter des lunettes à faible correction, pour presbyte, et que je les avais glissées sans même les essayer dans le gousset de mon gilet où je les palpais, je lui ai raconté que j'avais rendez-vous chez l'oculiste pour faire examiner ma vue qui me semblait baisser depuis quelque temps. Elle m'a répondu que je pourrais partir tout de suite, mais qu'elle me priait d'exprimer avant mes félicitations au père de Guido. J'ai haussé les épaules d'impatience, mais je n'ai pas voulu la désobliger.

Je suis retourné au salon où tout le monde m'a dit

bonjour gentiment. Quant à moi, sûr désormais de pouvoir m'esquiver, j'ai même eu un moment de bonne humeur. Le père de Guido, qui était un peu perdu au milieu de cette nombreuse famille, m'a demandé :

– Nous reverrons-nous encore avant mon départ pour Buenos Aires?

– Oh! lui ai-je fait, cada fois que vous viendrez dans cette maison il est probable que vous m'y rencontrerez!

Tout le monde s'est mis à rire, et moi je suis sorti triomphalement, accompagné même d'un salut assez gai d'Augusta. Je sortais si posément après m'être acquitté de toutes les formalités légales que je pouvais marcher d'un pas assuré. Mais un autre motif m'affranchissait des hésitations qui m'avaient jusqu'alors retenu. Je m'enfuyais le plus loin possible de la maison de mon beau-père jusqu'à celle de Carla. Chez les Malfenti, et ce n'était pas la première fois (du moins en étais-je convaincu), on me soupçonnait de conjurer bassement au détriment de Guido. C'est innocemment et par pure étourderie que j'avais parlé de cette propriété en Argentine, et Giovanni avait aussitôt interprété mes paroles comme si elles visaient à nuire à Guido dans l'esprit de son père. Avec Guido j'aurais pu m'expliquer aisément, le cas échéant; avec Giovanni et les autres qui me croyaient capable de telles machinations, il suffisait que je me venge. Non pas que je me proposasse de courir tromper Augusta. A la pleine lumière du jour je faisais néanmoins ce que je désirais. Une visite à Carla n'impliquait encore rien de mal et même si, dans son quartier, j'étais encore tombé sur ma belle-mère et si elle m'avait demandé ce que j'allais faire par là, je lui aurais répondu sur-le-champ :

– En voilà une question! Je vais chez Carla!

C'est pourquoi c'est la seule fois où je me suis rendu chez Carla sans me souvenir d'Augusta. Tant j'étais ulcéré du comportement de mon beau-père!

Sur le palier, je n'ai pas entendu résonner la voix de Carla. J'ai eu un instant de terreur : serait-elle sortie? J'ai frappé et suis entré sans attendre que quelqu'un m'y autorisât. Carla était là, mais avec elle se trouvait aussi sa mère. Elles cousaient de conserve dans une coopération qui est peut-être habituelle mais que moi je n'avais encore jamais vue. Elles travaillaient toutes deux à ourler un grand drap de lit, loin l'une de l'autre. Voilà donc que j'avais couru chez Carla et que j'arrivais chez une Carla accompagnée de sa mère. Je ne pouvais mettre à exécution ni mes bonnes ni mes mauvaises résolutions. Tout continuait à demeurer en suspens.

Carla s'est levée, le visage en flamme, tandis que la vieille ôtait lentement ses lunettes pour les remettre dans leur étui. Moi, cependant, j'ai pensé que j'avais une bonne raison de me fâcher pour un motif autre que celui de me voir interdite la possibilité de préciser sans attendre mes intentions. N'était-ce pas l'heure que Copler avait affectée à l'étude? J'ai salué poliment la vieille dame bien qu'il me fût difficile de me soumettre à cette obligation d'être poli. J'ai salué aussi Carla, presque sans la regarder. Je lui ai dit :

– Je suis venu voir si nous pouvons tirer de ce livre (et j'ai désigné le Garcia qui n'avait pas bougé de l'endroit où nous l'avions laissé) quelque chose d'utile.

Je me suis assis à la même place que la veille et j'ai ouvert aussitôt le volume. Carla a risqué d'abord un sourire mais, voyant que je ne répondais pas à ses avances, elle s'est assise avec un empressement soumis à côté de moi, pour suivre dans le livre. Elle hésitait, sans comprendre. Je l'ai regardée et j'ai vu que son visage prenait un air buté qui voulait exprimer le dépit. J'ai imaginé qu'elle accueillait peut-être ainsi les remontrances de Copler. Sauf qu'elle n'était pas sûre que mes propres remontrances fussent pareilles à celles que Copler lui adressait car – comme elle me le dit par la suite – elle se souvenait que la veille je l'avais embrassée et elle se croyait désormais à l'abri de ma colère. Elle se tenait donc prête à convertir son air de dépit en un sourire amical. Je dois préciser ici, car je n'en aurai pas l'occasion plus loin que sa certitude de m'avoir définitivement apprivoisé grâce à l'unique baiser qu'elle m'avait permis, me déplut énormément : une femme qui pense de la sorte est très dangereuse.

Mais à ce moment-là, mon esprit était vraiment celui de Copler, lourd de reproches et de ressentiment. Je me suis mis à lire à haute voix ce même passage que j'avais démoli la veille, sans le commenter autrement qu'en insistant sur les mots qui me semblaient les plus significatifs.

D'une voix qui tremblait un peu, Carla m'a interrompu :

– Je crois que nous avons lu ce passage hier!

J'ai donc été obligé de lui parler avec mes propres mots. Des mots personnels peuvent même offrir un peu de réconfort. Les miens furent non seulement moins rogues que mon esprit et mon comportement mais ils me ramenèrent à la notion des bons usages.

– Voyez-vous, gente demoiselle (et j'ai accompagné aussitôt cet appellatif cajoleur d'un sourire qui aurait pu aussi bien être celui d'un amant), je voudrais revoir cette matière avant de passer à une autre. Il est possible qu'hier nous l'ayons jugée un peu précipitamment, alors qu'un de mes amis m'a dit ces jours-ci que pour comprendre ce que Garcia écrit, il faut l'étudier en entier.

J'ai senti enfin le besoin d'être aimable avec la vieille qui certainement au cours de sa vie, quelles qu'en aient été les circonstances malheureuses, ne s'était jamais trouvée dans une situation aussi embarrassante. A elle aussi j'ai adressé un sourire qui m'a coûté plus d'effort que celui dont je venais de gratifier Carla :

– Cette lecture n'est pas très amusante, lui ai-je dit, mais elle peut être suivie avec quelque profit même par des personnes qui n'étudient pas le chant.

Je me suis entêté à lire. Carla se sentait certainement mieux, et sur ses lèvres pleines errait quelque chose qui ressemblait à un sourire. La vieille, en revanche, avait toujours l'air d'un pauvre animal pris au piège et ne demeurait dans la pièce que parce que sa timidité ne lui suggérait pas le moyen d'en sortir. Quant à moi, je n'aurais à aucun prix laissé paraître mon envie de la jeter dehors. C'eût été une action grave et compromettante.

Carla a montré moins d'hésitation : avec beaucoup de déférence, elle m'a prié de suspendre un moment ma lecture puis, se tournant vers sa mère, elle lui a dit qu'elle pouvait partir et qu'elles continueraient à travailler à ce drap après le déjeuner.

La vieille dame s'est avancée vers moi, ne sachant si elle devait me tendre la main. Je la lui ai serrée et affectueusement même, lui disant :

– Je comprends que cette lecture n'est pas très amusante.

Je feignais de déplorer qu'elle nous quittât. La vieille dame est partie après avoir posé sur sa chaise le drap que jusqu'ici elle avait tenu sur ses genoux. Puis Carla l'a suivie un moment sur le palier pour lui dire quelque chose, tandis que je n'arrivais plus à maîtriser mon désir de l'avoir enfin près de moi. Elle est rentrée, a refermé la porte derrière elle et, tandis qu'elle revenait s'asseoir, la même moue qui rappelait l'entêtement d'un visage d'enfant a raidi sa bouche. Elle m'a dit :

– J'étudie tous les jours à cette heure-ci. Il a fallu que nous arrive aujourd'hui ce travail urgent à exécuter !

– Mais ne voyez-vous pas que je me moque de votre chant ? ai-je crié et je me suis jeté sur elle, l'étreignant avec une violence qui m'amena à l'embrasser d'abord sur la bouche puis à l'endroit où la veille j'avais mis un baiser.

Comme c'est étrange ! Elle a éclaté en pleurs et s'est écartée de moi. Elle m'a dit à travers ses sanglots que la manière dont j'étais entré lui avait fait mal. Elle pleurait à cause de la compassion de soi qu'éprouvent habituellement ceux qui voient qu'on plaint leur douleur. Les larmes ne sont pas l'expression de la douleur mais de son histoire. On pleure quand on crie à l'injustice. Il était injuste en effet de forcer cette belle enfant à étudier alors qu'on pouvait lui donner des baisers.

Tout se passait dans l'ensemble plus mal que je ne l'eusse imaginé. J'ai dû m'expliquer et pour aller plus vite je n'ai pas pris le temps d'inventer une fable et je lui ai raconté l'exacte vérité. Je lui ai dit mon impatience de la voir et de l'embrasser. Je m'étais proposé de venir chez elle de bonne heure; j'avais même passé la nuit à prendre cette résolution. Naturellement j'ai tu le but que je m'étais assigné en venant chez elle, mais c'était secondaire. En vérité, il s'agissait toujours de la même impatience douloureuse, ressentie aussi bien quand j'avais couru chez elle lui dire que je l'abandonnais pour toujours que quand j'avais couru la prendre dans mes bras. Puis, je lui ai raconté les événements de la matinée et comment ma femme m'avait obligé de sortir avec elle et m'avait amené chez mon beau-père où j'avais été contraint d'écouter une discussion d'affaires qui ne m'intéressait pas. Finalement, au prix de grands efforts j'arrive à me libérer, je fais ce long trajet au pas de course et qu'est-ce que je trouve?... Une pièce toute encombrée par ce drap de lit!

Carla a éclaté de rire parce qu'elle a compris que je n'avais rien de Copler. Le rire sur son beau visage ressemblait à un arc-en-ciel et je l'ai encore embrassée. Elle ne répondait pas à mes caresses, mais elle les subissait docilement, attitude que j'adore car j'aime le sexe faible en proportion directe de sa faiblesse. Pour la première fois, elle m'a raconté qu'elle avait su de Copler que j'aimais beaucoup ma femme :

– C'est pourquoi, a-t-elle ajouté (et j'ai vu passer sur son beau visage l'ombre d'une résolution sérieuse), il ne peut y avoir entre nous qu'une bonne amitié et rien d'autre.

Moi, je n'ai guère cru à une résolution aussi sage car ces mêmes lèvres qui la formulaient n'arrivaient pas au même moment à se soustraire à mes baisers.

Carla m'a parlé longuement. Elle voulait évidemment éveiller ma compassion. Je me rappelle tout ce qu'elle m'a dit et à quoi je n'ai ajouté foi que lorsqu'elle disparut à jamais de ma vie. Tant que je l'ai eue à moi, je l'ai redoutée comme une femme qui tôt ou tard profiterait de son ascendant sur moi pour me perdre, et ma famille avec. Je ne l'ai pas crue quand elle m'a dit qu'elle ne demandait rien d'autre que de voir assurée son existence ainsi que celle de sa mère. Maintenant, je sais avec certitude qu'elle n'a jamais eu l'intention d'obtenir de moi plus que le strict nécessaire, et quand je pense à elle je rougis de honte de l'avoir si mal aimée et comprise. La pauvre petite n'a jamais rien obtenu de moi. Je lui aurais tout donné, car je suis de ceux qui paient leurs dettes. Mais j'attendais toujours qu'elle me le demandât.

Elle m'a raconté la situation désespérée où elle s'était trouvée à la mort de son père. Pendant de longs mois, elle et la vieille avaient dû travailler nuit et jour à broder du linge qu'un commerçant leur confiait. Elle croyait naïvement que la divine Providence leur enverrait un secours, si bien que parfois elle est restée des heures à sa fenêtre pour voir de quel côté il arriverait. Et ce fut Copler qui passa. Maintenant elle se considérait satisfaite de sa condition, mais avec sa mère elles passaient des nuits inquiètes car l'aide qu'elles recevaient était bien précaire. Et s'il s'avérait un jour qu'elle n'avait ni talent ni voix pour chanter? Copler les abandonnerait. De plus il parlait de la faire monter sur les planches d'ici quelques mois. Et si elle se faisait siffler?

Cherchant toujours à éveiller ma compassion, elle m'a raconté la débâcle pécuniaire de sa famille qui avait emporté aussi son rêve d'amour : son fiancé l'avait abandonnée.

Moi, j'étais toujours à cent lieues de la pitié. Je lui ai dit :

– Ce fiancé a dû vous donner beaucoup de baisers? Comme moi?

Elle a ri parce que je l'empêchais de parler. J'ai vu ainsi devant moi un homme qui me montrait la route à suivre.

L'heure où j'aurais dû rentrer à la maison était passée depuis longtemps. J'aurais voulu partir. Pour ce jour-là c'était suffisant. J'étais bien loin du remords qui m'avait tenu éveillé durant la nuit, et l'inquiétude qui m'avait traîné chez Carla avait totalement disparu. Mais dire que j'étais tranquille, non, je ne l'étais pas. Peut-être suis-je voué par mon destin à ne jamais l'être. Je n'éprouvais pas de remords parce qu'à ce moment-là Carla m'avait promis tous les baisers que je voulais au nom d'une amitié qui ne pouvait causer du tort à Augusta. Il m'a semblé découvrir la raison du tourment qui, comme à l'accoutumée, faisait serpenter de vagues douleurs dans mon organisme. Carla me voyait sous un jour faux! Carla pouvait me mépriser en me voyant si avide de ses baisers alors que j'aimais Augusta! Cette même Carla qui faisait mine d'éprouver pour moi tant d'estime parce qu'elle avait tant besoin de moi!

J'ai décidé de conquérir son estime et j'ai proféré des mots destinés à me faire mal comme le souvenir d'une lâcheté criminelle, comme une trahison commise de mon plein gré, sans nécessité et sans aucun profit.

J'étais presque sur le pas de la porte et, de l'air résigné de quelqu'un qui se confesserait à contrecœur, j'ai dit à Carla :

– Copler vous a dit l'affection que je porte à ma femme. C'est vrai, j'ai une grande estime pour ma femme.

Puis je lui ai raconté par le menu l'histoire de mon mariage, comment je m'étais épris de la sœur aînée d'Augusta qui n'avait rien voulu entendre parce qu'elle-même éprise d'un autre, comment j'avais essayé d'épouser la deuxième de ses sœurs qui m'avait également repoussé et comment enfin je m'étais contenté d'épouser la troisième!

Carla a cru immédiatement à la véracité de ce récit. Puis j'ai su que Copler en avait appris quelques bribes chez moi et lui en avait rapporté quelques détails, pas tout à fait exacts mais presque, que je venais maintenant de rectifier et de corroborer.

– Votre épouse est-elle jolie? m'a-t-elle demandé pensivement.

– C'est selon les goûts, ai-je répondu.

Il y avait quelque centre inhibiteur qui fonctionnait en moi. J'avais dit que j'estimais ma femme, mais je n'avais pas dit jusque-là que je l'aimais. Je n'avais pas dit qu'elle me plaisait, ni qu'elle pouvait me plaire. A ce moment, je pensais être tout à fait franc; maintenant je sais que par ces mots j'ai trahi ces deux femmes et tout l'amour, le mien et le leur.

A dire la vérité, je n'étais pas encore tout à fait tranquille; il manquait donc quelque chose. Je me suis souvenu de l'enveloppe des bonnes résolutions et l'ai offerte à Carla. Elle l'a ouverte et me l'a rendue, me disant que quelques jours auparavant Copler lui avait apporté sa mensualité, et que pour le moment elle n'avait vraiment pas besoin d'argent. Mon inquiétude a crû par suite d'une idée ancrée en moi depuis longtemps, à savoir que les femmes dangereuses n'acceptent que peu d'argent. Elle s'est aperçue de mon désappointement et avec une naïveté délicieuse dont je ne mesure la valeur qu'à l'heure où j'écris ces notes, elle m'a demandé quelques couronnes pour se procurer les assiettes dont elle et sa mère manquaient depuis une catastrophe survenue à la cuisine.

Puis il s'est passé une chose mémorable, qui a laissé dans ma mémoire une trace indélébile. Au moment de partir je lui ai donné un baiser mais, cette fois, elle me l'a rendu avec élan. Mon poison avait agi. Elle m'a dit en toute ingénuité :

– Je vous aime parce que vous êtes si bon que même la richesse n'a pu réussir à vous gâter.

Puis elle a ajouté d'un air mutin :

– Je sais maintenant qu'il ne faut pas vous faire attendre et que, hormis ce danger, avec vous on n'a rien d'autre à craindre.

Sur le palier, elle m'a demandé autre chose :

– Pourrai-je envoyer promener mon professeur de chant et Copler avec lui ?

Descendant les marches en courant je lui ai dit :

– Nous verrons !

Voilà donc que quelque chose restait encore en suspens dans nos relations; tout le reste avait été clairement établi.

J'en ai éprouvé un tel malaise que, une fois dehors, mon indécision m'a poussé dans la direction opposée à celle où j'habitais. J'aurais eu presque envie de remonter immédiatement chez Carla pour lui expliquer encore quelque chose : mon amour pour Augusta. C'était faisable puisque je n'avais pas dit que je ne l'aimais pas. La seule conclusion de cette histoire véridique que je lui avais racontée et que j'avais oublié de mentionner c'est qu'à présent j'aimais vraiment Augusta. Alors que Carla en avait déduit que je ne l'aimais pas. C'est pourquoi elle avait répondu avec tant d'effusion à mon baiser, soulignant ce geste d'une déclaration d'amour. Il me semblait que s'il n'y avait pas eu cet épisode j'aurais pu plus facilement supporter le regard confiant d'Augusta. Et penser que quelques instants avant j'avais été heureux que Carla connût mon amour pour ma femme et qu'ainsi, par décision de la jeune fille, l'aventure que j'avais cherchée me fût offerte sous forme d'une amitié relevée de baisers.

Dans le Jardin public, je me suis assis sur un banc et, de la pointe de ma canne, j'ai tracé distraitement sur le gravier la date de cette journée. Puis j'ai ri avec amertume : je savais que ce n'était pas cette date qui marquerait la fin de mon inconduite. Celle-ci commençait au contraire à partir de ce jour. Où puiserais-je la force de ne pas retourner chez la femme si désirable qui m'attendait? Et puis j'avais déjà souscrit des engagements, des engagements d'honneur. J'avais reçu des baisers et, en contrepartie, je n'avais obtenu que l'autorisation d'offrir quelques plats en terre cuire. Bref, un compte non liquidé me liait maintenant à Carla.

Le déjeuner fut triste. Augusta ne m'avait pas demandé d'explication sur mon retard et je ne lui en fournis pas. J'avais peur de me trahir, d'autant que durant le rapide trajet entre le Jardin et la maison, j'avais caressé l'idée de tout lui raconter et que l'histoire de ma trahison pouvait avoir marqué mon honnête visage. C'était là le seul moyen de me sauver. En tout lui racontant, je me mettais sous sa protection et sous sa surveillance. C'eût été un geste d'une telle portée qu'alors en toute bonne foi j'aurais pu inscrire la date de cette journée comme celle de mon acheminement vers l'honnêteté et vers la santé.

Nous avons parlé beaucoup de la pluie et du beau

temps. J'ai cherché à être gai, mais je n'ai même pas pu m'efforcer de me montrer affectueux. Elle en perdait le souffle, attendant certainement une explication qui n'est pas venue.

Puis elle est allée continuer son travail de rangement de nos effets d'hiver dans des placards réservés à cet usage. Je l'ai entrevue à maintes reprises au cours de l'après-midi qui vaquait attentivement à son travail, là-bas, au fond du long couloir, avec l'aide de la bonne. Son grand chagrin ne la détournait pas de ses saines occupations.

Mon inquiétude m'a conduit souvent de la chambre à coucher à la salle de bains. J'aurais voulu appeler Augusta pour lui dire au moins que je l'aimais car – pauvre nigaude ! – ces mots lui auraient suffi. Mais j'ai continué au contraire à réfléchir et à fumer. Je suis passé naturellement par plusieurs phases. Il y a même eu un moment où cet accès de vertu a été interrompu par ma frénésie de voir arriver le lendemain afin de pouvoir courir chez Carla. Il peut se faire que ce désir m'ait été inspiré par quelque bonne résolution. Au fond, dans ma solitude, la grande difficulté était de s'engager à son devoir et de l'observer. L'aveu qui m'aurait procuré la collaboration de ma femme était impensable. Restait donc Carla sur les lèvres de qui j'aurais pu faire un serment tout en cueillant un dernier baiser ! Qui était Carla ? Le chantage n'était pas le danger le plus grave que j'encourais avec elle ! Demain elle serait ma maîtresse : qui sait ce qui pouvait s'ensuivre ? Je ne la connaissais qu'à travers ce que m'en avait dit cet imbécile de Copler et, sur la base des renseignements fournis par ce dernier, un homme plus avisé que moi, Olivi par exemple, n'aurait même pas accepté d'engager une transaction commerciale.

Toute la saine, la belle activité qu'Augusta déployait dans mon foyer était peine perdue. La cure radicale de mariage que j'avais entreprise dans ma recherche anxieuse de la santé avait échoué. Je demeurais plus atteint que jamais et marié pour mon malheur et pour celui des autres.

Plus tard, quand j'ai été effectivement l'amant de Carla, revoyant en pensée ce triste après-midi, je n'ai pas réussi à comprendre pourquoi, avant de m'engager plus avant, je n'avais pas été retenu par une résolution virile. J'avais tant pleuré sur ma trahison avant de la commettre qu'elle aurait dû sembler facile à éviter. Mais on a bien raison de se moquer de l'esprit de l'escalier, de celui qu'on retrouve après, mais aussi de celui qu'on a avant, car il n'est d'aucune utilité. Au cours de ces heures angoissantes, à la lettre C (Carla) de mon dictionnaire, a été inscrite la date de cette journée, accompagnée de l'annotation : « dernière trahison ». Mais la première trahison effective, qui m'engageait à des trahisons ultérieures, n'est advenue que le lendemain.

Tard dans la soirée, n'ayant rien de mieux à faire, j'ai pris un bain. Je sentais mon corps pollué et je voulais me laver. Mais une fois dans l'eau, j'ai pensé : « Pour me laver de cette souillure il faudrait que je sois capable de fondre entièrement dans l'eau. » Je me suis rhabillé, si vidé de volonté que je ne me suis même pas séché complètement. Le jour mourut et je m'attardai à la fenêtre à regarder les jeunes pousses vertes des arbres de mon jardin. Je fus pris de frissons et je pensai avec une certaine satisfaction que c'était la fièvre. Je ne désirais pas la mort mais la maladie, une maladie qui me servirait de prétexte pour faire ce que je voulais, ou qui m'en empêcherait.

Après avoir longtemps hésité, Augusta est venue me trouver. En la voyant si douce et si peu rancunière, j'ai eu des frissons si violents que je claquais des dents. Epouvantée, elle m'a obligé à me mettre au lit. J'avais froid et je claquais toujours des dents, mais je savais à présent qu'il ne s'agissait pas de fièvre et je l'ai empêchée d'appeler le docteur. Je l'ai priée d'éteindre la lampe, de s'asseoir à côté de moi et de ne pas parler. Je ne sais combien de temps nous sommes restés ainsi : j'ai retrouvé ma chaleur corporelle ainsi qu'un peu de confiance. Mon esprit était cependant si confus encore que lorsqu'elle a reparlé d'appeler le médecin, je lui ai dit que je connaissais la raison de mon malaise et que je la lui dirais plus tard. Je retournais à l'intention d'avouer. Je n'avais pas d'autre voie ouverte devant moi pour me délivrer d'un tel accablement.

Nous sommes restés encore longtemps sans parler. Plus tard, je me suis aperçu qu'Augusta avait quitté son fauteuil et s'approchait de moi. J'ai eu peur : peut-être avait-elle tout deviné. Elle m'a pris la main, l'a caressée, puis elle a posé une main légère sur mon front pour voir s'il brûlait, et elle m'a dit pour finir :

– Tu aurais dû t'y attendre! Pourquoi cette surprise douloureuse?

J'ai été étonné et de ces mots étranges et en même temps de les entendre passer à travers un sanglot étouffé. Il était évident qu'elle ne faisait pas allusion à mon aventure. Comment aurais-je pu prévoir que je réagirais de la sorte? Je lui ai demandé non sans une certaine rudesse :

– Mais que veux-tu dire? A quoi devais-je m'attendre?

Elle a murmuré, toute penaude :

– Mais à l'arrivée du père de Guido pour le mariage d'Ada...

J'ai fini par comprendre : elle croyait que je souffrais de l'imminence des noces d'Ada. J'ai trouvé qu'elle me jugeait bien mal : je n'étais pas coupable d'un pareil forfait. Je me suis senti pur et innocent comme l'enfant qui vient de naître, et délivré aussitôt de tout accablement. J'ai sauté à bas du lit :

– Tu crois que j'ai du chagrin du mariage d'Ada? Depuis mon mariage je n'ai plus pensé à elle. Je ne me souvenais plus que M. *Cada* était arrivé aujourd'hui.

Plein de désir, je l'ai étreinte et embrassée et mes accents résonnaient d'une telle sincérité qu'elle a eu honte de ses soupçons.

Tout nuage s'est dissipé de son visage sans malice comme du mien et nous sommes allés dîner tous les deux, avec une faim de loup. A cette même table où nous avions été si malheureux quelques heures auparavant, nous mangions maintenant comme deux bons copains en vacances.

Elle m'a rappelé que je lui avais promis de lui dire la raison de mon indisposition. J'ai feint une maladie qui devait me laisser la faculté de faire tout ce qui me plairait sans me sentir coupable. Je lui ai raconté que dès ce matin-là la société des deux vieillards m'avait profondément déprimé. Puis j'étais allé chercher les lunettes que l'oculiste m'avait prescrites. Peut-être cet indice de vieillesse m'avait-il un peu plus déprimé. Et j'avais marché dans les rues pendant des heures. Je lui ai raconté aussi une partie des imaginations qui m'avaient tant fait souffrir. Je me souviens qu'elles contenaient même l'amorce d'un aveu. Je ne sais plus à cause de quel rapport avec la maladie imaginaire, le fait est que je lui ai parlé aussi de notre sang qui circulait, circulait, faisait que nous nous tenions droits, aptes à la pensée et à l'action et donc enclins à la faute et au remords. Elle n'a pas pensé qu'il s'agissait de Carla mais moi j'ai pensé le lui avoir dit.

Après le repas, j'ai chaussé mes lunettes et pendant un moment j'ai fait semblant de lire mon journal, mais les verres brouillaient ma vue, et mon trouble s'accrut comme sous l'effet d'une joyeuse ivresse. J'ai dit que je n'arrivais pas à comprendre ce que je lisais. Je continuais à faire le malade.

J'ai passé une nuit presque blanche. J'attendais l'étreinte de Carla de toute l'ardeur de mon désir. C'est elle que je désirais, la jouvencelle aux lourdes nattes décoiffées et à la voix si musicale lorsqu'elle n'avait pas à pousser de notes. Tout ce que j'avais déjà enduré pour elle me la rendait également désirable.

Au cours de la nuit, j'ai été obsédé par une résolution d'acier. Je serais sincère avec Carla avant de la faire mienne, je lui dirais toute la vérité sur mes rapports avec Augusta. Je me suis mis à rire tout seul : c'était du dernier original que de partir à la conquête d'une femme les lèvres prêtes à une déclaration d'amour pour une autre. Carla retournerait peut-être à sa passivité! Et après? Pour le moment aucune des attitudes qu'elle pouvait prendre ne saurait amoindrir le prix de sa soumission dont il me semblait pouvoir être assuré.

Le matin en m'habillant, j'ai murmuré les mots que le lui dirais. Avant d'être à moi, Carla devait savoir qu'Augusta, grâce à son caractère et à sa santé (je pourrais m'étendre longuement sur ce que j'entendais par santé afin de contribuer à faire l'éducation de Carla) avait su gagner mon estime mais aussi mon amour.

En buvant mon café, j'avais été tellement absorbé par la préparation d'un discours aussi élaboré qu'Augusta n'a reçu de moi qu'un baiser léger comme gage d'affection avant mon départ. N'étais-je pas tout à elle ? J'allais chez Carla pour raviver ma passion pour elle.

Dès que je suis entré dans le petit salon de Carla, j'ai éprouvé un tel soulagement de la trouver seule et prête à se donner que je l'ai attirée aussitôt à moi et l'ai serrée dans mes bras passionnément. J'ai été épouvanté de l'énergie avec laquelle elle m'a repoussé. Quelle brutalité ! Elle ne voulait rien entendre et je suis resté cloué de stupeur au milieu de la pièce, tout meurtri de déception.

Mais Carla, s'étant aussitôt ressaisie, a murmuré :

– Ne voyez-vous pas que la porte est restée ouverte et que quelqu'un descend ?

J'ai pris l'attitude d'un visiteur cérémonieux tant que l'importun n'est pas passé. Puis nous avons aussitôt refermé la porte. Elle a pâli en voyant que je donnais aussi un tour de clé dans la serrure. De la sorte, tout était clair. Peu après, elle murmurait entre mes bras d'une voix étouffée :

– Tu le veux ? Tu le veux vraiment ?

Elle m'avait dit tu, et ce fut décisif. J'ai aussitôt répondu :

– Ne sais-tu pas que je ne veux rien d'autre !

J'avais oublié que j'aurais voulu auparavant clarifier quelque chose.

Aussitôt après, j'aurais voulu commencer à lui parler de mes rapports avec Augusta puisque j'avais négligé de le faire avant. Mais pour le moment c'était délicat. Parler à Carla à cet instant de quelque chose d'autre revenait à amoindrir l'importance du don qu'elle m'avait fait. Même le plus obtus d'entre les hommes sait qu'on ne peut se comporter de la sorte, encore que nous sachions tous qu'il n'y a aucune comparaison entre l'importance que ce présent revêt avant d'être obtenu et celle qu'il prend aussitôt après. Quelle offense pour une femme qui a ouvert ses bras pour la première fois que de s'entendre dire : « Il faut pour commencer que je précise le sens des mots que j'ai prononcés hier soir... » Hier, allons donc! Tout ce qui s'est passé la veille doit sembler indigne d'être mentionné et si un homme d'honneur ne comprend pas ce sentiment, tant pis pour lui, mais il doit prendre garde que personne ne s'en aperçoive.

Il est certain que j'étais cet homme d'honneur qui ne comprenait pas ce sentiment parce qu'en voulant feindre j'ai commis une gaffe telle que la sincérité n'eût pas fait mieux. Je lui ai demandé :

– Comment se fait-il que tu te sois donnée à moi? Comment ai-je pu mériter un don pareil?

Voulais-je lui témoigner ma gratitude ou lui en faire grief? Ce n'était probablement qu'une tentative d'amorce de mes explications.

Un peu surprise, elle a relevé la tête pour voir l'air que j'avais :

– Il me semble que c'est toi qui m'as prise (et elle a souri affectueusement pour me montrer qu'elle n'avait pas l'intention de m'en faire reproche).

Je me suis rappelé que les femmes exigent qu'on dise qu'on les a prises. Puis elle s'est aperçue qu'elle-même avait gaffé, car ce sont les choses qu'on prend tandis que les personnes se donnent et elle a murmuré :

– Je t'attendais! Tu es le chevalier qui devait venir me délivrer. C'est vrai qu'il est regrettable que tu sois marié mais puisque tu n'aimes pas ta femme, je sais au moins que mon bonheur ne détruit celui de personne.

Ma douleur costale m'a repris avec une telle intensité que j'ai dû cesser de l'étreindre. Je ne m'étais donc pas exagéré l'importance de mes paroles inconsidérées? Etaient-ce bien mes mensonges qui avaient incité Carla à se donner à moi? Voilà donc que si, à cet instant, j'avais songé à lui parler de mon amour pour Augusta, Carla aurait été en droit de me reprocher rien moins que de lui avoir tendu un piège ! Pour l'heure, rectification et explication devenaient impossibles. L'occasion de m'expliquer et de mettre les choses au point ne manquerait pas de se présenter par la suite. Or, l'attente de cette occasion constituait un nouveau lien entre Carla et moi.

Alors, auprès de Carla, resurgit intacte ma passion pour Augusta. Maintenant je n'avais plus qu'un seul désir : courir chez mon épouse véritable, fût-ce seulement pour la voir qui vaquait à ses activités de fourmi diligente, rangeant nos effets dans une atmosphère de camphre et de naphtaline.

Mais je me suis cramponné à mon devoir. Ce fut très pénible à cause d'un épisode qui, au début, m'a jeté dans un trouble profond, car j'y ai vu une nouvelle menace de la femme-sphynx[17] à laquelle j'avais affaire. Carla m'a raconté que la veille, aussitôt après mon départ, son professeur de chant s'était présenté et qu'elle l'avait tout simplement mis à la porte.

Je n'ai pu cacher un geste de contrariété. C'est comme si elle avait averti Copler de notre liaison !

– Que va dire Copler ? me suis-je exclamé.

Elle s'est mise à rire, et cette fois de sa propre initiative elle a cherché refuge dans mes bras :

– N'avions-nous pas dit que nous le jetterions dehors lui aussi ?

Elle était bien mignonne, mais elle ne pouvait plus faire ma conquête. Moi aussi j'ai aussitôt trouvé l'attitude qui m'allait bien, celle du pédagogue, parce qu'elle m'offrait la possibilité d'assouvir la rancœur qui couvait dans le fond de mon cœur pour la femme qui ne me permettait pas de parler comme je l'aurais voulu de mon épouse. Dans la vie, il fallait travailler, lui ai-je dit, parce que, comme elle devait bien le savoir, l'existence était dure et seuls les forts pouvaient tenir bon. Et si je venais à mourir ? Qu'adviendrait-il d'elle ? J'avais envisagé l'éventualité de l'abandonner d'une façon qui ne pouvait la froisser et elle en fut touchée, en effet. Puis, dans l'intention évidente de la rabaisser, je lui ai dit qu'avec ma femme il me suffisait d'exprimer un désir pour le voir exaucé.

– Eh bien ! a-t-elle dit d'un ton résigné, nous ferons dire au professeur de revenir !

Puis elle a essayé de me faire partager son antipathie pour ce professeur. Elle devait subir tous les jours la compagnie de ce vieillard revêche qui lui faisait répéter cent fois de suite les mêmes exercices qui ne servaient à rien, mais à rien du tout. Elle se rappelait n'avoir eu quelques bons moments que lorsque le maestro était malade. Elle avait même souhaité sa mort mais elle n'avait pas de chance.

Dans son désespoir, elle est même devenue excessive. Elle gémissait, de plus en plus fort, qu'elle n'avait pas de chance : elle était vouée au malheur, vouée au malheur sans remède. Quand elle se souvenait qu'elle m'avait aimé tout de suite, croyant que ma manière de faire, de parler, de la regarder, lui promettait une vie moins rigide, moins réglementée, moins ennuyeuse, elle ne pouvait s'empêcher de pleurer.

C'est ainsi que j'ai fait tout de suite connaissance avec ses sanglots et que je les ai trouvés assommants; leur violence était telle qu'ils ébranlaient de fond en comble son corps fragile. Il me semblait subir sans délai une agression soudaine contre mon porte-monnaie et contre ma vie. Je lui ai demandé :

– Mais crois-tu que ma femme se tourne les pouces dans la vie ? Pendant que tous deux nous parlons, elle encrasse ses poumons de camphre et de naphtaline.

Carla a sangloté :

– Les affaires de la maison, les meubles, les vêtements... Elle en a de la chance !

J'ai pensé avec irritation qu'elle voulait me voir courir lui acheter toutes ces choses, uniquement pour lui procurer l'activité qu'elle préférait. Je n'ai pas laissé voir ma colère, Dieu merci, et j'ai obéi à la voix du devoir qui me criait : « Caresse la jeune fille qui s'est donnée à toi ! » Je l'ai cajolée, j'ai caressé ses cheveux d'une main légère. A la suite de quoi ses sanglots se sont calmés et ses larmes ont coulé abondamment, sans contrainte, comme la pluie qui succède à l'orage.

– Tu es mon premier amant, a-t-elle ajouté, et j'espère que tu continueras à m'aimer !

Cette proclamation que j'étais son premier amant, qui préparait les voies à un deuxième, ne m'a pas beaucoup touché. C'était une déclaration qui arrivait en retard parce que depuis plus d'une demi-heure le sujet était épuisé. C'était d'autre part une nouvelle menace. Une femme croit avoir tous les droits sur son premier amant. Je lui ai murmuré doucement à l'oreille :

– Toi aussi tu es ma première amante... depuis mon mariage.

La douceur de ma voix masquait mes efforts de mettre les deux parties à égalité.

Je l'ai quittée peu après parce que je n'aurais voulu à aucun prix arriver en retard pour le déjeuner. Avant de partir, j'ai sorti à nouveau de ma poche l'enveloppe que j'appelais l'enveloppe des bonnes résolutions parce qu'elle était née d'une résolution excellente. Je sentais le besoin de payer pour me sentir plus libre. Carla a refusé à nouveau cet argent avec douceur et moi alors je me suis fâché tout rouge, mais j'ai pu maîtriser les manifestations de ma colère, sauf que j'ai hurlé les mots les plus doux. Je criais pour ne pas la frapper, mais nul n'aurait pu s'en rendre compte. Je lui ai dit que j'étais parvenu au comble de mes désirs en la faisant mienne et qu'à présent je voulais avoir le sentiment qu'elle était encore plus à moi en l'entretenant complètement. C'est pourquoi elle devait se garder de me causer une irritation qui me faisait terriblement souffrir. Pressé de m'en aller, j'ai résumé en quelques mots mon point de vue qui – crié de la sorte – a pris une forme lapidaire :

– Tu es ma maîtresse, non ? Alors, c'est à moi de t'entretenir.

Epouvantée, elle a mis fin à sa résistance et a pris l'enveloppe tout en me regardant anxieusement afin de deviner où se trouvait la vérité, dans mes hurlements de haine ou bien dans les mots d'amour qui lui accordaient tout ce qu'elle avait désiré. Elle s'est rassérénée un peu quand j'ai effleuré son front de mes lèvres. Dans l'escalier, la crainte m'a pris qu'avec cet argent à sa disposition et ayant compris que je me chargeais de son avenir, elle ne mît Copler à la porte au cas où il lui rendrait visite dans l'après-midi. J'aurais voulu remonter l'exhorter à ne pas me compromettre par un geste pareil. Mais il était tard et j'ai dû me hâter.

J'ai peur que le docteur qui lira ce manuscrit n'en vienne à croire que Carla aurait été aussi un sujet intéressant pour la psychanalyse. Il jugera que ce don de soi, précédé du renvoi du professeur de chant, fut trop hâtif. Moi aussi je pensais qu'en récompense de son amour elle s'était attendue à trop de concessions de ma part. Il a fallu de longs, de très longs mois pour que je comprisse mieux la pauvre enfant. Elle était probablement tombée dans mes bras pour se libérer de l'inquiétante tutelle de Copler, et ce dut être pour elle une surprise fort douloureuse que de s'apercevoir qu'elle s'était donnée en vain du fait qu'on continuait à exiger d'elle ce qui lui pesait tant, à savoir le chant. Elle était encore serrée contre moi qu'elle apprenait qu'elle devait continuer à chanter. D'où une colère et un chagrin qui ne trouvaient pas l'expression appropriée. Chacun de nous, pour des motifs différents, avait prononcé les mots les plus incongrus. Quand elle m'a aimé, elle a retrouvé toute la spontanéité que ses supputations lui avaient ôtée. Moi je n'eus jamais pour elle cette spontanéité.

Tout en me pressant, j'ai pensé encore : « Si elle savait combien j'aime ma femme, elle se comporterait autrement. » Quand elle le sut, elle se comporta en effet autrement.

Une fois dehors, j'ai respiré la liberté et ne me suis senti nullement affecté de l'avoir compromise. Jusqu'au lendemain on avait le temps de voir et je trouverais peut-être une parade aux ennuis qui me menaçaient. En courant chez moi, j'ai même eu le front de m'en prendre à l'ordre établi comme s'il était responsable de mes escapades. Il me semblait qu'il aurait dû prévoir la possibilité (occasionnelle) de conter fleurette aux femmes, même quand on ne les aimait pas, sans avoir à en redouter les conséquences. De remords, nulle trace en moi. C'est pourquoi je pense que le remords ne naît pas du regret d'une mauvaise action déjà commise, mais de la vision qu'on prend personnellement de ses propres penchants au mal. La partie supérieure du corps se penche pour regarder et juger l'autre partie et elle la trouve monstrueuse. Elle en éprouve de la répulsion et nomme cela remords. Même dans la tragédie antique, la victime ne revenait pas à la vie, et pourtant le remords finissait par passer. Cette disparition signifiait que la monstruosité était guérie et que les pleurs d'autrui n'avaient désormais aucune importance. Où y aurait-il pu avoir place pour le remords en moi qui courais avec tant de joie et d'affection chez mon épouse légitime? Depuis bien longtemps je ne m'étais pas senti aussi pur.

Au déjeuner, je n'eus aucun effort à faire pour être gai et affectueux envers Augusta. Il n'y a eu ce jour-là aucune fausse note entre nous. Rien d'excessif. J'étais comme je devais être pour la femme qui honnêtement et en toute sécurité était ma femme. Il y a eu par la suite des excès de tendresse de ma part, mais seulement lorsque se déroulait dans ma tête une lutte entre les deux femmes et, en exagérant les marques de mon amour, il m'était plus facile de cacher à Augusta que se glissait entre nous l'ombre alors puissante d'une autre femme. Je peux même dire qu'Augusta me préférait quand je n'étais ni sincèrement ni entièrement à elle.

J'étais pour ma part un peu étonné de mon calme et je l'attribuais au fait que j'avais réussi à faire accepter de Carla cette enveloppe des bonnes résolutions. Non que je crusse avec cet argent en être quitte avec elle. Mais il me semblait que j'avais commencé à payer pour une indulgence[18]. Tant que dura ma liaison avec Carla, l'argent demeura malheureusement mon principal souci. A la moindre occasion, j'en mettais un peu de côté dans un coin caché de ma bibliothèque, pour me tenir prêt à faire face à toute exigence de cette maîtresse que je redoutais. De sorte que lorsque Carla me quitta, cet argent servit à payer tout autre chose.

Nous devions passer la soirée chez mon beau-père pour un repas auquel n'étaient conviés que les membres de la famille, repas destiné à remplacer les traditionnelles agapes préludant au mariage qui devait avoir lieu deux jours après. Guido voulait profiter pour se marier de l'amélioration de Giovanni qui selon lui ne durerait pas.

Au début de l'après-midi, je me suis rendu avec Augusta chez mon beau-père. En chemin je lui ai rappelé que la veille elle s'était imaginé que je souffrais encore de ce mariage. Elle a eu honte de ses soupçons et je n'ai pas arrêté de parler de mon innocence. N'étais-je pas rentré chez nous sans plus me rappeler que le soir même avait lieu le repas solennel qui précédait le mariage ?

Bien qu'il n'y eût pas d'autres invités de la famille que nous, les parents Malfenti avaient voulu que le banquet fût préparé avec solennité. On avait prié Augusta de prêter son concours pour dresser le couvert dans la salle à manger. Alberta s'y était refusée tout net. Quelque temps auparavant, elle avait obtenu un prix à un concours pour une pièce en un acte et se préparait maintenant avec diligence à réformer le théâtre national. Aussi, autour de cette table, n'y avait-il qu'Augusta et moi secondés par une femme de chambre et par Luciano, un jeune commis de Giovanni qui montrait autant de talent pour les soins domestiques que pour ceux du bureau.

J'ai aidé à transporter des fleurs sur la table et à les répartir harmonieusement.

– Tu vois, ai-je dit en badinant à Augusta, moi aussi je contribue à leur bonheur. Si on me demandait même de préparer le lit nuptial, je le ferais avec tout autant de sérénité !

Plus tard, nous sommes allés retrouver les fiancés qui revenaient d'une visite de convenances. Ils s'étaient installés dans le coin le plus tranquille du salon et je suppose que jusqu'à notre arrivée ils s'étaient bécotés. La jeune fiancée n'avait pas changé sa tenue de promenade et elle était jolie à croquer, avec ses joues colorées par la chaleur. Je crois que les fiancés, pour dissimuler toute trace des baisers qu'ils avaient échangés, voulaient nous faire croire qu'ils avaient discuté de science. C'était bien sot de leur part, voire inconvenant! Voulaient-ils nous écarter de leur intimité ou croyaient-ils que leurs baisers pouvaient faire de la peine à quelqu'un? Cet incident pourtant n'a pas terni ma bonne humeur. Guido me disait qu'Ada ne voulait pas croire que certaines guêpes pouvaient paralyser d'une piqûre certains insectes même plus forts qu'elles afin de les conserver, grâce à cette paralysie, vivants et frais, pour en nourrir leur progéniture. Je croyais me souvenir qu'il existait dans la nature quelque chose d'aussi monstrueux, mais je n'ai pas voulu à ce moment-là donner à Guido cette satisfaction :

– Tu me crois guêpe pour t'adresser à moi? lui ai-je dit en riant.

Nous avons laissé les fiancés pour leur permettre de s'occuper à des choses plus gaies. Je commençais cependant à trouver bien long cet après-midi et j'aurais voulu aller chez nous attendre l'heure du repas dans mon bureau.

Dans l'antichambre, nous avons rencontré le docteur Paoli qui sortait de la chambre de mon beau-père. Ce médecin, quoique jeune, avait réussi à se faire une bonne clientèle. Il était très blond et gras et rose comme un gros poupon de vingt ans. Mais dans cet organisme puissant, les yeux avaient une telle importance qu'ils étendaient à toute sa personne un air sérieux et imposant. Ses lunettes le faisaient paraître plus grand et son regard s'attardait sur les choses comme une caresse. Aujourd'hui que je le connais aussi bien que le docteur S. – le psychanalyste –, il me semble que l'œil de ce dernier vous scrute intentionnellement tandis que celui du docteur Paoli est mû par une curiosité insatiable. Paoli voit non seulement avec exactitude son patient mais encore la femme de ce dernier et la chaise sur laquelle elle est assise. Dieu sait lequel des deux arrange le mieux ses clients! Durant la maladie de mon beau-père je me suis rendu souvent chez Paoli pour l'inciter à ne pas faire comprendre à la famille que la catastrophe qui la menaçait était imminente, et je me souviens qu'un jour, tandis qu'il me regardait plus longuement que je ne l'eusse souhaité, il m'a dit en souriant :

– Mais vous adorez votre femme !

C'était un bon observateur parce qu'à ce moment-là, en effet, j'adorais ma femme que la maladie de son père plongeait dans l'affliction et que je trompais journellement.

Il nous a dit que Giovanni allait encore mieux que la veille. A présent il se faisait moins de souci pour lui parce qu'on était dans la bonne saison, et il pensait que les mariés pourraient entreprendre en toute tranquillité leur voyage de noces.

– Naturellement, ajouta-t-il prudemment, sauf complications imprévisibles.

Son pronostic s'avéra juste et survinrent ces complications imprévisibles.

Au moment de prendre congé, il lui est revenu que nous devions connaître un certain Copler au chevet duquel il avait été appelé en consultation le jour même. Il l'avait trouvé terrassé par une paralysie rénale. Il nous a raconté que cette paralysie s'était annoncée par une affreuse rage de dents. Là-dessus, il a émis un pronostic sévère, mais, selon son habitude, tempéré par une réserve :

– Il peut encore durer à condition qu'il tienne jusqu'à l'aurore de demain.

Augusta, émue de compassion, en a eu les larmes aux yeux et m'a prié de courir sur-le-champ chez notre pauvre ami. Après un moment d'hésitation, j'ai obtempéré à son désir, et de grand cœur parce que mon âme a été soudain remplie de Carla. Comme j'avais été dur avec cette pauvre petite ! Voilà qu'avec la disparition de Copler, elle restait là toute seule sur son palier, aucunement compromettante parce que coupée de toute communication avec le monde que j'habitais. Mais, par prudence, je me suis d'abord rendu chez Copler car Augusta voudrait savoir si je l'avais vu.

Je connaissais déjà le petit appartement modeste mais confortable et décent que Copler habitait Corsia Stadion.

Un vieux retraité lui avait cédé trois de ses cinq pièces. C'est lui qui m'a reçu, un homme corpulent, au souffle court et aux yeux rouges que l'inquiétude faisait aller et venir dans un petit corridor sans lumière. Il m'a raconté que le médecin traitant venait de partir après avoir constaté que Copler agonisait. Le vieux parlait à voix basse, toujours oppressé, comme s'il craignait de troubler la tranquillité du moribond. C'était une forme de respect comme nous la concevons nous autres les vivants alors qu'il n'est pas certain que les mourants ne préféreraient pas au cours de leur dernier trajet être accompagnés par des voix claires et sonores qui leur rappellent la vie.

Le vieux m'a dit que le mourant était assisté par une religieuse. Plein de respect, je me suis arrêté un moment devant la porte de cette chambre où le pauvre Copler de son râle au rythme si régulier scandait ses derniers moments. Sa respiration bruyante se composait de deux sons : le premier, produit par l'inspiration de l'air, paraissait hésitant; précipité, le second qui naissait de l'expiration. Hâte de mourir? Une pause succédait aux deux sons et je pensais que, lorsque cette pause s'allongerait, une autre vie commencerait pour lui.

Le vieux voulait que je pénètre dans cette pièce, mais je n'ai pas voulu. Trop de moribonds m'avaient fixé d'un œil torve.

Je n'ai pas attendu que la pause s'allongeât et j'ai couru chez Carla. J'ai frappé à la porte du petit salon qui était fermée à clé, mais personne n'a répondu. M'impatientant, j'ai donné des coups de pied dans la porte et alors s'est ouverte dans mon dos celle de l'appartement. La voix de la mère de Carla a demandé :

– Mais qui est là?

Puis la vieille est sortie craintivement et, quand elle m'a eu reconnu à la lumière jaune qui venait de la cuisine, je me suis aperçu qu'une rougeur intense envahissait son visage, accentuée par la blancheur éclatante des cheveux. Carla n'était pas là et elle m'a proposé d'aller me chercher la clé de cette pièce qu'elle considérait comme la seule digne de me recevoir. Mais je lui ai dit de ne pas se déranger, je suis entré dans la cuisine et me suis assis sans autre forme de procès sur une chaise en bois. Sur le foyer, un modeste feu de charbon brûlait sous une marmite. Je lui ai dit de ne pas interrompre ses préparatifs culinaires pour le souper. Elle m'a rassuré. Elle faisait bouillir des haricots qui n'étaient jamais assez cuits. La pauvreté de la nourriture qu'on cuisinait dans cette maison dont je devais désormais assurer la subsistance à moi seul m'a attendri et a fait tomber la colère que je ressentais de ne pas trouver ma maîtresse à m'attendre.

La vieille dame est restée debout en dépit de mes invitations réitérées à s'asseoir.

Je lui ai raconté brutalement que j'étais venu annoncer à Mlle Carla une très mauvaise nouvelle : Copler était mourant.

La vieille en a eu les jambes coupées et a éprouvé soudain le besoin de s'asseoir.

– Mon Dieu ! a-t-elle murmuré. Comment allons-nous faire maintenant ?

Puis elle s'est souvenue que ce qui arrivait à Copler était pire que ce qui lui arrivait à elle et elle a ajouté avec commisération :

– Le pauvre monsieur ! Un homme si bon !

Son visage était déjà inondé de larmes. Elle ne savait évidemment pas que si le pauvre monsieur n'était pas mort à temps, il aurait été mis à la porte de cette maison. Son ignorance m'a rassuré aussi. Quelle discrétion absolue m'entourait !

J'ai voulu la tranquilliser et je lui ai dit que ce que Copler avait fait jusqu'ici pour elles, c'est moi qui continuerais à le faire. Elle a protesté que ce n'était pas sur elle qu'elle pleurait, puisqu'elle savait que tant de braves gens les entouraient, mais sur le destin de leur grand bienfaiteur.

Elle a voulu savoir de quelle maladie il mourait. En lui racontant comment s'était annoncée la catastrophe, je me suis rappelé la discussion que j'avais eue quelque temps auparavant sur l'utilité de la douleur. Voilà que chez mon ami les nerfs des dents s'étaient agités et avaient commencé à crier au secours parce que, à un mètre de là, les reins avaient cessé de fonctionner. Le destin de celui dont je venais tout juste d'entendre le râle me laissait tellement indifférent que je continuais à jongler avec ses idées. S'il avait pu encore m'entendre, je lui aurais dit qu'il était bien clair maintenant que chez le malade imaginaire les nerfs pouvaient à bon droit faire souffrir pour une maladie qui éclatait à quelques kilomètres de distance.

La vieille et moi n'avions pas beaucoup de sujets de conversation en commun et j'ai accepté d'aller attendre Carla dans son petit salon. J'ai repris le Garcia et j'ai essayé d'en lire une page ou deux. Mais l'art du chant ne m'intéressait guère.

La vieille est revenue. Elle était inquiète du retard de Carla. Elle m'a raconté qu'elle était partie acheter des assiettes dont elles avaient un besoin pressant.

J'étais à bout de patience. Je lui ai demandé dans un mouvement de colère :

– Vous avez cassé des assiettes? Ne pourriez-vous pas faire un peu plus attention?

Je me suis débarrassé ainsi de la vieille qui est repartie en marmottant :

– Rien que deux... c'est moi qui les ai cassées...

Cet incident a suscité pendant un moment mon hilarité car je savais comment avaient été cassées toutes celles qui se trouvaient dans la maison, non pas par la vieille mais par Carla en personne. J'ai appris, par la suite, que Carla était loin d'être tendre pour sa mère qui avait une peur bleue de raconter les affaires de sa fille à ses protecteurs. Il paraît qu'une fois elle avait naïvement raconté à Copler que les exercices de chant excédaient Carla. Copler s'était fâché contre Carla et celle-ci avait houspillé sa mère.

Et c'est ainsi que, lorsque ma délicieuse maîtresse s'est décidée à revenir, je l'ai aimée avec une violence rageuse. Elle, enchantée, balbutiait :

– Et moi qui doutais de ton amour! Toute la journée j'ai été obsédée par l'envie de me tuer pour m'être donnée à un homme qui aussitôt après m'a traitée avec tant de rudesse !

Je lui ai expliqué que j'étais souvent pris de violents maux de tête et quand je me suis retrouvé dans la situation où, n'eussé-je valeureusement résisté, j'aurais voulu revenir en courant chez Augusta, j'ai reparlé de ces douleurs et j'ai réussi à me dominer. J'étais en progrès. Nous avons donc pleuré ensemble sur le pauvre Copler; j'ai bien dit ensemble !

Carla ne restait d'ailleurs pas insensible au sort de son bienfaiteur. En l'évoquant, elle est devenue toute pâle :

– Je me connais ! a-t-elle dit. Pendant longtemps je vais avoir peur d'être seule. De son vivant il me faisait déjà une de ces peurs !

Et pour la première fois, timidement, elle m'a proposé de rester avec elle toute la nuit. Moi je n'y pensais même pas et je n'aurais pas prolongé, fût-ce d'une demi-heure, ma présence dans cette pièce. Mais, veillant toujours à ne pas révéler à la pauvre enfant le fond de mon cœur dont j'étais le premier à être navré, j'ai avancé des objections en lui disant que pareille chose était impossible du fait qu'elle vivait avec sa mère. Ses lèvres ont esquissé une moue de profond mépris :

– Nous aurions transporté mon lit ici. Maman ne se risque pas à m'espionner.

Alors que je lui ai raconté qu'un banquet de noces m'attendait chez les miens, mais j'ai senti aussi la nécessité de lui dire qu'il ne me serait jamais possible de passer une nuit avec elle. Grâce à la résolution de gentillesse que je venais de prendre, j'ai réussi à maîtriser le son de ma voix qui est donc resté toujours affectueux, mais il me semblait que la moindre concession que je pourrais lui faire ou seulement lui laisser espérer équivaudrait envers Augusta à une nouvelle trahison que je ne voulais pas commettre.

A ce moment-là, je sentais que les liens les plus forts qui m'attachaient à Carla consistaient en ma résolution de me montrer attentionné ainsi que dans les mensonges que je lui avais débités sur mes rapports avec Augusta et que, doucement avec le temps, il me faudrait atténuer, voire effacer. C'est pourquoi, ce soir-là, je me suis mis à l'œuvre, naturellement avec toute la prudence voulue car il aurait été alors trop facile de rappeler le fruit que mon mensonge avait produit. Je lui ai dit que j'avais le sentiment profond de mes obligations envers mon épouse qui était une femme des plus estimables et aurait certainement mérité d'être mieux aimée, et à qui je n'aurais jamais voulu faire connaître à quel point je la trompais.

Carla m'a embrassé.

– Voilà comment je t'aime : bon et tendre ainsi que j'ai senti que tu l'étais dès que je t'ai vu. Je n'essaierai jamais de faire du mal à cette pauvre femme.

Je n'aimais guère entendre traiter Augusta de pauvre femme mais je savais gré à la pauvre Carla de sa mansuétude. C'était une bonne chose qu'elle ne détestât pas mon épouse. J'ai voulu lui témoigner ma reconnaissance et j'ai regardé autour de moi, à la recherche d'un gage d'amour. J'ai fini par en trouver un. Elle aussi a reçu sa buanderie : je lui ai permis de ne pas rappeler son professeur de chant.

Carla m'a couvert de marques de tendresse qui m'ont passablement ennuyé mais que j'ai supportées valeureusement. Puis elle m'a raconté qu'elle n'abandonnerait jamais le chant. Elle chantait toute la journée, mais à sa manière. Elle voulait même me faire entendre tout de suite une de ses chansons. Mais je m'y suis refusé énergiquement et je me suis enfui un peu cavalièrement. C'est pourquoi je pense que cette nuit-là elle a encore médité de se suicider, mais je ne lui ai pas laissé le temps de me le dire.

Je suis retourné chez Copler parce que je devais rapporter à Augusta les dernières nouvelles du malade pour lui faire croire que j'avais passé tout ce temps en sa compagnie. Copler était mort depuis deux heures environ, juste après mon départ. Accompagné du vieux retraité qui avait continué à arpenter à grandes enjambées le petit corridor, j'entrai dans la chambre mortuaire. Le corps, déjà habillé, était allongé sur le lit à même la toile du matelas. Il tenait un crucifix entre ses mains. A voix basse, le logeur m'a raconté que toutes les formalités avaient été réglées et qu'une nièce du défunt viendrait veiller la dépouille.

Ainsi, ayant appris qu'on donnait à mon ami le peu dont il pouvait encore avoir besoin, j'aurais pu m'en aller, mais je suis resté quelques minutes à le regarder. J'aurais aimé sentir monter à mes yeux une larme sincère de pitié pour le pauvre garçon qui avait tant lutté contre sa maladie jusqu'à essayer de s'entendre avec elle. « C'est triste ! » ai-je dit. Le mal, contre lequel il existait tant de médicaments, l'avait tué brutalement. On eût dit une ironie du sort. La face émaciée de Copler ne m'était jamais apparue aussi vigoureuse que dans la ridigité de la mort. On l'eût dite sculptée au burin dans un marbre de couleur et personne n'aurait pu imaginer que l'attendait une décomposition imminente. Ce visage manifestait encore la ténacité de la vie; il désapprouvait quelqu'un avec hauteur, moi peut-être, le malade imaginaire, ou peut-être Carla qui ne voulait pas chanter. J'ai tressailli un instant, croyant que le mort recommençait à râler. J'ai repris aussitôt mes esprits quand je me suis aperçu que ce que j'avais pris pour un râle n'était autre que le souffle haletant, précipité par l'émotion, du retraité.

Ce dernier m'a accompagné jusqu'à la porte et m'a prié de recommander sa maison dans le cas où je connaîtrais quelqu'un cherchant un petit appartement comme le sien :

– Vous voyez qu'en pareille circonstance, j'ai su remplir mon devoir et même au-delà !

Pour la première fois il a élevé le ton. Dans sa voix résonnait un ressentiment destiné probablement au pauvre Copler qui avait quitté son appartement sans le préavis de rigueur. Je me suis dépêché de partir en lui promettant tout ce qu'il voulait.

Chez mon beau-père je suis arrivé au moment où la famille venait de passer à table. On m'a demandé des nouvelles et moi, pour ne pas endeuiller la joie de ce festin, j'ai dit que Copler vivait encore et qu'on pouvait donc conserver quelque espoir.

Je trouvais d'ailleurs que cette réunion était bien triste. Peut-être cette impression me venait-elle de la vue de mon beau-père condamné à un maigre brouet et à un verre de lait, tandis qu'autour de lui tout le monde s'empiffrait des mets les plus succulents. Il avait tout son temps, lui, et il l'employait à regarder croquer les autres. Voyant que M. Francesco consacrait toute son activité aux hors-d'œuvre, il murmura :

– Et penser qu'il a deux ans de plus que moi !

Puis, quand M. Francesco en fut à son troisième verre de vin blanc, il grommela :

– Le troisième ! Puisse-t-il se changer en fiel dans sa bouche !

Ce souhait ne m'aurait pas déplu si je n'avais été assis à sa table à manger et à boire, et si je n'avais su que la même métamorphose allait être souhaitée au vin qui coulait sous mon palais. Aussi me suis-je mis à manger et à boire à la dérobée. Je profitais des moments où mon beau-père plongeait son gros nez dans sa tasse de lait ou répondait à quelque propos qu'on lui avait adressé, pour avaler de grosses bouchées ou pour ingurgiter de grands verres de vin. Alberta, uniquement dans le but de faire rire l'assemblée, a prévenu Augusta que je buvais trop. Ma femme, pour plaisanter, m'a menacé de l'index. Rien de mal à cela, mais mal tout de même car ce n'était plus la peine que je mange en cachette. Giovanni, qui jusqu'alors avait presque oublié mon existence, m'a décoché par-dessus ses lunettes un regard plein d'animosité. Il a dit :

– Moi, je n'ai jamais abusé du vin ni de la nourriture. Celui qui en abuse n'est pas un homme mais un... (et il a répété plusieurs fois ce mot qui n'était guère flatteur).

Sous l'effet du vin, ce mot ponctué d'un éclat de rire général m'a mis en tête un désir vraiment irraisonné de vengeance. J'ai attaqué mon beau-père sur son point faible : sa maladie. J'ai crié que ce n'était pas celui qui abusait des plaisirs de la table mais celui qui se pliait servilement aux prescriptions de son médecin qui n'était pas un vrai homme. Moi, dans son cas, j'aurais montré bien plus d'indépendance. Au mariage de ma fille – ne fût-ce que par affection – je n'aurais jamais toléré qu'on m'empêchât de manger et de boire.

Giovanni a observé en proie à la colère :

– Je voudrais te voir à ma place!

– Ne te suffit-il pas de me voir à la mienne? Ai-je par hasard cessé de fumer?

C'était la première fois que j'en venais à me vanter de cette faiblesse et j'ai allumé sur-le-champ une cigarette pour illustrer mes paroles. Tout le monde riait et racontait à M. Francesco que ma vie était remplie de dernières cigarettes. Mais il n'était pas question ici de la dernière et je me sentais fort et d'attaque. J'ai reperdu néanmoins le bénéfice de la sympathie des convives quand j'ai versé du vin à Giovanni dans son grand verre à eau. Ils avaient peur que Giovanni ne le boive et ont hurlé pour l'empêcher jusqu'à ce que Mme Malfenti se saisît du verre et l'écartât.

– Tu voudrais vraiment ma peau? m'a demandé doucement Giovanni en me regardant avec curiosité. Tu as le vin méchant, toi!

Il n'avait pas fait un seul geste pour profiter du vin que je lui avais versé.

Je me suis senti honteux et confus. Je me serais presque jeté aux pieds de mon beau-père pour lui demander pardon. Mais ce mouvement m'a semblé provenir aussi du vin et je l'ai refoulé. En demandant pardon, j'aurais avoué ma faute, alors que le festin continuant, il durerait assez pour me donner l'occasion de réparer les effets de cette plaisanterie si mal réussie. Il y a temps pour tout dans la vie. Les buveurs ne se rendent pas tous immédiatement aux suggestions de l'ivresse. Quand j'ai trop bu, j'analyse mes impulsions comme lorsque je suis sobre et vraisemblablement avec le même résultat. J'ai continué à m'observer pour comprendre comment j'avais pu en arriver à cette pensée perverse de nuire à mon beau-père. Et je me suis aperçu que j'étais fatigué, mortellement fatigué. S'ils avaient su tous la journée que je venais de vivre, ils m'auraient excusé. J'avais possédé et brutalement abandonné une femme par deux fois et par deux fois j'étais revenu à mon épouse pour la renier à son tour à deux reprises. Heureusement pour moi que, par association d'idées, a refait surface ce cadavre sur lequel j'avais vainement cherché à pleurer, et la pensée des deux femmes s'est évanouie; sinon j'aurais fini par parler de Carla. N'avais-je pas continûment envie d'avouer même lorsque je ne devenais pas magnanime dans les fumées du vin ? J'ai fini par parler de Copler. Je voulais que tout le monde sût que ce jour-là j'avais perdu mon grand ami. Ils excuseraient mon comportement.

J'ai crié que Copler était mort, mort pour de bon et que je l'avais tu jusque-là pour ne pas les attrister. Mais le plus surprenant c'est que j'ai senti enfin des larmes monter à mes yeux et que j'ai dû détourner mon regard pour les cacher.

Ils se sont tous mis à rire parce qu'ils ne m'ont pas cru. Alors l'obstination, qui est vraiment le trait le plus évident de l'ivresse, s'est mise de la partie. J'ai décrit le mort :

– Sa rigidité le rendait pareil à une sculpture de Michel-Ange exécutée dans la pierre la plus incorruptible.

Il s'est fait un silence général que Guido a interrompu en s'exclamant :

– Et maintenant tu ne sens plus le besoin de ne pas nous attrister ?

L'observation était juste. J'avais failli à une résolution dont je me souvenais ! Y avait-il un moyen d'y remédier ? Je me suis esclaffé :

– Je vous ai bien eus ! Il est vivant et il va mieux.

Les yeux fixés sur moi, ils cherchaient tous à s'y retrouver.

– Il va mieux, ai-je ajouté en reprenant mon sérieux, il m'a reconnu et il m'a même souri.

Ils ont fini par me croire, mais dans un tollé général. Giovanni proclamait que s'il ne craignait pour sa santé en s'exposant à un effort, il me jetterait un plat à la tête. Il était, en effet, impardonnable que j'aie troublé la fête par une nouvelle inventée de toutes pièces. Si c'eût été vrai, il n'y aurait rien eu là de répréhensible. N'aurais-je pas mieux fait de leur dire à nouveau la vérité? Copler était mort, et dès que je serais seul, je trouverais des larmes toutes prêtes pour le pleurer, abondantes et spontanées. Je cherchais quelque chose à dire, mais Mme Malfenti, avec sa gravité de grande dame, m'a fermé la bouche :

– Pour le moment ne parlons plus de ce pauvre malade. Nous y penserons demain!

J'ai obéi aussitôt, et jusqu'en mes pensées qui se sont définitivement écartées du mort : « Adieu! Attends-moi! Je reviendrai à toi tout de suite après! »

L'heure de lever les verres était venue. Giovanni avait obtenu de son médecin la permission de sabler à ce moment-là une coupe de champagne. Il a surveillé d'un air grave le remplissage de son verre, refusant de le porter à ses lèvres tant qu'il ne serait pas plein à ras bords. Et, après avoir porté un toast sérieux, sans fioritures, à Ada et à Guido, il a vidé lentement sa coupe jusqu'à la dernière goutte. Avec un coup d'œil malveillant, il m'a dit qu'il avait bu à ma santé la dernière gorgée. Pour conjurer son souhait, que je savais m'être néfaste, j'ai fait les cornes sous la nappe, de mes deux mains.

Le reste de la soirée est un peu confus dans ma tête. Je sais que, peu après, à l'initiative d'Augusta, on ne tarissait pas d'éloges sur mon compte à cette même table où j'étais cité comme un mari modèle. Tout m'a été pardonné et même mon beau-père s'est radouci. Il a toutefois ajouté que s'il espérait que le mari d'Ada se montrât aussi bon époux que moi, il souhaitait en même temps qu'il fût meilleur négociant et surtout homme... et il cherchait le mot. Il ne l'a pas trouvé et personne autour de lui ne le lui a réclamé; pas même M. Francesco qui, m'ayant rencontré le matin pour la première fois, ne pouvait guère me connaître. Pour ma part, je ne me suis pas fâché. Comme le sentiment d'avoir de graves torts à réparer retient notre esprit! J'acceptais, le cœur plein de reconnaissance, toutes ces insolences à condition de les sentir accompagnées de cette affection que je ne méritais pas. Et dans ma tête, embrouillée de fatigue et de vin, je caressais, entièrement rasséréné, l'image du bon époux qui devient moins bon quand il est adultère. J'ai envoyé de la main un baiser à Augusta qui l'a accueilli avec un sourire de gratitude.

Puis il s'est trouvé à cette table quelqu'un qui a voulu profiter de mon ébriété pour s'amuser, et j'ai été obligé de porter un toast. J'avais fini par accepter parce qu'à ce moment-là je pensais que formuler ainsi devant tout le monde de bonnes résolutions constituerait un engagement décisif. Non qu'en cet instant je doutasse de moi, car je me sentais conforme à la description qui avait été faite de ma personne, mais parce que je deviendrais encore meilleur quand j'aurais souscrit un engagement devant tous ces témoins qui l'auraient en quelque sorte ratifié.

Et c'est ainsi que dans mon petit speech je n'ai parlé que d'Augusta et de moi. J'ai fait pour la deuxième fois au cours de ces journées l'historique de mon mariage. Je l'avais falsifié pour Carla en lui taisant que j'étais devenu amoureux de ma femme; ici je l'ai tout autant falsifié omettant les deux personnes les plus importantes dans l'histoire de mon mariage : Ada et Alberta. J'ai décrit mes atermoiements, dont je ne me consolais pas car ils m'avaient frustré d'un long temps de bonheur. Puis, par galanterie, j'ai attribué aussi des hésitations à Augusta qui m'a démenti avec des rires joyeux.

J'ai retrouvé non sans peine le fil de mon discours. J'ai raconté comment nous en étions enfin venus au voyage de noces et comment nous nous étions aimés dans tous les musées d'Italie. Je m'enfonçais jusqu'au cou dans le mensonge, à telle enseigne que j'ai glissé dans mon récit quelque détail fallacieux autant qu'inutile. Et puis on raconte que la vérité se trouve dans le vin!

Augusta m'a interrompu pour la deuxième fois pour mettre les choses au point et a dit qu'elle avait dû éviter les musées à cause des dangers que je faisais courir aux chefs-d'œuvre. Elle ne s'apercevait pas qu'elle révélait par là l'imposture de mon récit et non de cet unique détail. S'il s'était trouvé à cette table un convive doué du sens de l'observation, il aurait eu vite fait de découvrir de quelle nature était cet amour que je situais en des endroits où il ne pouvait fleurir.

Je suis revenu aux platitudes de mon interminable discours en évoquant notre retour chez nous et comment nous nous étions mis à perfectionner notre nid en y ajoutant telle et telle chose, entre autres une buanderie.

Augusta, qui n'arrêtait pas de rire, m'a encore interrompu :

– On ne donne pas cette fête en notre honneur mais en l'honneur de Guido et d'Ada! Si tu parlais un peu d'eux!

Tout le monde a acquiescé bruyamment. Moi aussi j'ai ri en constatant que grâce à moi avait fini par régner la franche gaieté qui est de mise en pareilles circonstances. Mais je n'ai plus rien trouvé à dire. J'avais l'impression d'avoir parlé pendant des heures. J'ai lampé plusieurs verres de vin à la suite :

– Un pour Ada! (et je me suis levé un moment pour voir si elle avait fait les cornes sous la nappe.)

– Un pour Guido! (et j'ai ajouté après avoir vidé mon verre :)

– De tout cœur! (oubliant que mon premier verre n'avait pas été suivi de cette déclaration.)

– Un pour votre premier fils!

Et j'en aurais bu bien d'autres de ces verres à leurs enfants, si on ne m'en eût finalement empêché. Pour ces pauvres innocents j'aurais bu tout le vin qui se trouvait sur la table.

Puis tout est devenu encore plus confus. De précis, je ne me rappelle qu'une chose : mon souci principal de ne pas sembler ivre. Je me tenais droit et je parlais peu. Je me méfiais de moi, je sentais le besoin d'analyser chacun de mes mots avant de les prononcer. La conversation générale se poursuivit mais je devais renoncer à y participer parce qu'on ne me laissait pas le temps de clarifier mes pensées torpides. J'ai voulu entamer une conversation personnelle et j'ai dit à mon beau-père :

– As-tu entendu dire que l'*Extérieur*[19] a baissé de deux points?

Je rapportais une nouvelle qui ne me concernait pas du tout et qui circulait à la Bourse; je voulais simplement parler affaires, un truc sérieux dont un homme pris de vin ne se souvient généralement pas. Mais il semble que le sujet avait plus d'importance pour mon beau-père qui m'a traité d'oiseau de malheur. Avec lui je n'en ratais pas une.

Alors je me suis occupé d'Alberta, ma voisine de table. Nous avons parlé d'amour. Elle, c'était la théorie qui l'intéressait, et moi, pour le quart d'heure, la pratique me laissait tout à fait indifférent. C'est pourquoi on pouvait en parler tranquillement. Elle m'a demandé des idées et aussitôt il m'en est venu une qui m'a paru le résultat évident de mes expériences de la journée. La femme était une denrée dont le prix variait bien plus que celui de n'importe quelle valeur boursière. Alberta s'est méprise sur mes paroles et a cru que je voulais dire ce que tout le monde savait, par exemple qu'une femme d'un certain âge est cotée autrement qu'à un âge différent. Je me suis expliqué plus clairement : une femme pouvait représenter une valeur élevée à une certaine heure de la matinée, une valeur nulle à midi, et atteindre au cours de l'après-midi le double de son prix du matin pour se retrouver le soir affectée d'une valeur négative. Je lui ai expliqué le concept de la valeur négative : une femme atteignait cette valeur quand un homme calculait la somme qu'il serait disposé à payer pour l'expédier très loin, le plus loin possible de lui.

Le pauvre auteur comique en jupon ne saisissait pas encore la justesse de ma découverte alors que moi, au souvenir des fluctuations de valeur subies ce même jour par Carla et Augusta, j'en étais convaincu. Le vin s'est mis de la partie quand j'ai voulu m'expliquer mieux et j'ai déraillé complètement.

– Regarde, lui ai-je dit, en supposant que tu aies en ce moment la valeur X et que tu me permettes de presser du mien ton pied mignon, tu augmentes immédiatement d'un autre X.

J'ai accompagné ces mots du geste adéquat.

Toute rougissante, elle a retiré son pied et, voulant se montrer spirituelle, elle a dit :

– Mais c'est de la pratique et non plus de la théorie. J'en appellerai à Augusta.

Je dois avouer que moi aussi je sentais ce joli petit pied autrement qu'une théorie aride, mais je me suis récrié de l'air le plus candide du monde :

– C'est de la théorie, dans tout ce qu'elle a de plus pur, et ce n'est pas bien de ta part de la comprendre autrement.

Les caprices du vin sont de véritables événements.

Pendant longtemps ni Alberta ni moi n'avons oublié que j'avais touché une partie de son corps sans lui dissimuler que j'y prenais plaisir. Le mot avait donné son poids au geste et le geste au mot. Jusqu'à son mariage, elle a eu pour moi sourires et rougeurs, ensuite au contraire, rougeurs et colère. Les femmes sont ainsi faites. Chaque jour qui passe leur apporte une nouvelle interprétation du passé. Ce ne doit pas être une vie monotone que la leur. Chez moi, en revanche, l'interprétation de mon geste a toujours été identique : le larcin d'une chose mignonne au goût intense, et c'est la faute d'Alberta si à une certaine époque j'ai essayé de la faire se ressouvenir de ce geste alors que plus tard j'aurais donné n'importe quoi pour qu'il fût entièrement oublié.

Je me rappelle aussi qu'avant de quitter cette maison, il m'est arrivé une autre chose, et bien plus grave. Je suis resté seul, un court instant, avec Ada. Giovanni était allé se coucher depuis longtemps et les autres disaient au revoir à M. Francesco qui allait à l'hôtel avec Guido. J'ai regardé Ada longuement, dans sa robe de dentelles blanches qui découvraient ses épaules et ses bras. J'ai été longtemps sans parler bien que je sentisse le besoin de lui dire quelque chose; mais, après les avoir analysées je réprimais toutes les phrases qui se pressaient sur mes lèvres. Je me rappelle que j'ai même analysé la possibilité de lui dire celle-ci : « Comme je suis heureux que tu te sois décidée à te marier et que tu épouses mon grand ami Guido. Bientôt tout sera fini entre nous. » Je voulais dire un mensonge car tout le monde savait qu'entre nous tout était fini depuis plusieurs mois, mais il me semblait que ce mensonge était un très beau compliment et il est certain qu'une femme habillée de la sorte exige des compliments et s'en réjouit. C'est pourquoi, après mûre réflexion, je n'en ai rien fait. J'ai renoncé à ces paroles car dans les flots de vin où je nageais, j'ai trouvé une planche de salut. J'ai pensé que j'avais tort de risquer l'affection d'Augusta pour accorder une satisfaction à Ada qui ne m'aimait pas. Mais dans le doute qui quelques instants a troublé mon esprit et puis au moment où j'ai renoncé péniblement à ces paroles, j'ai lancé à Ada un tel regard qu'elle s'est levée et a quitté la pièce non sans s'être retournée avec terreur, peut-être prête à se mettre à courir.

Même nos coups d'œil demeurent dans notre souvenir, autant et peut-être plus que nos paroles : un coup d'œil est plus important qu'un mot parce qu'il n'y a pas dans tout le dictionnaire un seul mot qui sache déshabiller une femme. Maintenant je sais que ce coup d'œil faussa les mots que j'avais imaginés, en les simplifiant. Aux yeux d'Ada, il avait essayé de pénétrer au-delà de sa robe et même de son épiderme. Et il avait certainement voulu dire : « Acceptes-tu maintenant de venir tout de suite te coucher avec moi ? » Le vin est un grave danger, principalement parce qu'il ne ramène pas la vérité à la surface. C'est tout le contraire : il révèle de l'individu surtout son histoire passée et oubliée et non sa volonté présente; il déploie capricieusement en pleine lumière les vagues rêveries qui à une époque plus ou moins lointaine nous ont servi de passe-temps et sont aujourd'hui bien oubliées; il ignore les ratures et lit dans notre cœur ce qui y demeure encore perceptible. Et il sait qu'il n'y a pas de moyen radical d'en arracher quoi que ce soit, comme on effacerait un endos erroné sur un effet de commerce. Notre histoire personnelle y reste toujours lisible et le vin la clame tout haut, sans se soucier de ce que l'existence y a ajouté par la suite.

Pour rentrer chez nous, Augusta et moi avons pris une

voiture. Obscurité oblige, je me suis cru dans le devoir d'embrasser et d'étreindre ma femme parce que c'est ce que j'avais toujours fait au cours de pareils tête-à-tête, et je craignais, si je manquais à cette habitude, qu'elle pût penser qu'il y avait entre nous quelque chose de changé. Il n'y avait rien de changé entre nous : le vin le proclamait aussi! Elle avait épousé Zeno Cosini qui, inchangé, se tenait à ses côtés. Qu'importe si ce jour-là j'avais possédé plusieurs femmes dont le vin, pour me rendre plus gai, augmentait le nombre, incluant parmi elles je ne sais plus laquelle d'Ada ou d'Alberta?

Je me rappelle qu'en m'endormant, j'ai revu un instant le visage marmoréen de Copler sur son lit de mort. Il semblait demander justice, c'est-à-dire les larmes que je lui avais promises. Mais même alors il ne les a pas obtenues car le sommeil m'anéantit dans son étreinte. Juste avant de m'endormir toutefois, je me suis excusé auprès du fantôme : « Attends encore un peu. Je suis à toi tout de suite! » Je n'ai plus été à lui, jamais, parce que je n'ai même pas assisté à son enterrement. Nous avions tant à faire à la maison, et moi au-dehors, que nous n'avons pas eu un moment à lui donner. On en a parlé quelquefois, mais seulement pour rire au souvenir que mon ivresse l'avait fait mourir et ressusciter un certain nombre de fois. Il est même passé en proverbe chez nous et quand les journaux, comme c'est souvent le cas, annoncent et démentent la mort de quelqu'un, nous disons : « Comme le pauvre Copler. »

Le lendemain, je me suis levé avec un léger mal de tête. Ma douleur au côté m'a un peu oppressé, probablement parce que tant qu'avait duré l'effet du vin je ne l'avais pas du tout ressentie et j'en avais aussitôt perdu l'habitude. Mais, au fond, je n'étais pas triste. Augusta a contribué à me rasséréner en me disant que j'aurais mal fait de ne pas me rendre à ce repas de noces, car jusqu'à mon arrivée elle avait cru assister à une veillée funèbre. Je n'avais donc pas à avoir des remords de ma conduite. J'ai senti par la suite qu'une seule chose ne m'avait pas été pardonnée : mon œillade assassine à Ada!

Quand nous nous sommes rencontrés, au cours de

l'après-midi, Ada m'a tendu la main avec une anxiété qui a fait croître la mienne. Peut-être avait-elle sur la conscience sa fuite du salon qui n'avait pas été des plus polies. Mais mon coup d'œil aussi avait été une vilaine action. Je me rappelais exactement le mouvement de mon regard et je comprenais qu'on pût difficilement l'oublier quand on en avait été transpercé. Il fallait y remédier par une attitude vigilamment fraternelle.

On dit qu'il n'y a pas de meilleur traitement quand on est malade d'avoir trop bu que de boire encore. Ce matin-là, je suis allé reprendre des forces chez Carla. Je me suis rendu chez elle avec le désir bien arrêté de vivre plus intensément, le même désir que celui qui ramène à l'alcool, mais, tout en allant à elle, j'aurais souhaité qu'elle me remplît d'une intensité de vie bien différente de celle du jour précédent. Des résolutions assez nébuleuses mais bien honnêtes m'accompagnaient. Je savais que je ne pourrais pas la quitter tout de suite, mais je pouvais arriver tout doucement à cette décision vertueuse. Dans l'intervalle, je continuerais à lui parler de ma femme. Et un beau jour, elle apprendrait sans étonnement à quel point j'aimais ma femme. J'avais dans mon veston une autre enveloppe avec de l'argent pour parer à toute éventualité.

Je suis arrivé chez Carla, et un quart d'heure après elle m'a dit un mot de reproche dont la justesse a résonné longtemps à mon oreille : « Comme tu es brutal, toi, quand tu aimes ! » Je n'ai pas conscience d'avoir été brutal à ce moment précis. J'avais commencé à lui parler de ma femme, et les louanges que je tressais pour Augusta avaient résonné à l'oreille de Carla comme autant de reproches pour elle.

Puis ce fût au tour de Carla de me blesser. Pour passer le temps, je lui avais raconté combien je m'étais embêté au banquet, surtout à cause d'un toast que j'avais porté et qui avait duré interminablement. Carla m'a fait observer :

– Si tu aimais ta femme, tu ne raterais pas tes discours à la table de son père.

Et elle m'a donné un baiser pour me récompenser du peu d'amour que je portais à ma femme.

Cependant, ce même désir d'intensifier mon existence, qui m'avait entraîné chez Carla, m'aurait ramené au plus tôt chez Augusta qui était bien la seule femme que je pusse entretenir de l'amour que j'avais pour elle. Le vin que j'avais bu comme traitement me pesait déjà et c'est un autre vin que je désirais à présent. Mais ce jour-là ma liaison avec Carla devait prendre un caractère moins brutal et s'agrémenter d'une estime que, ainsi que je l'ai appris plus tard, la pauvre petite méritait bien. Désireuse de connaître mon avis, elle m'avait plusieurs fois proposé de me chanter une chanson. Mais je me moquais bien de son chant dont la naïveté me laissait à présent totalement indifférent. Je lui disais que puisqu'elle refusait d'étudier, autant valait ne plus chanter.

Je lui infligeais une blessure qui la faisait souffrir. Assise à côté de moi, pour ne pas me laisser voir ses larmes, elle regardait, immobile, ses mains croisées sur ses genoux. Elle a réitéré son reproche :

– Comme tu dois être dur pour la femme que tu n'aimes pas quand tu l'es tellement avec moi !

Le brave gars que je suis s'est laissé attendrir par ses larmes et j'ai prié Carla de me crever le tympan de sa voix puissante dans cette pièce exiguë. C'est elle maintenant qui se faisait prier, et j'ai dû la menacer de m'en aller pour être exaucé. Je dois reconnaître que j'ai cru un moment avoir trouvé un prétexte pour recouvrer, au moins temporairement, ma liberté, mais, à mes menaces, mon humble esclave est allée s'asseoir au piano, tête basse. Elle a consacré quelques instants à se concentrer et a passé sa main sur son visage comme pour en chasser tout nuage. Elle y est parvenue avec une rapidité qui m'a surpris car, lorsqu'elle a retiré sa main, sa figure ne montrait plus trace de chagrin.

J'ai éprouvé aussitôt une vive surprise. Carla disait sa chansonnette, elle la racontait, elle ne la criait pas. Les cris – comme elle me l'a expliqué après – lui avaient été imposés par son professeur. Elle les avait congédiés avec lui. La chansonnette triestine :

J'ai un amoureux, c'est vrai
Qu'y a-t-il de mal?
Voulez-vous qu'à seize ans
Je reste plantée là comme une bûche...[20]

est une sorte de récit ou d'aveu. Les yeux de Carla brillaient de malice et disaient plus que les mots. N'ayant plus à redouter une lésion du tympan, je me suis rapproché d'elle, surpris et enchanté. Je me suis assis auprès d'elle et alors elle a raconté sa chansonnette tout exprès pour moi, les yeux presque clos pour me dire sur la note la plus légère et la plus pure que ces seize ans-là voulaient la liberté et l'amour.

Pour la première fois, j'ai regardé le joli visage de Carla : un ovale très pur interrompu par le creux arrondi des orbites profondes et la courbe des fines pommettes, et qu'une blancheur de neige rendait encore plus pur à ce moment où elle le tournait vers moi et vers la lumière si bien qu'aucune ombre ne le ternissait. Et ces lignes suaves dans cette chair qui paraissait transparente, et cachait si parfaitement des veines et un sang peut-être trop délicats pour pouvoir se montrer, demandaient amour et protection.

Maintenant, j'étais prêt à lui accorder tout cet amour et toute cette protection, inconditionnellement, même au moment où je me sentais le plus enclin à revenir auprès d'Augusta, car la jeune enfant, en ce même moment, ne demandait qu'un amour paternel que je pouvais lui accorder sans trahir. Quel bonheur! Je demeurais là avec Carla, je lui accordais ce que son petit visage ovale demandait et je ne m'éloignais pas d'Augusta! Mon amour pour Carla s'affina. Dès lors, quand je ressentais un besoin d'honnêteté, je n'avais plus besoin de la quitter, mais je pouvais demeurer en sa compagnie et changer de conversation.

Cette douceur nouvelle était-elle due à son petit minois ovale que je venais de découvrir ou à son talent musical?

Indéniable, ce talent ! L'étrange chansonnette triestine finit sur un couplet où la même jeune héroïne s'avoue vieille et décrépite et dit qu'elle n'a plus besoin d'autre liberté que celle de mourir. Carla continuait à verser sa joyeuse malice dans ces vers indigents. Elle était toujours la belle enfant qui se disait vieille pour mieux revendiquer ses droits à partir de ce point de vue nouveau.

Quand elle a eu fini, devant mon admiration sincère, elle aussi pour la première fois ne s'est pas contentée de m'aimer mais elle a commencé à me chérir pour de bon. Elle était sûre que sa chansonnette devait me plaire bien davantage que le chant que lui enseignait son professeur.

– Dommage ! a-t-elle ajouté sur un ton de tristesse. Si on refuse d'aller dans les *cafés chantants*[21], on ne peut gagner sa vie avec son art.

Je suis arrivé sans peine à la convaincre qu'il en allait autrement. Dans notre société, beaucoup de grands artistes disaient et ne chantaient pas.

Elle a voulu que je lui cite des noms. Elle rayonnait d'apprendre combien son art pouvait être important.

– Je sais, a-t-elle ajouté naïvement, que cette manière de chanter est beaucoup plus difficile que l'autre pour laquelle il suffit de s'époumoner.

J'ai souri et je n'ai pas discuté. Son art à elle était certainement difficile et elle le savait car c'était le seul qu'elle connût. Cette chansonnette lui avait demandé un travail assidu. Elle l'avait dite et redite, reprenant l'intonation de chaque mot, de chaque note. A présent, elle en étudiait une autre qu'elle ne saurait que dans quelques semaines. Elle ne voulait pas me la faire entendre avant.

Suivirent des moments délicieux dans cette pièce où jusqu'alors ne s'étaient déroulées que des scènes de brutalité. Voilà que s'ouvrait aussi devant Carla une carrière. La carrière qui me délivrerait d'elle. Tout à fait comparable à celle que Copler avait rêvée pour elle ! Je lui ai proposé de lui trouver un professeur. Le mot l'a d'abord épouvantée puis elle s'est laissée facilement convaincre quand je lui ai déclaré qu'on pouvait essayer, et qu'elle demeurerait libre de le congédier si elle le jugeait désagréable ou inefficace.

Ce jour-là, je me suis trouvé aussi très bien en la compagnie d'Augusta. J'avais l'esprit tranquille comme si je revenais d'une promenade et non de chez Carla, ou comme aurait pu l'avoir le pauvre Copler quand il quittait ses protégées les jours où on ne lui avait pas donné motif de se fâcher. J'ai savouré ce moment comme si j'étais arrivé dans une oasis. Pour moi comme pour ma santé il aurait été très dommageable que ma liaison durable avec Carla se déroulât dans un climat d'agitation perpétuelle. A dater de ce jour, et conséquence de la beauté esthétique, mes visites furent plus calmes, entrecoupées des courtes pauses nécessaires à raviver mon amour pour Carla aussi bien que mon amour pour Augusta. Chacune de mes visites chez Carla signifiait certes une trahison à l'égard d'Augusta, mais tout était vite oublié dans un bain de santé et de bonnes résolutions. Et la bonne résolution n'était ni brutale ni énervante comme lorsque j'avais sur le bout de la langue le désir de déclarer à Carla que je ne la reverrais plus jamais. J'étais tendre et paternel : voilà que je pensais à nouveau à sa carrière. Planter chaque jour une femme pour courir après elle le lendemain aurait fait naître en moi une fatigue que mon pauvre cœur n'aurait pu supporter. A présent, au contraire, Carla demeurait toujours à ma discrétion, et je la poussais tantôt dans une direction, tantôt dans l'autre.

Pendant longtemps mes sages résolutions n'ont pas eu assez de force pour m'inciter à courir Trieste afin de dénicher le professeur qui lui convenait. Je jouais sans bouger avec la sagesse de ma résolution. Puis un beau jour Augusta m'a confié qu'elle se sentait mère et alors en un instant mon esprit de décision a pris des proportions colossales et Carla a eu son professeur.

Si j'avais tellement hésité, c'est parce qu'il était évident que Carla, même sans maître, avait su entreprendre une étude des plus sérieuses dans son nouvel art. Chaque semaine, elle était en mesure de me déclamer une nouvelle chansonnette, dont elle avait soigneusement analysé mimique et paroles. Quelques-unes de ses notes auraient eu besoin d'être un peu assouplies mais peut-être finiraient-elles par s'affiner toutes seules. La preuve décisive que Carla était une véritable artiste, je l'avais en voyant comment elle perfectionnait sans cesse ses chansons sans jamais renoncer à ce qu'elle avait d'emblée découvert de meilleur. Je l'ai incitée souvent à me faire réentendre son premier travail et chaque fois j'y trouvais quelque accent nouveau et plus expressif. Etant donné son ignorance, c'était miracle que, dans ses efforts tendus à la découverte du plus haut degré d'expressivité, il ne lui fût jamais arrivé de faire passer dans son interprétation des nuances fausses ou exagérées. En véritable artiste, elle ajoutait chaque jour une petite pierre à son édifice, et tout le reste demeurait intact. Ce n'était pas la chanson qui était stéréotypée mais seulement le sentiment qui l'avait inspirée. Avant de chanter, Carla passait toujours une main sur son visage et à l'abri de cette main naissait un instant de recueillement qui suffisait à l'introduire de plain-pied dans la saynète qu'elle avait à évoquer. Une saynète qui n'était pas toujours puérile. Le mentor ironique de *Rosina tu es née dans un bobinard* menaçait, mais d'un ton débonnaire. On eût dit que la chanteuse voulait laisser entendre que c'était une histoire quotidienne. Carla pensait différemment, mais elle finissait par arriver au même résultat :

– Rosina m'est sympathique, car autrement la chanson ne vaudrait pas la peine d'être chantée, disait-elle.

Il est arrivé parfois que Carla ravive à son insu mon amour pour Augusta ainsi que mes remords. En fait ce fut toujours quand elle se permettait des mouvements offensifs contre la position si solidement tenue par mon épouse. Son désir de m'avoir tout à elle pour une nuit entière était toujours aussi ardent; elle me confia que faute d'avoir dormi l'un à côté de l'autre, nous avions moins d'intimité. Comme je voulais m'habituer à lui témoigner plus de douceur, je ne me refusais pas catégoriquement à lui faire ce plaisir mais je continuais à penser presque toujours qu'il serait impossible de faire une chose semblable à moins de me résigner à trouver le lendemain matin Augusta à la fenêtre d'où elle aurait attendu mon retour toute la nuit. Et puis, n'eût-ce pas été une nouvelle trahison envers ma femme? Parfois, tandis que je courais plein de désir vers Carla, je me sentais enclin à la satisfaire, mais aussitôt après je voyais ce que cet acte avait d'impossible et d'inconvenant. C'est ainsi que pendant longtemps nous n'arrivâmes ni à exclure l'éventualité de la chose ni à la réaliser. Apparemment, nous étions tombés d'accord : tôt ou tard nous passerions une nuit ensemble. C'était d'ailleurs possible, car j'avais incité les Gerco à donner congé à ces sous-locataires qui coupaient leur appartement en deux, et Carla avait enfin sa chambre à elle.

Or il advint que, peu après le mariage de Guido, mon beau-père fut pris de la crise qui devait l'emporter et je commis l'imprudence de raconter à Carla que ma femme devait passer la nuit au chevet de son père pour permettre à ma belle-mère de se reposer. Il n'y eut plus moyen de me dérober : Carla exigea que je passe avec elle cette même nuit si douloureuse pour ma femme. Je n'eus pas le courage de résister à un tel caprice et je m'y soumis le cœur lourd.

Je me suis préparé à ce sacrifice. Le matin je ne suis pas allé chez Carla de sorte que, le soir, j'ai pu courir chez elle plein de désir, en me disant même qu'il était enfantin de penser que je trompais plus gravement Augusta parce que je la trompais à un moment où elle souffrait pour d'autres motifs. Aussi en suis-je venu à m'impatienter parce que la pauvre Augusta me retenait pour m'expliquer les gestes que je devais exécuter pour trouver les choses dont j'aurais éventuellement besoin au repas du soir, la nuit et même pour le café du lendemain matin.

Carla m'a accueilli dans son salon. Peu après sa mère et esclave nous a servi un petit souper délicieux auquel j'ai ajouté des gâteaux que j'avais apportés. La vieille est revenue ensuite pour desservir et moi, à dire la vérité, j'aurais voulu me coucher tout de suite, mais il était encore trop tôt et Carla m'a invité à l'écouter chanter. Elle m'a fait entendre tout son répertoire et ce fut certainement le meilleur moment de la soirée, car l'impatience avec laquelle j'attendais ma maîtresse augmentait le plaisir que j'avais toujours pris à écouter ses chansons.

– Le public te couvrirait de fleurs et d'applaudissements, lui ai-je déclaré à un certain moment, oubliant qu'il serait impossible de faire partager à un vaste public l'état d'âme dans lequel moi je me trouvais.

Nous nous sommes couchés enfin sur le même lit casé dans une petite pièce entièrement nue. On eût dit un couloir étranglé par une cloison. Je n'avais pas encore sommeil et j'étais au désespoir à la pensée que si j'avais envie de dormir, je ne pourrais céder au sommeil avec si peu d'air à ma disposition.

La mère, d'une voix timide, a appelé Carla qui est allée lui répondre à la porte qu'elle a entrebâillée. Je l'ai entendue qui demandait tout agitée à la vieille ce qu'elle voulait. L'autre a répondu timidement par quelques mots dont je n'ai pas perçu le sens et alors Carla a hurlé avant de claquer la porte au nez de sa mère :

– Laisse-moi tranquille. Je t'ai déjà dit que cette nuit je couche ici !

C'est ainsi que j'ai appris que Carla, tourmentée de peurs nocturnes, couchait encore avec sa mère dans son ancienne chambre où elle avait un autre lit, tandis que celui dans lequel nous devions coucher ensemble demeurait vide. C'était sûrement par peur qu'elle m'avait incité à jouer ce sale tour à Augusta. Ce lit à proximité du petit salon solitaire m'a donné à réfléchir. Je ne l'avais jamais vu auparavant. J'étais jaloux ! Deux minutes après je méprisais aussi l'attitude que Carla avait eue envers sa vieille maman. Elle était légèrement différente d'Augusta qui avait renoncé à ma compagnie afin d'assister ses parents. Je suis particulièrement sensible au manque d'égards envers les parents, moi qui avais supporté avec tant de résignation les lubies de mon pauvre père.

Carla n'a pu s'apercevoir ni de ma jalousie ni de mon mépris. J'ai refréné les manifestations de ma jalousie en me rappelant que je n'avais nullement le droit d'être jaloux puisque je passais le plus clair de mon temps à souhaiter que quelqu'un me l'enlevât. Je n'avais non plus aucun intérêt à montrer mon mépris à la pauvre petite que je me proposais à nouveau allègrement de laisser tomber, et bien que ma colère se fût maintenant accrue des motifs qui peu avant n'auraient suscité que ma jalousie. Ce dont j'avais besoin, c'était de m'éloigner au plus vite de ce réduit qui contenait à tout casser un mètre cube d'air et de plus surchauffé.

Je ne me rappelle plus très bien le prétexte que j'ai invoqué pour m'éloigner immédiatement. J'ai commencé à me rhabiller précipitamment. J'ai parlé d'une clé que j'avais oublié de remettre à ma femme et sans laquelle, en cas de nécessité, elle ne pouvait entrer dans la maison. Je lui ai fait voir la clé en question qui n'était autre que celle que je tenais toujours dans ma poche, mais que je lui ai montrée comme preuve tangible de la vérité de mes assertions. Carla n'a même pas essayé de me retenir; elle s'est habillée et m'a accompagné jusqu'en bas pour me faire de la lumière. Dans l'obscurité de la cage d'escalier, il m'a semblé qu'elle me scrutait d'un œil inquisiteur qui m'a troublé : commençait-elle à percer mon jeu? Ce n'était pas facile avec quelqu'un comme moi qui savais si bien feindre. Pour la remercier de me laisser partir, je continuais de temps en temps à poser mes lèvres sur ses joues et je faisais semblant de ressentir toujours l'enthousiasme qui m'avait poussé chez elle. Je n'ai pas eu à m'en faire quant au succès de mes simagrées. Quelques instants plus tôt, Carla, inspirée par l'amour, m'avait dit que le vilain prénom de Zeno dont mes parents m'avaient affublé, ne convenait pas du tout à mon genre. Elle aurait voulu m'appeler Dario, et là, dans l'obscurité, elle m'a dit au revoir en m'appelant de ce nom. Puis, s'apercevant que le temps menaçait, elle m'a offert de monter me chercher un parapluie. Mais il m'était absolument impossible de la supporter une minute de plus, et je me suis dépêché de filer, tenant toujours à la main cette clé que je commençais moi aussi à croire authentique.

Des lueurs éblouissantes zébraient de temps à autre

l'obscurité profonde de la nuit. Le grondement du tonnerre semblait très éloigné. L'air était encore calme et aussi étouffant que dans la chambrette de Carla. Mais les grosses gouttes clairsemées qui pleuvaient étaient tièdes. Levant la tête, j'ai vu ce qui menaçait et je me suis mis à courir. Corsia Stadion, j'ai eu la chance de trouver une porte cochère encore ouverte et éclairée, et j'ai eu à peine le temps de m'y engouffrer ! Aussitôt des cataractes se sont déversées sur la rue. Une rafale furieuse qui a paru aussi transporter le tonnerre, soudain tout près de moi, a interrompu ce déluge. J'ai tressailli. Il eût été vraiment compromettant de me faire occire par la foudre, à cette heure-là, dans la Corsia Stadion ! Heureusement que ma femme me connaissait pour un homme aux goûts bizarres qui aurait bien pu courir de nuit à cet endroit, et il y avait donc toujours excuse à tout.

J'ai dû rester sous cet abri une bonne heure. Quand le temps semblait se calmer, il se déchaînait alors sous une autre forme. A présent, il grêlait.

Le portier de la maison est venu me tenir compagnie et j'ai dû lui glisser la pièce pour qu'il retarde la fermeture de la porte. Puis un homme vêtu de blanc, tout trempé, est venu y chercher refuge. Il était vieux, maigre et sec. Je ne l'ai jamais plus revu, mais je ne peux oublier l'éclat de son œil noir et l'énergie qui émanait de sa personne menue. Il sacrait de se voir saucé de cette façon.

J'ai toujours pris plaisir à parler avec des gens que je ne connais pas. Avec eux, je me sens bien portant et sûr de moi. C'est un vrai repos. Je dois veiller à ne pas boiter et me voilà sauf.

Quand une accalmie s'est enfin produite, au lieu de me rendre chez moi, je suis allé directement chez mon beau-père. Il me semblait à ce moment-là devoir répondre immédiatement à cet appel et tirer gloire de l'avoir entendu.

Mon beau-père s'était assoupi et Augusta, qu'une religieuse assistait, a pu me rejoindre. Elle m'a dit que j'avais bien fait de venir et s'est jetée dans mes bras en pleurant. Elle avait vu son père souffrir atrocement.

Elle s'est aperçue que j'étais tout mouillé. Elle m'a fait étendre dans un fauteuil et m'a enveloppé de couvertures. Elle a pu rester quelques instants auprès de moi. J'étais très fatigué et dans le court laps de temps où elle s'est tenue à mes côtés, j'ai lutté contre le sommeil. Je me sentais tout à fait innocent car dans cette circonstance je ne l'avais pas trompée en abandonnant le domicile conjugal pendant une nuit entière. L'innocence est si belle que j'ai tenté de la rendre encore plus belle. J'ai commencé à prononcer des mots qui ressemblaient à un aveu. Je lui ai dit que je me sentais faible et coupable, et, constatant qu'à cet endroit de mon discours elle me regardait en me demandant de m'expliquer, je suis aussitôt rentré dans ma coquille et, me lançant dans la philosophie, je lui ai raconté que ce sentiment de culpabilité je le sentais dans chacune de mes pensées, dans chaque souffle de mes poumons.

– C'est aussi ce que pensent les gens pieux, a dit Augusta; qui sait si ce n'est pas pour des péchés que nous ignorons que nous sommes punis de la sorte!

Elle disait des mots propres à accompagner ses larmes qui continuaient à couler. Il m'a semblé qu'elle n'avait pas bien compris la différence qui séparait ma pensée de celle des gens pieux, mais je n'ai pas voulu discuter et, au bruit monotone du vent qui redoublait, dans la tranquillité que m'avait apportée aussi mon élan vers l'aveu, je me suis endormi d'un long sommeil réparateur.

*

Quand vint le tour du professeur de chant, tout fut réglé en quelques heures. Je l'avais choisi depuis longtemps et, à dire vrai, j'avais retenu son nom surtout parce qu'il était le professeur le meilleur marché de Trieste. Pour m'éviter de me compromettre, ce fut Carla elle-même qui alla s'entendre avec lui. Je ne l'ai jamais vu, mais je dois dire, maintenant que j'ai appris beaucoup de choses à son sujet, que c'est un des hommes que j'estime le plus au monde. Ce doit être un être sans complications, plein de santé, chose étrange chez un artiste qui ne vivait que pour son art, comme ce Vittorio Lali. Bref, un homme enviable, car génial et solide de surcroît.

Quoi qu'il en fût, j'ai constaté tout de suite que la voix de Carla s'assouplissait, devenait plus agile et plus assurée. Nous avions eu peur que ce professeur ne lui imposât trop d'efforts, comme c'était le cas pour celui que Copler avait choisi. Peut-être se pliait-il aux désirs de Carla, mais le fait est qu'il s'est toujours cantonné dans le genre qu'elle affectionnait. Ce n'est que quelques mois plus tard qu'elle s'aperçut, en s'améliorant, qu'elle s'en était légèrement écartée. Elle ne chantait plus ses chansonnettes triestines ou même napolitaines mais elle était passée à d'anciennes mélodies italiennes et à Mozart et Schubert. Je me rappelle tout particulièrement une « Berceuse » attribuée à Mozart, et quand la tristesse de la vie me pèse et que je regrette la fraîche jouvencelle qui fut mienne et que je n'ai pas aimée, cette « Berceuse » résonne à mon oreille comme un remords. Je revois alors Carla déguisée en jeune mère qui cherche dans son cœur les notes les plus douces afin d'apporter le sommeil à son enfant. Pourtant, celle qui avait été une amante inoubliable ne pouvait être bonne mère étant donné qu'elle était mauvaise fille. Mais on voit bien que savoir chanter comme une mère est une aptitude qui peut contenir toutes les autres.

C'est par Carla que j'ai connu l'histoire de son professeur. Il avait suivi pendant quelques années des cours au Conservatoire de Vienne et il était venu ensuite à Trieste où il avait eu la chance de travailler pour le meilleur compositeur de la ville, atteint de cécité. Il écrivait sous la dictée les compositions du maître, mais il avait aussi gagné cette confiance que les aveugles doivent accorder sans partage. Il en connut les théories, les convictions mûries par les années et les rêves toujours juvéniles. Il eut vite fait de porter dans son âme toute la musique, y compris celle qui convenait à Carla. Son apparence aussi me fut décrite : jeune, blond, plutôt fort, une tenue négligée, avec une chemise sans empois et pas toujours très nette, une lavallière qui avait dû être noire et qu'il portait sans la nouer, un feutre mou aux bords immenses. Avare de mots – d'après ce que me disait Carla et je dois l'en croire car à deux ou trois mois de là il est devenu loquace avec elle et elle me l'a dit aussitôt – et uniquement occupé de la tâche qu'il avait assumée.

Mes journées ont subi bien vite des complications. Le matin, j'apportais chez Carla, en sus de l'amour, une jalousie amère qui devenait moins amère dans le courant de la journée. Il me semblait impossible que ce blanc-bec ne profitât pas de cette bonne proie facile. Carla paraissait stupéfaite que je pusse penser une chose pareille, et mon étonnement n'avait d'égal que sa stupéfaction. Ne se rappelait-elle pas comment les choses étaient arrivées entre elle et moi?

Un jour, je suis entré chez elle en proie à une jalousie furibonde et son épouvante a été telle qu'elle s'est déclarée prête à congédier immédiatement son professeur. Je ne crois pas que sa terreur provenait seulement de la peur de se voir privée de mon appui, car à l'époque j'ai reçu d'elle des preuves d'amour dont je ne puis douter et qui parfois m'ont rendu heureux, tandis que, lorsque je me trouvais dans un état d'esprit différent, elles m'excédaient comme des actes d'hostilité envers Augusta auxquels, quoi qu'il m'en coûtât, j'étais contraint de m'associer. Sa proposition m'a embarrassé. Me trouvais-je dans un moment d'amour ou de repentir? Le fait est que je ne pouvais accepter un sacrifice de sa part. Il devait certainement exister un passage entre mes deux façons d'être et je ne voulais pas rogner sur la liberté que j'avais de transiter de l'une à l'autre. C'est pourquoi je ne pouvais accepter une telle proposition qui m'a rendu en revanche très prudent, de sorte que, lorsque ma jalousie était à son comble, j'avais appris à la cacher. Mon amour est devenu plus colérique et il s'est passé que, aussi bien quand je la désirais que lorsque je ne la désirais pas du tout, Carla est devenue pour moi un être inférieur. Elle me trompait, ou alors je ne me souciais aucunement d'elle. Quand je ne la haïssais pas, j'oubliais jusqu'à son existence. Moi j'appartenais au milieu de la santé et de l'honnêteté sur lequel régnait Augusta à laquelle je revenais corps et âme dès que Carla me rendait ma liberté.

Etant donné la sincérité absolue de Carla, je sais exactement la très longue période pendant laquelle elle ne fut qu'à moi, et ma jalousie récurrente de l'époque ne peut être considérée que comme la manifestation d'un sens caché de la justice. Il fallait bien que m'arrivât ce que j'avais mérité. C'est le professeur qui est tombé le premier amoureux d'elle. Je crois que le premier symptôme de son amour a consisté en certaines paroles que Carla m'a rapportées triomphalement, pensant qu'elles marquaient son premier grand succès d'artiste pour lequel elle avait droit à mes éloges. Il lui aurait dit qu'il avait maintenant pris tellement goût à sa tâche de professeur que, dans le cas où elle ne pourrait le payer, il continuerait à lui donner gratuitement des leçons. Je l'aurais giflée mais le moment vint où j'ai pu prétendre que je me réjouissais de son triomphe effectif. Elle a vite oublié la crispation qui, à ses premiers mots, avait raidi toute ma figure comme celle de quelqu'un qui mord dans un citron et elle a accepté comme si de rien n'était mes félicitations tardives. Il lui avait raconté les événements marquants de sa vie qui se résumaient à peu de chose : musique, dénuement et soucis de famille. Sa sœur lui avait causé beaucoup de tracas et il avait su communiquer à Carla une grande antipathie pour cette femme qu'elle ne connaissait pas. J'ai trouvé très déplacée cette antipathie. Ils chantaient maintenant ensemble des airs à lui qui me semblaient très quelconques, aussi bien quand j'aimais Carla que lorsqu'elle me pesait comme un boulet. Il peut se faire toutefois qu'ils aient eu quelque mérite bien que je n'en aie plus entendu parler. Il a par la suite dirigé des orchestres aux Etats-Unis et peut-être, là-bas, chante-t-on aussi ses chansons.

Un beau jour elle m'a raconté qu'il lui avait demandé d'être sa femme et qu'elle avait refusé. Alors j'ai passé deux quarts d'heure vraiment pénibles : le premier quand je me suis senti à tel point fou de colère que j'aurais voulu attendre le professeur pour le jeter dehors à coups de pied, et le second lorsque je n'ai pas découvert le moyen de concilier la possibilité de poursuivre ma liaison avec ce mariage qui était au fond une belle chose, et morale, et qui simplifiait ma position bien plus sûrement que la carrière que Carla rêvait d'entreprendre en ma compagnie.

Pourquoi ce satané professeur s'était-il échauffé à ce point et si vite ? Maintenant, après un an de liaison, tout s'était atténué entre Carla et moi, même mon humeur maussade quand je la quittais. Mes remords étaient à présent très supportables et bien que Carla eût encore raison de me définir brutal quand j'aimais, il me semblait qu'elle s'y était habituée. L'accoutumance avait dû lui être facile car je n'avais jamais été aussi bourru que durant les premiers jours de notre liaison. Passé ce cap houleux, le reste avait dû en comparaison lui sembler pain bénit.

C'est pourquoi, même lorsque Carla n'a plus eu beaucoup d'importance à mes yeux, il m'a toujours été facile de reconnaître que, si le lendemain en arrivant chez ma maîtresse je ne l'y trouvais plus, j'en serais très contrarié. Certes il eût été magnifique que je pusse revenir à Augusta sans l'intermède habituel de Carla et en ces moments-là je m'en sentais tout à fait capable; mais j'aurais d'abord voulu essayer. Ma résolution au cours de cette période a dû prendre à peu près cette forme : « Demain, je la prierai d'accepter la proposition de son professeur, mais aujourd'hui, je vais le lui défendre. » Et je faisais de grands efforts pour continuer à me comporter en amant. Aujourd'hui, devant ces pages où j'ai noté toutes les phases de mon aventure, on pourrait croire que j'ai tenté de faire épouser ma maîtresse par un autre tout en la gardant, politique qui aurait été celle d'un homme plus avisé et plus équilibré que moi bien que tout aussi dissolu. Mais tel n'est pas mon cas : elle devait épouser le maestro, elle ne devait simplement prendre cette décision que le jour après. Voilà pourquoi a pris fin seulement alors cet état que je m'obstine à qualifier d'innocence. Il ne m'était plus possible d'adorer Carla pendant un court moment de la journée pour la haïr ensuite vingt-quatre heures d'affilée, ni de me lever chaque matin ignorant comme l'enfant qui vient de naître pour recommencer à vivre une journée semblable en tout aux précédentes, et m'étonner des aventures qu'elle apportait et que j'aurais dû connaître par cœur. Cette vie n'était plus possible. Je voyais poindre l'éventualité de perdre pour toujours ma maîtresse, si je n'arrivais pas à maîtriser mon désir de m'en débarrasser. Je l'ai maîtrisé sur-le-champ!

C'est ainsi que ce jour-là, venu l'instant où je ne me souciais plus d'elle, j'ai fait à Carla une scène d'amour qui par sa fausseté et sa violence rappelait celle que, dans les fumées de l'alcool, j'avais faite à Augusta la nuit où nous rentrions en voiture. A cela près que l'alcool manquait et que j'ai fini par m'émouvoir pour de bon au son de mes paroles. Je lui ai déclaré que je l'aimais, que je ne pouvais me passer d'elle et que, par ailleurs, il me semblait que j'exigeais d'elle qu'elle me sacrifiât sa vie, étant donné que je ne lui offrais rien qui pût égaler ce que Lali lui offrait.

Ce fut vraiment une note nouvelle dans notre liaison qui avait connu cependant tant d'heures de grand amour. Elle m'écoutait, extasiée. Elle a mis beaucoup de temps avant de penser à me convaincre que je n'avais pas à me mettre martel en tête simplement parce que Lali était tombé amoureux d'elle. C'était le cadet de ses soucis!

Je l'ai remerciée, sans perdre de cette ferveur qui cependant n'arrivait plus à m'émouvoir. Je me sentais un certain poids sur l'estomac : j'étais évidemment plus engagé que jamais. Au lieu de mettre une sourdine à ma ferveur simulée, j'en ai rajouté rien que pour pouvoir dire quelques mots d'admiration sur le pauvre Lali. Bien loin de vouloir le perdre, je voulais le sauver, mais pour le jour suivant.

Quand il s'est agi de décider si nous devions garder ou congédier le professeur, nous sommes vite tombés d'accord. Je ne voulais pas, en plus du mariage, la priver aussi de sa carrière. De son côté, elle m'a avoué qu'elle tenait à conserver son professeur : chaque leçon lui apportait la preuve de la nécessité de son secours. Elle m'a assuré que je pouvais vivre en toute quiétude : elle m'aimait et n'aimait que moi.

Evidemment, ma trahison n'avait fait que croître et embellir. Je m'étais lié à ma maîtresse par de nouvelles tendresses qui enserraient et envahissaient de nouveaux attachements un territoire jusqu'alors réservé à mes affections légitimes. Mais une fois de retour chez moi, cette tendresse pour Carla n'existait plus et se reportait au centuple sur Augusta. Pour Carla, je n'éprouvais qu'une profonde méfiance. Qui sait ce qu'il y avait de vrai dans cette proposition de mariage? Je n'aurais pas été surpris si un beau jour, sans avoir épousé son type, Carla m'eût fait cadeau d'un fils doué de grandes dispositions pour la musique. Et les résolutions d'acier qui m'accompagnaient lorsque je me rendais chez Carla reprirent de plus belle, pour me quitter quand je me trouvais avec elle et me reprendre avant même que j'aie pris congé d'elle. Rien que des projets jamais suivis d'effet.

Ce furent les seules conséquences de ces nouveautés. L'été s'écoula et emporta mon beau-père. J'eus ensuite fort à faire avec la nouvelle maison de commerce de Guido où je travaillais plus que je ne l'eusse jamais fait, y compris dans mes diverses universités. Je parlerai plus tard de ces activités. L'hiver s'écoula aussi et dans mon petit jardin naquirent les premières pousses vertes qui ne me trouvèrent jamais dans l'abattement où m'avaient vu celles de l'année d'avant. Ma fille Antonia vit le jour. Le professeur de Carla était toujours à notre disposition, mais Carla continuait toujours à le repousser et moi aussi, pour le moment.

A la suite d'événements qu'en vérité on n'aurait jamais pu croire aussi importants, de graves conséquences se manifestèrent en revanche dans mes rapports avec Carla. Ces faits passèrent presque inobservés et ne prirent de l'importance qu'en raison des conséquences qu'ils entraînèrent.

C'est précisément aux tout premiers jours du printemps que je dus accepter d'aller me promener avec

Carla au Jardin public. Je savais que c'était une action des plus compromettantes, mais Carla désirait tellement se promener au soleil en me donnant le bras que j'ai fini par dire oui. Il ne devait jamais nous être permis, pas même l'espace d'un court instant, de vivre comme mari et femme, et cet essai lui aussi tourna mal.

Pour mieux goûter la tiédeur soudaine descendue du ciel dans lequel le soleil semblait venir tout juste de reconquérir son empire, nous nous sommes assis sur un banc. Le matin, en semaine, le jardin était désert et il me semblait qu'en ne remuant pas le risque d'être vu diminuait encore. Et voici que, l'aisselle appuyée sur sa béquille, Tullio, l'homme aux cinquante-quatre muscles, s'est approché de nous et, sans nous regarder, s'est assis juste sur le même banc. Puis il a relevé la tête, son regard a rencontré le mien et il m'a dit bonjour :

– Depuis si longtemps ! Comment vas-tu ? As-tu enfin moins de travail ?

Il s'était assis juste à côté de moi et, pris de court, je remuais de façon à lui masquer la vue de Carla. Mais lui, après m'avoir serré la main, m'a demandé :

– C'est Mme Cosini ?

Il attendait que je le présente.

J'ai obtempéré :

– Mlle Carla Gerco, une amie de ma femme.

Puis j'ai continué à mentir et je sais de Tullio lui-même que mon deuxième mensonge a suffi à tout lui révéler. Avec un sourire de commande, je lui ai dit :

– Mademoiselle aussi s'est assise par hasard sur ce banc à côté de moi sans me voir.

Le menteur devrait se souvenir que pour être cru il ne faut dire que les mensonges nécessaires. Avec son bon sens populaire, quand nous nous sommes rencontrés à nouveau, Tullio m'a dit :

– Tu as voulu trop expliquer et c'est pourquoi j'ai deviné que tu mentais et que cette belle demoiselle était ta maîtresse.

A cette époque, Carla était déjà perdue pour moi et je lui ai confirmé avec un plaisir voluptueux qu'il avait mis en plein dans le mille, mais je lui ai raconté avec tristesse qu'elle m'avait quitté définitivement. Il ne m'a pas cru et je lui en ai su gré. Il me semblait que son incrédulité était de bon augure.

Carla a été prise d'un accès de mauvaise humeur comme je ne lui en avais jamais connu. Je sais à présent que sa révolte est partie de là. Je ne m'en suis pas aperçu tout de suite car, pour prêter l'oreille à Tullio qui s'était mis à m'entretenir de sa maladie et du traitement qu'il commençait, je lui tournais le dos. Plus tard, j'ai appris qu'une femme, même si, hormis certains moments, supporte de recevoir moins d'attentions, n'admet pas de se voir reniée en public. Elle a passé son indignation davantage sur le pauvre malade que sur moi et ne lui a pas répondu quand il lui a adressé la parole. Moi non plus je n'écoutais pas Tullio, car en cet instant je ne parvenais pas à m'intéresser à sa cure. Je le regardais au fond de ses petits yeux pour savoir ce qu'il pensait de cette rencontre. Je savais qu'étant à présent à la retraite, il était libre toute la journée et pouvait facilement inonder de ses commérages la société restreinte de notre Trieste d'alors.

Puis, après une longue méditation, Carla s'est levée pour nous quitter. Elle a murmuré :

– Au revoir – et s'est éloignée.

Je savais qu'elle m'en voulait et, tout en tenant compte de la présence de Tullio, j'ai cherché à me donner le temps nécessaire pour l'apaiser. Je lui ai demandé la permission de l'accompagner, car je devais me rendre dans son quartier. La sécheresse de son salut signifiait clairement qu'elle me quittait, et ce fut bien la première fois que j'ai eu peur qu'elle m'abandonnât. La rigueur de cette menace me coupait la respiration.

Mais Carla elle-même ne savait pas encore la route qu'elle allait prendre de son pas décidé. Elle donnait libre cours à un dépit momentané qui ne tarderait pas à se dissiper.

Elle m'a attendu, puis a marché à mes côtés sans dire un mot. Quand nous sommes arrivés chez elle, elle a été prise d'une crise de larmes qui ne m'a pas effrayé car ses pleurs l'ont obligée à chercher refuge dans mes bras. Je lui ai expliqué qui était Tullio et le tort que sa langue pouvait me causer. Voyant qu'elle pleurait toujours, mais toujours entre mes bras, j'ai risqué un ton plus énergique : elle voulait donc me compromettre? N'avions-nous pas toujours dit que nous ferions l'impossible pour épargner tout chagrin à cette pauvre femme qui était toujours mon épouse et la mère de ma fille?

J'ai cru que Carla regrettait sa conduite, mais elle a voulu rester seule et je m'en suis allé tout content.

Ce doit être à dater de cet épisode que lui est venue à tout moment l'envie d'apparaître avec moi en public en qualité d'épouse. On eût dit que son refus d'épouser son professeur lui donnait le droit de m'obliger à tenir plus de place dans les prérogatives qu'elle refusait à l'autre. Elle m'a harcelé longtemps afin que je loue deux places au théâtre, que nous aurions occupées en arrivant de deux directions opposées pour nous retrouver assis côte à côte comme par hasard. Avec elle, je ne suis jamais allé plus loin, mais à plusieurs reprises, que le Jardin public, cette pierre milliaire de mes équipées, endroit auquel j'arrivais maintenant en partant de son quartier. Au-delà, jamais! C'est pourquoi ma maîtresse a fini par me ressembler un peu trop. Sans aucun motif, à tout bout de champ, elle avait envers moi de soudains accès de colère. Elle les regrettait vite mais ils suffisaient à me faire devenir un amoureux des plus gentils et des plus soumis. Je la trouvais souvent qui fondait en larmes et je n'arrivais jamais à lui faire avouer le motif de son chagrin. Peut-être était-ce ma faute car je n'ai jamais insisté assez pour le savoir. Quand je l'ai mieux connue, c'est-à-dire quand elle m'a quitté, toute explication est devenue superflue. Pressée par le besoin, elle s'était jetée dans cette aventure avec moi qui n'étais vraiment pas fait pour elle. Entre mes bras, elle était devenue femme et – j'aime à le croire – femme honnête. Naturellement, tout cela ne doit pas être porté à mon crédit, d'autant que c'est moi qui ai fait tous les frais de l'affaire.

Elle a manifesté une nouvelle lubie qui, de prime abord, m'a surpris et pour finir m'a ému de tendresse : elle voulait voir ma femme. Elle jurait qu'elle ne l'approcherait pas et se comporterait de manière à ne pas être aperçue d'elle. Je lui ai promis que, lorsque je connaîtrais le moment précis où ma femme devait sortir, je le lui ferais savoir. Il fallait qu'elle vît ma femme pas trop près de notre villa, endroit désert où l'on a vite fait de remarquer une personne seule, mais en quelque rue passante de la ville.

Sur ces entrefaites, ma belle-mère fut atteinte de maux d'yeux qui rendirent nécessaire pendant plusieurs jours le port d'un bandeau. Elle s'ennuyait à mourir et, pour l'inciter à suivre rigoureusement son traitement, ses filles la gardaient à tour de rôle : ma femme le matin, et Ada jusqu'à quatre heures tapantes de l'après-midi. Prenant une décision au pied levé j'ai dit à Carla que ma femme quittait la maison de ma belle-mère tous les jours à quatre heures précises. Je n'arrive même pas aujourd'hui à comprendre pourquoi j'ai présenté Ada à Carla comme ma femme. Il est certain que, après la demande en mariage de son professeur, je sentais le besoin de mieux m'attacher ma maîtresse et il est possible que j'aie cru que plus elle admirerait la beauté de mon épouse, plus grande serait son estime pour l'homme qui lui sacrifiait (façon de parler) une femme pareille. Augusta, à l'époque, n'était rien de plus qu'une bonne nourrice en parfaite santé. La prudence peut aussi avoir inspiré ma décision. J'avais certainement de bonnes raisons de redouter les humeurs de ma maîtresse et si elle s'était laissée aller à quelque éclat avec Ada, la chose n'aurait pas eu d'importance étant donné que cette dernière m'avait déjà fourni la preuve qu'elle n'essaierait jamais de me diffamer aux yeux de ma femme.

Si Carla m'avait compromis devant Ada, j'aurais tout raconté à celle-ci, et à dire vrai non sans une certaine satisfaction.

Mais mes calculs aboutirent à un résultat vraiment imprévisible. Poussé par une certaine anxiété, je me suis rendu le matin suivant chez Carla plus tôt que d'habitude. Je l'ai trouvée toute changée par rapport à la veille. Le noble ovale de son visage menu était empreint du plus grand sérieux. J'ai voulu l'embrasser, mais elle m'a repoussé et puis m'a laissé effleurer ses joues de mes lèvres, histoire de m'inviter à l'écouter tranquillement. Je me suis assis en face d'elle de l'autre côté de la table. Sans trop se presser, elle a saisi une feuille de papier sur laquelle elle avait écrit jusqu'à mon arrivée et l'a glissée sous la musique qui traînait sur la table. Moi, je n'ai pas remarqué cette feuille et ce n'est que plus tard que j'ai su qu'il s'agissait d'une lettre pour Lali.

Et pourtant je sais qu'à ce moment-là l'esprit de Carla était en proie au doute. Me fixant de ses yeux sérieux, elle me scrutait; puis elle tournait son regard vers la lumière de la fenêtre comme pour mieux s'isoler et étudier les mouvements de son cœur. Qui sait! Si j'avais vite deviné le combat qui se livrait en elle, j'aurais pu encore garder pour moi ma délicieuse maîtresse.

Elle m'a raconté sa rencontre avec Ada. Elle l'avait attendue devant la maison de ma belle-mère et, quand elle l'avait vue sortir, elle l'avait reconnue aussitôt.

– Je ne pouvais pas me tromper. Tu m'en avais décrit les traits essentiels. Oh! Tu la connais bien!

Elle s'est tue un instant pour dominer l'émotion qui lui serrait la gorge. Puis elle a poursuivi :

– Je ne sais pas ce qui s'est passé entre vous, mais moi je ne veux plus trahir une femme aussi belle et aussi triste! Et j'écris aujourd'hui à mon professeur de chant pour lui dire que je suis prête à l'épouser!

– Triste! ai-je crié de surprise. Tu te trompes, ou alors quelque chose n'allait pas à ce moment-là, des chaussures trop étroites peut-être.

Triste, Ada! Alors qu'elle était toujours à rire et à plaisanter; encore ce matin-là où je l'avais rencontrée chez moi un instant.

Mais Carla était mieux renseignée que moi :

– Des chaussures trop étroites! Elle avait le pas d'une déesse qui marche sur les nuages.

Elle m'a raconté avec une émotion croissante qu'elle avait pu obtenir un mot – oh! plein de douceur! – d'Ada. Cette dernière avait laissé tombé son mouchoir et Carla l'avait ramassé et le lui avait tendu. Le mot gentil qu'elle avait dit à Carla pour la remercier avait ému ma maîtresse jusqu'aux larmes. Mais il s'était passé autre chose entre les deux femmes : Carla soutenait qu'Ada avait remarqué ses pleurs et qu'elle l'avait quittée avec un regard compatissant de solidarité. Pour Carla, tout était clair : ma femme savait que je la trompais et elle en souffrait! D'où sa décision de ne jamais plus me revoir et d'épouser Lali.

Je ne savais comment me défendre! J'aurais pu sans difficulté dire pis que pendre d'Ada, mais pas de mon épouse, la saine nourrice qui ne s'apercevait aucunement de ce qui se passait dans mon cœur, toute prise qu'elle était par son ministère. J'ai demandé à Carla si elle n'avait pas remarqué combien dur était le regard d'Ada, combien grave et rude sa voix dépourvue de toute douceur. Pour reprendre sans délai le cœur de Carla, j'aurais bien volontiers imputé à ma femme de nombreux autres crimes, mais c'était impossible car depuis environ un an je ne cessais de la porter aux nues devant ma maîtresse.

J'ai trouvé une autre planche de salut. J'ai été saisi d'une grande émotion qui m'a fait monter les larmes aux yeux. Il me semblait que je pouvais légitimement m'apitoyer sur moi-même. Sans le vouloir, je m'étais fourré dans un guêpier où je souffrais le martyre. Cette confusion entre Ada et Augusta était insupportable. La vérité était que ma femme n'était pas aussi belle et qu'Ada (et c'est elle que Carla plaignait de tout son cœur) avait eu de grands torts envers moi. Carla était donc très injuste dans son jugement à mon égard.

A mes larmes, Carla s'est radoucie :

– Dario, mon chéri! Comme tes larmes me font du bien! Il doit y avoir eu quelque malentendu entre vous deux et il importe maintenant de le tirer au clair. Je ne veux pas te juger trop sévèrement, mais je ne tromperai jamais plus cette femme, pas plus que je ne veux être cause de ses larmes. Je l'ai juré.

En dépit de son serment, elle a fini par la trahir pour la dernière fois. Elle aurait voulu me quitter pour toujours sur un dernier baiser, mais moi ce baiser je ne le voyais que sous une seule forme, autrement je serais reparti plein de rancœur. C'est pourquoi elle a cédé. Nous murmurions tous deux :

– Pour la dernière fois!

Ce fut un moment délicieux. La résolution prise à deux avait une efficacité qui effaçait toute faute. Nous étions dans la béatitude de l'innocence! Mon destin propice m'avait ménagé une heure de bonheur parfait.

Je me sentais si heureux que j'ai continué cette comédie jusqu'au moment de nous séparer. Nous ne nous rencontrerions plus jamais. Elle a refusé l'enveloppe que j'avais toujours dans ma poche et n'a même pas voulu accepter un souvenir de moi. Il fallait effacer de notre nouvelle vie toute trace de l'inconduite passée. Alors je l'ai embrassée volontiers sur le front, paternellement, comme elle en avait exprimé le désir auparavant.

Puis, dans la cage d'escalier, un doute m'est venu car l'affaire avait pris un tour trop sérieux tandis que si j'avais pu savoir que le lendemain je la trouverais encore à ma disposition, je n'aurais pas à me préoccuper du futur dans l'immédiat. Elle, de son palier, me regardait descendre et moi, presque en riant, je lui ai crié :

– A demain!

Surprise et comme épouvantée, elle a retiré sa tête et s'est éloignée en disant :

– Jamais plus!

Je me suis senti néanmoins soulagé d'avoir osé lui dire le mot qui pouvait me conduire à une nouvelle dernière étreinte quand tel serait mon bon plaisir. Sans désirs et sans devoirs à remplir, j'ai passé dans la joie une journée entière avec mon épouse puis dans les bureaux de Guido. Je dois dire que l'absence de devoirs me rapprochait de ma femme et de ma fille. J'étais pour elle quelque chose de plus qu'à l'accoutumée : non seulement amène, mais père véritable, celui qui décide et commande posément, l'esprit uniquement occupé de son foyer. En allant me coucher, je me suis dit en guise de résolution :

– Toutes les journées devraient ressembler à aujourd'hui.

Avant de s'endormir, Augusta a éprouvé le besoin de me confier un grand secret : elle l'avait appris de sa mère le jour même. Quelques jours auparavant, Ada avait surpris Guido qui serrait une domestique dans ses bras. Ada avait voulu monter sur ses grands chevaux, mais la bonniche était devenue insolente et Ada l'avait mise à la porte. Le lendemain, tout le monde avait attendu avec anxiété la réaction de Guido. S'il avait trouvé à redire, Ada aurait demandé la séparation. Mais Guido avait pris la chose en riant et rétorqué qu'Ada avait eu la berlue; toutefois il ne voyait pas d'inconvénient à ce que, bien qu'innocente, la femme pour laquelle il disait nourrir une cordiale antipathie, fût chassée de la maison. Il semblait que maintenant tout fût rentré dans l'ordre.

Quant à moi j'aurais bien voulu savoir si Ada avait eu une vision quand elle avait surpris son mari dans cette situation. La possibilité d'une méprise subsistait-elle encore? Car il faut rappeler que quand deux individus s'étreignent ils prennent une tout autre position que lorsque l'un nettoie les chaussures de l'autre. J'étais d'excellente humeur. Je sentais même le besoin de me montrer équitable et serein dans mon jugement sur Guido. Ada était certainement d'un tempérament jaloux et il pouvait se faire qu'elle eût raccourci les distances et opéré le déplacement des intéressés.

D'une voix affligée, Augusta m'a dit qu'elle était sûre qu'Ada avait bien vu et qu'à présent son trop d'amour lui inspirait un jugement excessif. Elle a ajouté :

– Elle aurait bien mieux fait de se marier avec toi!

Moi, qui me sentais de plus en plus innocent, je lui ai fait présent de cette phrase :

– Qui sait si moi j'aurais fait une meilleure affaire en l'épousant à ta place!

Puis, avant de m'endormir, j'ai murmuré :

– Une belle canaille! Souiller de la sorte son propre foyer!

Il me restait suffisamment de sincérité pour lui reprocher exactement cette partie de sa conduite que, en ce qui me concernait, je n'avais pas à me reprocher.

Le lendemain matin, je me suis levé avec le vif désir que cette journée-là au moins fût identique à la précédente. Il était probable que les résolutions exquises de la veille n'avaient pas davantage lié Carla que moi-même, moi en tout cas je m'en sentais totalement délié. Elles avaient été trop belles pour nous engager l'un et l'autre. Certes, l'anxiété de savoir ce que Carla en pensait me poussait à courir. Mon désir aurait été de la trouver prête à une nouvelle résolution. Notre vie s'écoulerait, riche en jouissances mais plus encore en efforts de perfectionnement, et chacune de mes journées serait consacrée en majeure partie au bien et pour une minuscule part au remords. J'étais, certes, anxieux, car durant toute l'année écoulée, si pleine de mes résolutions personnelles, Carla n'en avait pris qu'une seule : me témoigner son amour. Elle l'avait tenue et il était assez malaisé d'en conclure qu'il lui serait à présent facile de tenir sa nouvelle résolution qui annulait la précédente.

Carla n'était pas chez elle. Ce fut une grosse déception et je me suis mordu les doigts de contrariété. La vieille m'a fait entrer dans la cuisine. Elle m'a raconté que Carla serait de retour avant la nuit. Elle lui avait dit qu'elle mangerait dehors. Aussi ne voyait-on pas sur le foyer le petit feu qui d'habitude y brûlait :

– Vous n'en saviez rien? m'a demandé la vieille à qui l'étonnement faisait ouvrir de grands yeux.

En proie à une distraction soucieuse, j'ai murmuré :

– Hier je le savais. Mais je n'étais pas certain que Carla m'ait prévenu pour aujourd'hui.

Je suis reparti sur un salut poli. Je grinçais des dents mais en cachette. Il me fallait du temps pour avoir le courage de me fâcher devant les gens. Je suis entré dans le Jardin public et je m'y suis promené pendant une demi-heure pour prendre le temps de mieux comprendre ce qui m'arrivait. C'était tellement clair que je n'y comprenais plus rien. D'un seul coup, sans aucune compassion, on me contraignait à respecter un engagement de ce genre. Je me sentais mal, réellement mal. Je boitais et je luttais même contre une sorte d'oppression. Il me vient parfois de ces oppressions : je respire très bien, mais je compte chacune de mes inspirations, parce que je les prends à dessein une par une. J'ai la sensation que si je ne faisais pas attention, je mourrais étouffé.

A cette heure-là, j'aurais dû me rendre à mon bureau ou plus exactement au bureau de Guido. Mais je ne pouvais m'éloigner du quartier dans cet état. Qu'aurais-je fait ensuite? Quelle journée! Rien à voir avec la précédente! Si j'avais au moins connu l'adresse de ce maudit professeur qui à force de chanter à mes frais m'avait enlevé ma maîtresse.

J'ai fini par retourner chez la vieille. Je trouverais bien un mot à envoyer à Carla pour l'inciter à me revoir, le hic étant de l'avoir le plus vite possible à portée. Le reste ne présenterait pas de grandes difficultés.

J'ai trouvé la vieille assise auprès de la fenêtre, en train de ravauder un bas. Elle a ôté ses lunettes et, comme saisie de frayeur, m'a lancé un regard d'interrogation. J'ai hésité! Puis je lui ai demandé :

– Savez-vous que Carla a décidé d'épouser Lali?

Il me semblait que c'était à moi que j'annonçais la grande nouvelle. Carla me l'avait dite au moins deux fois, mais moi, la veille, je n'y avais pas prêté beaucoup d'attention. Ces mots de Carla avait frappé mon oreille et bien distinctement puisque je les y retrouvais, mais ils avaient glissé sans pénétrer plus avant. C'était seulement maintenant qu'ils atteignaient mes tripes qui se tordaient de douleur.

La vieille m'a regardé avec tout autant d'hésitation. Elle avait certainement peur de commettre une indiscrétion qui pourrait lui être reprochée. Puis elle a laissé éclater librement sa joie :

– C'est Carla qui vous l'a dit? Alors ce doit être vrai! Je crois qu'elle ferait bien! Et vous, qu'en pensez-vous?

A présent, elle riait de bon cœur, la maudite vieille, que j'avais toujours crue au courant de ma liaison avec Carla. Je l'aurais frappée volontiers, mais je me suis borné à dire qu'auparavant j'attendrais que le professeur se fasse une position. Pour tout dire, moi j'avais l'impression que l'affaire était trop précipitée.

Toute à sa joie, madame Gerco, pour la première fois, est devenue plus loquace avec moi. Elle n'était pas de mon avis. Quand on se mariait jeune, c'est après le mariage qu'il fallait faire carrière. Pourquoi aurait-il fallu la faire avant? Carla avait si peu de besoins. Sa voix maintenant reviendrait moins cher puisqu'en son époux elle aurait un professeur.

Ces mots qui pouvaient sembler adresser un reproche à ma ladrerie, m'ont donné une idée qui m'a paru magnifique et qui sur le moment m'a soulagé. Dans le pli que je portais toujours dans une poche intérieure, il devait maintenant se trouver pas mal d'argent. Je l'ai tiré de ma poche, cacheté et tendu à la vieille pour le remettre à Carla. J'avais peut-être aussi le désir de payer enfin décemment ma maîtresse mais mon désir le plus impérieux était de la revoir et de la reprendre. Carla me reverrait, qu'elle veuille me rendre l'argent ou qu'elle ait besoin de le garder, car alors elle sentirait le besoin de me remercier. J'ai respiré. Tout n'était pas fini à jamais!

J'ai dit à la vieille que l'enveloppe contenait quelques sous qui restaient sur ceux que les amis de Copler m'avaient remis pour elles deux. Puis, rasséréné, j'ai fait dire à Carla que je demeurais son ami fidèle pour toute la vie et que, si elle avait besoin d'appui, elle pourrait s'adresser à moi sans arrière-pensée. J'ai pu ainsi lui laisser mon adresse qui était celle du bureau de Guido.

Je suis reparti d'un pas beaucoup plus élastique que celui qui m'avait amené en ce lieu.

Mais ce jour-là j'ai eu une violente querelle avec Augusta. Je disais que la soupe était trop salée et elle prétendait que non. Je suis entré dans une colère noire parce qu'il me semblait qu'elle se moquait de moi et j'ai tiré si violemment sur la nappe que toute la vaisselle a roulé par terre. Le bébé qui se trouvait dans les bras de sa bonne s'est mis à jeter des cris perçants, ce dont je me suis senti grandement mortifié parce que la bouche puérile semblait m'accuser. Augusta a pâli comme elle savait si bien le faire, elle a pris l'enfant dans ses bras et a quitté la pièce. Il m'a semblé qu'elle aussi exagérait : me laisserait-elle manger maintenant seul comme un chien ? Mais elle est revenue aussitôt sans le bébé, a remis le couvert, s'est assise devant son assiette où elle a promené sa cuillère comme pour s'apprêter à manger.

Moi, en mon for intérieur, je rageais, mais je savais bien que je n'étais qu'un jouet dans les remous des forces déchaînées de la nature. La nature qui n'a aucune difficulté à accumuler ces forces en rencontre encore moins pour les libérer. Mes invectives pleuvaient à présent sur Carla qui faisait semblant de n'agir que pour le bien de mon épouse. Voilà comment elle me l'avait arrangée !

Quand Augusta me voit dans cet état, appliquant une méthode à laquelle elle est restée fidèle jusqu'à aujourd'hui, elle ne proteste, ni ne pleure ni ne discute. Lorsque, revenu à de meilleurs sentiments, j'ai commencé à lui faire des excuses, elle n'a voulu m'expliquer qu'une seule chose : elle n'avait pas ri; elle avait seulement souri de la manière qui m'avait plu si souvent et que si souvent j'avais louée.

Je me suis senti tout honteux. J'ai supplié qu'on m'amène ma fille tout de suite et quand je l'ai tenue dans mes bras, j'ai joué longuement avec elle. Puis je l'ai assise sur ma tête et sous la petite robe qui me couvrait le visage, j'ai essuyé mes yeux mouillés des larmes qu'Augusta n'avait pas versées. Je jouais avec la petite, sachant que de la porte, sans m'abaisser à lui faire des excuses, je me rapprochais d'Augusta dont les joues en effet avaient repris leur couleur habituelle.

Puis même cette journée-là a fini dans la joie et l'après-midi a été pareil à celui de la veille. C'était exactement comme si le matin j'avais retrouvé Carla à la place accoutumée. J'avais pu me détendre. A plusieurs reprises, j'avais demandé pardon parce qu'il me fallait inciter Augusta à revenir à ce sourire maternel qu'elle accordait aux bizarreries que je pouvais dire ou commettre. Gare à moi si elle avait dû supprimer ne fût-ce qu'un seul des sourires affectueux qu'elle me réservait et qui me paraissaient être le jugement le plus complet et le plus bienveillant qu'on pût exprimer sur moi.

Le soir, nous avons reparlé de Guido. Il semblait qu'entre Ada et lui régnait à nouveau une paix sans nuages. Augusta s'étonnait de la bonté de sa sœur. Cette fois-là, c'est à moi qu'il appartint de sourire car il était manifeste qu'elle ne se rappelait pas l'énormité de sa propre bonté. Je lui ai demandé :

– Et si je souillais notre foyer, ne me pardonnerais-tu pas? (Elle a hésité :)

– Nous nous avons notre petite fille, s'est-elle exclamée, tandis qu'Ada n'a pas d'enfants qui la lient à cet homme.

Elle n'aimait pas Guido; je pense parfois qu'elle lui gardait rancune de m'avoir fait souffrir.

A quelques mois de là, Ada offrit à son mari le présent de deux jumeaux et Guido ne comprit pas pourquoi je le félicitai si chaleureusement. Lesté d'enfants, pour m'en tenir à l'opinion d'Augusta, il pouvait s'envoyer sans danger toutes les bonniches de la maison.

Le matin suivant, toutefois, quand j'ai trouvé sur ma table au bureau une enveloppe à mon adresse de la main de Carla, j'ai respiré. Ainsi donc rien n'était fini et la vie pouvait continuer avec le renfort de tous les éléments nécessaires. Carla me donnait rendez-vous à onze heures du matin au Jardin public, à l'entrée en face de sa maison. Nous nous retrouverions non pas dans sa chambre, mais en un lieu cependant très proche de cette pièce.

Je n'ai pu attendre et suis arrivé au rendez-vous avec un quart d'heure d'avance. Si Carla ne se trouvait pas à l'endroit indiqué, j'irais droit chez elle, ce qui serait bien plus commode.

Cette journée-là, comme la précédente, annonçait l'éclosion d'un printemps tout neuf, d'une douceur lumineuse. Quand j'ai quitté la bruyante Corsia Stadion pour entrer dans le jardin, je me suis trouvé dans ce silence champêtre qu'on ne peut dire interrompu par le bruissement continu, léger, des feuilles caressées par la brise.

Je m'apprêtais à sortir du jardin d'un pas rapide

lorsque Carla est venue à ma rencontre. Elle tenait à la main mon enveloppe et s'approchait de moi sans l'ombre d'un sourire d'accueil, portant au contraire sur son petit visage pâle l'expression d'une décision inflexible. Elle était vêtue d'une simple robe de lin blanc, au tissu rugueux rayé de bleu qui lui allait à ravir. Elle semblait elle aussi faire partie du jardin. Plus tard, aux moments où ma haine fut à son comble, je lui attribuai l'intention de s'être habillée de la sorte pour se rendre plus désirable à l'instant même où elle se refusait à moi. Alors que c'était le premier jour du printemps qui la paraît. Il faut se rappeler aussi qu'au cours de mes longues mais brutales amours, la parure de ma dame n'avait joué qu'un rôle mineur. Je m'étais toujours rendu directement à son petit salon, et les femmes de condition modeste ont une tenue d'intérieur très simple.

Elle m'a tendu une main que j'ai serrée en lui disant :

– Je te remercie d'être venue!

Comme il eût été plus digne de ma part d'observer toujours la même douceur au cours de cette rencontre!

Carla paraissait émue et, quand elle parlait, une sorte de tiraillement faisait trembler ses lèvres. C'était ce même mouvement qui, lorsqu'elle chantait, empêchait parfois les notes de sortir. Elle m'a dit :

– Je voudrais te faire plaisir et accepter ton argent, mais c'est impossible, absolument impossible.

La voyant au bord des larmes, je n'ai pas voulu la contrarier et j'ai pris cette enveloppe que j'ai continué à tenir entre mes mains un long moment après avoir quitté cet endroit.

– Tu désires vraiment ne plus entendre parler de moi?

Je lui ai posé cette question sans réfléchir qu'elle y avait répondu la veille. Mais pouvait-il se faire que, désirable comme je la voyais, elle se refusât à moi?

– Zeno! a répondu non sans douceur la jeune fille, ne nous étions-nous pas promis de ne plus jamais nous revoir? Par suite de cette promesse, j'ai contracté des engagements comparables à ceux que tu avais déjà pris avant de me connaître. Ils sont aussi sacrés que les tiens. J'espère qu'à cette heure, ta femme a compris que tu es tout à elle.

Dans sa tête, la beauté d'Ada continuait à avoir de l'importance. Si j'avais été sûr qu'elle était cause de son abandon, j'aurais trouvé le moyen de réparer le quiproquo. Je lui aurais révélé qu'Ada n'était pas ma femme et je lui aurais montré Augusta avec sa coquetterie dans l'œil et sa taille plantureuse de nourrice. Mais les engagements qu'elle avait pris ne comptaient-ils pas à présent davantage? C'était de ceux-là qu'il fallait discuter.

J'ai cherché à paraître calme alors que moi aussi j'avais les lèvres qui tremblaient, mais de désir. Je lui ai raconté qu'elle ne savait pas à quel point elle était à moi et pourquoi elle n'avait plus le droit de disposer de sa personne. Dans mon esprit allait bon train la preuve scientifique de ce que je voulais lui dire, à savoir la célèbre expérience de Darwin sur la jument arabe[22] mais, Dieu merci, je suis presque certain de ne pas lui en avoir parlé. Je dois cependant avoir parlé des animaux et de leur fidélité physique, à travers des balbutiements décousus. Puis j'ai laissé tomber des sujets aussi ardus qui, à ce moment-là, n'étaient pas plus accessibles à son esprit qu'au mien et je lui ai dit :

– Quels engagements peux-tu avoir contractés? Et quelle importance peuvent-ils avoir en comparaison de l'amour qui nous a liés pendant plus d'un an?

Je me suis emparé brutalement de sa main, sentant le besoin d'un acte énergique puisque je ne trouvais pas les mots qui pussent y suppléer.

Elle s'est arrachée à cet étau avec une énergie farouche comme si c'était la première fois que je me permettais un geste pareil.

– Jamais, a-t-elle dit avec l'attitude de quelqu'un qui fait un serment, je n'ai pris un engagement plus sacré! Je l'ai pris envers un homme qui, en retour, a contracté le même envers moi.

Il n'y avait plus de doute! Le sang qui soudain mettait du rouge à ses joues y montait sous l'effet de la rancœur pour l'homme qui n'avait pris aucun engagement à son égard. Et elle s'est expliquée encore plus clairement :

– Hier, nous sommes allés nous promener en ville, en nous donnant le bras et en compagnie de sa mère.

Il était évident que mon amante s'enfuyait en courant toujours plus loin de moi. J'ai couru follement à sa poursuite, avec les mêmes bonds qu'un chien auquel on refuse un succulent morceau de viande. J'ai saisi à nouveau sa main avec violence :

– Eh bien, lui ai-je proposé, promenons-nous pareillement, en nous tenant par la main devant la ville entière. Avec cette contenance inusitée, pour mieux nous faire remarquer, passons par la Corsia Stadion et sous les arcades de Chiozza, descendons tout le Corso jusqu'à Sant'Andrea pour revenir à notre chambre du côté opposé afin que toute la ville nous voie[23].

Voilà que pour la première fois je renonçais à Augusta ! Et j'ai cru m'en libérer parce que c'est elle qui voulait m'arracher Carla.

Elle s'est dégagée derechef de mon étreinte et m'a dit sèchement :

– Ce serait presque le trajet que nous avons suivi hier tous les trois !

Je suis revenu à la charge :

– Et il sait tout, vraiment tout ? Sait-il qu'hier encore tu m'as appartenu ?

– Oui, a-t-elle dit fièrement. Il sait tout, tout.

Je me sentais perdu et dans ma colère, pareil au chien qui, ne pouvant happer le morceau qu'il convoite, plante ses crocs dans les vêtements de la personne qui le lui refuse, je lui ai dit :

– Ton futur mari n'a pas l'estomac délicat. Aujourd'hui c'est moi qu'il digère et demain il digèrera tout ce que tu voudras.

Je n'entendais pas le son exact de mes paroles. Je savais que je criais de douleur. Quant à elle, elle a pris une expression d'indignation dont je n'aurais pas cru capable son doux œil marron de gazelle :

– C'est à moi que tu viens dire ça ? Pourquoi donc n'as-tu pas le courage de le dire à lui ?

Elle m'a tourné le dos et d'un pas rapide s'est dirigée vers la sortie. Je regrettais déjà de lui avoir parlé de cette manière, tout abasourdi néanmoins par la surprise de constater qu'il me serait désormais interdit de traiter Carla sans égards. Sa svelte silhouette blanche et bleue atteignait déjà la sortie, à petits pas pressés, quand je me suis décidé à courir après elle. Je ne savais pas ce que j'allais lui dire, mais il était impossible que nous nous séparions ainsi.

Je l'ai arrêtée à l'entrée de sa maison et je lui ai dit simplement, avec sincérité, combien je souffrais à cet instant :

– Allons-nous nous séparer de cette façon après tant d'amour ?

Elle a continué son chemin sans me répondre et je l'ai suivie jusque dans l'escalier. Puis elle m'a regardé d'un œil hostile :

– Si vous voulez parler à mon fiancé, suivez-moi. Ne l'entendez-vous pas ? C'est lui qui joue du piano.

Alors seulement j'ai entendu les notes syncopées du *Salut* de Schubert dans la transcription de Liszt[24].

Depuis mon enfance, je n'avais plus empoigné ni sabres ni bâtons, mais je n'étais pas poltron. La fièvre du désir qui jusque-là m'avait agité était soudain tombée. Du mâle il ne subsistait en moi que la combativité. J'avais demandé impérativement un bien qui n'était pas pour moi. Pour effacer cette erreur, je devais à présent me battre sinon je garderais un souvenir atroce de cette femme qui menaçait de me faire punir par son fiancé.

– Eh bien ! lui ai-je dit. Puisque tu es d'accord, je te suis.

Mon cœur battait, non pas de peur mais de la crainte de n'être pas à la hauteur.

J'ai continué à monter à côté d'elle. Mais tout à coup, elle s'est arrêtée, s'est adossée au mur et s'est mise à pleurer sans dire un mot. Au-dessus de nous continuaient à résonner les notes du *Salut* sur ce piano que j'avais payé. Les larmes de Carla ont fait de cette musique quelque chose de très émouvant.

– Je ferai ce que tu voudras! Veux-tu que je m'en aille? lui ai-je demandé.

– Oui, a-t-elle dit, ayant à peine la force d'articuler ce petit mot.

– Adieu! lui ai-je dit. Puisque tu le veux, adieu pour toujours!

J'ai descendu lentement l'escalier, sifflotant moi aussi le *Salut* de Schubert. Je ne sais si ce fut une illusion, mais il m'a semblé qu'elle m'appelait :

– Zeno!

A ce moment-là, elle aurait aussi bien pu m'appeler par ce prénom étrange de Dario, dont émanait selon elle un air de tendresse, que je ne me serais pas arrêté. J'éprouvais un grand désir de m'en aller et une fois de plus je revenais, en toute pureté, à Augusta. Le chien aussi, qu'on empêche à grands coups de pied d'approcher d'une femelle, détale avec toute sa pureté, provisoirement.

Le jour suivant, en me voyant à nouveau réduit à l'état où je me trouvais avant d'entreprendre mes promenades au Jardin public, j'ai jugé que je m'étais conduit simplement comme un lâche : elle m'avait appelé, même si ce n'était pas par le prénom de l'amour, et je n'avais pas répondu! Ce fut mon premier jour de douleur que suivirent bien d'autres jours d'amère désolation. Ne comprenant plus pourquoi je m'étais éloigné de la sorte, je me reprochais d'avoir eu peur de cet homme et peur d'un esclandre. A présent, j'étais prêt à accepter n'importe quelle compromission comme la fois où j'avais proposé à Carla cette longue promenade à travers la ville. J'avais laissé passer l'occasion favorable alors que je savais très bien que, avec certaines femmes, ce moment ne sert qu'une fois. Pour moi, cette seule fois aurait suffi.

J'ai décidé aussitôt d'écrire à Carla. Il m'était impossible de laisser s'écouler ne fût-ce qu'un jour de plus, sans faire une tentative pour me rapprocher d'elle. J'ai écrit et récrit cette lettre pour mettre dans ces quelques mots toute l'adresse dont j'étais capable. Si je l'ai récrite tant de fois c'est parce que je puisais un grand réconfort dans l'acte d'écrire : il m'offrait l'exutoire dont j'avais besoin. Je demandais pardon à Carla de la colère que je lui avais témoignée, soutenant qu'il fallait du temps à ma passion pour se calmer. J'ajoutais : « Chaque jour qui passe m'apporte une miette de calme » et chaque fois que j'écrivais cette phrase, je serrais les dents de rage. Puis je lui disais que je ne me pardonnerais pas les mots que je lui avais adressés et que je sentais le besoin de m'en excuser. Je ne pouvais, hélas! lui offrir ce que Lali lui offrait et qu'elle méritait tant.

Je me figurais que ma lettre aurait un grand effet. Puisque Lali était au courant de tout, Carla la lui montrerait et Lali aurait pu juger qu'il était avantageux d'avoir un ami de ma qualité. Je rêvais même que nous pourrions nous acheminer vers une confortable vie à trois, car mon amour était si grand que pour le moment mon sort aurait été moins cruel si l'on m'autorisait à faire simplement la cour à Carla.

Le troisième jour, je reçus deux lignes de réponse. On ne m'y appelait ni Zeno ni Dario. On m'y disait seulement : « Merci! Vous aussi soyez heureux avec votre épouse, qui mérite tant d'être heureuse! » Il s'agissait d'Ada, bien entendu.

L'occasion favorable était restée sans lendemain. Chez les femmes, elle est toujours sans lendemain si l'on ne saisit pas la balle au bond. Mon désir devint un concentré de bile furibonde. Non contre Augusta! Mon cœur était si plein de Carla que j'en éprouvais du remords et me contraignais à porter en présence d'Augusta un sourire hébété, stéréotypé, qui à elle paraissait sincère.

Mais je devais faire quelque chose. Je n'en pouvais plus d'attendre et de souffrir tous les jours à ce point! Je ne voulais plus lui écrire. Les lettres ont trop peu d'importance pour les femmes. Il fallait trouver mieux.

Sans but précis, j'ai couru jusqu'au Jardin public. Puis, ralentissant le pas, jusqu'à la maison de Carla et, une fois sur son palier, j'ai frappé à la porte de la cuisine. Je voulais autant que possible éviter de rencontrer Lali, mais je n'aurais pas été fâché de tomber sur lui. La crise dont je savais avoir besoin aurait éclaté.

Comme à l'accoutumée, la vieille dame s'affairait autour du potager[25] sur lequel brûlaient deux grands feux. D'abord stupéfaite de me voir, elle s'est mise à rire en brave femme qui ne savait rien. Elle m'a dit :

– Je suis heureuse de vous voir! Vous, vous aviez tellement l'habitude de nous voir tous les jours que naturellement vous n'arrivez pas à nous éviter tout à fait.

Je n'ai pas eu de mal à la faire bavarder. Elle m'a raconté que Carla et Vittorio filaient le parfait amour. Ce jour-là lui et sa mère venaient déjeuner chez elles. Elle a ajouté en riant :

– Il va finir par la convaincre de le suivre dans sa tournée des leçons de chant qu'il doit donner tous les jours. Ils ne peuvent rester séparés un seul instant.

Elle souriait de ce bonheur, maternellement. Elle m'a raconté qu'ils allaient se marier dans quelques semaines. J'avais dans la bouche un goût amer et l'envie me venait de prendre la porte. Puis je me suis ravisé dans l'espoir que le bavardage de la vieille pourrait me suggérer quelque idée utile ou me laisser quelque espoir. La dernière erreur que j'avais commise avec Carla avait été justement de filer sans avoir au préalable étudié toutes les chances qui pouvaient m'être offertes.

Pendant un instant j'ai même cru la tenir cette idée. J'ai demandé à la vieille si elle avait sérieusement décidé de servir jusqu'à sa mort de bonne à sa fille. Je lui ai dit que je savais que Carla la traitait durement.

Tout en m'écoutant, elle a continué à s'activer autour du potager. Elle a été d'une candeur que je ne méritais pas. Elle s'est plainte de Carla qui s'impatientait pour un rien. Elle m'a expliqué, confuse :

– C'est vrai que chaque jour je me fais plus vieille et que j'oublie tout. Ce n'est pas ma faute!

Mais maintenant elle espérait que son bonheur ferait que Carla serait moins souvent de mauvaise humeur. Et puis, depuis le début, Vittorio lui avait constamment témoigné beaucoup d'égards. Elle a ajouté pour finir, les mains toujours occupées à verser dans des moules un mélange de pâte et de fruits :

– C'est mon devoir de rester avec ma fille. On ne peut faire autrement.

J'ai apporté une certaine anxiété à la convaincre. Je lui ai dit qu'elle pouvait très bien s'affranchir d'un tel esclavage. N'étais-je pas là ? Je continuerais à lui verser la mensualité que Carla avait touchée jusqu'ici. Je voulais à présent assurer l'existence de quelqu'un ! Je voulais garder la vieille qui me semblait une partie de la fille.

La vieille m'a exprimé sa reconnaissance. Elle admirait ma bonté, elle s'est mise à rire à l'idée qu'on pouvait lui proposer de quitter sa fille. On ne pouvait pas penser à une chose pareille.

Voilà une réflexion dont la dureté est allée cogner mon front qui s'est incliné. Je suis retourné à la grande solitude où il n'y avait plus de Carla ni plus aucune trace visible pour me reconduire à elle. Je me rappelle que j'ai fait un dernier effort pour conserver l'illusion que cette trace laisserait du moins quelques vestiges. Avant de partir, j'ai dit à la vieille qu'il pouvait se faire que dans quelque temps elle change d'avis. Je la priais alors de bien vouloir se souvenir de moi.

Au sortir de cette maison, je me sentais en proie à la colère et à la rancœur, exactement comme si on m'avait rabroué au moment où je m'apprêtais à faire une bonne action. Cette vieille m'avait profondément froissé avec ses éclats de rire. Je les entendais encore qui résonnaient à mes oreilles et qui voulaient dire bien davantage qu'un refus moqueur opposé à ma dernière proposition.

Je n'ai pas voulu retourner chez Augusta dans cet état. Je prévoyais mon destin. Si j'étais allé la retrouver, j'aurais fini par la brutaliser et elle se serait vengée avec cette grande pâleur qui me faisait tant de mal. J'ai préféré marcher dans les rues à un pas cadencé qui pourrait ramener un peu d'ordre dans ma tête. Et cet ordre est effectivement intervenu. J'ai cessé de me plaindre de mon destin et je me suis vu comme si une vive lumière me projetait tout entier sur les pavés que je fixais. Ce n'est pas Carla que je voulais. C'était son étreinte, et de préférence sa dernière étreinte. Une envie ridicule ! Je me suis mordu les lèvres pour transférer cette souffrance, c'est-à-dire un peu de sérieux, sur mon image grotesque. Je savais tout de moi et il était impardonnable que je souffre à ce point alors que m'était offerte une occasion unique de sevrage. Il n'y avait plus de Carla, exactement comme je l'avais souhaité si souvent.

C'est avec cette clarté aveuglante dans mon esprit que, peu après, alors que je me trouvais dans une rue excentrique de la ville où j'étais arrivé par hasard, j'ai couru sans hésitation derrière une femme fardée qui m'avait fait un signe.

Je suis rentré bien tard pour le déjeuner mais je me suis montré si tendre pour Augusta qu'elle en a été aussitôt ravie. Cependant, je n'ai pas eu le cœur d'embrasser ma petite fille, et pendant de longues heures je n'ai pu avaler une seule bouchée. Je sentais la souillure en moi! Je n'ai simulé aucune indisposition comme je l'avais fait par le passé pour cacher ou atténuer ma faute et mon remords. Je ne croyais pas pouvoir trouver de réconfort dans des résolutions concernant l'avenir et pour la première fois je n'en ai pris aucune. Il m'a fallu de longues heures pour retrouver le rythme habituel qui me propulsait d'un présent maussade vers un avenir lumineux.

Augusta s'est aperçue qu'il y avait en moi quelque chose de nouveau. Elle en a ri :

– Avec toi, on ne peut jamais s'ennuyer. Chaque jour tu es un homme nouveau.

Sûr! Cette femme des faubourgs ne ressemblait à aucune autre et je l'avais en dedans de moi.

J'ai passé l'après-midi et la soirée avec Augusta. Elle s'affairait et moi j'étais là à ses côtés, inerte. Dans cette inertie il me semblait me laisser porter par un courant, un courant d'eau limpide : la vie honnête de mon foyer.

Je m'abandonnais à ce courant qui me portait mais ne me purifiait pas. Bien au contraire! Il accentuait ma salissure.

Naturellement, au cours de la longue nuit qui a suivi, j'en suis venu aux résolutions. La première a été la plus irrévocable. Je me procurerais une arme pour me supprimer sur-le-champ dès que je me surprendrais à porter mes pas vers ce quartier infâme. Cette résolution radicale m'a fait du bien et m'a apporté la paix.

Je n'ai pas gémi une seule fois dans mon lit. Je simulais même la respiration régulière du dormeur. Je suis revenu ainsi à ma vieille idée de me purifier en me confessant à ma femme, exactement comme lorsque j'étais sur le point de la tromper avec Carla. Mais c'était devenu un aveu bien difficile, pas tellement à cause de la gravité de mon crime que des complications dont il était résulté. Devant le tribunal conjugal, j'aurais dû évidemment invoquer les circonstances atténuantes et ces dernières ne seraient apparues que si j'avais pu faire état de la violence inopinée qui avait brisé ma liaison avec Carla. Mais j'aurais dû alors avouer aussi cette tromperie, bien plus ancienne et moins sordide que ma récente aventure, mais (qui sait ?) probablement plus blessante pour une épouse.

A force de m'étudier, j'en suis venu à des résolutions de plus en plus raisonnables. J'ai pensé que pour éviter que ne se répète à l'avenir un pareil faux-pas, il fallait que je me dépêche de m'organiser une autre liaison semblable à celle qui m'avait échappé et dont j'avais visiblement besoin. Mais cette inconnue me faisait tout aussi peur. Mille dangers me menaceraient, moi et ma petite famille. Impossible de trouver une autre Carla, et c'est avec les larmes les plus cuisantes que je l'ai pleurée, l'honnête, la tendre jeune fille qui avait même tenté d'aimer la femme que j'aimais et qui n'y était pas parvenue uniquement parce que je lui avais montré une autre femme, justement celle que je n'aimais pas du tout !

VII

HISTOIRE D'UNE ASSOCIATION COMMERCIALE

C'EST Guido qui a voulu m'avoir avec lui dans sa nouvelle maison de commerce. Moi, je mourais d'envie d'en faire partie, mais je suis sûr de ne pas lui avoir laissé deviner ce désir. On comprendra que, dans mon désœuvrement, la proposition de travailler en compagnie d'un ami me séduisait. Mais ce n'est pas tout. Je n'avais pas encore perdu tout espoir de devenir un bon négociant, et il me semblait plus facile de faire des progrès en enseignant à Guido qu'en me faisant enseigner par Olivi. Il y a tant de gens dans la vie qui apprennent en n'écoutant qu'eux-mêmes ou du moins qui ne peuvent apprendre en écoutant les autres.

D'autres motifs me poussaient en outre à souhaiter cette association. Je pouvais être utile à Guido! D'abord, j'avais de l'affection pour lui et bien qu'il voulût paraître fort et sûr de soi, je le jugeais quant à moi un être sans défense qui avait besoin d'une protection que, de tout cœur, je voulais lui accorder. Et puis devant ma propre conscience et pas seulement aux yeux d'Augusta, il me semblait que plus je m'attacherais à Guido plus deviendrait manifeste mon indifférence absolue pour Ada.

Bref, je n'attendais qu'un mot de Guido pour me mettre à sa disposition, et si ce mot s'est fait attendre c'est seulement parce qu'il ne me croyait pas tellement porté sur le commerce du fait que j'avais refusé tout net de m'intéresser à celui qui m'était offert à domicile.

Un jour, il m'a dit :

– J'ai suivi tous les cours de l'Ecole supérieure de Commerce, et pourtant je suis un peu effrayé à l'idée d'organiser sainement tous les détails qui garantissent la santé du fonctionnement d'une maison de commerce. D'accord, le commerçant n'a pas besoin de savoir quoi que ce soit car lorsqu'il a besoin d'un bilan, il fait appel à un expert; s'il a besoin du droit, il invoque le secours d'un avocat et pour sa propre comptabilité il s'adresse à un comptable. Mais il est fort gênant de confier au tout début sa propre comptabilité à un étranger!

Ce fut sa première allusion précise à sa décision de m'avoir à ses côtés. A la vérité, je n'avais d'autre connaissance en comptabilité que celle acquise au cours des quelques mois où j'avais tenu le grand livre pour Olivi, mais j'étais certain d'être le seul comptable qui ne serait pas un étranger pour Guido.

L'éventualité de notre association a été clairement abordée pour la première fois lorsqu'il est allé choisir le mobilier de ses bureaux. D'emblée, il a commandé deux tables pour la salle de direction. Je lui ai demandé en rougissant :

– Pourquoi deux?

Il a répondu :

– L'autre est pour toi.

J'ai éprouvé pour lui une telle reconnaissance que, pour un peu, je l'aurais embrassé.

A la sortie du magasin, Guido m'a expliqué non sans quelque embarras qu'il n'était pas encore en mesure de m'offrir une situation dans son affaire. Il me faisait une place dans son bureau rien que pour m'inciter à venir lui tenir compagnie chaque fois que le cœur m'en dirait. Il ne voulait m'obliger à rien et de son côté il conservait une entière liberté. Si son affaire marchait bien, il me confierait un poste à la direction de sa maison.

Tandis qu'il me parlait de son commerce, son beau visage brun prenait un air des plus sérieux. On eût dit qu'il avait déjà réfléchi à toutes les opérations qu'il voulait entreprendre. Il regardait au loin par-dessus ma tête, et j'ai été à tel point convaincu de la gravité de ses méditations que je me suis retourné pour regarder moi aussi ce qu'il voyait, à savoir ces opérations qui devaient lui apporter la richesse. Il ne voulait emprunter ni la voie suivie avec tant de succès par notre beau-père ni celle de la prudence et de la sécurité où se cantonnait Olivi. Ces hommes-là étaient pour lui des négociants à l'ancienne. A présent, il fallait s'engager dans une tout autre direction, et s'il faisait volontiers de moi son associé c'est qu'il estimait que les vieux ne m'avaient pas encore gâté.

Toutes ces considérations m'ont paru frappées au coin du bon sens. Je venais de réaliser mon premier succès commercial et j'ai rougi de plaisir pour la deuxième fois. Il est donc advenu que, par gratitude de l'estime qu'il m'avait témoignée, j'ai travaillé avec lui et pour lui, au rythme d'une activité plus ou moins intense, pendant au moins deux ans, sans autre rémunération que la gloire de ce siège dans le bureau directorial. Ce fut certainement la plus longue période que j'eusse consacrée jusque-là à la même occupation. Si je ne puis en tirer vanité c'est simplement parce que toute cette activité ne fut d'aucun profit ni pour moi ni pour Guido alors que dans les affaires – comme chacun sait – on ne peut juger que sur les résultats.

Pendant trois mois environ, le temps nécessaire à la mise sur pied de cette maison, je fus sûr d'être promis à une grande activité commerciale. J'appris que m'incomberait non seulement le soin de régler des détails comme la correspondance et la comptabilité mais encore la surveillance des affaires. Guido conserva cependant un grand ascendant sur moi, à telle enseigne qu'il aurait pu causer ma perte si la chance qui m'assiste ne l'en eût empêché. Il n'avait qu'un signe à faire et j'accourais aussitôt. Cette docilité continue à susciter ma stupéfaction, aujourd'hui encore où j'écris ces notes, et bien que j'aie eu le temps d'y réfléchir pendant de si nombreuses années.

Je m'attarde en outre sur les deux années en question parce que mon attachement à Guido me semble une claire manifestation de ma maladie. Quel motif avais-je de m'attacher à cet homme dans le but d'apprendre le grand commerce et, avec le temps, de lui demeurer attaché pour lui enseigner le petit commerce ? Quel motif avais-je de me satisfaire de cette situation simplement parce que ma grande amitié pour Guido paraissait exprimer ma grande indifférence pour Ada ? Qui exigeait de moi de tels efforts ? Notre indifférence réciproque n'était-elle pas suffisamment démontrée par l'existence de tous ces marmots que nous n'arrêtions pas de mettre au monde ? Je ne détestais pas Guido, mais il n'était certainement pas l'ami que je me serais librement choisi. J'ai toujours vu ses défauts avec une lucidité telle que souvent, rien que d'y penser, j'étais à bout de nerfs, à moins que ne m'émût quelque manifestation de sa faiblesse. Pendant des mois et des mois, je lui ai fait le sacrifice de ma liberté et je me suis laissé entraîner par lui dans les situations les plus scabreuses rien que pour l'assister ! Une preuve manifeste de maladie ou de grande bonté, deux qualités qui sont dans un rapport très étroit.

Tout cela demeure vrai, même si le temps finit par faire naître entre nous une grande affection comme il arrive toujours entre hommes de bien qui se rencontrent chaque jour. Et quelle affection que la mienne ! Quand il disparut, je mesurai longtemps à quel point il me manquait. Ma vie entière dont il avait envahi une telle part avec ses problèmes et son négoce me parut vide.

J'ai envie de rire en me rappelant qu'au tout début, dès notre première affaire, l'acquisition du mobilier, nous avons commis en quelque sorte une erreur d'échéance. Nous nous étions chargés des meubles et nous ne nous décidions pas encore à retenir un local pour nos bureaux. Le choix de ce local prit du retard par suite d'une divergence de vues entre Guido et moi. Chez mon beau-père comme chez Olivi, j'avais toujours constaté que, en vue de faciliter la surveillance de l'entrepôt, les bureaux étaient attenants. Guido se récriait avec une moue de dégoût :

– Ces bureaux de Trieste qui puent la morue et les cuirs !

Il affirmait qu'il était très capable d'assurer une surveillance, même de loin, mais en attendant il hésitait. Un beau jour le vendeur des meubles lui notifia d'en prendre livraison faute de quoi il les déposerait sur le trottoir. Alors il courut retenir un local, le dernier qu'on venait de lui proposer, sans magasin à proximité, mais en plein centre de la ville. Et voilà pourquoi, de dépôt, nous n'en avons jamais eu. Ce local se composait de deux vastes pièces bien éclairées et d'un cagibi sans lumière. Sur la porte de ce débarras inhabitable fut collé un carré de papier portant en majuscules l'inscription : *Comptabilité*; puis, des deux autres portes, l'une reçut l'inscription : *Caisse,* et la seconde fut ornée de la désignation toute britannique de *Privé.* Guido avait aussi étudié le commerce en Angleterre et il en avait ramené des notions utiles. La *Caisse* fut dûment pourvue d'un magnifique guichet de fer avec sa grille traditionnelle. Notre pièce *Privée* devint une pièce luxueuse, splendidement tendue d'un brun velouté et meublée de deux tables, d'un canapé et de plusieurs fauteuils très confortables.

Suivit l'acquisition des registres et des articles de bureau. Sur ce point je pus librement jouer mon rôle directorial. Je commandais et les objets arrivaient. J'aurais préféré ne pas être suivi avec une telle promptitude, mais il était de mon devoir d'énumérer tous les articles nécessaires à un bureau. C'est alors que j'ai cru découvrir la grande différence qui nous séparait Guido et moi. Ce que j'avais appris me servait pour parler, et à lui pour agir. Quand il venait à savoir ce que moi je savais et rien de plus, son rôle à lui était d'acheter. Il est vrai que quelquefois, en matière de commerce, il se montra fermement décidé à ne rien faire, c'est-à-dire à n'acheter ni ne vendre, mais même cette fermeté me semblait relever de la détermination d'une personne qui s'imagine savoir beaucoup de choses, alors que moi j'aurais hésité davantage même sans rien faire.

Pour ces acquisitions, je montrai beaucoup de prudence. Je courus chez Olivi prendre les mesures des presses à copier, des registres de comptabilité. Ce fut ensuite Olivi fils qui m'aida à mettre les registres en service et m'expliqua une nouvelle fois la comptabilité en partie double, toutes pratiques sans difficulté mais qu'on oublie aisément. Quand nous en serions au bilan, il me l'expliquerait aussi.

Nous ne savions pas encore ce que nous ferions dans ces pièces (je sais maintenant qu'en ce temps-là Guido non plus ne le savait pas) et nous discutions de notre organisation tout entière. Je me rappelle qu'au long des jours nous n'en finissions plus de parler de l'endroit où nous installerions les autres employés dont nous pourrions éventuellement avoir besoin. Guido suggérait de les installer dans la *Caisse* autant qu'elle pourrait en contenir. Mais le jeune Luciano, pour l'heure notre seul personnel, déclarait que dans la pièce où se trouvait la caisse seul pouvait pénétrer le personnel habilité. Il était dur de devoir recevoir des leçons de notre garçon de courses. Il me vint une inspiration :

– Moi, je crois me rappeler qu'en Angleterre, on paie tout par chèques.

Je l'avais entendu dire à Trieste.

– Bravo ! dit Guido. Moi aussi je m'en souviens à présent. Il est curieux que je l'aie oublié !

Il se mit à expliquer par le menu à Luciano comment on avait perdu l'habitude de manier de grosses sommes d'argent. Les chèques étaient endossés par tout le monde, pour n'importe quelle somme. Nous remportâmes une belle victoire sur Luciano qui se tut.

Ce dernier a su tirer profit des leçons de Guido. C'est aujourd'hui l'un des négociants les plus estimés de Trieste. Il me salue toujours avec une certaine humilité tempérée d'un sourire. Guido passait chaque jour une partie de son temps à faire l'éducation de Luciano, puis la mienne et ensuite celle de la secrétaire. Je me rappelle qu'il a caressé pendant un certain temps l'idée de faire du commerce sur commission pour ne pas risquer ses propres capitaux. Il a expliqué le principe de base de ces transactions à moi d'abord et, comme évidemment je comprenais trop vite, il s'est mis à l'expliquer à Luciano qui l'a écouté longuement, donnant les signes de l'attention la plus soutenue, ses grands yeux brillant dans un visage encore imberbe. On ne peut dire que Guido ait perdu son temps car Luciano est le seul d'entre nous qui ait réussi ce genre de négoce. Qu'on ne vienne pas nous raconter que la victoire couronne le savoir !

Sur ces entrefaites, arrivèrent les *pesos* de Buenos Aires. Ce ne fut pas petite affaire ! J'avais tout d'abord pensé qu'il s'agissait d'une opération très facile, alors qu'inversement le marché de Trieste n'avait pas l'habitude de cette monnaie exotique. Nous avons eu encore besoin d'Olivi fils qui nous a instruits sur la façon de convertir ces chèques. Puis, comme en moment donné nous avons été livrés à nous-mêmes, du fait qu'Olivi estimait nous avoir conduits à bon port, Guido s'est retrouvé pendant plusieurs jours avec les poches bourrées de couronnes, jusqu'au moment où nous avons découvert le chemin d'une banque qui nous a débarrassés prestement de ce fardeau incommode, nous remettant un carnet de chèques dont nous avons vite appris à nous servir.

Guido a éprouvé le besoin de dire à Olivi qui facilitait son implantation, dans les termes consacrés :

– Je vous promets que je ne ferai jamais concurrence à la maison de mon ami !

Mais le jeune homme qui avait une autre conception du commerce, lui a répondu :

– Dommage qu'il n'y ait pas plus de contractants pour nos articles ! Tout n'en irait que mieux !

Guido est resté bouche bée; à son habitude il a trop bien compris et s'est attaché à cette théorie qu'il a répandue dans tous les azimuts.

En dépit de son Ecole supérieure, Guido avait une conception assez floue du passif et de l'actif. Il regardait avec étonnement comment je constituais le Compte Capital et aussi comment j'enregistrais les dépenses. Puis il devint si savant en comptabilité que lorsqu'on lui proposait une affaire, il l'analysait d'abord au point de vuc comptable. Il lui semblait même que la connaissance de la comptabilité conférait au monde un aspect nouveau. Il voyait partout surgir débiteurs et créanciers, même quand deux personnes se battaient ou s'embrassaient.

On peut dire qu'il est entré dans le commerce armé de la plus grande circonspection. Il a refusé une quantité d'affaires; mieux, il les a toutes refusées de l'air tranquille du monsieur qui sait son fait :

– Non! disait-il, et le monosyllabe semblait le résultat d'un calcul précis même lorsqu'il s'agissait d'un article qu'il n'avait jamais vu. Et il perdait son temps à réfléchir pour voir comment l'affaire et ses profits éventuels ou le préjudice subi devraient être transcrits en termes comptables. C'était la dernière connaissance en date qu'il eût acquise et elle oblitérait toute autre notion.

Je déplore d'être obligé de tant médire de mon pauvre ami, mais je dois la vérité, ne fût-ce que pour mieux me comprendre moi-même. Je me rappelle toute l'intelligence qu'il a déployée pour encombrer notre modeste bureau d'utopies qui faisaient obstacle à toute saine activité de notre part. A un certain moment, pour lancer notre travail sur commission, nous avons diffusé par la poste un millier de circulaires. Guido a eu cette réflexion :

– Quelle économie de timbres si, avant d'expédier ces circulaires, nous savions combien d'entre elles toucheront les gens qui les prendront en considération!

Cette phrase à elle seule n'aurait rien empêché, mais lui en fut si content qu'il se mit à lancer en l'air les circulaires sous enveloppe pour n'expédier que celles qui retombaient du côté de l'adresse. Cette expérience me rappelait un procédé comparable que j'avais imaginé par le passé, mais il me semble toutefois que je n'en étais jamais arrivé à ce point. Naturellement, je n'ai ni ramassé ni expédié les circulaires qu'il avait éliminées car je ne pouvais savoir si une inspiration sérieuse n'avait présidé à cette élimination et s'il n'était donc de mon devoir de ménager les timbres dont la dépense lui incombait.

Ma chance empêcha que Guido m'entraînât à la ruine,

mais cette même chance m'empêcha aussi de prendre une part trop active à ses affaires. Je le dis bien haut parce qu'à Trieste certaines personnes pensent qu'il n'en a pas été ainsi : pendant tout le temps que j'ai passé avec lui, je ne suis jamais intervenu sous le coup d'une inspiration quelconque, du genre de celle des raisins secs. Je ne l'ai jamais poussé à une affaire et jamais je ne me suis opposé à quoi que ce soit. J'étais le conseiller ! Je l'incitais à l'activité, à la prudence. Mais je n'aurais pas osé risquer son argent sur le tapis vert.

A ses côtés, je suis devenu tout à fait inerte. J'ai cherché à le mettre sur la bonne voie et si je n'y ai pas réussi c'est sans doute à cause de cette inertie. Du reste, quand deux hommes s'associent, ce n'est pas à eux de décider lequel d'entre eux doit être Don Quichotte et lequel Sancho Pança. Lui traitait les affaires et moi, en bon Sancho, je le suivais en traînant les pieds dans mes registres, non sans avoir examiné ses marchés d'un œil critique, comme il était de mon devoir.

Le commerce sur commission fut un échec de première, mais sans nous causer aucun préjudice. Le seul à nous envoyer des marchandises fut un papetier de Vienne, et une partie de ces fournitures de bureau fut vendue par Luciano qui, mine de rien, réussit à connaître la commission qui nous revenait et à se la faire octroyer par Guido dans sa quasi-totalité. Guido finit par y consentir parce qu'il s'agissait de broutilles et aussi parce que la liquidation de notre première affaire devait nous porter bonheur. De cette première affaire les résidus encombrèrent notre petit débarras sous forme d'une quantité d'articles de bureau que nous dûmes payer. Nous avions de quoi assurer pendant de nombreuses années les besoins d'une maison de commerce bien plus dynamique que la nôtre.

Pendant deux mois ce petit bureau inondé de lumière, en plein centre de la ville, fut pour nous un lieu agréable de réunion. Nous n'y travaillions guère (je crois que nous y avons conclu en tout et pour tout deux marchés de caisses d'emballage d'occasion dont nous avons traité dans la même journée l'offre et la demande et retiré un modeste bénéfice) et nous y bavardions beaucoup, en bons copains, en compagnie de ce simplet de Luciano qui, lorsqu'on parlait affaires, s'agitait comme les gamins de son âge en entendant parler de femmes.

Il m'était alors facile de plaisanter innocemment avec les innocents parce que je n'avais pas encore perdu Carla. De cette période, j'ai plaisir à évoquer tous les moments de la journée. Le soir, à la maison, j'avais une foule de choses à raconter à Augusta et je pouvais lui dire tout ce qui avait trait au bureau, sans rien omettre et sans devoir ajouter quoi que ce soit pour altérer la vérité.

Et je ne me faisais pas de souci quand Augusta s'exclamait, inquiète :

– Mais quand allez-vous commencer à gagner de l'argent ?

De l'argent ? L'argent était le dernier de nos soucis. Nous savions qu'il fallait d'abord prendre le temps de regarder, d'étudier les marchandises, la conjoncture et même notre *Hinterland*[1]. On n'improvise pas du soir au matin une maison de commerce ! Et à mes explications Augusta aussi se sentait rassurée.

Puis, dans notre bureau fut admis un hôte très bruyant. Un chien de chasse de quelques mois, agité et envahissant. Guido l'aimait beaucoup et avait organisé pour lui un approvisionnement régulier en lait et en viande. Quand je n'avais rien à faire ni à quoi réfléchir, moi aussi je le voyais avec plaisir gambader dans le bureau et prendre ces quatre ou cinq poses du chien que nous pouvons interpréter et qui nous le rendent si attachant. Mais j'estimais que sa place n'était pas parmi nous, bruyant et malpropre comme il l'était ! Selon moi, la présence de ce chien dans notre bureau a fourni la première preuve que Guido n'était pas digne de diriger une maison de commerce. Sa conduite démontrait un manque absolu de sérieux. J'ai essayé de lui expliquer que le chien ne pouvait faire avancer nos affaires, mais je n'ai pas eu le courage d'insister quand, d'une réponse quelconque, il m'a fermé la bouche.

C'est pourquoi j'ai pensé devoir me consacrer personnellement à l'éducation de ce nouveau collègue et je lui ai lâché quelques coups de pied avec un plaisir extrême lorsque Guido n'était pas là. Le chien glapissait et s'empressait de revenir vers moi, croyant que je l'avais frappé par erreur. Mais mon deuxième coup de pied était plus éloquent que le premier et alors l'animal se rencognait et jusqu'au retour de Guido, impossible d'être tranquille dans le bureau. J'ai regretté par la suite d'avoir sévi sur un innocent, mais trop tard. J'ai comblé le chien de prévenances, mais il se méfiait de moi et en présence de Guido il m'a témoigné clairement son antipathie.

– C'est bizarre! a dit Guido. Heureusement que je te connais, sans quoi je me méfierais de toi. D'habitude, les chiens ne se trompent pas dans leurs antipathies.

Pour dissiper les soupçons de Guido, j'avais presque envie de lui raconter comment j'avais pu mériter l'antipathie du chien.

J'ai eu bientôt un accrochage avec Guido sur un point qui, en vérité, n'aurait pas dû compter tellement pour moi. Comme il avait apporté toute son ardeur à étudier la comptabilité, il s'était mis dans la tête d'inclure ses dépenses domestiques dans les frais généraux. Après avoir pris conseil d'Olivi, je m'y suis opposé afin de défendre les intérêts du vieux *Cada*. Il n'était pas possible, en effet, de faire passer sous cette rubrique tout ce que dépensaient Guido, Ada, ainsi que les frais occasionnés par les deux jumeaux après leur naissance. C'étaient des dépenses imputables personnellement à Guido et non à la maison de commerce. Puis, en compensation, j'ai suggéré qu'on écrivît à Buenos Aires afin de tomber d'accord sur un salaire pour Guido. Le père refusa de le lui accorder, faisant observer que Guido percevait déjà soixante-quinze pour cent des bénéfices tandis que lui n'avait que le reste. Je jugeai que c'était une réponse équitable alors que Guido se mit à écrire de longues lettres à son père pour discuter de la question d'un point de vue plus élevé, à ce qu'il disait. Buenos Aires était très loin de sorte que l'échange du courrier dura aussi longtemps que dura notre maison. Et c'est ainsi que je l'ai emporté! Le compte frais généraux est resté pur et n'a pas été pollué par les dépenses privées de Guido, et le capital a été entièrement compromis par l'effondrement de la maison, entièrement dis-je, sans dégrèvements.

La cinquième personne admise dans notre bureau (si l'on compte le chien Argo), ce fut Carmen. J'ai assisté à son admission. J'étais arrivé au bureau directement de chez Carla et je me sentais parfaitement serein, de cette sérénité de huit heures du matin du prince de Taillerand[2]. J'ai entrevu dans l'obscurité de l'entrée une jeune fille dont Luciano m'a dit qu'elle voulait parler à Guido personnellement. J'avais quelque chose à faire et je l'ai priée d'attendre là. Guido est entré peu après dans notre pièce sans avoir remarqué la demoiselle, et Luciano lui a tendu le mot de présentation dont cette dernière était pourvue. Guido l'a lu et puis :

– Non! a-t-il dit laconiquement, ôtant sa veste à cause de la chaleur.

Mais il s'est ravisé aussitôt :

– Il faut que je lui parle par égard pour la personne qui me la recommande.

Il l'a fait entrer et je ne l'ai regardée qu'au moment où Guido, se jetant d'un bond sur sa veste pour l'enfiler, s'est adressé à la jeune fille, tandis que son beau visage brun se couvrait de rougeur et que ses yeux brillaient.

Aujourd'hui, je suis sûr d'avoir vu des jeunes filles aussi belles que Carmen, mais pas d'une beauté aussi agressive, c'est-à-dire aussi évidente au premier coup d'œil. D'habitude, nous créons les femmes pour notre désir alors que celle-là n'avait aucunement besoin de cette première phase. En la regardant j'ai souri et je me suis même mis à rire. Je l'ai trouvée semblable à un industriel qui courrait par le monde célébrant l'excellence de ses produits. Elle se présentait pour obtenir un emploi, mais j'aurais voulu intervenir dans les pourparlers et lui demander : « Quel emploi? Pour une alcôve? »

J'ai constaté que son visage n'était pas fardé, mais que les couleurs en étaient si nettes, si bleutée la blancheur et si pareille à celle des fruits mûrs la rougeur, que le fard y était imité à la perfection. Ses grands yeux bruns réfractaient une telle quantité de lumière que le moindre de leurs mouvements prenait une grande importance.

Guido l'avait fait asseoir et elle regardait d'un air modeste la pointe de son ombrelle ou plus probablement de ses bottines vernies. Quand il lui a adressé la parole, elle a soulevé promptement ses paupières et a tourné vers les siens des yeux si lumineux que mon pauvre directeur en a été littéralement foudroyé. Elle était vêtue simplement mais cette simplicité ne lui servait à rien car sur ce corps toute modestie s'éclipsait. Son seul luxe résidait dans ses bottines qui rappelaient un peu le papier d'un blanc éclatant que Vélasquez glissait sous les pieds de ses modèles. Vélasquez aussi pour donner du relief à Carmen l'aurait installée sur un noir de laque[3].

Du haut de ma sérénité, j'ai suivi l'entretien avec curiosité. Guido lui a demandé si elle connaissait la sténographie. Elle a avoué n'en rien connaître mais elle a ajouté qu'elle était très bien entraînée à écrire sous dictée. Chose curieuse, de ce corps allongé, élancé et harmonieux, sortait une voix rauque. Je n'ai pu cacher ma surprise :

– Vous êtes enrhumée? lui ai-je demandé.

– Non! m'a-t-elle répondu. Pourquoi me posez-vous cette question?

Et telle a été sa surprise que le regard dont elle m'a enveloppé en est devenu plus intense. Elle ignorait qu'elle avait une voix aussi discordante et j'ai été obligé de supposer que sa mignonne petite oreille n'était pas aussi parfaite qu'il y paraissait.

Guido lui a demandé si elle savait l'anglais, le français ou l'allemand. Il lui laissait le choix, étant donné que nous ignorions encore de quelle langue nous pourrions avoir besoin. Carmen a répondu qu'elle savait un peu d'allemand, mais pas beaucoup.

Guido ne prenait jamais de décision sans raisonner :

– Nous n'avons pas besoin d'allemand puisque je sais très bien cette langue.

La demoiselle attendait le mot décisif qui, selon moi,

semblait avoir été déjà dit, et pour l'entendre plus vite, elle a raconté que dans son nouvel emploi elle recherchait aussi la possibilité de se familiariser avec son travail et qu'en conséquence elle se contenterait d'un salaire très modique.

L'un des premiers effets de la beauté féminine sur un homme est de le guérir de l'avarice. Guido a haussé les épaules comme pour dire qu'il ne se souciait pas de telles bagatelles; il lui a fixé un salaire qu'elle a accepté avec gratitude et il lui a recommandé le plus sérieusement du monde d'étudier la sténographie. Il lui a fait cette recommandation uniquement par égard pour moi devant qui il avait pris l'engagement que le premier employé recruté serait un sténographe émérite.

Ce soir-là j'ai parlé de mon nouveau collègue à ma femme. Elle en a été extrêmement contrariée. Sans que je le lui dise, elle a immédiatement pensé que Guido avait engagé à son service cette jeune fille pour en faire sa maîtresse. J'en ai discuté avec elle et, tout en admettant que Guido se comportait un peu comme un homme épris, j'ai soutenu qu'il pourrait bien se ressaisir de ce coup de foudre sans qu'il y eût d'autres conséquences. Dans l'ensemble, la jeune fille me semblait sérieuse.

A quelques jours de là, nous avons reçu au bureau – peut-être par l'effet du hasard – la visite d'Ada. Guido n'était pas encore arrivé et elle est restée un moment avec moi pour me demander à quelle heure il allait venir. Puis, d'un pas hésitant, elle est entrée dans la pièce attenante où ne se trouvaient alors que Carmen et Luciano. Carmen s'exerçait sur la machine à écrire, tout occupée à identifier chacune des lettres. Elle a levé ses beaux yeux sur Ada qui la fixait. Comme les deux femmes étaient différentes! Elles se ressemblaient un peu mais Carmen était pareille à une Ada plus appuyée. J'ai pensé qu'en vérité la première, habillée pourtant plus richement, était faite pour devenir épouse ou mère tandis que l'autre, toute couverte qu'elle fût d'un humble sarrau afin de ne pas salir sa robe à la machine, était faite pour le rôle de l'amante. Je ne sais s'il y a par le monde des savants qui pourraient nous dire pourquoi les yeux magnifiques d'Ada concentraient moins de lumière que ceux de Carmen et constituaient pour cette raison un organe véritablement fait pour regarder les choses et les gens et non pour les frapper de stupeur. De sorte que Carmen supporta très bien leur regard dédaigneux mais inquisiteur; n'y avait-il pas aussi en eux un rien d'envie ou est-ce moi qui l'y ai mis?

C'est la dernière fois que j'ai vu Ada dans la fleur de sa beauté, exactement comme lorsqu'elle s'était refusée à moi. Puis est survenue cette grossesse désastreuse, et les jumeaux ont eu besoin de l'aide du chirurgien pour voir le jour. Aussitôt après, elle a été atteinte de la maladie qui lui a ravi à jamais sa beauté. C'est pourquoi je me souviens si bien de cette visite. Je m'en souviens parce qu'à ce moment-là toute ma sympathie lui a été acquise, créature à la beauté effacée et modeste écrasée sous l'éclat si différent de l'autre. Je n'aimais certes pas Carmen dont je ne connaissais rien d'autre que les yeux superbes, les splendides couleurs, puis la voix rauque et pour finir la façon dont – en toute innocence – elle avait été admise parmi nous. A ce moment-là mon affection est allée tout entière à Ada, et c'est une chose bien étrange que d'éprouver de l'affection pour une femme qu'on a désirée ardemment, qu'on n'a pas obtenue et dont on ne se soucie plus. Pour tout dire on parvient ainsi à la même situation qu'on atteindrait si cette femme avait répondu à nos désirs; et il est surprenant de constater encore une fois le peu d'importance de certaines choses pour lesquelles nous vivons.

J'ai voulu abréger sa douleur et je l'ai précédée dans l'autre pièce. Guido est entré à ce moment-là et, à la vue de sa femme, il est devenu tout rouge. Ada lui a fourni une explication plausible du motif de sa visite, mais sans attendre, au moment de partir, elle lui a demandé :

– Vous avez engagé une nouvelle employée pour le bureau?

– Oui! a dit Guido, et pour cacher son trouble, il n'a trouvé rien de mieux que d'interrompre sa réponse pour demander si quelqu'un était venu s'enquérir de lui. Puis, comme je lui disais que non, il a esquissé une moue de dépit comme s'il avait attendu une visite importante, tandis que je savais que nous n'attendions absolument personne et alors seulement il a dit à Ada de l'air indifférent qu'il a finalement réussi à prendre :

– Nous avions besoin d'un sténographe !

Je me suis prodigieusement amusé en entendant qu'il faisait erreur sur le sexe de la personne dont nous avions besoin.

L'arrivée de Carmen a mis beaucoup de vie dans notre bureau. Je ne veux pas parler de la vivacité qui émanait de ses yeux, de sa gracieuse personne et des couleurs de son visage; je ne parle ici que d'affaires. De la présence de la jeune fille, Guido reçut une impulsion au travail. Pour commencer, il a voulu me démontrer ainsi qu'à tous les autres que la nouvelle employée était nécessaire. Chaque jour il inventait des activités inédites auxquelles lui aussi participait. Puis, pendant quelque temps, le travail lui a offert le moyen de faire une cour plus efficace à la jeune fille. Il a atteint un rythme jamais vu. Guido devait enseigner à Carmen le style des lettres qu'il lui dictait, corriger l'orthographe d'une kyrielle de mots. Il le fit toujours avec douceur. Aucune compensation de la part de la jeune fille n'aurait été exagérée.

Les affaires inventées sous l'aiguillon du désir furent rarement fructueuses. Une fois il s'était donné beaucoup de mal pour acheter un article qui en fin de compte s'est avéré défendu. Nous nous sommes trouvés à ce moment-là devant un homme au visage crispé de douleur dont nous avions à notre insu piétiné les cors. Cet homme voulait savoir en quoi cet article nous concernait et il supposait que nous étions mandatés par de puissants concurrents étrangers. Lors de notre première rencontre, il nous parut atterré et redoutant le pire. Quand il eut compris notre ingénuité, il nous rit au nez et nous garantit que nous n'arriverions à rien. Pour finir, c'est lui qui eut raison mais beaucoup de temps s'était écoulé avant que nous prissions acte de cette interdiction et dans l'intervalle Carmen avait écrit quantité de lettres. Nous découvrîmes que l'article était hors de portée car protégé par des tranchées. Je ne soufflai mot de cette affaire à Augusta et ce fut elle qui m'en parla parce que Guido en avait parlé à Ada pour lui faire voir tout le travail abattu par notre sténographe. Il en parla chaque jour. Il était convaincu qu'en nulle autre ville du monde ne se serait produit un cas semblable. Le milieu commercial de Trieste était déplorable et tout commerçant entreprenant s'y faisait prendre à la gorge. C'est ce qui lui arrivait à son tour.

Dans le carnaval follement chaotique des affaires qui défilèrent entre nos mains durant cette période, il en est une qui nous les brûla littéralement. Ce n'est pas nous qui l'avions cherchée; c'est l'affaire qui a fondu sur nous. Nous y avons été poussés par un Dalmate[4], un certain Tacich, dont le père avait travaillé en Argentine avec celui de Guido. Au début il était venu nous voir simplement pour obtenir de nous des renseignements commerciaux que nous pûmes lui procurer.

Ce Tacich était un très beau garçon, trop beau même. Grand, solide, il avait un visage olivâtre où s'harmonisaient en un accord délicieux le bleu sombre des yeux avec de longs sourcils et de fines moustaches brunes aux reflets dorés. Bref, il y avait en lui une telle recherche d'harmonie des couleurs que je le jugeai quant à moi né pour faire la paire avec Carmen. Ce fut aussi son opinion et il vint nous voir tous les jours. Dans notre bureau, la conversation s'éternisait chaque jour pendant des heures sans devenir jamais ennuyeuse. Les deux hommes luttaient pour conquérir la femme et, comme tous les animaux en amour, ils faisaient montre de leurs meilleures qualités. Guido se sentait un peu retenu du fait que le Dalmate allait aussi le voir chez lui et connaissait donc Ada, mais rien ne pouvait plus lui nuire aux yeux de Carmen; moi, qui connaissais parfaitement ces yeux-là, je l'ai compris tout de suite alors que Tacich ne l'apprit que bien plus tard. Pour avoir plus fréquemment le prétexte de la rencontrer, il avait acheté chez nous et non pas en fabrique plusieurs wagons de savon qu'il avait payés quelques tantièmes plus cher. Puis, toujours par amour, il nous fourra dans une transaction désastreuse.

Son père avait observé que, régulièrement, à certaines époques, le prix du sulfate de cuivre montait pour baisser en d'autres. C'est pourquoi il avait décidé d'en acheter en Angleterre une soixantaine de tonnes, afin de spéculer au moment le plus favorable. Nous avons parlé longuement de cette affaire, nous l'avons préparée en nous mettant même en rapport avec la firme anglaise. Puis le père a télégraphié à son fils que le moment propice lui semblait venu et il a fixé aussi le prix auquel il serait disposé à conclure l'affaire. Tacich, amoureux comme il l'était, a couru chez nous et nous a passé l'affaire, recevant pour sa peine une belle œillade, prolongée et caressante, de Carmen. Le pauvre Dalmate a encaissé l'œillade avec gratitude sans savoir que c'était un témoignage d'amour pour Guido.

Je me souviens de la tranquille assurance avec laquelle Guido s'est préparé à traiter cette affaire qui se présentait très bien, en effet, car en Angleterre on pouvait exiger la livraison de la marchandise dans notre port d'où elle passait directement, sans manutention, à l'acheteur. Il a fixé exactement le montant qu'il voulait gagner et il a défini avec moi le délai qu'il devait communiquer à notre correspondant anglais pour l'achat de la marchandise. A l'aide d'un dictionnaire, nous avons rédigé ensemble une dépêche en anglais. Quand elle a été expédiée, Guido s'est frotté les mains et il a calculé le nombre de couronnes qui allaient pleuvoir dans son tiroir-caisse comme rémunération de ces courts et légers efforts. Pour se rendre les dieux propices, il a jugé équitable de me promettre une petite gratification puis, non sans malice, d'en promettre également une à Carmen qui avait collaboré à l'affaire avec ses grands yeux. Nous avons voulu tous deux la refuser, mais il nous a suppliés de faire au moins semblant d'accepter. Sinon il craignait que nous lui jetions le mauvais œil. Aussi, pour le rassurer, n'ai-je pas voulu le contrarier. Je savais avec une certitude mathématique que ne pouvaient lui venir de moi que les vœux les meilleurs, mais je comprenais qu'il pût en douter. En ce bas-monde, quand nous ne nous haïssons pas, nous nous aimons tous. Toutefois nos souhaits les plus sincères n'accompagnent que les affaires auxquelles nous participons.

L'affaire fut examinée sous toutes les coutures et je me rappelle même que Guido calcula combien de mois, avec les bénéfices qu'il en retirerait, il pourrait nourrir sa famille et le bureau, c'est-à-dire ses deux familles, comme il disait parfois, ou ses deux bureaux, comme il disait d'autres fois quand son foyer lui pesait trop. Nous l'avons trop examinée cette affaire et c'est peut-être pourquoi elle a raté. De Londres nous parvint une dépêche laconique : *Enregistré* et puis l'indication de la cotation du jour du sulfate, beaucoup plus élevée que celle que notre acheteur nous avait fixée. Adieu la bonne affaire. Nous en informâmes Tacich qui peu après quitta Trieste.

A cette époque, j'ai cessé pendant environ un mois de me rendre au bureau et c'est pourquoi je n'ai pas eu entre les mains une lettre qui arriva à notre maison de commerce, d'aspect inoffensif, mais qui devait avoir de graves conséquences pour Guido. Par cette lettre, la firme anglaise nous confirmait sa dépêche et finissait en nous informant qu'elle enregistrait notre ordre et le considérait exécutable sauf annulation. Guido n'a pensé à aucun moment à donner l'ordre d'annuler sa commande et moi, quand je suis revenu au bureau, je ne me rappelais plus cette affaire. De sorte que plusieurs mois après, Guido est venu un soir me trouver à la maison avec une dépêche qu'il ne comprenait pas et qu'il pensait nous avoir été adressée par erreur bien qu'elle portât clairement notre adresse télégraphique que j'avais fait régulièrement enregistrer dès notre installation au bureau. La dépêche ne contenait que trois mots : *60 tons settled*[5], et moi j'ai compris à la minute même, ce qui n'était pas difficile car l'affaire du sulfate de cuivre était le seul gros marché que nous ayons passé. Je lui ai dit : d'après cette dépêche, il était clair que le prix que nous avions fixé pour l'exécution de notre ordre avait été atteint et qu'en conséquence nous étions les heureux propriétaires de soixante tonnes de sulfate de cuivre.

Guido s'est récrié :

– Comment peut-on penser que j'accepte avec un tel retard l'exécution de mon ordre ?

J'ai pensé aussitôt que devait se trouver en notre bureau la lettre de confirmation de la première dépêche, tandis que Guido ne se rappelait pas l'avoir reçue. En proie à l'inquiétude, il m'a proposé d'y courir sur l'heure pour voir si elle s'y trouvait, proposition que j'ai acceptée avec empressement parce que j'étais contrarié que cette discussion eût lieu en présence d'Augusta qui ignorait que pendant un mois je n'avais pas mis les pieds au bureau.

Nous nous y sommes précipités. Guido était tellement contrarié de se voir obligé d'endosser ce gros marché que, pour s'y soustraire, il aurait couru jusqu'à Londres. Nous avons ouvert le bureau, nous nous sommes frayé à tâtons un chemin jusqu'à notre pièce et nous avons réussi à atteindre le bec de gaz pour l'allumer. Alors nous avons eu tôt fait de découvrir la lettre. Elle était rédigée dans les termes que j'avais supposés : elle nous informait que notre ordre valable sauf annulation avait été exécuté.

Guido a regardé la lettre, le front plissé, peut-être sous l'effet de la contrariété ou dans l'effort de vouloir anéantir de son regard cette quantité dont on nous annonçait l'existence avec une telle sobriété verbale.

– Et penser, a-t-il observé, qu'il nous suffisait d'écrire deux mots pour éviter une perte de cet ordre !

Le reproche ne m'était certainement pas destiné car j'avais été absent du bureau et, bien que j'aie réussi à dénicher immédiatement la lettre sachant bien où elle devait se trouver, avant ce moment je ne l'avais jamais vue. Mais pour me laver plus radicalement de tout reproche, j'ai retourné résolument l'accusation contre lui :

– Durant mon absence, tu aurais pu quand même lire attentivement tout le courrier !

Le front de Guido s'est décrispé. Il a haussé les épaules et murmuré :

– Cette affaire peut encore finir par nous rapporter beaucoup d'argent.

Là-dessus, il m'a quitté et je suis rentré chez moi.

Mais Tacich avait eu raison : en certaines saisons le sulfate de cuivre baissait, il descendait plus bas chaque jour et nous découvrions, dans l'exécution de notre ordre et dans l'impossibilité de céder à ce prix, dans l'immédiat, la marchandise à la clientèle, l'occasion d'étudier le phénomène dans toute son ampleur. Nos pertes augmentèrent. Le premier jour Guido me demanda conseil. Il aurait pu revendre avec une perte minime en comparaison du préjudice qu'il dut supporter par la suite. Je ne voulus pas lui donner de conseil mais je ne manquai pas de lui rappeler la conviction de Tacich que la baisse allait continuer pendant plus de cinq mois. Guido s'est mis à rire :

– Il ne manquerait plus que ça maintenant, me faire diriger dans mes affaires par un péquenot!

Je me souviens que j'ai même essayé de le raisonner, en lui disant que ce péquenot passait son temps, depuis plusieurs années, dans sa petite cité dalmate, à regarder le sulfate de cuivre. Je ne ressens aucun remords du préjudice que Guido subit dans ce marché. S'il m'avait écouté, il l'aurait évité.

Plus tard, nous avons discuté de l'affaire du sulfate de cuivre avec un courtier, un petit homme grassouillet, à l'esprit vif et dégourdi, qui a critiqué cet achat, mais qui ne semblait pas partager l'opinion de Tacich. Selon lui, le sulfate de cuivre, bien qu'il constituât un marché indépendant, subissait le contrecoup des fluctuations du prix du métal. Dans cet entretien Guido a puisé une grande assurance. Il a prié le courtier de le tenir informé de tout mouvement dans les prix; il attendrait car il voulait vendre non seulement sans perte mais avec un léger bénéfice. Le courtier s'est mis à rire discrètement et puis tout en parlant il a fait cette réflexion que j'ai notée car elle m'a semblé très judicieuse :

– Il est curieux de voir dans la vie combien rares sont les gens qui se résignent à subir de petites pertes; ce sont les grosses pertes qui incitent immédiatement à la résignation.

Guido n'y a pas fait attention. J'ai été cependant très

étonné de voir qu'il n'avait pas raconté au courtier les circonstances qui nous avaient conduits à cet achat. Je le lui ai fait remarquer et il s'en est félicité. Il craignait, à ce qu'il m'a dit, de perdre tout crédit et de déprécier notre marchandise en racontant comment nous l'avions achetée.

Puis, pendant longtemps nous n'avons plus reparlé de ce sulfate, jusqu'au jour où un courrier est arrivé de Londres nous invitant à payer et à communiquer des instructions pour l'expédition. Réceptionner, emmagasiner soixante tonnes! Guido a commencé à sentir le sol trembler sous ses pas. Nous avons calculé combien il nous en coûterait pour conserver plusieurs mois la marchandise. Une somme énorme! Moi je n'ai rien dit mais le courtier qui voyait d'un bon œil cette marchandise arriver à Trieste, car alors tôt ou tard il serait chargé de la vendre, a fait observer à Guido que cette somme qui lui paraissait énorme, était une bagatelle une fois estimée en pourcentage sur la valeur de la marchandise.

Guido s'est mis à rire car il trouvait l'observation étrange.

– J'ai sur les bras non pas cent kilos de sulfate, hélas, mais soixante tonnes!

Il aurait fini par se laisser convaincre par le raisonnement du courtier, qui voyait juste évidemment, étant donné qu'avec une légère remontée du prix les frais auraient été largement couverts, si à ce moment-là ne l'avait arrêté ce qu'il appelait une inspiration. Quand il lui arrivait d'être visité par une idée commerciale bien à lui, il en devenait littéralement obsédé et il n'y avait plus place dans sa tête pour d'autres considérations. Son idée était la suivante : la marchandise lui avait été vendue franco de port à Trieste par des gens qui devaient en payer le transport depuis l'Angleterre. S'il cédait donc la marchandise aux vendeurs eux-mêmes qui économiseraient de la sorte les frais d'un transport aussi onéreux, il pourrait bénéficier d'un prix beaucoup plus avantageux que celui qu'on lui offrait à Trieste. Son raisonnement n'était pas tout à fait exact mais pour lui faire plaisir personne ne l'a contesté. L'affaire une fois réglée, un sourire mêlé d'amertume a fait de son visage celui d'un penseur pessimiste. Il a dit :

– N'en parlons plus. La leçon nous a coûté très cher; il faut dorénavant savoir en tirer profit.

Mais nous en avons parlé longtemps. Il a perdu définitivement la belle assurance qui lui faisait refuser les affaires et, lorsqu'en fin d'année, je lui ai fait voir tout l'argent que nous avions perdu, il a murmuré :

– Ce maudit sulfate de cuivre a été ma ruine! Je sentais toujours le besoin de me refaire de cette perte.

Mon absence du bureau avait été provoquée par l'abandon de Carla. Je n'avais plus pu supporter d'assister à l'idylle entre Carmen et Guido. Ils échangeaient des regards, des sourires devant moi. Je suis parti plein d'irritation sur une résolution que j'avais prise le soir au moment de la fermeture du bureau et sans rien dire à personne. Je m'attendais à ce que Guido me demandât le motif de ma défection et je me préparais à lui dire ses quatre vérités. Moi je pouvais me permettre d'être très sévère avec lui étant donné qu'il ne savait absolument rien de mes randonnées au Jardin public.

Le sentiment que j'éprouvais était une sorte de jalousie rentrée, parce que Carmen me paraissait être la Carla de Guido, une Carla plus douce et plus docile. Même dans ce deuxième amour il avait été plus chanceux que moi, tout comme avec le premier. Mais peut-être – et je trouvais là motif à d'autres critiques à son endroit – devait-il cette chance aux qualités que je lui enviais tout en continuant à les tenir pour inférieures : son aisance dans la vie se déployait parallèlement à son assurance au violon. Moi je savais maintenant en toute certitude que j'avais sacrifié Carla à Augusta. Quand je revoyais par la pensée les deux années de bonheur que Carla m'avait octroyées, j'avais peine à comprendre comment – avec la personnalité que j'avais appris à connaître – elle avait pu me supporter si longtemps. Ne l'avais-je pas blessée chaque jour par amour pour Augusta? En revanche j'étais convaincu que Guido prendrait son plaisir avec Carmen sans penser une seconde à Ada. Pour un esprit dénué de scrupules comme le sien deux femmes n'étaient pas de trop. En comparaison avec lui, j'en venais à me trouver innocent. J'avais épousé Augusta sans l'aimer et pourtant je ne pouvais la tromper sans être malheureux. Peut-être avait-il lui-même épousé Ada sans amour, mais – pour autant qu'Ada me fût à présent totalement indifférente – je me rappelais l'amour qu'elle m'avait inspiré et, l'ayant follement aimée, il me semblait qu'à la place de Guido j'aurais montré encore plus de délicatesse que je n'en montrais à présent à la mienne.

Ce n'est pas Guido qui est venu me relancer. Je suis revenu de moi-même à ce bureau chercher un peu de soulagement à mon marasme. Il s'est comporté selon les clauses de notre contrat qui prévoyaient que je n'étais nullement tenu à une activité régulière dans ses affaires, et lorsque, d'aventure, il me rencontrait à la maison ou en tout autre lieu, il me témoignait toujours une grande amitié dont je ne manquais pas de lui être reconnaissant, et il ne semblait pas se rappeler que j'avais laissé un siège vide devant cette table qu'il avait achetée tout exprès pour moi. Entre nous ne se glissait qu'un seul embarras : le mien. Quand je suis retourné au bureau, il m'a accueilli comme si mon absence n'avait duré que l'espace d'une journée, m'a exprimé chaleureusement son plaisir d'avoir retrouvé ma compagnie et, à ma résolution de me remettre au travail, s'est exclamé :

– J'avais donc raison de ne permettre à personne de toucher à tes registres !

J'ai trouvé en effet le grand livre et le livre journal tels que je les avais laissés.

Luciano m'a dit :

– Espérons qu'avec votre retour, nous allons recommencer à nous remuer. Je pense que M. Guido s'est laissé décourager par les deux ou trois affaires qu'il a entreprises et qui ont échoué. Ne lui répétez pas ce que je vous dis, mais essayez de l'encourager.

Je me suis aperçu en effet que dans ce bureau on ne travaillait guère et tant que la perte sur le sulfate de cuivre n'est pas venue nous réveiller, nous avons mené une existence véritablement idyllique. J'en ai conclu bien vite que Guido n'éprouvait plus tellement le besoin de s'activer pour faire travailler Carmen sous sa direction et, tout aussi rapidement, que la période des préliminaires amoureux était dépassée et que la jeune fille était à présent sa maîtresse.

L'accueil de Carmen a suscité mon étonnement car elle a senti le besoin de me rappeler une chose que j'avais complètement oubliée. Il semble qu'avant de planter mon travail, durant les jours où j'avais couru après tant de maîtresses parce que je ne pouvais plus compter sur la mienne, j'avais fait aussi des avances à Carmen. Elle m'a parlé sur un ton très sérieux, non dépourvu de gêne : elle était heureuse de me revoir parce qu'elle pensait que j'étais attaché à Guido et que mes conseils pourraient lui être utiles, et que – avec ma permission – elle voulait entretenir avec moi des rapports fraternels dans la plus sincère amitié. C'est ce qu'elle m'a dit en substance en me tendant la main droite d'un geste large. Sur son visage si beau, habituellement empreint de douceur, est passée l'ombre d'une grande sévérité comme pour souligner la pure fraternité de l'amitié qui m'était offerte.

Alors, comme la mémoire me revenait, j'ai rougi. Peut-être que si je m'en étais souvenu plus tôt, je n'aurais jamais plus remis les pieds dans ce bureau. Mon approche avait été si rapide, prise entre diverses tentatives du même ordre, que, ne m'eût-elle été rappelée, j'aurais pu croire qu'elle n'avait jamais eu lieu. Quelques jours après que Carla m'avait abandonné, je m'étais mis à examiner les livres en me faisant aider de Carmen et, pour mieux lire à deux sur la même page, j'avais passé en tapinois mon bras autour de sa taille que je serrais de plus en plus fort. D'un bond, Carmen s'était arrachée à mon étreinte et moi alors j'avais planté le bureau.

J'aurais pu me défendre derrière un sourire en l'incitant à sourire avec moi. Les femmes sont si enclines à sourire de tels méfaits ! J'aurais pu lui dire :

– J'ai fait une tentative qui a échoué et j'en suis fâché,

mais je ne vous en garde pas rancune et je veux être votre ami tant que vous n'aurez pas changé d'avis.

Ou j'aurais pu aussi lui répondre le plus sérieusement du monde, en lui présentant des excuses, pour elle et même pour Guido :

– Pardonnez-moi et ne me jugez pas avant de connaître l'état où je me trouvais à ce moment-là.

Mais les mots ne sont pas sortis. Ma gorge était – je le crois – obstruée par la rancœur qui s'y était solidifiée et je ne pouvais parler. Toutes ces femmes qui me repoussaient résolument donnaient à ma vie une teinte littéralement tragique. Je n'avais jamais traversé de période aussi funeste. Au lieu de répondre, je n'étais disposé qu'à grincer des dents, rictus incompatible avec la nécessité de dissimuler. Peut-être aussi les mots refusèrent-ils de sortir à cause du chagrin que j'éprouvais devant l'anéantissement radical d'un espoir que je n'avais cessé de caresser. Je ne puis m'empêcher de le constater : personne mieux que Carmen n'aurait pu remplacer la maîtresse que j'avais perdue, cette jeune fille si peu compromettante qui ne m'avait demandé que l'autorisation de vivre à côté de moi jusqu'au moment où elle sollicita celle de ne plus me voir. Une maîtresse à deux est la maîtresse la moins compromettante. A l'époque mes idées n'étaient pas aussi clairement formulées mais je les sentais et maintenant je les connais. En devenant l'amant de Carmen, j'aurais œuvré au bonheur d'Ada sans faire trop de tort à Augusta. Toutes deux auraient été bien moins trahies que si Guido et moi avions eu une amante entière pour chacun.

J'ai mis plusieurs jours à préparer ma réponse à Carmen mais aujourd'hui encore j'en rougis. Il fallait certainement que continuât la transe où m'avait plongé l'abandon de Carla pour que je fusse conduit à pareille attitude. J'ai du remords comme je n'en ai jamais éprouvé pour aucune autre action de ma vie. Les mots insanes qui nous échappent parfois nous tourmentent plus cruellement que les actes les plus innommables auxquels la passion pourrait nous inciter. Je ne désigne évidemment par mots que ceux qui ne sont pas des actes car je n'ignore pas que les mots de Iago[6], par exemple, sont des actes authentiques. Mais les actes, y compris les paroles de Iago, sont commis en vue d'une satisfaction ou d'un profit, et alors tout notre être, y compris cette partie qui devrait s'ériger en juge, y participe et devient par là un censeur des plus bienveillants. Mais notre langue, dans sa bêtise, agit pour son propre compte et en vue de satisfaire quelque ridicule partie de notre être qui sans elle se sent perdue, et elle continue à simuler un combat quand ce combat a été perdu depuis belle lurette. Elle veut blesser ou flatter. Elle se meut toujours parmi d'éléphantesques métaphores. Et quand les mots brûlent, il en cuit à qui les a proférés.

J'avais observé que Carmen n'avait plus les couleurs qui l'avaient fait engager si rapidement dans notre équipe. Je me figurai qu'elle les avaient perdues sous l'effet d'une souffrance dont je n'admis pas qu'elle pût avoir une cause physique et je l'attribuai à son amour pour Guido. Du reste, nous autres hommes sommes très enclins à plaindre les femmes qui s'abandonnent aux autres. Nous ne voyons jamais quel avantage elles peuvent en retirer. Nous pouvons à la rigueur aimer l'homme en question – comme c'était mon cas – mais même alors nous n'arrivons pas à oublier comment finissent dans la vie les histoires d'amour. J'ai ressenti pour Carmen une compassion sincère telle que je n'en avais jamais éprouvé pour Augusta ou pour Carla. Je lui ai dit : « Et puisque vous avez eu la bonté de m'inviter à être votre ami, m'autoriseriez-vous à vous mettre en garde ? »

Elle m'a refusé cette autorisation car, comme toutes ses consœurs en pareil cas, elle a cru que toute mise en garde constituait une agression. Elle a rougi et balbutié : « Je ne comprends pas ! Pourquoi me dites-vous cela ? » Et aussitôt, pour m'empêcher de parler : « Si j'avais besoin de conseils, je ferais certainement appel à vous, monsieur Cosini. »

Il ne m'a donc pas été permis de la sermonner et ce fut dommage pour moi. Grâce à cette homélie j'aurais certainement atteint un degré supérieur de sincérité, quitte même à la prendre à nouveau dans mes bras. Je ne me rongerais plus les sangs d'avoir hypocritement voulu jouer les mentors.

Chaque semaine, Guido ne se montrait pas au bureau de plusieurs jours parce qu'il s'était pris d'une passion pour la chasse et la pêche. Moi, en revanche, après mon retour, j'y fus assidu pendant quelque temps, trop occupé que j'étais à mettre mes livres à jour. Je me trouvais souvent seul avec Carmen et Luciano qui me considéraient comme leur chef de bureau. Carmen ne semblait pas souffrir de l'absence de Guido et je me figurais qu'elle l'aimait assez pour être heureuse de savoir qu'il s'amusait. Elle devait aussi savoir à l'avance quand il s'absenterait car elle ne laissait aucunement paraître l'anxiété de l'attente. Je savais par Augusta qu'Ada n'était pas de la même pâte car elle se plaignait amèrement des fréquentes absences de son mari. Ce n'était d'ailleurs pas son seul sujet de récrimination. Comme toutes les femmes délaissées, elle apportait la même véhémence à se plaindre des grands comme des petits manquements. Non seulement Guido la trompait mais, quand il était à la maison, il n'arrêtait pas de jouer du violon. Ce violon qui m'avait tant fait souffrir était une sorte de lance d'Achille par la variété de ses prestations[7]. J'appris qu'il était passé aussi par notre bureau où il avait préludé à la séduction de Carmen grâce à de brillantes variations sur le *Barbier*[8]. Puis il était reparti parce qu'il n'était plus nécessaire au bureau et il était revenu à la maison où il épargnait à Guido le désagrément d'avoir à converser avec son épouse.

Entre Carmen et moi il ne s'est jamais plus rien passé. J'ai bien vite éprouvé pour elle un sentiment d'indifférence absolue comme si elle avait changé de sexe, quelque chose de comparable à ce que j'éprouvais pour Ada. Une vive compassion pour toutes les deux et rien d'autre. Je peux le certifier!

Guido me comblait d'attentions. Je crois que, durant le mois où je l'avais laissé seul, il avait appris à apprécier ma compagnie. Une tête de linotte comme Carmen peut offrir de temps en temps quelque agrément, mais on ne peut la supporter à longueur de journée. Il m'invita à la chasse et à la pêche. J'ai horreur de la chasse et je refusai tout net de l'accompagner. En revanche, poussé un soir par l'ennui, j'ai fini par l'accompagner à la pêche. Le poisson est dépourvu de tout moyen pour communiquer avec nous et il ne peut éveiller notre pitié. Arrête-t-il d'ouvrir toute grande sa bouche même quand il nage bien tranquille dans l'eau ? Aussi la mort n'altère-t-elle pas son apparence. S'il souffre, sa douleur est parfaitement cachée sous ses écailles.

Comme il m'invitait une fois à une partie de pêche nocturne, j'avançai que je ne savais pas si Augusta me permettrait de sortir ce soir-là pour rentrer si tard. Je lui dis que je me rappellerais que sa petite embarcation partait du môle Sartorio[9] à neuf heures du soir et que si je le pouvais, je m'y trouverais. Je pensais lui faire comprendre par là qu'il ne me reverrait pas ce soir-là et que, comme il était advenu souvent par le passé, je n'irais pas au rendez-vous.

Mais ce soir-là, les hurlements de ma petite Antonia m'ont chassé de la maison. Plus sa mère la dorlotait, plus l'enfant hurlait. Alors j'ai essayé ma méthode qui consistait à crier des invectives dans le tuyau de l'oreille de cette petite guenon déchaînée. Je n'ai obtenu pour seul résultat que de modifier le rythme de ses glapissements car elle s'est mise à crier d'épouvante. J'aurais voulu alors essayer un autre système un peu plus énergique mais Augusta m'a rappelé à temps l'invitation de Guido et m'a accompagné jusqu'à la porte sur la promesse de se coucher au cas où je rentrerais tard. Mieux encore, rien que pour me faire déguerpir, elle ne voyait aucun inconvénient à prendre le lendemain son café du matin sans moi si je restais dehors jusqu'à cette heure-là. Augusta et moi avons une petite divergence de vue – la seule – sur la manière de traiter les enfants insupportables : moi je crois que la souffrance des enfants compte moins que la nôtre et qu'il vaut la peine de leur en infliger une quand la tranquillité des adultes est gravement menacée; elle estime au contraire que, ayant fait les enfants, il nous incombe aussi de les supporter.

J'avais tout mon temps pour arriver au rendez-vous et j'ai traversé la ville sans me presser, lorgnant les femmes tandis que j'imaginais un engin spécial pour aplanir toute divergence entre Augusta et moi. Mais pour cet engin l'humanité n'était pas assez évoluée! Il était destiné à un avenir lointain et ne m'était d'aucune utilité si ce n'est pour me démontrer l'inanité du motif qui rendait possibles mes différends avec Augusta : le manque d'un petit appareil! Il aurait pu être d'une extrême simplicité, un tramway domestique, un petite chaise munie de roues sur des rails où ma fille passerait la journée : avec un bouton électrique qui par simple pression expédierait promptement la chaise avec le bébé hurleur à l'autre bout de la maison d'où ses cris affaiblis par la distance finiraient par nous paraître agréables. Et Augusta et moi vivrions ensemble en toute tranquillité et en parfaite harmonie.

C'était une nuit sans lune mais riche d'étoiles, une de ces nuits où le regard porte loin et qui vous emplit de douceur et de calme. J'ai regardé les étoiles qui conservaient peut-être encore la trace du regard d'adieu de mon père mourant. La période affreuse où mes enfants se salissaient et hurlaient passerait. Ils deviendraient semblables à moi; je les aimerais comme c'était mon devoir et sans effort. Dans la vaste et belle nuit, je me suis rasséréné tout à fait et sans avoir besoin de prendre des résolutions.

A la pointe du môle Sartorio, les lueurs provenant de la ville étaient interceptées par une petite construction ancienne d'où part la pointe même du môle comme un quai en miniature. L'obscurité était totale et le flot montant et sombre et calme semblait paresseusement se renfler.

Je n'ai plus regardé ni le ciel ni la mer. A quelques pas de moi était une femme qui a éveillé ma curiosité grâce à une bottine dont le vernis a brillé dans l'obscurité le temps d'un éclair. Dans le noir de cet espace réduit, il m'a semblé que cette femme, grande et peut-être élégante, se trouvait enfermée dans une pièce avec moi. Les aventures les plus agréables peuvent s'offrir à nous quand nous y pensons le moins et, à la vue de cette femme qui de propos délibéré s'est approchée soudain, j'ai éprouvé un instant de trouble délicieux aussitôt dissipé lorsque j'ai reconnu la voix rauque de Carmen. Elle voulait faire semblant de se réjouir en apprenant que j'étais moi aussi de la partie. Mais dans le noir avec une voix de ce genre on ne pouvait pas feindre.

Je lui ai dit sans aménité :

– Guido m'a invité. Mais si vous le souhaitez, je trouverai autre chose à faire et je vous laisserai seuls!

Elle a protesté, me déclarant qu'elle était au contraire ravie de me voir pour la troisième fois de la journée. Elle m'a raconté que tout le bureau allait se trouver réuni dans la petite embarcation parce que Luciano venait aussi. Quel coup pour nos affaires si la barque coulait! Elle me disait que Luciano venait avec nous certainement pour me prouver l'innocence de cette partie de pêche. Puis elle a continué à bavarder avec volubilité, me disant pour commencer que c'était la première fois qu'elle allait à la pêche avec Guido et m'avouant ensuite que c'était la deuxième. Il lui avait échappé que, dans une petite barque, elle aimait bien être assise sur le « plafond » et j'avais trouvé étrange qu'elle connût ce terme. C'est ainsi qu'elle a dû m'avouer qu'elle l'avait appris la première fois qu'elle était allée à la pêche avec Guido.

– Ce jour-là, a-t-elle ajouté pour souligner la totale innocence de cette première sortie, nous sommes allés à la pêche aux maquereaux, et non pas aux dorades. Le matin.

Dommage que je n'aie pas eu le temps de la faire bavarder davantage. J'allais savoir tout ce qui m'importait quand la barque de Guido est sortie de l'obscurité de la Sacchetta[10] et s'est approchée rapidement de nous. Je continuais à hésiter : du moment que Carmen était de la partie, n'aurais-je pas dû m'en aller? Peut-être que Guido n'avait pas eu l'intention de nous inviter tous les deux puisque je me rappelais avoir presque décliné son invitation. Sur ces entrefaites, la petite barque a accosté et, avec son assurance juvénile, même en pleine obscurité, Carmen a sauté dedans sans s'appuyer sur la main que Luciano lui tendait. Comme j'hésitais, Guido a hurlé :

– Ne nous fais pas perdre de temps !

D'un bond j'ai sauté à mon tour dans l'embarcation. Ce bond était presque involontaire : fruit du hurlement de Guido. J'ai regardé la terre ferme avec une grande envie, mais cet instant d'hésitation a suffi pour rendre mon débarquement impossible. J'ai fini par m'asseoir à la proue de ce petit esquif. Quand j'ai été habitué à l'obscurité, j'ai vue que Guido était assis en face de moi à la poupe, avec à ses pieds, sur le plafond, Carmen. Luciano qui ramait nous séparait. Je ne me sentais ni très rassuré ni très bien installé dans ce petit bateau, mais je m'y suis vite habitué et j'ai regardé les étoiles qui de nouveau m'ont apaisé. Il est vrai qu'en présence de Luciano – un serviteur tout dévoué aux familles de nos épouses respectives – Guido ne se serait pas risqué à tromper Ada et il n'y avait rien de mal à ce que je me trouve avec eux. Je désirais vivement pouvoir savourer ce ciel, cette mer, cette immense tranquillité. Si c'était pour éprouver du remords et donc être malheureux, j'aurais mieux fait de rester chez moi à me faire torturer par la petite Antonia. L'air frais de la nuit a gonflé mes poumons et j'ai compris que je pouvais passer un bon moment en compagnie de Carmen et de Guido qu'au fond j'aimais bien.

Nous sommes passés devant le phare pour arriver bientôt au large. A un mille de là environ brillaient les lamparos d'innombrables chalutiers : là-bas on tendait bien d'autres pièges au poisson. A partir des Bains militaires – une construction sur pilotis puissante et toute noire – nous avons commencé notre va-et-vient le long du rivage de Sant'Andrea. C'était l'emplacement préféré des pêcheurs. Près de nous, d'autres embarcations se livraient en silence à la même manœuvre. Guido a préparé trois lignes et a mis l'appât, accrochant par la queue des crevettes aux hameçons. Il a donné une ligne à tenir à chacun de nous en disant que la mienne, à l'avant du bateau – la seule à être garnie de plombs –

aurait la préférence du poisson. J'ai observé dans l'obscurité ma crevette à la queue transpercée et il m'a semblé qu'elle agitait lentement la partie supérieure de son corps, celle qui n'était pas devenue une gaine rigide. A cause de ce mouvement, elle m'a paru davantage pensive que torturée de douleur. Peut-être les causes de souffrances dans les grands organismes diminuent-elles dans les organismes minuscules au point de devenir une expérience inédite, un titillement de la pensée. J'ai enfoncé ma crevette dans l'eau en la faisant descendre, sur les instructions de Guido, à une profondeur de dix brasses. Vint ensuite le tour de Carmen et de Guido d'abaisser leur ligne. Guido maniait maintenant à la poupe une godille grâce à laquelle il poussait la barque avec la dextérité voulue pour éviter que les lignes ne s'emmêlent. Selon Guido, Luciano n'en était pas encore au stade où il aurait pu diriger l'embarcation. Il était d'ailleurs chargé de veiller à présent au haveneau à l'aide duquel retirer le poisson ramené par l'hameçon à la surface. Pendant un long moment il n'eut rien à faire. Guido n'arrêtait pas de parler. Qui sait s'il ne s'était pas attaché à Carmen par passion de l'enseignement plutôt que par amour? J'aurais voulu ne pas l'écouter pour penser à la bestiole que j'offrais à la voracité des poissons, suspendue dans l'eau et qui par les hochements de sa pauvre petite tête – puisqu'elle n'avait pas cessé de s'agiter – appâterait mieux le poisson. Mais Guido m'a interpellé à plusieurs reprises et j'ai dû écouter sa théorie sur la pêche. Le poisson tâterait plusieurs fois l'appât et nous le sentirions, mais nous devions nous garder de retirer la ligne tant qu'elle n'était pas tendue. A ce moment-là nous devions nous tenir prêts à imprimer la secousse qui enfoncerait définitivement l'hameçon dans la bouche du poisson. Comme à l'accoutumée, les explications de Guido furent circonstanciées. Il voulait nous expliquer clairement ce que nous ressentirions dans la main quand le poisson flairerait l'hameçon. Et ses explications continuaient encore alors que Carmen et moi connaissions déjà par expérience la répercussion presque sonore que produisait sur notre main tout contact subi par l'hameçon.

A bord, nous avions de la bière et des sandwiches que Guido assaisonnait abondamment de son intarissable bavardage. Il parlait maintenant des énormes richesses qui gisent au fond des mers. Il ne s'agissait ni du poisson ni des trésors que l'homme, comme le croyait Luciano, y avait immergés. Dans l'eau de mer il y avait de l'or en solution. Tout à coup, il s'est rappelé que j'avais étudié la chimie et m'a dit :

– Toi aussi tu dois avoir quelques notions sur cet or.

Je ne m'en souvenais pas beaucoup mais j'ai acquiescé, risquant une observation dont je ne pouvais garantir la justesse. J'ai déclaré :

– L'or de la mer revient plus cher. Pour obtenir un des napoléons qui se trouvent ici en solution, il faudrait en dépenser cinq.

Luciano, suspendu avidement à mes lèvres pour obtenir confirmation des richesses sur lesquelles nous voguions, m'a tourné le dos de désappointement. Cet or ne l'intéressait plus. Guido en revanche m'a donné raison, croyant se rappeler que le prix de cet or était exactement cinq fois plus élevé, tout à fait comme je venais de le dire. Il me glorifiait littéralement, confirmant une assertion que je savais avoir inventée de toutes pièces. On voyait bien qu'il ne me considérait pas comme quelqu'un de très dangereux et qu'il n'y avait en lui ombre de jalousie pour la femme couchée à ses pieds. J'ai pensé un court instant à le mettre dans l'embarras en déclarant que je venais de me rappeler que pour extraire de la mer un de ces napoléons il n'en faudrait que trois ou encore que dix suffiraient à peine.

Mais à cet instant je reçus un appel de ma ligne qui venait soudain de se tendre sous une puissante secousse. Je tirai aussi de mon côté et poussai un cri. D'un bond Guido fut près de moi et se saisit de ma ligne. Je la lui abandonnai volontiers. Il se mit à la remonter, d'abord par petites saccades, puis, comme la résistance faiblissait, à larges secousses. Et dans l'eau sombre, on vit briller le corps argenté du gros animal. Il courait à présent rapidement et sans résistance derrière sa douleur. C'est pourquoi j'ai compris aussitôt la souffrance de l'animal muet, car cette hâte de courir à la mort la criait. Je ne tardai pas à l'avoir agonisant à mes pieds. Luciano l'avait sorti de l'eau avec son haveneau et, sans ménagement, lui avait arraché l'hameçon de la bouche.

Il a soupesé le gros poisson :

– Une dorade de trois kilos!

Il a énoncé admirativement le prix qu'un poissonnier demanderait pour cette prise.

Puis Guido a observé qu'à cette heure l'eau étale rendait difficile toute autre prise de poisson. Il a raconté que les pêcheurs considèrent que lorsque le flot ne monte ni ne descend, les poissons ne mangent pas et qu'on ne peut donc plus les prendre. Il a philosophé sur les périls où son appétit conduisait l'animal. Puis, se mettant à rire, sans s'apercevoir qu'il se compromettait, il a dit :

– Ce soir, tu es le seul qui saches pêcher.

Ma proie se débattait encore dans la barque lorsque Carmen a poussé un cri. Guido lui a demandé sans bouger et avec une grande envie de rire dans la voix :

– Une autre dorade?

Carmen, confuse, a répondu :

– Je croyais! Mais elle a déjà quitté l'hameçon!

Je suis sûr que, entraîné par son désir, il l'avait pincée.

Je me sentais à présent mal à l'aise dans cette barque. Je n'accompagnais plus avec entrain les mouvements de mon hameçon; je déplaçais au contraire ma ligne de façon que les pauvres animaux ne puissent pas mordre. J'ai déclaré que j'avais sommeil et j'ai prié Guido de me débarquer à Sant'Andrea. Puis j'ai veillé à ne pas lui laisser soupçonner que je m'en allais parce que j'étais fâché de la situation que m'avait révélée le cri de Carmen et je lui ai raconté la séance que nous avait donnée ce soir-là ma petite fille, invoquant mon désir de m'assurer au plus vite qu'elle n'était pas malade.

Toujours serviable, Guido a accosté le quai. Il m'a

offert la dorade que j'avais pêchée, mais je l'ai refusée. J'ai proposé qu'on la remît en liberté en la rejetant à la mer, suggestion qui a fait pousser les hauts cris à Luciano, tandis que Guido disait d'un ton conciliant :

– Si je savais pouvoir lui redonner vie et santé je le ferais. Mais à l'heure qu'il est, la pauvre bête ne peut plus servir que sur une assiette!

Je les ai suivis des yeux et j'ai pu constater qu'ils ne profitaient pas de la place que mon départ avait libérée. Ils se tenaient bien serrés l'un contre l'autre et l'embarcation est repartie, la proue légèrement relevée à cause de la surcharge à la poupe.

J'ai cru à une punition divine en apprenant que ma petite enfant avait de la fièvre. N'était-ce pas moi qui l'avais rendue malade en simulant devant Guido une anxiété pour sa santé que je ne ressentais pas? Augusta n'était pas encore couchée, mais le docteur Paoli qui avait ausculté le bébé venait de la rassurer, lui disant qu'il était sûr qu'un accès de fièvre aussi soudain ne pouvait annoncer une maladie grave. Nous sommes restés longtemps à regarder Antonia allongée sans force dans son petit lit, la peau de sa frimousse sèche et toute rouge sous les boucles brunes emmêlées. Elle ne criait pas, mais elle se plaignait de temps à autre avec de courts gémissements interrompus par une torpeur irrépressible. Mon Dieu! Comme son mal la rapprochait de moi! J'aurais donné une part de ma vie pour soulager sa respiration. Comment m'ôter le remords d'avoir pensé que je ne pouvais l'aimer, et celui d'avoir passé tout le temps pendant lequel elle souffrait, loin d'elle, en cette détestable compagnie?

– Elle ressemble à Ada! m'a dit Augusta dans un sanglot. C'était vrai! Nous nous en sommes aperçus alors pour la première fois et cette ressemblance est devenue de plus en plus frappante au fur et à mesure qu'Antonia grandissait si bien qu'il m'arrive parfois de trembler d'émotion à la pensée qu'elle pourrait avoir le même sort que l'infortunée à laquelle elle ressemble.

Nous nous sommes couchés après avoir rapproché le lit de l'enfant de celui d'Augusta. Mais je ne pouvais dormir : j'avais un poids sur le cœur comme les soirs où je considérais les frasques de ma journée dans le miroir nocturne du chagrin et du remords. Je me suis rebiffé ! Moi j'étais pur et je pouvais parler, je pouvais tout dire. Et j'ai tout dit. J'ai raconté à Augusta comment j'avais rencontré Carmen, la place qu'elle occupait dans la barque, et puis ce cri dont je soupçonnais qu'il avait été provoqué par une caresse brutale de Guido, sans toutefois en être bien sûr. Mais Augusta en était sûre. Car sinon pourquoi aussitôt après la voix de Guido aurait-elle été altérée par l'hilarité ? J'ai essayé de tempérer sa certitude, mais j'ai dû poursuivre mon récit. J'ai même ajouté un aveu me concernant, décrivant la contrariété qui m'avait poussé hors de la maison et mon remords de ne pas mieux aimer Antonia. Je me suis senti aussitôt soulagé et me suis endormi profondément.

Le lendemain matin, Antonia allait mieux; la fièvre était presque tombée. Elle était couchée, calme et débarrassée de sa gêne respiratoire, mais elle était pâle d'épuisement comme si elle avait brûlé ses réserves dans un effort disproportionné avec son minuscule organisme; elle était visiblement sortie victorieuse de ce bref combat. Dans le calme qu'elle me communiqua, je me rappelai, navré, que j'avais compromis Guido sans retour et j'exigeai d'Augusta la promesse de ne faire part à personne de mes soupçons. Elle a protesté qu'il ne s'agissait pas de soupçons mais d'une évidence manifeste que je niais sans réussir à la convaincre. Puis elle me promit tout ce que je voulais et je partis tranquille pour le bureau.

Guido n'était pas arrivé et Carmen m'a raconté qu'après mon départ la chance les avait favorisés. Ils avaient pris encore deux dorades, plus petites que la mienne, mais d'un poids considérable. J'ai refusé d'y croire et j'ai pensé qu'elle voulait me persuader qu'après mon départ ils n'avaient pas abandonné l'occupation à laquelle ils s'étaient livrés tant que je m'étais trouvé là. La mer n'était-elle pas étale ? Jusqu'à quelle heure étaient-ils restés sur l'eau ?

Pour me convaincre, Carmen m'a fait confirmer par

Luciano la prise des deux dorades et moi, alors, j'ai pensé que Luciano, pour entrer dans les bonnes grâces de Guido, était capable de n'importe quelle action.

Toujours durant le calme idyllique qui a précédé l'affaire du sulfate de cuivre, il s'est passé dans ce bureau un fait assez étrange que je ne peux oublier tant parce qu'il met en évidence l'outrecuidance de Guido que parce qu'il me présente sous un jour où j'ai du mal à me reconnaître.

Un jour, nous nous trouvions tous les quatre au bureau et le seul d'entre nous qui parlât affaires était, comme toujours, Luciano. Quelque chose dans ce qu'il disait résonna comme un blâme aux oreilles de Guido qui, en présence de Carmen, pouvait difficilement le supporter. Mais il lui était tout aussi difficile de parer le coup car Luciano avait les preuves qu'un marché qu'il avait conseillé des mois auparavant et que Guido avait écarté, avait fini par rapporter beaucoup d'argent à celui qui s'en était occupé. Guido finit par déclarer qu'il méprisait le commerce et par affirmer que si la chance ne le favorisait pas dans ce domaine, il trouverait le moyen de gagner de l'argent grâce à des activités beaucoup plus intelligentes. Avec son violon, par exemple. Tous se déclarèrent d'accord et moi aussi, sous la réserve suivante :

– A condition de travailler beaucoup.

Cette restriction ne fut pas de son goût et il répliqua aussitôt que s'il s'agissait de travailler, il pourrait faire une foule d'autres choses, notamment de la littérature. Là encore les autres acquiescèrent, et j'en fis autant après une légère hésitation. Je ne me souvenais pas très bien de la physionomie de nos grands auteurs et je les passais en revue pour en trouver un qui ressemblât à Guido. Il nous dit alors dans un hurlement :

– Voulez-vous de bonnes fables ? Je vais en improviser une pour vous, comme Esope !

Tout le monde s'est mis à rire, sauf lui. Il a demandé qu'on lui passât la machine à écrire et, sans tâtonner, comme s'il avait écrit sous la dictée, avec des gestes dont l'ampleur convenait mal à un exercice pratique sur la machine, il a composé sa première fable. Il tendait déjà le feuillet à Luciano, mais il s'est ravisé, l'a replacé sur la machine et a écrit une deuxième fable, mais cette dernière lui a demandé plus d'efforts que la précédente si bien qu'il en oubliait de simuler par des gestes l'inspiration et qu'il a dû corriger son texte à plusieurs reprises. C'est pourquoi je considère que la première des deux fables n'était pas de lui et que seule la seconde était sortie de ce cerveau dont elle me semblait digne. La première fable parlait d'un petit oiseau qui, venant à s'apercevoir que la porte de sa cage était restée ouverte, avait d'abord pensé profiter de l'occasion pour s'envoler, puis s'était ravisé de peur de perdre sa liberté au cas où durant son absence on refermerait la porte de sa cage. La seconde parlait d'un éléphant et elle était véritablement éléphantesque. Souffrant d'une faiblesse des jambes, le gros animal allait consulter un docteur, médecin célèbre, qui à la vue de ces membres puissants s'écriait : « Je n'ai jamais vu des jambes aussi solides. »

Luciano ne se laissa pas impressionner par ces fables d'autant qu'il n'y comprenait rien. Il riait comme un bossu, mais on voyait qu'il trouvait comique qu'une chose semblable lui fût présentée comme négociable. Puis il a ri par complaisance quand on lui a expliqué que le petit oiseau craignait d'être privé de la liberté de retourner dans sa cage et que l'homme admirait les pattes de l'éléphant en dépit de leur faiblesse.

Mais il n'a pas manqué de demander :

– Ces deux fables, on les vendrait combien ?

Guido s'est donné un air important :

– On en retire le plaisir de les avoir composées; ensuite, si l'on en fait davantage, beaucoup d'argent aussi.

Carmen, en revanche, s'agitait tout émue. Elle a demandé la permission de pouvoir recopier les deux fables et quand Guido lui a offert le feuillet qu'il venait de taper, non sans l'avoir signé à l'encre, elle a remercié avec effusion.

Que pouvait bien me faire cette exhibition ? Je n'avais pas à me battre pour gagner l'admiration de Carmen dont, comme je l'ai dit, je me souciais comme d'une guigne, mais je me rappelle ma façon de faire, je dois bien admettre qu'une femme, même quand elle nous laisse froids, peut nous pousser à la compétition. Les héros du Moyen Age ne se battaient-ils pas pour des femmes qu'ils n'avaient jamais vues? Quant à moi, il est arrivé ce jour-là que les douleurs lancinantes de mon pauvre organisme ont soudain pris une forme aiguë et que j'ai cru ne pouvoir les atténuer qu'en me battant avec Guido en composant immédiatement des fables à mon tour.

J'ai demandé à avoir la machine et je me suis mis à improviser pour de bon, moi. Il est vrai que la première que j'ai faite me trottait dans la tête depuis longtemps. J'en ai improvisé le titre : *Hymne à la vie.* Puis, après une courte pause, j'ai écrit en dessous : « Dialogue. » Il me semblait plus facile de faire parler les bêtes que de les écrire. C'est ainsi qu'est née cette fable au dialogue succinct :

La crevette pensive : – La vie est belle mais il faut prendre garde à l'endroit où l'on s'assied.

La dorade, courant chez le dentiste : – La vie est belle mais il faudrait éliminer ces bestioles qui cachent traîtreusement dans leur chair savoureuse un métal acéré.

A présent, il me fallait composer la deuxième fable mais les animaux me faisaient défaut. J'ai regardé le chien étendu dans son coin et lui aussi m'a regardé. Ces yeux timides m'ont rappelé un souvenir : quelques jours auparavant, Guido était rentré de la chasse couvert de puces et il était allé se changer dans notre cagibi. J'ai aussitôt tenu ma fable et je l'ai écrite d'un seul jet : « Il y avait une fois un prince mordu par une armée de puces. Il a fait appel aux dieux pour qu'ils lui infligeassent une seule puce, grosse et famélique, mais une puce unique, et qu'ils destinassent les autres au reste des hommes. Mais pas une des puces n'accepta de vivre seule avec ce gros balourd et il dut se les taper toutes jusqu'à la dernière. »

Sur le moment, mes fables me parurent magnifiques. Les choses qui sortent de notre tête ont un aspect souverainement aimable, surtout quand on les regarde à chaud. A vrai dire, mon dialogue me plaît encore, aujourd'hui que je suis bien entraîné à composer. L'hymne à la vie imaginé par celui qui va mourir est très attrayant pour ceux qui assistent à sa mort et il est tout aussi vrai que nombre de moribonds s'époumonent jusqu'à leur dernier souffle à défendre la cause pour laquelle ils croient juste de mourir, élevant de la sorte un hymne à la vie des autres qui se garderont bien de les imiter. Quant à la deuxième fable, je préfère n'en rien dire. Elle fut commentée avec esprit par Guido lui-même, qui s'esclaffa :

– Ce n'est pas une fable, mais une façon de me traiter d'imbécile.

Je me suis associé à son rire et les douleurs qui m'avaient poussé à écrire se sont aussitôt atténuées. Luciano a ri quand je lui ai expliqué ce que j'avais voulu dire et il a conclu que personne ne donnerait un centime ni pour mes fables ni pour celles de Guido. Mais Carmen n'a pas apprécié les miennes. Elle m'a lancé un coup d'œil inquisiteur sévère que je n'avais jamais vu dans ces yeux-là et que j'ai compris comme si elle avait parlé :

– Toi tu n'aimes pas Guido!

J'en ai été littéralement retourné parce qu'à ce moment-là elle était certainement loin de se tromper. J'ai pensé que j'avais tort de me conduire comme si je n'aimais pas Guido, moi qui travaillais bénévolement pour lui. Je devais surveiller mon comportement.

J'ai dit à Guido d'une voix melliflue :

– Je reconnais volontiers que tes fables sont meilleures que les miennes. Il faut cependant se rappeler que ce sont les premières que j'aie composées de ma vie.

Il n'a pas baissé pavillon :

– Tu crois peut-être que moi j'en ai fait d'autres?

Le regard de Carmen s'était déjà radouci et, afin de le voir devenir encore plus doux, j'ai dit à Guido :

– Tu as certainement un talent particulier pour les fables.

Mais le compliment les a tous deux fait rire et moi avec, presque dans le même temps; rire indulgent parce qu'on voyait bien que j'avais parlé sans aucune intention de méchanceté.

L'affaire du sulfate de cuivre imprima un tour plus sérieux à nos activités. Ce n'était plus l'heure des fables. Nous acceptions presque toutes les affaires qui nous étaient proposées. Quelques-unes rapportèrent des bénéfices, mais limités; d'autres entraînèrent des pertes, mais grosses. Le principal défaut de Guido, qui en dehors des affaires se montrait si généreux, était une étrange avarice. Quand une affaire lui paraissait bonne, il se dépêchait de la liquider, avide d'encaisser le petit profit qu'elle lui rapportait. Quand, inversement, il se voyait embarqué dans une affaire douteuse, il ne se décidait jamais à s'en débarrasser pour retarder le plus possible le moment où il aurait à sortir ses propres deniers. C'est, je crois, ce qui explique pourquoi ses pertes ont toujours été considérables et ses bénéfices minimes. Les qualités d'un négociant ne sont rien d'autre que la résultante de tout son organisme, de la pointe des cheveux jusqu'à ses orteils. L'expression grecque d'« imbécile rusé[11] » aurait convenu à merveille à Guido. Vraiment rusé, mais tout aussi minus. Il était bourré d'expédients qui ne servaient qu'à lubrifier le plan incliné sur lequel il dérapait de plus en plus.

La tuile des deux jumeaux lui tomba sur la tête en même temps que le sulfate de cuivre. A leur naissance, sa première impression fut un sentiment de surprise rien moins qu'agréable, mais aussitôt après m'avoir annoncé l'événement, il a réussi à plaisanter et m'a fait tellement rire que, tout heureux de son succès, il a perdu son air soucieux. Reliant les deux bébés aux soixante tonnes de sulfate, il m'a dit :

– Je suis condamné à travailler en gros, moi!

Pour le réconforter je lui ai rappelé qu'Augusta en était de nouveau à son septième mois et qu'en matière d'enfants, je n'allais pas tarder à égaler son tonnage. Il m'a répondu, toujours avec esprit.

– Mais moi, en bon comptable, je trouve que ce n'est pas la même chose.

A quelques jours de là, il s'est pris pendant un certain

temps d'une grande affection pour les deux marmots. Augusta qui passait une partie de ses loisirs chez sa sœur m'a raconté qu'il leur consacrait chaque jour une ou deux heures. Il les caressait, leur fredonnait des berceuses et Ada lui en avait tant de gratitude qu'entre les deux époux l'amour semblait refleurir. A cette époque, il versa une somme assez considérable à une compagnie d'assurances pour que ses fils se trouvent à vingt ans à la tête d'un petit capital. Je m'en souviens puisque c'est moi qui ai passé cette somme à son débit.

Je fus invité moi aussi à aller voir les deux jumeaux; Augusta m'avait même dit que je pourrais dire bonjour à Ada qui ne put au contraire me recevoir, car elle devait garder le lit bien que son accouchement eût eu lieu dix jours plus tôt.

Les deux bébés étaient couchés chacun dans son berceau, dans une petite pièce attenante à la chambre des parents. Ada de son lit m'a crié :

– Comment les trouves-tu, Zeno?

J'ai été surpris du son de cette voix. Elle me paraissait plus douce : c'était un cri véritable car on y percevait un effort, et pourtant elle conservait toute sa douceur. Cette douce voix provenait sans nul doute de la maternité, mais j'en ai été ému parce que je la découvrais juste au moment où elle se tournait vers moi. Sa suavité faisait naître dans mon cœur le sentiment qu'Ada ne m'avait pas seulement appelé par mon prénom, mais l'avait fait aussi précéder de quelque qualificatif affectueux comme « cher » ou « frère aimé »! J'en ai éprouvé une vive gratitude et je suis devenu bon et affectueux. J'ai répondu tout joyeux :

– Beaux, mignons, tout pareils, deux merveilles.

Alors que je les trouvais semblables à deux petits cadavres exsangues. Ils vagissaient chacun de son côté avec des voix discordantes.

Guido reprit vite ses habitudes. Depuis l'affaire du sulfate de cuivre il se montrait plus assidu au bureau, mais chaque semaine, le samedi, il partait pour la chasse et ne rentrait que le lundi matin juste à temps pour donner un coup d'œil au bureau avant déjeuner. Le soir, c'était la pêche et il passait souvent ses nuits en mer. Augusta me racontait le chagrin d'Ada qui souffrait non seulement d'une jalousie dévorante mais encore de solitude pendant une si grande partie de la journée. Augusta s'employait à la calmer en lui rappelant qu'on ne rencontrait de femmes ni à la chasse ni à la pêche. Pourtant – on ne savait par qui – Ada avait été informée que Carmen suivait quelquefois Guido à la pêche. Guido l'avait d'ailleurs reconnu ajoutant qu'il n'y avait rien de mal dans ses attentions envers une employée qui lui était si utile. Et puis Luciano n'était-il pas toujours de la partie? Il finit par promettre qu'il ne l'inviterait plus puisque Ada en était contrariée. Il déclarait qu'il ne voulait renoncer ni à la chasse qui lui coûtait les yeux de la tête ni à la pêche. Il disait qu'il travaillait beaucoup (et à l'époque il y avait en effet beaucoup à faire dans notre bureau) et estimait avoir droit à un peu de délassement. Ada n'était pas de cet avis et elle pensait qu'il n'aurait pu trouver meilleur délassement que dans sa famille, rencontrant sur ce point l'assentiment sans réserve d'Augusta tandis que je jugeais quant à moi que c'était un délassement trop sonore.

Augusta s'exclamait alors :

– Et toi n'es-tu pas par hasard tous les jours, ponctuellement, à la maison?

C'était vrai et je dois avouer qu'une grande différence me séparait de Guido, mais je ne pouvais m'en vanter. Je disais à Augusta en lui faisant une caresse :

– C'est à toi qu'en revient le mérite parce qu'avec tes méthodes d'éducation tu as su me dresser.

D'ailleurs, pour le pauvre Guido, les choses allaient de plus en plus mal, jour après jour : au début il y avait eu les deux jumeaux, mais une seule nourrice car on espérait qu'Ada pourrait allaiter l'un des bébés. Mais ce ne fut pas possible et on dut faire appel à une deuxième nourrice. Quand Guido voulait me faire rire, il marchait de long en large dans le bureau en scandant la mesure de ces mots : – une femme... deux enfants... deux nourrices!

Il était une chose qu'Ada haïssait par-dessus tout : le

violon de Guido. Elle supportait les vagissements des bébés, mais le son du violon la crispait. Elle avait dit à Augusta :

– Quand il joue, j'aurais presque envie d'aboyer comme un chien !

C'est étrange ! Augusta au contraire nageait dans le bonheur quand, passant devant mon petit domaine, elle entendait s'en échapper mes sons arythmiques !

– Pourtant Ada a fait un mariage d'amour, disais-je d'un air étonné. Le violon n'est-il pas ce que Guido a de meilleur ?

J'ai complètement renoncé à ces propos oiseux quand j'ai revu Ada pour la première fois. C'est bien moi qui le premier me suis aperçu qu'elle était malade. Un des premiers jours de novembre – une journée froide, sans soleil, humide – j'ai quitté par exception le bureau à trois heures de l'après-midi et j'ai couru à la maison dans l'intention de m'y reposer et de rêver pendant une heure ou deux bien au chaud dans mon petit domaine. Pour m'y rendre je devais longer le couloir. Je me suis arrêté devant la pièce où travaillait Augusta en entendant la voix d'Ada. Cette voix était douce ou mal assurée (ce qui, je crois, revient au même) comme la fois où elle m'avait interpellé. Je suis entré dans la pièce, poussé par l'étrange curiosité de voir comment Ada la sereine, Ada la tranquille, pouvait se vêtir de cette voix qui rappelait un peu celle d'une actrice de chez nous quand elle veut faire pleurer sans pouvoir elle-même pleurer. C'était en effet une voix travestie, ou du moins c'est ainsi que je l'entendais, simplement parce que sans même avoir vu la personne qui l'émettait, je la percevais pour la deuxième fois tout aussi bouleversée et bouleversante. J'ai pensé qu'elles parlaient de Guido car quel autre sujet aurait pu bouleverser Ada à ce point ?

Les deux femmes, tout en prenant ensemble une tasse de café, parlaient au contraire de choses domestiques : le linge, le personnel, etc. Mais il m'a suffi de regarder Ada pour comprendre que sa voix n'était pas déguisée. Tout aussi bouleversant était son visage que j'étais le premier à découvrir altéré à tel point, et cette voix-là, en admettant qu'elle n'exprimât pas un état d'âme, reflétait exactement tout un organisme, et elle était de ce fait sincère et véridique. C'est ce que j'ai senti immédiatement. Je ne suis pas médecin et n'ai donc pas imaginé une maladie, mais j'ai essayé de m'expliquer l'altération de l'aspect d'Ada comme un effet de la convalescence de l'accouchement. Comment se pouvait-il que Guido ne se fût pas aperçu d'un tel changement chez cette femme qui était son épouse? En attendant, moi qui connaissais cet œil par cœur, cet œil que j'avais tant redouté parce que je m'étais tout de suite rendu compte qu'il examinait avec froideur les choses et les gens pour les accepter ou les repousser, j'ai pu aussitôt constater qu'il avait changé, qu'il s'était agrandi comme si pour mieux voir il avait fait violence à son orbite. Cet œil dilaté détonnait dans ce mince visage amaigri et pâli.

Elle m'a tendu la main très affectueusement :

– J'ai appris, m'a-t-elle dit, que tu profites de chaque instant pour venir retrouver ta femme et ta petite fille.

Elle avait la main moite de sueur et je sais que c'est signe de faiblesse. C'est pourquoi j'ai voulu croire qu'en revenant à la santé elle retrouverait ses couleurs de naguère ainsi que les lignes fermes de ses joues et du contour de l'œil.

J'ai interprété les paroles qu'elle m'avait adressées comme un blâme indirect pour Guido et j'ai répondu avec bonhomie que Guido, en tant que patron de la firme, avait des responsabilités plus importantes que les miennes pour le retenir à son bureau.

Elle m'a regardé d'un œil inquisiteur, pour voir si je parlais sérieusement.

– Mais il me semble qu'il pourrait tout de même trouver un peu de temps pour sa femme et ses enfants (et sa voix était pleine de larmes).

Elle s'est reprise avec un sourire qui demandait indulgence et a ajouté :

– En plus des affaires, il y a la chasse et la pêche! Ces activités lui prennent beaucoup de temps.

Avec une volubilité qui m'a surpris, elle nous a décrit

les plats succulents qu'on mangeait à leur table depuis que Guido s'adonnait à la chasse et à la pêche.

– Pourtant j'y renoncerais volontiers! a-t-elle ajouté dans un soupir et avec une larme.

Elle ne se disait pas malheureuse, au contraire! Elle racontait qu'elle ne pouvait même imaginer qu'auraient pu ne pas naître les deux bébés qu'elle s'était mise à adorer. Avec un brin de malice elle ajoutait en souriant qu'elle les aimait davantage maintenant que chacun avait sa nourrice. Elle ne dormait pas beaucoup, mais du moins, quand il lui arrivait de s'endormir, n'était-elle dérangée par personne. Et quand je lui ai demandé s'il était vrai qu'elle dormît si peu, elle est redevenue sérieuse et a retrouvé ses larmes pour me dire que c'était là son problème le plus pénible. Puis elle a ajouté gaiement :

– Mais ça va déjà mieux!

Elle nous a quittés bientôt pour deux raisons : avant la fin de l'après-midi elle devait aller dire bonjour à sa mère et puis elle ne pouvait supporter la température de notre appartement équipé de grands poêles. Moi, qui considérais cette température tout juste agréable, j'ai pensé que le fait de la trouver excessive était signe de force :

– On ne dirait pas que tu es si affaiblie, ai-je fait en souriant; tu verras comme tu l'apprécieras quand tu auras mon âge.

Elle a été très flattée de s'entendre qualifier de trop jeune.

Augusta et moi l'avons accompagnée jusqu'au palier. On aurait dit qu'elle éprouvait un grand besoin de notre amitié car pour faire ces quelques pas, elle s'est avancée entre nous deux, se suspendant d'abord au bras d'Augusta, puis au mien que j'ai raidi aussitôt de peur de céder à mon habitude invétérée de presser tout bras féminin offert à mon contact. Sur le palier, elle a encore beaucoup parlé et, se rappelant son père, a eu à nouveau les yeux humides pour la troisième fois en un quart d'heure. Après son départ, j'ai dit à Augusta qu'Ada n'était pas une femme mais une fontaine. Bien que j'aie remarqué son mal, je n'y ai pas attaché une grande importance. Dans son petit visage émacié ses yeux s'étaient agrandis; sa voix avait changé et son caractère aussi avec ces effusions de tendresse qui n'étaient pas dans ses habitudes, mais j'attribuais ces transformations à sa double maternité et à sa fragilité. Bref, je me suis montré magnifiquement observateur parce que j'ai tout vu, mais grandement ignorant parce que je n'ai pas prononcé le mot exact : maladie!

Le jour suivant, le médecin accoucheur qui soignait Ada a demandé une consultation avec le docteur Paoli qui a prononcé aussitôt le mot que je n'avais pas su dire : *Morbus Basedowii*[12]. C'est Guido qui me l'a raconté tout en décrivant cette maladie à grand renfort de science et en s'apitoyant sur Ada qui souffrait beaucoup. Sans vouloir y mettre malice, je pense que ni sa compassion ni son savoir n'allaient très loin. Il prenait un aspect contrit en parlant de sa femme, mais quand il dictait des lettres à Carmen il manifestait toute sa joie de vivre et d'enseigner; il croyait par ailleurs que celui qui avait donné son nom à la maladie était ce même Basedow ami de Goethe, tandis que, lorsque j'ai étudié cette maladie dans une encyclopédie, je me suis aperçu immédiatement qu'il s'agissait d'un autre[13].

Grande, importante maladie que celle de Basedow! Pour ma part j'ai attaché une grande importance au fait de l'avoir rencontrée. Je l'étudiai dans plusieurs monographies et je crus découvrir aussitôt le secret essentiel de notre organisme. Je crois que chez beaucoup de gens comme chez moi il y a des passages où certaines idées occupent et encombrent l'esprit, le fermant à toute autre. Mais les collectivités ne sont-elles pas sujettes au même phénomène? On vit sur Darwin après avoir vécu sur Robespierre et sur Napoléon et puis sur Liebig[14] ou même sur Leopardi quand ce n'est pas au tour de Bismarck de trôner sur le cosmos tout entier!

Mais je suis le seul à avoir vécu de Basedow. Il me semblait qu'il avait mis en lumière les racines de la vie qui est faite de la manière suivante : tous les organismes se distribuent le long d'une chaîne. A l'une des extrémités se tient la maladie de Basedow qui implique une folle prodigalité d'énergie vitale à un rythme précipité et dans les pulsations d'un cœur déchaîné, tandis qu'à l'autre bout on peut voir les organismes anémiés par parcimonie congénitale, destinés à périr d'une maladie qui pourrait ressembler à la consomption mais n'est autre que la fainéantise. Le juste milieu entre ces deux maladies se trouve au centre, et on le désigne improprement comme la santé qui n'est qu'une halte. Et entre le centre et l'une des extrémités – celle de Basedow – s'échelonnent tous ceux qui attisent et brûlent leur vie dans de grands désirs, l'ambition, les plaisirs et même le travail, et de l'autre côté ceux qui ne jettent sur le plateau de l'existence que des miettes et s'économisent, préparant ces centenaires abjects que la société considère comme un fardeau. Il semble que ce fardeau soit tout aussi nécessaire. La société avance parce que les basedowiens poussent à la roue, et elle ne roule pas à l'abîme parce que les autres la retiennent. Je suis convaincu qu'on aurait pu procéder plus simplement pour constituer la société des hommes, mais elle est ainsi faite, le goitre à une extrémité, l'œdème à l'autre, et c'est sans remède. Au milieu sont ceux qui se préparent au goitre ou à l'œdème, et tout le long de la chaîne, dans l'humanité entière, la santé fait radicalement défaut.

A ce que me disait Augusta, Ada non plus n'avait pas de goitre mais elle présentait tous les autres symptômes de la maladie. Pauvre Ada! Je l'avais vue comme l'image de la santé et de l'équilibre, si bien que pendant longtemps je m'étais imaginé qu'elle avait choisi son mari en gardant la tête froide comme son père lorsqu'il choisissait ses marchandises et voici qu'à présent elle était la proie d'une maladie qui l'entraînait dans un tout autre registre : les perversions psychiques! Mais moi aussi j'ai été happé comme elle par une maladie sans gravité mais de longue durée. J'avais trop longtemps pensé à Basedow. D'ailleurs je crois que quel que soit l'endroit du globe où l'on se fixe, on est guetté par la contagion. Il faut bouger. La vie sécrète des poisons, mais elle sécrète d'autres poisons qui agissent comme des contrepoisons.

Ce n'est qu'en courant qu'on peut se soustraire aux premiers et à se prévaloir des autres.

Ma maladie à moi a consisté en une pensée obsédante, un rêve mais aussi un épouvantement. Elle doit avoir pris naissance dans le raisonnement suivant : par perversion, on désigne un écart de la santé, cette sorte de santé qui nous a suivis une partie de notre vie. Maintenant je savais de quoi était faite la santé d'Ada. Son pervertissement ne pourrait-il l'amener à m'aimer, moi que bien portante elle avait repoussé ?

Je ne sais comment cette terreur (ou cet espoir) a germé dans ma tête !

Est-ce parce que j'avais perçu de l'amour dans la douce voix brisée d'Ada lorsqu'elle s'était adressée à moi ? La pauvre Ada était devenue bien laide et je ne pouvais plus la désirer. Mais je revoyais nos rapports passés et il me semblait que si elle se prenait pour moi d'une passion soudaine, je me trouverais dans la situation fâcheuse qui rappelait un peu celle de Guido vis-à-vis de notre ami l'Anglais aux soixante tonnes de cuivre. Exactement le même cas ! Quelques années auparavant je lui avais déclaré mon amour et n'avais fait acte de résiliation que par ma décision d'épouser sa sœur. Aux termes d'un tel contrat, elle n'était pas protégée par la loi mais par la chevalerie. Il me semblait m'être si fort engagé avec elle que si elle s'était offerte à moi, un siècle après, même perfectionnée dans sa maladie de Basedow par un beau goitre, j'aurais dû honorer ma signature.

Quoi qu'il en fût je me rappelle qu'une telle perspective a mis dans mon cœur un sentiment plus vif d'affection pour Ada. Jusqu'alors, quand je venais à connaître les souffrances que Guido lui faisait endurer, je ne m'en réjouissais pas, certes, mais j'évoquais non sans une certaine satisfaction ma maison à moi où Ada avait refusé d'entrer et où personne ne souffrait. Maintenant la situation n'était plus la même : cette Ada qui m'avait repoussé dédaigneusement n'existait plus, sauf erreur de la part de mes livres de médecine.

La maladie d'Ada était grave. A quelques jours de là, le docteur Paoli a conseillé de l'éloigner des siens et de l'hospitaliser dans une clinique à Bologne. J'ai appris cette nouvelle par Guido mais Augusta m'a raconté que même en cette circonstance sa sœur avait dû subir d'amères contrariétés. Guido avait eu le front de lui proposer de mettre Carmen à la tête de la maison durant son absence. Ada n'avait pas eu le courage de dire ouvertement ce qu'elle pensait d'une pareille proposition, mais elle avait déclaré qu'elle ne bougerait pas si on ne l'autorisait à confier la direction de la maison à la tante Maria, et Guido n'avait pas insisté. Il avait continué toutefois à caresser l'idée de conserver Carmen à sa disposition dans le poste laissé vacant par Ada. Un jour, il a dit à Carmen que si elle n'était pas si occupée au bureau, il lui confierait volontiers la direction de sa maison. Luciano et moi avons échangé un regard, et chacun de nous a découvert sur le visage de l'autre un air amusé. Carmen a rougi et murmuré qu'elle ne pourrait accepter.

– Voilà, a dit Guido furieux, pour tenir compte de l'opinion des gens on renonce à faire ce qui rendrait bien service !

Mais il s'est tu aussitôt. Il était étonnant qu'il écourtât une homélie aussi intéressante.

Toute la famille a accompagné Ada à la gare. Augusta m'avait prié d'apporter des fleurs à sa sœur. Je suis arrivé un peu en retard avec un beau bouquet d'orchidées que j'ai tendu à Augusta. Ada ne nous quittait pas des yeux et quand Augusta lui a offert les fleurs elle a dit :

– Je vous remercie de tout mon cœur !

Elle voulait dire qu'elle m'associait au don des fleurs mais je l'ai interprété comme une manifestation fraternelle, douce et un peu froide. Basedow n'y était certainement pour rien.

On eût dit une jeune mariée, la pauvre Ada, avec ses yeux démesurément agrandis par le bonheur. Sa maladie savait simuler tous les sentiments.

Guido partait avec elle pour l'accompagner et revenir quelques jours après. Nous avons attendu sur le quai le départ du train. Ada est restée à la portière du compartiment et a continué à agiter son mouchoir aussi longtemps qu'elle a pu nous voir.

Puis nous avons raccompagné jusque chez elle Mme Malfenti en pleurs. Au moment de nous séparer, ma belle-mère, après avoir embrassé Augusta, m'a embrassé à son tour.

– Pardon ! m'a-t-elle dit en riant à travers ses larmes, je ne l'ai pas fait exprès, mais avec ta permission, je vais t'embrasser à nouveau.

Même la petite Anna, qui avait à présent douze ans, a voulu m'embrasser. Alberta, sur le point de quitter le théâtre national pour se fiancer, et qui d'habitude me témoignait une certaine réserve, m'a tendu ce jour-là une main chaleureuse. Elles m'aimaient toutes parce que ma femme était rayonnante de santé, et elles manifestaient de la sorte leur antipathie pour Guido dont l'épouse était malade.

Mais c'est justement alors que j'ai couru le risque de devenir un mari moins exemplaire. J'ai causé une grande douleur à ma femme, sans qu'il y eût de ma faute, à cause d'un rêve auquel innocemment je l'ai fait littéralement participer.

Voici mon rêve : nous étions trois, Augusta, Ada et moi, et nous étions accoudés à une fenêtre, précisément la plus étroite de toutes celles qui donnaient du jour à nos trois domiciles, à savoir le mien, celui de ma belle-mère et celui d'Ada. Nous nous tenions donc, chez ma belle-mère, à la fenêtre de la cuisine qui donne sur une courette alors que dans mon rêve elle donnait directement sur le Corso. Le rebord en était si étroit qu'Ada, qui se trouvait entre nous deux pour se retenir à nos bras, se pressait contre moi. Je l'ai regardée et j'ai vu que son œil avait retrouvé sa froideur incisive et le contour de son visage sa pureté, jusqu'à la nuque qui m'apparaissait couverte de frisons légers, ces mêmes frisons que j'avais si souvent contemplés lorsque Ada me tournait le dos. En dépit de cette grande froideur (qui pour moi était signe de santé), elle se pressait contre moi comme j'avais cru la sentir faire autour du guéridon parlant, le soir de mes fiançailles. Moi, comblé de bonheur, je disais à Augusta (non sans un grand effort pour m'occuper d'elle aussi) : « Tu as vu comme elle s'est remise? Mais où est Basedow? » « Tu ne le vois pas? » me demandait Augusta qui de nous trois était la seule à pouvoir regarder dans la rue. Nous avons fait un effort pour nous pencher à notre tour et nous avons aperçu une grande foule menaçante qui s'avançait en hurlant. « Mais où est Badedow? » ai-je demandé encore. Puis je l'ai vu. C'était lui que la foule traquait : un vieux mendiant revêtu d'un grand manteau en lambeaux, mais de brocard roidi, sa grande tête recouverte d'une chevelure blanche ébouriffée qui flottait au vent, des yeux exorbités qui regardaient anxieusement avec ce regard que j'avais observé chez les bêtes pourchassées, regard de peur et de menace. Et la foule hurlait : « A mort l'empoisonneur[15] ! »

Suivit un intervalle de nuit opaque. Puis Ada et moi nous sommes retrouvés aussitôt sur l'escalier le plus raide de nos trois maisons, celui qui chez moi mène sous les combles. Ada se trouvait deux ou trois marches plus haut mais tournée vers moi qui montais, tandis qu'elle semblait vouloir descendre. J'étreignais ses jambes et elle fléchissait vers moi, peut-être sous l'effet de sa faiblesse ou pour se rapprocher de moi. Pendant un instant elle m'a semblé défigurée par sa maladie, puis, alors que je la regardais, haletant, je réussissais à la revoir comme je l'avais vue à la fenêtre, belle et respirant la santé. Elle me disait de sa voix ferme : « Passe devant, je viens tout de suite ! » Moi, déjà prêt, je me retournais afin de la précéder en courant, mais pas assez vite pour ne pas m'apercevoir que la porte de mon grenier s'ouvrait tout doucement et laissait passer la tête chenue de Basedow avec son visage mi-craintif et mi-menaçant. Je découvrais aussi ses jambes mal assurées et son pauvre corps malingre que le manteau ne parvenait pas à cacher. J'ai réussi à courir loin de là, mais je ne sais si c'était pour précéder Ada ou pour la fuir.

Or, il paraît que je me suis réveillé hors d'haleine, au cœur de la nuit, et que, encore assoupi, j'ai raconté tout ou partie de mon rêve à Augusta pour me rendormir ensuite du sommeil le plus tranquille et le plus profond. Je crois que dans une semi-inconscience j'ai suivi aveuglément mon désir ancien de confesser mes incartades.

Le lendemain matin, le visage d'Augusta portait la pâleur de cire des grandes occasions. Je me souvenais parfaitement de mon rêve mais non de ce que j'avais pu lui en raconter. D'un air de résignation douloureuse, elle m'a dit :

– Tu te sens malheureux parce qu'elle est malade et qu'elle est partie, et c'est pourquoi tu rêves d'elle.

Je me suis défendu avec des rires moqueurs. Ce n'était pas Ada qui avait de l'importance à mes yeux, c'était Basedow, et je lui ai raconté mes recherches et même les applications que j'en avais fait. Quand on est surpris à rêver, il est difficile de se défendre. C'est bien autre chose que de revenir à son épouse tout frais émoulu d'une trahison perpétrée en pleine conscience. Du reste, dans cette jalousie d'Augusta, moi je n'avais rien à perdre car elle aimait tellement Ada que de ce côté-là sa jalousie ne jetait aucune ombre sur nos rapports et, pour ce qui me concerne, mon épouse avait à mon égard des attentions encore plus tendres et m'était encore plus reconnaissante du moindre signe d'affection.

Deux ou trois jours après, Guido est revenu de Bologne porteur des meilleures nouvelles. Le directeur de la clinique garantissait une guérison définitive à condition qu'Ada retrouve chez elle la plus grande tranquillité. Guido a répété en toute simplicité les pronostics du médecin sans se rendre compte que dans la famille Malfenti ces pronostics confirmaient beaucoup de soupçons sur son compte. Et moi j'ai dit à Augusta :

– Me voici sous la menace d'être encore embrassé par ta mère.

Guido ne semblait pas se trouver à l'aise dans une maison gouvernée par tante Maria. Parfois il arpentait le bureau en murmurant :

– Deux enfants... trois nourrices... pas d'épouse.

Au bureau ses absences devenaient également plus fréquentes car passant sa mauvaise humeur sur les animaux, il sévissait à la chasse et à la pêche. Mais lorsque vers la fin de l'année nous avons reçu de Bologne la nouvelle qu'Ada pouvait être considérée comme guérie et qu'elle se préparait à rentrer au pays, je n'ai pas eu l'impression qu'il en fût tellement heureux. S'était-il habitué à la tante Maria ou bien voyait-il si peu cette dernière qu'il lui était facile et agréable de la supporter? Avec moi, naturellement, il ne manifesta sa mauvaise humeur qu'en exprimant le doute qu'Ada se pressait peut-être trop de quitter la clinique sans la garantie qu'elle ne rechuterait pas. Peu après, en effet, au cours de ce même hiver, quand elle a dû retourner à Bologne, il m'a dit d'un air triomphant :

– Je l'avais bien dit, non?

Je crois pourtant que dans ce sentiment de triomphe n'entrait rien d'autre que son plaisir très vif d'avoir su prévoir quelque chose. Il ne voulait aucun mal à Ada mais il aurait volontiers souhaité qu'elle fût reléguée à Bologne le plus longtemps possible.

Lorsque Ada est revenue, Augusta qui devait garder le lit après la naissance de mon petit Alfio, a été en cette occasion vraiment émouvante. Elle a voulu que j'aille à la gare avec des fleurs et que je dise à Ada qu'elle voulait la voir le jour même. Et dans le cas où Ada ne pourrait venir directement de la gare, elle m'a prié de rentrer tout de suite à la maison afin de lui décrire Ada et de lui dire si la beauté de la jeune femme, dont toute la famille était très fière, lui avait été entièrement restituée.

A la gare se trouvaient Guido, moi et Alberta seulement car Mme Malfenti passait une grande partie de son temps au chevet d'Augusta. Sur le quai, Guido cherchait à se persuader de la grande joie que lui causait le retour d'Ada, mais Alberta l'écoutait en faisant semblant d'être très distraite pour ne pas avoir – comme elle me l'a dit par la suite – à lui répondre. En ce qui me concerne, la duplicité de Guido ne m'affectait plus beaucoup. Je m'étais habitué à feindre de ne pas m'apercevoir de sa prédilection pour Carmen et je n'avais jamais osé faire allusion aux torts qu'il avait envers sa femme. Il ne m'était donc pas difficile de lui marquer de l'intérêt comme si j'admirais sa joie pour le retour de sa femme.

Quand le train est entré en gare à midi sonnant, il nous a précédé à la rencontre d'Ada qui descendait du train. Il l'a prise dans ses bras et l'a couverte de baisers. Moi qui le voyais courber le dos afin de pouvoir embrasser sa femme qui était plus petite que lui, j'ai pensé : « Quel comédien ! » Puis il a pris Ada par la main pour nous l'amener :

– La voilà rendue à notre amour !

Alors il s'est révélé tel qu'il était, fourbe et simulateur, parce que s'il avait mieux regardé la pauvre femme, il se serait aperçu que ce n'était pas à notre amour qu'elle était rendue mais à notre indifférence. Le visage d'Ada était mal reconstruit parce qu'il avait récupéré des joues mais pas au bon endroit comme si en revenant la chair avait oublié son emplacement normal et s'était déposée trop bas. Elles avaient pour cette raison davantage l'aspect de bouffissures que de joues. L'œil était rentré dans son orbite, mais nul n'avait pu réparer les dégâts qu'il avait causés en sortant. Il avait déplacé ou détruit des lignes pures et importantes. Quand nous nous sommes quittés devant la gare, sous un soleil d'hiver éblouissant, j'ai vu que le coloris entier de ce visage n'était plus celui que j'avais tant aimé. Il s'était fané et sur les parties charnues il rougissait par petites plaques. On eût dit que la santé n'appartenait plus à ce visage et qu'on avait seulement réussi à l'y simuler.

J'ai aussitôt raconté à Augusta qu'Ada était superbe, exactement comme du temps où elle était jeune fille, et elle en a été ravie. Puis, après l'avoir vue, à ma grande surprise, elle m'a confirmé à plusieurs reprises comme vérités d'évidence mes pieux mensonges. Elle disait :

– Elle est belle comme avant son mariage et comme le sera ma fille !

On voit que le regard d'une sœur manque d'acuité.

Je ne revis pas Ada de longtemps. Elle avait trop d'enfants et nous aussi. Cependant Ada et Augusta trouvaient le moyen de se voir plusieurs heures par semaine, mais toujours à des moments où je n'étais pas à la maison.

L'époque du bilan approchait et j'avais beaucoup à faire. C'est même la période de ma vie où j'ai le plus travaillé. Certains jours il m'est arrivé de demeurer assis à mon bureau jusqu'à dix heures et plus. Guido m'avait proposé de me faire aider par un comptable mais il n'en était pas question. J'avais assumé un engagement que je devais tenir. J'entendais dédommager Guido de ma funeste absence d'un mois, et j'étais également heureux de faire montre devant Carmen d'une diligence que seule pouvait m'inspirer mon affection pour Guido.

Mais au fur et à mesure que j'avançais dans la mise à jour de nos comptes, j'ai commencé à découvrir les grosses pertes que nous avions subies dans l'exercice de cette première année. Préoccupé, j'en ai touché un mot entre quatre yeux à Guido mais lui, qui s'apprêtait à partir pour la chasse, a refusé de m'écouter :

– Tu verras que ce n'est pas aussi grave que tu le penses et puis l'année n'est pas encore finie.

Il manquait, en effet, huit jours pleins à l'année révolue.

Alors je m'en suis ouvert à Augusta. Elle n'a vu d'abord dans cette situation que le préjudice qui pouvait en découler pour moi. Les femmes sont ainsi faites mais Augusta était extraordinaire, même parmi les femmes, quand nos intérêts étaient en jeu. La responsabilité du déficit de Guido – me demandait-elle – ne finirait-elle pas par retomber sur moi ? Elle voulait que nous consultions sans tarder un avocat. En attendant il fallait que je quitte Guido et que je cesse de fréquenter ce bureau.

J'ai eu du mal à la convaincre que je ne pouvais être tenu pour responsable de quoi que ce fût, n'étant rien d'autre que l'employé de Guido. Elle soutenait que lorsqu'on ne perçoit pas d'émoluments fixes, on est considéré non pas comme un employé mais comme quelqu'un de comparable à un patron. Une fois convaincue par mes arguments, elle n'a pas voulu naturellement changer d'avis car elle a découvert que si je cessais de fréquenter ce bureau je ne perdrais rien alors que je risquais sûrement d'y laisser tout crédit commercial. Diantre! Ma réputation commerciale! Je me suis retrouvé d'accord avec Augusta. Il était important de la préserver et, bien que ses raisons ne soient pas fondées, nous en avons conclu que je devais faire selon sa volonté. Elle a accepté que je termine le bilan puisque je l'avais commencé, mais ensuite il me faudrait trouver un biais pour retourner à mon petit domaine où si je ne gagnais pas d'argent du moins n'en perdais-je pas.

J'ai fait toutefois en cette occasion une curieuse expérience sur moi-même. Je n'ai pas été capable d'abandonner ces activités bien que je m'y fusse résolu. J'en ai été stupéfait! Pour bien faire comprendre les choses, il faut se servir d'images. Je me suis alors rappelé que jadis en Angleterre, la condamnation aux travaux forcés consistait à suspendre le condamné au-dessus d'une roue actionnée par la force de l'eau, obligeant ainsi la victime à mouvoir ses jambes au rythme d'une cadence déterminée faute de quoi elles auraient été écrasées. Quand on travaille on a toujours l'impression d'une constriction de ce genre. Il est vrai que lorsqu'on ne travaille pas, la position est la même et je crois juste d'affirmer qu'Olivi et moi nous étions suspendus de la même manière, à cette différence près que moi je l'étais sans avoir à remuer les jambes. Notre position respective arrivait certes à des résultats différents, mais à présent je sais en toute certitude que ces derniers ne justifiaient ni blâme ni louange. Bref, il dépend du hasard si l'on est suspendu sur une roue mobile ou fixe. Il est toujours malaisé de s'en détacher.

Plusieurs jours de suite, une fois le bilan arrêté, j'ai continué à me rendre au bureau tout en ayant décidé de ne pas m'y rendre du tout. Je sortais hésitant de chez moi; dans mon hésitation je prenais une direction qui était immanquablement celle du bureau et, au fur et à mesure que j'allais de l'avant, cette direction se précisait jusqu'à ce que je me retrouve assis à ma place habituelle en face de Guido. Heureusement qu'à un certain moment j'ai été prié de ne pas quitter mon poste et j'y ai aussitôt consenti car dans l'intervalle je m'étais aperçu que j'y étais cloué.

Le quinze janvier, mon bilan était clos. Un vrai désastre! Nous l'arrêtions sur la perte de la moitié du capital. Guido, redoutant quelque indiscrétion de sa part, n'aurait pas voulu le montrer au jeune Olivi, mais j'ai insisté dans l'espoir que ce dernier avec sa grande expérience découvrirait quelque erreur de taille susceptible de changer toute la position. Il se pouvait qu'on eût déplacé quelque paiement du doit, dont il relevait, sur l'avoir, et en rectifiant on trouverait une différence importante. Olivi, avec un sourire, a promis à Guido la plus grande discrétion et il a travaillé avec moi une journée entière. Malheureusement il n'a découvert aucune erreur. Je dois dire que, pour ma part, j'ai beaucoup appris de cette révision exécutée à deux et que maintenant je saurais affronter et clore des bilans encore plus importants que le nôtre.

– Et maintenant qu'allez-vous faire? a demandé le jeune binoclard avant de nous quitter.

Je savais déjà ce qu'il allait suggérer. Mon père qui m'avait souvent parlé de commerce lorsque j'étais petit, me l'avait déjà enseigné. Aux termes de la loi, du fait qu'il y avait perte de la moitié du capital, nous devions liquider l'affaire quitte à la reconstituer aussitôt après sur de nouvelles bases. Je l'ai laissé me répéter ce conseil. Il a ajouté :

– Il s'agit d'une formalité. (Puis, avec un sourire) Il peut en cuire de ne pas suivre cette règle!

Dans la soirée, Guido aussi s'est mis à revoir ce bilan auquel il ne pouvait toujours pas croire. Il l'a fait sans aucune méthode, vérifiant au hasard telle ou telle somme. J'ai essayé d'interrompre ce travail inutile et je lui ai fait part du conseil d'Olivi de liquider immédiatement, mais pour la forme, la gestion.

Jusqu'alors le visage de Guido s'était crispé sous l'effort de découvrir dans les comptes l'erreur libératrice : un air soucilleux compliqué de la grimace qu'on fait quand on sent dans sa bouche un goût répugnant. A mon intervention il a relevé son visage qui s'est détendu sous l'effort de l'attention. Il n'a pas compris sur-le-champ, mais quand il a saisi, il a aussitôt éclaté de rire. J'ai interprété l'expression de sa figure de la manière suivante : renfrognée et revêche aussi longtemps qu'il était confronté à ces chiffres qui ne pouvaient être modifiés; joyeuse et décidée une fois écarté ce problème douloureux par une proposition qui lui donnait le moyen de retrouver le sentiment d'être maître et seul juge.

Il ne comprenait pas. Ce conseil lui paraissait venir d'un ennemi. Je lui ai expliqué que le conseil d'Olivi concernait le danger, qui de toute évidence menaçait la firme, de perdre encore de l'argent et de faire faillite. Dans le cas d'une faillite, il y aurait banqueroute frauduleuse si, après ce bilan désormais inscrit sur nos livres, nous ne prenions pas les mesures conseillées par Olivi. Et j'ai ajouté :

– La peine prévue par nos lois pour une faillite frauduleuse est la prison!

Le visage de Guido est devenu si cramoisi que j'ai craint pour lui la menace d'une congestion cérébrale. Il a hurlé :

– Dans ce cas, Olivi n'a pas besoin de me donner des conseils! Si jamais cela devait arriver, je saurais prendre une résolution tout seul!

Sa détermination m'en a imposé et j'ai eu le sentiment de me trouver devant quelqu'un de parfaitement conscient de ses propres responsabilités. J'ai baissé le ton. Je lui ai donné raison sur toute la ligne, et oubliant que je venais tout juste de lui représenter que le conseil d'Olivi méritait d'être pris en considération, je lui ai dit :

– C'est l'objection que j'ai faite moi aussi à Olivi. C'est à toi qu'incombe toute responsabilité et nous n'avons pas à nous mêler de ce que tu décides concernant le destin de l'affaire qui vous appartient, à toi et à ton père.

En vérité, ces propos je les avais tenus devant ma femme et non pas devant Olivi, mais en fin de compte il était exact que je les avais tenus devant quelqu'un. Maintenant, après avoir entendu la virile déclaration de

Guido, j'aurais même été capable de les tenir en présence d'Olivi, parce que l'esprit de décision et le courage m'ont toujours fasciné. N'aimais-je pas déjà par-dessus tout la simple désinvolture qui peut provenir de tels mérites mais également d'autres qualités bien inférieures ?

Comme je voulais rapporter toutes ses paroles à Augusta pour la tranquilliser, j'ai insisté :

– Tu sais qu'on dit de moi, et probablement non sans raison, que je n'ai aucune aptitude pour le commerce. Je peux exécuter ce que tu m'ordonnes, mais je ne peux aucunement endosser la responsabilité pour ce que tu fais à titre personnel.

Il a acquiescé avec vivacité. Il se sentait tellement à l'aise dans le rôle que je lui attribuais qu'il en oubliait de se tourmenter pour ce mauvais bilan. Il a déclaré :

– Je suis le seul responsable. Tout est à mon nom et je n'admettrais même pas qu'un autre près de moi veuille endosser des responsabilités.

Voilà qui allait bien pour être rapporté à Augusta, et c'était encore plus que je n'en souhaitais. Il fallait voir les airs qu'il prenait en faisant cette déclaration : au lieu d'un homme en instance de faillite, on eût dit un apôtre ! Il s'était confortablement juché sur son bilan passif et de cette hauteur il devenait mon maître et seigneur. En cette occasion comme en tant d'autres de notre vie commune, mes élans d'affection se refroidirent à la vue de son expression qui révélait l'estime démesurée qu'il avait de soi. Il détonnait. Oui : c'est bien cela; ce grand musicien détonnait !

Je lui ai demandé à brûle-pourpoint :

– Veux-tu que demain nous fassions une expédition du bilan pour ton père ?

Pendant un instant j'avais été sur le point de lui faire une déclaration beaucoup plus brutale en lui disant que dès que le bilan serait clos je m'abstiendrais de fréquenter son bureau. Je ne l'ai pas fait car je ne savais comment j'employerais les nombreuses heures de loisirs dont je disposerais. Mais ma question calquait presque mot pour mot la déclaration que j'avais gardée pour moi. En attendant je lui avais rappelé que dans ce bureau il n'était pas le seul maître à bord.

Il s'est montré surpris de mes paroles parce qu'elles ne lui semblaient guère compatibles avec ce qui avait été envisagé jusque-là, avec mon approbation évidente et, sur le même ton, il m'a dit :

– C'est moi qui te dirai comment rédiger cette expédition.

J'ai protesté violemment. De toute ma vie je n'ai autant crié avec Guido parce que souvent il me semblait sourd. Je lui ai déclaré que la loi prévoyait aussi la responsabilité du comptable et que je n'étais pas disposé à faire passer pour copies conformes des assemblages fantaisistes de chiffres.

Il a pâli et reconnu que j'avais raison, mais il a ajouté qu'il était libre d'interdire toute communication des extraits de ses livres. Sur ce point j'ai reconnu volontiers qu'il avait raison. Alors, après s'être ressaisi, il m'a déclaré qu'il écrirait lui-même à son père. On aurait dit presque qu'il voulait commencer cette lettre sans attendre, puis il s'est ravisé et m'a proposé d'aller prendre un bol air. J'ai accepté pour lui faire plaisir. Je supposais qu'il n'avait pas encore digéré son bilan et qu'il voulait se dégourdir les jambes pour le faire descendre.

Notre promenade m'a rappelé la promenade nocturne qui avait suivi nos fiançailles. La lune en était absente car un épais brouillard planait dans l'air, mais en bas la scène n'avait pas changé car nous avancions tranquillement dans une atmosphère limpide. Guido aussi s'est souvenu de cette soirée mémorable.

– C'est la première fois que nous nous promenons à nouveau tous les deux la nuit. Tu te rappelles? Toi tu m'as expliqué alors que même sur la lune on s'embrassait comme sur la terre. Mais sur la lune ces caresses durent éternellement; j'en suis sûr bien que ce soir on ne la voie pas. Sur la terre en revanche...

Voulait-il recommencer à dire du mal d'Ada? De la pauvre malade? Je l'ai interrompu mais avec douceur, comme si j'abondais dans son sens (mais ne l'avais-je pas accompagné pour l'aider à oublier?) :

– Evidemment ! Ici-bas on ne passe pas tout son temps dans les caresses ! Et puis là-haut, il n'y a que l'image du baiser. Le baiser est avant tout mouvement.

J'essayais de prendre du champ par rapport à tous ses ennuis, le bilan, Ada, si bien que j'ai réussi à temps à refouler une phrase que j'avais été sur le point de lui dire, à savoir que là-haut les caresses n'engendraient pas de jumeaux. Mais, pour se libérer de son bilan, il ne trouvait rien de mieux que de geindre sur d'autres calamités. Comme je l'avais pressenti, il m'a dit du mal d'Ada. Il a commencé par déplorer que sa première année de mariage eût été aussi désastreuse pour lui. Il ne parlait pas des deux jumeaux qui étaient si gentils et si beaux, mais de la maladie d'Ada. Il pensait que sa maladie la rendait irascible et jalouse et en même temps peu affectueuse. Il a terminé sur une exclamation désolée :

– La vie est injuste et dure !

Quant à moi, j'estimais qu'il m'était interdit d'émettre un seul mot qui impliquât un jugement pour les départager. Mais je sentais que je devais dire quelque chose. Il avait fini par parler de la vie en lui appliquant deux prédicats qui ne péchaient pas par excès d'originalité. J'ai trouvé mieux justement parce que je m'étais mis à passer au crible tout ce qu'il m'avait dit. Bien des fois on affirme des choses sur la lancée du son des mots tels qu'ils se sont fortuitement agencés. Puis on examine aussitôt si ce qu'on a dit valait le souffle qu'on a dépensé et quelquefois on découvre que cet agencement fortuit à donné naissance à une idée. J'ai répondu :

– La vie n'est ni belle ni laide, elle est originale !

Quand j'y repensai, il me sembla avoir dit une chose importante. Qualifiée de la sorte, la vie me parut si étrange que je la regardai longtemps comme si je la voyais pour la première fois avec ses corps, gazeux, fluides et solides. Si je l'avais racontée à quelqu'un qui n'en avait pas l'habitude et fût donc dépourvu de notre sens commun, il aurait eu le souffle coupé à la vue de cette énorme construction dénuée de finalité. Il m'aurait demandé : « Mais comment l'avez-vous supportée ? » Et s'étant informé de tous ses détails, depuis ces corps célestes suspendus tout là-haut afin qu'on puisse les voir sans les toucher, jusqu'au mystère qui enveloppe la mort, il se serait exclamé : « Très originale ! »

– Originale la vie ! a dit Guido en riant. Où as-tu lu ça ?

Je ne me suis pas soucié de lui assurer que je ne l'avais lu nulle part, autrement mes paroles auraient eu moins de poids à ses yeux. Mais plus j'y pensais, plus je trouvais la vie originale. Et il n'était pas du tout nécessaire d'arriver du dehors pour se rendre compte qu'elle était combinée d'aussi étrange façon. Il suffisait de se rappeler tout ce que nous autres hommes avions attendu de la vie, pour la juger à ce point bizarre que la seule conclusion possible était que l'homme y a peut-être été jeté par erreur et ne lui appartient pas.

Sans nous être concertés sur la direction de nos pas, nous étions arrivés comme l'autre fois à la montée de la rue Belvedere. Ayant retrouvé le parapet sur lequel cette nuit-là il s'était allongé, Guido monta dessus et s'y coucha exactement comme l'autre fois. Il fredonnait, peut-être toujours accablé par ses soucis, et méditait certainement sur les chiffres inexorables de sa comptabilité. Moi en revanche, je me rappelai que c'était là que j'avais voulu le tuer et, comparant mes sentiments d'alors à ceux de cet instant, je m'étonnais une fois encore de l'incomparable originalité de la vie. Mais je me suis soudain rappelé que, sous l'effet du caprice d'un homme ambitieux, je venais de me déchaîner contre le pauvre Guido, et dans l'un des moments les plus noirs de sa vie. Je me suis livré à un examen : j'assistais sans trop souffrir à la torture infligée à Guido par ce bilan que j'avais dressé si méticuleusement et il m'en vint un doute curieux aussitôt suivi d'un souvenir encore plus curieux. Le doute : étais-je bon ou étais-je méchant ? Le souvenir, suscité brusquement par ce doute qui n'était pas nouveau : je me voyais enfant et portant encore (j'en suis sûr) une robe courte[16], lorsque j'ai levé mon visage pour demander à ma mère souriante : « Je suis sage ou je suis méchant, moi ? » A l'époque, ce doute avait dû être inspiré au petit enfant par tous ceux qui avaient loué sa sagesse et par tous les autres qui, en plaisantant, l'avait qualifié de méchant. Il n'était pas du tout étonnant que le garçonnet ait été embarrassé par ce dilemme. Ô incomparable originalité de la vie ! Il était surprenant que le doute qu'elle avait jadis infligé à l'enfant sous une forme aussi puérile n'eût pas été résolu par l'adulte alors qu'il avait déjà franchi le milieu de sa vie.

Dans la nuit sombre, à l'endroit précis où naguère j'avais voulu tuer, ce doute m'a angoissé profondément. Certainement lorsque le tout petit avait senti rôder ce doute dans sa tête libérée depuis peu du béguin, il n'en avait pas autant souffert parce qu'on raconte aux enfants que la méchanceté est guérissable. Pour me débarrasser d'une telle angoisse, j'ai voulu croire à nouveau que c'était possible, et j'y suis parvenu. Si je n'y avais pas réussi j'aurais dû pleurer sur moi, sur Guido et sur notre vie lamentable. Ma résolution renouvela mes illusions ! La résolution de me tenir aux côtés de Guido et de collaborer avec lui au développement de son commerce dont dépendaient sa vie et la vie des siens, et cela sans aucun profit pour moi. J'entrevis la possibilité de courir, d'intriguer et d'étudier pour lui et j'admis la possibilité de devenir, pour l'aider, un grand, un dynamique, un génial négociant. Voilà exactement ce que j'ai pensé en cette sombre soirée lointaine de cette vie si originale !

Là-dessus, Guido a cessé de penser au bilan. Il a quitté le parapet, apparemment rasséréné. Comme s'il avait tiré une conclusion d'un raisonnement dont je ne savais rien, il m'a dit qu'il n'écrirait pas à son père parce qu'autrement le pauvre vieux entreprendrait cet énorme voyage depuis son soleil d'été jusqu'à notre brouillard hivernal. Il m'a dit ensuite que si à première vue le passif semblait énorme, il le serait moins dans le cas où il ne devrait pas le supporter à lui seul. Il prierait Ada d'en endosser la moitié et en compensation il lui allouerait une part des bénéfices de l'année à venir. L'autre moitié du déficit, c'est lui qui l'endosserait.

Je n'ai rien répondu. J'ai même pensé qu'il m'était

interdit de donner des conseils, car autrement j'aurais fini par faire ce à quoi je me refusais absolument : m'ériger en juge entre les deux époux. A ce moment-là du reste j'étais si plein de bonnes résolutions qu'il me semblait qu'Ada ferait une bonne affaire en participant à une entreprise dirigée par nous.

J'ai accompagné Guido jusqu'à sa porte et je lui ai serré longuement la main pour renouveler en silence ma résolution de l'aimer. Puis je me suis efforcé de lui dire quelque chose d'aimable et j'ai trouvé cette phrase :

– Que tes jumeaux passent une bonne nuit et te laissent dormir, car tu as certainement besoin de repos.

En m'en allant, je me suis mordu la langue de regret de n'avoir pas trouvé mieux. Ne savais-je donc pas que les jumeaux, depuis que chacun avait sa propre nourrice, couchaient à une lieue de sa chambre et ne pouvaient déranger son sommeil? De toute façon, il avait compris l'intention de mon souhait car il l'avait accepté avec gratitude.

Rentré chez moi, j'ai vu qu'Augusta s'était retirée dans notre chambre avec les enfants. Elle donnait le sein à Alfio tandis qu'Antonia dormait dans son petit lit tournant vers nous sa nuque bouclée. J'ai dû expliquer la raison de mon retard et j'en suis venu à raconter à ma femme le moyen imaginé par Guido pour annuler son déficit. Augusta a estimé que la proposition de Guido était indigne.

– A la place d'Ada je refuserais, s'est-elle exclamée avec violence bien qu'à voix basse pour ne pas effrayer le bébé.

Inspiré par mes résolutions de bonté, j'ai répliqué :

– Donc, si je me trouvais dans les mêmes difficultés que Guido, tu ne m'aiderais pas?

Elle s'est mise à rire :

– La situation est bien différente! A nous deux nous chercherions ce qui vaut le mieux pour eux! – et elle a désigné Alfio qu'elle tenait dans ses bras et Antonia. Puis, après un moment de réflexion, elle a poursuivi : – Et si maintenant nous suggérions à Ada de consentir à donner son argent pour tenir en vie une affaire dont tu ne feras bientôt plus partie, ne nous engagerions-nous pas à la dédommager si un jour elle devait le perdre?

C'était une idée d'ignorante, mais dans mon altruisme tout neuf je me suis exclamé :

– Pourquoi pas?

– Mais ne vois-tu pas que nous aussi nous avons deux enfants auxquel il nous faut penser?

Si je les voyais! Cette question était une figure de rhétorique véritablement dénuée de sens.

– Et eux n'ont-ils pas aussi deux enfants? ai-je demandé triomphalement.

Elle s'est mise à rire si fort que le petit Alfio, épouvanté, s'est arrêté de téter pour se mettre à pleurer. Elle s'est occupée de lui, sans cesser de rire, et j'ai accepté son rire comme si je l'avais conquis grâce à un trait d'esprit alors qu'en vérité au moment où je lui avais posé la question mon cœur chavirait d'amour pour les parents de tous les enfants et pour les enfants de tous les parents. Mais du fait que j'en avais ri, cet amour-là partit en fumée.

Mais même le tourment de ne pas me savoir bon par essence s'apaisa. Il me semblait que j'avais résolu ce problème angoissant. On n'était ni bon ni méchant comme on n'était ni ceci ni cela en bien d'autres domaines. La bonté était cette lumière qui troue l'obscurité de l'âme humaine par brèves et intenses lueurs. Il fallait une torche enflammée pour faire la lumière (cette lumière qui avait illuminé mon cœur et reviendrait sûrement tôt ou tard) et à cette clarté l'être pensant pouvait choisir sa direction pour cheminer ensuite dans le noir. On pouvait donc paraître bon, très bon, inaltérablement bon, et c'est ce qui comptait. Quand la lumière reviendrait elle ne me surprendrait ni ne m'éblouirait. Je veillerais à souffler la flamme pour l'éteindre puisque je n'en avais pas besoin. Car je saurais conserver mes résolutions, c'est-à-dire la bonne direction.

La résolution d'être bon apporte calme et sens pratique et moi, à présent, j'étais calme et froid. C'est curieux! Mon excès de bonté m'avait conduit trop loin dans l'évaluation de moi-même et de mes possibilités. Que pouvais-je faire pour Guido ? Il est vrai que dans sa firme je dominais tout autant les autres que dans la mienne me dominait le père Olivi. Mais cette position ne prouvait pas grand-chose. Et pour revenir au plan pratique, que conseillerais-je à Guido le jour suivant ? Peut-être une de mes inspirations ? Mais devait-on sur le tapis vert suivre sa propre inspiration quand on jouait avec l'argent d'autrui ? Pour faire vivre une maison de commerce il faut y créer du travail jour après jour et ce but n'est atteint que si l'on s'active heure par heure à organiser quelque marché. Ce n'est pas moi qui pouvais m'adonner à une activité pareille et il me semblait injuste de me soumettre par excès de bonté à la peine d'ennui à perpétuité.

Je considérais toutefois l'impression que m'avait laissée mon élan de bonté comme un engagement souscrit envers Guido et je ne pouvais m'endormir. J'ai poussé à plusieurs reprises de profonds soupirs et même une fois un gémissement, certainement au moment où je me suis vu ligoté à l'affaire de Guido comme Olivi l'était à la mienne.

Dans un demi-sommeil Augusta a murmuré :

– Qu'est-ce que tu as ? Encore des ennuis avec Olivi ?

Voilà l'idée que je cherchais ! Je conseillerais à Guido de prendre avec lui le jeune Olivi comme directeur ! Ce jeune homme si sérieux et si travailleur, et que je voyais à regret s'occuper de mes affaires parce qu'il semblait se préparer à les prendre en main quand il succèderait à son père afin de m'en écarter définitivement, avait de toute évidence et pour le bien de tous sa place dans l'affaire de Guido. En lui offrant une situation dans sa maison Guido assurerait son salut et le jeune Olivi serait plus utile dans ce bureau que dans le mien.

L'idée m'a transporté et j'ai réveillé Augusta pour la lui communiquer. Elle aussi en a été si enthousiasmée qu'elle s'est réveillée tout à fait. Il lui semblait que je pourrais de la sorte me retirer des affaires compromettantes de Guido. Je me suis endormi avec la conscience tranquille. J'avais trouvé le moyen de sauver Guido sans me condamner moi-même; bien au contraire.

Il n'y a rien de plus écœurant que de voir repoussé un conseil qu'on a étudié en toute sincérité avec des efforts qui vous ont même coûté des heures de sommeil. En ce qui me concerne, j'avais fait un autre effort : celui de me débarrasser de l'illusion que je pouvais moi-même être utile aux affaires de Guido. Un effort gigantesque. Pour commencer, j'avais atteint une vraie bonté, mais ensuite l'objectivité absolue, et on m'envoyait promener!

Guido repoussa mon conseil, allant jusqu'à se fâcher. Il ne croyait pas aux capacités du jeune Olivi et puis il n'aimait pas son aspect de jeune vieillard et il détestait plus encore ses lunettes trop brillantes sur son visage blafard. Ses arguments étaient vraiment de nature à me faire croire qu'un seul d'entre eux était réellement fondé : son désir de me contrarier. Il a fini par me dire qu'il accepterait comme directeur commercial non pas le fils mais le père Olivi. Mais moi je ne pensais pas pouvoir lui obtenir la collaboration de ce dernier, et puis je ne me sentais pas prêt à assumer au pied levé la direction de mes affaires. J'ai eu tort de discuter et je lui ai dit qu'Olivi père n'avait pas inventé la poudre. Je lui ai raconté combien d'argent m'avait coûté son entêtement à ne pas vouloir acheter en temps utile les fameux raisins secs.

– Eh bien! s'est exclamé Guido. Si le vieux n'est pas une lumière, quelle confiance peut-on accorder au jeune qui n'est autre que son élève?

C'était enfin un bon argument, et d'autant plus fâcheux pour moi que je le lui avais fourni en bavardant à tort et à travers.

A quelques jours de là, Augusta m'a raconté que Guido avait proposé à Ada de supporter avec son argent la moitié du passif du bilan. Ada s'y refusait et elle disait à Augusta :

– Il me trompe et par-dessus le marché il voudrait mon argent!

Augusta n'avait pas eu le courage de lui conseiller de le donner à Guido mais elle avait fait de son mieux pour faire revenir Ada sur son jugement à propos de la fidélité de son mari. Cette dernière avait répondu de façon à laisser croire qu'elle en savait plus long sur ce sujet que nous ne le pensions. Augusta en discutait avec moi : Pour un mari il faut savoir supporter quelques sacrifices, mais cet axiome était-il valable pour Guido ?

Au cours des jours suivants, le comportement de Guido est devenu véritablement extraordinaire. Il venait au bureau de temps en temps et n'y restait jamais plus d'une demi-heure. Il filait sans tarder, comme quelqu'un qui a oublié son mouchoir à la maison. J'ai appris qu'il courait présenter à Ada de nouveaux arguments qui lui semblaient décisifs afin de l'inciter à céder à sa volonté. Il avait vraiment l'aspect de quelqu'un qui a trop pleuré ou trop crié ou qui est allé jusqu'à se battre, et même en notre présence il n'arrivait pas à dominer l'émotion qui lui nouait la gorge et faisait monter des larmes à ses yeux. Je lui ai demandé ce qu'il avait. Il m'a répondu par un sourire triste mais amical pour me montrer qu'il n'était pas fâché contre moi. Puis il s'est ressaisi afin de pouvoir me parler plus calmement. Finalement il a dit ces quelques mots : Ada le tourmentait avec sa jalousie.

Il me racontait donc qu'ils discutaient de leurs histoires intimes, tandis que moi je savais bien qu'il y avait aussi entre eux cette histoire du « compte profits et pertes ».

Mais il semblait que ce problème n'avait aucune importance. C'est ce qu'il me disait et c'est ce que disait aussi à Augusta Ada qui ne lui parlait que de sa jalousie. La violence même de ces discussions qui marquaient de traces si profondes le visage de Guido laissait croire que les deux époux disaient vrai.

Comme on l'a su par la suite, ces derniers n'agitaient au contraire que la question de l'argent. Ada par orgueil et bien qu'elle fût poussée par ses peines de cœur ne les avait jamais mentionnées et Guido, sans doute conscient de ses fautes et bien qu'il sentît dans les propos d'Ada la colère déchaînée de l'épouse, continuait à discuter de ses affaires comme si le reste n'existait pas. Il s'acharnait de plus en plus à la poursuite de cet argent, tandis qu'elle, que les questions d'affaires n'atteignaient pas, repoussait la proposition de Guido en lui opposant un seul argument : l'argent devait rester aux enfants. Et quand il trouvait d'autres arguments, sa tranquillité, les avantages que son travail procurerait à ces mêmes enfants, la nécessité pour vivre en paix de se trouver en règle avec les prescriptions de la loi, elle lui rivait son clou par un « Non » sans appel. Ce refus exaspérait Guido et – comme chez les enfants – excitait son désir. Mais chacun d'eux – lorsqu'ils parlaient avec des tiers – croyait dire vrai en soutenant qu'il souffrait par amour et par jalousie.

C'est une sorte de malentendu qui m'a empêché d'intervenir en temps opportun pour mettre fin à cette fastidieuse question d'argent. J'aurais pu démontrer à Guido qu'elle n'avait effectivement aucune importance. Comme comptable, je suis un peu lent et je ne comprends les chiffres que lorsque je les ai inscrits dans mes livres, noir sur blanc, mais je crois qu'il ne m'a pas fallu longtemps pour comprendre que le versement exigé par Guido de son épouse n'aurait pas changé grand-chose à la situation. A quoi aurait servi en effet ce versement ? Le passif n'en était pas réduit pour autant à moins qu'Ada n'eût accepté d'injecter de l'argent dans cette comptabilité, geste que Guido ne lui demandait pas. La loi ne se laisserait pas abuser en découvrant que, après de si lourdes pertes, la firme voulait risquer davantage en attirant dans l'affaire de nouveaux capitalistes.

Un matin, Guido ne s'est pas montré au bureau, absence qui nous a surpris du fait que nous savions que la veille il n'était pas parti chasser. A déjeuner j'ai appris d'Augusta bouleversée et dans tous ses états que, dans la soirée, Guido avait attenté à sa vie. Il était à présent tiré d'affaire. Je dois avouer que la nouvelle, qui à Augusta paraissait tragique, m'a rendu furieux.

Il avait eu recours à ce stratagème radical pour briser la résistance de sa femme. De plus, j'ai su en même temps qu'il avait accompli son acte en s'entourant de toutes les garanties, car avant de prendre la morphine il avait tenu ostensiblement entre ses mains le flacon débouché. Si bien qu'au premier signe de torpeur, Ada avait fait appeler le médecin et il fut aussitôt hors de danger. Ada avait passé une nuit horrible car le docteur avait jugé bon de faire des réserves sur les suites de l'empoisonnement, et Guido avait ensuite accru son agitation. A peine revenu à lui et peut-être pas encore pleinement conscient, il l'avait accablée de reproches, lui disant qu'elle était son ennemie, sa persécutrice, celle qui l'empêchait de réaliser la saine gestion qu'il voulait entreprendre.

Ada lui accorda aussitôt le prêt qu'il lui demandait mais après, dans l'intention de se justifier, elle parla sans ambages et lui fit tous les reproches qu'elle avait si longtemps gardés pour elle. Ils parvinrent ainsi à trouver un terrain d'entente car il réussit – du moins à ce qu'Augusta croyait – à dissiper chez Ada tout soupçon sur sa fidélité. Il se montra énergique et, quand elle lui parla de Carmen, il s'écria :

– Tu en es jalouse? Eh bien, si tu veux, je vais la renvoyer aujourd'hui même.

Ada n'avait pas répondu et elle crut par là avoir accepté la proposition et que lui-même s'y était engagé.

Je me suis étonné que Guido eût réussi à se comporter de la sorte dans cet état de torpeur et j'en suis venu à croire qu'il n'avait même pas avalé la petite dose de morphine qu'il disait avoir prise. Personnellement, je croyais que l'un des effets de l'engourdissement du cerveau par le sommeil était d'amollir la résistance de l'esprit le plus endurci et de l'inciter aux aveux les plus sincères. N'étais-je pas moi-même sorti récemment d'une telle aventure? Cette conduite augmenta mon irritation et mon mépris pour Guido.

Augusta pleurait en décrivant l'état dans lequel elle avait trouvé Ada. Oui! Ada avait perdu sa beauté avec ses yeux écarquillés de terreur.

Nous avons discuté longuement ma femme et moi pour savoir si je devais rendre immédiatement visite à Guido et Ada, ou s'il ne valait pas mieux faire semblant de n'être au courant de rien et d'attendre de le revoir au bureau. En ce qui me concernait, cette visite me paraissait insupportablement ennuyeuse. Comment ferais-je en le voyant pour ne pas lui dire son fait ? Je disais :

– Ce n'est pas une action digne d'un homme ! Je n'ai aucune envie de me tuer, mais il n'y a aucun doute que si je m'y décidais je réussirais du premier coup !

Voilà exactement ce que je pensais et je voulais le dire à Augusta. Mais il me semblait faire trop d'honneur à Guido en le comparant à moi.

– On n'a nullement besoin d'être chimiste pour pouvoir détruire un organisme qui n'est que trop sensible. Ne voit-on pas chaque semaine, dans notre ville, quelque midinette ingurgiter une solution de phosphore préparée en secret dans sa pauvre chambrette et, en dépit de toute intervention, être conduite à la mort par ce poison élémentaire, son petit minois ravagé sous l'effet de la souffrance physique et du chagrin qu'a endurés son pauvre cœur innocent ?

Augusta n'était pas d'avis que le cœur de la midinette suicidée fût aussi innocent mais, après l'avoir timidement exprimé, elle a renouvelé sa tentative de m'inciter à cette visite. Elle m'a raconté que je n'avais pas à craindre d'être embarrassé. Elle avait même parlé avec Guido qui avait abordé le sujet comme s'il s'agissait du geste le plus banal.

J'ai quitté la maison sans avoir donné à Augusta la satisfaction de m'avoir convaincu par ses arguments. Après une courte hésitation, je me suis décidé sans tarder à lui faire plaisir. Bien que le trajet fût court, la cadence de mes pas m'a amené à mitiger mon jugement sur le compte de Guido. Je me suis rappelé la direction tracée par la lumière qui quelques jours auparavant avait éclairé mon cœur. Guido était un enfant, un enfant auquel j'avais promis indulgence. S'il ne finissait pas par se supprimer avant, lui aussi parviendrait tôt ou tard à sa maturité.

La bonne m'a introduit dans une petite pièce qui devait être le domaine d'Ada. Ce jour-là il faisait sombre et la pièce exiguë, avec son unique fenêtre tendue d'un rideau épais, était plongée dans l'obscurité. Aux murs étaient accrochés les portraits des parents d'Ada et de Guido. Je n'y suis pas resté longtemps, car la bonne est revenue me chercher et m'a introduit dans la chambre à coucher des époux. Cette pièce était en revanche vaste et lumineuse, même ce jour-là, grâce à deux larges fenêtres, un papier peint et des meubles de couleur claire. Guido était allongé sur son lit, la tête bandée, et Ada était assise à son chevet.

Guido m'a accueilli sans aucun embarras, et même avec la plus vive gratitude. Il paraissait assoupi, mais pour me dire bonjour et me communiquer ses dispositions, il a pu secouer sa somnolence et sembler tout à fait réveillé. Puis il s'est laissé aller sur l'oreiller et a fermé les yeux. Se rappelait-il qu'il devait simuler l'effet puissant de la morphine? De toute façon il suscitait la pitié et non la colère et je me suis senti plein de bonté.

Je n'ai pas regardé Ada tout de suite : j'avais peur de la physionomie de Basedow. Quand je l'ai regardée, j'ai eu une surprise agréable car je m'attendais à pire. Ses yeux étaient vraiment démesurément agrandis, mais les boursouflures qui remplaçaient ses joues sur son visage avaient disparu et personnellement je l'ai trouvée très belle. Elle portait une ample robe de chambre rouge, fermée jusqu'au cou, dans laquelle se perdait son corps chétif. Il y avait en elle quelque chose de très chaste et, à cause des yeux, de très sévère. Je n'ai pu éclaircir tout à fait mes sentiments, mais j'ai pensé sérieusement que se tenait à mes côtés une femme pareille à l'Ada que j'avais aimée.

A un certain moment, Guido a ouvert ses yeux tout grands, il a tiré de sous l'oreiller un chèque sur lequel j'ai vu la signature d'Ada, me l'a remis et m'a prié de le faire encaisser et d'en créditer le montant à un compte que je devais ouvrir au nom d'Ada.

– Au nom d'Ada Malfenti ou d'Ada Speier? ai-je demandé à Ada pour plaisanter. Elle a haussé les épaules et m'a dit :

– Vous devez bien savoir vous deux ce qui est préférable.

– Je te dirai ensuite comment tu dois faire passer le reste en écriture, a ajouté Guido avec une concision qui m'a froissé.

J'étais sur le point d'interrompre la somnolence dans laquelle il était aussitôt retombé en lui déclarant que, s'il voulait des écritures, il les fasse tout seul.

Sur ces entrefaites on lui a apporté un grand bol de café noir qu'Ada lui a tendu. Il a sorti ses bras de sous les couvertures et a porté le bol à ses lèvres en le tenant des deux mains. A présent, le nez dans le bol, il ressemblait tout à fait à un enfant.

Quand j'ai pris congé, il m'a assuré qu'il viendrait le lendemain au bureau.

J'avais déjà dit au revoir à Ada. Aussi quelle n'a pas été ma surprise quand elle m'a rattrapé sur le seuil de la porte. Elle haletait :

– Je t'en prie, Zeno. Viens par ici un moment. Il faut que je te dise quelque chose.

Je l'ai suivie dans le petit salon où je m'étais trouvé à mon arrivée et d'où maintenant on entendait les jumeaux pleurer.

Nous sommes restés debout, face à face. Elle haletait encore et à cause de cela, uniquement de cela, j'ai pensé un instant qu'elle m'avait fait entrer dans ce couloir obscur pour me demander l'amour que je lui avais offert.

Dans l'obscurité ses grands yeux étaient terribles. Envahi par l'angoisse, je me demandais ce que je devais faire. N'était-il pas de mon devoir de la prendre entre mes bras et de lui éviter ainsi d'avoir à me demander quelque chose? En un éclair, quelle sarabande de résolutions! Une des grandes difficultés de la vie est de deviner ce que femme veut. L'écouter parler ne sert à rien, car un long discours peut être annulé par un regard et on n'est pas plus avancé lorsqu'on se trouve avec elle, sur sa requête, dans une commode petite pièce plongée dans l'obscurité.

Incapable de la deviner, j'essayais de me comprendre

moi-même. Quel était mon désir? Voulais-je baiser ces yeux et étreindre ce corps squelettique? Je ne pouvais trouver de réponse précise car je venais à peine de la voir dans la sévère chasteté de ce peignoir moelleux, désirable comme la jeune fille que j'avais aimée.

Depuis un moment des pleurs se mêlaient à son anxiété si bien que se prolongeait ce moment durant lequel je ne savais ce qu'elle voulait ni ce que moi je désirais. Finalement, d'une voix brisée, elle m'a encore dit son amour pour Guido si bien que je n'ai plus eu envers elle ni devoirs ni droits. Elle a balbutié :

– Augusta m'a dit que tu voudrais quitter Guido et ne plus te mêler de ses affaires. Je t'en prie, continue à l'assister. Je ne crois pas qu'il soit en mesure de se débrouiller seul.

Elle me demandait de continuer à faire ce que je faisais déjà. C'était peu de chose, bien peu de chose et j'ai essayé d'accorder davantage :

– Puisque tu le veux je continuerai à assister Guido; je ferai même de mon mieux pour l'assister plus efficacement que je ne l'ai fait jusqu'ici.

Nous revoilà en train d'exagérer! Je m'en suis rendu compte dans le moment même où j'ai donné dans le panneau mais je n'ai pu y renoncer. Je voulais dire à Ada (ou peut-être lui mentir) que son destin me tenait à cœur. Ce n'était pas mon amour qu'elle voulait mais mon appui et moi je lui parlais de façon qu'elle pût croire que j'étais prêt à lui concéder l'un et l'autre.

Ada m'a pris la main. Un frisson m'a parcouru. Une femme offre beaucoup de soi quand elle tend la main. Je l'ai toujours ressenti de cette manière. Quand une main m'était offerte je croyais m'emparer de la femme tout entière. J'ai senti la taille de son corps et en comparant involontairement ma taille à la sienne, il m'a semblé accomplir un geste qui ressemblait à une étreinte. Ce fut certainement un contact intime.

Elle a ajouté :

– Il faut que je retourne au plus vite dans une clinique à Bologne et je serais plus tranquille de te savoir avec lui.

– Je resterai avec lui ! lui ai-je répondu d'un air résigné.

Ada a dû croire que mon air de résignation reflétait le sacrifice que je consentais à lui faire. Alors qu'en réalité je me résignais à reprendre une existence des plus banales puisqu'elle ne pensait pas à me suivre dans la vie exceptionnelle que j'avais rêvée.

J'ai fait un effort pour redescendre sur terre, et j'ai découvert aussitôt dans ma tête un problème compliqué de comptabilité. Je devais créditer le montant du chèque que j'avais dans ma poche sur le compte d'Ada. C'était parfaitement clair mais ce qui ne l'était pas du tout c'était la façon dont il fallait en passer l'écriture pour le faire entrer dans le compte Profits et Pertes. Je n'en ai rien dit dans le doute qu'Ada ne sût peut-être pas qu'il existait en ce monde un grand livre comportant des comptes de nature si variés.

Mais je n'ai pas voulu sortir de cette pièce sans ajouter un mot. Il est arrivé ainsi que, au lieu de parler de comptabilité, j'ai prononcé une phrase qu'à ce moment-là j'ai glissée en douce, histoire de dire quelque chose, mais que j'ai sentie ensuite comme étant d'une extrême importance pour moi, pour Ada et pour Guido, mais avant tout pour moi-même qui me suis compromis une fois de plus. Cette phrase a revêtu tant d'importance que pendant des années je me suis rappelé comment, sans avoir l'air d'y toucher, j'avais remué les lèvres pour la prononcer dans cette petite pièce sombre en présence des quatre portraits des parents d'Ada et de Guido disposés eux aussi par paires sur le mur. J'ai dit :

– Tu as fini par épouser un homme encore plus bizarre que moi, Ada !

Comme la parole réussit à franchir le temps ! Elle-même événement qui se raccorde aux événements ! Elle devenait événement, tragique événement, puisque je l'adressais à Ada. Je n'aurais jamais pu évoquer par la pensée ni avec une telle évidence l'heure où Ada avait choisi entre Guido et moi dans cette rue ensoleillée où, après des jours d'attente, j'avais réussi à la rencontrer pour marcher à ses côtés et m'évertuer à capter son rire qu'en idiot que j'étais j'accueillais comme une promesse ! Et je me suis rappelé qu'à ce moment-là déjà la gêne musculaire de mes jambes m'avait défavorisé tandis que Guido se mouvait avec plus d'aisance qu'Ada elle-même et ne portait la marque d'aucun handicap, à moins qu'on ne veuille considérer comme tel cette étrange badine qu'il tenait à la main par souci d'élégance.

Elle a dit à voix basse :

– C'est vrai !

Puis, avec un sourire affectueux :

– Mais je me réjouis pour Augusta que tu te sois révélé bien meilleur que je ne croyais. (Puis, dans un soupir) Tellement meilleur, que ma douleur de découvrir que Guido n'est pas celui que j'attendais en est un peu adoucie.

Je me taisais toujours, encore tenaillé par le doute. Il me semblait qu'elle m'avait dit que j'étais devenu ce qu'elle attendait que Guido devînt. Etait-ce de l'amour ? Elle a ajouté :

– Tu es le meilleur des hommes de notre famille, notre appui, notre espoir.

Elle a repris ma main et moi j'ai serré peut-être un peu trop fort la sienne. Elle l'a retirée si vite cependant que tout doute s'en est trouvé dissipé. J'ai su à nouveau comment me comporter dans cette petite pièce. Fût-ce afin de corriger son geste ? Elle a eu pour moi un autre mot caressant :

– C'est parce que je connais ton caractère que je regrette tant de t'avoir fait souffrir. Tu as vraiment beaucoup souffert ?

J'ai plongé aussitôt le regard dans l'obscurité de mon passé pour retrouver cette souffrance et j'ai murmuré :

– Oui !

Je me suis rappelé peu à peu le violon de Guido et puis la manière dont j'aurais été mis à la porte de ce salon si je ne m'étais agrippé à Augusta, et puis encore ce salon chez les Malfenti où autour du guéridon Louis XV on jouait à l'amour tandis qu'à l'autre guéridon on regardait. Soudain, le souvenir de Carla m'est revenu parce qu'Ada avait été mêlée aussi à son histoire. J'ai entendu alors résonner la voix de Carla qui me disait que j'appartenais à ma femme, c'est-à-dire à Ada. J'ai répété, tandis que mes yeux se mouillaient de larmes :

– Beaucoup ! Oui ! Beaucoup !

Ada en est venue à sangloter :

– Je regrette tellement, tellement !

Elle s'est fait violence et m'a dit :

– Mais maintenant c'est Augusta que tu aimes !

Un sanglot l'a interrompue pendant un moment et j'ai tressailli sans savoir si elle s'était arrêtée pour m'entendre confirmer ou nier cet amour. Heureusement pour moi qu'elle ne m'a pas laissé le temps de parler car elle a continué :

– A présent entre nous deux il y a et il doit y avoir une véritable affection fraternelle. J'ai besoin de toi. Il faudra désormais que je sois une mère pour ce grand enfant, que je le protège. Veux-tu m'aider dans cette tâche difficile ?

Dans l'excès de son émotion, elle s'appuyait presque sur moi comme dans mon rêve. Mais je m'en suis tenu à ses paroles. Elle me demandait une affection fraternelle; l'engagement d'amour dont je pensais qu'il me liait à Ada se convertissait de la sorte en un nouveau droit pour elle. C'est pourquoi je lui ai tout de suite promis d'aider Guido, de l'aider elle-même, de faire ce qu'elle voudrait. Si j'avais été plus calme, j'aurais dû lui dire mon incompétence pour la mission qu'elle m'assignait, mais j'aurais détruit entièrement l'inoubliable émotion d'un tel instant. J'étais du reste si ému que je ne pouvais percevoir mon incompétence. A ce moment-là j'ai pensé qu'il n'existait aucune incompétence pour aucun d'entre nous. Même celle de Guido pouvait être dissipée par les quelques mots qui lui donneraient l'enthousiasme nécessaire.

Ada m'a accompagné jusque sur le palier, s'accoudant à la rampe pour me regarder descendre. C'est ce que Carla avait toujours fait, mais il était étrange qu'Ada, qui aimait Guido, le fît aussi, et je lui en ai eu une telle gratitude qu'avant de m'engager dans la deuxième volée de l'escalier j'ai levé à nouveau la tête pour la regarder et lui dire au revoir. C'était l'usage des amoureux, même, comme on pouvait le voir, quand il s'agissait d'un amour fraternel.

Je suis donc reparti tout joyeux. Elle m'avait accompagné jusque sur ce palier, et pas plus loin. Toute équivoque était levée. La situation était nette : moi je l'avais aimée et maintenant j'aimais Augusta, mais mon amour de jadis lui donnait droit à ma dévotion. Quant à elle, elle continuait à aimer ce grand garçon, mais elle réservait à mon intention une immense affection fraternelle et non seulement parce que j'avais épousé sa sœur mais en dédommagement des douleurs qu'elle m'avait fait endurer et qui constituaient un lien secret entre nous. Tout cela était d'une grande douceur, saveur rare en cette vie. Cette suavité ne pouvait-elle m'apporter la santé? Ce jour-là j'ai marché en effet sans gêne ni souffrance, je me suis senti magnanime et fort, avec un sentiment nouveau de sécurité au cœur. J'ai oublié que j'avais trompé ma femme et même de la façon la plus abjecte ou alors je me suis promis de ne plus recommencer, ce qui revient au même, et je me suis senti vraiment tel qu'Ada me voyait, l'homme le meilleur de la famille.

Lorsque tout cet héroïsme a fléchi, j'aurais voulu le raviver, mais dans l'intervalle Ada était partie pour Bologne et tout effort de trouver un nouveau stimulant dans ce qu'elle m'avait dit naguère demeurait vain. Bien sûr! Je ferais le peu qui était en mon pouvoir pour Guido, mais une résolution de ce genre ne gonflait ni le volume d'air de mes poumons ni celui du sang dans mes veines. Je conservais pour Ada une grande douceur dans mon cœur, une douceur inhabituelle que renouvelaient dans chacune des lettres qu'elle écrivait à Augusta les quelques mots affectueux avec lesquels elle parlait de moi. Je lui rendais de tout cœur son affection et j'accompagnais sa cure des vœux les plus fervents, espérant qu'elle pourrait recouvrer entièrement santé et beauté.

Le jour suivant Guido est venu au bureau et s'est mis

aussitôt à étudier ce qu'il entendait passer en écritures. Il m'a proposé :

– Inscrivons maintenant la moitié du compte Profits et Pertes sur celui d'Ada.

C'était bien l'opération qu'il voulait et qui ne servirait à rien. Si j'avais été l'exécuteur indifférent de sa volonté comme je l'étais encore quelques jours auparavant, j'aurais passé ces écritures en toute simplicité et je n'y aurais plus pensé. Mais j'ai senti le devoir de tout lui dire : il me semblait le stimuler au travail en lui faisant observer qu'il n'était pas si facile d'annuler le déficit que nous avions enregistré.

Je lui ai expliqué que, à ce que je savais, Ada avait donné cet argent pour qu'il fût passé au crédit de son compte et que cette disposition tomberait si nous soldions ce compte en y incluant par l'autre biais la moitié du déficit du bilan. Deuxièmement, que la part du déficit qu'il voulait transférer sur son propre compte relevait de ce dernier et qu'en relèverait toujours le déficit dans son entier, et que ce transfert, bien loin de l'annuler, ne ferait que l'entériner. J'avais tellement réfléchi à ce problème que je suis arrivé sans peine à bien le lui expliquer, pour conclure :

– En admettant – à Dieu ne plaise ! – que nous arrivions à la situation prévue par Olivi, la perte sauterait aux yeux dès qu'un expert comptable mettrait son nez dans nos livres.

Il m'a regardé, sidéré. Il savait assez de comptabilité pour me suivre et pourtant il n'y parvenait pas, tant son désir l'empêchait de se rendre à l'évidence. J'ai ajouté afin que tout lui fût bien clair :

– Tu vois qu'il était parfaitement inutile de demander ce versement à Ada.

Quand il est parvenu à comprendre, il est devenu tout pâle et s'est mis à se ronger nerveusement les ongles. Il me regardait, abasourdi, mais il s'est efforcé de se dominer et, de son air comique de commandant, il m'a ordonné de passer quand même ces écritures, ajoutant :

– Pour te décharger de toute responsabilité, je suis

disposé à écrire de ma propre main dans les livres et même à signer!

Je compris! Il voulait continuer à rêver en un lieu où il n'y a pas place pour les rêves : la comptabilité en partie double!

Je me suis rappelé ce que je m'étais promis là-bas à la montée de la rue Belvedere, à moi pour commencer, et ensuite à Ada dans le petit boudoir sombre de sa maison et je lui ai dit dans un élan du cœur :

– Je vais passer tout de suite les écritures que tu désires : je n'éprouve pas le besoin d'être couvert par ta signature. Je suis ici pour t'aider et non pour te mettre des bâtons dans les roues!

Il m'a serré affectueusement la main :

– La vie est difficile, a-t-il dit, et c'est un grand réconfort pour moi que d'avoir à mes côtés un ami tel que toi.

Tout émus nous nous sommes regardés dans les yeux. Les siens étaient humides. Pour échapper à l'attendrissement qui me guettait, je lui ai dit en riant :

– La vie n'est pas difficile, mais très originale.

Et lui aussi a ri de bon cœur.

Puis il est resté à côté de moi pour voir comment j'allais solder ce compte Profits et Pertes. Il ne m'a fallu que quelques minutes. Ce compte a expiré, mais il a entraîné avec lui dans le néant le compte d'Ada en faveur de laquelle nous avons cependant noté ce crédit sur un carnet afin de conserver, dans le cas où tout autre témoignage viendrait à disparaître par suite de quelque cataclysme, la preuve que nous devions lui payer des intérêts. L'autre moitié du compte Profits et Pertes est allée accroître le Doit déjà considérable du compte de Guido.

Les comptables sont, par nature, une espèce animale très encline à l'ironie. En passant ces écritures, j'ai pensé : « L'un des comptes – celui intitulé aux profits et pertes – était mort assasiné, l'autre – celui d'Ada – était mort de mort naturelle parce que nous n'arrivions pas à le maintenir en vie alors que nous ne savions comment nous y prendre pour assassiner celui de Guido, compte d'un débiteur suspect qui, géré de pareille façon, creusait une véritable fosse dans notre maison. »

Nous avons parlé encore longtemps de comptabilité dans ce bureau. Guido se donnait un mal de chien pour trouver un autre moyen de mieux se protéger des embûches (c'est ainsi qu'il les désignait) éventuelles de la loi. Je crois qu'il a consulté aussi quelque comptable parce qu'un jour il s'est amené au bureau en me proposant de détruire les livres existants après en avoir ouvert de nouveaux sur lesquels nous enregistrerions une vente fictive passée au nom d'un quelconque quidam qui serait censé ensuite l'avoir réglée avec la somme prêtée par Ada.

Il m'était pénible de devoir le détromper, alors qu'il avait couru au bureau animé de tant d'espoir ! Il proposait une falsification qui me répugnait profondément. Jusque-là nous n'avions fait que déplacer des réalités quitte à nuire à celle qui y avait implicitement consenti. A présent au contraire il voulait inventer des mouvements de marchandises. Je voyais moi aussi que c'était la seule et unique façon d'effacer toute trace de la perte subie, mais à quel prix ! Il fallait aussi inventer le nom de l'acheteur ou bien demander le consentement de celui que nous voulions faire figurer comme tel. Je n'avais rien contre la destruction des livres sur lesquels j'avais pourtant écrit avec tant de soin, mais il était assommant d'en refaire d'autres. J'ai émis des objections qui ont fini par convaincre Guido. Il n'est pas facile d'établir une fausse facture. Il faudrait aussi savoir contrefaire les certificats attestant l'existence et l'appartenance de la marchandise.

Il a renoncé à son plan, mais le jour suivant, il s'est amené au bureau avec un autre plan qui impliquait à nouveau la destruction des anciens livres. Lassé de voir notre activité retardée par de semblables discussions, je me suis récrié :

– A voir l'insistance avec laquelle tu y penses, on croirait vraiment que tu veux te préparer à faire faillite ! Sinon quelle importance peut avoir une réduction aussi minime de ton capital ? Jusqu'ici personne n'a le droit de regarder dans tes livres. Maintenant il faut travailler, travailler et non perdre son temps à des inepties.

Il m'a avoué que cette idée le hantait. Comment aurait-il pu en être autrement? Avec tant soit peu de malchance il tomberait en plein sous le coup d'une sanction pénale et se retrouverait derrière les barreaux!

D'après mes études juridiques, je savais qu'Olivi avait exposé très exactement ce qu'un négociant doit faire quand il se trouvait devant un bilan pareil, mais pour nous décharger, Guido et moi, l'esprit d'une telle hantise, je lui ai conseillé de consulter quelque avocat de nos amis.

Il m'a répondu qu'il l'avait déjà fait, c'est-à-dire qu'il n'était pas allé trouver un avocat dans ce but déclaré car même à un avocat il ne voulait pas confier son secret, mais qu'il avait fait parler un ami à lui, avocat, qu'il avait rencontré à la chasse. Il savait donc qu'Olivi n'avait dit ni sottise ni exagération... malheureusement!

Constatant l'inanité de ses inventions pour altérer sa comptabilité, il a cessé d'en faire mais il n'a pas recouvré pour autant sa tranquillité. Chaque fois qu'il arrivait au bureau, la vue de ses gros livres l'assombrissait. Un jour il m'a avoué qu'en entrant dans notre pièce il avait cru se trouver dans l'antichambre du bagne et qu'il aurait voulu s'enfuir.

Un jour il m'a demandé :

– Est-ce qu'Augusta sait tout sur notre bilan?

J'ai rougi, car j'ai cru discerner un blâme dans sa question. Mais il était évident que si Ada en était informée, Augusta pouvait l'être également. Cette pensée ne m'est pas venue tout de suite, et j'ai cru au contraire mériter le reproche qu'il voulait me faire. C'est pourquoi j'ai murmuré :

– Elle a dû l'apprendre par Ada, ou peut-être par Alberta à qui Ada a dû le dire!

Je remontais tous les petits canaux qui pouvaient mener à Augusta et je ne croyais pas nier par là qu'elle avait tout appris de la source première, c'est-à-dire de moi, mais je pensais soutenir que mon silence n'aurait servi à rien. Dommage! Si j'avais au contraire avoué immédiatement que je n'avais pas de secrets pour Augusta, combien je me serais senti plus loyal et plus honnête! Un fait anodin comme celui-là, à savoir la dissimulation d'une action qu'il vaudrait mieux avouer et revendiquer comme innocente, suffit à perturber l'amitié la plus sincère.

Je note ici le fait, bien qu'il n'ait eu aucune importance ni pour Guido ni pour ma propre histoire, que dans les jours qui suivirent, ce pipelet de courtier, auquel nous avions eu affaire pour le sulfate de cuivre, m'arrêta en pleine rue et que, me toisant de bas en haut comme l'y contraignait sa petite taille qu'il pouvait diminuer encore en fléchissant les jambes, il me dit d'un ton ironique :

– Il paraît que vous avez traité d'autres affaires aussi bonnes que celle du sulfate!

Puis, me voyant interloqué, il m'a serré la main, ajoutant :

– Pour ma part, je vous souhaite les meilleures affaires. J'espère que vous n'en doutez pas!

Et il me planta là. Je suppose qu'il avait eu connaissance de nos problèmes par sa fille qui était au lycée dans la même classe que la petite Anna. Je n'ai pas rapporté à Guido cette indiscrétion sans importance. J'avais pour devoir primordial de le défendre contre d'inutiles tracasseries.

Je fus très étonné de voir que Guido ne prenait aucune disposition au sujet de Carmen, sachant qu'il avait formellement promis à sa femme de la congédier. Je croyais qu'Ada serait de retour après un mois ou deux comme la première fois. Mais elle, sans repasser par Trieste, partit au contraire en villégiature dans une villa sur le lac Majeur où peu après Guido lui amena les enfants.

A son retour – était-ce parce qu'il s'était souvenu spontanément de sa promesse ou parce qu'Ada la lui avait rappelée? – il m'a demandé s'il ne serait pas possible de trouver un emploi à Carmen dans mon affaire, c'est-à-dire dans celle d'Olivi. Je savais déjà que tous les emplois y étaient occupés, mais devant les prières chaleureuses de Guido, j'ai consenti à aller en parler à mon administrateur. Par un heureux hasard, un employé d'Olivi venait tout juste de partir, mais il percevait un salaire inférieur à celui qui avait été payé à Carmen dans les derniers mois grâce aux largesses de Guido qui, selon moi, rémunérait de la sorte ses femmes sur le compte des Frais généraux. Le vieil Olivi s'informa auprès de moi des capacités de Carmen, et bien que je lui fournisse les meilleurs renseignements, il offrit de l'engager aux mêmes conditions que l'employé licencié. Je rapportai notre conversation à Guido qui, navré et au comble de l'embarras, se gratta la tête.

– Comment peut-on lui offrir un salaire inférieur à celui qu'elle touche? Ne pourrait-on inciter Olivi à le remonter jusqu'à celui qu'elle perçoit déjà?

Je savais que ce n'était pas possible et puis Olivi n'avait pour habitude de se considérer marié à ses employés comme nous le faisions chez nous. S'il venait à s'apercevoir que Carmen méritait une couronne de moins sur son salaire, il la déduirait sans pitié. Et on finit par en rester là : Olivi n'obtint et ne demanda même pas une réponse ferme et Carmen continua à jouer de sa belle prunelle dans notre bureau.

Entre Ada et moi il y avait un secret, important, dans la mesure où il demeurait un secret. Elle écrivait régulièrement à Augusta sans jamais lui raconter qu'elle avait eu une explication avec moi ni même qu'elle m'avait recommandé Guido. Moi non plus je n'en soufflai mot. Un jour Augusta m'a fait lire une lettre d'Ada qui me concernait. Pour commencer, elle demandait de mes nouvelles et finissait par faire appel à mon obligeance afin que je lui dise quelque chose sur la marche des affaires de Guido. J'ai été troublé quand j'ai compris qu'elle s'adressait à moi, mais j'ai retrouvé mon calme en voyant que, comme à l'ordinaire, elle avait recours à moi pour obtenir des renseignements sur Guido. Une fois de plus je n'avais rien à tenter.

D'accord avec Augusta et sans le dire à Guido, c'est moi qui écrivis à Ada. Je m'assis à mon bureau avec l'intention de lui écrire une véritable lettre d'affaires et je l'informai de ma satisfaction sur la manière dont Guido conduisait à présent son commerce, à savoir avec assiduité et prudence.

C'était vrai, du moins ce jour-là, et j'étais content de lui car il avait réussi à gagner de l'argent en vendant une marchandise qu'il avait en dépôt à Trieste depuis quelques mois. Il est tout aussi vrai qu'il semblait plus assidu, mais il partait cependant toutes les semaines à la chasse et à la pêche. J'exagérai volontiers mes louanges pensant ainsi contribuer à la guérison d'Ada.

En relisant ma lettre, je n'en ai pas été satisfait. Il y manquait quelque chose. Ada s'était adressée à moi et elle désirait certainement recevoir de mes nouvelles. Et peu à peu – je m'en souviens comme si c'était hier – je me suis senti gêné à cette table comme si je me trouvais à nouveau face à face avec Ada, dans son petit salon obscur. Devais-je presser la petite main qui m'était offerte ?

J'ai écrit, mais j'ai dû refaire ma lettre parce que m'avaient échappé quelques mots réellement compromettants : je souhaitais ardemment la revoir et j'espérais qu'elle allait recouvrer toute sa santé et sa beauté. Ces mots en vérité voulaient dire prendre par la taille une femme qui ne m'avait offert que sa main. Mon devoir consistait seulement à presser cette main mignonne, à la presser doucement et longuement pour lui dire que je comprenais tout, tout ce qui ne devrait jamais être dit.

Je ne rappellerai pas toute la phraséologie que j'ai passée en revue pour y découvrir quelque expression qui pût remplacer cette poignée de main longue, et douce, et pleine de sens. Je dirai seulement les lignes que j'ai fini par écrire. Je me suis étendu sur la vieillesse qui me menaçait. Je ne pouvais demeurer un instant tranquille sans vieillir. A chaque tour que faisait mon sang, quelque chose s'ajoutait à mes os et à mes veines qui signifiait la vieillesse. Chaque matin, à mon réveil, le monde semblait plus gris et je ne m'en apercevais pas car tout était uniforme; on ne voyait même pas alors la moindre touche des couleurs de la veille, autrement je l'aurais aperçue et le regret m'aurait conduit au désespoir.

Je me rappelle très bien que j'ai fait partir ma lettre très content de moi. Je ne m'étais pas du tout compris en écrivant ces mots mais je croyais être certain que si la pensée d'Ada était faite comme la mienne, elle comprendrait cette étreinte amoureuse de ma main. Il ne fallait pas être grand clerc pour deviner que cette longue dissertation sur la vieillesse, avec cette lutte de vitesse contre le temps ennemi, ne signifiait rien d'autre que ma crainte de ne plus pouvoir rencontrer l'amour. On eût dit que je criais à l'amour : « Hâte-toi de venir ! » Alors que je ne suis pas sûr d'avoir voulu cet amour et si un doute subsiste, c'est parce que je me rappelle avoir écrit plus ou moins en ces termes.

J'ai fait une copie de ma lettre pour Augusta en y retranchant la dissertation sur la vieillesse. Elle ne l'aurait pas comprise, mais prudence est mère de la sûreté. J'aurais pu rougir en voyant comme elle me regardait presser la main de sa sœur ! Parfaitement ! Je pouvais encore rougir ! Et j'ai rougi aussi lorsque m'est arrivé le petit mot de remerciement d'Ada où elle ne faisait pas la moindre allusion à mon radotage sur la vieillesse. Il m'a semblé qu'elle se compromettait infiniment plus avec moi que je ne m'étais jamais compromis avec elle. Elle ne retirait pas sa petite main de mon étreinte. Elle la laissait reposer inerte dans ma main et, pour la femme, l'inertie est une forme d'acquiescement.

A quelque temps de là, après avoir écrit cette lettre, j'ai découvert que Guido s'était mis à jouer en Bourse. Je l'ai appris grâce à une indiscrétion du courtier Nilini.

Je connaissais cet homme depuis de nombreuses années car nous avions été condisciples au lycée qu'il avait dû abandonner pour entrer aussitôt dans l'affaire d'un de ses oncles. Par la suite, nous nous étions revus quelquefois, et je me rappelle que nos destinées divergentes m'avaient mis, dans les rapports que nous avions, en position de supériorité. En ce temps-là, il me saluait le premier et cherchait parfois à m'aborder. Je trouvais cela normal. Je jugeai en revanche moins explicable qu'à une époque que je ne saurais préciser Nilini devînt très altier avec moi. Il ne me saluait plus et c'est tout juste s'il répondait à mon bonjour. J'en fus un peu affecté car j'ai l'épiderme très chatouilleux et sensible à la moindre égratignure. Mais qu'y faire? Peut-être m'avait-il surpris dans le bureau de Guido où je lui paraissais occuper un emploi subalterne et m'en méprisait-il ou bien, et c'était tout aussi probable, s'étant établi à la mort de son oncle courtier en Bourse à son compte, la vanité lui avait-elle monté à la tête? Dans les milieux fermés, s'établissent fréquemment de tels rapports. Sans que se soit produit le moindre acte d'hostilité, on se regarde un beau jour en chiens de faïence.

Quelle ne fut donc pas ma surprise en le voyant entrer dans mon bureau où je me trouvais seul, et s'enquérir de Guido. Il s'était découvert et m'avait tendu la main. Puis il s'était aussitôt affalé dans un de nos grands fauteuils comme s'il était chez lui. Je le regardai avec intérêt. Depuis des années je ne l'avais vu d'aussi près et maintenant l'aversion qu'il m'avait témoignée faisait que je le fixais avec l'attention la plus soutenue.

Agé à l'époque d'environ quarante ans, il était très laid à cause d'une calvitie presque totale, interrompue par une oasis de cheveux noirs et drus sur la nuque et une autre aux tempes, le visage jaune et flasque en dépit d'un gros nez. Petit et maigre, il faisait de son mieux pour se tenir droit, si bien qu'en parlant avec lui je ressentais une légère douleur du sympathique à mon cou, la seule sympathie que j'éprouvasse pour lui. Ce jour-là, il me semblait réprimer une envie de rire, le visage contracté par une ironie ou par un mépris qui ne pouvait blesser ma personne étant donné qu'il m'avait salué avec tant d'affabilité. Mais je me rendis compte que cette ironie restait gravée sur son visage par une bizarrerie de mère nature. Ses mâchoires étroites n'étaient pas tout à fait jointives et, entre les deux, sur un côté de la bouche, se formait un trou dans lequel logeait cette ironie stéréotypée. Peut-être était-ce pour se conformer à ce masque qu'il ne pouvait ôter qu'en bâillant qu'il aimait se moquer de son prochain. Il n'avait rien d'un sot et il décochait des dards empoisonnés, mais de préférence aux absents.

Il était fort prolixe, surtout sur les affaires boursières. Il décrivait la Bourse comme s'il s'était agi d'un individu qu'il dépeignait en proie à l'agitation devant une menace ou endormi dans l'inertie, porteur d'un visage qui pouvait rire, voire pleurer. Il le voyait grimper sur l'échelle des cours ou en dégringoler au risque de se casser le cou, puis il admirait sa façon de caresser une valeur, d'en étrangler une autre, ou même d'enseigner aux usagers modération et diligence. Car seuls les gens dotés de bon sens pouvaient le fréquenter. Il y avait beaucoup d'argent à ramasser à la Bourse mais il n'était pas si facile de se baisser pour le prendre.

Je lui offris une cigarette et le fis attendre pour m'absorber dans le courrier. Au bout d'un certain temps il se lassa, disant qu'il ne pouvait s'attarder davantage. D'ailleurs il était venu seulement pour informer Guido que certaines actions, au nom étrange de Rio-Tinto[17] et dont il avait conseillé l'achat à Guido le jour précédent – oui, exactement vingt-quatre heures auparavant – avaient ce jour-là fait un bond d'environ dix pour cent. Il se mit à rire de bon cœur.

– Pendant que nous bavardons ici, c'est-à-dire que j'attends, la clôture de la Bourse aura fait le reste. Si monsieur Speier voulait acheter maintenant ces actions qui sait à quel prix il devrait les payer. Je ne me suis pas trompé sur la tendance des cours.

Il se vanta de son coup d'œil qu'il devait à une longue intimité avec la Bourse. Il s'interrompit pour me demander :

– Qui croyez-vous qui instruise le mieux, de l'Université ou de la Bourse ?

Sa mandibule se décala un peu plus et le trou de l'ironie s'agrandit.

– La Bourse, évidemment ! dis-je avec conviction. Réponse qui me valut une poignée de main affectueuse lorsqu'il me quitta.

Ainsi Guido jouait à la Bourse ! Si j'avais été plus attentif, j'aurais pu le deviner car lorsque je lui avais soumis le relevé exact des sommes assez coquettes que nous avions gagnées dans nos derniers marchés, il l'avait regardé en souriant, non sans quelque condescendance. Il estimait qu'il nous avait fallu trop travailler pour gagner cet argent. Or avec une bonne dizaine de ces marchés-là nous aurions pu réparer les pertes que nous avions subies l'année précédente ! Que devais-je faire à présent moi qui avais chanté ses louanges dans ma lettre deux ou trois jours auparavant ?

Guido est revenu peu après au bureau et je lui ai rapporté fidèlement les paroles de Nilini. Il m'a écouté si anxieusement qu'il ne s'est même pas aperçu que j'avais par là appris qu'il jouait et il a filé.

Le soir, j'en ai parlé à Augusta. Elle a jugé qu'il fallait laisser Ada tranquille et avertir par contre Mme Malfenti des dangers auxquels Guido s'exposait. Elle m'a demandé de faire de mon mieux pour l'empêcher de mon côté de faire des sottises.

J'ai passé beaucoup de temps à préparer les paroles que j'avais à lui dire. J'accomplissais enfin mes résolutions de bonté agissante et je tenais la promesse que j'avais faite à Ada. Je savais par quel biais il me fallait prendre Guido pour l'inciter à m'obéir. Tout le monde – lui aurais-je expliqué – commet une inconséquence en jouant à la Bourse, mais plus que quiconque un négociant qui a derrière soi un pareil bilan.

Le jour suivant, j'ai bien réussi mon entrée en matière :

– Voilà que tu joues à la Bourse à présent ? Veux-tu te retrouver en prison ? lui ai-je demandé d'un ton sévère. Je m'étais préparé à une scène et je tenais en réserve ma déclaration de quitter instantanément le bureau puisqu'il se conduisait de façon à compromettre dangereusement notre firme.

Guido a réussi aussitôt à me désarmer. Il avait gardé le secret jusqu'ici mais maintenant, s'ouvrant à moi sans arrière-pensée, il m'a raconté par le menu ses affaires parallèles. Il travaillait dans les valeurs minières de je ne sais quel pays et en avait déjà retiré des bénéfices qui suffiraient presque à couvrir le déficit de notre bilan. A présent que tout danger était écarté, il pouvait tout me dire. S'il avait la malchance de perdre ce qu'il avait gagné, il cesserait simplement de jouer. Si en revanche la chance continuait à lui sourire, il se hâterait de régulariser mes écritures dont il sentait toujours la menace peser sur lui.

J'ai compris que ce n'était pas le moment de se fâcher et que Guido avait même droit à des félicitations. Quant aux questions de comptabilité, je lui ai dit qu'il pouvait à présent dormir tranquille car là où se trouvaient des liquidités disponibles il était très facile de régulariser la comptabilité la plus épineuse. Une fois que nous aurions repassé dans nos livres, comme l'exigeaient ses droits, le compte d'Ada et que nous aurions réduit ce que j'appelais le gouffre de notre maison, c'est-à-dire le compte de Guido, notre comptabilité roulerait sur du velours.

Puis je lui ai proposé de procéder sur-le-champ à cette opération et de porter au compte de l'affaire ses opérations de bourse. Heureusement qu'il a refusé sinon je devenais le comptable d'un joueur et j'aurais endossé une plus grande responsabilité. Et c'est ainsi que les choses allèrent leur petit bonhomme de chemin comme si je n'existais pas. Il a écarté ma proposition pour des motifs qui me parurent défendables. Il était de mauvais augure de payer ses dettes sur-le-champ. C'est une superstition très répandue autour des tables de jeu que l'argent d'autrui porte bonheur. Je n'y crois pas mais quand je joue, moi aussi je ne néglige aucune précaution.

Pendant un certain temps je me suis reproché d'avoir accueilli les confidences de Guido sans manifester aucun dissentiment. Mais après avoir vu que Mme Malfenti se comportait de la même façon et me racontait que son mari avait gagné de l'or à la Bourse, et après avoir entendu Ada me dire que le jeu est une forme comme une autre de commerce, j'ai compris que sur ce point personne ne pourrait m'adresser le moindre reproche. Pour retenir Guido sur cette pente mon opposition n'aurait pas suffi. Pour être efficace il aurait fallu que tous les membres de la famille l'appuient.

C'est ainsi que Guido a continué à boursicoter et toute sa famille avec. Moi aussi je faisais partie de l'équipe, tant il est vrai que je nouai un rapport d'amitié assez curieux avec Nilini. Je ne pouvais évidemment le souffrir parce que je mesurais toute son ignorance d'homme présomptueux, mais je crois que, par égard pour Guido qui attendait de lui de bons tuyaux, j'ai réussi à dissimuler mes sentiments si bien qu'il a fini par penser qu'il avait en moi un ami dévoué. Je ne nie pas que mon amabilité à son endroit était peut-être due à mon désir de mettre fin au malaise que m'avait causé son inimitié et dont la force provenait de l'ironie persifleuse de sa vilaine figure. Mais je ne lui ai jamais manifesté d'autre attention que celle de lui donner la main et le bonjour à son arrivée et à son départ. Lui en revanche était très aimable et je ne pouvais pas ne pas accepter ses politesses avec gratitude, sentiment qui est véritablement le comble de l'aménité dans la vie. Il me procurait des cigarettes de contrebande et me les faisait payer au prix coûtant, c'est-à-dire trois fois rien. S'il m'avait été plus sympathique, il aurait pu m'inciter à jouer par son entreprise; je ne l'ai jamais fait, rien que pour ne pas le voir plus souvent.

Mais je ne le voyais que trop! Il passait des heures dans notre bureau bien que – comme il était facile de le constater – il ne fût pas amoureux de Carmen. C'est à moi en personne qu'il venait tenir compagnie. Comme s'il s'était fixé le but de m'instruire en politique où il était très versé à cause de la Bourse. Il me montrait comment les grandes puissances un jour se serrent la main et le lendemain échangent des horions. Je ne sais s'il avait deviné le futur car, par antipathie, je ne prêtai jamais l'oreille à ses propos. Il conservait ce sourire niais, stéréotypé. Notre malentendu a probablement dépendu de son interprétation erronée de mon sourire qu'il a peut-être jugé admiratif. Je n'y suis pour rien.

Je ne me rappelle que les choses qu'il répétait tous les jours. Je pus m'apercevoir que c'était un Italien de couleur douteuse car il estimait qu'il valait mieux pour Trieste qu'elle restât autrichienne. Il adorait l'Allemagne et spécialement son chemin de fer dont les trains arrivaient toujours à l'heure[18]. Il était socialiste à sa manière et aurait voulu interdire qu'une personne possédât à elle seule plus de cent mille couronnes. Je ne pouffai pas de rire le jour où, en parlant avec Guido, il reconnut qu'il possédait tout juste cent mille couronnes, pas un centime de plus. Je ne ris pas ni ne lui demandai si dans le cas où il gagnerait encore de l'argent il modifierait sa théorie. Nos rapports étaient vraiment d'étrange espèce. Je ne pouvais rire ni avec lui ni de lui.

Quand il nous avait débité quelque sentence de son cru, il redressait tellement la tête dans son fauteuil que ses yeux regardaient au plafond tandis que demeurait tourné de mon côté ce trou que je qualifiais de mandibulaire. Il voyait avec ce trou ! Je tentais parfois de profiter de cette nouvelle posture pour penser à autre chose mais il sollicitait aussitôt mon attention en me demandant :

– Tu me suis ?

Après cet instant sympathique d'effusion, Guido était resté longtemps sans me reparler de ses affaires. Au début, Nilini m'en touchait quelques mots, mais lui aussi était devenu plus réservé. C'est par Ada elle-même que j'ai appris que Guido continuait à gagner de l'argent.

A son retour, je l'avais trouvée à nouveau considérablement enlaidie. Elle avait davantage enflé que grossi. Ses joues, qui avaient repoussé, ne se trouvaient pas cette fois encore à leur place et lui faisaient un visage presque mafflu. Ses yeux avaient continué à déformer leurs orbites.

Grande fut ma surprise car j'avais entendu dire par Guido et par ceux qui étaient allés la voir que tous les jours qui passaient lui redonnaient nouvelles forces et santé. Mais la santé de la femme c'est au premier chef sa beauté.

Ada m'a causé d'autres surprises. Elle m'a salué affectueusement mais ni plus ni moins qu'Augusta. Entre nous il n'y avait plus aucun secret et elle ne se souvenait certainement plus qu'elle avait pleuré à la pensée de m'avoir tant fait souffrir. Tant mieux ! Elle oubliait enfin les droits qu'elle avait sur moi ! J'étais son brave beau-frère et elle ne m'aimait que parce qu'elle retrouvait inchangés ces rapports d'affection entre ma femme et moi qui continuaient à faire l'admiration des Malfenti.

Un jour j'ai fait une découverte qui m'a beaucoup étonné. Ada se croyait encore belle ! Là-bas, au bord du lac, on lui avait fait la cour et ces succès la rendaient visiblement heureuse. Elle se les exagérait probablement car il semblait excessif qu'elle pût prétendre qu'elle avait dû interrompre sa villégiature pour se soustraire aux persécutions d'un soupirant. Je veux bien croire qu'il y avait peut-être du vrai là-dedans car elle pouvait sans doute paraître moins laide à ceux qui ne l'avaient pas connue auparavant. Mais pas à ce point, voyons ! Avec ces yeux et ce teint et cette forme de visage ! Quant à nous, elle nous semblait plus laide car le souvenir de ce qu'elle avait été rendait plus saisissants les ravages opérés par la maladie.

Un soir, nous l'avons invitée chez nous avec Guido. Ce fut une réunion agréable, vraiment familiale. On aurait dit que continuaient nos fiançailles à quatre mains. Mais sur la chevelure d'Ada aucune lumière ne brillait.

Au moment de nous séparer, et pour l'aider à enfiler son manteau, je suis resté un moment seul avec elle. J'ai éprouvé une sensation un peu différente de nos rapports. On nous avait laissés seuls et peut-être pouvions-nous nous dire ce que nous taisions en présence des autres. Tout en l'aidant, je réfléchissais et j'ai fini par trouver ce que je voulais lui dire :

– Tu sais qu'il joue à présent ! – lui ai-je dit d'un ton sérieux. Je me demande quelquefois si je ne voulais pas évoquer par ces mots notre dernière rencontre dont je n'admettais pas qu'on l'eût à tel point oubliée.

– Oui, m'a-t-elle dit avec un sourire, et il fait très bien. Il est devenu assez fort à ce qu'on me dit.

J'ai ri bien fort avec elle. Je me sentais dégagé de toute responsabilité. En partant elle a murmuré :

– Y a-t-il toujours cette Carmen au bureau ?

Je n'ai pas réussi à lui répondre, car elle est partie en

courant. Il n'y avait plus entre nous deux de passé commun. Il y avait toutefois sa jalousie. Ce sentiment était aussi violent que lors de notre dernière rencontre.

Maintenant, en y repensant, je trouve que j'aurais dû m'apercevoir, avant d'en être expressément averti, que Guido avait commencé à perdre à la Bourse. De son visage avait disparu cet air triomphant qui l'avait illuminé et on pouvait y lire à nouveau une vive anxiété pour un bilan arrêté de façon si désastreuse.

– Pourquoi t'en soucies-tu, lui demandai-je dans mon innocence, puisque tu as déjà empoché ce qu'il faut pour rendre pleinement effectives ces écritures ? Avec tout cet argent on ne va pas en prison.

A ce moment, comme je l'ai appris par la suite, il n'avait plus un sou vaillant.

Je croyais si fermement qu'il avait saisi la fortune aux cheveux que je n'attachais pas la moindre attention à tous les indices qui auraient pu me faire changer d'avis.

Un soir d'août, il m'a entraîné à nouveau à la pêche avec lui. A la lumière éblouissante d'une lune presque en son plein, nous n'avions guère de chance de prendre quelque chose à l'hameçon. Mais il a insisté en disant qu'en mer nous trouverions un peu de soulagement à la chaleur. Nous n'avons pas trouvé autre chose en effet. Dès le premier essai nous avons même cessé de garnir d'appâts les hameçons et nous avons laissé pendre les lignes de l'embarcation que Luciano a poussée vers le large. Les rayons de lune pénétraient certainement jusqu'au fond de la mer, aiguisant la vue des gros poissons et les avertissant du piège, et même celle du menu fretin dont les petites bouches étaient capables de grignoter nos appâts mais non d'avaler l'hameçon. Nos amorces étaient simplement une aubaine pour eux.

Guido s'est allongé à la poupe et moi à la proue. Puis il a murmuré :

– Quelle tristesse toute cette lumière !

Il parlait de la sorte probablement parce que la lumière l'empêchait de dormir et moi j'ai acquiescé pour lui faire plaisir et aussi afin de ne pas troubler par une discussion futile la paix solennelle au sein de laquelle nous avancions lentement. Mais Luciano a protesté, disant que lui aimait beaucoup cette lumière. Comme Guido ne répondait pas, j'ai voulu le faire taire en remarquant que la lumière était certainement une triste chose car elle permettait de voir comment allait le monde. Et puis elle faisait obstacle à la pêche. Luciano s'est mis à rire et s'est tu.

Pendant un long moment personne n'a parlé. J'ai bâillé à plusieurs reprises, tourné vers la lune. Je regrettais de m'être laissé entraîner à sauter dans cette barque.

Inopinément, Guido m'a demandé :

– Toi qui es chimiste, pourrais-tu me dire ce qui est le plus efficace, du véronal pur ou du véronal au sodium ?

A vrai dire je ne se savais même pas qu'il existât un véronal au sodium. On ne peut pas prétendre d'un chimiste qu'il sache le monde par cœur. En matière de chimie j'en sais évidemment assez pour repérer immédiatement dans mes traités n'importe quel renseignement et même pour discuter – comme ce fut alors le cas – des choses que j'ignore.

Au sodium ? Mais tout le monde ne savait-il pas que les combinaisons au sodium sont celles qu'on assimile le plus facilement ? A propos du sodium je me rappelais même un hymne – et je l'ai répété plus ou moins fidèlement – qu'un de mes professeurs avait élevé à la gloire de cet élément dans sa leçon inaugurale, seul cours auquel j'eusse assisté. Le sodium était un véhicule emprunté par les molécules pour se déplacer plus rapidement. Le professeur avait rappelé comment le chlorure de sodium passait d'un organisme à l'autre et comment il se rassemblait sous l'effet de la force de gravité dans la cavité la plus profonde de la terre, la mer. Je ne sais si je reproduisais avec exactitude la pensée de mon maître, mais à ce moment-là, en présence de cette énorme étendue de chlorure de sodium, j'ai parlé du sodium avec un respect infini.

Après un moment d'hésitation, Guido m'a demandé encore :

– De sorte que quelqu'un qui voudrait mourir devrait prendre du véronal au sodium ?

– Tout à fait, ai-je répondu.

Puis, me rappelant qu'il y a des cas où l'on peut vouloir simuler un suicide, sans m'aviser alors que je rappelais à Guido un épisode désagréable de son passé, j'ai ajouté :

– Et celui qui ne veut pas mourir doit prendre du véronal pur.

Les questions de Guido sur le véronal auraient dû éveiller mes soupçons, alors que je n'ai rien compris, tout occupé que j'étais par le sodium. Les jours suivants j'ai été en mesure d'apporter à Guido de nouvelles preuves des vertus que j'avais attribuées au sodium : même pour accélérer les amalgames qui ne sont autre chose que d'ardentes étreintes entre deux corps, étreintes qui remplacent la combinaison ou l'assimilation, on ajoutait du sodium au mercure. Le sodium devenait l'entremetteur entre or et mercure. Mais Guido ne se souciait plus du véronal et je pense qu'alors ses paiements à vue à la Bourse s'étaient améliorés.

La même semaine, Ada est venue au moins trois fois au bureau. Ce n'est qu'après la deuxième qu'a germé en moi le soupçon qu'elle voulait me parler.

La première fois, elle est tombée sur Nilini qui avait remis mon éducation sur le métier. Elle a attendu son départ pendant une bonne heure, mais elle a eu le tort de bavarder avec lui de sorte qu'il a cru devoir s'attarder. Après les présentations, j'ai eu un moment de répit car le trou mandibulaire de Nilini s'était détourné de moi. Je n'ai pas pris part à leur conversation.

Nilini réussit même à faire de l'esprit et il étonna Ada en lui racontant qu'au Tergesteo les commérages allaient bon train, autant que dans les salons féminins. A cette différence près, selon lui, qu'à la Bourse, on était comme toujours mieux informé que partout ailleurs. Ada jugea qu'il calomniait les femmes. Elle dit qu'elle ne savait même pas ce qu'était la médisance. Je suis intervenu alors pour confirmer que, la connaissant depuis de nombreuses années, je n'avais jamais entendu sortir de sa bouche un mot qui de près ou de loin rappelât la médisance. J'ai même souri en disant cela car il me semblait lui adresser un blâme. Elle n'était pas médisante parce qu'elle ne s'intéressait pas aux affaires d'autrui. Pour commencer, lorsqu'elle était en bonne santé, elle s'était occupée de ses propres affaires et quand elle devint la proie de la maladie, il ne lui resta plus de libre qu'un petit coin à consacrer à sa jalousie. C'était une égoïste née, mais elle a accueilli mon témoignage avec gratitude.

Nilini feignit de n'ajouter foi ni à ses paroles ni aux miennes. Il a dit qu'il me connaissait depuis de longues années et qu'il me croyait un grand naïf. Cette opinion m'a amusé comme elle a amusé Ada. J'ai été par contre très fâché de l'entendre proclamer – pour la première fois en présence d'un tiers – que j'étais l'un de ses meilleurs amis et qu'en conséquence il me connaissait à fond. Je n'ai pas osé protester, mais je me suis senti blessé dans ma pudeur par sa muflerie, comme une jeune fille à qui il serait reproché en public d'avoir forniqué.

J'étais si naïf, disait Nilini, qu'Ada avec la rouerie habituelle des femmes, aurait pu médire devant moi sans que je m'en aperçusse. J'ai cru qu'Ada continuait à s'amuser de ces compliments d'un caractère douteux tandis que j'ai su par la suite qu'elle le laissait parler dans l'espoir qu'il ne trouverait plus rien à dire et qu'il s'en irait. Mais elle en a été pour ses frais.

Lorsque Ada est revenue pour la deuxième fois, elle m'a trouvé en compagnie de Guido. J'ai lu alors sur son visage une expression d'impatience et j'ai deviné que c'est moi qu'elle voulait voir. Jusqu'à son retour, je me suis bercé de mes illusions coutumières. Au fond ce n'était pas de l'amour qu'elle attendait de moi, mais il arrivait trop fréquemment qu'elle voulût se trouver seule avec moi. Il était difficile aux hommes de comprendre ce que les femmes voulaient puisqu'elles-mêmes parfois l'ignoraient.

En réalité, ses paroles n'ont manifesté aucun sentiment nouveau à mon égard. Dès qu'elle a pu me parler, sa voix s'est étranglée d'émotion, mais pas du tout parce qu'elle m'adressait la parole. Elle voulait savoir pour quelle raison Carmen n'avait pas été renvoyée. Je lui ai raconté tout ce que je savais, y compris notre tentative de lui trouver un emploi chez Olivi.

Elle a été aussitôt plus calme parce que ce que je lui disais correspondait exactement à ce que lui avait dit Guido. J'ai appris par la suite que ses accès de jalousie avaient lieu par périodes. Ils survenaient sans cause apparente et disparaissaient à un mot qui la convainquît.

Elle m'a posé encore deux questions : était-il vraiment si difficile de caser une employée et la famille de Carmen se trouvait-elle dans des conditions telles qu'elle dépendait du travail de la jeune fille ?

Je lui ai expliqué qu'à Trieste, il était en effet très difficile dans le moment présent de trouver pour les femmes un travail de bureau. Quant à sa deuxième question, je ne pouvais y répondre ne connaissant personne de la famille de Carmen.

– Guido par contre connaît tout le monde dans cette maison, a murmuré Ada sur un ton de colère et les larmes ont à nouveau inondé ses joues.

Puis elle m'a serré la main pour prendre congé et m'a remercié. Souriant à travers ses larmes, elle m'a dit qu'elle savait pouvoir compter sur moi. J'ai aimé ce sourire qui n'allait certainement pas à son beau-frère mais à l'homme qui avait avec elle des liens secrets. J'ai tenté de lui fournir la preuve que je méritais ce sourire et j'ai murmuré :

– Ce que je redoute pour Guido, ce n'est pas Carmen, ce sont ses spéculations boursières !

– Ce jeu n'a pas d'importance. J'en ai parlé aussi avec maman. Papa aussi jouait à la Bourse et il y a gagné un tas d'argent !

Sa réponse m'a déconcerté et j'ai insisté :

– Je n'aime pas ce Nilini. Je ne suis pas du tout son ami, c'est faux !

Elle m'a regardé d'un air surpris :

– Moi je le trouve très bien. Guido aussi l'estime beaucoup. Je crois, du reste, que Guido fait maintenant très attention à ses affaires.

J'étais bien décidé à ne pas lui dire ce que je pensais de Guido et je me suis tu. Une fois seul, je n'ai pas songé à Guido mais à moi-même. Il valait peut-être mieux qu'Ada ne fût pour moi qu'une sœur et rien d'autre. Elle ne manifestait ni promesse ni menace de m'aimer. J'ai erré plusieurs jours de suite par les rues, en proie à l'inquiétude et au désarroi. Je n'arrivais pas à me comprendre. Pourquoi avais-je l'impression que Carla venait à peine de me quitter ? Il ne m'était rien arrivé de nouveau. Je crois sincèrement que j'ai toujours eu besoin de l'aventure ou de quelque complication similaire. Désormais mes rapports avec Ada n'étaient plus du tout compliqués.

Du fond de son grand fauteuil, Nilini devint un beau jour encore plus sermonneur que d'habitude : à l'horizon montait un gros nuage, rien moins que le renchérissement de l'argent. La Bourse, soudainement saturée, ne pouvait plus rien absorber !

– Jetons-y du sodium ! proposai-je.

Il fut très contrarié de mon interruption, mais pour ne pas avoir à se fâcher, il ne s'y arrêta pas : sur la place l'argent était devenu rare et donc cher. Il était surpris de voir le phénomène se produire maintenant alors qu'il l'avait prévu pour le mois suivant.

– On a dû faire partir tout l'argent pour la lune ! dis-je.

– C'est très sérieux et il ne faut pas en rire, affirma Nilini les yeux toujours fixés au plafond. C'est maintenant qu'on va voir à l'ouvrage ceux qui ont du cœur au ventre et ceux qui calent au contraire au premier revers.

De même que je ne comprenais pas pourquoi l'argent pouvait un jour se faire plus rare ici-bas, je n'ai pas deviné non plus que Nilini rangeait Guido parmi ces lutteurs dont les mérites allaient être mis à l'épreuve. J'étais tellement habitué à me défendre de ses sermons par l'inattention que cette fois encore son homélie, que j'avais pourtant bien entendue, passa sans même m'effleurer.

Mais, à quelques jours de là, Nilini entonna une tout autre antienne. Un fait nouveau était intervenu. Il avait découvert que Guido avait traité avec un autre agent de change. Nilini commença par récriminer, en proie à l'agitation, disant qu'il n'avait jamais rien eu à se reprocher vis-à-vis de Guido, pas même sur le plan de la réserve professionnelle. Il invoquait sur ce point mon témoignage. N'avait-il pas gardé le secret sur les affaires de Guido, même avec moi qu'il continuait à considérer comme son meilleur ami ? Mais maintenant, n'étant plus tenu à aucune discrétion, il pouvait clamer tout haut devant moi que Guido s'était endetté jusqu'au cou. S'agissant des affaires que ce dernier avait traitées par son entremise, il assurait qu'à la moindre reprise on aurait pu résister et attendre des temps meilleurs. Il était quand même inconcevable que, au premier signe de l'adversité, Guido lui ait manqué à ce point.

Ada était enfoncée ! Nilini était d'une jalousie indomptable.

Je voulais en apprendre davantage de lui mais son exaspération allait croissant et il continuait à parler du manquement qu'il avait essuyé. Si bien qu'en dépit de toutes ses résolutions, il a persisté à garder le secret.

L'après-midi, j'ai trouvé Guido au bureau. Il était allongé sur notre canapé dans un curieux état entre le sommeil et le désespoir. Je lui ai demandé :

– Te voilà donc endetté jusqu'au cou ?

Sa réponse s'est fait attendre. Il a soulevé le bras qui cachait son visage défait et il m'a dit :

– As-tu jamais vu un homme plus malheureux que moi ?

Il a laissé retomber son bras et a changé de position en se mettant sur le dos. Il a refermé les yeux comme s'il avait déjà oublié ma présence.

Je n'ai pu lui offrir aucun réconfort. J'étais vraiment choqué qu'il crût être l'homme le plus malheureux de la terre. Ce n'était pas de l'exagération mais un mensonge pur et simple. Si j'avais pu le faire je l'aurais secouru mais il m'était impossible de lui dire un mot de réconfort. Moi j'estime que même ceux qui sont moins coupables et plus malheureux que Guido ne méritent pas notre pitié, sinon dans la vie il n'y aurait place que pour ce sentiment, ce qui serait terriblement ennuyeux. La loi de la nature ne nous accorde pas le droit au bonheur, elle prescrit au contraire misère et souffrance. Quand on expose de la nourriture, les parasites s'y ruent de tous côtés et s'ils ne sont pas assez nombreux, ils se hâtent de se multiplier. Bientôt la proie suffit à peine et très vite elle ne suffit plus car la nature ne fait pas des calculs mais des expériences. Quand la proie ne suffit plus, les consommateurs diminuent grâce à la mort que précède la souffrance, et c'est ainsi que se rétablit l'équilibre pendant quelque temps. A quoi bon geindre? Et pourtant tout le monde geint. Ceux qui n'ont pu toucher à la proie meurent en criant à l'injustice et ceux qui ont pris leur part du festin estiment qu'ils avaient droit à une plus grande portion. Pourquoi ne meurent-ils pas et ne vivent-ils pas en silence? En revanche, la jubilation de ceux qui ont su s'adjuger une portion très copieuse de nourriture n'est pas choquante. Qu'elle se manifeste donc en pleine lumière au milieu des ovations. Le seul cri admissible est celui du triomphateur.

Et Guido là-dedans? Il manquait des qualités requises pour conquérir ou même seulement pour conserver la fortune. Il revenait de la table de jeu et il pleurait sur ses pertes. Il ne se conduisait même pas avec élégance et il me soulevait le cœur. C'est pour cette raison et pour cette unique raison qu'au moment où il aurait eu tellement besoin de mon affection il ne l'a pas obtenue. Mes résolutions réitérées n'ont même pas pu me conduire jusque-là.

Cependant la respiration de Guido se faisait toujours plus régulière et bruyante. Il s'endormait! Comme il manquait de virilité dans le malheur! On lui avait arraché sa nourriture et il fermait les yeux pour rêver peut-être qu'il la possédait encore, au lieu de les garder bien ouverts pour essayer d'en dérober une petite portion. J'ai eu la curiosité de savoir si Ada avait été informée du malheur qui avait fondu sur elle. Je le lui ai demandé tout haut. Il a sursauté et il lui a fallu un moment pour s'habituer à son malheur qu'il a retrouvé instantanément dans toute son étendue.

– Non ! a-t-il murmuré. Puis il a refermé les yeux.

Il est certain que tous ceux qui ont essuyé un revers terrible tendent au sommeil. Le sommeil répare les forces. Mais comment pouvait-on l'aider s'il dormait ? Ce n'était pas le moment de dormir. Je l'ai empoigné sans ménagement par l'épaule et je l'ai secoué :

– Guido !

Il avait dormi pour de bon. Il m'a regardé d'un air vague, les yeux encore voilés de sommeil, puis il m'a demandé :

– Qu'est-ce que tu veux ? (Et sans attendre, il a réitéré sa question, coléreusement) Que veux-tu donc ?

Je voulais l'aider, autrement je n'aurais même pas eu le droit de le réveiller. Moi aussi je me suis fâché et je lui ai crié que ce n'était pas le moment de dormir car il fallait se hâter de voir comment réparer les dégâts. Il fallait se livrer à des calculs et discuter avec tous les membres de notre famille et avec ceux de la sienne à Buenos Aires.

Guido s'est remis en position assise, encore ébranlé d'avoir été réveillé si brutalement. Il m'a dit avec amertume :

– Tu aurais mieux fait de me laisser dormir. Qui veux-tu qui m'aide à présent ? Tu ne te rappelles pas à quelle extrémité j'ai dû me résoudre la dernière fois pour obtenir les quelques sous dont j'avais besoin pour me tirer d'affaire ? A présent il s'agit de sommes considérables ! A qui veux-tu que je m'adresse ?

Sans aucune tendresse, et même la rage au cœur d'être obligé de donner et de nous priver moi et les miens, je me suis exclamé :

– Et moi, je ne compte pour rien ? – Puis l'avarice m'a suggéré de réduire sans attendre mon sacrifice :

– Il y a Ada, non ? Il y a notre belle-mère ? Ne pouvons-nous nous unir pour te sauver ?

Il s'est levé et s'est approché de moi avec l'intention visible de m'embrasser. Mais c'était justement ce dont je ne voulais pas. Lui ayant offert de l'aider, j'avais maintenant le droit de le chapitrer et je ne m'en suis pas fait faute. Je lui ai reproché son manque de caractère présent et puis aussi cette présomption qui ne l'avait jamais quitté et l'avait conduit à la ruine. Il avait voulu n'en faire qu'à sa tête sans demander conseil à personne. Combien de fois n'avais-je pas essayé d'obtenir qu'il s'ouvrît à moi et il avait refusé, réservant sa confiance uniquement pour Nilini.

A ce moment-là Guido a souri, parfaitement! Il a souri, le pauvre imbécile! Il m'a dit que depuis une quinzaine il ne travaillait plus avec Nilini car il s'était mis dans la tête que sa sale gueule lui portait malheur.

Tout Guido tenait dans ce sommeil et dans ce sourire : il démolissait tout autour de lui et il souriait. Je me suis comporté en juge sévère car, pour le sauver, il fallait commencer pour faire son éducation. J'ai voulu savoir à combien se montaient ses pertes et je me suis fâché quand il m'a dit qu'il ne le savait pas avec précision. Je me suis encore fâché quand il m'a annoncé une somme relativement minime qui s'est avérée ne représenter que le montant payable à la liquidation du quinze du mois dont deux jours seulement nous séparaient. Mais Guido soutenait que d'ici la fin du mois on avait du temps devant soi et que les choses pouvaient changer. La pénurie d'argent sur le marché ne durerait pas éternellement.

Je lui ai crié :

– Puisque je te dis que l'argent manque en ce moment! Tu penses en recevoir de la lune?

J'ai ajouté qu'il ne fallait plus jouer une seule fois. On ne devait pas courir le risque de voir grossir des pertes déjà énormes. Je lui ai dit aussi que la perte serait divisée en quatre parts dont nous répondrions moi, lui (c'est-à-dire son père), Mme Malfenti et Ada, qu'il fallait revenir à notre négoce qui ne présentait aucun risque et que je ne voulais jamais plus revoir Nilini dans notre bureau ni aucun autre agent de change.

Doux comme un agneau, Guido m'a prié de ne pas crier aussi fort, car nous pouvions être entendus de nos voisins.

J'ai fait un gros effort pour me calmer et j'y suis parvenu sans cesser pour autant de lui dire à voix basse d'autres vérités bien senties. Ses pertes étaient littéralement criminelles. Il fallait être un crétin de première pour s'embringuer dans un micmac pareil. J'étais persuadé qu'il méritait de supporter mon savon jusqu'au bout.

Alors Guido a protesté sans violence. Qui donc n'avait jamais joué à la Bourse ? Notre beau-père, ce négociant aux reins solides, n'avait pas cessé un seul jour de risquer quelque mise. Et puis – Guido le savait – moi aussi j'avais joué.

Je me suis récrié en disant qu'il y a l'art et la manière. Lui avait risqué à la Bourse toute sa fortune, et moi les revenus de quelques semaines.

J'étais péniblement surpris de voir que Guido cherchait puérilement à se décharger de toute responsabilité. Il soutenait que Nilini l'avait incité à jouer plus qu'il n'aurait voulu, en lui faisant croire qu'il le lançait sur la voie de la fortune.

J'ai ri et me suis moqué de lui. Nilini n'avait rien à se reprocher car après tout il ne faisait que son métier. Et lui, après avoir planté Nilini, n'avait-il pas couru augmenter ses propres mises grâce à la médiation d'un autre courtier ? Il aurait pu se vanter de cette nouvelle relation si grâce à elle il s'était mis à jouer à la baisse à l'insu de Nilini. Pour se remettre à flot, il ne suffisait pas de changer d'intermédiaire et de continuer sur la même voie, poursuivi par la même guigne. Pour que je le laisse enfin tranquille, il a reconnu dans un sanglot qu'il avait fait fausse route.

J'ai cessé de le tancer. A présent il me faisait vraiment pitié et je l'aurais même embrassé s'il l'avait souhaité. Je lui ai dit que j'allais m'occuper tout de suite de la somme qu'il me faudrait verser et que je pouvais aussi m'occuper de parler à notre belle-mère. Lui, en revanche, se chargerait d'Ada.

Ma compassion a crû quand il m'a confié qu'il parlerait volontiers à notre belle-mère à ma place, mais qu'il appréhendait beaucoup de devoir parler à Ada.

– Tu sais comment sont les femmes ! Elles ne comprennent rien aux affaires si ce n'est quand tout finit bien ! – Il ne lui dirait rien du tout et prierait Mme Malfenti de tout lui raconter.

Cette décision lui a apporté un grand soulagement. Je le voyais qui marchait à côté de moi, la tête basse, et je me repentais de l'avoir traité avec tant de rudesse. Mais que faire d'autre quand on aime ? Il fallait bien qu'il se ressaisît s'il ne voulait pas courir à sa perte ! Quelle sorte de rapports entretenait-il avec sa femme pour redouter à tel point d'avoir à lui parler ?

Pourtant il a trouvé moyen de m'indisposer à nouveau. Tout en marchant, il avait réussi à perfectionner le plan qui l'avait séduit. Non seulement il ne parlerait pas à sa femme, mais il ferait en sorte de ne pas la rencontrer ce soir-là en partant immédiatement à la chasse. Cette décision prise, il s'est senti libéré de ses tracas. On eût dit que la perspective de pouvoir aller à la campagne, loin de tout souci, avait suffi à lui donner l'impression qu'il s'y trouvait déjà et d'y respirer à pleins poumons. J'étais indigné ! C'est avec la même sensation qu'il pouvait retourner à la Bourse reprendre le jeu où il risquerait la fortune de sa famille et la mienne avec.

Il m'a dit :

– Je veux m'accorder ce dernier délassement et je t'invite à m'accompagner à condition que tu prennes l'engagement de ne pas dire un seul mot qui puisse me rappeler les événements d'aujourd'hui.

Jusqu'ici, il avait continué à sourire en me parlant. Devant mon sérieux, lui aussi a pris un air plus sérieux. Il a ajouté :

– Tu peux voir par toi-même qu'il me faut du repos après une tuile semblable. Il me sera plus facile ensuite de reprendre mon poste de combat.

Ses accents s'étaient voilés sous le coup d'une émotion dont je n'ai pu mettre en doute la sincérité. C'est pourquoi j'ai réussi à freiner mon irritation ou à ne la manifester qu'en déclinant son invitation. Je lui ai dit que je devais rester en ville pour m'occuper de trouver l'argent nécessaire. C'était en soi un blâme de ma part! Moi, l'innocent, je demeurais à mon poste, alors que lui, le coupable, pouvait courir à ses plaisirs.

Nous étions arrivés devant la porte d'entrée de Mme Malfenti. Il n'avait plus retrouvé sa gaieté à la pensée des quelques heures de distraction qui l'attendaient et, aussi longtemps qu'il est resté en ma compagnie, son visage a conservé l'expression stéréotypée de la douleur à laquelle je l'avais rappelé. Mais avant de me quitter, il a trouvé un dérivatif dans une manifestation d'indépendance et – comme j'ai pu le comprendre – de rancœur. Il m'a dit qu'il était vraiment étonné de découvrir en moi un tel ami. Il hésitait à accepter le sacrifice que je voulais lui faire et il entendait (ce sont ses propres termes) me faire savoir qu'il ne me considérait nullement engagé et que j'étais donc libre de donner ou de ne pas donner.

Je suis sûr d'avoir rougi. Pour me tirer d'embarras, je lui ai dit :

– Pourquoi veux-tu que je veuille reprendre mon offre alors qu'il y a tout juste quelques minutes je t'ai proposé de t'aider sans que tu me l'aies demandé?

Il m'a regardé un peu indécis puis il m'a dit :

– Puisque tu le veux, j'accepte donc et je te remercie. Mais nous dresserons un contrat de société entièrement nouveau afin que chacun reçoive ce qui lui revient. Et si nous avons des marchés et que tu acceptes de continuer à t'en occuper, il faudra même que tu perçoives un salaire. Nous fonderons la société sur des bases entièrement différentes. De sorte que nous n'aurons plus à redouter quelque préjudice que ce soit pour avoir dissimulé le déficit de l'exercice de notre première année.

J'ai répondu :

– Ce déficit n'a plus aucune importance et tu ne dois plus y penser. Cherche à présent à gagner à ta cause notre belle-mère. Pour le moment, c'est la seule chose qui compte.

Nous nous sommes quittés là-dessus. Je crois avoir

souri de la naïveté avec laquelle Guido manifestait ses sentiments les plus intimes. Il ne m'avait tenu ce long discours que pour pouvoir accepter mon présent sans être tenu de m'en savoir gré. Moi je n'exigeais rien. Il me suffisait de savoir que cette reconnaissance il me la devait bien.

D'ailleurs, après nous être séparés, moi aussi j'ai éprouvé un réel soulagement comme si je venais d'arriver en pleine campagne. Je mesurais la perte de liberté qu'entraînaient pour moi mes résolutions de faire son éducation et de le remettre sur le droit chemin. Au fond les chaînes du pédagogue sont plus lourdes à porter que celles de l'élève. J'étais bien décidé à lui procurer cet argent. Naturellement je ne peux dire si je le faisais par amour pour lui ou pour Ada, ou peut-être pour me décharger de cette faible part de responsabilité qui pouvait m'incomber du fait que j'avais travaillé avec lui dans ce bureau. Bref, j'avais décidé de lui sacrifier une partie de ma fortune et aujourd'hui encore, je regarde ce moment de ma vie avec une grande satisfaction. Cet argent sauvait Guido et il me garantissait quant à moi une pleine tranquillité de conscience.

Je me suis promené jusqu'au soir, dans la plus parfaite tranquillité et j'ai laissé ainsi passer l'heure où j'aurais pu voir Olivi à la Bourse pour lui demander de me procurer une somme aussi importante. Puis j'ai pensé que l'affaire n'était pas d'une exrême urgence. J'avais en disponibilité une grosse somme qui suffisait pour participer à l'échéance du quinze du mois. Pour la fin du mois, j'aviserais plus tard.

Ce soir-là, je n'ai plus pensé à Guido. Plus tard, c'est-à-dire après qu'Augusta eut couché les enfants, j'ai été plusieurs fois pour lui annoncer la débâcle financière de Guido et le préjudice qui en découlerait pour nous, mais j'ai renoncé à m'engager dans une discussion fastidieuse et j'ai pensé qu'il valait mieux que je me réserve de convaincre Augusta au moment où tout le monde déciderait de la solution du problème. Et puis tandis que Guido s'amusait, il aurait fallu beau voir que je me tracasse.

J'ai dormi à poings fermés et, le matin, sans avoir beaucoup d'argent sur moi (je conservais toujours la vieille enveloppe que Carla m'avait rendue et que j'avais jusqu'alors gardée à son intention ou éventuellement pour quelque héritière à elle, ainsi qu'une petite somme d'argent que j'avais pu retirer d'une banque) je suis allé au bureau. J'ai passé la matinée à lire les journaux, entre Carmen qui cousait et Luciano qui s'entraînait à multiplier et à additionner.

Quand je suis rentré à la maison à l'heure du déjeuner, j'ai trouvé Augusta en proie à la perplexité, l'air abattue. Son visage portait cette grande pâleur qui ne survenait que dans les moments où je lui causais quelque souffrance. Elle m'a dit avec douceur :

– J'ai appris que tu as décidé de sacrifier une partie de ta fortune pour sauver Guido ! Je sais que je n'avais pas le droit d'en être informée...

Elle croyait si peu à son droit qu'elle a hésité. Puis elle a repris, me reprochant mon silence :

– Mais il est vrai aussi que je ne ressemble pas à Ada car je ne me suis jamais opposée à tes volontés.

Il m'a fallu beaucoup de temps pour connaître ce qui s'était passé. Augusta était tombée chez Ada au moment où celle-ci discutait du problème de Guido avec sa mère. A sa vue, Ada avait fondu en larmes et lui avait fait part de ma proposition généreuse qu'elle ne voulait accepter à aucun prix. Elle avait même demandé à Augusta de m'inviter à me désister de mon offre.

Je me suis instantanément aperçu qu'Augusta souffrait de sa maladie chronique, la jalousie de sa sœur, mais je n'y ai pas attaché d'importance. C'est l'attitude adoptée par Ada qui me surprenait :

– T'a-t-elle paru fâchée ? ai-je demandé en ouvrant de grands yeux sous l'effet de la surprise.

– Non ! Non ! Pas blessée ! s'est écriée Augusta du fond de sa franchise. Elle n'en finissait plus de m'embrasser... peut-être pour que je t'embrasse à sa place.

C'était en vérité une façon passablement comique de s'exprimer. Elle me regardait, tout en m'observant soupçonneusement.

J'ai protesté :

– Crois-tu qu'Ada est amoureuse de moi? Qu'est-ce qui te prend?

Mais je n'ai pas réussi à calmer Augusta dont la jalousie m'agaçait horriblement. D'accord, Guido à cette heure avait fini de s'amuser et il passait certainement un mauvais quart d'heure entre sa belle-mère et sa femme mais j'étais moi-même excédé et j'estimais que, pour quelqu'un de totalement innocent, je souffrais un peu trop.

J'ai essayé d'apaiser Augusta par des cajôleries. Elle a écarté son visage du mien pour mieux me voir et m'a fait un reproche plein d'une calme douceur qui m'a beaucoup ému :

– Je sais que tu m'aimes aussi, m'a-t-elle dit.

Evidemment, ce qui comptait à ses yeux ce n'était pas l'état d'âme d'Ada mais le mien, et il m'est venu une inspiration pour lui prouver mon innocence :

– Ada est donc amoureuse de moi? ai-je fait en riant. Puis, m'étant écarté d'Augusta pour qu'elle me vît mieux, j'ai gonflé un peu les joues et j'ai ouvert démesurément les yeux pour ressembler à Ada malade. Augusta m'a regardé avec stupeur, mais elle a eu tôt fait de discerner mon intention. Elle a été prise d'un accès d'hilarité dont elle a eu honte aussitôt :

– Arrête! m'a-t-elle dit, je t'en prie, ne te moque pas d'elle. Puis elle m'a avoué, tout en continuant à rire, que j'avais justement réussi à imiter ces protubérances qui donnaient au visage d'Ada un aspect aussi surprenant. Et je le savais bien, moi, car en refaisant Ada j'avais cru l'étreindre. Et quand je me suis trouvé seul, j'ai répété plusieurs fois cette mimique en proie au désir et au dégoût.

L'après-midi je me suis rendu au bureau dans l'espoir d'y trouver Guido. Je l'ai attendu un moment, puis j'ai décidé de me rendre chez lui. Il fallait bien que je sache s'il était nécessaire de demander de l'argent à Olivi. Je devais accomplir mon devoir, en dépit de mon agacement de revoir une Ada bouleversée à nouveau par la gratitude. Qui sait les surprises que me réservait encore cette femme!

Chez Guido, je suis tombé dans l'escalier sur Mme Malfenti qui gravissait péniblement les marches. Elle m'a raconté dans tous les détails ce qui jusque-là avait été décidé concernant l'affaire de Guido. La veille tout le monde s'était séparé sur la conviction générale qu'il fallait sauver cet homme poursuivi par une malchance désastreuse. Ce n'est que dans la matinée qu'Ada avait appris que je collaborerais à la couverture des pertes de Guido et elle refusait formellement d'accepter. Mme Malfenti l'en excusait :

– Que veux-tu que nous y fassions? Elle ne peut pas avoir sur la conscience le remords d'avoir appauvri sa sœur préférée.

Sur le palier, Mme Malfenti s'est arrêtée pour reprendre haleine et aussi pour parler. Elle m'a dit en riant que la chose finirait sans préjudice pour personne. Avant le déjeuner, elle, Ada et Guido, étaient allés consulter un avocat, vieil ami de la famille en même temps que tuteur de la petite Anna. L'avocat avait dit qu'il ne fallait pas payer parce que la loi n'en faisait pas une obligation. Guido s'était vivement récrié en parlant d'honneur et de devoir, mais il ne faisait aucun doute que si tout le monde y compris Ada décidait de ne pas payer, il devrait lui aussi s'y résigner.

– Mais à la Bourse, la maison sera déclarée en faillite? ai-je répondu perplexe.

– C'est probable! a dit en soupirant Mme Malfenti avant d'entreprendre l'ascension de la dernière volée de marches.

Guido ayant coutume de se reposer après le déjeuner, Ada nous a reçus toute seule dans ce petit boudoir que je connaissais si bien. A ma vue, elle a eu un instant de confusion, un instant seulement, dont je me suis toutefois emparé et que j'ai interprété comme la révélation claire, évidente, de son trouble. Puis elle s'est dominée et m'a tendu la main d'un geste décidé, viril, visant à effacer l'hésitation féminine qui l'avait précédé.

Elle m'a dit :

– Augusta a dû te dire à quel point je te suis reconnaissante. Je ne saurais en ce moment t'expliquer ce que je ressens parce que j'ai les idées confuses. En plus je suis malade. Oui! Très malade! J'aurais à nouveau besoin de la clinique de Bologne!

Elle s'est interrompue sur un sanglot :

– Je te demande maintenant une faveur. Je te prie de dire à Guido que tu n'es pas non plus en mesure de lui donner cet argent. De la sorte il sera plus facile de l'inciter à faire ce qu'il doit.

Auparavant, à l'évocation de sa maladie, un sanglot avait étouffé sa voix; elle a recommencé à sangloter avant de parler de son mari :

– C'est un enfant et il faut le traiter comme tel. S'il sait que tu consens à lui donner cet argent, il s'obstinera encore plus dans son idée de sacrifier tout le reste inutilement. Inutilement, parce que nous savons à présent en toute certitude qu'on tolère les faillites boursières. C'est l'avocat qui nous l'a dit.

Elle me communiquait l'avis d'une haute autorité sans me demander le mien. En tant que vieil habitué de la Bourse, mon avis, même à côté de celui de l'avocat, aurait pu avoir un certain poids, mais cet avis, à supposer que j'en eusse un, je ne l'ai pas manifesté. J'ai rappelé en revanche qu'on me mettait dans une position difficile. Je ne pouvais revenir sur l'engagement que j'avais pris envers Guido : c'était pour me dédommager de cet engagement que je m'étais cru autorisé à lui crier aux oreilles ses quatre vérités, empochant ainsi une sorte d'intérêt sur ce capital qu'à présent je ne pouvais plus lui refuser.

– Ada! ai-je dit non sans hésitation. Je ne crois pas pouvoir reprendre ma parole brusquement du soir au matin. Ne vaudrait-il pas mieux que tu essaies toi-même de convaincre Guido pour qu'il se conforme à ce que tu souhaites personnellement?

Mme Malfenti, avec les marques de sympathie qu'elle avait coutume de me prodiguer, m'a dit qu'elle comprenait très bien l'inconfort de ma situation mais que de toute façon, lorsque Guido ne trouverait à sa disposition que le quart de la somme dont il avait besoin, il faudrait bien qu'il se range à l'avis des autres.

Mais Ada n'avait pas épuisé ses larmes. Tout en pleurant, le visage enfoui dans son mouchoir, elle m'a dit :

– Tu as eu tort, grand tort, de lui faire cette proposition absolument extraordinaire ! Nous voyons bien maintenant à quel point tu as eu tort !

Elle me paraissait hésiter entre une grande reconnaissance et une grande rancœur. Puis elle a ajouté qu'elle souhaitait qu'il ne fût jamais plus question de ma proposition et elle m'a prié de ne pas me procurer cette somme, car elle-même m'empêcherait de la remettre à Guido, ou ce dernier de l'accepter.

J'étais si embarrassé que j'ai fini par dire un mensonge. Je lui ai donc dit que cette somme je l'avais déjà réunie et j'ai désigné ma poche intérieure où dormait la mince enveloppe en question. Cette fois Ada a eu pour moi un regard d'admiration véritable qui m'aurait peut-être procuré une certaine satisfaction n'eussé-je su que je ne la méritais pas. De toute façon, c'est précisément ce mensonge, sur lequel je ne puis fournir d'autre explication qu'une étrange propension à vouloir paraître à Ada plus grand que nature, qui m'a empêché d'attendre Guido et m'a poussé à quitter cette maison. Il aurait pu tout aussi bien arriver qu'à un moment donné, contrairement à la décision prise, on m'ait demandé de remettre cette somme que je disais avoir sur moi, et dans ce cas j'aurais fait bien piètre figure. J'ai dit que des affaires urgentes m'appelaient au bureau et j'ai filé.

Ada m'a accompagné jusqu'à la porte et m'a assuré qu'elle inciterait Guido à venir lui-même me remercier de ma bonté et à la décliner. Elle m'a fait cette déclaration sur un ton si ferme que j'ai tressailli. J'ai estimé que tant de fermeté visait en partie ma personne. Non ! A ce moment-là elle ne m'aimait pas. Mon geste de bonté était allé trop loin. Il écrasait ceux sur lesquels il s'abattait et il ne fallait pas s'étonner que les bénéficiaires regimbent. Sur le chemin du bureau, j'ai cherché à me libérer du malaise que m'avait causé l'attitude d'Ada, en me rappelant que ce sacrifice je le faisais pour Guido et pour personne d'autre. Qu'avait à y voir Ada? Je me suis bien promis de le faire savoir à l'intéressée elle-même à la première occasion.

Je me suis rendu au bureau précisément pour ne pas avoir le remords d'avoir menti une fois de plus. Personne ne m'y attendait. Il tombait depuis le matin une pluie fine et continue qui avait rafraîchi considérablement l'atmosphère de ce printemps craintif[19]. En deux enjambées j'aurais pu être chez moi alors que pour arriver jusqu'au bureau il me fallait suivre un trajet bien plus long et donc assez pénible. Mais il me semblait que je devais répondre à un engagement.

Guido m'y a rejoint peu après. Il a éloigné Luciano du bureau afin de rester seul avec moi. Il avait cet aspect hagard qui le servait dans ses affrontements avec sa femme et que je connaissais si bien. Il avait dû crier et pleurer.

Il m'a demandé ce que je pensais des projets de sa femme et de sa belle-mère dont il savait qu'on m'en avait fait part. Il a pensé que je reculais. J'hésitais à exprimer un point de vue qui ne concordât pas avec celui des deux femmes et je savais que si j'adoptais le leur, je provoquerais de nouvelles scènes de la part de Guido. Par ailleurs je n'aurais guère aimé paraître tergiverser sur l'aide à lui apporter. Enfin nous étions tombés d'accord avec Ada que la décision devait venir de Guido et non pas de moi. Je lui ai dit qu'il fallait tout peser soigneusement, voir, entendre aussi d'autres personnes. Je n'étais pas assez rompu aux affaires pour pouvoir donner un conseil sur un sujet aussi important. Et, pour gagner du temps, je lui ai demandé s'il ne voudrait pas que je consulte Olivi.

Ce fut suffisant pour déchaîner ses cris :

– Cet imbécile! a-t-il hurlé. Je te prie de le laisser en dehors de tout ça!

Je n'étais pas du tout disposé à prendre feu et flamme pour défendre Olivi, mais mon attitude n'a pas suffi à calmer Guido. Nous nous retrouvions dans une situation identique à celle de la veille sauf qu'à présent c'est lui qui criait et moi qui devais me taire. Question de circonstances. J'étais ligoté par l'embarras. Mais il a voulu à tout prix que je donne mon point de vue. Dans une inspiration qui m'a paru venir du Ciel, j'ai parlé avec à-propos, un tel à-propos que si mes paroles avaient eu un effet quelconque, la catastrophe qui a suivi aurait pu être évitée. Je lui ai dit que, pour commencer, je séparerais les deux problèmes, celui de l'échéance du quinze et celui de la fin du mois. Tout compte fait pour le quinze nous n'avions pas à payer une somme considérable et il fallait donc inciter les Malfenti à endosser cette perte relativement légère. Nous aurions ensuite le temps nécessaire pour procéder commodément à la liquidation de l'autre échéance.

Guido m'a interrompu pour me demander :

– Ada m'a dit que tu avais déjà sur toi la somme nécessaire. L'as-tu apportée ?

J'ai rougi mais j'ai trouvé sur-le-champ un autre mensonge qui m'a sauvé :

– Comme chez toi on n'a pas accepté cet argent, je viens de le déposer à la banque. Mais nous pourrons le récupérer quand nous voudrons, dès demain matin.

Il m'a reproché alors d'avoir changé d'avis. N'avais-je pas déclaré la veille que je ne voulais pas attendre la deuxième liquidation pour que tout soit réglé ? Là-dessus il s'est laissé emporter par une violente colère qui a fini par le faire tomber complètement vidé sur le canapé. Il allait mettre à la porte Nilini et tous ces courtiers sans scrupules qui l'avaient entraîné à jouer. Oh ! En jouant il avait entrevu certes la possibilité de se ruiner mais jamais de la vie celle de baisser pavillon devant des femmes qui ne comprenaient rien à rien.

Je suis allé lui serrer la main et s'il me l'avait permis je l'aurais embrassé. Je ne voulais rien d'autre que de le voir prendre cette décision. Dire adieu au jeu et travailler ferme chaque jour !

Voilà où se trouvaient notre avenir et son indépendance.

Il ne s'agissait plus maintenant que de traverser cette mauvaise passe et tout deviendrait simple et facile.

Toujours abattu mais plus calme, il m'a quitté peu après. Lui aussi malgré son manque de caractère, il était tout pénétré d'une forte résolution.

– Je retourne chez Ada ! a-t-il murmuré et il a esquissé un sourire amer, mais décidé.

Je l'ai accompagné jusqu'à la porte et je l'aurais accompagné jusque chez lui s'il n'avait trouvé devant le seuil un fiacre qui l'attendait.

La Némésis s'acharnait sur Guido. Une demi-heure après son départ, j'ai pensé qu'il serait prudent de ma part de me rendre chez lui afin de l'assister. Non que je soupçonnasse qu'un danger pût le menacer mais parce que lui étant désormais entièrement acquis, je pourrais convaincre Ada et Mme Malfenti de l'aider. La faillite boursière ne me plaisait guère et, en fin de compte, même si la perte répartie entre nous quatre n'était pas minime, elle ne ruinerait aucun d'entre nous.

Puis je me suis souvenu que mon premier devoir n'était pas d'assister Guido, mais de mettre à sa disposition pour le lendemain la somme que je lui avais promise. Je me suis mis aussitôt à la recherche d'Olivi et me suis préparé à un nouvel affrontement. J'avais mis au point un système afin de rembourser sur plusieurs années ce gros emprunt à ma firme, en versant toutefois au cours des mois à venir tout ce qui me restait de l'héritage de ma mère. J'espérais qu'Olivi ne ferait pas de difficultés, car jusqu'ici je ne lui avais jamais demandé plus que ce qui me revenait de droit en bénéfices et intérêts, et je pouvais même lui promettre de ne jamais plus l'inquiéter par des prélèvements de cette taille. Il était évident que je pouvais toujours espérer récupérer auprès de Guido une partie de ce montant.

Ce soir-là je n'ai pu réussir à mettre la main sur Olivi. Il venait juste de quitter le bureau lorsque je m'y suis présenté. J'ai supposé qu'il s'était rendu à la Bourse. Mais je ne l'y ai pas trouvé non plus et j'ai poussé alors jusque chez lui où j'ai appris qu'il participait à la réunion d'un conseil d'administration où il occupait un siège honirifique. J'aurais pu le joindre là mais dans l'intervalle la nuit était tombée, et il continuait à pleuvoir à seaux, si bien que les rues étaient transformées en autant de ruisseaux.

Ce déluge dura toute la nuit et des années durant la ville en a conservé le souvenir. La pluie tombait tranquille, sans discontinuer, monotone, en torrents perpendiculaires. Des hauteurs qui entourent notre ville se mit à couler de la boue qui, mêlée aux immondices des voies urbaines, alla obstruer nos canalisations étroites. Quand je me suis décidé à rentrer chez moi après avoir vainement attendu une embellie sous un abri, et quand j'ai vu clairement que le temps s'était installé dans la pluie et qu'il était inutile d'espérer une éclaircie, on marchait dans l'eau même en longeant le haut du pavé. J'ai couru chez moi en pestant, trempé jusqu'aux os. Je bougonnais aussi parce que j'avais perdu tout ce temps précieux à chercher Olivi. Il peut se faire que mon temps n'ait pas une valeur excessive mais il est certain que je souffre horriblement quand il m'arrive de constater que je me suis dépensé en pure perte. Tout en courant, je me disais : « Renvoyons l'affaire à demain quand il fera clair, beau et sec. Demain j'irai voir Olivi et demain je me rendrai chez Guido. Même si je dois me lever à l'aurore, mais il fera clair et sec. » J'étais si convaincu de la justesse de ma décision que j'ai dit à Augusta que tout le monde s'était mis d'accord pour renvoyer la décision au lendemain. Je me suis changé, séché, et enfilant à mes pieds martyrisés de chaudes et confortables pantoufles, j'ai commencé par dîner puis je me suis couché pour dormir d'un profond sommeil jusqu'au matin, tandis qu'aux carreaux des fenêtres tambourinaient les grosses baguettes de la pluie.

C'est pourquoi je n'ai appris que tardivement les événements de la nuit. Nous avons su d'abord que la pluie avait fini par provoquer des inondations en divers quartiers de la ville, puis que Guido était mort.

Ce n'est que beaucoup plus tard que j'ai su comment avait pu arriver une chose pareille. A onze heures du soir environ, après le départ de Mme Malfenti, Guido avait averti sa femme qu'il avait ingéré une dose énorme de véronal. Il a voulu la convaincre qu'il était condamné, l'a prise dans ses bras, l'a couverte de baisers, lui a demandé pardon de l'avoir fait souffrir. Puis, juste avant que ses paroles ne se changent en un balbutiement confus, il lui a assuré qu'elle avait été le seul amour de sa vie. A ce moment-là, elle n'a cru ni à ces déclarations ni qu'il avait avalé assez de poison pour mourir. Elle n'a même pas cru qu'il avait perdu les sens, mais elle s'est imaginé qu'il faisait semblant de s'évanouir pour lui soutirer à nouveau de l'argent.

Puis, lorsque près d'une heure se fut écoulée, voyant qu'il dormait toujours plus profondément, elle a commencé à s'effrayer et a écrit un mot pour le médecin qui demeurait non loin de là. Dans ce mot, elle écrivait que son mari, qui avait ingéré une forte dose de véronal, avait besoin d'être promptement secouru. Jusqu'à ce moment il ne s'était produit dans la maison aucun bouleversement qui eût pu avertir la domestique, une vieille femme entrée depuis peu en service, de la gravité de sa mission. La pluie fit le reste. La domestique se trouva avec de l'eau jusqu'aux genoux et perdit le billet. Elle ne s'en aperçut que lorsqu'elle se trouva en présence du docteur. Elle parvint toutefois à lui dire qu'il y avait urgence et à le convaincre de la suivre.

Le Dr Mali, qui approchait de la cinquantaine, était loin d'être un aigle mais c'était un médecin expérimenté qui avait toujours rempli ses devoirs de son mieux. Il n'avait pas une grande clientèle en propre mais travaillait beaucoup en revanche pour une association qui comptait de nombreux adhérents et le rétribuait avec parcimonie. Il venait de rentrer chez lui et avait pu enfin se réchauffer et se sécher au coin du feu. On se figure le courage qu'il lui fallut pour abandonner à cette heure son nid douillet. Lorsque j'ai voulu pénétrer mieux les causes de la mort de mon pauvre ami, j'ai eu la curiosité de faire la connaissance du Dr Mali. Mais il ne m'apprit que ceci : quand il s'était trouvé dehors et se sentit trempé par la pluie qui traversait son parapluie, il s'était repenti d'avoir étudié la médecine au lieu de l'agriculture, en se souvenant que par temps de pluie, le paysan reste chez lui.

Arrivé au chevet de Guido, il a trouvé Ada tout à fait calmée. Maintenant que le docteur était là, elle se rappelait comment Guido l'avait abusée quelques mois auparavant en simulant un suicide. Ce n'était plus à elle d'assumer des responsabilités mais au docteur qui devait être informé de tout, même des motifs qui pouvaient laisser croire à une mise en scène de suicide. Elle ne fit grâce d'aucun détail au praticien tandis que ce dernier prêtait en même temps l'oreille aux torrents d'eau qui balayaient la rue. N'ayant pas été prévenu qu'on l'avait appelé pour soigner un empoisonnement, il manquait de tous les instruments nécessaires à ces soins. Il le déplora en balbutiant quelques mots qu'Ada ne comprit pas. Le pire était que pour entreprendre un lavage gastrique, il ne pouvait envoyer personne chercher les choses nécessaires mais devait s'y rendre lui-même et traverser la rue deux fois. Il prit le pouls de Guido et le trouva magnifique. Il demanda à Ada si son mari avait jamais dormi d'un sommeil aussi profond. Ada répondit que oui, mais pas à ce point. Le docteur examina les yeux de Guido : ils réagissaient promptement à la lumière ! Il s'en alla, non sans recommander qu'on lui fît prendre de temps à autre des cuillerées de café noir très fort.

J'ai su aussi que, une fois dans la rue, il a grommelé rageusement :

– Par un temps pareil, il devrait être défendu de simuler un suicide !

Lorsque j'ai fait sa connaissance, je n'ai pas osé lui reprocher sa négligence, mais il m'a deviné et prévenu : il m'a dit qu'il avait été stupéfait d'apprendre le lendemain que Guido était mort, au point qu'il a supposé qu'il était revenu à lui et avait repris du véronal. Puis il a ajouté que les profanes dans l'art médical ne pouvaient se figurer à quel point au cours de ses activités un médecin devait s'habituer à défendre sa propre vie contre les patients qui y attentaient, ne pensant qu'à la leur.

Après plus d'une heure, Ada, lasse de pousser une

petite cuillère entre les mâchoires de Guido et constatant qu'il avalait de moins en moins de liquide tandis que le reste coulait sur l'oreiller, a recommencé à s'affoler et a prié la domestique de se rendre chez le Dr Paoli[20]. Cette fois la bonne a fait attention au message. Mais elle a mis plus d'une heure pour atteindre l'habitation du docteur. Il est normal, quand il pleut autant, d'éprouver de temps en temps le besoin de se mettre à couvert sous des arcades. Une pluie pareille ne fait pas que tremper, elle cingle.

Le Dr Paoli n'était pas chez lui. On venait de l'appeler pour un patient et il était parti en disant qu'il espérait revenir bientôt. Sa gouvernante, une bonne personne d'un âge avancé, a fait asseoir la domestique au coin du feu, et a veillé à lui faire prendre une collation. Le docteur n'avait pas laissé l'adresse de son malade et les deux femmes ont passé ensemble plusieurs heures au coin du feu. Le docteur n'est revenu que lorsque la pluie avait cessé. Quand enfin il est arrivé chez Ada avec tous les instruments qu'il avait déjà expérimentés sur Guido, l'aube commençait à poindre. Devant ce lit, il ne lui restait plus qu'un devoir : cacher à Ada que Guido était déjà mort et, avant qu'Ada ne s'en aperçût, faire venir Mme Malfenti pour la soutenir quand sa douleur éclaterait.

Voilà pourquoi nous avons appris si tard et de façon si imprécise la nouvelle.

A mon lever, j'ai ressenti, pour la dernière fois, une impression de colère contre le pauvre Guido : avec ses simagrées, il compliquait tous nos tracas ! Je suis sorti de chez moi sans Augusta qui ne pouvait laisser le bébé seul à l'improviste ! Devais-je attendre l'ouverture des banques et le retour d'Olivi à son bureau pour me présenter devant Guido muni de l'argent que je lui avais promis ? C'est dire le peu de foi que j'attachais à la nouvelle de la gravité des conditions de Guido qu'on venait pourtant de m'annoncer !

La vérité, je l'ai apprise du Dr Paoli que j'ai rencontré dans l'escalier. Mon émotion a été telle que j'ai failli dégringoler des marches. Depuis que je vivais à ses côtés, Guido était devenu pour moi un personnage extrêmement important. Tant qu'il était en vie, je le voyais sous une lumière qui éclairait une partie de mes journées. Avec sa mort, cette lumière se modifiait comme si elle eût inopinément traversé un prisme. C'est précisément ce changement qui m'éblouissait. Il avait commis des erreurs, mais j'ai compris aussitôt que par sa mort il les avait effacées toutes. Selon moi le bouffon qui, visitant un cimetière couvert d'épigraphes[21] laudatives, demandait où se trouvaient dans ce pays les tombes des pécheurs, ne comprenait rien. Les morts n'ont jamais été des pécheurs. Guido désormais n'était plus que pureté ! La mort l'avait purifié.

Le docteur était encore bouleversé du spectacle de la douleur d'Ada. Il m'a dit quelque chose à propos de l'horrible nuit qu'elle avait passée. On avait à présent réussi à lui faire croire que la dose de poison ingérée par Guido était telle que tout secours aurait été inutile. Toute autre version pouvait lui être funeste !

– Alors que, a ajouté le médecin désolé, si j'étais arrivé une ou deux heures plus tôt je l'aurais sauvé. J'ai retrouvé les flacons qui avaient contenu le poison.

Je les ai examinés. Une forte dose mais à peine plus forte que l'autre fois. Il m'a montré quelques-uns de ces flacons sur lesquels j'ai lu l'étiquette : Véronal. Donc pas de véronal au sodium. Mieux que quiconque je pouvais être certain que Guido n'avait pas voulu mourir. Mais je ne l'ai jamais dit à personne.

Paoli m'a quitté après m'avoir recommandé de ne pas chercher, pour le moment, à voir Ada. Il lui avait fait boire un calmant énergique qui, il en était sûr, n'allait pas tarder à faire son effet.

Dans le corridor j'ai entendu sortir de la petite pièce où Ada m'avait reçu deux fois ses plaintes étouffées. Elle disait des mots espacés que je ne comprenais pas, lourds de souffrance. Le mot *lui* revenait souvent et j'ai pu imaginer ce qu'elle disait. Elle reconstruisait ses rapports avec le pauvre mort. Ils ne devaient pas du tout ressembler à ceux qu'elle avait entretenus avec le vivant. A mon avis, il était évident qu'avec son mari en vie elle avait fait fausse route. Il mourait d'un crime qu'ils avaient commis tous ensemble, car il avait joué à la Bourse avec l'assentiment d'eux tous. Quand il s'était agi de payer, ils l'avaient laissé seul. Et lui s'était dépêché de payer. Seul de ses proches, moi qui en vérité n'étais pour rien dans sa débâcle, j'avais senti le devoir de l'aider.

Dans la chambre conjugale, le pauvre Guido gisait abandonné, recouvert d'un drap. La rigidité déjà avancée n'exprimait pas ici la force mais sa grande stupeur d'être mort sans l'avoir voulu. Sur son beau visage brun était gravé un reproche. Qui n'était certainement pas tourné contre ma personne.

Je suis retourné chez Augusta pour la presser d'aller assister sa sœur. J'étais bouleversé et Augusta s'est mise à pleurer en m'embrassant :

– Tu as été un frère pour lui, a-t-elle murmuré. Maintenant, oui, je suis d'accord avec toi pour sacrifier une partie de notre fortune afin de laver sa mémoire.

J'ai eu à cœur de rendre tous les honneurs à mon pauvre ami. Pour commencer, j'ai cloué sur la porte du bureau un avis qui annonçait la fermeture pour cause de décès du propriétaire. C'est moi-même qui ai composé le faire-part de deuil. Mais ce n'est que le jour suivant qu'ont été prises, en accord avec Ada, les dispositions pour les obsèques. J'ai appris alors qu'Ada avait décidé de suivre le cercueil jusqu'au cimetière. Elle voulait donner à Guido toutes les preuves possibles de son amour. Pauvre femme! Je savais à quel point le chagrin du remords est cuisant sur une tombe. J'en avais tant souffert, moi aussi, à la mort de mon père.

J'ai passé l'après-midi enfermé au bureau avec Nilini. Nous avons pu ainsi dresser un premier bilan de la situation de Guido. Effroyable! Non seulement le capital de la maison était entièrement englouti, mais Guido restait encore à devoir une somme égale, s'il avait dû répondre de tout.

Il m'aurait fallu travailler, je dis bien travailler, au profit de mon pauvre ami défunt, mais je ne savais faire rien d'autre que rêver. Ma première idée aurait été de me condamner à vie à ce bureau au bénéfice d'Ada et de ses enfants. Mais étais-je bien sûr d'en être capable?

Nilini, à son habitude, était intarissable tandis que je regardais au loin, très loin. Lui aussi éprouvait le besoin de transformer radicalement ses rapports avec Guido. Maintenant il comprenait tout. Quand le pauvre Guido s'était mal conduit envers lui, il couvait déjà la maladie qui devait le conduire au suicide. C'est pourquoi à présent tout était oublié. Et de discourir, et de dire que lui était fait comme ça! Il ne pouvait garder rancune à personne. Il avait toujours aimé Guido et il l'aimait encore.

Pour finir, les rêves de Nilini et les miens convergèrent et se superposèrent. Ce n'était pas dans un commerce au ralenti qu'on pouvait découvrir le remède à pareille catastrophe, mais à la Bourse même. Et Nilini me raconta qu'il avait un ami qui avait réussi à sauver son épingle du jeu en doublant sa mise.

Nous avons continué à parler pendant de longues heures, mais la proposition de Nilini de continuer le jeu amorcé par Guido n'est arrivée qu'à la fin, peu avant midi, et j'y ai consenti sur-le-champ. J'y ai consenti avec la même joie que si j'avais réussi à faire revivre mon ami. J'ai acheté finalement au nom de Guido une quantité d'autres actions au nom bizarre : *Rio Tinto, South French* et ainsi de suite.

C'est ainsi qu'ont commencé les cinquante heures du labeur le plus acharné auquel je me sois consacré ma vie durant. Tout d'abord et jusqu'au soir, j'ai arpenté le bureau à grandes enjambées dans l'attente de savoir si mes ordres avaient été exécutés. Je craignais que ne fût arrivée à la Bourse la nouvelle du suicide de Guido et que son nom n'eût plus de crédit pour des engagements ultérieurs. Mais plusieurs jours durant au contraire personne n'attribua cette mort au suicide.

Puis, lorsque Nilini a pu enfin m'avertir que tous mes ordres avaient été exécutés, une période d'intense agitation a commencé pour moi, accrue par le fait qu'au reçu des bordereaux d'achat, j'avais constaté que je perdais déjà au départ un pourcentage assez important. Je me rappelle cette agitation comme un travail à part entière. Dans mon souvenir, j'ai la curieuse sensation d'être resté assis sans désemparer pendant cinquante heures devant une table de jeu où je retournais précautionneusement mes cartes une à une. Je ne connais personne qui aurait pu résister tant d'heures d'affilée à une fatigue comparable. La moindre fluctuation dans les cotations, je l'ai enregistrée, surveillée; et puis (pourquoi le tairais-je?) ces cotations tantôt je les ai poussées en avant, tantôt je les ai retenues au gré de mes intérêts, c'est-à-dire de ceux de mon pauvre ami. Même mes nuits n'ont plus connu le sommeil.

Dans la crainte que quelqu'un de la famille pût intervenir et m'empêchât d'accomplir l'œuvre de sauvetage à laquelle je m'étais voué, je n'ai soufflé mot à personne de la liquidation du quinze du mois quand le moment est arrivé. J'ai tout payé de ma poche, car nul ne s'est souvenu de cette échéance étant donné que toute la famille entourait la dépouille qui attendait d'être ensevelie. Dans ce solde partiel, d'ailleurs, il y avait moins à payer qu'on ne l'avait initialement prévu car la chance m'avait aussitôt souri. J'éprouvais un tel chagrin de la mort de Guido qu'il me semblait l'atténuer en m'engageant sur tous les fronts aussi bien par ma signature qu'en risquant mon propre argent. Le rêve de bonté que j'avais fait voici longtemps à ses côtés arrivait jusque-là. Cette agitation m'a tellement éprouvé que je n'ai jamais plus joué à la Bourse pour mon compte.

Mais à force de ne penser qu'à mes cartes (mon occupation primordiale à ce moment-là) j'ai fini par manquer les obsèques de Guido. Voici comment la chose est arrivée. Il a fallu que ce jour-là les valeurs sur lesquelles nous nous étions engagés fissent un bond à la hausse. Nilini et moi avions passé tout notre temps à calculer combien nous avions récupéré. Il ressortait que seule la moitié de la fortune du père Speier était perdue! Un résultat magnifique qui me remplissait d'orgueil. Il se passait exactement ce que Nilini avait prévu sur un ton, certes, très dubitatif mais qui, à présent, naturellement, quand il répétait ses propres mots, en était exclu, si bien que le courtier apparaissait comme un prophète fiable. Selon moi, il avait prévu cette hausse ainsi que son contraire. On ne l'aurait jamais pris en défaut mais je ne le lui ai pas dit car j'avais intérêt à ce que son prestige demeurât impliqué dans cette affaire. Même son bon vouloir pouvait influer sur les prix.

Nous avons quitté le bureau à trois heures et nous avons couru parce que nous nous sommes souvenus alors que les obsèques devaient avoir lieu à deux heures trois quarts.

A la hauteur des arcades de Chiozza, j'ai vu au loin le convoi funèbre et j'ai même cru reconnaître la voiture qu'un ami avait envoyée à Ada pour les obsèques. J'ai sauté dans un fiacre avec Nilini, donnant l'ordre au cocher de suivre l'enterrement. A l'intérieur de la voiture, Nilini et moi avons continué à mener notre jeu prudent de cartes. Nous étions si loin de penser au pauvre défunt que nous déplorions la lenteur du véhicule. Qui sait ce qui pouvait arriver pendant ce temps-là à la Bourse que nous laissions sans surveillance ? Nilini, à un certain moment, m'a regardé bien en face pour me demander pourquoi je ne faisais pas quelque chose pour mon compte à la Bourse.

– Pour le moment, lui ai-je dit, et je ne sais pourquoi j'ai rougi, je ne travaille que pour le compte de mon pauvre ami.

Puis, j'ai ajouté avec une légère hésitation :

– Après, je penserai à moi.

Je ne voulais pas lui ôter tout espoir de m'inciter à jouer, toujours avec cette même idée que son amitié devait m'être pleinement acquise. Mais en moi-même, j'ai formulé la phrase exacte que je n'osais pas lui dire : « Je ne me fourrerai jamais dans tes pattes ! » Il s'est mis à me chapitrer :

– Qui sait si une occasion pareille se représentera !

Il oubliait qu'il m'avait enseigné qu'à la Bourse les occasions se présentaient à toute heure.

Quand nous sommes arrivés à l'endroit où s'arrêtent d'ordinaire les voitures, Nilini a passé sa tête à la portière et a poussé un cri de surprise. Le fiacre continuait à rouler derrière le convoi qui avait pris la direction du cimetière grec. « M. Guido était-il grec ? » m'a-t-il demandé d'un air surpris.

Le convoi funèbre, dépassant en effet le cimetière catholique, prenait la direction d'un autre cimetière, juif, grec, protestant ou serbe[22].

– Il était peut-être protestant, c'est possible ! ai-je commencé, mais je me suis rappelé aussitôt que j'avais assisté à son mariage à l'église catholique.

– Ce doit être une erreur ! me suis-je exclamé, pensant tout d'abord qu'on voulait l'enterrer au mauvais endroit.

Nilini a soudain éclaté de rire, d'un rire fou, incoercible, qui l'a renversé sans forces au fond de la voiture, sa vilaine bouche ouverte comme un four dans un visage ratatiné.

– C'est nous qui nous sommes trompés ! s'est-il exclamé.

Quand il a pu maîtriser son accès d'hilarité, il m'a accablé de reproches. J'aurais dû savoir où nous allions parce que c'était à moi de savoir l'heure et de reconnaître les gens, etc. Nous avions suivi l'enterrement d'un autre !

Mon irritation m'avait empêché de partager son hilarité et il m'était difficile à présent d'encaisser sa désapprobation. Pourquoi n'avait-il pas mieux regardé lui aussi ? J'ai ravalé mon mécontentement uniquement parce que la Bourse comptait davantage pour moi que l'enterrement. Nous sommes descendus du fiacre pour mieux nous orienter et nous nous sommes dirigés vers l'entrée du cimetière catholique. La voiture nous suivait. Je me suis aperçu que les survivants de cet autre malheur nous regardaient avec surprise sans réussir à s'expliquer pourquoi après avoir honoré jusqu'à cette limite extrême leur pauvre défunt, nous l'abandonnions au point fort de la cérémonie.

Nilini qui s'impatientait marchait devant moi. Après une courte hésitation, il a demandé au gardien :

– Le convoi de M. Guido Speier est-il déjà arrivé ?

Le gardien n'a pas paru surpris de cette question que

moi j'ai jugée comique. Il a répondu qu'il n'en savait rien. Tout ce qu'il pouvait nous dire c'est que, au cours de la demi-heure qui avait précédé, des convois étaient entrés dans le cimetière.

Nous nous sommes consultés, en proie à la perplexité. Nous ne pouvions évidemment savoir si à cette heure le convoi était ou non à l'intérieur. Alors j'ai pris une décision pour moi. Personnellement, je ne pouvais me permettre de tomber au beau milieu de la cérémonie et de la perturber. Je n'entrerais donc pas dans le cimetière. Par ailleurs je ne pouvais prendre le risque de me trouver devant le convoi en revenant sur mes pas. Voilà pourquoi j'ai renoncé à assister à l'inhumation. Je reviendrais en ville en faisant un long crochet par-delà Servola[23]. J'ai laissé le fiacre à Nilini qui ne voulait pas renoncer à faire acte de présence par égard pour Ada qu'il connaissait.

D'un pas pressé, afin d'échapper à toute rencontre, j'ai gravi le chemin qui menait au village. Maintenant je ne regrettais plus du tout de m'être trompé d'enterrement et de ne pas avoir rendu les derniers honneurs au pauvre Guido. Je ne pouvais m'attarder à ces pratiques religieuses. Un autre devoir m'incombait : je devais sauver l'honneur de mon ami et défendre sa fortune en faveur de sa veuve et de ses orphelins. Quand j'informerais Ada que j'avais réussi à récupérer les trois quarts des pertes subies (et je repassais dans ma tête les calculs que nous avions refaits cent fois : Guido avait perdu le double de la fortune de son père et, après mon intervention, les pertes ne se montaient qu'à la moitié de cette fortune. Le compte était donc juste; j'avais récupéré exactement les trois quarts des pertes), elle me pardonnerait certainement de ne pas avoir pris part aux obsèques de son mari. Ce jour-là, le temps s'était remis au beau. Un magnifique soleil printanier brillait dans le ciel et, sur la campagne encore humide, l'air était pur et sain. L'activité physique dont je m'étais privé plusieurs jours durant, dilatait mes poumons. Je n'étais que force et santé. La santé ne prend relief que des comparaisons. Je me comparais au pauvre Guido et je n'en finissais plus de m'élever sur les ailes de mon triomphe dans cette même lutte où lui avait succombé. Tout n'était que force et santé autour de moi. Même les champs à l'herbe tendre. La longue et abondante aspersion, catastrophe des jours passés, n'avait plus que des conséquences bénéfiques et le soleil lumineux était cette tiédeur que la terre encore gelée désirait. Il est certain que plus on irait s'éloignant de la catastrophe, plus on détesterait ce ciel bleu s'il n'arrivait pas à s'obscurcir à temps. Mais c'était là prévision d'un homme d'expérience et je ne m'en suis pas souvenu alors; elle ne s'impose à moi qu'en cet instant où j'écris ces notes. A ce moment-là il n'y avait place dans mon cœur que pour un hymne à la santé, la mienne et celle de toute la nature; santé éternelle.

J'ai accéléré mon allure. Sa légèreté me comblait de bonheur. En descendant la colline de Servola, j'ai pressé le pas jusqu'à me mettre à courir. Arrivé sur le plat, à la promenade de Sant'Andrea, j'ai ralenti à nouveau mais j'éprouvais toujours la sensation d'une grande facilité. L'air me portait.

J'avais totalement oublié que je revenais de l'enterrement de mon ami le plus intime. Mon pas et mon souffle étaient ceux du triomphateur. Ma joie pour la victoire remportée était toutefois un hommage rendu à mon pauvre ami en faveur de qui j'étais descendu dans l'arène.

Je suis allé au bureau pour voir les cours de clôture. Ils étaient un peu moins soutenus mais ce ne fut pas là détail à me faire perdre mon assurance. Je recommencerais à abattre mes cartes prudemment et je ne doutais pas de pouvoir arriver à mes fins.

Finalement j'ai dû me rendre chez Ada. C'est Augusta qui est venue m'ouvrir. D'entrée, elle m'a demandé :

– Comment as-tu fait pour manquer l'enterrement, toi, le seul homme de la famille?

J'ai déposé mon parapluie et mon chapeau, je lui ai dit non sans perplexité que je voudrais voir Ada tout de suite pour ne pas avoir à me répéter. Ce que je pouvais lui dire à elle en attendant, c'est que j'avais eu de bonnes raisons pour manquer ces obsèques. Je n'étais plus aussi sûr de moi et je ressentais au côté une douleur soudaine due peut-être à la fatigue. C'est probablement cette observation d'Augusta qui me faisait douter de la possibilité de me faire pardonner cette absence qui devait avoir causé un scandale; je voyais devant moi tous les acteurs de cette triste cérémonie distraits de leur douleur pour se demander où je pouvais bien être.

Ada n'est pas venue. J'ai appris par la suite qu'on ne lui avait même pas dit que je l'attendais. J'ai été reçu par Mme Malfenti qui m'a parlé la première avec une sévérité crispée que je ne lui avais jamais vue. J'ai débuté par des excuses, mais je ne possédais plus la belle assurance qui m'avait donné des ailes entre le cimetière et la ville. Je balbutiais. Je lui ai raconté aussi quelque chose d'un peu moins vrai en appendice à la vérité, ma courageuse initiative à la Bourse en faveur de Guido, selon quoi, juste avant l'heure de l'enterrement, j'avais dû expédier une dépêche à Paris pour donner un ordre et je n'avais pas voulu courir le risque de m'éloigner du bureau avant d'en avoir reçu confirmation. Il était exact que Nilini et moi avions dû télégraphier à Paris, mais c'était deux jours auparavant, et deux jours auparavant nous était également parvenue cette confirmation. Bref je comprenais que la vérité ne suffisait pas à m'excuser, peut-être aussi parce que je ne pouvais la dire tout entière et raconter l'opération primordiale à laquelle je me consacrais depuis plusieurs jours : orienter au gré de mon vouloir le marché international des changes. Mais Mme Malfenti m'a excusé quand elle a eu connaissance du chiffre auquel se montaient à présent les pertes de Guido. Elle m'a remercié les larmes aux yeux. J'étais redevenu non pas le seul homme de la famille mais le meilleur.

Elle m'a demandé de venir avec Augusta dans la soirée voir Ada à qui entre-temps elle raconterait tout. Pour le moment Ada n'était pas en mesure de recevoir qui que ce fût. Et moi, je suis reparti volontiers avec ma femme. Elle non plus, avant de quitter cette maison, n'avait pas senti le besoin de dire au revoir à Ada qui passait des pleurs du désespoir à des moments de prostration où elle ne s'apercevait même pas de la présence des gens qui lui parlaient.

J'ai eu un espoir :

– Alors ce n'est pas Ada qui s'est aperçue de mon absence ?

Augusta m'a avoué qu'elle aurait préféré ne rien dire tant elle avait trouvé exagérées les manifestations du ressentiment éprouvé par Ada devant un tel manquement de ma part. Ada avait exigé d'elle des explications et Augusta avait dû lui répondre qu'elle ne pouvait lui en fournir avant de m'avoir vu. Puis elle était retournée à son désespoir en hurlant que Guido devait finir comme ça à cause de la haine que toute la famille lui portait.

J'ai trouvé qu'Augusta aurait dû me défendre et rappeler à Ada que j'avais été le seul parent disposé à secourir Guido de manière efficace. Si l'on m'avait écouté, Guido n'aurait eu aucun motif de tenter ou de simuler le suicide.

Augusta, au contraire, s'était tue. Elle avait été si bouleversée par le désespoir d'Ada qu'elle avait craint de lui faire outrage en se mettant à argumenter. Du reste elle avait confiance : les explications de Mme Malfenti convaincraient Ada qu'elle se trompait sur mon compte. Je dois dire que je partageais cette confiance et je dois même avouer qu'à partir de ce moment j'ai savouré la certitude d'assister à la surprise d'Ada et à ses manifestations de reconnaissance. Chez elle évidemment, Basedow oblige, tout était excessif.

Je suis retourné au bureau où j'ai appris que s'esquissait à nouveau à la Bourse une légère reprise, très légère mais déjà telle qu'on pouvait espérer le lendemain, à l'ouverture, les cours du matin.

Dans la soirée, après le repas, j'ai dû aller seul voir Ada car Augusta était empêchée de m'accompagner par une indisposition de notre petite fille. J'ai été reçu par Mme Malfenti qui m'a dit qu'ayant à faire à la cuisine elle devait me laisser seul avec Ada. Puis elle m'a avoué qu'Ada l'avait priée de me laisser seul avec elle car elle avait à me dire quelque chose qui ne devait pas être entendu par des tiers. Avant de me laisser dans le petit salon où je m'étais trouvé à deux reprises avec Ada, Mme Malfenti m'a dit en souriant :

– Tu sais, elle n'est pas tout à fait prête à te pardonner ton absence à l'enterrement de Guido, mais... c'est tout comme!

Dans cette pièce exiguë, mon cœur battait toujours la chamade. Cette fois-ci ce n'était pas de crainte de me voir aimé de quelqu'un que je n'aimais pas. Depuis quelques instants et uniquement à cause des paroles de Mme Malfenti, je reconnaissais que j'avais commis un grave manquement à la mémoire du pauvre Guido. Ada elle-même, tout en sachant que pour me faire pardonner cette offense je lui offrais une fortune, ne pourrait me pardonner de sitôt. Je m'étais assis et regardais les portraits des parents de Guido. Le vieux *Cada* avait un air de satisfaction qui me semblait tenir à mon intervention, tandis que la mère de Guido, une femme anguleuse, habillée d'une robe aux manches ballonnées et coiffée d'un minuscule chapeau en équilibre sur une montagne de cheveux, avait un air très sévère. Naturellement! Tout le monde prend un air inusité devant l'appareil du photographe. J'ai détourné mon regard, fâché contre moi-même de scruter ces visages. La mère ne pouvait certainement avoir prévu que je n'assisterais pas à l'inhumation de son fils.

Mais la manière dont Ada m'a parlé m'a causé une surprise douloureuse. Elle devait avoir longuement réfléchi sur ce qu'elle voulait me dire, et elle n'a tenu aucun compte de mes explications, mes dénégations et mes rectifications qu'elle ne pouvait avoir prévues et auxquelles elle n'était donc pas préparée. Elle a suivi sa trajectoire à fond de train, comme un cheval emballé, jusqu'au bout.

Elle est entrée, vêtue très simplement d'une robe d'intérieur noire, les cheveux décoiffés dans le désordre de mèches emmêlées et peut-être arrachées par des mains qui s'étaient acharnées à trouver quelque chose à faire, lorsque c'est la seule façon de laisser libre cours à sa douleur. Elle s'est avancée jusqu'au guéridon auprès duquel j'étais assis et s'y est appuyée des deux mains pour mieux me regarder. Son visage avait de nouveau fondu, se débarrassant de cette étrange santé qui ne repoussait pas au bon endroit. Elle n'était pas aussi belle que lorsque Guido avait fait sa conquête, mais en la voyant nul ne se serait rappelé sa maladie. On ne l'y trouvait pas ! On y découvrait en revanche une douleur si grande qu'elle en était transfigurée. J'ai tellement bien compris cette énorme douleur que je n'ai pu parler. Tout le temps que je l'ai regardée, j'ai pensé : « Quels mots pourrais-je lui dire qui soient l'équivalent de mon étreinte fraternelle pour qu'elle trouve dans mes bras réconfort et encouragement à pleurer et à s'épancher ? » Puis, une fois agressé, j'ai voulu réagir mais trop mollement et elle ne m'a pas entendu.

Elle a parlé, parlé, parlé et je ne puis répéter toutes ses paroles. Si je ne m'abuse, elle a commencé par me remercier d'un ton grave, mais sans chaleur, d'avoir tant fait pour elle et les enfants. Puis elle est passée aussitôt aux reproches :

– Si bien que tu as fait en sorte qu'il est mort pour quelque chose qui n'en valait pas la peine !

Puis elle a baissé la voix comme si elle voulait garder secret ce qu'elle me disait et dans ses accents est passée une plus grande flamme, une flamme qui provenait de son amour pour Guido et (me suis-je trompé ?) pour moi également.

– Et je t'excuse de ne pas être venu à son enterrement. Tu ne pouvais le faire et je t'en excuse. Lui-même t'excuserait s'il était encore en vie. Qu'aurais-tu fait à son enterrement ? Toi qui ne l'aimais pas ! Dans ta bonté, tu aurais pu pleurer sur moi, sur mes larmes mais pas sur lui que tu... haïssais ! Pauvre Zeno ! Mon frère très cher !

C'était une énormité ! Me dire une chose pareille en altérant à ce point la vérité ! J'ai protesté, mais elle ne m'a pas entendu. Je crois avoir hurlé ou du moins avoir ressenti cet effort dans ma gorge :

– Mais c'est une erreur, un mensonge, une calomnie. Comment peux-tu croire une chose semblable ?

Elle a continué toujours à voix basse :

– Mais moi non plus, je n'ai pas su l'aimer. Je ne l'ai pas trompé, même par la pensée, mais mes sentiments étaient tels que je ne trouvais pas la force de le protéger. Je considérais les rapports que tu avais avec ta femme et je les enviais. Ils me semblaient meilleurs que ceux qu'il m'offrait. Je te sais gré de ne pas être venu à ses obsèques car autrement, même aujourd'hui, je n'aurais rien compris. Maintenant, au contraire, je vois et je comprends tout. Et même que je ne l'ai pas aimé : autrement comment aurais-je pu haïr jusqu'à son violon, expression la plus complète de sa grande âme?

Alors, la tête posée sur mon bras, j'ai caché mon visage. Les accusations qu'elle me lançait étaient si injustes qu'on ne pouvait les réfuter; d'ailleurs ses accents affectueux mitigeaient à tel point leur déraison que ma réaction ne pouvait avoir la dureté nécessaire pour s'imposer. Augusta, du reste, venait de me donner l'exemple d'un silence compréhensif pour ne pas offenser ni exacerber une aussi grande douleur. Cependant quand j'ai entrouvert les yeux dans l'obscurité j'ai vu que ses mots avaient créé un monde nouveau comme toutes les paroles infondées. J'ai cru comprendre moi aussi que j'avais toujours haï Guido et que j'étais resté à ses côtés, assidûment, dans l'attente de pouvoir le frapper. En outre, elle avait identifié Guido à son violon. Si je n'avais su qu'elle avançait en tâtonnant dans sa douleur et son remords, j'aurais pu croire qu'elle avait sorti ce violon de son étui comme une partie de Guido pour convaincre mon cœur de cette accusation de haine.

Puis, dans l'obscurité, j'ai revu le cadavre de Guido avec son visage toujours empreint de sa stupeur de se trouver là, sans vie. Epouvanté, j'ai redressé la tête. Il valait mieux affronter les accusations d'Ada que je savais injustes que de regarder dans l'obscurité.

Mais elle parlait toujours de moi et de Guido :

– Et toi, pauvre Zeno, sans le savoir, tu continuais à vivre à ses côtés en le haïssant. Tu lui faisais du bien pour l'amour de moi. Ce n'était pas possible! Ça devait finir comme ça! Moi aussi une fois j'ai cru que je pourrais profiter de l'amour que je savais que tu me portais afin d'augmenter autour de lui la protection qui pouvait lui être utile. Il ne pouvait être protégé que par quelqu'un qui l'aurait aimé et, parmi nous, personne ne l'a aimé.

– Qu'aurais-je pu faire de plus pour lui ? ai-je demandé pleurant à chaudes larmes pour faire entendre, d'elle comme de moi, mon innocence.

Les larmes remplacent parfois les cris. Je ne voulais pas crier et je me demandais même si je devais parler. Mais il me fallait l'emporter sur ses assertions et j'ai pleuré.

– Le sauver, mon frère ! Moi ou toi, nous deux nous aurions dû le sauver. Moi, au contraire, je suis restée à ses côtés et je n'ai pu y parvenir par manque de véritable amour et toi tu t'es tenu loin de lui, absent, toujours absent jusqu'à son enterrement. Puis tu t'es montré sûr de toi, armé de la tête aux pieds de ton affection. Mais, auparavant, tu ne te souciais pas de lui. Et pourtant il est resté avec toi jusqu'au soir. Et tu aurais pu imaginer, si tu t'étais intéressé à lui, que quelque chose de grave allait se passer.

Les larmes m'empêchaient de parler, mais j'ai marmotté quelque chose qui devait établir le fait que la nuit précédente il l'avait passée à s'amuser dans les marais à la chasse et qu'il était donc impossible à quiconque parmi nous de prévoir l'usage qu'il ferait de la nuit suivante.

– Il avait besoin de chasser, il en avait besoin ! a-t-elle corrigé en haussant le ton. Puis, comme si elle avait fait un trop grand effort pour crier, elle s'est affaissée et a glissé à terre, évanouie.

Je me rappelle que l'espace d'un instant j'ai hésité à appeler Mme Malfenti. Il me semblait que cette défaillance révélait quelque chose de ce qu'elle m'avait dit.

Mme Malfenti est accourue avec Alberta. Tout en soutenant Ada, Mme Malfenti m'a demandé :

– T'a-t-elle parlé de ces providentielles opérations boursières ? (Puis :) C'est son deuxième évanouissement de la journée !

Elle m'a prié de m'éloigner un instant et je suis allé dans le corridor attendre de savoir si je devais revenir ou m'en aller. Je me suis préparé à une explication ultérieure avec Ada. Elle oubliait que si l'on avait écouté ma proposition, le malheur aurait été sûrement évité. Il aurait suffi que je le lui dise pour la convaincre qu'elle me faisait gravement injure.

Quelques minutes après, Mme Malfenti est revenue et m'a dit qu'Ada, ayant repris ses sens, voulait me dire au revoir. Elle était étendue sur le canapé sur lequel je m'étais assis auparavant. A ma vue, elle s'est mise à pleurer et ce furent les premières larmes que je lui ai vu verser. Elle m'a tendu une petite main moite de sueur :

– Adieu, cher Zeno ! Je t'en prie, souviens-toi ! Souviens-toi toujours ! Ne l'oublie pas !

Mme Malfenti est intervenue pour demander ce que je devrais me rappeler et je lui ai dit qu'Ada souhaitait que fût liquidé au plus tôt le compte de Guido à la Bourse. J'ai rougi de mon mensonge, craignant aussi qu'Ada ne me démentît. Mais au lieu de me démentir, elle s'est mise à hurler :

– Oui ! Oui ! Tout doit être liquidé. Je ne veux plus entendre parler de cette horrible Bourse !

Elle avait de nouveau pâli et Mme Malfenti lui a assuré, pour la tranquilliser, qu'il serait fait immédiatement selon son désir. Puis Mme Malfenti m'a accompagné jusqu'à la porte et m'a prié de ne pas précipiter les choses : que je fasse ce qui me paraîtrait le plus souhaitable pour Guido. Mais j'ai répondu que je me méfiais. Le risque était énorme et je ne pouvais m'aventurer à agir de la sorte avec les intérêts d'autrui. Je ne croyais plus aux jeux de Bourse ou du moins ne m'abandonnais-je plus à l'espoir confiant que mon fluide magnétique pût influer sur leur déroulement. Je devais donc procéder à la liquidation, trop heureux que les choses se soient bien passées.

Je n'ai pas rapporté à Augusta les paroles d'Ada. A quoi bon l'affliger ? Mais ces paroles, du fait même que je ne les répétai à personne, ont continué à me marteler le tympan et m'ont accompagné de longues années durant. Elles résonnent encore dans mon cœur. Je n'en ai toujours pas fini de les analyser. Je ne peux pas dire que j'ai aimé Guido mais ce sentiment n'était dû qu'au fait que Guido était un homme bizarre. Mais je me suis tenu fraternellement à ses côtés et l'ai assisté de mon mieux. Les reproches d'Ada, non, je ne les mérite pas.

Je ne me suis plus retrouvé seul à seul avec elle. Elle n'a pas senti le besoin de me dire autre chose et de mon côté je n'ai pas osé exiger d'explication, peut-être pour ne pas raviver sa douleur.

A la Bourse, l'affaire se termina comme je l'avais prévu, et le père de Guido, après une première dépêche qui lui notifiait la perte de tout son avoir, s'est certainement réjoui d'en retrouver une moitié intacte. Mon œuvre, dont je n'ai pas retiré les avantages que je m'étais promis.

Ada a observé envers moi un comportement constamment affectueux jusqu'à son départ pour Buenos Aires où elle partait rejoindre avec ses enfants la famille de son mari. Elle aimait se retrouver avec Augusta et moi. En ce qui me concerne, j'ai voulu parfois me persuader que ses propos excessifs ne lui avaient été dictés que par l'explosion d'une douleur littéralement démentielle et qu'elle ne s'en souvenait même plus. Mais une fois qu'en notre présence on en vint à reparler de Guido, elle m'a confirmé en deux mots tout ce qu'elle m'avait dit ce jour-là.

– Pauvre garçon, personne ne l'a aimé !

Au moment de l'embarquement, portant dans ses bras l'un des enfants légèrement indisposé, elle m'a embrassé. Puis à un moment où nous nous trouvions seuls elle m'a dit :

– Adieu, Zeno, mon frère. Je me rappellerai toujours que je n'ai pas su l'aimer assez. Il faut que tu le saches ! Je quitte volontiers mon pays. Il me semble m'éloigner de mes remords !

Je l'ai grondée de se tourmenter de la sorte. Je lui ai déclaré qu'elle avait été une bonne épouse et que je le savais et que j'aurais pu en témoigner. Je ne sais si j'ai réussi à la convaincre. Elle n'a plus rien dit, vaincue par ses sanglots. Puis, longtemps après, j'ai compris qu'en prenant congé de moi, elle avait voulu par ces mots renouveler les reproches qu'elle m'avait adressés. Mais je sais qu'elle m'a fait injure. Ce n'est certainement pas moi qui dois me reprocher de ne pas avoir aimé Guido.

La journée était morne et sombre. On eût dit qu'un seul et même nuage, immense mais nullement menaçant, occultait le ciel. Un gros chalutier, dont les voiles pendaient inertes à la mâture, cherchait à sortir du port à la force des rames. Deux pêcheurs seulement maniaient les avirons et, malgré la cadence rapide des rames, c'est à peine s'ils parvenaient à faire avancer la lourde embarcation. Au large, ils trouveraient une brise favorable, peut-être.

Sur le paquebot, Ada nous disait adieu du pont supérieur en agitant son mouchoir. Puis elle nous a tourné le dos. Elle regardait certainement vers Sant'Anna où reposait Guido[24]. Au fur et à mesure qu'elle s'éloignait, sa silhouette fine et élégante devenait plus parfaite. Mes yeux se voilèrent de larmes. Voici qu'elle nous abandonnait et que je ne pourrais jamais plus lui prouver mon innocence.

VIII

PSYCHANALYSE

3 mai 1915

J'EN ai fini avec la psychanalyse. Après six mois de séances assidues, je vais plus mal qu'avant. Je n'ai pas encore donné congé à mon médecin mais ma décision est irrévocable. En attendant, hier je lui ai fait dire que j'avais un empêchement et pendant quelques jours je vais le faire poireauter. Si j'étais tout à fait sûr de pouvoir rire de lui sans me fâcher, je serais même capable d'y retourner. Mais j'ai peur d'en arriver à des voies de fait.

Depuis que la guerre a éclaté, on s'ennuie encore plus qu'avant dans cette ville et, pour remplacer la psychanalyse, je reprends mes chers mémoires. Depuis un an je n'avais plus écrit un seul mot pour obéir en cela comme en toute chose aux prescriptions de mon médecin qui soutenait que pendant la cure je ne devais me concentrer qu'en sa compagnie, car le fait de me concentrer loin de sa surveillance aurait pu renforcer les freins qui inhibent toute sincérité et tout abandon. Mais à présent, je me découvre plus malade et plus désaxé que jamais et je pense que, grâce à l'écriture, je me purifierai plus aisément du mal que la cure m'a causé. Du moins suis-je convaincu que c'est là le seul système véritable qui puisse redonner son importance à un passé devenu indolore et faire avancer plus rapidement un morne présent.

Je m'étais livré à mon docteur avec une telle confiance que lorsqu'il m'a dit que j'étais guéri, je l'ai cru aveuglément sans prêter attention aux douleurs qui continuaient à me tourmenter. Je leur disais : « Je ne vous connais pas ! » Mais maintenant, il n'y a plus de doute ! Ce sont bien elles ! Les os de mes jambes se sont convertis en arêtes vibratiles qui me déchirent chair et muscles.

Mais je ne me soucierais guère de ce détail, et ce n'est pas la vraie raison pour laquelle j'interromps ma cure. Si mes heures de concentration auprès du docteur avaient continué à m'apporter surprises et émotions intéressantes, je ne les aurais pas abandonnées ou bien j'aurais attendu pour prendre cette décision la fin d'une guerre qui m'interdit tout autre activité. Mais quand j'ai compris que je savais tout, qu'il ne s'agissait en somme que d'un tour idiot de prestidigitation, d'un truc tout juste bon à faire palpiter quelque vieille femme hystérique, comment aurais-je pu supporter la compagnie de cet homme ridicule, avec son œil qui se veut inquisiteur et cette présomption qui l'autorise à regrouper tous les phénomènes de l'existence autour de sa grande théorie ? J'emploierai les loisirs dont je dispose à écrire. Je vais donc écrire avec sincérité l'histoire de ma cure. Toute sincérité avait disparu de mes rapports avec le docteur et maintenant je respire. Je ne suis plus soumis à aucun effort. Je ne dois plus me contraindre à une croyance ni feindre d'avoir la foi. C'était justement pour mieux dissimuler mes pensées véritables que je croyais devoir lui manifester une soumission aveugle tandis que lui en profitait pour sortir chaque jour une nouvelle malice de son sac. Il devait être mis fin à ma cure parce que ma maladie avait été découverte. Il ne s'agissait d'autre chose que de celle qu'en son temps le défunt Sophocle avait diagnostiquée sur le pauvre Œdipe. J'avais aimé ma mère et j'aurais voulu assassiner mon père.

Et j'ai pu gober tout ça ! J'ai écouté, pétrifié. C'était une maladie qui m'élevait à la plus haute noblesse. Formidable cette maladie dont les ancêtres remontaient à l'époque mythologique! Et je n'arrive même pas à me fâcher alors que me voici seul, le porte-plume à la main. J'en ris de bon cœur. La meilleure preuve que je n'ai pas souffert de cette maladie est fournie par le fait que je n'en suis pas guéri. Cette preuve convaincrait même le docteur. Qu'il se rassure : ses paroles n'ont pas réussi à abîmer les souvenirs de ma jeunesse. Je ferme les yeux et je vois aussitôt dans sa pureté et sa naïveté enfantines l'amour que je portais à ma mère ainsi que le respect et la grande affection que j'éprouvais pour mon père.

Le docteur attache trop de crédit à ces malheureuses confessions qu'il ne veut pas me restituer pour que je les relise. Enfin quoi? Il n'a étudié que la médecine et il ignore donc ce que veut dire écrire en italien pour nous qui ne parlons, et sans savoir l'écrire, que notre dialecte[1]. Une confession par écrit est toujours mensongère. Nous mentons à chaque mot de toscan que nous employons! S'il savait comme nous racontons plus volontiers les choses pour lesquelles nous avons des mots tout prêts et comme nous évitons celles qui nous obligeraient à recourir au dictionnaire! C'est précisément pour cette raison que nous sélectionnons dans notre vie les épisodes à mettre par écrit. Il est clair que notre existence revêtirait un tout autre aspect si nous la racontions dans notre dialecte.

Le docteur m'a avoué que, au cours de sa longue carrière, il ne lui avait jamais été donné de constater une émotion aussi violente que la mienne quand je me cognais aux images qu'il croyait avoir fait surgir en moi. C'est aussi pourquoi il a mis tant d'empressement à me déclarer guéri.

Et moi, je ne simulais pas ce bouleversement. C'est même l'un des plus profonds que j'aie jamais éprouvé de ma vie. Moite de sueur quand je créais l'image, de larmes quand elle venait à moi. J'avais naguère caressé ardemment l'espoir de pouvoir revivre un seul jour d'innocence et d'ingénuité. Pendant des mois et des mois, j'ai vécu de cet espoir, j'y ai puisé des forces. Ne s'agissait-il pas d'obtenir grâce à la vie du souvenir les roses de mai au cœur de l'hiver? Le docteur lui-même assurait que le souvenir ferait la lumière sur tout, si bien qu'il offrirait à ma vie un jour de plus. Les roses exhaleraient leurs suprêmes effluves et porteraient peut-être aussi leurs épines.

Et c'est à force de courir après ces images que je les ai rattrapées. A présent je sais que je les ai inventées. Mais inventer c'est créer et non pas mentir. Mes inventions étaient pareilles à celles de la fièvre qui vont et viennent dans notre chambre afin que nous les voyions sur toutes les faces et qui finissent par nous toucher. Elles avaient la solidité, la couleur, l'effronterie des choses vivantes. A force de désir, j'ai projeté des images, qui n'existaient que dans ma tête, dans l'espace où je regardais, un espace dont je sentais l'air, la lumière et même les angles contondants que n'ont jamais fait défaut dans aucun des espaces que j'ai traversés.

Quand je suis parvenu à l'état de torpeur qui devait faciliter l'illusion et qui ne me semblait autre chose que la conjugaison d'un grand effort et d'une grande inertie, j'ai cru que ces images étaient des reproductions véritables des jours lointains. J'aurais pu me douter aussitôt qu'il n'en était rien car, à peine s'étaient-elles dissipées, je continuais à m'en souvenir mais sans aucune excitation ni émotion. Je m'en souvenais comme on se souvient d'un événement raconté par quelqu'un qui n'y a pas assisté. S'il s'était agi d'authentiques reproductions, j'aurais continué à en rire ou à en pleurer comme au moment où je les avais obtenues. Et le docteur de noter. Il disait : « Nous avons eu ceci, nous avons eu cela. » En vérité nous n'avions plus que des signes graphiques, des squelettes d'images.

J'ai été amené à croire qu'il s'agissait de l'évocation de mon enfance, car la première des images m'a reporté à une époque relativement récente dont j'avais conservé même avant un pâle souvenir qu'elle m'a paru confirmer. Il y a eu une année de ma vie où j'allais à l'école et mon frère pas encore. Et il me semblait qu'appartenait à cette année-là le moment que j'avais évoqué. Je me voyais sortant de la villa par une matinée ensoleillée de printemps, traverser notre jardin pour descendre tout en bas, en ville, tandis que la vieille bonne de la famille, Catina, me tenait par la main. Mon frère, dans la scène que j'ai rêvée, n'apparaissait pas mais il en était le héros. Je le sentais libre et heureux à la maison, tandis que moi j'allais à l'école. Je m'y rendais en me faisant traîner, des sanglots plein la gorge et dans l'âme une intense rancœur. Je n'ai revu qu'un seul de ces trajets vers l'école mais cette rancœur me disait que chaque jour j'allais à l'école tandis que mon frère restait à la maison. Pour l'éternité, alors qu'en vérité je crois que très peu de temps après, mon frère plus jeune que moi d'un an seulement, est allé à son tour à l'école. Mais sur le moment la véracité du songe m'a paru indiscutable : j'étais condamné pour toujours à aller à l'école tandis que mon frère avait la permission de rester à la maison. Tout en marchant à côté de Catina, je calculais la durée de la torture : jusqu'à midi ! Et lui reste à la maison ! Et je me rappelle aussi qu'au cours des jours précédents quelque menace et quelque semonce avaient dû troubler ma vie d'écolier et qu'à ce moment-là j'avais encore pensé : ça ne peut pas lui arriver à lui. Cette représentation avait eu à mes yeux une évidence colossale. Catina, dont je me rappelais la petite taille, m'avait paru grande, certainement parce que j'étais un tout petit garçon. Même alors elle m'avait semblé très vieille, mais il est bien connu que les très jeunes enfants voient des vieillards dans les personnes adultes. Et le long du chemin que je devais suivre pour aller à l'école, j'ai même reconnu les étranges colonnettes qui en ce temps-là balisaient les trottoirs des rues de notre ville. Il est vrai que je suis né assez tôt pour voir encore, étant adulte, ces colonnettes dans les rues du centre. Mais elles disparurent de la rue que ce fameux jour je parcourais avec Catina à peine étais-je sorti de l'enfance.

La foi en l'authenticité de ces images a résisté dans mon esprit même lorsque, stimulée par cette représentation, ma mémoire impartiale ne tarda pas à découvrir d'autres détails de cette époque. Le principal : mon frère aussi m'enviait parce que moi j'allais à l'école. J'étais sûr de m'en être aperçu, mais il a fallu du temps pour que mon souvenir infirme la véridicité de la vision. Plus tard, il lui a ôté toute apparence de vérité : en réalité, il y avait bien eu jalousie, mais dans la vision elle avait été déplacée.

La deuxième vision m'a ramené elle aussi à une époque récente, bien que de beaucoup antérieure à l'époque de la première : une pièce de la villa, mais je ne sais laquelle, car elle était plus vaste qu'aucune de celles où je vis. L'étrange de la chose est que je me voyais enfermé dans cette pièce et que j'en ai reconnu aussitôt un détail qui n'avait pu se manifester dans la simple vision : la pièce était éloignée de l'endroit où se tenaient habituellement ma mère et Catina. Et un second détail : je n'allais pas encore à l'école.

La pièce était toute blanche et je n'ai même jamais vu de pièce aussi blanche et aussi entièrement éclairée par le soleil. Le soleil de ce temps-là passait-il à travers les murs ? Il était certainement haut dans le ciel, mais je me trouvais encore dans mon lit tenant le bol où j'avais fini de boire mon café au lait et dans lequel je continuais à remuer une petite cuillère pour en ramener le sucre. A un certain moment la cuillère n'a plus suffi à le ramener et j'ai essayé alors d'atteindre le fond du bol de ma langue. Mais je n'y ai pas réussi. C'est pourquoi j'ai fini par tenir mon bol d'une main et la cuillère de l'autre, et que je me suis mis à regarder, couché dans son lit à côté du mien, mon frère qui en était encore à boire son café au lait dans son bol. Quand il a eu terminé, il a relevé son visage que j'ai pu voir se contracter sous les rayons de soleil qui l'atteignaient de plein fouet tandis que le mien (Dieu sait pourquoi) restait dans l'ombre. Il était pâle, un peu enlaidi par un soupçon de prognathisme. Il m'a dit :

– Tu me prêtes ta cuillère ?

C'est seulement alors que je me suis aperçu que Catina avait oublié de lui apporter une cuillère. Je lui ai répondu aussitôt sans hésiter :

– Oui ! A condition que tu me donnes en échange un peu de ton sucre.

J'ai tenu la cuillère en l'air pour en souligner la valeur.

Mais la voix de Catina a résonné aussitôt dans la chambre :

– Tu n'as pas honte! Vilain grigou!

De frayeur et de honte, je suis retombé dans le présent. J'aurais voulu discuter avec Catina, mais notre bonne ainsi que mon frère et moi, fait comme je l'étais à l'époque, tout jeune, innocent et ladre, avons disparu, sombrant à nouveau dans l'abîme.

Je regrette que ce sentiment de honte si intense ait détruit l'image à laquelle j'étais parvenue après tant d'efforts. J'aurais bien mieux fait d'offrir au contraire gentiment et *gratis* la petite cuillère et de ne pas vouloir justifier cette mauvaise action qui était probablement la première que j'eusse commise. Peut-être Catina aurait-elle invoqué le secours de ma mère pour m'infliger une punition et moi, enfin, je l'aurais revue.

Je l'ai vue cependant à quelques jours de là, ou j'ai cru la revoir. J'aurais pu comprendre immédiatement qu'il s'agissait d'une illusion car l'image de ma mère, telle que je l'évoquais, ressemblait trop au portrait qui se trouve à la tête de mon lit. Mais je dois avouer qu'au cours de cette apparition ma mère a eu les gestes d'une personne vivante.

Du soleil, du soleil à foison, à en être aveuglé! De ce que je croyais être ma jeunesse me parvenait une telle quantité de ce soleil qu'il était difficile de douter que ce n'était pas elle. Notre salle à manger au cours de l'après-midi. Mon père est rentré et il est assis sur le canapé auprès de maman qui marque d'une encre indélébile des initiales sur du linge amoncelé sur la table devant laquelle elle est assise. Moi je joue aux billes sous cette table. Je me rapproche de plus en plus de maman. Je désire probablement qu'elle participe à mon jeu. A un certain moment, pour me hisser entre eux deux, je m'accroche au linge qui dépasse de la table et patatras! Le flacon d'encre tombe sur ma tête, inonde ma figure et mes vêtements, la jupe de maman, faisant aussi une petite tache sur le pantalon de papa. Mon père relève la jambe pour me décocher un coup de pied...

Mais moi j'étais revenu à temps de mon lointain

voyage et je me trouvais en sûreté ici, adulte et vieux. Il faut que je le dise! Pendant un moment, j'ai souffert du châtiment dont j'étais menacé et aussitôt après j'ai éprouvé de la peine de n'avoir pu assister à la réaction qu'aurait eue sans doute maman pour me protéger. Mais qui peut retenir ces images quand elles se mettent à fuir à travers le temps qui n'a jamais autant ressemblé à l'espace? C'était là ce que je pensais tant que j'ai cru en l'authenticité de ces images! Maintenant, hélas (et j'en suis profondément navré), je n'y crois plus et je sais que ce n'étaient pas les images qui s'enfuyaient; c'étaient mes yeux qui se dessillaient à nouveau sur l'espace véritable où il n'y a pas place pour les fantasmes.

Je vais raconter encore les images d'une autre séance auxquelles le docteur a attribué tant d'importance qu'il m'a déclaré guéri.

Dans le demi-sommeil auquel je me suis abandonné j'ai fait un rêve à l'immobilité de cauchemar. J'ai rêvé que j'étais redevenu enfant et uniquement pour voir comment cet enfant rêvait lui aussi. Il était couché, sans parler, en proie à un bonheur qui envahissait tout son minuscule organisme. Il lui semblait avoir enfin réalisé son désir de toujours. Et pourtant il était couché là seul et abandonné! Mais il voyait et sentait avec l'évidence qu'on éprouve à voir et à sentir dans un rêve les choses même les plus éloignées. L'enfant, couché dans une chambre de ma villa, voyait (Dieu sait comment!) que sur le toit de cette même pièce se trouvait une cage amarrée à un socle très solide, sans portes ni fenêtres, mais éclairée de toute la lumière souhaitable et emplie d'un air pur et parfumé. Et l'enfant savait que lui seul pouvait accéder à cette cage sans même se déplacer car la cage allait peut-être venir jusqu'à lui. Dans cette cage il n'y avait qu'un seul meuble, un fauteuil où se trouvait assise une femme plantureuse, aux formes délectables, vêtue de noir, blonde, avec de grands yeux bleus, des mains très blanches et des pieds menus dans de petits souliers vernis dont on n'apercevait sous sa jupe qu'une discrète luisance. Je dois dire qu'il me semblait que cette femme ne faisait qu'une seule et même chose avec sa robe noire et ses escarpins vernis. Tout n'était qu'elle ! Et l'enfant rêvait de posséder cette femme, mais de la manière la plus étrange : il était sûr de pouvoir en croquer de petits morceaux au sommet et à la base.

Maintenant que j'y repense, je m'étonne que le docteur qui a lu si attentivement mon manuscrit, à ce qu'il dit, n'ait pas eu souvenance du rêve que j'avais fait avant de me rendre chez Carla[2]. Pour ma part, quand, à quelque temps de là, j'y ai repensé, il m'a semblé que ce dernier rêve n'était que la réplique de l'autre avec quelques retouches pour le rendre plus infantile.

Le docteur en revanche a noté soigneusement tous ces détails puis il m'a demandé d'un air un peu bébête :

– Votre mère était-elle blonde et plantureuse ?

Sa question m'a beaucoup étonné et j'ai répondu que ma grand-mère aussi était pareille. Mais à l'entendre j'étais bel et bien guéri. J'ai ouvert une bouche comme un four pour m'en réjouir avec lui et j'ai obtempéré à ses directives pour la suite : plus d'enquêtes, de recherches, de méditations, mais une véritable rééducation assidûment poursuivie.

Ces séances furent dès lors une vraie torture et je ne les ai poursuivies que parce qu'il m'a toujours été très difficile de m'arrêter ou de me remuer quand je suis immobile. Parfois, lorsqu'il allait trop loin, je risquais une objection. Il n'était pas vrai du tout – comme il en était persuadé – que chacune de mes paroles, chacune de mes pensées, fussent criminelles. Alors il ouvrait de grands yeux. J'étais guéri et je ne voulais pas m'en rendre compte. Il fallait vraiment que je fusse aveugle : j'avais appris que j'avais désiré ravir son épouse – ma mère – à mon père et je ne me sentais pas guéri ? Quel entêtement inouï que le mien ! Le docteur admettait toutefois que je serais encore mieux guéri quand prendrait fin la rééducation qui m'habituerait à considérer ces sentiments (le désir de tuer son propre père et de baiser sa propre mère) comme fautes vénielles au sujet desquelles il n'y avait pas de quoi être bourrelé de remords puisqu'elles avaient cours fréquemment dans les meilleures familles. Au fond, que perdais-je à tout cela? Il m'a dit un jour que j'étais désormais comme un convalescent qui ne s'est pas encore habitué à vivre sans fièvre. Il faudrait bien que je m'y accoutume.

Il sentait que je ne lui appartenais pas encore entièrement et, parallèlement à la rééducation, il revenait de temps en temps à la thérapie. Il essayait de nouveau les rêves, mais nous n'en eûmes plus d'authentiques. Excédé d'attendre si longtemps, j'ai fini par en inventer un. Je ne l'aurais pas fait si j'avais pu prévoir la difficulté d'une pareille simulation. Ce n'est pas rien que de balbutier comme si l'on était plongé dans un demi-sommeil, d'être couvert de sueur ou livide, de ne pas se trahir, de devenir éventuellement écarlate et de ne pas rougir : j'ai parlé comme si j'étais retourné à la femme de la cage, l'incitant à me tendre à travers un trou qui venait inopinément de s'ouvrir dans la cloison du petit salon son pied à sucer et à croquer. « Le gauche, le gauche! » ai-je murmuré en introduisant dans ma vision ce détail curieux qui pût mieux la faire ressembler aux rêves précédents. Je démontrais de la sorte que j'avais parfaitement compris la maladie que le docteur exigeait de moi. L'Œdipe infantile était fait exactement ainsi; il suçait le pied gauche de la mère pour laisser le pied droit au père. Dans l'effort de pousser mon imagination jusqu'au réalisme (et bien loin par là de me contredire), je me suis pris à mon propre piège en voulant goûter la saveur qu'avait ce pied. J'ai failli vomir.

Tout comme le docteur, moi aussi j'aurais désiré être visité encore par ces chères images de ma jeunesse, authentiques ou non, mais que je n'avais pas eu besoin de fabriquer. Ne les voyant plus venir quand le docteur était là, j'ai essayé de les évoquer en dehors de sa présence. Seul, je m'exposais au danger de les oublier, mais de toute façon, je ne visais aucunement à une cure! Je voulais encore les roses de mai en décembre. J'avais pu les obtenir une première fois; pourquoi ne les aurais-je pas une deuxième?

Dans ma solitude, je me suis aussi ennuyé ferme, puis, à la place des images, s'est produit quelque chose qui pendant un certain temps m'en a tenu lieu. En deux mots : j'ai cru avoir fait une découverte scientifique importante. Je me suis cru appelé à compléter toute la théorie des couleurs physiologiques. Mes prédécesseurs, Goethe et Schopenhauer, n'avaient jamais imaginé jusqu'où on pût arriver en maniant adroitement les couleurs complémentaires[3].

Il faut savoir que je passais tout mon temps affalé sur le canapé face à la fenêtre de mon bureau d'où j'apercevais un petit bout de mer et d'horizon. Or un soir, lors d'un coucher de soleil embrasé dans un ciel découpé de nuages, je me suis attardé à admirer sur une plage limpide une couleur magnifique, d'un vert pur et tendre. Dans le ciel, on voyait aussi une grande quantité de rouge ourler à l'ouest le bord des nuages, mais c'était un rouge pâle, voilé de céruse sous la blancheur des rayons directs du soleil. Quand se fut écoulé un certain temps, j'ai fermé les yeux, ébloui, et j'ai pu constater que mon attention et ma prédilection avaient été pour le vert, car sur ma rétine avait surgi sa couleur complémentaire, un rouge éclatant qui n'avait rien à voir avec le rouge lumineux mais pâle du ciel. J'ai regardé, j'ai caressé cette couleur que je venais de fabriquer. Mais une surprise plus grande m'attendait lorsque, après avoir ouvert les yeux, j'ai vu ce rouge flamboyant envahir tout le ciel et recouvrir aussi le vert émeraude que pendant un certain temps je n'ai pas retrouvé. J'avais donc découvert la manière de peindre la nature! Naturellement j'ai refait plusieurs fois l'expérience. Le plus beau c'est que, dans ce coloriage, il se produisait aussi du mouvement. Quand je rouvrais les yeux, le ciel n'acceptait pas tout de suite la couleur née de ma rétine. Un instant d'hésitation intervenait même au cours duquel je réussissais encore à voir le vert émeraude qui avait accouché de ce rouge par lequel il allait être détruit. Ce dernier surgissait du fond, inopinément, et se dilatait comme un incendie effrayant.

Quand j'ai été certain de l'exactitude de mon observation, je l'ai communiquée au docteur dans l'espoir d'animer grâce à elle nos mornes séances. Le docteur l'a liquidée en deux coups de cuillère à pot en me disant que j'avais la rétine très sensible à cause de la nicotine. J'ai failli lui rétorquer que toutes les images que nous avions attribuées jusqu'ici à la remémoration des événements de ma jeunesse auraient pu dans ce cas être dues à l'effet du poison. Mais je lui aurais révélé par là que je n'étais pas guéri et il aurait cherché à m'inciter à reprendre la cure au début.

Et pourtant cet abruti n'a pas toujours cru que j'étais intoxiqué, comme le démontre la rééducation qu'il a tentée pour me guérir de ce qu'il appelait la maladie de la cigarette. Voici ses propres mots : fumer ne me faisait pas de mal et, si j'avais pu me convaincre que c'était inoffensif, il en aurait été effectivement ainsi. Puis il ajoutait : à présent que mon rapport à mon père avait été ramené au jour et soumis à mon jugement d'adulte, je pouvais comprendre que j'avais contracté cette mauvaise habitude pour rivaliser avec mon père, et que j'attribuais au tabac un effet délétère à cause d'un sentiment moral intime qui voulait me punir de me mesurer avec lui.

Ce jour-là j'ai quitté le cabinet du docteur en fumant comme un sapeur. Il s'agissait d'établir une preuve et je m'y suis prêté volontiers. J'ai fumé tout le jour sans discontinuer. Il s'ensuivit une nuit blanche. Ma bronchite chronique était repartie de plus belle et sur cette dernière aucun doute n'était permis car il était facile d'en découvrir les conséquences dans le crachoir.

Le lendemain, j'ai raconté au docteur que j'avais beaucoup fumé et que maintenant je m'en moquais éperdument. Le docteur m'a regardé en souriant et j'ai deviné que sa poitrine se gonflait d'orgueil. Il a repris posément ma rééducation ! Il avançait avec l'assurance de voir fleurir chacune des mottes de terre où il posait le pied.

De cette rééducation il ne m'est pas resté grand-chose. Je l'ai subie et quand je sortais de ce cabinet, je m'ébrouais comme un chien qui sort de l'eau, tout humide moi aussi, mais non trempé.

Je me rappelle cependant avec indignation que mon éducateur soutenait que le Dr Coprosich avait eu raison de me tenir les propos qui avaient provoqué en moi un tel ressentiment. Mais s'il en était ainsi j'aurais donc mérité la gifle que mon père mourant avait voulu me donner? Je ne sais s'il a ajouté cette remarque. Je sais en revanche avec certitude qu'il soutenait que j'avais haï aussi le vieux Malfenti, le mettant à la place de mon père. Beaucoup de gens dans la vie s'imaginent qu'ils ne pourraient vivre sans une affection donnée; moi, au contraire, à l'écouter, je perdais l'équilibre si une haine donnée venait à me manquer. J'ai épousé indifféremment l'une ou l'autre des filles Malfenti parce qu'il s'agissait pour moi de situer leur père à une place où ma haine pût l'atteindre. Et puis j'ai profané de mon mieux la maison que je m'étais appropriée. J'ai trompé ma femme et il est évident que si je l'avais pu j'aurais séduit Ada et aussi Alberta. Naturellement il ne me vient pas à l'idée de nier ces accusations et quand, pour les énoncer, le docteur a pris l'air de Christophe Colomb touchant le sol de l'Amérique, il m'a donné envie de rire. Je crois pourtant qu'il est le seul homme au monde qui, apprenant que je voulais coucher avec deux femmes superbes, se soit demandé : « Voyons donc pourquoi ce sacripant veut coucher avec elles? »

Il m'a été encore plus difficile de supporter ce qu'il a cru pouvoir dire de mes rapports avec Guido. C'est de mon propre récit qu'il avait appris l'antipathie qui avait présidé aux débuts de nos relations. Selon lui, cette animosité n'a jamais cessé et Ada aurait eu raison d'en voir l'ultime manifestation dans mon absence à ses obsèques. Il ne s'est pas rappelé que j'étais alors accaparé par une œuvre d'amour : le sauvetage de la fortune d'Ada, et je n'ai pas voulu m'abaisser à le lui rappeler.

Il semble que le docteur a mené aussi une enquête au sujet de Guido. Il soutient que, choisi par Ada, il ne pouvait être tel que je l'ai décrit. Il a découvert qu'un dépôt de bois important, tout près de l'immeuble où ont lieu nos séances de psychanalyse, avait appartenu à la maison Guido Speier & Cie. Pourquoi n'en avais-je pas parlé?

Si j'en avais parlé une autre difficulté aurait entravé

mon exposé déjà si difficile. Cette omission prouve seulement qu'une confession rédigée par moi en italien ne pouvait être ni complète ni sincère. Un dépôt de bois se compose d'une variété considérable d'essences que nous autres à Trieste désignons par des termes barbares empruntés au dialecte, au croate, à l'allemand et quelquefois même au français (*zapin* par exemple qui n'est pas du tout l'équivalent de *sapin*[4]). Qui m'aurait fourni les mots appropriés ? Devais-je à mon âge chercher un emploi dans le négoce du bois chez un commerçant toscan ? D'ailleurs le dépôt de bois de la maison Guido Speier & Cie n'a entraîné que des pertes. Et puis je n'avais pas à le mentionner car il a toujours constitué un avoir inerte, sauf après l'intervention des voleurs qui ont fait valser ces bois aux noms barbares comme si on les avait destinés à la fabrication de guéridons pour séances de spiritisme.

J'ai suggéré au docteur de prendre des renseignements sur Guido auprès de ma femme, de Carmen, ou bien de Luciano qui est un négociant important connu de tous. Il ne s'est adressé que je sache à aucun de ces derniers et j'aime à croire qu'il s'en est abstenu de peur que tout son édifice d'accusations et de soupçons ne s'effondre à ces renseignements. Qui sait pourquoi il s'est pris d'une telle haine pour moi ? Lui aussi doit être un de ces énergumènes hystériques qui, parce qu'il a vainement désiré sa mère, se venge sur quelqu'un qui n'y est absolument pour rien.

Pour finir, j'ai éprouvé une grande lassitude de ce combat que je devais mener contre un docteur que je payais. Je crois même que ces rêves ne m'ont fait aucun bien, et puis la liberté de fumer à volonté m'a complètement démoli. Il m'est venu une bonne idée : je suis allé voir le Dr Paoli.

Je ne l'avais pas vu depuis de longues années. Ses cheveux avaient grisonné mais sa taille de grenadier n'était encore ni voûtée ni cassée par les ans. Il regardait toujours les choses de ce coup d'œil qui ressemble à une caresse. Cette fois-là, j'ai découvert pourquoi je le voyais sous cet angle. De toute évidence il a plaisir à regarder et il regarde les choses, les belles aussi bien que les vilaines, avec la même délectation que d'autres éprouvent à caresser.

J'étais monté chez lui pour lui demander s'il jugeait utile que je continue ma psychanalyse. Mais quand je me suis trouvé devant cet œil froid qui me scrutait, je n'en ai pas eu le courage. Peut-être me couvrirais-je de ridicule en lui racontant qu'à mon âge je m'étais laissé embobiner par une charlatanerie de ce genre. J'ai été contrarié de devoir me taire car si Paoli m'avait défendu la psychanalyse, ma situation s'en serait trouvée grandement simplifiée, mais j'aurais été encore plus contrarié de me voir caressé trop longtemps par cet œil pénétrant.

Je lui ai parlé de mes insomnies, de ma bronchite, d'une éruption cutanée aux joues qui me tourmentait alors, de certaines douleurs lancinantes dans les jambes et enfin de curieux oublis de mémoire.

Le Dr Paoli a analysé mes urines en ma présence. Le mélange s'est coloré de noir et Paoli a pris un air soucieux. C'était enfin une analyse véritable et non plus une psychanalyse. Je me suis rappelé avec une sympathie émue mon passé lointain de chimiste et d'analyses véritables : moi, une éprouvette et un réactif! L'autre, l'analysé, dort jusqu'à ce que le réactif le réveille impérieusement. La résistance est absente de l'éprouvette ou bien elle cède à la moindre élévation de température et toute simulation est impossible. Dans ce tube il ne se passait rien qui pût rappeler mon comportement lorsque, pour faire plaisir au Dr S., j'inventais de nouveaux détails de mon enfance qui devaient confirmer le diagnostic de Sophocle. Ici, au contraire, tout était vérité. La chose à analyser, enfermée dans l'éprouvette et toujours égale à elle-même, attendait le réactif. Quand il arrivait, elle répétait toujours le même mot. En psychanalyse, on n'obtient jamais ni les mêmes images ni les mêmes mots. Il faudrait lui donner un autre nom. Appelons-la l'aventure psychique. C'est tout à fait ça : quand on commence une analyse de ce genre c'est comme si on se rendait dans un bois sans savoir si on va tomber sur un brigand ou sur un ami. Et on ne le sait pas davantage quand l'aventure est terminée. En cela la psychanalyse rappelle le spiritisme.

Mais Paoli ne croyait pas qu'il s'agissait de sucre. Il voulait me revoir le lendemain quand il aurait analysé ce liquide par polarisation[5].

Moi, cependant, je suis reparti triomphalement avec ma cargaison de diabète. J'ai été pour me rendre chez le Dr S. lui demander comment il ferait maintenant pour analyser, afin de les effacer, les causes de cette maladie qui m'habitait. Mais j'avais assez vu cet individu et je ne voulais pas retourner chez lui même pour le narguer.

Je dois avouer que le diabète fut pour moi un grand sujet de douceur. J'en parlai à Augusta qui eut aussitôt les larmes aux yeux :

– Tu as tellement parlé de maladies toute ta vie que tu devais bien finir par en avoir une ! me dit-elle (puis elle s'efforça de me consoler).

J'aimais ma maladie. Je me suis rappelé avec sympathie le pauvre Copler qui préférait une maladie réelle à une maladie imaginaire. J'étais à présent d'accord avec lui. La maladie réelle était tellement simple : il suffisait de la laisser faire. Quand je lus en effet dans un livre de médecine la description de ma douce maladie, je découvris en quelque sorte un programme de vie (et non de mort !) dans son déroulement. Adieu résolutions ! A présent j'en étais délivré. Tout suivrait son petit bonhomme de chemin sans que j'aie aucunement à intervenir.

Je découvris aussi que ma maladie était toujours, ou presque, très douce. Le malade boit et mange à volonté, et si l'on fait attention d'éviter les furoncles on ne risque pas de grandes souffrances. Puis on s'éteint dans un coma très doux. Peu après, Paoli m'a appelé au téléphone. Il m'a communiqué qu'il n'avait pas trouvé trace de sucre. Je suis allé le voir le lendemain et il m'a prescrit un régime que je n'ai suivi que pendant deux ou trois jours ainsi qu'une mixture qu'il a décrite dans une ordonnance illisible et qu'il m'a fait boire un mois durant.

– Le diabète vous a-t-il fait très peur? m'a-t-il demandé en souriant.

J'ai protesté, mais je ne lui ai pas dit qu'après avoir été abandonné de mon diabète, je me sentais très seul. Il ne m'aurait pas cru.

Sur ces entrefaites, l'ouvrage célèbre du Dr Beard sur la neurasthénie[6] est tombé par hasard entre mes mains. J'ai suivi ses conseils et j'ai changé de traitement tous les huit jours selon ses ordonnances que j'ai recopiées d'une écriture nette. Pendant quelques mois ce traitement m'a paru cfficace. Même Copler n'avait eu de sa vie le réconfort de l'abondance de médicaments qui m'était offerte. Puis cette croyance me passa aussi comme les autres, mais il n'empêche que j'avais renvoyé de jour en jour mon retour à la psychanalyse.

Un beau jour, je me suis trouvé nez à nez avec le Dr S. Il m'a demandé si j'avais décidé d'abandonner ma cure. Il a été cependant d'une grande courtoisie, beaucoup plus que lorsqu'il me tenait à sa merci. Il voulait évidemment me reprendre. Je lui ai dit que j'avais des affaires urgentes, des problèmes de famille qui m'occupaient et me préoccupaient et que dès que je pourrais souffler, je reviendrais le voir. J'aurais voulu le prier de me restituer mon manuscrit, mais je n'ai pas osé; c'eût été lui avouer que je ne voulais plus entendre parler de cure. J'ai renvoyé ce genre de tentative à plus tard, quand il aurait compris que la cure m'était sortie de la tête et qu'il s'y serait résigné.

Avant de me quitter, il m'a dit quelques mots destinés à me reprendre :

– Si vous examinez bien votre esprit, vous le trouverez changé. Vous verrez que vous vous dépêcherez de revenir chez moi dès que vous vous rendrez compte que j'ai pu, dans un laps de temps relativement court, vous rapprocher de la santé.

Mais moi, en fait, je crois que c'est à cause de lui que j'ai fourré dans ma tête, à force de l'étudier, tant de nouvelles maladies.

Je m'occupe activement à me guérir de sa cure. J'évite les rêves et les souvenirs. C'est à cause d'eux que ma pauvre tête a changé au point de ne pas se sentir en sûreté sur mon cou. J'ai des distractions épouvantables. Je parle avec les gens et pendant que je dis une chose j'essaie machinalement de me souvenir d'une autre que je viens de dire ou de faire et que je ne me rappelle plus, ou même d'une pensée qui me semble d'une importance énorme, la même importance que mon père attribuait aux pensées qui lui étaient venues juste avant sa mort et que lui non plus ne pouvait se rappeler.

Si je ne veux pas finir chez les fous, au diable ces niaiseries !

15 mai 1915

Nous avons passé deux jours fériés dans notre maison de campagne de Lucinico[7]. Mon fils Alfio doit se rétablir de la grippe et il va rester à la campagne avec sa sœur deux ou trois semaines. Nous reviendrons ici pour la Pentecôte.

J'ai réussi enfin à retourner à mes chères habitudes, et à cesser de fumer. Je vais déjà beaucoup mieux depuis que j'ai pu me débarrasser de la liberté que ce crétin de médecin avait voulu m'octroyer. Maintenant que nous voici arrivés au milieu du mois, je suis frappé de la difficulté que présente le calendrier pour qui désire prendre une résolution régulière et ordonnée. Aucun mois n'est égal à l'autre. Pour mieux mettre en relief ses résolutions, on voudrait finir de fumer en même temps que finit autre chose, le mois p.e.[8]. Mais excepté juillet et août ainsi que décembre et janvier, il n'y a pas d'autres mois qui se suivent et fassent la paire quant au nombre de jours. Un véritable désordre chronologique !

Pour mieux me recueillir, j'ai passé l'après-midi du second jour tout seul au bord de l'Isonzo[9]. Il n'y a rien de mieux pour se recueillir que de regarder l'eau qui court. On demeure immobile et l'eau en courant offre le délassement voulu car pas un instant elle n'est pareille à elle-même ni par sa couleur ni par son dessin.

C'était une journée étrange. Dans les airs, le vent

devait sûrement souffler avec force car les nuages changeaient continûment de forme alors qu'en bas l'atmosphère était immobile. De temps en temps il arrivait qu'à travers ces nuages en mouvement le soleil déjà chaud trouvât une ouverture pour inonder de ses rayons telle ou telle autre portion de colline ou la cime d'une montagne, faisant ressortir le vert tendre de mai au sein de l'ombre qui recouvrait tout le paysage. La température était douce et même cette sarabande de nuages dans le ciel vous avait un air printanier. Il n'y avait pas de doute : le temps allait vers la guérison!

Ce fut là un recueillement véritable, un de ces rares moments que la vie avare nous accorde et pendant lesquels nous cessons enfin de nous croire et de nous sentir des victimes. Au milieu de ce vert si délicieusement rehaussé par ces nappes fugitives de soleil, j'ai pu sourire à ma vie et même à ma maladie. La femme y a tenu une importance énorme. Quand ce n'eût été que par fragments, ses petits pieds, sa taille, ses lèvres, ont rempli mes jours. Et c'est en revoyant ma vie et même ma maladie, que j'ai su que j'avais aimé, que j'avais compris les femmes! Comme ma vie avait été plus belle que celle des soi-disant bien portants, ceux qui cognaient ou auraient voulu cogner chaque jour sur leur épouse, excepté à certains moments! Moi au contraire, l'amour m'avait toujours tenu compagnie. Lorsque je ne pensais pas à la femme que j'aimais, j'y pensais encore pour me faire pardonner de penser aussi aux autres femmes. La plupart des hommes renonçaient à la femme, déçus et désespérant de la vie. Chez moi, le désir n'a jamais manqué et après chaque naufrage, l'illusion a resurgi aussitôt, intacte, tandis que je rêvais de chairs, de voix, de postures plus parfaites.

A ce moment-là il m'est revenu que, parmi tous les mensonges que j'avais fait gober au Dr S., je lui avais dit aussi que je n'avais jamais plus trompé ma femme après le départ d'Ada. C'est encore sur ce mensonge qu'il avait échafaudé ses théories. Mais là, au bord de ce fleuve, je me suis rappelé soudain avec frayeur qu'il était vrai que depuis deux ou trois jours, peut-être depuis que j'avais planté ma cure, je n'avais pas recherché la compagnie d'une autre femme. Serais-je par hasard guéri comme le Dr S. le prétend? A l'âge que j'ai, les femmes depuis un bon bout de temps ne me regardent plus. Si je cesse de les regarder, voilà que sont rompues toutes relations entre nous.

Si un doute pareil avait fondu sur moi à Trieste, j'aurais pu l'éclaircir sur-le-champ. Ici c'était beaucoup plus difficile.

Deux ou trois jours auparavant, j'avais eu entre les mains les Mémoires de Da Ponte[10], un aventurier contemporain de Casanova. Lui aussi n'avait pas dû manquer de passer par Lucinico et j'ai imaginé que je rencontrais ses nobles dames aux cheveux poudrés, au corps caché sous la crinoline[11]. Juste Ciel! Comment faisaient ces dames pour se rendre aussi vite et si souvent malgré la carapace de toutes ces hardes?

Il m'a semblé que le souvenir de la crinoline était assez affriolant, en dépit de la cure. Mais le désir que j'éprouvais était quelque peu frelaté et il n'a pas suffi à me rassurer.

L'expérience que je recherchais, il m'a été donné de la vivre sans attendre et elle a été de nature à me rassurer, mais je l'ai payée cher. Pour l'obtenir, j'ai troublé et gâché l'amitié la plus pure que j'eusse jamais ressentie de ma vie.

Je suis tombé sur Teresina, la fille aînée du fermier d'une métairie située non loin de chez moi. Le père était veuf depuis deux ans et sa nombreuse progéniture avait retrouvé une mère en Teresina, une fillette solide qui attaquait le travail de bon matin et ne le quittait que pour se coucher et restaurer ses forces afin de pouvoir le reprendre le lendemain. Ce jour-là, elle conduisait le petit âne confié d'habitude aux soins de son jeune frère et elle marchait à côté de la carriole chargée d'herbe fraîchement coupée car le minuscule bourricot n'aurait pu remonter la pente douce en transportant de surcroît la jeune fille.

L'année avant, Teresina m'avait semblé encore une enfant et je ne lui avais témoigné qu'une sympathie souriante et paternelle. Et pas plus tard que la veille, quand je l'avais revue pour la première fois, bien que je l'eusse trouvée grandie, avec sa frimousse brune devenue plus sérieuse et ses frêles épaules plus larges sur des seins qui s'arrondissaient dans le lent développement du petit corps surmené, j'avais continué à ne voir en elle qu'une fillette peu développée en qui je ne pouvais aimer que l'extraordinaire activité et l'instinct maternel dont ses petits frères et sœurs bénéficiaient. N'eussent été cette maudite cure et le besoin de vérifier sur l'heure à quel point en était ma maladie, j'aurais pu cette fois encore quitter Lucinico sans avoir troublé une telle innocence.

Elle ne portait pas de crinoline et son minois arrondi et souriant ne connaissait pas la poudre de riz. Elle avait les pieds nus comme les jambes, découvertes jusqu'au genou. Pas plus sa frimousse que ses pieds nus et ses mollets ne réussirent à m'enflammer. La figure et les membres que Teresina laissait voir étaient de la même couleur; ils appartenaient à la lumière et il n'y avait rien de mal à ce qu'ils fussent exposés à la lumière. C'est peut-être la raison pour laquelle ils ne réussissaient pas à m'enflammer. Mais j'ai été épouvanté de me sentir aussi froid. Après cette cure, aurais-je par hasard besoin d'une crinoline?

J'ai commencé par caresser le petit âne auquel j'avais offert l'occasion de se reposer un peu. Puis j'ai essayé de revenir à Teresina et je lui ai glissé dans la main quelque chose comme dix couronnes. C'était une première atteinte! L'année précédente, pour exprimer mon affection paternelle à la fillette et à ses petits frères, je n'avais glissé que des centimes dans toutes ces menottes. Mais il est bien connu que l'affection paternelle se comporte différemment. Teresina a été étonnée de ce riche présent. Elle a soulevé soigneusement son jupon pour y ranger dans je ne sais quelle poche secrète le précieux morceau de papier. Ce qui m'a permis de voir une autre partie de sa jambe, toujours aussi brune et chaste.

Je suis revenu à l'ânon et j'ai posé un baiser sur sa tête. Ma tendresse a déclenché la sienne. Il a allongé son chanfrein et poussé ce grand cri d'amour que j'ai toujours écouté avec respect. Comme il sait franchir les distances et comme il est expressif ce braiment qui d'abord appelle et se répète, s'affaiblissant ensuite pour finir en une plainte désespérée! Mais entendu de si près il me crevait le tympan.

Teresina riait et son rire m'encourageait. Je suis revenu à elle et l'ai aussitôt saisie par l'avant-bras que j'ai remonté de la main, lentement, vers la frêle épaule, en étudiant mes sensations. Dieu soit loué! Je n'étais pas encore guéri! J'avais arrêté ma cure à temps.

Mais Teresina, d'un coup de bâton, a fait repartir l'âne pour le suivre et me planter là.

Riant de bon cœur parce que je me sentais heureux, même si la jeune paysanne m'envoyait promener, je lui ai dit :

– As-tu un fiancé? Tu devrais. C'est dommage que tu n'en aies pas à ton âge!

Continuant à me semer, elle m'a dit :

– Le jour où j'en aurai un, il sera sûrement plus jeune que vous!

Ma joie n'est pas tombée pour autant. J'aurais voulu donner une petite leçon à Teresina et j'ai cherché à me rappeler comment dans Boccace « maître Alberto de Bologne humilie en toute courtoisie une dame qui voulait l'humilier lui-même de s'être épris d'elle[12] ». Mais les propos de maître Alberto n'atteignirent pas le but recherché, car dame Malgherida de Ghisolieri lui répliqua : « J'apprécie à sa juste valeur l'amour que me porte un homme aussi sage et valeureux que vous; c'est pourquoi, *hormis mon honneur*, vous pouvez disposer entièrement de moi à votre gré. »

J'ai essayé de faire mieux :

– Quand te consacreras-tu aux vieux, Teresina? ai-je crié pour me faire entendre d'elle qui était déjà loin.

– Quand moi aussi je serai vieille, m'a-t-elle lancé en riant gaiement et sans s'arrêter.

– Mais tu n'intéresseras plus les vieux. Ecoute-moi! Je les connais, moi!

Je hurlais, ravi de cet esprit qui me venait en droite ligne de mon sexe.

A ce moment-là, en quelque point du ciel, les nuages s'écartèrent pour laisser passer des rayons de soleil qui ont éclairé Teresina, maintenant éloignée d'une quarantaine de mètres et à quelques dix mètres au-dessus de moi. Elle était brune, petite mais lumineuse!

Quant à moi, le soleil ne m'a pas éclairé! Quand on est vieux, on reste dans l'ombre même quand on a de l'esprit.

26 juin 1915

La guerre m'a rattrapé! Moi qui écoutais les récits de guerre comme s'il s'était agi d'un conflit du passé dont il était amusant de parler mais au sujet duquel il aurait été idiot de se faire du souci, voici que je suis tombé au beau milieu des hostilités, stupéfait et en même temps étonné de ne pas m'être douté auparavant que je devais tôt ou tard m'y trouver impliqué. J'avais vécu en toute tranquillité dans une maison dont le rez-de-chaussée brûlait et je n'avais pas prévu que tôt ou tard la maison entière, et moi avec, nous abîmerions dans les flammes.

La guerre s'est emparée de moi, m'a secoué violemment comme un prunier et m'a privé d'un seul coup de toute ma famille et même de mon administrateur. Du soir au lendemain, je suis devenu un homme entièrement nouveau, et, pour être plus précis, même mes journées sont devenues imprévisibles vingt-quatre heures sur vingt-quatre. Depuis hier, je me sens un peu plus calme parce que, après un mois d'attente, j'ai enfin reçu les premières nouvelles de ma famille qui se trouve saine et sauve à Turin alors que j'avais perdu tout espoir de la revoir.

Je dois passer tout mon temps au bureau, sans aucun travail à exécuter, mais comme les Olivi, citoyens italiens, ont dû s'en aller et que les quelques employés qualifiés que je pouvais avoir sont tous allés se battre d'un côté ou de l'autre[13], je dois rester à mon poste pour surveiller l'affaire. Le soir je rentre chez moi chargé des lourdes clés du magasin. Aujourd'hui que je me sens beaucoup plus calme, j'ai amené avec moi au bureau ce manuscrit qui pourrait m'aider à mieux passer ces longues heures. Il m'a procuré, en effet, un quart d'heure merveilleux au cours duquel j'ai appris qu'il y a eu autrefois une époque tellement tranquille et sans bruit qu'on pouvait se permettre ce genre d'amusettes.

Je voudrais bien voir que quelqu'un m'invitât sérieusement à me plonger dans un état de semi-conscience pour pouvoir revivre ne fût-ce qu'une heure de ma vie antérieure. Je lui rirais au nez. Comment pourrait-on abandonner un présent semblable pour partir à la recherche de choses dépourvues d'importance? Il me semble que c'est seulement maintenant que je viens de me détacher de ma santé comme de ma maladie. Je parcours les rues de notre malheureuse ville, convaincu d'être un privilégié qui ne va pas se battre et trouve chaque jour ce dont il a besoin pour manger. Par comparaison avec les autres je me sens si heureux – surtout depuis que j'ai eu des nouvelles des miens – que je craindrais de provoquer le courroux des dieux si de surcroît ma santé était parfaite.

La guerre et moi avons fait connaissance d'une manière brutale, mais qui à présent me semble un peu comique.

Augusta et moi étions revenus à Lucinico pour y passer les fêtes de la Pentecôte avec les enfants. Le 23 mai, je me suis levé de bonne heure. Je devais prendre mon sel de Karlsbad[14] et marcher un peu avant de boire mon café. C'est durant cette cure à Lucinico que je me suis aperçu que notre cœur, quand l'organisme est à jeun, veille plus activement à réparer d'autres carences, irradiant dans tout le corps un grand bien-être. Le sort a voulu que je perfectionne ma théorie en ce même jour où j'ai souffert d'un jeûne forcé qui m'a fait beaucoup de bien.

Augusta, pour me dire bonjour, a soulevé de l'oreiller sa tête toute blanche et m'a rappelé que j'avais promis à ma fille de lui trouver des roses. Notre unique rosier était défleuri et il fallait que j'en trouve ailleurs. Antonia est devenue une belle jeune fille et elle ressemble à Ada. Du jour au lendemain, j'avais oublié de jouer avec elle à l'éducateur bourru et j'étais passé au rôle du chevalier courtois respectueux de la féminité jusque chez sa propre fille. Elle s'est aperçue aussitôt de son pouvoir et, à mon grand amusement et à celui d'Augusta, elle en abuse. Elle voulait des roses et il fallait lui en procurer.

Jc me suis fixé une promenade de deux heures environ. Il faisait un beau soleil et comme j'avais pour but de marcher sans m'arrêter jusqu'à mon retour à la maison, je n'ai même pas pris ma veste ni mon chapeau. Je me suis souvenu par bonheur qu'il fallait payer les roses et je n'ai pas laissé mon portefeuille derrière moi avec ma veste.

Je me suis rendu pour commencer à la ferme attenante, chez le père de Teresina, pour le prier de me cueillir des roses que je devais repasser prendre au retour. Je suis entré dans la grande cour ceinte d'un mur quelque peu délabré et n'y ai trouvé personne. J'ai hurlé pour appeler Teresina. Le plus jeune des enfants qui pouvait alors avoir six ans est sorti de la maison. J'ai glissé dans sa menotte quelque menue monnaie et il m'a raconté que la famille au grand complet s'était rendue de bonne heure sur l'autre rive de l'Isonzo travailler dans un champ de pommes de terre dont les plants avaient besoin d'être buttés.

Ce n'était pas pour me déplaire. Je connaissais ce champ et je savais que, pour y arriver, il y avait environ une heure de marche. Comme j'avais décidé de marcher quelque chose comme deux heures, j'étais content de pouvoir fixer un but précis à ma promenade. Ainsi je n'avais pas à redouter de l'écourter dans un accès soudain de paresse. J'ai coupé à travers les champs, surélevés par rapport à la route dont je n'apercevais que la lisière et quelques bouquets d'arbres en fleurs. J'étais pleinement heureux : dans cette tenue, en bras de chemise et sans chapeau, je me sentais très léger. J'aspirais cet air limpide et, comme je le faisais fréquemment depuis quelque temps, j'exécutais la gymnastique pulmonaire de Niemeyer[15] qu'un ami allemand m'avait enseignée, habitude très utile pour quelqu'un qui mène une vie sédentaire.

Une fois arrivé dans ce champ, j'ai aperçu Teresina qui travaillait justement tout près de la route. En avançant vers elle, j'ai découvert qu'un peu plus loin travaillaient son père et ses deux petits frères dont je ne saurais préciser l'âge, entre dix et quatorze ans. A l'ouvrage, il est possible que les vieux se sentent harassés, mais dans l'excitation qui accompagne le travail ils se sentent de toute façon plus jeunes qu'à ne rien faire. Je me suis approché en riant de Teresina :

– Tu es encore à temps, Teresina. Ne tarde pas.

Elle n'a pas compris et je ne lui ai rien expliqué. A quoi bon? Puisqu'elle ne se souvenait de rien, nos relations pouvaient continuer comme avant. J'avais déjà renouvelé mon expérience et cette fois encore j'avais obtenu un résultat favorable. En lui adressant ces quelques mots, je ne l'avais caressée que du regard. Le père de Teresina et moi sommes facilement tombés d'accord au sujet des roses. Il m'a autorisé à en couper autant que je voudrais. On ne se querellerait pas sur le prix. Il voulait retourner tout de suite à son travail tandis que de mon côté je me préparais à prendre le chemin du retour, mais il s'est ravisé et m'a couru après. Quand il m'a rattrapé, il m'a demandé presque en chuchotant :

– Vous n'avez rien entendu dire? On dit que la guerre a éclaté.

– Parbleu! Tout le monde le sait! Depuis près d'un an, lui ai-je répondu[16].

Il s'est impatienté.

– Ce n'est pas de celle-là que je parle. Je parle de celle avec... (et il a fait un signe en direction de la frontière italienne toute proche) Vous ne savez rien?

Il m'a regardé, attendant ma réponse avec anxiété.

– Ecoute, lui ai-je dit du ton le plus assuré, si moi je ne sais rien ça veut dire qu'il n'y a rien à savoir. J'arrive de Trieste et les derniers propos que j'ai entendus en ville signifiaient que la guerre est bel et bien définitivement conjurée. A Rome ils ont renversé le ministère qui voulait la guerre et maintenant ils ont porté Giolitti au pouvoir[17].

Il s'est rasséréné sur-le-champ :

– Donc, ces pommes de terre que nous recouvrons et qui promettent de si bien donner seront pour nous au bout du compte ! Il y a trop de gens chez nous qui disent n'importe quoi ! (De la manche de sa chemise il essuya la sueur qui coulait sur son front.)

A la vue de son bonheur, j'ai essayé de le rendre encore plus heureux. J'aime tant les gens heureux, moi. C'est pourquoi je lui ai tenu des propos que je n'aime vraiment pas me rappeler. J'ai soutenu que même si la guerre éclatait, on ne se battrait pas dans ces parages. D'abord il y avait la mer où il était grand temps qu'on livrât bataille; ensuite il y avait maintenant en Europe des champs de bataille à revendre. Il y avait les Flandres et de nombreux départements français. J'avais par ailleurs entendu dire – je ne sais plus par qui – qu'il y avait partout à présent une telle demande de pommes de terre qu'on les récoltait soigneusement même sur les champs de bataille. Je ne tarissais pas, sans cesser de regarder la petite Teresina qui, toute menue, s'accroupissait sur le sol pour en tâter la consistance avant d'y planter sa bêche.

Le paysan, totalement rassuré, est retourné à son travail. En revanche, moi qui lui avais cédé une part de mon assurance, j'en avais beaucoup moins conservé. Il est certain qu'à Lucinico nous étions trop près de la frontière. J'en parlerais à Augusta. Nous ferions peut-être mieux de retourner à Trieste et peut-être de continuer plus loin, soit d'un côté soit de l'autre. Giolitti était certainement revenu au pouvoir, mais on ne pouvait savoir si, une fois au sommet, il continuerait à voir les choses sous le jour où il les voyait lorsque quelqu'un d'autre se trouvait à ce même sommet.

Mon inquiétude a crû lorsque j'ai rencontré par hasard un peloton de soldats qui marchaient sur la route en direction de Lucinico. Ce n'étaient pas de jeunes soldats. Ils étaient piètrement vêtus et équipés. Ils traînaient au côté ce qu'à Trieste nous appelions la rapière[18], cette baïonnette effilée dont, en Autriche, durant l'été de 1915, il avait fallu vider les anciens dépôts d'armes.

J'ai marché pendant un moment derrière eux, pressé de me retrouver au plus vite chez moi. Puis, incommodé par l'odeur de carne faisandée dont ils empestaient, j'ai ralenti le pas. Il fallait être idiot pour s'inquiéter de l'inquiétude qu'un paysan m'avait montrée. J'apercevais à présent de loin ma propriété et le peloton avait disparu de la route. J'ai pressé le pas pour arriver jusqu'à mon café au lait.

C'est de là que mon aventure est partie. A un détour du chemin, j'ai été arrêté par une sentinelle qui a hurlé : « *Zurück*[19] ! » allant jusqu'à se mettre en position de tir. J'ai voulu lui parler en allemand, puisque c'est en allemand qu'elle avait hurlé, mais en fait d'allemand l'homme ne connaissait que ce mot qu'il répétait d'un air de plus en plus menaçant.

Il fallait aller *zurück* et sans cesser de regarder derrière moi de peur que l'autre ne tirât pour se faire mieux comprendre, j'ai obtempéré avec un certain empressement qui ne m'a plus lâché même lorsque je n'ai plus vu le soldat.

Mais je n'avais pas encore renoncé à rentrer au plus vite chez moi. J'ai pensé qu'en franchissant la colline sur ma droite, je contournerais de très loin la sentinelle menaçante.

Je n'ai pas eu de peine à la montée principalement parce que les hautes herbes avaient été foulées par de nombreux promeneurs qui avaient dû passer par là avant moi. L'interdiction de passer par la route les y avait certainement contraints. Tout en marchant, j'ai recouvré mon assurance et j'ai pensé que sitôt arrivé à Lucinico, j'irais me plaindre auprès du chef de canton de la manière dont on m'avait traité. Si on tolérait que les visiteurs subissent ce genre de brimades, il n'y aurait bientôt plus personne pour venir à Lucinico.

Mais, parvenu au sommet de la colline, j'ai eu la désagréable surprise de trouver l'endroit occupé par ce peloton de soldats au remugle de fauve. De nombreux soldats étaient au repos à l'ombre d'une maisonnette de paysans que je connaissais depuis longtemps et qui était à cette heure entièrement vide d'occupants; trois d'entre eux semblaient en faction, mais pas en direction du versant par lequel j'étais arrivé, et quelques autres formaient un demi-cercle autour d'un officier qui leur donnait des instructions en les illustrant à l'aide d'une carte topographique qu'il tenait à la main.

Je ne possédais même pas un chapeau qui pût me servir à saluer. M'inclinant plusieurs fois et avec mon plus beau sourire, je me suis approché de l'officier qui, à ma vue, s'est arrêté de parler à ses soldats et s'est mis à me regarder. Les cinq bidasses qui l'entouraient ne me quittaient pas des yeux, eux aussi. Sous ces regards convergents et sur ce sol raboteux il était très difficile de se mouvoir.

L'officier a hurlé :

– *Was will der dumme Kerl hier?* (Que veut cet abruti ?)

Médusé de voir que sans aucune provocation de ma part je subissais un tel affront, j'ai voulu me montrer virilement outragé mais toutefois avec la prudence exigée par les circonstances et j'ai pris la tangente pour essayer d'arriver au versant qui m'amènerait à Lucinico. L'officier s'est mis à hurler que si je faisais un pas de plus, il me ferait tirer dessus. Je suis redevenu aussitôt très poli et depuis lors, y compris le moment présent où je rédige ces notes, cette politesse ne m'a plus quitté. C'était un supplice que d'avoir à discuter avec cette espèce d'énergumène, mais en attendant la situation présentait l'avantage qu'il parlait couramment l'allemand. Un tel avantage que, tout bien considéré, il devenait plus facile de lui parler gentiment. Gare à moi si, borné comme il l'était, il n'eût même pas compris l'allemand. J'étais cuit.

Dommage que je ne parle pas assez couramment cette langue, sans quoi il m'aurait été facile de dérider ce pisse-froid. Je lui ai raconté qu'à Lucinico m'attendait mon café au lait dont je n'étais séparé que par son peloton.

Il s'est mis à rire, parole! Il s'est mis à rire. Il riait tout en sacrant et il n'a pas eu la patience de me laisser achever. Il a déclaré que mon café au lait de Lucinico, d'autres le boiraient à ma place, et quand il a su qu'en plus du café ma femme aussi m'attendait, il a hurlé :

– *Auch Ihre Frau wird von anderen gegessen werden.* (Votre femme aussi quelqu'un d'autre la mangera.)

Il était maintenant de meilleure humeur que moi. Il m'a semblé ensuite qu'il regrettait de m'avoir dit ces paroles qui, soulignées par les éclats de rire bruyants des cinq bidasses, pouvaient paraître blessantes; il a repris son sérieux pour me dire que je ne devais pas m'attendre à revoir Lucinico de quelques jours et qu'il me conseillait même en toute amitié de ne plus insister, car cette insistance pouvait me rendre suspect.

– *Haben Sie verstanden?* (Avez-vous compris?)

J'avais compris, mais j'avais du mal à renoncer à mon café au lait dont cinq cents mètres à peine me séparaient. Pour cette seule raison j'hésitais à repartir car il était évident qu'une fois redescendu de cette colline, je ne parviendrais plus de toute la journée à ma maison de campagne. Et, pour gagner du temps, j'ai demandé d'un ton soumis à l'officier :

– Mais à qui pourrais-je m'adresser pour obtenir l'autorisation de retourner à Lucinico chercher au moins ma veste et mon chapeau?

J'aurais dû m'apercevoir que l'officier avait hâte de se retrouver seul avec sa carte et ses hommes, mais je ne m'attendais pas à déclencher chez lui une telle fureur.

Il a hurlé, à me rendre sourd, qu'il m'avait déjà dit que je ne devais plus insister. Puis il m'a intimé d'aller où le diable voudrait m'emporter (*wo der Teufel Sie tragen will*). L'idée de me faire transporter n'était pas pour me déplaire car j'étais très fatigué, mais j'hésitais encore. Les choses en étaient là quand l'officier, qui à force de hurler entrait dans une fureur croissante, a appelé d'un ton lourd de menaces l'un des cinq hommes qui l'entouraient et, le désignant par un *monsieur le caporal,* lui a donné l'ordre de me reconduire au bas de la colline et de me surveiller tant que je n'aurais pas disparu sur la route de Gorizia avec consigne de me tirer dessus si je renâclais à obéir.

Voilà pourquoi je suis descendu de ce sommet sans déplaisir.

– *Danke schön,* ai-je même dit sans aucune intention ironique.

Le caporal était un slave qui parlait convenablement l'italien. Il a cru devoir se montrer brutal en présence de l'officier et, pour m'inciter à marcher devant lui dans la descente, il m'a crié :

– Marsch !

Mais quand nous avons été un peu plus loin, il s'est radouci et m'a parlé familièrement. Il m'a demandé si j'avais des nouvelles de la guerre et s'il était vrai que l'intervention italienne était imminente. Il me regardait, attendant ma réponse.

Ainsi donc, même ces hommes qui la faisaient ne savaient eux-mêmes s'il y avait état de guerre ou non. J'ai voulu le rendre heureux de mon mieux. Je lui ai annoncé les mêmes nouvelles que celles dont j'avais gratifié le père de Teresina et que j'ai eues ensuite sur la conscience. Dans l'effroyable bourrasque qui s'est déchaînée, il est probable qu'ont péri tous ceux que j'avais rassurés. Qui peut dire l'étonnement qui a dû marquer leur visage roidi par la mort ? Quel optimisme incoercible que le mien ! N'avais-je pas entendu la guerre dans les paroles de l'officier et plus encore dans leur ton ?

Le caporal s'est vivement réjoui et, en échange, il m'a conseillé lui aussi de ne plus renouveler ma tentative d'arriver jusqu'à Lucinico. Etant donné les nouvelles que je lui avais transmises, il pensait que le dispositif qui m'empêchait de rentrer chez moi serait levé le lendemain. Mais, dans l'intervalle, il me conseillait de me rendre à Trieste au *Platzcommando* où je pourrais peut-être obtenir un laissez-passer spécial.

– Jusqu'à Trieste ? lui ai-je demandé épouvanté. A Trieste, sans chapeau et sans café au lait ?

D'après ce que savait le caporal, au moment où nous parlions, un cordon serré d'infanterie fermait les voies d'accès vers l'Italie, créant une frontière nouvelle et infranchissable. Avec le sourire d'un esprit supérieur il m'a déclaré que, selon lui, le chemin le plus court pour Lucinico était celui qui conduisait au-delà de Trieste.

A force de me l'entendre dire, je me suis résigné et j'ai pris la direction de Gorizia, pensant prendre là le train de midi pour Trieste. J'étais énervé, mais je dois dire que je me sentais très bien. J'avais très peu fumé et pas du tout mangé. Je me sentais d'une légèreté à laquelle depuis longtemps je n'étais plus habitué. Je ne regrettais pas d'avoir encore à marcher. J'avais un peu mal aux jambes mais il me semblait que je pourrais tenir jusqu'à Gorizia tant ma respiration était libre et profonde. Mes muscles une fois échauffés par une allure rapide, je n'ai pas eu de peine à marcher. Et dans ce bien-être, rythmant mes pas en mesure, joyeux parce qu'inhabituellement rapide, je suis retourné à mon optimisme. On se lançait des menaces de-ci, on se lançait des menaces de-là, mais on n'en viendrait pas à la guerre. Et c'est ainsi qu'à mon arrivée à Gorizia, je me suis demandé si je ne devrais pas retenir une chambre à l'hôtel pour y passer la nuit et retourner le lendemain à Lucinico afin d'exposer mes griefs au chef de canton.

J'ai couru d'abord à la poste pour téléphoner à Augusta. Mais la maison ne répondait pas.

L'employé, un petit homme à la barbiche clairsemée dont les quatre poils et la raideur avaient quelque chose de ridicule et d'obstiné – la seule chose que je me rappelle de lui – en m'entendant pester dans l'appareil muet s'est approché de moi et m'a dit :

– Ça fait déjà la quatrième fois que Lucinico ne répond pas.

En me tournant vers lui j'ai vu passer dans ses yeux une lueur brillante de joyeuse malice (je me trompais, je me rappelle aussi cet éclair malicieux !) et ce regard brillant a cherché le mien pour voir si j'étais réellement aussi surpris et contrarié. Il m'a fallu dix bonnes minutes pour comprendre. Alors je n'ai plus eu de doute. Lucinico se trouvait ou allait se trouver dans quelques instants sur la ligne de feu. Quand j'ai fini par saisir toute l'éloquence de ce coup d'œil, j'étais sur le chemin du bistrot pour y boire, en attendant le déjeuner, cette tasse de café qui depuis le matin m'était due. J'ai obliqué aussitôt pour me diriger vers la gare. Je voulais me trouver plus près des miens et pour suivre le conseil de mon ami le caporal je me rendais à Trieste.

Ce fut durant ce court trajet que la guerre a éclaté.

Croyant arriver sans tarder à Trieste, alors que j'avais tout mon temps à la gare de Gorizia, je n'ai même pas bu cette tasse de café après laquelle je soupirais depuis le matin. Je suis monté dans la voiture pour Trieste et, seul avec moi-même, je me suis mis à penser aux miens dont j'avais été séparé d'une façon aussi insolite. Le train a filé à une allure soutenue jusqu'à Monfalcone.

On aurait dit que la guerre n'était pas encore arrivée jusque-là. J'ai recouvré ma tranquillité d'esprit en pensant qu'à Lucinico les choses allaient se passer comme de ce côté-ci de la frontière. A cette heure, Augusta et mes enfants avaient dû partir pour l'Italie. Cet apaisement, conjugué au silence énorme et surprenant de mon estomac, m'a procuré un long sommeil.

C'est probablement ce même estomac qui m'a réveillé. Mon train était arrêté dans ce que nous appelons la Saxe de Trieste[20]. On n'apercevait pas la mer bien qu'elle dût être très proche, à cause d'une brume légère qui gênait la visibilité. Au mois de mai, il émane du Carso une grande douceur qu'on ne peut ressentir qu'à condition de ne pas avoir les sens gâtés par les printemps exubérants de couleur et de vie d'autres contrées. Ici la pierre qui partout affleure est sertie d'un vert modeste mais dépourvu d'humilité car il devient vite la dominante du paysage.

En d'autres circonstances, je me serais mis dans une colère bleue de ne pouvoir manger quand mon estomac criait famine. Ce jour-là au contraire, la grandeur de l'événement historique auquel j'avais assisté m'en imposait et m'incitait à la résignation. Le conducteur à qui j'avais donné des cigarettes n'avait même pas pu me procurer un morceau de pain. Je n'ai raconté à personne mes expériences de la matinée. J'en parlerais à Trieste à quelques amis intimes. De la frontière vers laquelle je tendais l'oreille n'arrivait aucune rumeur de bataille. On nous avait arrêtés là pour laisser passer une file de huit ou neuf trains qui descendaient à toute vapeur vers l'Italie. La plaie gangreneuse (ainsi que fût aussitôt défini le front italien en Autriche) s'était ouverte et il fallait du matériel pour alimenter sa purulence. Et les pauvres hommes y allaient dans des ricanements de mépris et des chants. De tous ces trains s'échappaient les mêmes cris de joie et d'ivresse.

Quand je suis arrivé à Trieste, la nuit était déjà tombée sur la ville. La lueur de nombreux incendies éclairait l'obscurité et un ami qui m'a aperçu alors que je me dirigeais chez moi en manches de chemise m'a crié :

– Tu as participé aux pillages?

J'ai réussi enfin à manger quelque chose et je me suis couché.

Littéralement recru de fatigue, je n'aspirais qu'à mon lit. Je crois que ma lassitude provenait de l'affrontement entre l'espoir et la crainte qui se livraient combat dans ma tête.

Je me sentais toujours aussi bien et dans le court moment qui a précédé le rêve dont la psychanalyse m'avait entraîné à retenir les images, je me rappelle que j'ai clos ma journée sur une dernière pensée d'optimisme infantile : personne n'avait été tué jusqu'ici à la frontière et la paix pouvait encore être rétablie.

A présent que je sais ma famille saine et sauve, la vie que je mène ne me déplaît pas. Je n'ai pas grand-chose à faire mais on ne peut pas dire que je me tourne les pouces. On ne doit ni acheter ni vendre. Le commerce renaîtra avec la paix. Olivi m'a fait parvenir des conseils depuis la Suisse. S'il savait à quel point ses conseils détonnent dans ce milieu qui a changé du tout au tout! En attendant, moi, pour le moment, je ne fais rien.

24 mars 1916

Depuis l'an dernier, en mai, je n'avais plus touché à mes gribouillis. Et voici que le Dr S. m'écrit de Suisse pour me prier de lui adresser ce que j'ai pu encore noter. C'est une requête curieuse, mais je ne vois pas d'empêchement à lui envoyer aussi ces griffonnages où il lira clairement ce que je pense de lui et de sa cure. Puisqu'il détient toutes mes confessions, qu'il conserve également ces quelques pages, plus une ou deux que j'ajoute volontiers pour son édification. Je dispose de peu de temps, car mon commerce occupe le plus clair de mes journées. Mais je veux aussi lui dire son fait à ce Dr S. J'y ai tellement réfléchi que j'ai maintenant les idées bien nettes.

Le voilà qui s'attend à recevoir encore des confessions sur ma maladie et ma faiblesse alors que va lui parvenir la desciption d'une santé solide, parfaite, autant que peut le permettre un âge aussi avancé que le mien. Je suis guéri! Non seulement je ne veux pas refaire de psychanalyse mais je n'en ai même pas besoin. Et ma santé ne provient pas uniquement du fait que je me sens un privilégié au milieu de tant d'êtres souffrants. Ce n'est pas par comparaison que je me sens bien portant. Je me porte bien, de façon absolue. Depuis longtemps je savais que ma santé ne pouvait être rien d'autre que ma conviction et que c'était sottise de rêveur hypnagogique que de vouloir la soigner au lieu de m'en persuader. Je souffre bien de quelques douleurs, mais elles sont sans importance devant ma grande santé. Je peux mettre un emplâtre par-ci par-là, mais le reste doit se remuer et se battre et ne jamais se complaire dans l'immobilité à l'instar des grabataires. Quant à la souffrance et à l'amour, la vie en somme, on ne peut la considérer comme maladie simplement parce qu'elle fait mal.

J'admets que pour obtenir la persuasion de la santé mon destin doit changer et mon organisme s'échauffer dans la lutte et surtout le triomphe. C'est le négoce qui m'a guéri et je veux que le Dr S. le sache.

Frappé de stupeur et d'inertie, j'ai regardé sans bouger les bouleversements de la planète jusqu'aux premiers jours d'août de l'année dernière. C'est alors que j'ai commencé à *acheter*. Je souligne ce verbe parce qu'il a pris un sens plus noble depuis la guerre. Avant, dans la bouche d'un commerçant, il voulait dire que ce dernier n'était disposé qu'à acheter un article donné. Mais quand moi je l'ai proféré, j'ai voulu dire que j'étais acheteur de n'importe quelle marchandise qui me serait proposée. Comme tous les tempéraments robustes, je n'ai eu en tête qu'une seule idée dont j'ai vécu, et ce fut ma chance. Olivi n'était pas à Trieste, mais il est certain qu'il ne m'aurait jamais permis un risque pareil et l'aurait réservé pour autrui. Selon moi au contraire ce n'était pas un risque. J'en prévoyais l'heureux dénouement avec une entière certitude. Pour commencer, je m'étais mis, selon l'antique tradition des temps de guerre, à convertir en or toute ma fortune, mais il n'était pas toujours facile d'acheter et de vendre de l'or. L'or, pour ainsi dire liquide car plus mobile, était une marchandise et je l'ai thésaurisé. De temps à autre, j'en écoule un peu mais toujours en mesure inférieure à mes achats. Comme j'avais commencé à acheter au moment propice et à vendre judicieusement, mes ventes m'ont assuré les moyens importants dont j'avais besoin pour effectuer mes achats.

Je me rappelle avec une grande fierté que mon premier achat fut même apparemment insignifiant et qu'il ne visait qu'à mettre sans attendre mes nouvelles idées en pratique : une faible quantité d'encens. Le vendeur me faisait miroiter la possibilité d'employer l'encens comme ersatz de la résine qui commençait déjà à manquer, alors que moi en qualité de chimiste je savais en toute certitude que l'encens ne pourrait jamais remplacer la résine dont il différait *toto genere*[21]. Selon moi le monde devait arriver à un tel degré de pénurie qu'il accepterait l'encens comme produit de remplacement de la résine. Et j'ai acheté ! Il y a quelques jours seulement, j'en ai revendu une petite quantité et j'en ai retiré la somme qui m'avait suffi pour acquérir le tout. Au moment où j'ai encaissé cet argent, ma poitrine s'est dilatée au sentiment de ma force et de ma santé.

Quand le docteur aura reçu cette dernière partie de mon manuscrit, il devrait me le restituer au complet. Je le referais en pleine connaissance de cause car comment pouvais-je comprendre ma vie tant que je n'avais pas vécu cette dernière période? Peut-être n'ai-je vécu de si longues années que pour me préparer à ce moment!

Naturellement, je ne suis pas un naïf et je pardonne au docteur de voir dans la vie elle-même une manifestation de la maladie. La vie ressemble un peu à la maladie, avec sa manière d'avancer par crises et rémissions, et elle connaît quotidiennement améliorations et rechutes. A la différence des autres maladies, la vie est toujours mortelle. Elle ne supporte pas de cures. C'est comme si nous voulions obturer les trous de notre corps en pensant qu'il s'agit de blessures. Sitôt la cure terminée, nous mourrions par strangulation.

La vie actuelle est polluée à ses racines. L'homme s'est mis à la place des arbres et des animaux et il a pollué l'air, il a emprisonné la liberté de l'espace. Il peut arriver pis. Ce méchant et industrieux animal pourrait découvrir et asservir d'autres forces. Une menace de ce genre est dans l'air. Il en découlera une grande richesse... d'hommes. Chaque mètre carré sera occupé par un homme. Qui nous guérira du manque d'air et d'espace? Rien que d'y penser, j'étouffe!

Mais ce n'est pas tout, non, ce n'est pas tout.

Tout effort pour nous donner la santé est vain. La santé ne peut appartenir qu'à l'animal qui ne connaît qu'un seul progrès, celui de son organisme propre. Quand la faible hirondelle comprit que ne s'ouvrait devant elle aucune possibilité de vie en dehors de l'émigration, elle développa le muscle qui actionne ses ailes et qui devint la partie la plus considérable de son corps. La taupe s'enterra et tout son corps se conforma à ses besoins. Le cheval grandit et modifia son sabot. Le progrès de quelques espèces nous a échappé mais il a dû avoir lieu et n'a jamais fait tort à leur santé.

Mais l'homme enlunetté, en revanche, invente des

engins hors de son corps et si ceux qui les ont inventés avaient en eux santé et noblesse, ceux qui les emploient, au contraire, sont presque toujours dépourvus de ces qualités. On achète, on vend et on dérobe ces engins, et l'homme devient de plus en plus malin et de plus en plus faible. Il est même facile de comprendre que ses ruses croissent en proportion de sa faiblesse. Ses premiers engins semblaient prolonger son bras et ne pouvaient tirer leur efficacité que de la force de celui-ci mais, à présent, l'engin n'a plus aucun lien avec les membres. Et c'est l'engin qui crée la maladie, répudiant la loi qui, sur toute la terre, a présidé à la création. La loi du plus fort a disparu et nous avons perdu la sélection nécessaire. Ce n'est pas de la psychanalyse qu'il nous faudrait : sous la loi du détenteur du plus grand nombre d'engins, maladies et malades ne feront que croître et embellir.

Peut-être reviendrons-nous à la santé grâce à une catastrophe sans précédent provoquée par les engins. Quand les gaz asphyxiants ne suffiront plus, un homme fait à l'image de tous ses semblables inventera sur cette planète, dans le secret d'un cabinet, un explosif incomparable auprès duquel les explosifs actuellement en usage feront figure de jouets inoffensifs. Et un autre homme fait lui aussi à l'image de tous ses semblables, mais un peu plus malade qu'eux, dérobera cet explosif, grimpera en un point central de la terre pour le placer à l'endroit où son effet atteindra son maximum d'intensité. Il y aura une explosion énorme que personne n'entendra et la terre, retournée à l'état de nébuleuse, errera dans les cieux, purgée de parasites et de maladies.

Notes

CHAPITRE III
(pages 37 à 62)

1. L'aigle à deux têtes était le symbole de la monarchie austro-hongroise. Pour comprendre la suite des événements narratifs, il faut se rappeler que Trieste, bien que port franc depuis le XVIIIe siècle, a fait partie intégrante de l'empire austro-hongrois avant de revenir à l'Italie en vertu du traité de Saint-Germain-en-Laye, en 1919, après la Première Guerre mondiale.

2. Carlo Goldoni (1707-1793), auteur comique vénitien. Mais l'hygiéniste en question, Luigi Cornaro (1475-1566), est en réalité rappelé dans les *Mémoires* de l'auteur (Troisième partie, chap. 30).

3. Heinrich-Daniel Ruhmkorff (1803-1877), constructeur d'instruments de physique allemand. Sa célèbre Bobine à induction (1851) reçut des applications multiples. Le roman de Svevo, lequel était féru de sciences, ne manque pas de rappeler en maints endroits les découvertes et acquis scientifiques de l'époque. Notons sa petite erreur d'orthographe sur le nom du physicien.

4. Les étudiants triestins désireux de poursuivre des études universitaires n'avaient d'autre choix que de s'expatrier en Italie ou de s'inscrire dans une université autrichienne. Celle de Graz, capitale administrative de la Styrie, dispensait un enseignement scientifique renommé et présentait l'avantage de se trouver à mi-chemin entre Vienne et Trieste.

5. Jeu de mots sur le terme « medici » qui en italien signifie à la fois « médecins » et « Médicis ». Dans le texte original, Svevo adopte l'expression de « *Venere fra' Medici* », littéralement « Vénus parmi les Médecins » à la place de « *Venere dei Medici* », la « Vénus des Médicis ». C'est un trait entre mille de l'humour svévien.

6. Couronne : unité de monnaie austro-hongroise, remplacée en 1924 par le schilling.

7. La Hongrie produisait du tabac, et le compromis de 1867 avec l'Autriche, qui faisait d'elle un royaume séparé, l'autorisait à avoir sa propre régie des tabacs.

CHAPITRE IV

(pages 63 à 94)

1. Cigarette s'écrit en italien avec un s : *sigaretta.*

2. Guillaume Ostwald (1853-1932), chimiste et philosophe allemand. On lui doit de nombreuses recherches sur les conductibilités des acides organiques en solution dans l'eau. Prix Nobel 1909. S'agit-il ici des *Leçons sur la philosophie naturelle* (1903) ?

3. Allusion au roman de Giovanni Papini : *Un uomo finito* (Un homme fini), 1913.

4. Svevo, amateur d'opéra, connaissait les œuvres de Giuseppe Verdi. Le vieux Silva rappelle le barbon d'*Ernani.* Pour le fils irrespectueux, son rôle consistait à ouvrir sa bourse. Dans le texte il est nommé *vecchio Silva manda denari* : le vieux Silva qui envoie l'argent.

5. Svevo reprend ici l'axiome du philosophe napolitain Giambattista Vico (1668-1774) dont le critère de vérité est résumé par la phrase : *Verum et factum convertuntur* : On ne connaît que ce que l'on a fait soi-même.

6. Ce Dr Luigi Canestrini, un des nombreux médecins qui apparaissent dans le roman, existait réellement. Il soignait les malades mentaux et mourut deux ans seulement avant Svevo. *Cf.* note de Guglielminetti et Cavaglioni dans l'édition italienne de *La Coscienza di Zeno* (Brescia, 1986).

7. Sous le gouvernement autrichien s'était développé à Trieste un irrédentisme fervent qui militait pour le retour de la ville dans le giron de l'Italie. Etre « patriote italien », c'était vouloir ce retour.

CHAPITRE V

(pages 95 à 196)

1. Le Tergesteo (de Tergesta, nom latin de Trieste) est le centre de la vie élégante de la ville, où se dresse l'édifice de l'ancienne Bourse, celle qu'a fréquentée Zeno, si bien que se rendre au Tergesteo signifiait par métonymie aller à la Bourse, cette Bourse qui va jouer un rôle très important dans la vie des personnages. La Bourse et Trieste vivaient réciproquement l'une de l'autre à l'époque où se déroule le récit de Svevo.

2. On apprendra plus bas que le décret en question fixait la réduction des taxes à l'importation, réduisant d'autant le prix des marchandises. On comprend que Giovanni s'était engagé à les acquérir à un prix donné que le décret remettait en question.

3. Richard Cobden (1804-1865), homme politique anglais, avocat du libre-échange. Dans le roman, Zeno raille sans arrêt les connaissances livresques qui demeurent sans effet sur le plan pratique. Le personnage de Guido qui va prochainement entrer en scène sera la cible de son ironie.

4. En français dans le texte.

5. En anglais dans le texte.

6. Le problème de l'expression langagière est au cœur de la problématique narrative de Svevo. Il sera posé au chap. VIII dans les termes les plus actuels. Ici, il reflète un des aspects du plurilinguisme d'une cité constituée par une mosaïque de peuples. Bien que Trieste fût une ville d'expression italienne, l'allemand et le slovène s'y développaient à vive allure avant la Première Guerre mondiale, à côté du dialecte spécifiquement triestin. En cela, les Triestins étaient pareils aux habitants des différentes provinces et villes italiennes où l'usage du parler local était largement prioritaire sur l'italien.

7. Nous sommes ici dans la vieille ville évoquée par le poète triestin Umberto Saba.

8. *Per ringraziare* : pour remercier.

9. En anglais dans le texte : « rappelez-vous ».

10. Dans le texte original, *giocar di pedina* signifie « avancer ses pions » pour se pousser. L'auteur joue sur la presque homophonie *piedino* (diminutif de pied) et *pedina*, pion.

11. Voir la note 6 du chap. IV. Le fait que Guido pût être allemand aurait donné un point de plus à Zeno, compte tenu du climat irrédentiste de Trieste.

12. Grand parc sur la rive droite de l'Arno, alors à la sortie de Florence.

13. Rodolphe Kreutzer (1766-1831), violoniste français dont Beethoven a éternisé la mémoire en lui dédiant sa sonate pour violon et piano en *la* majeur (*op.* 47). Kreutzer a formé de très nombreux violonistes.

14. Svevo fait allusion à cette pièce de J.S. Bach, dans la *Partita* n° 2 en *ré* mineur pour violon seul, comme s'il s'agissait de la *Chaconne* (danse d'origine hispano-américaine) par antonomase. L'attribution à Bach ne viendra que dans les lignes suivantes. Le procédé présuppose soit un public très cultivé sur le plan musical, soit au contraire des lecteurs qui ne connaîtraient du musicien que quelques morceaux de choix, du genre *La Truite* de Schubert, si l'on peut dire.

15. Du grec *diathésis*, constitution. Disposition individuelle de tout organisme qui provoque des manifestations pathologiques en série relevant d'une même cause.

16. Zeno rappelle à Guido un arrêté municipal florentin du XIVe siècle interdisant toute pollution et que Guido, avec son affectation de toscanisme (il s'exprime en toscan), ne pouvait manquer de saisir comme une allusion mordante à son interprétation de Bach.

17. Otto Weininger (1880-1904), philosophe autrichien célèbre en son temps pour son ouvrage *Sexe et caractère* (*Geschlecht und Charakter*) (1903), dont la misogynie, dans le droit fil de la tradition schopenhauerienne, illustre le décadentisme finissant.

18. Filippo Zamboni (1826-1910), poète triestin.

CHAPITRE VI

(pages 197 à 319)

1. Le palais Pitti abrite le deuxième grand musée de Florence après

les Offices. Il fut construit aux XVe-XVIe siècles par Brunelleschi et Ammanati pour la riche famille des marchands du même nom.

2. Deux célèbres industriels américains du XIXe siècle.

3. Comme pour la *Chaconne* de Bach, Zeno parle ici par antonomase, comme s'il n'y avait au musée du Louvre qu'une seule Vénus. Il s'agit probablement de l'Aphrodite de Milo (IIe siècle av. J.-C.), œuvre d'un artiste hellénistique.

4. I Castelli : nom collectif des treize localités des collines (Colli albani) au sud de Rome qui produisent un vin blanc renommé.

5. Baedeker : guides touristiques très détaillés, rédigés par Karl Beadeker (1801-1859) à Leipzig et édités en plusieurs langues. Ils se distinguaient par une précision toute philologique.

6. Usage alors très répandu de faire dire des messes en suffrages pour les âmes du Purgatoire.

7. En français dans le texte.

8. *Idem.*

9. Ernest Renan (1823-1892), historien des religions et philosophe français dont il est superflu ici de rappeler les œuvres. David Friedrich Strauss (1808-1874), théologien allemand qui fit scandale en son temps avec une *Vie de Jésus* (1835), assez peu orthodoxe, et rompit ensuite définitivement avec le christianisme.

10. Styrie : province autrichienne des Alpes orientales entre la Drave et la Mur dont la capitale est Graz que nous avons déjà rencontrée au chapitre III. Voir note 4.

11. Sant'Anna : cimetière catholique, l'un des nombreux que comptait la ville.

12. Artère centrale de Trieste devenue aujourd'hui la rue Cesare Battisti. A l'époque napoléonienne, le comte Johann Philip Stadion, ministre autrichien des Affaires étrangères, prépara la revanche de son pays sur Napoléon.

13. Manuel Garcia junior (1805-1906), théoricien du chant, était fils du célèbre ténor compositeur espagnol Manuel Rodriguez Garcia et frère de la Malibran. Grandes furent au siècle dernier sa notoriété et son autorité. Dans le texte, l'initiale E. du prénom doit correspondre à Emmanuel.

14. Allusion précise à l'histoire de Francesca da Rimini et de Paolo Malatesta, telle que la rapporte Dante, dans *La Divine Comédie* (Enfer, Chant V). L'amour adultère des deux jeunes gens trouva un médiateur dans le livre qui retrace la passion de Lancelot pour la reine Guenièvre. Le sénéchal Galehaut favorisa leur passion. Le vers de Dante : « Galeotto fu il libro e chi lo scrisse » (Galehaut fut le livre et qui l'a écrit) est passé en proverbe dans la culture italienne.

15. En français dans le texte.

16. *Cada* : chaque. En réalité, *cada* subsiste encore en italien dans l'indéfini *cadauno* : chacun. *Duro* : douro, ancienne monnaie espagnole. En fait l'unité de monnaie argentine était le *peso*.

17. La femme-sphynx, la sphinge ou femme fatale, fut chère à l'imaginaire décadent. Svevo se distancie railleusement de son personnage qui traîne avec lui un mythe aussi poussiéreux.

18. Indulgence : rémission accordée par l'Eglise sur la durée de

l'expiation des péchés, aux vivants comme aux défunts. On pouvait les acquérir grâce à des dons, aumônes et autres pénitences. L'usage en était encore très vivant à l'époque du récit.

19. En français dans le texte. Désignation d'une valeur boursière.

20. En triestin dans le texte.

21. En français dans le texte. L'italien désignait ainsi le café-concert d'alors.

22. On retrouve ici le scientisme de Svevo. Selon Charles Darwin (1809-1882), naturaliste anglais, dans son *Essai sur l'origine des espèces* (1859), la première fécondation marquerait de traces génétiques durables la matrice de la femelle, pouvant subsister même après une nouvelle fécondation par un mâle différent.

23. Zeno fait entrer dans ce projet d'itinéraire les lieux les plus fréquentés alors à Trieste. Les arcades de Chiozza, au cœur de la ville, sont dans le prolongement direct de la Corsia Stadion. Le Corso descend ensuite en direction du Tergesteo. En revanche, la promenade de Sant'Andrea se trouve beaucoup plus loin, à l'est de la ville. Le trajet proposé par Zeno impliquait donc un très large circuit et de nombreuses rencontres.

24. Il s'agit de la mélodie *Sei mir gegrüsst* (1821) (*op.* 20, nº 1) sur des paroles de Friedrich Rückert et transcrite ensuite pour le piano par F. Liszt.

25. Dans les cuisines d'autrefois, étaient aménagés, sous la hotte de la cheminée, de petits foyers à charbon de bois, munis de grilles, qui creusaient ce que nous appelons aujourd'hui le plan de travail. On pouvait y faire cuire plusieurs préparations à la fois.

CHAPITRE VII

(pages 320 à 457)

1. *Hinterland,* mot allemand : la zone qui s'étend à la périphérie d'une ville et constitue les débouchés potentiels de son industrie et de son commerce.

2. *Sic* pour Talleyrand. Le diplomate français avait beaucoup de succès auprès des dames et ses nuits étaient comblées.

3. Ce détail, ainsi que d'autres qui l'ont précédé, montre l'intérêt de Svevo pour l'art de la peinture. Lui-même a été très lié durant sa jeunesse avec le peintre triestin Umberto Veruda et il a fréquenté un cénacle d'artistes.

4. La Dalmatie, sur la rive gauche de l'Adriatique, face à l'Italie, faisait alors partie de l'Empire austro-hongrois, avant d'être attribuée à la Yougoslavie après la Première Guerre mondiale. Mais l'empreinte italienne y était très forte car la province était restée très longtemps sous la domination de Venise, avant le traité de Campoformio (1797) par lequel Bonaparte la céda à l'Autriche. Pour un citadin de Trieste, un Dalmate n'était rien d'autre qu'une sorte de paysan du Danube, comme on le verra plus loin à propos du jeune Tacich.

5. *Ordre confirmé pour 60 tonnes.* Outre l'allemand et le français,

Svevo connaissait l'anglais pour l'avoir appris au cours de séjours prolongés en Angleterre, avant la Première Guerre mondiale.

6. Personnage de Shakespeare qui, dans *Othello*, cause la perte de Desdémone.

7. Dans les légendes homériques, la lance d'Achille, ou de Télèphe, guérissait les blessures qu'elle avait faites. On rappelle généralement cette arme enchantée à propos de ce qui blesse et qui guérit dans le même temps.

8. *Le Barbier de Séville*, de Rossini. Svevo, comme on a pu déjà le voir au cours des chapitres précédents, était un fin connaisseur de musique. Violoniste durant ses moments de loisirs, il fréquentait assidûment les salles de concert et l'opéra et il y avait dans son salon deux grands pianos à queue qui permettaient des exécutions musicales brillantes aux artistes de passage à Trieste.

9. C'est l'avant-dernière jetée au sud-est avant la sortie du port de Trieste.

10. La *sacchetta*, ou petite anse, est délimitée par le môle Sartorio et le môle Fratelli Bandiera où se dresse le phare, la *lanterna*, à l'entrée du port.

11. L'origine de cette locution n'est pas très claire. On peut imaginer que Svevo l'a entendue circuler à Trieste où résidait une nombreuse communauté grecque. La locution « imbécile heureux » n'a-t-elle pas cours à Marseille, ancienne cité phocéenne ?

12. La maladie de Basedow (ou maladie thyroïdienne responsable du goitre exophtalmique) tient une place importante dans le récit. On va voir Zeno se livrer à de nombreuses variantes, plus ou moins facétieuses, sur le thème de Basedow.

13. Le premier Basedow, ou Basedau Jean-Bernard (1723-1790), pédagogue allemand, s'inspira des théories de Rousseau pour fonder ses principes d'éducation. Il obtint un grand succès entre 1774 et 1785. Le second Basedow, Karl von (1799-1854), médecin allemand, attacha son nom à ses recherches sur les dysfonctions du corps thyroïde.

14. Baron Justus de Liebig (1803-1873), chimiste allemand, spécialiste des substances organiques. Il a découvert le chloroforme. Mais son nom est resté populaire surtout à cause de l'*Extrait de viande* et des *Tablettes de bouillon*.

15. Réminiscence du roman d'Alessandro Manzoni, *Les Fiancés* (1842). C'est au moment de la peste de Milan en 1630, quand le héros du récit, Renzo, est poursuivi et va être lynché par la foule qui a cru reconnaître en lui un « empoisonneur », c'est-à-dire un semeur de peste.

16. Autrefois les garçonnets, comme les petites filles, portaient la robe jusqu'à l'âge de trois, quatre ans.

17. Ce sont les fameuses mines de cuivre sulfureux et de fer de Rio Tinto au Portugal. Ironie voulue ? Le sulfate de cuivre qui est à l'origine de la ruine de Guido réapparaît ici sous la forme déguisée de valeurs boursières.

18. Trieste était alors le terminus de la ligne ferroviaire allemande de la Südbahn. Les capitaux allemands contribuaient massivement au

développement du port de Trieste tandis que le processus de germanisation de la ville allait s'accélérant.

19. On relèvera ici une hésitation de Svevo quant aux repères chronologiques de son roman. Quelques pages plus haut, il a été question de la chaleur écrasante d'une soirée d'août et nous voici maintenant au début du printemps. Indication qui va continuer jusqu'à la fin des obsèques de Guido.

20. Autre flottement de la plume svévienne : le docteur Mali, cité plus haut, et le docteur Paoli, ici, ne semblent faire qu'un alors qu'il s'agit bien de deux médecins différents. Mais Svevo ne nous dit pas pourquoi Ada ne recourt pas d'emblée au second, qui avait déjà sauvé Guido lors de sa première tentative de suicide.

21. C'est bien le mot employé par l'auteur pour « épitaphes ».

22. Nous avons ici l'une des très rares allusions de Svevo à la réalité démographique de Trieste qui, avant la Première Guerre mondiale, abritait une mosaïque de peuples et de cultures. Ville-creuset de la Mitteleuropa.

23. Servola : alors une localité rurale au nord-est de Trieste.

24. L'un des cimetières de Trieste où reposaient déjà le père Malfenti et l'ami Copler. Malgré la mixité de la population, les cimetières conservaient un caractère confessionnel.

CHAPITRE VIII

(pages 458 à 495)

1. Svevo soulève ici le problème crucial, encore irrésolu de nos jours, de la priorité de la pensée ou du langage et de leurs rapports réciproques. Mais il l'incorpore à son récit pour affiner le portrait psychologique et moral de son rusé personnage. Zeno précise qu'il écrit en toscan. Depuis l'avènement de l'unité italienne (1860-1870), le toscan, à l'instigation d'Alessandro Manzoni, avait été officiellement proclamé langue nationale.

2. Voir au chapitre VI le rêve de Zeno où le personnage dévore le cou de Carla sans lui infliger de blessure ni entamer la chair.

3. Svevo conjugue ici ce qu'il a appris de ses amis peintres sur les vibrations des couleurs complémentaires (rouge-vert, jaune-violet, bleu-orangé) et des réminiscences scientifico-littéraires sur les recherches chromatiques menées effectivement par les deux philosophes allemands. Mais il va exploiter aussi la théorie du contraste simultané (le fait que l'œil produit automatiquement la complémentaire d'une couleur si elle ne lui est pas donnée) telle qu'elle a été appliquée par Robert Delaunay dès 1912, après avoir été démontrée par le chimiste français Eugène Chevreul (1786-1889) et utilisée par les impressionnistes. Zeno ne découvre rien si ce n'est une nouvelle étincelle d'humour.

4. On retrouve ici le problème des rapports entre la pensée et le mot qui était non seulement au cœur de la psychanalyse, mais encore au centre de la recherche linguistique viennoise avant la Première Guerre mondiale, avec les travaux d'Hugo Schuchardt notamment.

5. Phénomène qui, dans les piles, se traduit par la production d'un

courant de sens inverse au courant primaire et par la diminution de la force électromotrice de la pile. Zeno use facétieusement de ce terme savant pour montrer le seul bien-fondé des analyses chimiques.

6. George Miller B. Beard (1839-1883), médecin américain, qui définit le premier les symptômes essentiels de la neurasthénie et institua un traitement classique de cette maladie, appelée après lui *mal* ou *maladie de Beard*. Autre preuve du scientisme de Svevo.

7. Pour comprendre la suite du récit, il faut savoir que Lucinico, petite localité au nord-ouest de Trieste, à quelques kilomètres de Gorizia, se trouvait sur la frontière entre l'Italie et l'Autriche. Avec la déclaration de guerre de l'Italie à l'Autriche, le 23 mai 1915, la bourgade, ainsi que la maison de campagne de Zeno, se retrouva sur la ligne de feu et fut entièrement détruite par la guerre, tandis que Zeno, que sa promenade matinale avait conduit en zone autrichienne, put se rendre successivement à pied à Gorizia puis de là à Trieste en train, en descendant sur Monfalcone, mentionné plus loin. Cette situation nous explique pourquoi la famille de Zeno trouva refuge en Italie. Les hostilités commencèrent le 24 mai.

8. P.e. : par exemple.

9. L'Isonzo : fleuve de la Vénétie julienne qui naît au pied du Tricorno, arrose Gorizia et se jette dans le golfe de Trieste. Pendant le premier conflit mondial, il fut le théâtre de violents combats. Il est aujourd'hui indivis entre l'Italie et la Yougoslavie.

10. Lorenzo Da Ponte (1749-1838), le librettiste génial des *Nozze di Figaro*, de *Così fan tutte*, de *Don Giovanni*. Sa vie fut une succession d'aventures incroyables qu'il raconte dans des *Mémoires* très vivants quoique peu fiables.

11. C'est le terme employé par Svevo, alors qu'il s'agit évidemment, pour le XVIIIe siècle, de robes à paniers. En 1777, après une histoire de cœur mouvementée, le librettiste dut s'enfuir de Venise pour Gorizia où il résida de nombreux mois. Zeno imagine qu'il est passé par Lucinico.

12. Zeno fait ici référence au *Décaméron* de Giovanni Boccaccio (1313-1375), écrivain florentin. Il s'agit de la nouvelle I-10 dont il cite le titre intégral entre guillemets.

13. La mixité de la population triestine fit que les patriotes italiens allèrent s'engager dans l'armée italienne et les austrophiles ou les sans-opinion restèrent dans le camp autrichien.

14. Un purgatif en usage au siècle dernier. A Karlsbad (Tchécoslovaquie), célèbre pour ses eaux minérales, on soignait et on soigne les malades du foie, de l'estomac, des reins, les diabétiques et les rhumatisants. Ces sels convenaient donc parfaitement au porteur imaginaire de toutes les maladies qu'est Zeno.

15. Auguste Hermann Niemeyer (1754-1828), théologien et pédagogue allemand, qui a mis au point l'exercice de marche auquel se livre Zeno (d'après Cavaglioni et Guglielminetti, dans l'édition italienne citée).

16. La Première Guerre mondiale avait éclaté en juillet-août 1914. Mais l'Italie, malgré son appartenance à la *Triplice Alleanza* (avec l'Allemagne et l'Autriche-Hongrie), était jusqu'alors restée neutre.

17. Giovanni Giolitti (1842-1928), homme d'Etat italien plusieurs fois président du conseil. Il était notoirement anti-interventionniste, considérant que l'Italie pouvait obtenir des concessions de l'Autriche sans lui faire la guerre. Mais le Premier ministre d'alors, Antonio Salandra, s'était secrètement engagé avec les Alliés. Il présenta toutefois la démission de son cabinet, le 16 mai 1915, en la motivant par le manque d'union sur le problème de l'intervention. Giolitti, âprement critiqué et diffamé, menacé de mort par les interventionnistes, quitta Rome à ce moment pour son Piémont natal. Le roi, qui n'avait trouvé personne pour constituer un nouveau gouvernement, refusa la démission de Salandre et, le 20 mai, le confirma dans sa charge avec les pleins pouvoirs. Le 23, la guerre était déclarée à l'Autriche. Svevo met donc ici une fois de plus en lumière l'étourderie et l'insouciance de son personnage qui prétend tout savoir alors qu'il ne sait rien.

18. Le terme, burlesque, employé par Zeno est *Durlindana*, du français « Durandal » ou « Durendal », l'épée de Roland.

19. *Arrière!* En allemand dans le texte ainsi que les répliques qui suivent.

20. Appellation toujours en vigueur pour désigner les derniers contreforts du Carso qui descendent jusqu'à la côte que longe maintenant le train de Zeno entre Monfalcone et Trieste.

21. *Toto genere*, locution latine : radicalement.

Table

Dans Le Livre de Poche

Extraits du catalogue

Italo Calvino

Le Vicomte pourfendu

Au cours d'une bataille contre les Turcs, Médard de Terralba, chevalier génois, est coupé en deux par un boulet de canon. Ses deux moitiés continuent de vivre séparément, l'une faisant le bien, l'autre pourfendant et mutilant sur son passage.

Ce conte est fait d'humour et de cynisme. Le monde imaginaire de Calvino où des doigts coupés indiquent la route à suivre a pourtant toutes les couleurs du réel. Et le Vicomte pourfendu prouve avec brio que la vertu comme la perversité absolues sont également inhumaines.

Alberto Moravia

Bof!

Dans *Bof!* des femmes de milieu et d'âge différents conversent sur un ton familier, tragique, comique, souvent voilé d'ironie, de la haïssable ambiguïté de leur destin.

Malgré leur complaisance narcissique, elles souffrent de leur solitude de femmes mal aimées. Et c'est avec ce « Bof! » qu'elles lancent d'un ton méprisant, qu'elles expriment leur lassitude des hommes et leur déconvenue devant de stupides comportements.

Moravia, maître incontesté de ces courts chefs-d'œuvre que sont ses nouvelles, entraîne ses lecteurs dans un passionnant univers freudien.

Umberto Eco

Le Nom de la rose

En arrivant dans le havre de sérénité et de neutralité qu'est l'abbaye située entre Provence et Ligurie, en l'an de grâce et de disgrâce 1327, l'ex-inquisiteur Guillaume de Baskerville, accompagné de son secrétaire, se voit prié par l'Abbé de découvrir qui a poussé un des moines à se fracasser les os au pied des vénérables murailles. Crimes, strupre, vice, hérésie, tout va alors advenir en l'espace de sept jours. *Le Nom de la rose,* c'est d'abord un grand roman policier pour amateurs de criminels hors pair qui ne se découvrent qu'à l'ultime rebondissement d'une enquête allant un train d'enfer à travers humour et cruauté, malice et séductions érotiques. C'est aussi une épopée de nos crimes quotidiens qu'un triste savoir nourrit.

Dino Buzzati

Le Régiment part à l'aube

1971. Dino Buzzati va mourir. Il le sait. Lui dont l'œuvre presque entière a tourné autour du destin et de l'inéluctable dernier rendez-vous va se retirer dans son village natal, près de Belluno. Et là, plutôt que de se lamenter, de s'étourdir ou de se mentir, Dino Buzzati va coucher sur un petit agenda, n'importe où, n'importe quand – car le temps n'a plus d'importance pour lui –, d'éblouissantes variations sur « l'approche de cette chose connue et absurde », qu'il reconnaît pour sienne.

Il la reconnaît d'autant mieux qu'il l'a cent fois décrite. Et nous allons retrouver au fil des pages ces aventures que nous pensions avoir déjà lues – à cette différence essentielle que, maintenant, *c'est vrai.*

Vitaliano Brancati

Les Années perdues

La Sicile, métaphore de la mère dévorante attendant l'inéluctable retour du fils, est au cœur des livres de Brancati; pourtant celui-ci, « écrivain singulier et génial » selon Alberto Moravia, n'a rien d'un auteur régionaliste. Cette Sicile est le creuset matriciel où se forgent et se fondent toute existence et toute intelligence, le lieu d'une genèse inachevée, toujours recommencée : un noyau de pure humanité. Parlant de la Sicile, Brancati nous parle de nous, avec une verve qui ne se dément jamais.

Quatre jeunes gens de Catane (la Natàca du roman), s'avèrent incapables de s'arracher au giron somnifère de la *terra mater :* et rien n'est plus tonique et drôle que ces descriptions de l'ennui et de l'inertie. Le temps tourne à vide, les espoirs s'empoussièrent, les années passent comme en rêve. Un jour pourtant, un aventurier, débarquant d'improbables Amériques, va venir secouer l'hébétude méridionale...

Leonardo Sciascia

Œil de chèvre

« Leonardo Sciascia entreprend, en 1975, de rassembler les mots, les expressions, les proverbes, et les bouts rimés de Racalmuto, en Sicile, où il est né. Cortège et fête de la mémoire, cette anthologie cerne à sa façon les gestes et les soucis, édifie peu à peu une métaphysique matérialiste du quotidien, une fine réflexion sur les normes d'une communauté, ses hiérarchies, ses valeurs. Cet alphabet construit l'univers que retiennent les mots, « comme si les choses expédiées dans la mémoire se mettaient en bouquets dans l'esprit... »

Primo Levi

Le Fabricant de miroirs

Ce livre, le dernier paru de l'auteur, est un recueil de contes et de réflexions sur le monde et « ses remous ». Primo Levi y pose un regard à la fois indulgent et implacable sur les hommes. « Je prie le lecteur de ne pas aller en quête de messages. C'est un mot que je déteste, parce qu'il me laisse perplexe, qu'il met sur moi des vêtements qui ne sont pas les miens, et qui appartiennent même à un type humain dont je me méfie : le prophète, le *vates,* le voyant. Je ne suis pas de cette espèce : je suis un homme normal, doué d'une bonne mémoire, qui a été pris dans un remous de l'histoire, qui en est sorti davantage par chance que par mérite, et qui conserve depuis lors une certaine curiosité pour les remous, grands ou petits, métaphoriques et matériels. »

Alberto Moravia

Le Mépris

Quand Émilie lui aura déclaré nettement que non seulement elle ne l'aimait plus mais qu'elle le méprisait, Richard, profondément malheureux, n'aura de cesse de trouver la cause de ce mépris. Son enquête fébrile est une analyse magistrale de la faillite qui menace hommes et femmes, unis par l'amour et séparés par le doute et l'incommunicabilité.

IMPRIMÉ EN FRANCE PAR BRODARD ET TAUPIN
Usine de La Flèche (Sarthe).
LIBRAIRIE GÉNÉRALE FRANÇAISE - 6, rue Pierre-Sarrazin - 75006 Paris.

ISBN : 2 - 253 - 05440 - 2 30/6854/1